COLLINES NOIRES

DU MÊME AUTEUR

Chez le même éditeur

Terreur, 2008
Drood, 2011
Flashback, 2012

Dans la collection « Ailleurs et Demain » :

Hypérion, 1991
La chute d'Hypérion, 1992
Endymion, 1996
L'éveil d'Endymion, 1998
Ilium, 2004
Olympos, 2006

DAN SIMMONS

COLLINES NOIRES

roman

traduit de l'anglais (États-Unis) par Odile Demange

ROBERT LAFFONT

Titre original : BLACK HILLS

Traduction française : Éditions Robert Laffont, S.A., Paris, 2013
ISBN 978-2-221-12265-5
(édition originale : ISBN 978-0-316-00698-9, Little, Brown and Company, New York)

Je dédie ce livre à mes parents, Robert et Kathryn Simmons, ainsi qu'aux parents de ma femme Karen, Verne et Ruth Loquerquist. Je le dédie aussi à mes frères, Wayne et Ted Simmons, ainsi qu'au frère de Karen, Jim Loquerquist, et à sa sœur, Sally Lampe.

Mais avant tout, ce livre est dédié à Karen et à notre fille, Jane Kathryn, qui sont pour moi Wamakaognaka e'cantge – *« le cœur de tout ce qui est ».*

Hecetu. Mitakyue oyasin

« Qu'il en soit ainsi – tous les miens ! – chacun d'entre nous. »

1

Sur les berges de l'Herbe grasse[1]

Juin 1876

Paha Sapa retire sa main précipitamment, mais pas suffisamment pour éviter le choc, fulgurant comme la morsure d'un crotale, de l'esprit du *Wasicun***[2] mourant qui, d'un bond, s'introduit dans ses doigts et remonte le long de son bras jusqu'à sa poitrine. Le garçon recule en titubant, épouvanté, tandis que le fantôme s'insinue, brûlant, dans ses veines et dans ses os tel un flot de venin. L'esprit du *Wasicun* creuse un sillon brûlant dans les nerfs de l'épaule de Paha Sapa, avant de se répandre dans son thorax et dans sa gorge, bouillonnant et tourbillonnant à l'image d'une épaisse fumée grasse. Paha Sapa en sent le *goût*. Un goût de mort.

Se dilatant toujours, le fantôme envahit le torse de Paha Sapa, il descend, gagne les extrémités du petit garçon, affaiblissant et alourdissant ses bras et ses jambes. Tandis que le fantôme du *Wasicun* emplit ses poumons d'une affreuse pesanteur qui s'élargit, se densifie et lui coupe le souffle, Paha Sapa se rappelle le jour – il était encore si petit ; il marchait à peine – où il a failli se noyer dans la rivière de la Langue*. Du fond de sa terreur, Paha Sapa qui n'a même pas onze étés sent pourtant que ce qui lui arrive – cette invasion – est infiniment plus effroyable qu'une mort par noyade.

---

1. Les noms de lieux ou de personnes suivis d'un astérisque et plus connus sous leur appellation anglaise (la Greasy Grass pour l'Herbe grasse, par exemple, traduction du nom que les Sioux donnaient à la rivière que les Américains appellent la Little Bighorn, ou Crazy Horse pour Cheval-Fou) figurent sous leurs formes française, anglaise et éventuellement lakota dans la liste des noms propres en fin d'ouvrage. *(N.d.T.)*

2. Les mots suivis de deux astérisques figurent dans le glossaire lakota-français en annexe *(N.d.T.)*

Voilà, se dit Paha Sapa, à quoi ressemble la Mort quand elle se glisse par la bouche, les yeux et les narines d'un homme pour lui voler son esprit. Mais au lieu que l'esprit de Paha Sapa soit entraîné à l'*extérieur*, c'est l'esprit de l'étranger qui pénètre de force à l'*intérieur* de lui. La Mort se comporte ici en intruse monstrueuse bien plus qu'en voleuse.

Paha Sapa crie comme s'il avait été blessé et s'éloigne à quatre pattes du cadavre au regard fixe, il voudrait se redresser pour prendre ses jambes à son cou, il trébuche, se relève, tombe encore, se remet à ramper pour s'écarter du corps, il rue, agite les bras, suffoque, il se laisse rouler sur la pente herbeuse, au milieu de la poussière, des cactus, du crottin de cheval, du sang et des autres cadavres de *wasichu**, cherchant aveuglément à débarrasser son corps de l'esprit qui s'est emparé de lui. Le fantôme reste pourtant en lui, il grandit en lui. Paha Sapa ouvre la bouche pour hurler, mais cette fois aucun son ne sort. Le fantôme remplit la bouche haletante de Paha Sapa, il lui obstrue la trachée et les narines aussi efficacement que si on lui avait versé de la graisse chaude et liquide de bison dans la gorge. Il n'arrive plus à respirer. Il se met à quatre pattes, il tremble comme un chien malade, sans réussir à vomir. Un essaim de points noirs envahit son champ de vision déjà rétréci. Le fantôme s'enfonce en lui comme un couteau à scalper, il se fraie un chemin derrière ses yeux, il se creuse un terrier dans son cerveau.

S'effondrant, Paha Sapa heurte quelque chose de mou. Ouvrant les yeux, il constate qu'il n'est qu'à deux doigts du visage d'un autre *wasichu* mort : ce soldat en tunique bleue n'est qu'un garçon, de cinq ou six étés plus âgé peut-être que Paha Sapa. Le garçon-soldat *Wasicun* a perdu son chapeau, ses cheveux coupés court sont roux. C'est la première fois de sa vie que Paha Sapa voit des cheveux de cette couleur. La peau du garçon mort est plus pâle que celle de tous les *Wasicun* qu'on a jamais décrits à Paha Sapa et son petit nez est constellé de taches de rousseur. Paha Sapa a vaguement conscience qu'aucun souffle ne sort de la bouche du soldat, douloureusement béante comme s'il poussait un dernier cri ou voulait se jeter en avant et planter les dents dans le visage terrifié, à demi asphyxié de Paha Sapa, à une largeur de main de lui seulement. Il remarque aussi, hébété, qu'un des yeux du *wasichu* n'est qu'un orifice sanglant. Mais Paha Sapa voit que l'autre œil, ouvert et fixe, est exactement du même bleu que le ciel de l'après-midi qu'il aperçoit derrière la petite oreille blême du cadavre.

Essayant désespérément de reprendre haleine, Paha Sapa contemple cet iris mort, dont le bleu semble flétrir et pâlir sous son regard, comme s'il y cherchait une réponse.

« *Collines-Noires ?* »

Des poneys de guerriers passent dans un fracas de tonnerre, deux d'entre eux bondissent au-dessus de Paha Sapa et des cadavres de *wasichu*, mais vaguement – distraitement – Paha Sapa constate qu'un des chevaux s'est arrêté et qu'un guerrier s'est laissé glisser de sa monture et a posé un genou en terre à côté de lui. Vaguement, distraitement, il sent une main puissante se poser sur son épaule et le faire rouler sur le dos.

Paha Sapa ne voit plus le cadavre borgne du soldat roux, il lève les yeux vers le guerrier agenouillé.

« *Collines-Noires ? Tu es mort ?* »

Le guerrier est svelte et plus blanc de peau que la plupart des Lakotas. Il est parti au combat nu comme il convient à un *heyoka***, vêtu en tout et pour tout d'un pagne et de mocassins, ses cheveux simplement retenus en deux longues tresses et coiffés d'une unique plume blanche. Sa peinture de corps se limite à un motif de grêlons et d'éclair, renforçant l'impression que cet homme mince est un paratonnerre vivant, un *heyoka*, un des guerriers-protecteurs-receveurs-de-visions qui ont le courage de s'interposer entre le peuple de Paha Sapa, les Êtres Humains Libres Naturels, et la fureur sans bornes des Êtres Tonnerre.

Battant des paupières, Paha Sapa remarque le petit caillou fixé derrière l'oreille de l'homme et la balafre, étroite mais livide, qui sillonne son visage depuis sa narine gauche – une ancienne blessure par balle, tirée à bout portant par un mari jaloux, une cicatrice qui retrousse légèrement les lèvres de ce guerrier *heyoka*, dessinant une amorce de grimace plus que de sourire – et Paha Sapa reconnaît *T'ašunka Witko*, Cheval-Fou*, le cousin de la première épouse de Boite-Beaucoup.

Paha Sapa voudrait répondre à Cheval-Fou, mais la pression du fantôme dans son thorax et dans sa gorge ne lui permet d'émettre que des sons étranglés. Un infime filet d'air alimente ses poumons brûlants. Tout en s'efforçant encore de parler, il songe qu'il doit ressembler à un poisson qui suffoque sur la berge d'un cours d'eau, bouche grande ouverte, yeux exorbités.

Un grognement de mépris ou de dégoût ; Cheval-Fou se relève et saute avec élégance sur la croupe de son cheval, brandissant toujours son fusil, avant de s'éloigner au galop, accompagné des cris des guerriers qui le suivent.

Paha Sapa en pleurerait. Boite-Beaucoup avait été si fier de présenter le célèbre cousin de sa première épouse à son fils adoptif, quatre nuits plus tôt seulement, dans la hutte de Bison-Assis*. Et maintenant, cette humiliation sans pareille...

Toujours couché sur le dos, il écarte les bras et les jambes autant qu'il le peut. Il a perdu ses mocassins et enfonce ses orteils et ses doigts dans la terre comme il le fait depuis qu'il est petit, depuis le jour où ses premières visions de *toucher-la-terre-pour-voler* lui sont venues. Les sensations habituelles l'envahissent immédiatement – au lieu d'être allongé sur un monde plat, il se cramponne à la surface d'une balle qui tourbillonne à une allure vertigineuse, le ciel est suspendu sous lui et non au-dessus, le soleil qui s'élance n'est qu'une forme céleste comme une autre qui traverse le firmament en tournoyant, à l'image des étoiles ou de la lune – et cette illusion familière permet à Paha Sapa de commencer à respirer plus librement.

Au fantôme aussi. Paha Sapa le sent qui inspire et expire en lui. Et, avec une terreur qui lui glace le sang, il se rend compte que le fantôme lui parle. Ou du moins qu'il parle à *quelqu'un* de l'intérieur de son propre corps.

Paha Sapa voudrait crier, mais ses poumons exténués s'y refusent. Il entend pourtant le fantôme chuchoter lentement et régulièrement – des mots *wasichu* discordants et inintelligibles qui résonnent contre les parois du crâne de Paha Sapa, qui vibrent contre ses dents et ses os. Paha Sapa n'en comprend pas un seul. Il se bouche les oreilles des deux mains, mais les sifflements, les susurrements et les marmonnements intérieurs se poursuivent.

D'autres formes se déplacent maintenant parmi les morts qui l'entourent. Paha Sapa entend les voix perlées des femmes lakotas. Avec un effort indicible, il roule sur le ventre et réussit à grand-peine à se mettre à genoux. Il s'est déshonoré et a couvert d'opprobre son oncle-père devant Cheval-Fou, mais il ne peut pas rester couché comme un des morts en présence des femmes.

Se relevant péniblement, Paha Sapa remarque qu'il a fait sursauter la plus proche de lui – une Hunkpapa qu'il connaît. Elle s'appelle Peau-d'Aigle, et il l'a vue, plus tôt dans la journée, tirer sur Teat, l'éclaireur *Wasicun* noir que Bison-Assis appelait son « ami ». Dans son effroi, Peau-d'Aigle relève le lourd pistolet de cavalerie *wasichu* avec lequel elle a tué l'éclaireur noir, elle le brandit à deux mains, vise la poitrine de Paha Sapa à dix pas seulement, et appuie sur la détente. Le chien claque sur une chambre vide ou sur une cartouche qui fait long feu.

Paha Sapa effectue quelques pas mal assurés dans sa direction, mais Peau-d'Aigle et trois de ses compagnes poussent un hurlement et s'enfuient à toutes jambes, rapidement englouties par les nuages de poussière et de fumée mouvants qui continuent à courir à flanc de coteau. Baissant les yeux, Paha Sapa constate qu'il est littéralement couvert de sang de la tête aux pieds – le sang de sa jument morte, le sang du *Wasicun*-fantôme, le sang des autres cadavres, chevaux et humains, sur lesquels il a roulé.

Paha Sapa sait ce qu'il doit faire. Il doit retrouver le cadavre du *Wasicun* sur lequel il a compté le coup, et convaincre l'esprit de regagner le corps auquel il appartient. Haletant, toujours incapable de faire signe ou d'appeler les cavaliers qui passent devant lui dans un bruit de tonnerre, Paha Sapa gravit tant bien que mal la pente en direction du mort, allongé au milieu des autres morts.

La bataille se déplace à nouveau vers le sud, et tandis que la poussière et la fumée des combats commencent à se dissiper, portées par la très légère brise du soir qui franchit la crête – les hautes herbes dansent et bruissent sous la caresse du vent –, Paha Sapa estime qu'il y a une quarantaine de chevaux *wasichu* morts allongés en un cercle grossier devant lui. La plupart semblent avoir été abattus par les soldats en tunique bleue eux-mêmes. Les cadavres *wasichu* sont à peu près aussi nombreux que les carcasses de chevaux, mais les humains ont été dépouillés par les femmes lakotas et se détachent comme des rochers blancs au milieu d'une rivière sur la poussière ocre du versant, sur l'herbe verte souillée de sang et sur les traces plus sombres des lambeaux de chair de cheval.

Paha Sapa enjambe un homme dont la tête scalpée a été presque entièrement broyée, éclaboussant de grumeaux gris les herbes qui frémissent sous la brise du soir. Des guerriers ou, plus probablement, des femmes, ont arraché les yeux et la langue du soldat et lui ont tranché la gorge. Son abdomen a été incisé au couteau et il a été éviscéré comme un bison au retour de la chasse – des rubans lisses d'intestins gris s'enroulent et se lovent comme des crotales morts et luisants dans l'herbe ensanglantée. Paha Sapa remarque que les femmes lui ont aussi coupé le *ce*** et les testicules. Quelqu'un a tiré des flèches dans le corps éventré du *Wasicun*, ses reins, ses poumons et son foie ont été percés à maintes reprises. Son cœur a disparu.

Paha Sapa poursuit péniblement son ascension. Il y a des cadavres blancs partout, étendus là où ils sont tombés, taillés en pièces pour beaucoup, la plupart mutilés et allongés au milieu de grandes flaques de sang ou sur leurs propres chevaux morts, mais il ne retrouve pas le *Wasicun* dont le fantôme respire et murmure à présent dans ses propres entrailles. Il songe que dans son état de demi-inconscience, il a peut-être laissé s'écouler plus de temps qu'il ne croit depuis qu'il a compté le coup sur cet homme. D'aucuns, peut-être des *wasichu* rescapés, ont pu emporter le corps loin du champ de bataille – surtout s'il s'agissait d'un officier. Dans ce cas, Paha Sapa risque de ne plus jamais se défaire de cet esprit encombrant.

À l'instant même où il est convaincu que le mort qu'il recherche ne se trouve plus parmi les dizaines d'autres cadavres sur ce champ ensanglanté, il aperçoit le haut front dégarni du *Wasicun* qui émerge d'un entassement de corps livides. Le cadavre dépouillé est à demi assis, appuyé contre deux autres *wasichu* morts. Une femme ou un guerrier lui a entaillé la cuisse droite, marque traditionnelle que font les Lakotas à leurs ennemis morts, mais il n'a pas été scalpé. Paha Sapa contemple en silence la chevelure clairsemée, coupée court, et se dit qu'effectivement ce scalp ne valait pas la peine d'être pris.

Mais ces cheveux en brosse sont très clairs, entre le roux et le jaune. Et s'il s'agissait de Cheveux-Longs ? Et si c'était le fantôme de Cheveux-Longs que Paha Sapa porte désormais en lui comme un fœtus monstrueux ? C'est peu probable. Des guerriers lakotas ou cheyennes auraient forcément reconnu leur vieil adversaire et auraient traité sa dépouille avec plus d'indignité ou d'honneur qu'il n'en a été accordé à ce cadavre plus ou moins ignoré.

Quelqu'un, une femme sans doute, a fiché une flèche dans le *ce* pâle du cadavre, flasque dans la mort, définitivement réduit à un renflement charnu.

Paha Sapa se laisser tomber à terre, des cartouches vides lui écorchent les genoux, et il se penche en avant, appuyant ses deux paumes sur le torse blanc du *Wasicun*, posant les mains à côté d'une large plaie déchiquetée sur la partie gauche de la poitrine de l'homme, à l'endroit où le premier coup de fusil l'a touché. La seconde plaie par balle, mortelle celle-là – sur la tempe gauche et blême –, dessine un simple trou rond. Les paupières du cadavre sont baissées, les yeux presque clos comme s'il dormait, de minces croissants blancs apparaissant seulement sous des cils étonnamment fournis. Ce *Wasicun*, contrairement à tant d'autres, a l'air tranquille, presque paisible.

Paha Sapa ferme lui-même les yeux en murmurant des paroles dont il veut croire qu'elles seront suffisamment conformes au rite.

« Esprit, va-t'en ! Esprit, quitte mon corps ! »

Tout en répétant cette incantation haletante, Paha Sapa appuie de toutes ses forces sur le torse du cadavre nu, espérant et priant les Six Grands-Pères que cette pression incitera le fantôme à redescendre le long de son bras, de sa main et de ses doigts et à regagner la forme blanche et froide.

La bouche du cadavre *wasichu* s'ouvre et le mort émet un long renvoi satisfait.

Épouvanté, Paha Sapa retire brusquement ses mains – le fantôme semble se moquer de lui, tapi dans son cerveau – avant de comprendre que la pression de ses mains a fait sortir quelques ultimes bulles d'air des intestins, du ventre ou des poumons du *Wasicun* mort.

Tremblant de tous ses membres, Paha Sapa repose les mains contre la chair froide et appuie, en vain. Le fantôme ne s'en va pas. Il a trouvé asile dans le corps chaud de Paha Sapa, dans ce corps qui vit et qui respire, et n'a aucune envie de regagner l'enveloppe vide couchée au milieu des enveloppes tout aussi vides de ses amis assassinés.

Paha Sapa, dix étés, éclate en sanglots comme un tout-petit. Lui qui, une heure plus tôt encore, s'était pris pour un homme est redevenu un petit garçon pleurnicheur. Il s'éloigne en rampant du monceau de cadavres, tombe par terre et se roule en boule comme une chose qui n'est pas encore née. C'est à peine s'il ne suce pas son pouce tandis qu'il reste couché là, en larmes, entre les jambes raidies d'un cheval de cavalerie mort. Le soleil est une sphère rouge dans le ciel poussiéreux, il s'incline vers les hautes terres en direction de l'ouest, sa teinte pourpre transformant l'azur en reflet de la terre ensanglantée qui s'étend au-dessous de lui.

Laissant le fantôme chuchoter et bégayer à l'intérieur de son cerveau, Paha Sapa se laisse glisser sur le côté dans un état d'épuisement qui n'est pas tout à fait le sommeil. L'esprit bredouille et bafouille encore quand Boite-Beaucoup découvre Paha Sapa un peu après le coucher du soleil et l'emporte, toujours inconscient, jusqu'au village lakota en deuil et en liesse en bas, au fond de la vallée.

2

Au sommet des Six Grands-Pères

Février 1934

Le moment est venu de faire sauter la tête de Thomas Jefferson.

La grossière esquisse de pierre permet déjà de distinguer les cheveux séparés par une raie, descendant beaucoup plus bas sur le front que ceux de Washington, situé juste à gauche et en surplomb de l'amorce d'effigie de Jefferson. Émergeant du granite blanc et ocre au-dessous des cheveux et du front, on reconnaît le long rectangle d'un nez ébauché qui s'achève à peu près au même niveau que la ligne aiguë du menton de Washington. On discerne également la saillie des sourcils et le creux des orbites, l'œil droit plus avancé (si on peut désigner ainsi un orifice circulaire à l'intérieur d'un trou ovale). Mais les deux têtes – l'une presque achevée, l'autre surgissant à peine du rocher – sont de tout évidence trop proches l'une de l'autre, même pour un profane.

L'été précédent, alors qu'il se reposait dans la vallée, à l'ombre de la centrale électrique, passant soigneusement et scrupuleusement en revue le contenu de sa caisse de dynamite bien que les travaux aient été officiellement mis entre parenthèses, Paha Sapa avait entendu deux touristes, des dames d'un certain âge, se quereller sous leurs ombrelles.

« Le premier, devant, c'est George. Donc l'autre ne peut être que Martha.

— Mais non. Je sais de source sûre qu'ils ne mettent que des présidents, là-haut !

— Penses-tu ! Jamais M. Borglum ne sculpterait deux hommes blottis l'un contre l'autre de cette façon ! Ce serait inconvenant ! C'est Martha, forcément. »

Voilà pourquoi le premier Jefferson est condamné à disparaître aujourd'hui, à quatre heures de l'après-midi.

À quatre heures précises, les sirènes mugissent. Tout le monde doit quitter les têtes, tout le monde doit quitter les visages, tout le monde doit quitter l'escalier, tout le monde doit quitter l'éboulis en contrebas. Un bref instant de silence hivernal s'installe que rien ne rompt, pas plus le cri des corneilles depuis les pins ponderosa enneigés qui poussent sur le versant que le crissement pourtant incessant de la benne de chargement que l'on hisse ou que l'on descend avant que, soudain, l'écho de trois explosions fasse vibrer toute la vallée tandis que le front de Jefferson explose. Une très courte pause pendant que les rochers s'effondrent et que la poussière se dissipe – puis un nouveau grondement. La masse indistincte des cheveux et les sourcils de Jefferson se brisent en milliers d'éclats de granite qui s'envolent et retombent, aussi volumineux, pour certains, que des Ford T. Cette deuxième explosion est suivie d'une interruption plus brève encore, pendant laquelle d'autres fragments rocheux dévalent le versant à grand fracas tandis que les corneilles tournoient, noires, dans le ciel. Et voilà que le nez, l'œil droit de Jefferson et sa joue sont projetés dans l'espace par une demi-douzaine de déflagrations simultanées, dont le roulement résonne à travers toute la vallée avant de revenir en écho, affaibli et métallique.

On a l'impression que les débris tombent et roulent pendant de longues minutes, alors qu'en réalité le travail n'a duré que quelques secondes. Quand la brise glaciale emporte la dernière traînée de fumée et de poussière, la face rocheuse ne révèle plus que quelques plis, des saillies insignifiantes qu'il faudra meuler à la main. Thomas Jefferson a disparu. C'est comme s'il n'avait jamais existé.

Pendant les explosions, en contravention à toutes les règles mais grâce à une dérogation spéciale, Paha Sapa est resté suspendu hors de portée dans sa chaise de gabier, à l'est de la tête massive de Washington, les pieds reposant sur une étroite corniche qui parcourt la longue surface de pierre blanche immaculée dont on a déjà fait sauter tout ce qui n'était pas suffisamment solide pour préparer le site de la nouvelle sculpture de Jefferson. Il donne un coup de pied pour s'éloigner de la paroi, fait signe à Gus, le treuilliste, et commence à remonter, rebondissant sur le renflement des cheveux, de la joue et du nez de George Washington, le bras du treuil pivotant souplement avec lui, lui donnant l'impression de voler. Chaque fois qu'il se déplace ainsi, il pense à *Peter Pan.* Une troupe de théâtre ambulante de Rapid City a donné cette pièce à la réserve de Pine Ridge plusieurs années auparavant, et il n'a jamais oublié l'image de l'actrice qui jouait le rôle d'un jeune garçon voltigeant tout autour et au-dessus de la scène dans un harnais métallique beaucoup trop apparent. Le câble d'acier qui empêche Paha Sapa de tomber jusqu'au fond de la vallée, plusieurs dizaines de mètres plus bas, n'a que trois millimètres de diamètre, et est moins visible que celui de l'interprète de Peter Pan, mais il sait qu'il résisterait au poids de huit hommes comme lui. Il donne des coups de pied plus énergiques et s'envole plus haut ; il veut être le premier à constater le résultat des quatorze grosses charges et des quatre-vingt-six petites qu'il a personnellement mesurées puis mises en place après avoir foré la tête de Jefferson ce matin et cet après-midi.

Prenant équilibre sur la joue droite de Washington, il fait signe à Gus de le descendre au niveau des lèvres et de la ligne de la bouche du premier président, sur lesquelles le travail est en cours. Paha Sapa se tourne vers la gauche pour inspecter son œuvre. Il est satisfait.

Les cent charges ont toutes explosé. Les masses de cheveux bien coiffés, les sourcils, les orbites, l'œil, le nez et l'esquisse de lèvres ont disparu, mais il ne reste ni trous ni bosses dans la roche de qualité inférieure dans laquelle on avait entrepris, par erreur, de sculpter le premier Jefferson.

En apesanteur, Paha Sapa rebondit depuis l'angle droit du menton de Washington, toujours à une petite cinquantaine de mètres de l'éboulis, quand il sent plus qu'il ne voit ou n'entend Gutzon Borglum descendre de la cabane du treuil qui le surplombe, suspendu à un second câble.

Le patron se laisse tomber entre la sellette de Paha Sapa et les vestiges du premier visage rocheux de Jefferson. Pendant une seconde, Borglum contemple d'un regard noir la paroi rocheuse mise à nu avant de pivoter avec aisance en direction de Paha Sapa.

« Tu as laissé quelques bosses là-bas, sur la joue, Old Man. »

Paha Sapa hoche la tête. Les saillies ne dessinent qu'un très vague soupçon d'ombres à l'intérieur de la tache de lumière, une faible lumière d'hiver, que la joue et le nez de Washington réfléchissent sur la face rocheuse désormais dénudée. Paha Sapa sent le froid l'envahir au moment où le reflet de cette dernière lueur d'une journée de février disparaît du versant sud. Il sait que Borglum ne peut pas s'empêcher de trouver *quelque chose* à redire – c'est toujours comme ça. Quant à ce surnom d'*Old Man* que le patron lui donne, Paha Sapa sait également que Borglum fêtera ses soixante-six ans dans quelques semaines, mais que c'est le genre d'information qu'il ne confie jamais à ses ouvriers et qu'il n'a pas la moindre idée de l'âge réel de Paha Sapa : celui-ci aura soixante-neuf ans en août. Paha Sapa n'ignore pas que Borglum l'appelle *Old Man*, le Vieux, ou *Old Horse*, Vieux-Canasson, en présence des autres ouvriers, mais qu'il croit en réalité que le seul Indien qu'il a embauché a cinquante-huit ans, conformément à ce qui figure dans son dossier de la mine de Homestake.

« Eh bien, Billy, tu avais raison pour l'importance des charges. Je n'étais pas sûr qu'il faille en utiliser des petites en aussi grand nombre, mais c'est toi qui avais raison. »

La voix de Borglum se perd dans un grommellement maussade, comme d'ordinaire. Si peu d'ouvriers l'aiment, la plupart le respectent et c'est tout ce que Borglum leur demande. Paha Sapa ne l'aime pas plus qu'il ne le respecte, mais après tout, il pourrait en dire autant des sentiments que lui inspirent presque tous les *Wasicun*, à l'exception, peut-être, de quelques morts et d'un vivant du nom de Doane Robinson. Paha Sapa plisse les yeux en contemplant la paroi rocheuse dégagée où l'esquisse en relief de Jefferson se dessinait une demi-heure plus tôt.

« Oui, patron. Des charges plus importantes auraient fait éclater cette faille et vous auriez mis six mois à la réparer. Avec des charges inférieures, nous aurions continué à faire sauter le rocher pendant une semaine et il nous aurait encore fallu un bon mois de plus pour le polir ensuite. »

C'est le plus long discours qu'ait prononcé Paha Sapa depuis des mois, mais Borglum ne répond que par un nouveau grognement. Paha Sapa n'a qu'une envie : qu'il s'en aille. Il souffre d'une céphalée de la dynamite. Depuis le petit matin, il a travaillé dans le froid à mains nues, à couper, façonner et placer des charges et, comme le savent tous les dynamiteurs, il y a quelque chose dans cet explosif, peut-être une substance contenue dans la nitroglycérine qui en suinte comme une sueur pernicieuse, qui s'insinue dans la peau de celui qui la manipule, remonte jusqu'à la base de son crâne et provoque ces maux de tête taraudants, aveuglants, sans commune mesure avec les migraines ordinaires. Paha Sapa cille pour chasser le film rouge qui commence à voiler ses yeux, symptôme habituel de la céphalée de la dynamite.

« Bien, bien, le travail aurait pu tout de même être plus propre et je suis sûr que tu aurais pu utiliser moins de dynamite, ce qui nous aurait fait faire des économies. Prépare-toi à disposer les nouvelles charges sur le tiers supérieur du nouveau site de bonne heure demain matin pour l'explosion de midi. »

Borglum fait signe à son propre treuilliste, son fils Lincoln, de le remonter.

Paha Sapa hoche la tête. Ce seul mouvement suffit à provoquer une douleur fulgurante accompagnée de vertiges. Il attend que Borglum ait atteint la cabane du treuil pour se retourner d'un coup de pied et se livrer à une dernière inspection attentive. Mais avant de disparaître dans le rectangle sombre au pied de la cabane en surplomb, le patron lui crie encore :

« Hé, Billy... tu aurais bien voulu utiliser assez de poudre pour faire valser Washington en même temps, pas vrai ? »

Paha Sapa s'incline en arrière, ne prenant plus appui sur le rocher que par l'extrémité des orteils, le corps presque à l'horizontale dans son harnais, maintenu dans l'espace par un filin de trois millimètres de diamètre à soixante mètres du fond de la vallée, et lève les yeux vers la forme sombre de Gutzon Borglum suspendue quinze mètres plus haut, vers cette petite silhouette découpée sur le ciel du Dakota du Sud qui pâlit rapidement en ce mois de février, un ciel presque aussi bleu que l'œil d'un cavalier *wasichu* mort.

« Pas encore, patron. J'attendrai que vous ayez fini les quatre pour les faire dégringoler toutes en même temps. »

Borglum s'étrangle de rire, fait signe à son fils qui le hisse jusqu'à la cabine du treuil.

C'est une vieille blague entre eux, et ce petit jeu immuable a fini par perdre toute trace de drôlerie. Mais Borglum se doute-t-il, s'interroge Paha Sapa, que son dynamiteur chef ne plaisante pas ?

3

Sur les berges de l'Herbe grasse

Juin 1876

Paha Sapa boit sa soupe brûlante à petites gorgées. La multitude de feux allumés dans le village fait rayonner les peaux de bisons soigneusement grattées d'une lueur orangée à l'intérieur du tipi de Boite-Beaucoup. Il est très tard, mais une cacophonie de chants et d'incantations, accompagnée du bruit mat des tambours, résonne à l'extérieur – une cacophonie aux oreilles de Paha Sapa, parce que c'est un brouhaha criard et inhabituel, un mélange de sons de fête et de deuil, traversé par moments par les cris perçants des femmes affligées, les hurlements d'allégresse des guerriers ainsi que par les coups de feu qui retentissent toujours à l'intérieur du camp et auxquels répond l'écho de tirs plus lointains depuis les collines sombres, sur l'autre rive du cours d'eau au sud-est. Plusieurs centaines de guerriers, dont beaucoup sont complètement ivres, essaient à tour de rôle de repérer les *wasichu* rescapés encerclés là-haut, tirant sur les soldats chaque fois qu'ils croient apercevoir les vagues contours d'une tête ou d'un corps se détacher du cercle retranché de tuniques bleues tapies sur la crête enténébrée.

Trois autres hommes âgés sont réunis dans la hutte de Boite-Beaucoup : *Tatanka Iyotake* (Bison-Assis), Élan-Stupide et un vieil homme du mystère *yuwipi***, un Rêveur de la Pierre, qui porte le nom de Long-Étron. Paha Sapa, qui n'écoute que d'une oreille la conversation décousue des adultes, entend Long-Étron raconter que pendant une bonne partie de la bataille de l'après-midi, il a discuté avec Cheval-Fou, allant jusqu'à allumer un feu sacré de bouses de bison en profitant d'une interruption des combats pour permettre au guerrier et à ses hommes d'aller chercher des montures fraîches. À l'évocation du nom de Cheval-Fou, Paha Sapa rougit de honte. Il espère ne plus revoir de sa vie le cousin de la première épouse de Boite-Beaucoup.

« Collines-Noires, dis-nous ce que tu as à nous dire. »

C'est Bison-Assis qui a donné l'ordre. Bien que la plupart des jeunes guerriers aient fanfaronné à qui mieux mieux et fêté la journée comme si elle s'était achevée par une immense victoire, la voix de Bison-Assis est empreinte d'une telle tristesse qu'on pourrait croire que les Lakotas et les Cheyennes viennent de subir une lourde défaite. Et si Boite-Beaucoup, Long-Étron et Élan-Stupide, le plus jeune des trois, ont mis leurs plus beaux vêtements pour l'occasion, Bison-Assis, qui est vieux – il a vu au moins quarante-deux étés selon Boite-Beaucoup –, porte sa tenue de tous les jours, une chemise en daim à franges simplement brodée de piquants verts de porc-épic et ornée aux épaules de modestes touffes de cheveux humains, des jambières, des mocassins et un pagne rouge. Ses tresses sont enveloppées de peaux de loutres et ornées d'une unique plume d'aigle plantée à la verticale.

Paha Sapa acquiesce, il pose sa soupe, assis en tailleur sur la peau moelleuse, il essaie de se calmer et de réfléchir à ce qu'il va dire. Boite-Beaucoup a parlé aux trois autres du fantôme – voilà pourquoi ils sont venus ici ce soir écouter un jeune garçon au lieu de célébrer ou de se lamenter ou, dans le cas d'Élan-Stupide, de tirer sur les *wasichu* survivants retranchés au sommet de la colline – et Paha Sapa sait que c'est l'identité de la tunique bleue dont l'esprit l'a envahi qui intéresse le plus les deux hommes du mystère et l'ami-guerrier de Cheval-Fou.

Paha Sapa ferme les paupières un instant pour faire resurgir les événements de l'après-midi de la fumée et de la brume des terribles souvenirs de cette journée. Il espère qu'au moment où il ouvrira les yeux pour parler – pour parler avec autant de concision que lui a appris à le faire Boite-Beaucoup quand il était petit et avec toute la clarté possible compte tenu du baragouinage incessant et lancinant du fantôme dans son cerveau –, ces quelques mots neutres et posés jailliront de sa bouche sous l'aspect d'une sorte de mélopée monotone. Mais avant de regarder ses interlocuteurs pour prononcer son bref exposé, Paha Sapa prend le temps de se remémorer dans le détail tout ce qui s'est passé.

Il n'était pas venu pour se battre. Paha Sapa savait qu'il n'était pas un guerrier – son unique et malencontreuse expédition contre les Corbeaux* au printemps précédent le lui avait appris –, mais cet après-midi-là, quand les premiers coups de feu avaient retenti sur la frange sud-est de l'immense village de tipis qui occupait la vallée, Boite-Beaucoup l'avait entraîné en courant hors de sa hutte. Quelle agitation ! L'*akicita*** s'efforçait de maintenir l'ordre, mais les jeunes guerriers ignoraient la police tribale : ils se précipitaient à grands cris vers leurs chevaux et filaient à bride abattue vers les bruits de combat. D'autres braves se hâtaient de tracer sur leurs corps leurs peintures de guerre, de ramasser leurs armes et de psalmodier leurs chants de mort. Tout en sachant qu'il n'était pas un guerrier dans l'âme, Paha Sapa avait senti la fièvre l'envahir tandis que les tirs se poursuivaient, que les nuages de poussière s'élevaient à l'est et depuis les falaises par-delà la rivière, et que des groupes d'hommes de tous âges continuaient à sortir du village au grand galop en poussant des hurlements.

« Les combats se déroulent tout au bout du village. »

Boite-Beaucoup avait tendu le doigt vers le sud-est.

« Je veux que tu restes ici jusqu'à mon retour. »

Et, sans armes, Boite-Beaucoup s'était éloigné d'un pas lent en direction des tirs.

Paha Sapa avait fait tout son possible pour obéir, même quand Yeux-de-Loup, Pied-Gauche et plusieurs autres jeunes gens qu'il avait rencontrés ici, dans cet immense rassemblement, étaient passés devant lui, moqueurs, en lui criant d'aller se chercher un cheval. Mais ils s'étaient déjà éloignés vers le sud avant que Paha Sapa ait pu prendre une décision.

Les tirs s'étaient multipliés, provenant cette fois du ravin à l'extrémité nord du village, presque à l'opposé des premiers coups de feu. Levant les yeux quelques minutes auparavant, Paha Sapa avait aperçu toute une colonne de cavaliers *wasichu* qui s'avançait vers le nord-ouest le long de la falaise. L'attaque des tuniques bleues au sud-est du village n'était-elle qu'une feinte, s'était demandé Paha Sapa, une diversion – alors que le gros de l'offensive allait se dérouler ici, à l'autre bout, là où étaient regroupés les femmes et les enfants ? Bison-Assis lui-même avait expliqué à Boite-Beaucoup trois nuits plus tôt seulement que c'était une stratégie que Cheveux-Longs avait employée quand le chef de guerre *wasicun* avait attaqué le village de Chaudron-Noir*.

Une femme avait crié que les tuniques bleues arrivaient par le ravin et traversaient la rivière au gué, pas très loin du tipi de Boite-Beaucoup, tout près de l'endroit où tant de femmes et d'enfants étaient réunis. Un groupe de guerriers, leurs chevaux et leurs corps huilés couverts de la poussière des combats du sud-est, s'étaient dirigés vers le nord au grand galop, traversant le centre du village, pour affronter cette nouvelle menace, effrayant les vieillards, les femmes et les tout-petits qui s'étaient mis à hurler sur leur passage. Un cheval qui traînait derrière le groupe avait perdu son cavalier, et sa couverture était maculée d'une traînée de sang. Quand les guerriers avaient fait une brève halte entre les huttes pour permettre aux femmes en débandade de dégager la voie, cette jument sans cavalier s'était presque immobilisée, roulant des yeux blancs, à l'arrière de la masse de chevaux et d'hommes qui criaient.

Sans réfléchir, Paha Sapa avait bondi sur le dos de la bête, enfonçant ses deux mains dans sa crinière. Quand les guerriers à cheval s'étaient frayé de force un passage au milieu des femmes hurlantes et étaient repartis au galop vers la rivière, Paha Sapa s'était cramponné et avait enfoncé ses talons dans les flancs haletants de la jument. C'était inutile – le sang bouillait dans ses veines et, comme Paha Sapa, son instinct la poussait à courir avec la troupe.

On entendait toujours tirer du côté de la longue ravine qui s'élevait vers la falaise depuis le cours d'eau. Au milieu de la poussière et de la fumée, Paha Sapa avait distingué plusieurs corps allongés là, dans la boue – quelques *wasichu*, plusieurs guerriers du village –, mais celui qui avait pris la tête de cette bande, quel qu'il fût, avait ignoré le ravin et poursuivi sa route vers le nord, le long de la rivière, dépassant des groupes de femmes et d'enfants en fuite, au-delà des dernières huttes des Lakotas et des Cheyennes, à travers les peupliers de Virginie, jusqu'à ce que la trentaine de guerriers à cheval, Paha Sapa formant l'arrière-garde, franchisse le deuxième gué dans des gerbes d'eau et remonte, toujours au galop, une étroite combe en direction de la falaise herbeuse. Paha Sapa avait failli glisser de sa monture alors qu'elle gravissait le versant escarpé, mais il s'était accroché des deux mains à la crinière et avait serré les genoux contre la cage thoracique du cheval pantelant jusqu'à ce que la jument écumante, la respiration sifflante, les poumons bruyants comme un soufflet de forge percé, prenne pied sur la crête couverte d'herbe.

Paha Sapa n'avait eu que le temps de jeter de brefs coups d'œil et de recueillir quelques impressions incohérentes – des croupes pentues à sa droite couvertes de guerriers et de *wasichu* à cheval, une autre longue arête rocheuse frangée de fumée et de poussière en surplomb sur sa gauche, des groupes de *wasichu* désarçonnés et des bandes désorganisées de guerriers qui se tiraient dessus là-bas et se livraient à une lutte acharnée tout le long de l'étendue herbeuse qui s'élevait vers une autre crête, plus élevée, à un bon kilomètre au nord-ouest. Se redressant, Paha Sapa avait baissé les yeux en direction de la vallée, mais les tourbillons de poussière et de fumée l'empêchaient de distinguer les cercles d'un millier de tipis, en contrebas.

Il s'était rendu compte que la bande de guerriers qu'il avait suivie n'était pas mieux organisée que les autres groupes qu'il apercevait, éparpillés sur les flancs des collines – ses compagnons étaient pour la plupart des Lakotas, mais il y avait aussi plusieurs Miniconjous et quelques Cheyennes. Leur chef, un homme qu'il ne connaissait pas, lui semblait être un Hunkpapa. L'homme avait crié – *Hokahey !*** – et les guerriers, toujours escortés par Paha Sapa, avaient donné des coups de talon et de cravache dans les flancs de leurs poneys pour s'approcher des grappes de tuniques bleues *wasichu* qui tiraient, défaites et dispersées sur le versant, à leur gauche. Au milieu de la fumée, des chevaux de *wasichu* et des poneys de guerriers hennissaient et tombaient, certains abattus par les soldats désireux de s'abriter derrière eux, d'autres touchés par une balle sous leurs cavaliers tués ou arrachés aux tuniques bleues qui les tenaient par la bride. Le crépitement incessant des tirs résonnait sur la toile de fond d'un chœur croissant de hurlements, de cris, de grognements, d'incantations et d'appels. En lisière, les femmes roucoulaient leurs trémolos stridents d'éloges funèbres sanglants tandis que Paha Sapa dépassait avec les autres les derniers buissons, au sommet du ravin.

Il avait presque entièrement oublié les quelques minutes qui avaient suivi ; il lui restait des souvenirs indistincts de fumée, des impressions confuses de vagues de guerriers à cheval bondissant par-dessus, à travers et devant des *wasichu* désarçonnés, des images brumeuses de guerriers à pied encerclant les bandes de tuniques bleues et leurs chevaux morts, l'impression cauchemardesque de montures en déroute – dont sa jument – allant et venant dans le plus complet désordre entre des hommes qui leur tiraient dessus. Se rappelait-il réellement ces quelques visions franchement extravagantes, comme celle du soldat *wasicun* fuyant au grand galop, poursuivi par cinq guerriers lakotas ? Le soldat allait leur échapper quand il avait soudain levé son revolver pour se faire sauter la cervelle. Interloqués, les guerriers s'étaient arrêtés net, avaient échangé des regards et étaient repartis vers le sud, où les combats étaient plus bruyants ; pas question de toucher au cadavre d'un *Wasicun* fou.

Paha Sapa se souvenait parfaitement qu'il n'avait à aucun moment cherché à arrêter sa jument pour récupérer un fusil, un arc, une lance ou un revolver sur un des morts qui gisaient dans l'herbe. De toute manière, il n'aurait pas pu la retenir. Du sang ruisselait sur ses flancs couverts d'écume, et le garçon s'aperçut qu'elle avait été touchée à plusieurs reprises par des balles de fusil et de pistolet et avait une flèche profondément enfoncée dans la chair, juste derrière la jambe droite de Paha Sapa. À chaque bond, la jument rejetait par les naseaux des glaires plus épaisses et des filets de sang plus longs que sa course projetait derrière elle et qui venaient maculer le cou, la poitrine et le visage de Paha Sapa, lequel en était presque aveuglé.

Les guerriers poussèrent ensuite leurs chevaux sur la gauche comme un troupeau d'oies qui change de direction, et Paha Sapa comprit qu'ils chargeaient une bande de *wasichu* qui avaient mis pied à terre sur le long versant, sous la crête. Comme sa jument avançait en titubant – de toute évidence, elle ne survivrait pas à une nouvelle charge –, Paha Sapa décida de compter le coup. C'était pour cela qu'il avait quitté le village. Il n'avait pas d'arme, pas même un couteau ni un bâton à coup, et serait donc obligé de procéder à main nue. Paha Sapa se rappelle à présent le sourire sauvage, dément peut-être, qui s'est épanoui sur son visage au moment où il a pris cette décision.

Au milieu des *wasichu* morts et agonisants, une poignée de tuniques bleues se tenaient à genoux, à plat ventre ou debout, et tiraient. Un homme se dressait, tête nue, cheveux courts, le crâne un peu dégarni – la peau du front si blanche que, un instant, Paha Sapa avait cru qu'il avait déjà été scalpé –, tirant calmement avec un superbe fusil. Une cartouche s'était coincée ou bien il s'était trouvé à court de munitions au moment même où la bande de Paha Sapa approchait – des vagues de guerriers passaient devant les groupes de *wasichu* désarçonnés et tombés à terre – et la tunique bleue que Paha Sapa avait remarquée avait alors reposé soigneusement son fusil, sorti deux pistolets et s'était mis à en décharger un dans sa direction.

La jument de Paha Sapa avait fini par s'effondrer, ses antérieurs ployant sous elle, le projetant par-dessus son encolure et sa tête. Dans un mouvement incroyable, impossible, Paha Sapa avait touché terre en courant et avait continué à courir, sans tomber, comme s'il volait, la vélocité de sa jument morte s'étant transmise à ses propres membres bondissants, fendant l'air avec une aisance presque magique à travers les cadavres et les *wasichu* expirants, tandis que les guerriers à cheval le dépassaient au galop des deux côtés, hurlant, tirant des flèches et des coups de fusil. Paha Sapa ne quittait pas des yeux le grand *Wasicun* qui n'était plus qu'à vingt pas de lui. L'homme le vit, pivota, brandit un des pistolets, et s'écroula.

Une balle avait frappé le flanc gauche du *Wasicun* dégarni, le renversant et le faisant basculer sur un cheval mort. Un des pistolets de l'homme avait été projeté en l'air et avait disparu dans un nuage de poussière, mais il s'était agrippé à l'autre et l'avait levé, visant calmement le visage ensanglanté de Paha Sapa qui se précipitait vers lui, le souffle court, plus près, plus près.

Un poney emballé avait failli faucher Paha Sapa au moment où le *Wasicun* avait tiré. Paha Sapa avait entendu la balle siffler à moins d'une largeur de paume de son oreille. Il s'était relevé et s'était remis à courir, pendant que le *Wasicun* le visait tranquillement, minutieusement. À cet instant, un guerrier avait tiré par-dessus l'épaule de Paha Sapa, atteignant la tunique bleue à la tempe gauche. La tête de l'homme avait reculé brutalement, et son beau pistolet avait tiré en l'air une balle inoffensive, à l'instant précis où Paha Sapa se jetait en avant et posait sa paume et ses cinq doigts sur la poitrine de l'homme blanc.

Et, d'un bond, le fantôme était entré en lui.

Lorsque Paha Sapa se tait – il a résumé tous ces souvenirs en très peu de mots –, des grognements lui répondent, suivis d'un long silence. Quand Bison-Assis prend enfin la parole, c'est pour s'adresser à Boite-Beaucoup.

« Quand tu rentreras dans ton village, tu devras accomplir une cérémonie de Possession d'Esprit en faisant un don très important. »

C'est au tour de Boite-Beaucoup de grogner. Toujours sensible aux nuances de son père adoptif, Paha Sapa comprend à cette réaction évasive que le vieil homme n'approuve pas Bison-Assis et ne pense pas que cette cérémonie soit la solution appropriée à cette possession.

Long-Étron tend la main pour réclamer le silence et l'attention.

« Il faut savoir si c'est Cheveux-Longs qui a envoyé son esprit dans ce garçon. Collines-Noires, tu as vu l'homme mourir – penses-tu que c'était Cheveux-Longs ?

— *Je ne sais pas, grand-père. Le* Wasicun *avait les cheveux très courts. Je pense que c'était un officier. Il avait* vraiment *de très belles armes, aussi bien son fusil que ses deux pistolets. Elles n'y étaient plus quand je suis retourné près du corps.* »

Élan-Stupide toussote, hésitant manifestement à prendre la parole en présence de ses aînés, trois hommes du mystère.

« *On dit que Cheveux-Longs a un fusil avec un canon à huit côtés. As-tu remarqué cela, Collines-Noires ?*

— *Non. J'ai seulement vu qu'il était magnifique et qu'il tirait plus vite que les carabines des autres tuniques bleues.* »

Paha Sapa s'interrompt.

« *Je ne suis pas un guerrier. Je suis désolé de ne pas avoir observé ces détails plus attentivement.* »

Bison-Assis grommelle et écarte ses excuses d'un geste dédaigneux de la main.

« *Personne n'a à s'excuser de ne pas être un guerrier. Tu n'es encore qu'un garçon et, apparemment, tu ne souhaites pas devenir un guerrier. Tu es – et tu seras – ce que* Wakan Tanka** *veut que tu sois. Nul homme ne peut rien y changer.* »

Comme s'il était gêné d'avoir tant parlé, Bison-Assis éternue et ajoute :

« *Hecetu. Mitakuye oyasin.* Qu'il en soit ainsi. Tous les miens – chacun d'entre nous. »

Ce qui veut dire que pour ce jour, la discussion est close.

Bison-Assis adresse un signe de tête aux autres, il se relève pesamment et sort de la hutte sans ajouter un mot. Long-Étron et Élan-Stupide prennent le temps de terminer leurs pipes avant de le suivre, s'arrêtant pour chuchoter quelques mots à Boite-Beaucoup.

Après leur départ, Boite-Beaucoup contemple son fils adoptif. Son regard semble las, triste peut-être.

« *Le village sera démonté demain de bonne heure, mais dans la matinée, si d'autres* wasichu *n'arrivent pas pour prêter secours à leurs amis, nous monterons, Bison-Assis et moi, pour essayer de trouver le corps de la tunique bleue qui t'a infecté et déterminer s'il s'agit de Cheveux-Longs. Tu nous conduiras.* »

Paha Sapa hoche la tête. Il a les mains qui tremblent depuis qu'il s'est réveillé, sain et sauf, dans le tipi de Boite-Beaucoup, ce soir, et il serre les poings pour dissimuler ces spasmes.

Boite-Beaucoup lui effleure le dos.

« Tâche de te rendormir, mon fils, malgré le vacarme du campement. Nous partirons avant l'aube et, tandis que les autres bandes se dirigeront vers l'ouest et le nord, ou regagneront les agences – je crois que Bison-Assis a l'intention d'emmener son peuple très loin au nord –, nous reprendrons, toi et moi, la route de l'est pour rentrer chez nous. Là, il faudra que nous nous entretenions avec les autres pour décider ce qu'il convient de faire au sujet de ton fantôme. »

4

Près de la butte de l'Ours*

Août 1865

Paha Sapa sait qu'il est né pendant la Lune de la Maturation, l'année où la Foudre a frappé les poneys.

Il sait aussi que les enfants lakotas ne portent presque jamais des noms de lieux – son nom, Paha Sapa, Collines-Noires, est tout à fait inhabituel et fait ricaner les autres garçons –, mais on lui a raconté que la nuit où il est né près de la butte de l'Ours, à la fin de cet été étrange et torride où la foudre a frappé par trois fois le troupeau de poneys, les trois hommes les plus importants du village – leur chef de guerre, Blaireau-Furieux, leur vieux *wičasa wakan*** fatigué, Faucon-à-la-Voix-Puissante, et leur meilleur *wičasa wakan*, le vrai, Boite-Beaucoup – ont tous rêvé des collines Noires.

Blaireau-Furieux a vu en songe un loup blanc surgir en courant des collines sombres environnées d'éclairs et tout illuminées, le loup avait parlé avec le tonnerre et portait un bébé sur son dos, un tout petit garçon nu qui pleurait.

Faucon-à-la-Voix-Puissante a rêvé qu'il avait retrouvé sa jeunesse et montait à nouveau son cheval préféré *Pšíco* – Engoulevent –, mort il y a plus de trente ans, qu'Engoulevent galopait si vite qu'il emportait Faucon-à-la-Voix-Puissante dans l'air de la nuit, dans l'éclair même, et alors qu'il passait au-dessus des collines Noires, un immense *cetán*** blanc – un faucon comme celui qui lui avait valu son nom soixante-quatorze étés plus tôt – avait pris son envol, et le faucon portait dans ses serres un nouveau-né tout nu.

Boite-Beaucoup avait eu une vision plus qu'un songe. Le tonnerre et les éclairs l'avaient réveillé et il avait laissé ses deux épouses pour sortir dans la nuit chaude et sous l'orage – une tempête dont la violence était encore accrue par les cris de Se-Tient-dans-l'Eau qui était en train de mourir en donnant naissance à son enfant. Dans la foudre qui s'abattait au nord, au-delà de la forme massive de *Matho Paha*, la butte de l'Ours, Boite-Beaucoup avait aperçu le visage d'un tout petit garçon que dessinaient les éclairs dans les nuages, au-dessus des collines Noires.

Le lendemain de la naissance du petit garçon sans père, de ce petit garçon dont la mère était morte d'avoir perdu tout son sang, et une fois que les femmes eurent préparé le corps de la malheureuse pour les funérailles, Blaireau-Furieux, Faucon-à-la-Voix-Puissante et Boite-Beaucoup s'étaient réunis dans une hutte fermée six heures durant, fumant la pipe et débattant de leurs rêves et de leurs visions. Ils avaient décidé que s'il survivait – et aussi étrange que cela puisse paraître à tous les Êtres Humains Libres Naturels – le petit orphelin serait nommé Paha Sapa, car dans chacun de leurs songes, le nouveau-né était venu des collines Noires.

Paha Sapa a appris plus de détails sur sa naissance et sur ses parents disparus qu'on ne pourrait l'attendre d'un enfant qui n'a jamais connu ces derniers. Il sait ainsi exactement pourquoi sa mère, Se-Tient-dans-l'Eau, qui n'avait que seize étés, est morte en lui donnant la vie, et il sait que sa mort était liée à celle de son père, tout aussi jeune qu'elle, Petit-Élan, tué par des Pawnees trois mois avant la naissance de Paha Sapa.

Il sait que Petit-Élan, qui n'avait pas encore tout à fait dix-sept étés, avait obtenu Se-Tient-dans-l'Eau à la suite d'une expédition contre un village de Corbeaux au cours de laquelle il avait fait preuve d'un courage remarquable, ou d'une incroyable stupidité. La bande de pillards lakotas avait atteint le village des Corbeaux, dispersé leurs chevaux, emmené plusieurs femmes – dont Se-Tient-dans-l'Eau, une Lakota qui était leur captive depuis quatre ans – et, quand les guerriers corbeaux avaient enfin trouvé des montures, les douze guerriers lakotas avaient pris la fuite. Mais Petit-Élan avait fait demi-tour, il avait crié *Hokahey !*, écarté les bras comme pour voler et traversé les lignes des Corbeaux qui avaient tous bandé leurs arcs et tiré des flèches dans sa direction. Petit-Élan n'avait pas été touché. Puis il avait *retraversé* les lignes des guerriers corbeaux, yeux fermés, tête renversée en arrière, bras grands ouverts. Pour prix de sa bravoure, Blaireau-Furieux et les autres guerriers lui avaient accordé Se-Tient-dans-l'Eau pour épouse.

Mais ensuite, trois mois avant la naissance de Paha Sapa, Petit-Élan – plutôt imbu de lui-même à la suite de cet exploit et légitime propriétaire de six superbes poneys – avait participé avec cinq de ses aînés à une incursion contre un grand village pawnee, loin à l'ouest des collines Noires. Leur seul objectif était de capturer des poneys et Celui-qui-se-Transforme-en-Loup, le guerrier d'un certain âge qui dirigeait ce raid, leur avait annoncé que dès qu'ils se seraient emparés des poneys, ils repartiraient à bride abattue et qu'il n'était pas question de s'arrêter pour se battre. Mais une fois de plus, Petit-Élan avait prouvé qu'il était un héros. Au retour, désobéissant à Celui-qui-se-Transforme-en-Loup pendant leur folle chevauchée à travers les plaines, Petit-Élan s'était laissé glisser de son cheval, avait fiché un pieu dans la prairie, y avait attaché une longe de trois mètres dont il avait noué l'autre extrémité autour de sa taille. Il ne bougerait pas de cet endroit, voilà ce qu'il voulait faire comprendre. Petit-Élan avait crié à ses cinq compagnons :

« *Ils ne peuvent pas me faire de mal ! Je vois l'avenir. Les Six Grands-Pères veillent sur moi ! Rejoignez-moi, mes amis !* »

Les cinq autres avaient arrêté leurs poneys sans rebrousser chemin pour autant. Depuis une colline herbeuse à quelque deux cents pas de distance, ils avaient vu cinquante Pawnees se précipiter en hurlant sur Petit-Élan, puis – furieux de s'être fait voler leurs poneys – sauter de cheval et mettre en pièces le jeune guerrier qui criait à fendre l'âme. Ils lui avaient retiré les yeux des orbites alors qu'il vivait encore, lui avaient tranché les bras avant de lui arracher le cœur, encore palpitant, pour y enfoncer leurs dents tour à tour. Les cinq Lakotas qui observaient la scène depuis leur promontoire avaient immédiatement abandonné les chevaux volés aux Pawnees et s'étaient enfuis, épouvantés, à travers la prairie pour rejoindre leur village.

Se-Tient-dans-l'Eau avait respecté le deuil – pleurant, criant, gémissant, s'arrachant les cheveux, se lacérant les avant-bras, les cuisses, les épaules et même les seins – pendant les trois mois pleins qui s'étaient écoulés entre la mort de Petit-Élan et la naissance de son bébé.

Paha Sapa savait tout cela depuis sa plus tendre enfance, d'abord parce qu'il avait commencé à poser des questions à ses aînés dès qu'il avait su parler, mais aussi grâce à ce qu'il appelait en lui-même sa *petite-vision-en-arrière-du-toucher.*

Paha Sapa s'était servi de sa *petite-vision-en-arrière-du-toucher* avant même de savoir parler ou marcher, mais il avait mis plusieurs années à comprendre – il était déjà un petit garçon qui courait partout – que cette faculté n'était pas donnée à tous.

Il ne réussissait pas à tous les coups. Le plus souvent, il échouait. Mais quelquefois – il était incapable de prédire quand cela arriverait –, lorsqu'il touchait la peau de quelqu'un, le jeune Paha Sapa était envahi par un tohu-bohu de souvenirs, de voix, de sons et d'images qui ne lui appartenaient pas. Il lui avait fallu bien plus longtemps pour apprendre à faire le tri dans ces brefs et puissants déluges d'*autres-pensées* et à leur donner un sens que pour apprendre à parler, à marcher, à monter à cheval ou à se servir d'un arc.

Il se rappelle que quand il avait trois étés sans doute, il avait touché le bras nu de Cheveux-de-Corneille, la jeune épouse de Boite-Beaucoup (celle qui a servi de nourrice à Paha Sapa après la mort de sa mère), et avait été submergé par un flot de pensées-souvenirs confus, d'images de la mort du propre bébé de Cheveux-de-Corneille quelques semaines seulement avant la naissance de Paha Sapa, de la colère de la jeune femme contre Boite-Beaucoup qui avait introduit cet autre nouveau-né dans sa hutte et de son étrange fureur contre Se-Tient-dans-l'Eau – la mère de Paha Sapa – à qui elle en voulait d'avoir tellement souffert de la mort de son stupide mari-enfant qu'elle s'était tailladé les bras et les cuisses avec son couteau bien au-delà de la durée appropriée pour ce genre de comportement, perdant du sang et s'affaiblissant exagérément – surtout pour une femme très menue, aux hanches étroites, enceinte et pas tellement costaude au départ après une longue captivité chez les Corbeaux, comme c'était le cas de Se-Tient-dans-l'Eau.

Âgé de trois étés, Paha Sapa avait compris, grâce à sa *petite-vision-du-toucher*, que sa mère avait bien failli se tuer à force de lacérations de deuil avant même sa naissance. La plupart des femmes lakotas s'enorgueillissaient de leur relative facilité à enfanter, persuadées que *Wakan Tanka* – le Grand Tout – leur avait fait la faveur de leur épargner un peu de la souffrance et des dangers qui accablaient toutes les femmes, en tout lieu. Mais à l'âge de trois étés, en touchant Cheveux-de-Corneille, Paha Sapa avait *vu* sa jeune mère, pâle, faible, couverte de transpiration, les jambes écartelées et le *šan*** – son *winyaň shan*** de femme – ouvert, déchiré et ensanglanté, tandis que Cheveux-de-Corneille, Femme-Trois-Bisons et leurs compagnes essayaient d'endiguer l'hémorragie à l'aide de mousse, d'argile chaude et même de bandes de peau assouplies jusqu'à être fines comme une étoffe, pendant que d'autres le tenaient, hurlant à pleins poumons, encore attaché à sa mère par le cordon ombilical.

Le jour où il avait eu cette *vision-du-toucher*, Paha Sapa avait poussé un cri, il s'était écarté en titubant de Cheveux-de-Corneille, et sa mère adoptive – qui l'avait toujours traité gentiment, presque comme son propre fils – lui avait demandé ce qu'il avait, ce qui s'était passé. Mais Paha Sapa, à peine capable à cet âge de prononcer quelques mots dans la langue des *Ikče Wičaśa***, les Êtres Humains Libres Naturels, avait pleuré et s'était éloigné. Il avait été malade et fiévreux toute la journée, toute la nuit et tout le jour suivant.

Après cette expérience, Paha Sapa avait redouté les *petites-visions-en-arrière-du-toucher* tout en espérant leur venue. Il avait appris peu à peu à poser des questions ou à diriger une conversation vers ce qu'il avait très envie de savoir puis, comme par hasard, à toucher une ou plusieurs personnes proches de lui, espérant provoquer cet afflux de souvenirs et d'images mentales.

Parfois, la magie fonctionnait ; généralement non.

Mais Paha Sapa y voyait quelque chose de honteux – comme de soulever le rabat d'une tente pour voir une jeune fille se déshabiller, ou de regarder délibérément Boite-Beaucoup s'accoupler avec Cheveux-de-Corneille ou son épouse plus âgée, Femme-Trois-Bisons, par une nuit chaude, quand ils rejetaient les peaux de bisons. Aussi n'en avait-il pas parlé à son père adoptif avant d'avoir atteint son neuvième été, l'année qui avait précédé *Pehin Hanska Kasata*** – l'élimination de Cheveux-Longs dans la vallée de l'Herbe grasse – qui avait changé sa vie à jamais.

Au cours de son neuvième été, quand il confie ses visions à Boite-Beaucoup, l'homme du mystère pose plusieurs questions incisives à Paha Sapa sur ses expériences de *petite-vision-en-arrière-du-toucher*, traquant les mensonges ou les incohérences – persuadé sans doute que le jeune garçon a entendu parler de ce genre de don par d'autres (car il ne règne aucune intimité dans un tipi et très, très peu dans une bande qui ne compte que dix-huit huttes). Mais quand Paha Sapa lui raconte la *petite-vision-en-arrière* qui lui a révélé le souvenir de Femme-Trois-Bisons du temps où, toute jeune, elle était captive des Pieds Noirs* et où tous les hommes l'avaient violée tour à tour avant de lui brûler l'intérieur des cuisses avec des pierres chauffées à blanc, Boite-Beaucoup se tait et fronce les sourcils d'un air farouche. Paha Sapa sait par la même *petite-vision-en-arrière-du-toucher* que Femme-Trois-Bisons n'en a jamais parlé à personne, sauf à Boite-Beaucoup, et encore, une fois seulement, bien des années auparavant, quand Boite-Beaucoup lui avait proposé qu'ils se marient (ils cueillaient des baies tous les deux près du ruisseau du Castor*). Ils n'avaient plus jamais abordé le sujet, ni ensemble, ni avec autrui.

Boite-Beaucoup demande enfin :

« Pourquoi appelles-tu cette faculté petite-vision-en-arrière-du-toucher *et pas visions des esprits, Collines-Noires ? »*

Paha Sapa hésite. Il n'a jamais menti à Boite-Beaucoup, mais il a peur de lui répondre franchement.

« Parce que je sais que ces... images... ne sont pas mon hanblečeya*, *grand-père. »*

Paha Sapa n'appelle son tuteur Boite-Beaucoup *tunkašila*** – grand-père – que dans les moments les plus solennels ou les plus tendres.

« Tu as parfaitement compris ce que je veux dire, Collines-Noires. Je te demande pourquoi tu appelles ces petites visions des visions en arrière. *T'arrive-t-il de toucher des gens et de voir* en avant *dans leur esprit et dans le temps... de voir ce qui va leur arriver, ce qui va nous arriver, plus tard ? »*

Paha Sapa baisse la tête comme s'il avait été surpris en train de tripoter son *ce.*

« *Han***, *tunkašila.* Oui, grand-père.

— *Veux-tu me raconter les* petites-visions-en-avant-du-toucher *que tu as eues à mon sujet et à celui d'autres membres de notre bande ?*

— *Non, grand-père.* »

Boite-Beaucoup se tait longuement. C'est la fin de l'été, la semaine de la date de naissance de Paha Sapa, et ils se sont rendus ensemble jusqu'à une colline assez éloignée pour que les huttes du village ressemblent aux tipis d'étoffe avec lesquels jouent les petites filles sous les peupliers et pour que les chevaux qui paissent sur l'autre berge de la rivière ne soient plus que des mouchetures noires dans l'herbe ocre qui leur monte jusqu'au ventre. Paha Sapa écoute le long et lent sifflement des herbes qui soupirent et frémissent sous la brise pendant que Boite-Beaucoup garde le silence. Il réentendra ce bruissement dix mois plus tard, au bord de l'Herbe grasse, quand les coups de feu et les cris s'éteindront.

« *Très bien, Collines-Noires. Tu as été courageux de me dire tout cela. Je ne te demanderai plus de me raconter le contenu de tes* petites-visions-en-avant-du-toucher *avant que tu ne sois prêt – mais n'hésite pas à le faire si tu vois quelque chose d'important pour la survie de notre peuple.*

— *Non,* tunkašila. *Enfin, je veux dire, oui, je le ferai,* tunkašila. »

Boite-Beaucoup grogne.

« *Pour le moment, je ne parlerai pas de tes visions à Blaireau-Furieux ni à Celui-qui-Sue, ni à Faucon-à-la-Voix-Puissante. Ils te trouvent déjà étrange. Mais il faut que nous réfléchissions, toi et moi, aux conséquences que cela peut avoir pour ton* hanblečeya *dans les Paha Sapa l'année prochaine. Use prudemment de ce pouvoir, Collines-Noires. Ces choses-là sont* wakan**. »

Sacrées. Emplies d'une force mystérieuse.

« *Oui, grand-père.*

— *Cela ne veut pas* forcément *dire que tu deviendras un* wičasa wakan, *un homme du mystère comme moi, mais cela veut dire que tu as été choisi par les Six Grands-Pères pour être un* waayatan**, *un homme de la vision capable de voir l'avenir, comme mon jeune cousin Élan-Noir ou comme le neveu de ton père, Hoka Ushte, dans la bande de Bon-Tonnerre. Les* waayatan *transmettent souvent à leur tribu des* wakinyanpi** *qui peuvent décider de son sort.*

— *Oui,* tunkašila. »

Boite-Beaucoup le regarde en silence, le front plissé, et Paha Sapa sait, sans avoir à toucher le vieil homme ni à en recevoir une *vision-en-arrière*, que le sage *wičasa wakan* pense que lui, Paha Sapa, est trop jeune et trop ignorant pour ce don *wakan* et que ce pouvoir de *vision-du-toucher* pourrait leur nuire à tous. Finalement, Boite-Beaucoup grommelle :

« *Hecetu. Mitakuye oyasin.* Qu'il en soit ainsi. Tous les miens – chacun d'entre nous. »

Numinous. Sacré.

Paha Sapa apprend la signification de ce mot *wasichu* près de quarante-cinq ans après *Pehin Hanska Kasata* – l'élimination de Cheveux-Longs Custer dans la vallée de l'Herbe grasse – et cinquante-six ans après sa naissance.

Numinous, lui explique le professeur, poète et historien Doane Robinson, est un adjectif qui désigne en anglais les choses quotidiennes chargées et vibrantes d'un sens spirituel ou surnaturel qui dépasse l'entendement.

Paha Sapa a du mal à réprimer un petit rire. Il ne dit pas à M. Robinson que sa vie à lui, Paha Sapa, a été *numinous* jusqu'au jour où les *wasichu* et le monde des *Wasicun* s'en sont emparés.

L'univers de son enfance foisonnait littéralement de significations, de relations et de miracles invisibles ; les moindres pierres contenaient de la vie et des histoires. Les arbres recélaient des secrets sacrés. Les herbes de la prairie frémissaient de vérités chuchotées tout bas par les esprits qui l'entouraient, lui et sa bande d'Êtres Humains Libres Naturels. Le soleil était un être aussi réel que son grand-père de substitution ou que les autres hommes qu'il croisait à la lumière du jour ; les étoiles, au-dessus des plaines, vacillaient sous le souffle des morts qui marchaient là-haut ; et à l'horizon, les montagnes observaient et l'attendaient avec leurs révélations.

Numinous. Paha Sapa a envie de sourire quand Doane Robinson lui apprend ce mot merveilleux.

Mais l'enfance de Paha Sapa n'a pas été faite que de présages mystiques et de *petites-visions-en-arrière-ou-en-avant-du-toucher* magiques lui révélant les souvenirs ou les destinées d'autrui.

Pendant le plus clair de son enfance, Paha Sapa n'a été qu'un petit garçon. Il n'a pas beaucoup souffert de l'absence de ses parents – certainement moins que de son nom bizarre en tout cas –, car les garçons lakotas n'étaient pas instruits, formés, punis, félicités et élevés par leur père et leur mère. L'attitude de tous les parents lakotas à l'égard de leurs enfants se caractérisait par un détachement bienveillant frisant l'indifférence polie. Ce sont les autres garçons du village qui ont appris à Paha Sapa presque tout ce qu'il lui fallait savoir dès le jour où il a été assez grand pour trottiner et quitter le sein de Cheveux-de-Corneille ; ce sont eux qui lui ont montré où il pouvait aller faire sa crotte, à une certaine distance du village, et quelles herbes ou quels roseaux il pouvait utiliser en toute sécurité pour s'essuyer le derrière.

Les garçons lakotas avaient peu d'autres obligations que de surveiller, dès qu'ils étaient en âge de le faire, le troupeau de poneys qui passaient la journée à brouter, et Paha Sapa jouait de l'aube à la nuit tombée. La nuit venue, il s'asseyait près du feu de camp aussi longtemps que Femme-Trois-Bisons ou Boite-Beaucoup l'y autorisaient et écoutait les anciens parler et raconter des histoires à la lueur des flammes.

Il y avait des jeux d'hiver et des jeux d'été. Des jeux de bâtons et des jeux de balles enveloppées de peau, des jeux dans la rivière près de laquelle ils campaient presque toujours, des jeux de mains, et des jeux de chevaux. La plupart des jeux de garçons auxquels Paha Sapa participait comprenaient des bousculades, des bourrades, des bagarres et des coups de poing, et les blessures n'étaient pas rares. Cela plaisait à Paha Sapa. Il ne se préparait peut-être pas à devenir un guerrier – il n'en était pas très sûr, à ce moment-là – et ne consacrait guère de temps à se demander s'il serait un *wičasa wakan*, un homme du mystère, comme son *tunkašila* chéri, Boite-Beaucoup. Mais il appréciait ces jeux violents et n'était pas le dernier à en découdre, même avec des garçons plus grands que lui.

Les jeux de garçons étaient pour beaucoup des jeux de guerre – de préparation à la guerre – et Paha Sapa aimait tout particulièrement quand les petits, accompagnés de quelques garçons plus âgés, partaient seuls dans la prairie construire leur propre village de garçons, au grand complet, avec des tipis d'herbe. Ils préparaient ensuite leur attaque contre le *vrai* village. La bande avait un conseiller, un grand, qui les envoyait voler de la viande dans le village des adultes. C'était assez sérieux pour être excitant, parce que les femmes – les guerriers beaucoup moins – n'hésitaient pas à donner des gifles et des coups de pied à tout garçon surpris en train de chaparder de la nourriture.

Paha Sapa rampait avec les autres à travers les hautes herbes, exactement comme s'ils attaquaient un village de Corbeaux, de Pawnees, de Cheyennes, de Pieds Noirs ou de Soshonis, et ils devaient se faufiler jusqu'à l'endroit où les femmes avaient mis la viande à sécher (la langue de bison était un morceau de choix) ou s'apprêtaient à la faire cuire – ils pouvaient même s'aventurer à en voler à l'intérieur d'un tipi –, puis filer à toutes jambes et regagner le village des garçons sans s'être fait prendre ni renverser par un guerrier à cheval agacé. De retour à leur village de tipis d'herbe, les garçons allumaient un feu et faisaient rôtir la viande tout en inventant des histoires, se vantant de leur bravoure et de leurs tableaux de chasse – « chasse aux paroles », voilà comment les véritables guerriers appelaient ces fanfaronnades – et, souvent, un grand tenait au bout d'un bâton, aussi haut qu'il le pouvait, la langue rôtie qui grésillait et dégoulinait, et les plus petits sautaient pour en arracher un morceau avec les dents. Ceux qui ne sautaient pas assez haut n'avaient rien à manger.

Tous les garçons avaient de petits arcs que leurs pères, leurs oncles ou un ami guerrier leur avaient fabriqués, mais les flèches n'avaient que peu de plumes et se terminaient par des têtes émoussées au lieu de pointes barbelées en pierre ou en acier. Elles faisaient tout de même mal, et les garçons passaient beaucoup de temps à se traquer réciproquement sur les berges de la rivière, dans les bosquets de saules ou dans les hautes herbes agitées par le vent. Plusieurs décennies plus tard, Paha Sapa n'a pas oublié la fièvre de ces parties de chasse.

Quand il a eu quelques années de plus – mais il est toujours resté petit de taille –, il rejoignait les grands pour jouer à ce qu'ils appelaient Les-Jeter-à-Bas-de-Leurs-Chevaux. Pour ce jeu, les garçons étaient toujours nus, et à maints égards c'était moins un jeu qu'une véritable bataille, sans cadavres cependant. C'était encore plus passionnant quand d'autres bandes, dont la plupart étaient plus nombreuses que le petit groupe de Paha Sapa dirigé par Blaireau-Furieux, dressaient leurs huttes avec eux près de la butte de l'Ours ou dans une vallée plus abritée.

Les garçons constituaient plusieurs équipes, ils s'enduisaient le corps de jus de baies, d'argile et d'autres colorants pour simuler des peintures de guerre, puis ils alignaient leurs chevaux et chargeaient au milieu des cris, des hurlements et du vacarme des montures qui se cabraient et hennissaient dans la poussière. Les garçons nus s'empoignaient, se poussaient, se tiraient, se bousculaient, se donnaient des coups de coude et de poing. Quand un garçon tombait à terre, il était mort et devait le rester. Le dernier garçon encore à cheval avait gagné et avait le droit de raconter ses « chasses aux paroles » autour du feu ce soir-là.

Il arrivait parfois à Paha Sapa de rester à cheval pendant le jeu de Les-Jeter-à-Bas-de-Leurs-Chevaux, mais le plus souvent – parce qu'il était petit et fluet – il se faisait précipiter brutalement à terre ; un jour, il était tombé dans un buisson de figues de Barbarie. Femme-Trois-Bisons avait passé des heures ce soir-là à retirer précautionneusement les épines des jambes, du dos, du ventre et des flancs de Paha Sapa, pendant que Boite-Beaucoup fumait sa pipe habituelle en gloussant de temps en temps. Le lendemain matin, Paha Sapa était reparti jouer, mais il s'était assis aussi légèrement que possible sur le dos nu de son cheval, car son derrière, tout nu lui aussi, était douloureux et enflé.

Il y avait d'autres jeux d'été comme le *ta-hu-ka-can-kle-ska* qui se jouait entre garçons avec des balles faites de morceaux de peau de daim roulés en boule et recouverts d'autres lanières de peau de daim cousues avec des tendons. Plus tard, quand Paha Sapa jouera dans l'équipe de base-ball que constitue Gutzon Borglum chaque été pour aller disputer des matches contre toutes les villes et tous les clubs environnants du Dakota du Sud – il lui arrive même d'embaucher des ouvriers pour travailler aux sculptures du mont Rushmore uniquement parce que ce sont de bons joueurs de base-ball –, Paha Sapa songera souvent aux petites balles de peau des parties de *ta-hu-ka-can-kle-ska* de son enfance. Tout en courant, les garçons les frappaient avec des bâtons de frêne préparés tout exprès et les balles de *ta-hu-ka-can-kle-ska* étaient très dures et aussi solides, voire plus encore, que les balles de base-ball Wilson et Rawlings avec lesquelles l'équipe de Borglum dispute des tournois.

Les garçons et les filles de la bande de Paha Sapa ne manquaient pas non plus de divertissements en hiver. Il y avait d'innombrables parties de glissades-de-bâtons-sur-la-glace-ou-la-neige comme le *hu-ta-na-cu-te* pour les garçons ou les *pte-hes-te* ou *pa-slo-han-pi* pour les filles. Parfois, quand ils campaient à proximité de collines, les grands fabriquaient des luges – qu'on appelait des *can-wo-slo-han* – à partir des cages thoraciques de bisons ou d'élans avec des patins en os, et il arrivait aux garçons de laisser les filles dévaler la pente ou glisser sur la rivière gelée avec eux sur leurs *can-wo-slo-han.*

Pendant les nombreuses journées d'hiver, les semaines même, où les jours étaient courts, où il y avait trop de neige ou de vent et où il faisait trop froid pour rester longtemps dehors, Paha Sapa et les autres s'amusaient à l'intérieur des tipis avec des jouets comme le *ta-si-ha,* fabriqué avec les os de la cheville d'un cerf enfilés sur une lanière de peau de daim, l'extrémité la plus étroite vers le bas. Ils attachaient ensuite des petits os ensemble au bout de la corde. Paha Sapa se rappelle qu'ils utilisaient généralement huit de ces os de *ta-si-ha* et fixaient une aile d'aigle à l'autre extrémité de la lanière de peau de daim.

Quand les garçons et les filles jouaient ensemble, ils tenaient tour à tour l'os de l'aile d'aigle dans leur main droite et le bout de la corde dans la main gauche et balançaient les os devant eux. Si l'autre joueur arrivait à attraper le premier os, la partie continuait. S'il le manquait, le *ta-si-ha* passait au joueur suivant. Paha Sapa était très fort à ce jeu ; ses mains étaient promptes et ses yeux acérés. Après avoir attrapé ce premier os dix fois, les équipes recommençaient avec le deuxième, le troisième, et ainsi de suite, jusqu'à ce que les dix joueurs aient attrapé l'osselet. Parmi les autres jeux-à-l'intérieur-du-tipi, se rappelle Paha Sapa, il y avait aussi le *i-ca-sio-he,* une sorte de jeu de billes – les billes étant des cailloux presque parfaitement ronds qu'il n'était pas facile de dénicher. Les garçons priaient les Six Grands-Pères et *Wakan Tanka* lui-même de les aider à trouver des pierres de *i-ca-sio-he* parfaitement rondes, et ils y parvenaient toujours.

C'est à cause d'un jeu idiot, le *istokikicastakapi,* que Paha Sapa a découvert son don de *toucher-la-terre-pour-voler.*

Il a sept étés et il joue à *istokikicastakapi* avec un groupe de petits garçons, pour la plupart de son âge ou plus jeunes. Le jeu consiste à mâcher des fruits d'églantier, à cracher les pépins dans sa main puis à se retourner brusquement pour les jeter à la figure d'un autre garçon avant qu'il n'ait pu esquiver ou se sauver.

Ce jour-là, un garçon odieux qui a le même âge que Paha Sapa joue avec eux. Il s'appelle Grenouille-Grasse – et il porte bien son nom, car non content d'être gros, c'est un *takoja***, le petit-fils bichonné et gâté du vieillard paresseux qu'on appelle Pieds-dans-le-Feu – et pendant qu'ils courent en rond près de la crique en jouant à *istokikicastakapi,* Grenouille-Grasse attrape Paha Sapa, approche sa tête de lui et lui crache dessus. Il n'a presque pas de pépins d'églantier en bouche, juste de la salive. Paha Sapa a la figure couverte de glaires et de la bave visqueuse de Grenouille-Grasse.

Sans prendre le temps de réfléchir, il serre les poings et frappe Grenouille-Grasse au visage, le faisant saigner du nez et tomber à la renverse dans un figuier de Barbarie. Grenouille-Grasse crie pour appeler ses trois cousins, des grands qui traînent dans les parages et vivent aussi dans la hutte de paresseux de Pieds-dans-le-Feu. Les trois garçons bondissent sur Paha Sapa, ils lui assènent des coups de poing et des coups de pied et le frappent avec des branches de saule, pendant que Grenouille-Grasse hurle toujours, se tient le nez et prétend que Paha Sapa le lui a cassé et qu'il va le dire à son grand-père et que Pieds-dans-le-Feu va venir chercher Paha Sapa et *le tuer* avec le couteau que Pieds-dans-le-Feu a utilisé pour scalper dix *wasichu.*

Quand les trois grands cousins ont fini de rosser Paha Sapa, ils lui flanquent encore un ou deux coups de pied dans les côtes et s'éloignent. Paha Sapa reste allongé là, meurtri, mais il n'a pas envie de pleurer. Tout cela est trop drôle, surtout l'image du vieux et gros Pieds-dans-le-Feu le pourchassant avec un couteau à scalper. Il n'espère qu'une chose, c'est qu'il a *vraiment* cassé le nez de Grenouille-Grasse.

Quand il se relève et frotte ses vêtements pour en faire tomber la poussière, il se rend compte que le devant de sa chemise de daim de tous les jours est maculé de sang – le sien surtout, se dit-il. Femme-Trois-Bisons va le punir, c'est sûr, quand il rentrera.

Paha Sapa secoue la tête – toujours amusé – et s'éloigne du village en boitillant. Il a envie d'être seul un moment.

À un peu plus d'un kilomètre du village, hors de vue de tous les tipis et même des chevaux ainsi que des garçons et des hommes qui les surveillent, Paha Sapa arrive dans une vaste combe où, pour une raison qu'il ignore, les herbes de la prairie sont courtes, presque comme ce qu'on appelle, il l'apprendra un jour, une « pelouse ». Paha Sapa s'allonge dans l'herbe moelleuse et dans la poussière douce et, d'un coup de pied, retire ses *han'pa*** – ses mocassins.

Il est étendu sur le dos, bras écartés, la plante des pieds fermement appuyée dans le sol que le soir rafraîchit déjà ; ses orteils – ses *sipha*** – cambrés, recourbés, s'agrippent solidement dans la poussière.

Paha Sapa a les paupières presque closes. À travers ce qui ressemble à des larmes, bien qu'il n'ait pas pleuré, il distingue un ciel vespéral pâlissant d'un bleu profond qui lui paraît étrangement familier. Il se détend complètement – relâchant d'abord les muscles de son cou crispé, puis laissant ses bras s'amollir, libérant la pression de ses doigts serrés et de ses orteils contractés et, enfin, dénouant une tension tapie tout au fond de son ventre. Sans savoir pourquoi, il crie *Hokahey !* comme s'il était un guerrier galopant au combat.

Il aura beaucoup de mal à décrire plus tard, même pour lui-même, ce qui lui arrive ensuite. Il ne parlera à son *tunkašila* chéri Boite-Beaucoup de ses expériences de *toucher-la-terre-pour-voler* que bien des années plus tard.

Paha Sapa sent la terre tournoyer comme si elle était une balle et non un corps plat. Il voit les étoiles tourbillonner dans le ciel du soir, alors qu'il est encore trop tôt pour qu'elles apparaissent. Il entend la chanson du soleil couchant et la réponse que les herbes et les plantes entonnent en retour alors que la lumière commence à faiblir. Puis Paha Sapa sent son corps se refroidir, s'alourdir et s'éloigner de lui-même alors que *lui* – le moi-esprit de Paha Sapa – devient de plus en plus léger. Puis son moi-esprit s'envole de son corps et quitte la terre.

Il monte depuis plusieurs minutes déjà avant de penser à se retourner à plat ventre dans l'air pour regarder vers le bas. Il est tellement haut qu'il ne voit plus son corps qu'il a laissé derrière lui, tellement haut qu'il distingue à peine le village qui n'est plus qu'un semis de tipis ocre sous des arbres minuscules, le long d'une rivière qui s'efface dans le lointain. Paha Sapa se remet sur le dos. Il s'élève plus haut, encore plus haut, dépassant quelques nuages disséminés, roses dans les rayons bas du soleil couchant, et puis il est plus haut que tous les nuages.

Il regarde et se retourne sur le ventre. Au-dessus de lui, le ciel noircit, alors même que les nuages, tout en bas, se parent d'une lueur plus rose encore et que sur terre, les ombres s'allongent. Paha Sapa *sait* qu'il fait terriblement froid à l'extérieur de sa peau-esprit – plus froid que n'importe quel air d'hiver qui l'ait jamais effleuré –, de même qu'il *sait* que l'air, ici, à cette hauteur, est trop raréfié pour qu'il puisse respirer. Mais rien de tout cela n'affecte son corps-esprit ni son moi-esprit. Lorsque son ascension s'interrompt, le ciel est d'un noir d'encre autour de lui et les étoiles scintillent au-dessus de la couverture bleue de l'air, en bas. Il regarde la terre avec des yeux aussi perçants que ceux d'un aigle.

Ce qu'il distingue sur cette terre ronde – car du lieu où il flotte silencieusement, il voit clairement l'horizon s'incurver –, ce sont les Paha Sapa, les collines Noires. Elles dessinent une ellipse entre la rivière Belle-Fourche au nord et la rivière Cheyenne, où les actuelles tribus de Cheyennes, chassées des collines Noires et des plaines du Nord par les Sioux un siècle auparavant, vivent et chassent toujours. Les collines Noires, Paha Sapa en prend maintenant conscience, forment une île continentale ovale constituée, il l'apprendra plus tard, de plus de dix mille kilomètres carrés de forêts et de collines sombres, ceintes d'un contrefort de grès rose, presque sexuel, qui fait ressortir spectaculairement les collines contre l'ocre et le vert sourd de la prairie d'armoises qui les entoure à l'infini. Les collines Noires ressemblent à un *winyaň shan* de femme, aux lèvres roses, entrouvertes. Ou peut-être à un cœur.

Pour la première fois, observant d'en haut le sillon et le bourrelet géologiques qui cernent les collines Noires, Paha Sapa comprend pourquoi Boite-Beaucoup a appelé cette longue ornière ovale qui ourle les collines Noires la « piste de course » : une légende raconte en effet que du temps que le monde était jeune, tous les animaux y ont disputé une course. Et l'on dirait vraiment la trace qu'auraient pu creuser dans le sol toutes ces pattes véloces.

Paha Sapa comprend également pourquoi Boite-Beaucoup et son peuple appellent cet endroit *O'onakezin*, le lieu du refuge. Les collines Noires, il le voit, sont le sombre cœur du cœur de l'ensemble de ce continent qui s'étend sous ses yeux d'un côté et de l'autre, jusqu'à ce que, près de la voussure de l'horizon, la brume masque les détails. C'est là que les animaux et les Êtres

Humains Libres Naturels peuvent se réfugier quand les vents d'hiver soufflent trop cruellement sur les plaines et que le gibier disparaît. C'est sans doute pour cela que Blaireau-Furieux et les autres hommes appellent également les collines Noires le « Paquet de Viande ». Flottant confortablement sur le ventre, bras en croix, contemplant les ombres du soir qui soulignent les cimes, Paha Sapa comprend qu'il y aura toujours du gibier et un abri pour son peuple dans les collines Noires.

Mais il voit bouger quelque chose – une immense forme grise qui s'élève des arbres noirs, comme si de nouvelles montagnes étaient en train de naître. On dirait des silhouettes humaines, quatre, et malgré la distance elles paraissent gigantesques. Elles doivent mesurer plusieurs dizaines de mètres de haut.

Il est trop loin pour en distinguer les détails. Mais soudain, la paix qui l'a envahi depuis qu'il s'est allongé sur le sol s'évanouit, son cœur bat à tout rompre, et il a le sentiment que ces géants sont de pâles *wasichu* – de monstrueux *Wasicun.*

Puis les immenses formes grises s'allongent et tirent la terre sur elles comme une couverture ; elles sont à nouveau abritées et dissimulées par l'humus sombre et par les arbres, plus sombres encore.

Paha Sapa commence à redescendre lentement vers la terre, les rayons du soleil couchant le peignant de rouge vif – il se demande vaguement si, du village, on le regarde –, mais son cœur et son esprit demeurent troublés. Il ne comprend pas bien ce qu'il a vu, mais il sait que ce n'est pas quelque chose de bon.

Paha Sapa ouvre les yeux. Il est couché sur le dos dans la petite clairière au milieu des armoises. Un coyote glapit au loin. Ou peut-être est-ce un guerrier pawnee, corbeau ou shoshoni qui s'apprête, avec un groupe de combattants, à attaquer le village avec arcs, fusils et tomahawks.

Paha Sapa est trop fatigué et trop soucieux pour s'en préoccuper. Il se relève péniblement et se dirige vers le village en traînant les pieds. Quelques autres coyotes répondent au premier. Ce ne sont que des coyotes.

L'année suivante, quand Paha Sapa avoue à Boite-Beaucoup qu'il a des *petites-visions-en-arrière-du-toucher,* il refuse de lui confier les détails de ses rares expériences de *petite-vision-en-avant-du-toucher,* parce que ce qu'il a vu, ce sont des gens qui mouraient. Et il ne mentionnera pas ses aventures de *toucher-la-terre-pour-voler* parce qu'il commence lui-même à ne pas y croire.

Quand il rejoint le tipi, Femme-Trois-Bisons le corrige effectivement (mais sans lui faire vraiment mal) parce qu'il a taché sa chemise de daim.

5

George Armstrong Custer

Libbie, ma Libbie chérie, Libbie mon amour, ma Libbie adorée, ma vie, mon tout, ma Libbie...

J'ai tant besoin de toi, ma petite chérie.

Je suis allongé là, dans le noir, et je pense à ce jour, à ce 17 mai, il y a cinq semaines – était-ce vraiment il y a cinq semaines seulement ? – où j'ai fait sortir le régiment de Fort Abraham Lincoln pour cette mission. Tu te rappelles sûrement, mon amour, qu'il faisait froid et brumeux avant le lever du jour. J'ai fait distribuer aux hommes des biscuits et du bacon, la même nourriture que celle dont ils devraient se contenter pendant tout le mois à venir, en route. Puis nous les avons fait défiler, le général Terry et moi, à travers le brouillard qui s'élevait jusqu'au fort – combien de fois t'es-tu étonnée que nos forts de la frontière ne soient pas entourés de palissades, mon trésor ? – puis tout autour de la place d'armes, en colonnes par quatre, pour rassurer les épouses, les familles et les soldats anxieux que nous nous apprêtions à laisser derrière nous.

Mais pour ma part, le moment n'était pas encore venu de te quitter, ma chérie, mon amour. Les autres officiers ont dû dire adieu à leurs familles devant le fort mais toi, tu as fait route avec nous ce jour-là, accompagnée de ma sœur Maggie et de ma nièce Emma. Te rappelles-tu, lorsque nous sommes passés devant Suds Row, le quartier des soldats mariés, toutes ces femmes qui tenaient dans leurs bras leurs bébés et leurs tout-petits, et même des enfants plus grands déjà, et les tendaient vers nous en sanglotant ? L'image du triomphe d'un général romain revenu de guerre auréolé de gloire m'a traversé l'esprit, mais curieusement inversée, en l'occurrence, puisque aucune bataille n'avait encore été livrée. On aurait cru que les épouses de soldats en parfaite santé se prenaient déjà pour des veuves et traitaient leur bébés en orphelins.

Notre colonne comptait plus de sept cents soldats de cavalerie ce jour-là, trente et un officiers (dont la plupart chevauchaient au milieu de la troupe avec Maggie, Emma, toi et moi), quarante-cinq éclaireurs et guides sans compter les trois compagnies d'infanterie supplémentaires accompagnées du détachement d'artillerie de quatre canons qui nous ont escortés pendant les premiers jours. (C'est vrai, je n'aurais peut-être pas dû refuser les deux batteries de mitrailleuses Gatling que Terry m'avait proposées – mais je suis certain que tu n'as pas oublié, mon trésor, que ces satanées mitrailleuses nous avaient considérablement ralentis lors de précédentes patrouilles, entraînant souvent les chevaux et les hommes avec elles quand elles versaient dans les ravins ou les lits de ruisseaux. Une bonne unité de cavalerie doit voyager léger. Non, si c'était à refaire, je renoncerais encore aux Gatling.)

Quel spectacle devaient offrir le régiment et son escorte ce matin-là ! Notre colonne s'étendait sur plus de deux miles. Je sais que la fanfare du régiment jouait The Girl I Left Behind Me *et* Garry Owen *– j'avais adoré cette chanson pendant toute la guerre, mais j'avoue que je m'en suis lassé ces dernières années, ma chérie. Pourtant, la musique ne parvenait pas à nos oreilles, mon amour, car elle était couverte par le martèlement des sabots de nos chevaux, le grondement de cent cinquante chariots et les sempiternels meuglements du bétail que nous emmenions avec nous.*

Cela n'avait pas d'importance.

Rien dans ce départ n'a d'importance hormis ce qui s'est passé treize miles plus loin, quand il a été temps pour toi de regagner le fort. T'en souviens-tu ? J'en suis certain, mon amour. C'est ce souvenir qui m'a tiré de mon froid sommeil.

Notre petit groupe, qui comprenait Maggie et Emma ainsi que Burkham, mon ordonnance, et le vieux chariot du trésorier avec sa petite escorte, a rebroussé chemin sur près d'un demi-mile derrière la colonne, afin que nous puissions nous dire au revoir. Tu m'as étonné en mettant pied à terre et en me proposant une petite promenade – juste toi et moi – parmi les saules qui poussaient le long de la rivière. C'étaient les seuls arbres et buissons de quelque hauteur à des miles alentour ; tout le reste, depuis Fort Lincoln et à perte de vue dans la direction que nous avions prise, n'était que prairie plate et dégagée.

Nous étions à moins de cinquante mètres de Burkham, du chariot et des autres femmes quand soudain, tu t'es jetée dans mes bras et m'as serré contre toi de toutes tes forces. Tu as retiré mon chapeau et tu as passé la main dans mes cheveux courts en souriant. Tu n'avais pas l'air de regretter ce que tu avais toujours appelé mes « adorables boucles ». Puis, du plat de la main, tu as commencé à me caresser sous la boucle de mon ceinturon.

« Libbie... », ai-je murmuré, regardant par-dessus mon épaule, par-delà les bosquets de saules, vers le point où je distinguais encore les têtes de Maggie et d'Emma car elles étaient restées à cheval.

« Chut... », as-tu fait.

Puis tu t'es laissée tomber à genoux, non sans avoir au préalable – je m'en souviens fort bien – retroussé dans un délicieux froufrou la jupe de ta robe (tu portais ma préférée ce jour-là, la bleue brodée de petites fleurs de maïs) et ton jupon que l'herbe humide aurait pu tacher.

Tu as défait ma braguette.

« Libbie... »

Je n'ai pu en dire davantage, ma chérie, car tu m'avais pris entre tes douces mains, puis dans ta bouche, et j'ai oublié Burkham et les chariots qui nous attendaient, j'ai oublié ma sœur et ma nièce, j'ai même oublié les sept cents hommes, les cent cinquante chariots et les centaines de têtes de bétail accompagnant le régiment qui poursuivait sa route.

J'ai tout oublié, sauf la caresse de tes mains, la chaleur de ta bouche, la douceur de tes lèvres et de ta langue.

J'ai rejeté la tête en arrière, mais je n'ai pas fermé les yeux. Le ciel d'azur – le brouillard et la brume du petit matin s'étaient dissipés pour laisser place à une chaude journée de mai – m'a un peu troublé, comme si ce bleu était un présage. J'ai baissé les yeux vers toi à nouveau, vers ce que tu me faisais, vers ce que tu faisais de moi.

Je regarde toujours, mon cher amour. Tu le sais. Tu sais tout de moi. Toute autre femme dans cette posture – je n'ai jamais entendu dire au demeurant qu'aucune femme ait jamais fait une chose pareille – aurait, j'imagine, l'air bizarre, grotesque, obscène peut-être, mais quand tu me prends ainsi dans ta bouche, que ta tête danse d'avant en arrière, que tes mains continuent à me caresser, que tes lèvres et ta langue se font voraces et que tes yeux adorables se lèvent vers moi de temps en temps sous ces cils incomparables, il ne saurait rien y avoir de bizarre, de grotesque ni d'obscène dans ce présent que tu me fais, dans cet amour que tu me témoignes. Tu es belle. Je frémis en cette seconde même, ici, dans le noir, quand je pense à toi, à tes joues rosies par le soleil après cette longue journée de chevauchée, rosies aussi par l'émotion, à ta tête bien-aimée, à tes cheveux séparés par une raie et aux quelques mèches défaites dans lesquelles se prenait le soleil, à ta tête bien-aimée, Libbie, qui dansait de plus en plus vite...

Ensuite – cela n'avait duré qu'une minute, je le sais, mais ce fut une minute de pure joie et de pur plaisir avant des semaines de solitude, de soucis et d'épreuves pour moi –, tu as sorti le mouchoir que tu avais emporté, tu l'as plongé dans le cours d'eau, tu m'as lavé, rajusté et tu as refermé les boutons de ma solide culotte bleue de cavalerie.

Puis nous avons rejoint le groupe et nous sommes dit solennellement adieu devant Burkham et les autres. Nous avions les larmes aux yeux, toi comme moi, mais nous ne pouvions nous empêcher de sourire, t'en souvient-il, ma chérie ?

Quand le chariot, les autres femmes et toi n'avez plus été que des points minuscules qui s'estompaient tout au bout de la prairie, la voix de Burkham m'a fait tressaillir : « C'est dur, hein, mon général ? » a-t-il dit.

J'ai eu envie de sourire encore, mais je me suis retenu. Me rappelant que Burkham risquait d'être de ceux que la presse interrogerait – plusieurs correspondants nous avaient accompagnés, rappelle-toi, et d'autres nous attendaient à Bismarck et ailleurs, à l'affût de toutes les informations sur notre expédition punitive –, j'ai affiché ma mine la plus lugubre, la plus grave et je lui ai répondu : « Ordonnance, un bon soldat – et j'ai toujours été un bon soldat, Burkham – doit servir deux maîtresses. Quand il est loyal à l'une, l'autre souffre inévitablement. »

Burkham a grogné, manifestement peu ému par mon éloquence. Il a sauté sur le dos de son hongre et a lancé : « Rejoindrons-nous l'autre maîtresse, mon général, avant qu'elle ait tout à fait disparu de notre vue ? »

Libbie, ma petite chérie, je sais que tu ne t'offusqueras pas que j'évoque ces choses, car je t'ai écrit tant de lettres remplies de pensées tout aussi intimes, et je t'ai chuchoté tant de confidences secrètes quand nous étions allongés nus, côte à côte. Tu as toujours été plus ouverte et plus généreuse dans ta passion que toute autre femme au monde.

Te rappelles-tu ce jour où je n'ai plus supporté d'être séparé de toi (de plus, j'avais entendu dire qu'une épidémie de choléra avait éclaté à Fort Leavenwort, où tu m'attendais) ? Je t'avais écrit depuis mon campement de Republican River pour te demander de te rendre immédiatement à Fort Wallace, où mes hommes te conduiraient jusqu'à moi, au bord de la Republican. Mais le Kansas grouillait d'Indiens hostiles conduits par Pawnee Killer et j'ai pris conscience, un peu tard, qu'ils attaqueraient certainement l'important convoi de chariots dans lequel tu voyagerais. J'ai donc donné ordre aux hommes qui devaient venir te chercher de t'abattre plutôt que de te laisser tomber aux mains des Indiens – tu m'as dit plus tard que c'était vraiment gentil de ma part et que tu y voyais une preuve irréfutable de mon indéfectible amour. Mais quand le convoi (qui a effectivement été assailli par quelque cinq cents Sioux et Cheyennes exactement à l'endroit où Comstock, l'éclaireur que les Indiens appellent « Medicine Bill », l'avait prédit) est revenu de Fort Wallace, tu n'étais pas avec lui. J'en ai été malade d'inquiétude et de passion. Je t'aime tant, ma chère, ma douce, mon adorable petite chérie.

Tu te souviendras qu'ils avaient envoyé le lieutenant Lyman Kidder depuis Fort Sedgwick à la recherche de ma colonne et qu'avec ses dix hommes, il avait disparu précisément dans le territoire situé entre notre position et Fort Wallace, où j'avais craint pour ta vie. J'ai pris la tête d'une marche forcée jusqu'à Fort Wallace – c'était surtout pour toi, mon adorée, que je me faisais du souci – et nous avons découvert ce qui restait de Kidder et de ses hommes, dénudés, taillés en pièces et éparpillés sur toute la surface d'une petite combe. Comstock a examiné les traces et nous a exposé ce qu'elles lui apprenaient : Kidder et son petit groupe avaient cherché à fuir, Pawnee Killer et sa bande étaient arrivés par-derrière, les avaient rattrapés, criblés de flèches puis massacrés et mutilés. C'était en juillet, les corps et les membres déchiquetés des hommes étaient restés au soleil pendant des jours. J'en ai tiré une leçon – que je n'oublierai jamais : face à une importante troupe d'Indiens, il faut résister et se battre, profiter de la supériorité de notre force de feu pour demeurer hors de portée des flèches de ces sauvages. Dans son affolement, Kidder avait galopé sur plus de dix miles et, bien que nos chevaux de cavalerie soient plus rapides que les poneys indiens, les Indiens sont fort habiles à échanger leurs montures fourbues contre des fraîches, et certains poneys indiens sont tout bonnement increvables.

NE JAMAIS PRENDRE LA FUITE DEVANT LES INDIENS – voilà la leçon que j'ai apprise en ce jour de juillet, il y a neuf ans de cela, dans la chaleur et la puanteur du Kansas, en observant le détachement chargé de l'inhumation évoluer au milieu des restes affreux du lieutenant Kidder et de ses hommes. Et pendant tout ce temps, j'étais malade d'inquiétude pour toi, mon amour – au point d'avoir le ventre noué de constantes et douloureuses crampes d'angoisse.

Le Kansas était à feu et à sang. Pawnee Killer et les autres Sioux et Cheyennes hostiles avaient massacré plus de deux cents Blancs, dont nombre de femmes et d'enfants, dans la région où j'étais censé patrouiller pour ma première expédition à l'ouest, et la cavalerie n'avait abattu que deux de ces Peaux-Rouges – tués du reste par le détachement de Kidder avant sa mort.

J'ai donc interrompu la campagne et fait parcourir cent cinquante miles en cinquante-cinq heures à une centaine d'hommes et de chevaux. Nous n'avons pas attendu les traînards qui se sont fait tuer par les braves de Pawnee Killer, mais je n'avais pas la moindre intention de rebrousser chemin pour ramasser nos morts ni pour donner la chasse aux Indiens. Tu occupais toutes mes pensées. Le 18 juillet, j'ai atteint Fort Hayes où j'ai laissé quatre-vingt-quatorze de mes hommes, n'emmenant que mon frère Tom, deux officiers et deux soldats de cavalerie pour une chevauchée de soixante miles jusqu'à Fort Harker, une distance que nous avons parcourue en moins de douze heures. J'y ai abandonné Tom et les quatre hommes pour prendre le train de trois heures du matin en direction de Fort Riley où – avec la grâce de Dieu – j'espérais que tu m'attendais dans une relative sécurité.

Te souvient-il de nos retrouvailles, ma chérie ?

Tu étais dans tes appartements, à faire les cent pas, vêtue de la robe verte dont je t'avais fait compliment à Fort Hayes le mois précédent. Tu m'as écrit plus tard que l'image que tu avais eue de moi lorsque j'avais ouvert tout grand la porte et que j'étais entré dans la pièce était plus radieuse que le plus éclatant soleil du Kansas lui-même – Mon mari, plein de joie et d'entrain, là, debout devant moi ! – tels sont les mots, m'as-tu dit plus tard, que tu avais écrit à ta belle-mère, mais ce que tu n'as pas avoué à cette chère seconde Mme Judge Bacon, c'est que non content d'être visiblement plein de joie et d'entrain, j'étais tout aussi visiblement plein de désir pour toi, mon sexe tout aussi érigé mais bien plus raide et plus impatient de servir sur-le-champ que le sabre rangé dans son fourreau qui battait contre ma jambe.

Te rappelles-tu, ma chérie que – sans prendre le temps de me débarrasser de la poussière de la piste et du chemin de fer – j'ai claqué la porte derrière moi, je t'ai prise dans mes bras et portée jusqu'au lit, là, dans tes appartements, te couvrant de baisers et écartant maladroitement tes vêtements tandis que tu te débattais avec mes boutons avant de dénouer ton corset pendant que j'arrachais ton jupon et tes pantalons ? Te rappelles-tu que mes éperons creusaient un sillon dans le pied du lit, apporté avec mille précautions jusqu'à Fort Riley, tandis que tu me faisais rouler sur le dos avant de me chevaucher aussi résolument que j'aurais chevauché Vic, de me saisir dans ta main impatiente et de me guider en toi ?

Peut-être n'as-tu pas oublié qu'il ne nous a fallu que quelques secondes pour atteindre le paradis – nos cris distrayant probablement les sentinelles qui montaient la garde sur les remparts – mais que, comme nous en avions coutume depuis notre lune de miel, nous avons recommencé quelques instants plus tard, nous dépouillant du restant de nos vêtements tout en nous câlinant, nous embrassant, nous caressant et nous suçotant.

Je sais que j'ai dormi ensuite, après cette seconde série d'étreintes, que j'ai dormi pour la première fois en cinq journées de course harassante sur plus de cinq cents miles, mais tu m'as réveillé deux heures plus tard. Tu avais demandé aux plantons et aux hommes d'apporter des seaux et des seaux d'eau brûlante et fumante, et ils s'étaient efforcés de marcher sur la pointe des pieds dans leurs grandes bottes en passant devant le lit où je ronflais, nu sous le drap léger (mes vêtements répandus par terre dans le plus grand désordre, mais tu te moquais comme d'une guigne de ce qu'ils pouvaient en penser), et quand je me suis réveillé, les rideaux étaient clos et tu te tenais, nue à côté du lit, m'invitant au bain.

Oh, le luxe de ce tub à pattes de lion dans le palais d'un cantonnement d'épouse d'officier supérieur de passage à Fort Riley !

Nous devions repartir le soir même, pour te reconduire avec ta servante Eliza et la cuisinière à bois par le chemin de fer jusqu'à Fort Harker, avant de reprendre notre longue route à cheval et en chariot jusqu'à Fort Wallace, mais cette heure délicieuse dans ce bain chaud... T'en souviens-tu, ma Libbie, ma chérie ? Te souviens-tu que tu t'es inclinée contre mon torse au milieu de la vapeur tandis que je prenais tes merveilleux seins en coupe dans mes mains, que je baisais ta nuque superbe, tes adorables oreilles, que tu t'es retournée pour que nos lèvres puissent se joindre et que tu t'es laissée tomber sur moi, plongeant la main dans l'eau brûlante pour me trouver encore ?

Oh, ma Libbie chérie – je me souviens de ma langue contre ton adorable chatte et de ta bouche si douce sur mon sexe. Nous avons fait l'amour huit fois cet après-midi-là et dix fois le plaisir t'a envahie, car nous savions bien l'un et l'autre, malgré notre appétit et notre joie, que de longues journées de voyage épuisantes sans la moindre intimité allaient s'écouler avant que nous ne puissions ne fût-ce que nous embrasser à nouveau. Je me souviens qu'au moment où nous nous rhabillions à la hâte pour aller présenter nos compliments au commandant avant de partir précipitamment pour la gare avec Eliza, les malles et la cuisinière à bois – Eliza avait ramassé, lavé et repassé tout mon linge sale pendant que nous étions, toi et moi, seuls et nus ; elle en avait l'habitude –, au moment donc où je commençais à boutonner ma braguette, toi, vêtue de ton seul corset, la toison en V de ton sexe encore humide du bain, tu as arrêté ma main pour t'agenouiller une dernière fois...

Tu te souviendras, ma douce, qu'à mon retour j'ai été traduit en cour martiale pour, entre autres griefs, abandon de poste sans autorisation. Un an de suspension sans solde et rétrogradation. J'affronterais mille cours martiales et je subirais dix mille suspensions pour toi, mon adorée. Mais tu le sais. Tu l'as toujours su.

J'ai besoin de toi, Libbie. Je ne sais pas où je suis. Il fait noir ici, il fait noir et froid. J'entends des bruits et des voix, mais ils sont étouffés et semblent venir de très, très loin. J'ai du mal à me remémorer ces dernières heures, journées, minutes, notre marche, les Indiens, les batailles que nous avons livrées... Je ne me rappelle presque rien, hormis ta vérité absolue, mon adorée.

En réalité, mon amour, je ne sais plus où j'étais, ni ce qui s'est passé. Il me semble que j'ai été blessé, grièvement peut-être, mais je suis incapable de reprendre suffisamment conscience pour savoir si mon corps est intact, mes membres à leur place. Il m'arrive d'entendre parler près de moi, sans jamais arriver à saisir ce que disent ces voix. Peut-être suis-je dans un hôpital, peut-être s'agit-il d'infirmières allemandes. Tout ce que je sais, c'est que j'ai conservé toute ma présence d'esprit, ainsi que tous mes souvenirs de toi et de notre amour au fond de ces ténèbres comateuses. J'espère que, par la grâce de Dieu, je ne souffre que d'une insolation ou d'une commotion comme cela m'est déjà arrivé, tu le sais, et que bientôt je serai parfaitement réveillé.

Tu ne voudrais pas d'un Autie abîmé, tu serais navrée que le corps svelte de ton beau garçon soit déparé par de trop vilaines cicatrices ou qu'il lui manque des parties essentielles. Je t'ai promis... je t'ai promis en quittant Fort Lincoln... je t'ai toujours promis, pendant la guerre, avant chaque campagne que j'ai menée ici, dans les plaines... que je reviendrais et que nous serions réunis à jamais et pour toujours.

Oh, Libbie... Libbie, ma chérie... Ma bien-aimée, ma douce épouse. Mon amour. Ma vie.

6

Au sommet des Six Grands-Pères

Août 1936

Cinq cent six marches.

Paha Sapa s'arrête au pied de l'escalier et lève les yeux vers les cinq cent six marches qui l'attendent. Cinq cent six marches à gravir – comme presque tous les jours de la semaine depuis cinq ans. Il est sept heures moins le quart, c'est un matin d'été – le vendredi 21 août – et déjà, le soleil a rendu l'air de la vallée aussi brûlant qu'il peut l'être ici, dans les collines Noires. La stridulation des criquets et l'odeur de caramel qui se dégage des pins ponderosa sous la chaleur emplissent l'atmosphère. C'est un vendredi, et Paha Sapa sait que l'équipe qui redescendra du sommet, ce soir, jouera aux « chèvres de montagne » – les cinq cent six marches sont séparées en plusieurs volées par quelque quarante-cinq rampes et paliers, et les ouvriers soulagés d'avoir achevé leur semaine de travail s'efforceront de sauter de plate-forme en plate-forme sans toucher aucune des cinquante et quelques marches qui les séparent. Personne n'y est jamais arrivé, Paha Sapa ne l'ignore pas, mais personne non plus ne s'est jamais brisé le cou ni cassé une jambe ; les sauts de chèvre auront donc lieu comme d'habitude à la fin de cette longue journée de labeur, accompagnés des cris et des acclamations des foreurs, des treuillistes, des mineurs et des dynamiteurs, de tous ces hommes durs à la tâche libérés pour la fin de la semaine.

Paha Sapa lève les yeux vers les cinq cent six marches. Il est épuisé avant même d'en entreprendre l'ascension.

Il est vrai qu'il a eu soixante et onze ans ce mois-ci, mais ce n'est pas le poids de l'âge qui explique sa lassitude en ce début de journée. Le cancer que le médecin lui a diagnostiqué il y a tout juste un mois – il s'est rendu à Casper, dans le Wyoming, afin que Borglum ou les ouvriers n'en sachent rien, ce qui aurait été à peu près impossible s'il était allé consulter un médecin de Rapid City, la ville la plus proche – le ronge déjà de l'intérieur. Il le sent. Il dispose de moins de temps qu'il ne l'espérait.

Mais bien qu'il porte sur l'épaule une caisse de vingt kilos de détonateurs et de dynamite fraîche, Paha Sapa ne s'arrête sur aucun palier, sur aucune rampe, pour reprendre son souffle. Il a toujours eu une force surprenante pour un homme de sa taille et n'a pas l'intention de capituler tant qu'il lui restera une étincelle d'énergie.

Paha Sapa a souvent entendu des visiteurs, en contrebas, estimer à « plusieurs milliers de pieds » la hauteur depuis le fond de la vallée (où se trouvent le parking et l'atelier de Borglum) jusqu'au sommet des têtes de pierre ; en réalité, il n'y a qu'un peu plus de quatre cents pieds, moins de cent vingt-cinq mètres, depuis le point inférieur, à la base des cônes d'éboulis où s'accumulent les débris et les blocs rocheux, jusqu'au point culminant des crânes de Washington, Jefferson et Lincoln (ce dernier émergeant à peine). Cela revient tout de même à monter l'escalier d'un immeuble de quarante étages – Paha Sapa en a vu à New York – et les hommes mettent approximativement un quart d'heure pour rejoindre la cime de ce qu'on appelle désormais le mont Rushmore.

Bien sûr, il y a toujours le téléphérique – cette petite caisse ouverte sur le haut, grande comme des cabinets de jardin, qui file à côté de Paha Sapa pendant qu'il grimpe péniblement une nouvelle volée de cinquante marches –, mais les nouveaux eux-mêmes ont entendu parler de ce qui s'est passé il y a quelques années : la structure en tipi, le chevalet en A qui se trouve au sommet de la montagne, s'est effondrée, précipitant le téléphérique (avec le câble, le chevalet et la plate-forme supérieure) jusqu'au fond du canyon. Ce jour-là, Borglum attendait la cabine en bas – il passait son temps à monter et descendre à toute allure ou à rester suspendu à l'intérieur pour inspecter un détail des travaux ou transporter des huiles jusqu'au sommet –, mais le téléphérique venait d'être chargé de barils d'eau. Borglum attendait donc son retour, et il l'a vu tomber. Cela ne l'empêche pas de l'emprunter encore tous les jours.

Peu d'ouvriers l'imitent, surtout après le deuxième accident qui a eu lieu un peu plus tôt cet été : la vis sans tête s'est desserrée et a lâché à une soixantaine de mètres du sommet, faisant redescendre le téléphérique qui transportait cinq hommes jusqu'à la cabine du treuil en aval. On avait installé un frein à main depuis le premier accident, bien des années auparavant, mais celui-ci n'avait pas tardé à surchauffer si bien que, pour éviter que la cabine ne s'emballe, les ouvriers avaient dû descendre par à-coups, en s'arrêtant de temps en temps pour laisser refroidir le frein avant de reprendre leur descente heurtée et cahoteuse. Finalement Gus Schramm, qui doit bien peser cent kilos, avait tiré sur la chaîne si brutalement que le bras du frein avait cédé, précipitant la cabine sur les trente derniers mètres. Par bonheur, Matt Riley, qui se trouvait dans la cabane du treuil, avait eu la présence d'esprit d'appuyer une grosse planche contre le tambour du câble, ce qui avait un peu ralenti leur chute ; à l'arrivée, les cinq hommes n'en avaient pas moins été projetés hors de la cabine, trois atterrissant sur la plate-forme de chargement, un autre sur un toit et le dernier dans un arbre. Lincoln Borglum, le plus haut responsable présent sur le site ce jour-là, avait envoyé les cinq hommes en observation à l'hôpital, mais pour finir ils étaient six à y avoir passé la nuit. Glenn Jones, chargé de conduire les autres à Rapid City, avait en effet décidé de prendre une bonne nuit de sommeil à l'hôpital et de se faire prescrire des antalgiques.

L'été, les ouvriers sont censés être à pied d'œuvre à sept heures du matin (sept heures et demie en hiver), mais Paha Sapa et les autres dynamiteurs arrivent généralement à six heures et demie pour préparer les charges à placer dans les trous percés dans la matinée. La première explosion aura lieu à midi, quand les foreurs se seront éloignés du visage pour déjeuner. Paha Sapa sait que « Whiskey Art » Johnson est déjà là-haut avec son assistant, en train de découper la dynamite en plus petits segments – soixante ou soixante-dix morceaux pour chaque explosion – et que l'assistant de Paha Sapa ne tardera pas à les rejoindre.

À mi-chemin des cinq cent six marches, Paha Sapa lève les yeux vers les trois têtes.

Le travail a bien avancé cette année, on a fait tomber plus de quinze mille tonnes de granite – suffisamment pour paver un terrain de deux hectares de dalles de trente centimètres d'épaisseur. Une grande partie de ces gravats provient du torse de Washington, qui prend joliment forme, mais plusieurs tonnes de roche ont également été dégagées sous le menton de Jefferson (à son nouvel emplacement, à gauche de Washington, vu depuis le Monument) et dans le dégrossissement du front, des sourcils et du nez d'Abraham Lincoln.

Mais c'est le travail acharné auquel on se livre sur le visage de Thomas Jefferson qui a provoqué le plus de débris : Borglum voudrait qu'il soit achevé fin août, date à laquelle on espère que le président Franklin Delano Roosevelt en personne viendra l'admirer et l'inaugurer.

La rumeur d'une visite présidentielle circule depuis des mois, mais il paraît désormais certain qu'elle aura lieu dans un peu plus d'une semaine seulement – le dimanche 30 août.

Montant toujours avec sa lourde caisse sur l'épaule, Paha Sapa se demande s'il est temps d'agir.

Paha Sapa ne veut aucun mal au président Roosevelt, ce qui ne l'empêche pas d'être bien décidé à faire sauter les têtes de ses prédécesseurs de la paroi des Six Grands-Pères. Et ne serait-il pas plus symbolique d'effacer ces excroissances *wasichu* au moment précis où le président des États-Unis les contemplera depuis la vallée, assis dans sa berline découverte ?

Paha Sapa sait que Borglum a prévu une explosion de démonstration dans le cadre de la cérémonie inaugurale organisée pour le président Roosevelt. Son fils, Lincoln, a déjà été chargé de trouver comment draper un immense drapeau américain, soigneusement entreposé pour le moment, sur le visage de Jefferson. Le drapeau sera écarté au moment opportun par la longue flèche de la machine à mettre aux points, au-dessus des têtes. On a prévu d'installer une tribune d'honneur pour les dignitaires, derrière l'endroit où stationnera la voiture de Roosevelt, tandis que les micros des journalistes de radio ainsi qu'une demi-douzaine de caméras des actualités filmées retransmettront l'événement en direct. Si Paha Sapa réussit à faire détoner des charges sur les *trois* têtes ce dimanche-là, personne ne sera blessé, mais le monde entier découvrira, aux actualités cinématographiques, la destruction définitive de ce qui aurait dû être le Monument du mont Rushmore.

Trois têtes.

C'est une des données du problème. Paha Sapa n'ignore pas que Gutzon Borglum a prévu d'en sculpter quatre sur cette falaise, la dernière étant celle de Theodore Roosevelt, qui viendra s'insérer entre celles de Jefferson et de Lincoln. Des géologues ont déjà entrepris des forages et des sondages pour s'assurer que le granite est d'assez bonne qualité, et malgré les nombreuses protestations qu'a suscitées l'idée de rendre hommage à un président aussi récent – encore un républicain, de surcroît –, Paha Sapa sait que Borglum est un homme obstiné. Si le sculpteur vit assez longtemps (dans le cas contraire, il n'est pas impossible que Lincoln prenne sa succession), la tête de Teddy Roosevelt rejoindra les autres sur le mont Rushmore.

Sa Vision a montré à Paha Sapa quatre Grandes Têtes de Pierre *wasichu* surgissant des Six Grands-Pères, *quatre* immenses *wasichu* de pierre secouant leurs épaules pour faire tomber la terre et les arbres des Paha Sapa, *quatre* terribles géants contemplant la destruction du peuple de Paha Sapa, des bisons et du mode de vie des Êtres Humains Libres Naturels.

N'est-il pas de son devoir de détruire les quatre têtes, pas une de moins, pour empêcher sa Vision de se réaliser ?

Mais surtout, songe Paha Sapa en abordant les dernières volées de marches, aura-t-il le *temps* d'attendre l'achèvement de cette quatrième sculpture ?

Ce n'est pas l'avis du médecin de Casper. *Quelques mois,* lui a annoncé solennellement mais impassiblement le docteur aux cheveux blancs – ce n'était qu'un vieil Indien comme un autre, assis sur sa table d'examen –, *un an peut-être, si vous n'avez pas de chance.*

Paha Sapa a bien compris que ce « pas de chance » faisait allusion aux souffrances, à l'impotence et à l'incontinence auxquelles le condamnera cette forme de cancer si la mort tarde trop.

Paha Sapa dépasse le palier de planches et la petite plage de sol nivelé couvert de gravier entre les blocs rocheux où les hommes se tenaient en embuscade tous les matins pendant des semaines lorsque Borglum l'a embauché cinq ans plus tôt.

Il est vrai, et c'est à porter à leur crédit, qu'ils ne l'attaquaient jamais tous en même temps. Chaque matin, ils en envoyaient un autre – toujours, cependant, un des mineurs les plus robustes et les plus violents – passer le vieil Indien à tabac, assez brutalement pour qu'il se décide à quitter le chantier.

Et chaque matin, Paha Sapa refusait de s'avouer vaincu. Il ripostait farouchement, à coups de poing, de tête et de pied, dans les couilles, quand il le pouvait. Il lui est arrivé de gagner. Le plus souvent, il perdait. Mais matin après matin, aucun de ses agresseurs ne s'en sortait indemne. Et Paha Sapa ne se faisait jamais rosser par l'unique combattant envoyé par les hommes blancs au point de ne plus pouvoir ramasser sa foreuse ou sa caisse de dynamite, son casque et son équipement pour reprendre l'épuisante ascension vers la cabane à explosifs, où il se mettait au travail. Ils avaient eu beau lui casser le nez, lui mettre les yeux au beurre noir et lui tuméfier les lèvres tout au long de ces semaines, il n'avait jamais été trop défiguré pour ajuster son masque filtrant et travailler.

Borglum avait fini par remarquer leur manège et avait convoqué tous les ouvriers devant son atelier, sur Doane Mountain, en face du chantier.

« Quelqu'un peut me dire ce qui se passe, bordel ? »

Ils n'avaient pas pipé. Le rugissement coutumier de Borglum s'était fait encore plus rugissant, couvrant le vacarme du compresseur qu'il venait de faire démarrer.

« Je vous parle sérieusement, bordel. J'ai ici un dynamiteur qui de toute évidence se fait tabasser tous les jours, et une vingtaine d'autres ouvriers qui ont des dents qui manquent et le nez de travers. Je veux savoir ce qui se passe, bordel, et je veux le savoir maintenant. *Il y a des milliers de foreurs, d'ouvriers et de dynamiteurs au chômage, ici, dans le Dakota du Sud. Ils seront enchantés de prendre votre boulot à la minute, et je suis tout prêt à faire appel à eux. Vous avez quinze secondes. »*

La réponse était venue des profondeurs de la foule.

« C'est l'Indien.

— QUOI ? »

Cette fois, le rugissement de Borglum avait été tellement assourdissant que le compresseur s'était arrêté, l'opérateur – le seul à ne pas assister à la réunion – ayant cru de toute évidence que la machine s'était grippée.

« Quel putain d'Indien ? Parce que vous croyez que j'embaucherais un Indien pour faire un boulot pareil ? »

La question avait été accueillie par un silence maussade et par des mimiques évasives.

« Eh bien, vous auriez foutrement RAISON. *J'embaucherais effectivement un Indien s'il était le plus compétent pour ce boulot – même un Nègre au besoin –, mais il se trouve que Billy Slovak n'est pas un putain d'Indien ! »*

Howdy Peterson s'était avancé d'un pas.

« Monsieur Borglum... patron. Il s'appelle pas Billy Slovak. Sur les listes de la mine de Homestake, et puis à la mine de la Holy Terror avant, il était inscrit sous le nom de Billy Slow Horse... patron. Et puis... il a vraiment une gueule d'Indien, patron. »

Borglum avait secoué la tête d'un air de pitié autant que de dégoût.

« Bordel, Peterson. Parce que vous êtes tous des Norvégiens pur sang, vous autres ? Est-ce qu'il n'y aurait pas un petit Négro, un petit Cheyenne ou un Rital de mes deux qui se serait glissé parmi vous ? Et qu'est-ce que ça peut FOUTRE *? Le type que j'ai embauché s'appelle Billy Slovak – à moitié tchèque ou russkof ou autre chose, j'en ai rien à branler – et il était* DYNAMITEUR CHEF *à cette foutue mine de Homestake quand je l'ai embauché. Vous savez combien de temps les dynamiteurs tiennent d'habitude à la Homestake ? Encore bien moins longtemps qu'à la Holy Terror, ce puits de l'enfer. Trois mois. Trois... putain... de mois. Et au bout de ces trois mois, le plus souvent, ils se font sauter avec la moitié d'une équipe, ou bien ils deviennent complètement alcoolos, ou bien ils se dégonflent et vont chercher du boulot ailleurs. Billy Slovak – et c'est* COMME ÇA *qu'il s'appelle, les gars –, il a bossé là-bas onze ans sans se dégonfler, sans jamais blesser un autre ouvrier ni abîmer le matériel. »*

Les hommes avaient plissé le nez, échangé des regards avant de baisser les yeux pour contempler leurs pieds.

« Vous avez le choix : vous arrêtez vos conneries, ou vous arrêtez de bosser. J'ai besoin de bons dynamiteurs, pas de bons bagarreurs. Slovak reste ici – bordel, il jouera même première base dans l'équipe cet été – et vous autres, c'est à vous de décider si vous voulez et si vous méritez de rester ou non. J'ai entendu dire que dénicher un bon boulot, stable et bien payé comme celui-ci en cette putain d'année de Notre-Seigneur mil neuf cent trente et un, c'est un putain de coup de bol. Alors si vous recommencez à vous en prendre à Slovak – ou à n'importe lequel de ceux que j'embauche –, vous pouvez aller réclamer votre salaire à Denison et vous tirer. Bien... maintenant, filez à vos bagnoles ou retournez au boulot. »

En réalité, Paha Sapa, soixante-six ans, n'a pas joué première base en cet été de 1931, pas plus qu'au cours des étés suivants. Il a joué arrêt court.

Arrivé au sommet, Paha Sapa fait enfin une pause pour reprendre son souffle, poser la caisse de dynamite et de détonateurs et essuyer la sueur qui ruisselle sur son visage. Il se dirige vers la cabane à explosifs.

Peut-il être prêt dans huit jours ?

La dynamite – presque deux tonnes – est planquée dans l'appentis à moitié effondré et dans le cellier de la maison délabrée qu'il loue à Keystone.

La dynamite est beaucoup moins dangereuse que la plupart des profanes ne l'imaginent. Enfin, la dynamite *fraîche.* Paha Sapa a appris à ses dynamiteurs qu'on peut laisser tomber par terre de la dynamite nouvelle, fraîche, qu'on peut donner des coups de pied dedans, la balancer – et même la brûler – avec un risque d'explosion presque nul. Il faut les petits cylindres à revêtement de cuivre des détonateurs, fixés à chaque bâton par un bon mètre de fil électrique, pour faire exploser la dynamite elle-même.

Avec la dynamite fraîche, explique Paha Sapa aux nouveaux un peu inquiets, c'est l'*amorce* du détonateur électrique qui est dangereuse et doit toujours être manipulée avec précaution. Ce sont des éléments extrêmement sensibles – c'est le moins qu'on puisse dire. Fermer accidentellement un circuit, laisser tomber une amorce ou même la cogner contre quelque chose – même si elle n'est pas encore fixée aux bâtons de dynamite – peut arracher les mains, le visage ou le ventre d'un dynamiteur.

Mais les près de deux tonnes de dynamite (et les amorces) que Paha Sapa a dérobées et cachées dans son appentis déglingué et dans son vieux cellier de Keystone ne sont *pas* de la dynamite nouvelle. Elle était déjà vieille (et abandonnée) quand il l'a volée à la mine fermée de la Holy Terror – la mine de la Sainte Terreur, ainsi baptisée en l'honneur de l'épouse du propriétaire – où il a travaillé autrefois comme chef dynamiteur. Les propriétaires de la Holy Terror ne faisaient pas grand cas de la vie en général, et de celle de leurs dynamiteurs encore moins. Ils stockaient la dynamite d'une saison sur l'autre, ce qui est absolument contraire aux règlements de sécurité de toutes les mines d'or, d'argent ou de charbon.

Paha Sapa aime bien montrer aux nouveaux dynamiteurs que la dynamite transpire – la nitroglycérine fuit à travers le papier et suinte à l'extérieur. Il s'amuse à en prendre une goutte sur le doigt et à l'envoyer d'une pichenette contre un bloc de pierre. Les nouveaux reculent toujours, effrayés, quand cette goutte explose sur le rocher avec le bruit d'une balle de calibre 22.

Paha Sapa leur fait ensuite un petit cours sur les maux de tête que provoque cet explosif.

La dynamite entassée et stockée dans son cellier et son abri fait plus que transpirer la mort. L'essentiel de la nitroglycérine qu'elle contient s'est agglutinée, agglomérée et cristallisée et elle est désormais tellement instable que le seul fait de déplacer les caisses – sans parler de les transporter en voiture, en camion ou dans le side-car de la moto de Paha Sapa – reviendrait à jouer à la roulette russe en ayant mis les six cartouches dans le barillet. (Paha Sapa a du mal à ne pas sourire quand il imagine le cortège de voitures du président Roosevelt se dirigeant vers le Monument, le 30 août, le président lui-même protégé par les agents du Secret Service, traversant Keystone à trente mètres seulement de l'abri et du cellier de Paha Sapa qui contiennent suffisamment d'explosif instable pour projeter toute la ville à trois cents mètres d'altitude.)

Mais, songe-t-il une nouvelle fois, il ne veut aucun mal au Président.

Même si Paha Sapa arrive à transporter la dynamite instable et les amorces dangereuses jusqu'au sommet de la montagne à la faveur de la nuit, à passer sans se faire voir devant les quelques gardiens que Borglum a postés pour surveiller les outils et le matériel, devant la cabine du compresseur, celle du treuil, l'atelier du forgeron, l'atelier de sculpture de Borglum et sa résidence – et réussit à hisser les caisses d'explosifs au sommet des cinq cent six marches qu'il vient de gravir –, il aura encore à percer plusieurs centaines de trous dans les trois têtes.

Un jour ordinaire comme ce jour d'août 1936 – parfaitement normal, s'il n'y avait cette chaleur inhabituellement torride –, il y a déjà une bonne trentaine d'hommes au travail sur les trois visages (et, un peu plus bas, une dizaine d'autres sur le buste de Washington) en train de percer, percer – au milieu des hurlements des compresseurs, et des sifflements des mèches des foreuses – et un nombre encore plus important de ceux qu'on appelle les « tenailles », des ouvriers qui passent leur temps à monter et descendre le long de la falaise pour remplacer les mèches et les forets usés, renvoyer les outils émoussés par le téléphérique jusqu'à l'atelier du forgeron, de l'autre côté de la vallée, où ils seront réaffûtés. Bientôt, Whiskey Art, Paha Sapa et leurs assistants se balanceront dans leurs harnais, le long de la falaise, sur les visages des présidents, pour y rejoindre les foreurs et enfoncer leurs centaines de charges dans les trous percés en fonction d'un schéma préétabli, avant de les fixer soigneusement au cordon électrique du détonateur.

Tout ce travail bruyant, assourdissant de plusieurs dizaines – parfois même de centaines – d'hommes est un préalable nécessaire à une unique explosion, qui a lieu à midi ou à quatre heures de l'après-midi, quand les ouvriers ont quitté la paroi, et qui dégage une ou deux tonnes de pierre. Pour tuer les têtes *wasichu*, Paha Sapa devra opérer de nuit, avec de la dynamite instable qu'il faudra insérer dans plusieurs centaines de trous sur toute la surface des visages, afin de déplacer un volume de roche cent fois supérieur à celui d'une explosion normale. Et il devra faire tout cela silencieusement, dans le noir, et tout seul.

Il n'y a pourtant pas d'autre solution s'il veut détruire les trois têtes qui émergent de la pierre. Et il a depuis longtemps imaginé un plan qui devrait lui permettre de réussir. Mais aujourd'hui, entre l'évolution de son cancer et la confirmation de la date de la visite de Roosevelt, Paha Sapa comprend qu'il lui faudra agir avant dix jours, pour que l'« explosion de démonstration » organisée en présence du président Roosevelt, de nombreuses personnalités et des caméras des actualités scelle la fin, la fin définitive, des *wasichu* de pierre qui se dressent dans ses montagnes sacrées.

7

Aux rochers de la Médecine du cerf*, près de la grande boucle du Bouton de rose*

Juin 1876

Boite-Beaucoup n'a pas conduit Paha Sapa au Bouton de rose et à l'Herbe grasse pour assister à la bataille avec les *wasichu* ou à la liquidation de Cheveux-Longs. Ils se sont rendus de leur côté au rassemblement géant auquel Bison-Assis et Cheval-Fou ont convoqué les Sioux et les Cheyennes. Bien que Paha Sapa doive encore attendre deux mois pour voir son onzième été et ne soit donc pas tout à fait prêt pour la cérémonie de passage à l'âge d'homme, Boite-Beaucoup a pensé qu'il était temps que le jeune garçon aux facultés singulières soit présenté à Bison-Assis, à Cheval-Fou et à certains des *wičasa wakan* qui seront présents à cette réunion.

Boite-Beaucoup souhaite aussi faire voir à Paha Sapa le *wiwanyag wachipi*** – la Danse du Soleil – que Bison-Assis a annoncé qu'il accomplirait.

La bataille ne se déroulera que dans deux semaines. Ils ne sont pas encore au bord de l'Herbe grasse, là où l'esprit du *Wasicun* envahira Paha Sapa, mais un peu plus loin au nord-est, dans les plaines sèches et chaudes proches du grand méandre de la rivière du Bouton de rose, à proximité des Rochers de la Médecine du cerf – d'étranges blocs isolés ornés de gravures plus anciennes encore que le Premier Homme. Seuls les Lakotas participeront à ce *wiwanyag wachipi* – les Sans-Arcs, les Hunkpapas, les Minneconjous et les Oglalas, ainsi qu'une poignée de Brûlés. Il y a déjà quelques Shyelas*

– des Cheyennes – quand Boite-Beaucoup et le jeune Paha Sapa arrivent, tout au début de la Lune de l'Engraissement (les Shyelas tiennent, eux aussi, les rochers de la Médecine du cerf pour *wakan* – sacrés, puissants – mais les Cheyennes ne sont là qu'en spectateurs).

Bison-Assis accomplit le plus sacré des actes sacrés – cette Danse du Soleil, le *wiwanyag wachipi* – pour les *Ikče Wičaśa*, les Êtres Humains Libres Naturels.

En ce premier jour et en cette première soirée passés aux rochers de la Médecine du cerf, Boite-Beaucoup désigne à Paha Sapa, très excité mais aussi très inquiet, tous les grands *Ikče Wičaśa* que son *tunkašila wičasa wakan* veut que le petit garçon connaisse de vue et rencontre si possible, mais sans les toucher, sauf si l'un d'eux sollicite expressément ce contact.

Malgré son jeune âge, Paha Sapa comprend que son *tunkašila* tient à informer ces hommes célèbres de sa *petite-vision-en-arrière-ou-en-avant-du-toucher*, mais qu'il ne doit pas faire usage de cette faculté – en admettant qu'il soit capable de le faire à volonté, ce qui n'est généralement pas le cas – tant qu'on ne le lui demandera pas. Paha Sapa incline la tête en signe d'assentiment.

Toute la journée, les grands hommes et leurs groupes affluent des quatre points cardinaux. Toutes les bandes de Lakotas sont là. Les Oglalas sont représentés par Grande-Route* et par l'illustre cousin de Boite-Beaucoup, Cheval-Fou. Les Hunkpapas par Fiel*, Corbeau*, Lune-Noire* et Bison-Assis en personne. Les Sans-Arcs ont envoyé Aigle-Tacheté*. Bison-Rapide* et le jeune Bosse* représentent les Minneconjous. Couteau-Émoussé* accompagne les quelques Shyelas autorisés à assister à la fête. (L'autre célèbre chef cheyenne, Ours-de-Glace*, a préféré ne pas quitter le grand village du sud.)

Chaque fois que Boite-Beaucoup annonce à Paha Sapa le nom d'une de ces célébrités, le vieil homme ajoute d'une voix forte :

« *Hetchetu aloh !* – Il en est ainsi, effectivement. »

Plus d'un millier de Lakotas sont déjà là. Il n'a jamais vu d'assemblée plus magnifique, songe Paha Sapa, elle est plus grandiose encore que les vastes rassemblements du *Matho Paha* – la Butte de l'Ours – qui ont lieu un été sur deux, mais Boite-Beaucoup lui explique que ce village temporaire n'a été bâti que pour la Danse du Soleil de Bison-Assis et qu'un nombre encore plus grand de Lakotas et de Cheyennes continueront d'arriver pendant la cérémonie, les nuits de la pleine lune, et les jours suivants.

Paha Sapa observe les préparatifs du *wiwanyag wachipi* de Bison-Assis avec le respect mêlé d'effroi d'un jeune garçon et, en même temps, avec le curieux sentiment de détachement qui l'envahit fréquemment en pareils instants. Il a l'impression que plusieurs Paha Sapa regardent à travers ses yeux, dont une version bien plus âgée de lui-même qui connaît tout du passé bien qu'elle réside dans l'esprit du petit garçon fluet.

Pour commencer, un *wičasa wakan* hunkpapa très estimé – mais qui n'est pas le *tunkašila* adoré de Paha Sapa – est chargé d'aller choisir le *waga chun***, l'« arbre murmurant », le peuplier qui se dressera au centre du cercle de danse.

Quand ce *wičasa wakan*, un vieil ami d'enfance de Boite-Beaucoup dont le nom est Canard-qui-Appelle, revient en annonçant qu'il a trouvé un arbre qui convient, un certain nombre de membres de l'assistance – ils sont plusieurs centaines – se parent de fleurs cueillies au bord du cours d'eau. Quelques guerriers choisis pour leur courage comptent alors le coup sur l'arbre, le plus brave – cette année, c'est un jeune Oglala de la suite de Cheval-Fou qui s'appelle En-Tue-Six-à-Lui-Tout-Seul – portant le dernier coup, le plus bruyant également. Paha Sapa apprend que En-Tue-Six-à-Lui-Tout-Seul va maintenant effectuer un Grand Don, une cérémonie au cours de laquelle il offrira aux autres hommes qui assistent à la Danse du Soleil presque tout ce qu'il possède – dont ses deux jeunes épouses, tout récemment gagnées au combat.

Après que tous ont compté le coup sur le grand *waga chun* isolé (ni trop haut, ni trop gros, ni trop vieux) qui se dresse fièrement dans son pré d'herbes hautes, plusieurs jeunes filles munies de haches s'approchent de l'arbre en psalmodiant une chanson dont les paroles disent que si quelqu'un sait qu'elles ne sont pas vierges ou ne sont pas vertueuses à tous égards, qu'il parle à présent ou se taise à jamais. Puis, comme personne n'intervient, les jeunes filles entreprennent d'abattre l'arbre.

Boite-Beaucoup conduit Paha Sapa vers le groupe de guerriers, puis de garçons et de vieillards réunis pour intercepter le tronc dans sa chute ; il ne doit pas, lui explique-t-il, toucher le sol. Six chefs, eux-mêmes fils de chefs, portent ensuite l'arbre sacré jusqu'à l'endroit où se déroulera le *wiwanyag wachipi.*

Avant que le *waga chun* ne soit ébranché et érigé, Boite-Beaucoup éloigne Paha Sapa de l'aire de danse circulaire et le garçon (ainsi que le vieil homme qui l'accompagne) voit des dizaines de guerriers à cheval se rassembler à la périphérie de ce lieu sacré. Sur un signal de Bison-Assis, les jeunes gens se précipitent vers le centre du cercle, le lieu sacré où se dressera l'arbre, se heurtant, jouant des coudes, se bagarrant et se bousculant pour être le premier à toucher cette petite surface de terre. La poussière vole, les chevaux se cabrent et ruent au milieu des cris des guerriers et des spectateurs. Paha Sapa sourit. On dirait une version pour adultes du jeu qu'il connaît bien : Les-Faire-Tomber-de-Leurs-Chevaux. Mais avant que l'enfant n'éclate de rire, commettant ainsi un grave impair, Boite-Beaucoup pose la main sur son épaule et lui chuchote à l'oreille que c'est très important, car celui qui sera le premier à toucher ce point sacré sera invincible au combat pendant toute l'année à venir.

Ce soir-là, on prépare de délicieuses grillades plus près de la rivière que des rochers de la Médecine du cerf, et Paha Sapa, affamé, se gave de viande de bison et de son plat préféré, le chien bouilli. Les bandes ont sacrifié plusieurs chiots pour ce festin et il y a largement de quoi manger pour tous. Les guerriers dépouillent l'arbre élu de ses branches inférieures et le peignent en bleu, en vert, en jaune et en rouge. Le *tunkašila* de Paha Sapa lui explique que chaque couleur représente un point cardinal – nord, est, ouest et sud. On construit ensuite une vaste loge de sudation en branches de saule ainsi qu'un abri contre le soleil près du centre de ce cercle consacré, et les vraies prières commencent. Un *wičasa wakan* prend du tabac dont il bourre une pipe – en l'occurrence, une *ptehinčala huhu canunpa* unique, une pipe en os de veau de bison sacrée entre toutes que possède la nation lakota depuis douze générations –, il consacre une nouvelle fois le site, l'arbre et la cérémonie non seulement aux quatre points cardinaux de la terre plate et visible, mais également au ciel et à la Grand-Mère Terre elle-même, ainsi qu'à tous les ailés et quatre-pattes visibles et invisibles, leur demandant à chacun, tour à tour, de faire en sorte que cette célébration se déroule selon toutes les règles de manière à les satisfaire, eux, ainsi que *Wakan Tanka*, le Grand Tout, le Grand Mystère, le Père, le Grand-Père de tous les Grands-Pères.

Les hommes réunis font ensuite ce qu'ils doivent faire pour transformer l'arbre en loge de médecine.

Ils dressent le tronc élancé du *waga chun*, tandis que les hommes psalmodient d'une voix grave, accompagnés du trémolo incessant des femmes.

Ils plantent dans le sol vingt-huit piquets fourchus en cercle autour de lui. Ils font reposer sur chacun de ces piquets un long poteau qui sera attaché à l'arbre sacré, ne ménageant qu'une ouverture à l'est, pour laisser entrer le soleil levant.

Alors que, dans le crépuscule de l'été qui s'allonge, tous s'assemblent autour de l'arbre transformé en loge de médecine, seules les femmes visiblement enceintes sont autorisées à s'approcher du *waga chun* et à danser autour de lui. Paha Sapa comprend que le Grand Tout, *Wakan Tanka*, ainsi que le *wakan* personnel du Soleil, aiment la fécondité, et donc les femmes enceintes, autant que l'esprit du Soleil aime la danse.

Se tournant vers l'est, au-delà de la prairie – dont les herbes ondoient sous le vent du soir qui se lève, comme les frémissements de la toison d'une bête vivante –, Paha Sapa voit la pleine lune qui apparaît au firmament. Boite-Beaucoup lui a expliqué que ces grands *wiwanyag wachipi* se tiennent toujours pendant la Lune de l'Engraissement ou celle des Cerises Rouges, quand la pleine lune chasse l'ignorance du ciel ténébreux et que la nuit d'été ressemble le plus aux journées radieuses qu'aime tant l'esprit du Soleil.

Paha Sapa dort bien. La nuit est si tiède que son grand-père et lui ont renoncé à se construire un abri de branches de saule et dorment à la belle étoile sur les couvertures et les peaux qu'ils ont apportées. Paha Sapa se réveille une seule fois, à cause de la lumière trop vive de la pleine lune qui éclaire son visage. Il grogne, se retourne, se rapprochant de son oncle-grand-père, et il se rendort.

De bonne heure le lendemain matin, tout en mangeant, Paha Sapa regarde une file de mères encore allaitantes apporter leurs bébés qu'elles allongent au pied du *waga chun* transformé. En grandissant, les petits garçons deviendront des hommes courageux et les petites filles les mères d'hommes courageux. Boite-Beaucoup et les autres *wičasa wakans* passent toute la matinée assis autour du cercle à percer les oreilles de ces bébés. Les parents des enfants ainsi honorés sont censés offrir un poney à quelqu'un qui en a besoin.

Toute la journée, Bison-Assis et les autres guerriers qui participeront à la Danse du Soleil se purifient dans les loges de sudation et se préparent pour le travail essentiel qui débutera le lendemain matin. Au cours de l'année précédente – surtout l'hiver, quand la nourriture était rare ou que des proches étaient malades –, un grand nombre des hommes et des femmes réunis aujourd'hui ont prononcé des vœux personnels de sacrifice à l'arbre sacré. D'autres encore se préparent : les garçons, dont certains ne sont les aînés de Paha Sapa que de quelques mois, qui danseront à l'occasion de leur cérémonie d'entrée dans l'âge d'homme.

Dans le cadre de ces sacrifices, certains se lacéreront les bras ou le torse, ou y découperont des carrés de chair. Dans certains cas, ils iront jusqu'à se trancher un doigt. Mais les plus résolus subiront l'intégralité de la cérémonie du perçage et de la danse devant le poteau.

Des milliers de Lakotas sont arrivés à présent pour la cérémonie. Les feux du soir et les huttes rougeoyantes illuminent la prairie près des rochers de la Médecine du cerf et sur les deux rives du Bouton de rose.

La nuit précédant le début de la danse, Boite-Beaucoup accompagne Paha Sapa chez Bison-Assis.

À la lueur vacillante du feu du petit tipi de Bison-Assis, Paha Sapa voit que celui-ci s'est préparé pour le rituel que – selon Boite-Beaucoup – le vieux chef a accompli bien des fois depuis le temps où il a dansé pour sa cérémonie d'entrée dans l'âge d'homme. Plusieurs jours auparavant, Bison-Assis s'est lavé pour retirer toute la peinture de son corps, il a ôté les plumes de ses cheveux et défait ses tresses. À la lenteur de ses gestes et à sa légère faiblesse apparente, Paha Sapa constate que Bison-Assis a jeûné. Le chef offre néanmoins à Boite-Beaucoup de fumer la pipe après que Paha Sapa lui a été présenté, et les deux hommes évoquent de vieux souvenirs. La voix de Bison-Assis est grave, il ne manifeste aucune hâte quand il prête enfin attention à Paha Sapa.

« Mon ami Boite-Beaucoup me dit que Wakan Tanka *t'a peut-être accordé la faculté de voir dans le passé ou le futur des hommes, Collines-Noires. »*

Le cœur de Paha Sapa bat à tout rompre. Il ne réussit qu'à hocher la tête. Les yeux de Bison-Assis sont lumineux et perçants.

« Il m'arrive aussi parfois de réussir à voir dans l'avenir, petit Collines-Noires, mais cette Vision ne m'est accordée qu'après beaucoup de souffrances, d'efforts et de sacrifices. Tu n'as pas encore accompli ton hanblečeya, *n'est-ce pas, mon garçon ?*

— *Non,* Ate**. »

Ate – Père – est un terme de respect.

Bison-Assis hoche la tête lentement, il se tourne vers Boite-Beaucoup, puis son regard plein de force revient sur le visage de Paha Sapa, de l'autre côté du feu.

« Dans ce cas, les petites visions que tu as eues ne sont pas une vraie Vision. Tu possèdes peut-être une faculté que t'ont donnée les esprits ou bien Wakan

Tanka, *mais il peut aussi s'agir de farces que te fait une puissance qui n'aime pas les Êtres Humains Libres Naturels. Sois très prudent, petit Collines-Noires, dans la confiance que tu accordes à ces visions-qui-ne-sont-pas-une-Vision.* »

Cette fois encore, Paha Sapa ne peut que hocher la tête.

« *Tu sauras peut-être d'où viennent ces choses quand tu accompliras ton* hanblečeya *pour de bon.* »

Bison-Assis se tourne vers Boite-Beaucoup et son regard contient une interrogation. Boite-Beaucoup prend la parole :

« *Nous avions pensé à l'été prochain peut-être, quand toute la bande reviendra près des collines Noires. Il nous semble bon que ce soit là que Paha Sapa fasse son* hanblečeya *en raison des circonstances de sa naissance, mais la bande vit désormais loin de la butte de l'Ours et des collines, et nous vivons des temps trop dangereux pour que ce garçon de dix ou onze étés voyage seul.* »

Bison-Assis émet un grognement.

« *Tu as raison. Cheveux-Longs et ses cavaliers* wasichu *sont en marche, ainsi que le général Crook et d'autres. Un garçon voyageant seul dans les plaines ou avec pour tout compagnon son* tunkašila *adoptif serait en grand danger. Il risquerait de se faire capturer ou tuer – surtout si, comme je l'espère, nous livrons une grande bataille, ici, sur les rives du Bouton de rose ou de l'Herbe grasse, ce cours d'eau que les* Wasicun *appellent la Little Bighorn, le Petit Mouflon. Si nous tuons de nombreux* wasichu, *les autres voudront faire couler le sang. Tout de même, Boite-Beaucoup, je pense que tu devrais faire faire son* hanblečeya *à Collines-Noires avant l'été prochain. Bien avant. Pas plus tard que la Lune des Feuilles Colorées ou que la Lune de la Chute des Feuilles. Ce... don... qu'il possède peut être dangereux. Pas seulement pour lui. Il lui faut une Vision, si le Père ou les Six Grands-Pères veulent bien la lui accorder.* »

Boite-Beaucoup se contente d'un marmonnement évasif. Bison-Assis se penche vers le feu et vers Paha Sapa.

« *Collines-Noires, pardonne-moi de parler de toi comme si tu n'étais pas là. Il nous arrive à nous autres, vieillards, d'agir ainsi en présence des jeunes. Souhaitais-tu me toucher pour voir si tu peux avoir une* petite-vision-en-arrière *ou une* petite-vision-en-avant *avec moi ?* »

Paha Sapa reste longtemps silencieux. Puis, les lèvres tremblantes, il dit :

« *Non. Pilamaye**, Ate.* »

Il ne sait pas pourquoi il a ajouté ce « merci ».

Bison-Assis sourit.

« Washtay** ! *Tant mieux. Je ne t'aurais pas laissé me toucher pour ce genre de vision. Pas la nuit précédant ma propre Danse.* »

Bison-Assis pivote vers Boite-Beaucoup et lui serre l'avant-bras.

« *Je jeûne, alors je ne vous accompagnerai pas, mais avant que vous partiez, mon ami, ton petit-fils et toi prendrez bien un peu de* pejuta sapa** *chaud. Je l'ai trouvé sur le corps d'un* Wasicun *mort la semaine dernière seulement et j'ai demandé à ma femme de le moudre ce soir. Ensuite, nous fumerons ensemble.* »

Les yeux de Paha Sapa s'écarquillent. *Pejuta sapa* – la « médecine noire », le café – est l'une des boissons les plus magiques que l'on puisse dérober aux *wasichu* ; sa puissance n'est éclipsée que par celle du *mni wakan***, l'eau sacrée, le whisky.

Pendant que Bison-Assis prépare la pipe, Paha Sapa boit sa tasse de *pejuta sapa*, n'y trempant les lèvres que quand son *tunkašila* en fait autant (de crainte d'ignorer quelque aspect de cette consommation rituelle). Paha Sapa n'a jamais rien goûté d'aussi fort, d'aussi noir, d'aussi amer ni d'aussi délicieux.

Bison-Assis et Boite-Beaucoup fument ensuite la pipe spéciale – c'est justement la *ptehincala huhu canunpa*, la pipe sacrée en os de veau et de bison, qui a servi auparavant dans le rituel de préparation de l'arbre – jusqu'à une heure avancée de la nuit.

Paha Sapa profite d'un moment où Bison-Assis est sorti de la hutte afin d'aller pisser dans l'herbe haute pour chuchoter à son grand-père :

« *Est-ce qu'on peut fumer cette pipe simplement comme si c'était... une pipe ?* »

Sans laisser à Boite-Beaucoup le temps de répondre, la voix de Bison-Assis s'élève depuis l'obscurité de l'ouverture du tipi, tandis qu'il se glisse à l'intérieur.

« *Yuhaxcan cannonpa, el woilag yape lo. Ehantan najin oyate maka sitomniyan cannonpa kin he unywakanpelo.* – Elle sert à faire toutes sortes de choses. La pipe est *wakan* depuis que les hommes debout occupent la surface de la terre. »

Et Bison-Assis ajoute :

« *Et puis, c'est la meilleure que j'aie pour fumer le tabac.* »

Quand ils ont enfin fini et que Boite-Beaucoup et Paha Sapa se lèvent et sortent dans la tiédeur de la nuit tout embaumée d'odeurs de fumée pour regagner leur propre hutte – Paha Sapa n'a pas du tout sommeil –, Bison-Assis les suit et effleure l'épaule de Paha Sapa, précautionneusement, avec la crosse de son vieux bâton à compter le coup.

« *Viens voir ma Danse demain, Collines-Noires. Regarde et apprends à demander une vraie vision à* Wakan Tanka *et à tous les esprits.*

— Han, Ate. »

Puis Bison-Assis lui donne une petite tape et dit tout bas, d'une voix chantante :

« *Toksha ake čante ista wacinyanktin ktelo, Paha Sapa.* – Je te reverrai avec l'œil de mon cœur, Collines-Noires. »

8

La piste Noir et Jaune

Décembre 1923

« Ça ne t'ennuie pas de conduire, Billy ?

— Non, pas du tout. C'est une belle voiture.

— N'est-ce pas ? Elle est encore toute neuve. Je suis allé la chercher à Rapid City fin octobre. J'ai hésité à prendre une Nash – il me semble qu'un poète et historien devrait pouvoir se contenter d'une Ford –, mais mon beau-frère connaissait le propriétaire de la nouvelle concession Nash et... eh bien... il faut avouer que c'est un véhicule vraiment séduisant. *J'aurais évidemment pu acheter la Nash 41. Elle coûte près de quatre cents dollars de moins. C'est aussi une quatre cylindres, mais elle est découverte. Par des jours comme celui-ci – la température extérieure ne doit guère dépasser moins cinq, selon moi –, il est tout de même beaucoup plus agréable de rouler en berline fermée, tu ne trouves pas ?*

— Si.

— Bien sûr, pour quelques centaines de dollars de plus, *j'aurais pu choisir une Nash 47. Elle est plus élégante, c'est indéniable, mais elle n'a ni porte-bagages ni coffre. Rien du tout.*

— Vraiment ?

— Vraiment. Rien du tout. Mais – si j'avais réellement *voulu dépenser plus – et je dois dire que le vendeur a tout fait pour m'en convaincre –, j'aurais pu aller jusqu'à la Nash 48 Touring Car ou – mais c'est une idée farfelue – la nouvelle version sport de la Nash 697 à six cylindres. Six cylindres, Billy ! Ça ne serait pas du luxe, avec toutes ces côtes !*

— *Il me semble que quatre cylindres conviennent parfaitement, monsieur Robinson.*

— *Oui, elle ne grimpe pas si mal, n'est-ce pas ? Bien sûr, si j'avais l'intention de dépenser cinq mille dollars ou plus pour une automobile, je prendrais la LaFayette 134. Elle pèse plus de deux tonnes et – enfin, c'est ce que j'ai lu – elle peut monter jusqu'à cent quarante kilomètres à l'heure. Dis-moi Billy – pourquoi aurait-on besoin ou envie de rouler à cent quarante kilomètres à l'heure ? Sauf peut-être sur le circuit d'Indianapolis, évidemment ?*

— *Je ne sais pas.*

— *Mais je ne suis pas Jimmy Murphy. De plus, il faudrait que j'achète une Duesenberg pour participer à cette course. En réalité, je suis très content de cette Nash. Ça t'ennuie si je prends quelques notes pendant que nous poursuivons notre entretien sur le passé ?*

— *Je vous en prie.*

— *À propos de course, Billy... À la réserve, j'ai entendu parler de la Piste de course, mais les cartes du Park Service ne mentionnent aucune formation géologique ni aucun site de ce nom. Je me demande de quoi il s'agit.*

— *Nous l'avons traversée en sortant de Rapid City, monsieur.*

— *Vraiment ?*

— *La Piste de course est le nom que les Lakotas et les Cheyennes donnaient à la dépression qui entoure les collines Noires... la longue vallée incurvée entre le bord externe de la crête du Dos de cochon, le Hogback Ridge* comme vous l'appelez, qui dessine une arête rocheuse rouge, et les collines elles-mêmes. Si vous montiez en avion suffisamment haut, vous verriez peut-être l'intégralité de l'ovale rougeâtre qui entoure les collines. C'est ce que nous appelons la Piste de course.*

— *Bon sang, Billy. J'ai passé toute ma vie au voisinage des collines – à la direction de la Société historique du Dakota du Sud – et je n'ai jamais remarqué que la vallée faisait tout le tour des collines. Je ne savais pas non plus que ton peuple lui avait donné un nom. La Piste de course... Pourquoi ? Parce que cette dépression ovale ressemble à une piste de course ?*

— *Non. Parce que c'est ce qu'elle a* été. »

Paha Sapa se tourne vers le vieil homme qui prend des notes fébrilement. Doane Robinson a soixante-sept ans (neuf de plus que Paha Sapa en ce dernier jour de 1923) et il est tête nu dans l'air glacé – le chauffage de la Nash est parfaitement inopérant – bien qu'il soit chauve comme un œuf. La douceur du sourire immuable de Robinson est encore accentuée par la bonté de son regard, partiellement caché ce matin par ses lunettes rondes à monture d'écaille.

Avocat de formation (il a défendu les tribus sioux lors de certains de leurs premiers procès contre le gouvernement fédéral et celui des États), Robinson a renoncé il y a bien longtemps au droit pour se consacrer à la littérature et est devenu l'écrivain et le poète humoristique le plus populaire du Dakota du Sud. Il est aussi son historiographe officiel. Mais surtout, Paha Sapa échange ces entretiens occasionnels sur le « passé » – au cours desquels il ne livre que peu d'informations substantielles et presque aucun renseignement personnel – contre l'autorisation d'emprunter des livres à l'écrivain-historien qui possède une imposante bibliothèque. C'est grâce à cet arrangement que Paha Sapa, cinquante-huit ans, a acquis au cours des six dernières années l'essentiel de ce qu'il considère comme sa « formation universitaire » privée.

Robinson lève le nez de ses papiers.

« Les Sioux et les Cheyennes y organisaient des courses ?

— C'était bien avant les Lakotas et les Cheyennes, monsieur Robinson. Avant même, peut-être, que le Premier Homme et ses cousins ne sortent dans le monde par le Washu Niya*, *la "Grotte qui respire". Le Park Service l'appelle la Wind Cave, la "Grotte du Vent".*

— Oui, oui. J'ai entendu dire il y a longtemps que les Cheyennes, les Sioux et les autres Indiens des plaines pensent que les humains sont venus au monde par la Grotte du Vent. Mais pourquoi l'appelle-t-on la "Grotte qui respire" plutôt que la "Grotte de la Naissance" ou un nom de ce genre ?

— Parce que en hiver, on voit la grotte respirer par plusieurs orifices. L'air chaud en sort par bouffées régulières, et on dirait vraiment la respiration d'un bison.

— Ahhh... »

Robinson recommence à écrire. Paha Sapa se concentre pour empêcher la Nash ventrue de tomber dans les ornières de boue gelée. Il tourne à droite sur la Needles Highway, la route des Aiguilles. Le moteur de la Nash ne craint pas les côtes, mais la boîte de vitesses est épouvantable – bien moins efficace que celles des Ford et des Chevrolet que Paha Sapa a conduites – et il doit prendre garde à ne pas faire grincer les vitesses de la nouvelle voiture chérie de l'historien.

Robinson lève les yeux, et le soleil se reflète dans ses lunettes rondes.

« Les bisons et les humains sont-ils venus au monde au même moment, Billy ? J'ai entendu différentes histoires à ce sujet.

— *Les bisons sont arrivés les premiers. Les premiers bisons à sortir de* Washu Niya *étaient minuscules – gros comme des fourmis – mais l'herbe des collines Noires était si riche qu'ils n'ont pas tardé à grandir et à engraisser jusqu'à atteindre leur taille actuelle.* »

Cela fait sourire Paha Sapa, mais Doane Robinson continue à prendre des notes avec le plus grand sérieux. Quand il relève enfin la tête, il cligne des yeux en apercevant les formations en aiguilles toutes proches, comme s'il avait oublié leur présence dans les collines Noires. Le soleil de la fin décembre est éclatant, mais faible, et les colonnes rocheuses projettent des ombres effilées. Robinson tapote son stylographe contre sa lèvre inférieure.

« Mais alors, qui a fait la course sur la Piste de course s'il n'y avait pas encore d'hommes dans les collines ? »

Paha Sapa rétrograde. L'embrayage de la Nash ne se met en prise qu'au moment où la chaussure du conducteur est presque contre le plancher traversé de courants d'air. Un jour, Paha Sapa le sait, la route des Aiguilles sera goudronnée, mais pour le moment ce n'est qu'une succession de profondes ornières durcies par le gel qui pourraient avoir raison de la Nash de M. Robinson en une seconde si les roues étroites quittaient les arêtes surélevées.

« On dit que toutes les créatures ailées et quadrupèdes rivalisaient pour gouverner le monde. Elles avaient failli se faire la guerre pour en décider, mais ont fini par choisir d'organiser une Grande Course autour du Wamakaognaka e'cantge. »

Robinson lève son stylo. Quand il parle, son haleine reste suspendue en l'air un moment, comme si elle sortait de la Grotte qui respire, mais ici, il fait si froid que le souffle des deux hommes recouvre d'une mince pellicule de givre l'intérieur du pare-brise et des vitres latérales gelées.

« Wamakaognaka e'cantge... *Cela signifie le "centre de l'univers", c'est bien cela, Billy ?*

— *Entre autres, oui. Je préfère parler du "cœur de tout ce qui est". Mais tout cela désigne les Paha Sapa – les collines Noires.*

— *Ainsi, les quadrupèdes et les créatures ailées ont décidé de choisir qui gouvernerait le monde en organisant une course autour des collines Noires ?* »

La plume gratte le papier. La route est déserte en cette veille du jour de l'An. Au-delà des pointes des Aiguilles, Paha Sapa distingue la cime la plus élevée et la plus sacrée des collines Noires, la colline du Mauvais Esprit*, que les *wasichu* ont rebaptisée Harney Peak, le pic de Harney, en l'honneur d'un célèbre tueur d'Indiens, et, au-delà, la longue crête de granite des Six Grands-Pères où il a eu sa Vision quarante-sept ans auparavant.

« Oui. Il existe plusieurs versions de cette histoire, mais dans celle que mon grand-père m'a racontée, les créatures ailées se sont parées de couleurs magiques pour avoir plus de chances de gagner la course. Ainsi, le corbeau a commencé par se peindre en noir, la pie a utilisé de la terre blanche et du charbon pour se rendre wakan...

— *Sainte. Sacrée.*

— *Oui. La sturnelle était sûre que le jaune la ferait gagner. Alors les quadrupèdes et les bipèdes, tous ailés à l'époque mais qui avaient accepté de garder leurs pattes au sol pour cette Grande Course, ont couru tout autour, tout autour des collines Noires, cent fois, mille fois, usant le sol de ce qui est aujourd'hui la Piste de course. Le bison et le cerf ont été les plus rapides des quadrupèdes, et l'écume sanglante qui jaillissait de leurs mufles et de leurs naseaux a taché de rouge la roche sur presque tout le parcours. Ils ont couru pendant des jours et des nuits, et des semaines, et des lunes entières.*

— *Qui a gagné ?*

— *La pie et le corbeau, qui couraient au nom de tous les bipèdes, même en notre nom à nous, les hommes, qui n'étions pas encore sortis de la Grotte qui respire. Et lorsque la course a été terminée, la Piste était aussi large et aussi profonde que vous la voyez aujourd'hui, et entourée d'une arête rouge. En fait, mon grand-père connaissait un autre nom pour désigner l'ovale bordé de rouge qui entoure le* Wakakaognakasa e'cantge.

— *Et quel était ce nom, Billy ?*

— *Le* winyan shan.

— *Bizarre. J'ai passé de longues années à consigner le vocabulaire sioux, mais je n'ai jamais rencontré ce mot-là. Qu'est-ce qu'il signifie, Billy ?*

— *Un sexe de femme. »*

Doane Robinson revisse le capuchon de son stylo plume, retire ses lunettes et les nettoie avec le mouchoir qu'il tire de la poche de poitrine de son épais veston de laine. Paha Sapa aperçoit une tache rouge sur la pommette de l'historien. Il est désolé d'avoir gêné ce vieux monsieur.

« Arrête-toi ici, s'il te plaît. Il y a un endroit où tu peux te ranger, au pied de la colonne. »

Paha Sapa coupe le moteur de la Nash. La route de terre serpente entre les Aiguilles – des colonnes de granite isolées, hautes pour certaines de trente mètres et plus, mais le plus souvent de dix ou quinze – et cette zone de stationnement a été aménagée pour permettre aux automobilistes d'admirer l'immense doigt de pierre qui se dresse tout près du bas-côté.

Robinson se débat avec la poignée de portière moderne.

« *Et si nous allions faire un tour, Billy ?*

— *Le vent s'est levé, monsieur Robinson. Il fait froid dehors.*

— *Allons, viens. Nous avons été jeunes un jour. Je veux te montrer quelque chose.* »

Il fait encore plus froid que Paha Sapa ne l'avait imaginé. Cet étroit tronçon de chaussée longe la ligne de crête et aucun sommet ne fait obstacle au vent glacial qui balaie les collines depuis le nord-ouest. Paha Sapa boutonne son manteau de laine noir et rouge et, se tournant vers le nord-ouest, remarque les nuages bleu-noir qui s'amoncellent au loin, sur la ligne d'horizon. La tempête de neige arrivera vers minuit en cette veille du Nouvel An. Il calcule le temps qu'il lui faudra pour raccompagner Robinson chez lui et rejoindre à moto son propre logement près de Deadwood. Ce n'est pas une nuit à circuler sur cette étroite route sinueuse dans l'obscurité, au milieu des rafales de neige – d'autant que sa moto n'a pas de phare.

Doane Robinson tend le bras vers l'Aiguille.

« *As-tu remarqué, Billy, qu'il y a des dizaines et des dizaines – un nombre incroyable ! – de ces formations dans le nouveau parc ?*

— *Oui.*

— *Et connais-tu l'autoroute des Black Hills et de Yellowstone ?*

— *La piste Noir et Jaune ? Oui, bien sûr. Nous avons suivi les poteaux peints aux couleurs des bourdons en sortant de Rapid City, et en montant dans les collines.* »

Paha Sapa pense à cette route de terre grossière – elle n'est recouverte de gravier que par endroits – qui coupe désormais le Dakota du Sud d'est en ouest et que les *wasichu* parent du nom orgueilleux de *highway*, « autoroute ». Les poteaux rayés de noir et de jaune plantés au bord de la chaussée s'étendent à l'infini à travers la prairie.

« *Cette autoroute relie Chicago au parc de Yellowstone. Elle était censée attirer des visiteurs dans les régions de l'Ouest, Billy. L'avenir du Dakota du Sud dépend du tourisme, tu peux me croire. Si l'économie continue à être aussi prospère, un jour, tout le monde en Amérique aura sa voiture et voudra quitter les cages à lapins bondées des villes de l'Est et du Midwest pour venir visiter l'Ouest.* »

Paha Sapa remonte son col pour se protéger du vent glacial qui le cingle. La rougeur de confusion de Doane Robinson a cédé la place à des taches écarlates et blanches sur ses joues et sur son nez, et Paha Sapa se dit que si l'historien ne remonte pas rapidement en voiture, il risque des engelures. Il ne porte même pas de gants alors que les températures sont largement négatives. Quand une bourrasque particulièrement violente menace de renverser Robinson et de le faire tomber dans les broussailles qui envahissent la base de la colonne de granite, Paha Sapa le retient en l'empoignant fermement par le bras.

« *Es-tu déjà allé à Chicago, Billy ?*

— *Oui. Une fois.* »

Paha Sapa n'a pas oublié l'image de la Grande Roue de M. Ferris en 1893, de nuit, au-dessus de la Ville blanche, illuminant tout le paysage de l'éclat de milliers d'ampoules électriques. Les responsables de l'Exposition colombienne de Chicago avaient jugé que le Wild West Show de Buffalo Bill n'était pas digne de faire partie des attractions officielles. Aussi M. Cody avait-il installé son spectacle juste à l'extérieur du terrain d'exposition, attirant une foule considérable sans avoir à partager les bénéfices avec les organisateurs de l'Exposition. Mais la Ville blanche, avec son palais de l'Électricité et sa galerie des Machines immenses – la vaste cour d'Honneur illuminée par des centaines de réverbères et de projecteurs électriques tout au long de la nuit trépidante – était l'un des prodiges les plus surprenants que Paha Sapa, qui avait alors vingt-huit ans, eût jamais vus.

« *Ah oui ? Alors tu comprends certainement que les habitants de cette ville surpeuplée attendent avec impatience de pouvoir partir vers l'Ouest, respirer notre air pur et contempler nos admirables paysages. Mais le Dakota du Sud a besoin d'une attraction !*

— *D'une attraction ?*

— *Oui, oui. Cela m'a traversé l'esprit il y a quelques semaines seulement. Vois-tu, le parc de Yellowstone a ses geysers, ses grizzlis et ses sources chaudes, ce qui suffit certainement à attirer des visiteurs de Chicago ou de plus loin à l'est encore par l'autoroute Noir et Jaune. En revanche, le seul centre d'intérêt que notre bel État ait à offrir à l'intrépide voyageur, c'est ce parc, ici, dans les Black Hills et... tout ce que les collines ont à offrir, c'est... eh bien ma foi... des collines.* »

Paha Sapa jette un regard effaré à l'historien officiel. Le froid fait larmoyer les yeux de M. Robinson, et il a le nez qui coule. Chaque fois qu'une nouvelle rafale les secoue, seule la poigne solide de Paha Sapa évite à son compagnon, plus robuste mais plus âgé, d'être précipité au bas du versant, vers les pins vrillés et les pins Douglas qui poussent entre les bases des Aiguilles. Les ombres que celles-ci projettent apprennent à Paha Sapa qu'il se fait tard – il faut qu'ils repartent rapidement s'il veut avoir une chance d'arriver à Deadwood avant qu'il ne fasse complètement nuit et que la tempête n'arrive. On sent déjà l'odeur de la neige qui approche.

Robinson tend son bras libre et écarte ses doigts nus en direction de la flèche de granite.

« Et j'ai eu une révélation, Billy ! Je sais ce qu'il nous faut ! Des sculptures !

— Des sculptures ? »

Paha Sapa se rend compte qu'il a l'air complètement idiot à répéter ainsi tout ce que dit Robinson. Mais il s'en soucie peu. L'anglais est une langue si pauvre en nuances...

« Ces aiguilles se prêteraient idéalement à des sculptures, Billy. Je suis presque certain que le granite est la meilleure des pierres à sculpter. Alors il y a quelques jours, j'ai écrit au plus grand sculpteur d'Amérique... du monde, peut-être ! »

Robinson glisse la main droite sous son pardessus qui s'envole, dans la poche intérieure de son veston gonflé par le vent, et en sort une copie au carbone d'une lettre tapée à la machine. Une bourrasque lui arrache la feuille légère et seule un brusque plongeon en avant de Paha Sapa empêche la missive de disparaître à tout jamais dans la forêt.

« Nous ferions mieux de la lire dans la voiture, monsieur Robinson.

— Tu as raison, Billy, parfaitement raison. Je ne sens plus mes oreilles ni le bout de mon nez ! »

De retour dans la Nash, Paha Sapa essaie de monter au maximum le chauffage rudimentaire de la voiture, mais celui-ci exhale déjà le peu de chaleur que le moteur daigne partager. Il étale la lettre chiffonnée sur le large volant et lit :

28 décembre 1923

M. Lorado Taft
6016 Ellis Avenue
Chicago, Illinois

Cher Monsieur,

Le Dakota du Sud a aménagé un merveilleux parc national dans les Black Hills. Vous trouverez ci-joint une brochure qui en illustre quelques particularités. Sur la première de couverture, vous découvrirez des colonnes - que nous appelons des aiguilles - situées sur le versant de Harney Peak. Le point culminant de celles qui sont représentées sur ce document s'élève à près de deux mille mètres au-dessus du niveau de la mer. Ces aiguilles sont en granite.

En songeant à votre « Éternel Indien », il m'est venu à l'esprit que certaines de ces colonnes se prêteraient bien à des sculptures monumentales, et je me permets de vous écrire pour vous demander si vous pourriez envisager la possibilité de sculpter des figures humaines dans certaines d'entre elles, à l'endroit où elles se trouvent. Je songe à quelques éminents Sioux comme Red Cloud, Nuage-Rouge*, qui a vécu et est mort à l'ombre de ces aiguilles. Si une première statue pouvait être réalisée, d'autres suivraient certainement.

On découvrirait ces aiguilles juste au-dessus de la grande route représentée sur le document, sur une circonférence parfaitement dégagée d'une trentaine de mètres, sur des socles de plusieurs dizaines de mètres de haut, comme on peut s'en rendre compte à partir des autres points de vue.

Ce granite présente une texture assez grossière, mais il est de bonne qualité. On trouve aussi, à proximité, de vastes parois rocheuses nues sur lesquelles on pourrait exécuter très avantageusement des groupes en relief.

Les aiguilles illustrées n'offrent qu'un exemple de ce qu'offre sur le terrain, beaucoup d'autres sont plus minces - certaines de quelques pieds de diamètre seulement - et extrêmement spectaculaires.

J'attends votre réponse avec impatience et, si l'affaire vous paraît réalisable, nous pourrions peut-être vous persuader de venir nous rendre visite.

Avec mes sentiments les plus respectueux,

Doane Robinson

Paha Sapa regagne Rapid City aussi vite que les pneus ultraminces de la Nash acceptent de les véhiculer sur les routes gelées. Il ne demande pas à M. Robinson si Lorado Taft, le sculpteur, lui a déjà répondu. Il n'en aura pas encore eu le temps, de toute évidence. Il conduit en silence, accompagné du seul bruit des détonations du moteur quatre cylindres et du ronflement bruyant mais inefficace de la soufflerie du chauffage.

« À quoi penses-tu, Billy ? »

Paha Sapa aime bien Doane Robinson ; il apprécie sa douceur, son érudition et son intérêt sincère, bien qu'un peu éparpillé, pour l'histoire du peuple de Paha Sapa. Et il *adore* la bibliothèque de Doane Robinson et le nouveau regard sur l'univers qu'elle lui a offert. Ce qui ne l'empêche pas de penser en cet instant que si Robinson lui avait montré sa lettre *avant* de l'envoyer au sculpteur, Paha Sapa aurait sorti de sa poche son couteau de poche à manche d'os tout simple muni d'une lame de douze centimètres et aurait égorgé l'écrivain-historien, abandonné son corps dans les bois, le long de la route des Aiguilles, et précipité sa Nash dans un ravin à des kilomètres de là, dans les collines Noires.

« Billy ? Que penses-tu de cette idée ? Penses-tu que Red Cloud soit un bon choix pour sculpter la première statue d'un chef sioux dans une des aiguilles ? As-tu connu Red Cloud ? »

Makhpiya Luta, Nuage-Rouge, s'était rendu célèbre par sa victoire à la Bataille-des-Cent-Tués, mais tous ces combats étaient déjà du passé quand Paha Sapa n'avait que deux étés. Le vieux Nuage-Rouge qu'il a connu était un Indien d'agence, un homme qui avait cédé aux Blancs les plaines et les terres des derniers Êtres Humains Libres Naturels. En 1877, Paha Sapa se trouvait au camp Robinson, près de l'agence de Nuage-Rouge, quand un neveu de ce dernier avait, par jalousie, trahi Cheval-Fou, le reconduisant au fort où il avait été assassiné. Nuage-Rouge avait survécu à tous les vrais chefs guerriers – Bison-Assis, Cheval-Fou – et était mort très, très âgé, quatorze années plus tôt seulement, en 1909.

« Je n'ai pas vraiment connu Nuage-Rouge.

— Et Crazy Horse, Billy ? Et si M. Taft sculptait une immense statue de Cheval-Fou, T'ašunka Witko, *ici, dans les collines ? Qu'en penses-tu ? »*

Paha Sapa répond par un grognement. Sur le flanc est de la ligne de crête, les ombres du soir s'allongent rapidement et il est obligé de conduire avec la plus grande prudence pour éviter de briser un essieu de la Nash dans une des profondes ornières gelées. Comment expliquer à cet homme si bon que Cheval-Fou aurait préféré se faire un trou dans le ventre et en sortir ses propres tripes – ou massacrer toute la famille élargie de Doane Robinson – plutôt que de laisser les *wasichu* qui l'ont trahi et tué sculpter son portrait dans le granite des Paha Sapa ? Il prend une profonde inspiration.

« Vous vous rappelez sûrement, monsieur Robinson, que Cheval-Fou n'a jamais accepté qu'on le prenne en photo.

— Ah, c'est vrai, tu as raison, Billy. Il craignait sans doute, comme certains Indiens des plaines, que l'appareil de ces photographes de la frontière ne lui "vole son âme". Mais je suis convaincu que l'idée de se faire représenter par un grand artiste n'aurait pas heurté la sensibilité de T'ašunka Witko. »

Paha Sapa sait parfaitement que Cheval-Fou ne craignait pas qu'un appareil photo lui « vole son âme ». Le guerrier refusait tout bonnement de donner à son ennemi la satisfaction de s'emparer ne fût-ce que de son image.

« Et Sitting Bull, alors, Billy ? Penses-tu que les Lakotas seraient honorés qu'on réalise une sculpture monumentale de Tatanka Iyotake, *de Bison-Assis, ici, dans les collines ? »*

La route est particulièrement ravinée, de vrais Badlands miniatures, et Paha Sapa reste muet, cherchant à éviter les ornières et à trouver le passage le plus praticable sur la route et le bas-côté gelés. Il pense à ce jour, neuf ans seulement après l'élimination de Cheveux-Longs au bord de l'Herbe grasse, où Bison-Assis était parti pour l'est avec le Wild West Show de Bill Cody – c'était huit ans avant que Paha Sapa ne suive la même troupe à Chicago – et avait été vivement impressionné par le nombre et la puissance des *wasichu*, par les dimensions de leurs villes et la rapidité de leurs chemins de fer. Mais Paha Sapa avait parlé à un missionnaire qui avait connu *Tatanka Iyotake* à son retour à l'agence. Bison-Assis avait dit à l'homme du mystère blanc : « *Les hommes blancs sont mauvais. Je veux que vous appreniez à mon peuple à lire et à écrire, mais il ne doit pas se transformer en homme blanc dans ses façons de vivre et de penser ; cette vie-là est trop mauvaise. Je ne pourrais pas les laisser faire ça. Moi-même, je préférerais mourir en Indien que vivre en homme blanc.* »

Paha Sapa a du mal à respirer. Il a l'impression que sa cage thoracique va éclater tandis que dans son crâne, une pression douloureuse lui brouille la vue. Quelqu'un d'autre penserait à une crise cardiaque ou à une attaque, mais Paha Sapa sait que c'est le fantôme de Cheveux-Longs qui baragouine et fait des siennes en lui, se débattant pour sortir. Cheveux-Longs entend-il ce qui se dit à travers les oreilles de Paha Sapa, voit-il les colonnes des Aiguilles à travers les yeux de Paha Sapa, imagine-t-il les immenses sculptures des Lakotas évoqués – Robinson n'a certainement pas envisagé de consacrer une de ces statues à Custer – en lisant dans l'esprit de Paha Sapa ?

Paha Sapa n'en sait rien. Il s'est posé ce genre de questions d'innombrables fois mais, bien que le fantôme lui parle dans la nuit, il se demande encore si Cheveux-Longs voit et entend à travers lui, ou s'il partage *ses* pensées comme lui-même est condamné à subir celles de Cheveux-Longs.

« *As-tu connu Sitting Bull, Billy ?* »

Doane Robinson semble préoccupé, gêné peut-être, comme s'il craignait d'avoir offensé le Lakota qu'il connaît sous le nom de Billy Slow Horse.

« *Un peu, monsieur Robinson.* »

Paha Sapa prend son ton le plus cordial.

« *Il m'est arrivé de croiser Bison-Assis de temps en temps, mais évidemment je n'étais qu'un enfant quand il s'est battu, puis qu'il s'est rendu, avant d'être tué par les policiers indiens venus l'arrêter.* »

Le *wiwanyag wachipi*, la Danse du Soleil, aux rochers de la Médecine du cerf deux semaines avant qu'ils ne tuent Cheveux-Longs, n'a duré que deux jours.

Les plus grands des garçons et les jeunes gens venus pour leur cérémonie de passage à l'âge d'homme s'étaient allongés au pied du grand *waga chun* désormais recouvert de peinture, de poteaux et de longes tressées. Les garçons et les jeunes gens avaient été peints, eux aussi, par Boite-Beaucoup et d'autres hommes du mystère ; il n'avaient ni frémi ni crié quand les *wičasa wakan* avaient soulevé des bandes de chair sur leur torse ou sur leur dos pour qu'on puisse faire passer des lanières de cuir sous leurs robustes muscles, et les attacher, généralement à un petit morceau de bois. Ces lanières étaient ensuite nouées aux longues tresses accrochées au sommet du *waga chun.*

Les jeunes gens, dont les torses et les dos peints ruisselaient de sang, se relevaient ensuite et se mettaient à danser et à chanter, s'inclinant pour s'écarter ou se rapprocher de l'arbre sacré, de sorte que, par moments, leurs corps se trouvaient complètement suspendus aux lanières de cuir et aux broches insérées sous leurs muscles. Tout en dansant et en chantant, ils ne quittaient pas le soleil des yeux. Il pouvait leur arriver de danser deux jours d'affilée, sans interruption. Mais le plus souvent, ils dansaient et bondissaient jusqu'à ce que la douleur leur fasse perdre connaissance ou – s'ils avaient de la chance et que *Wakan Tanka* leur souriait – que le cuir et la corne déchirent leurs puissants muscles pectoraux et dorsaux et les libèrent.

Dans sa jeunesse, Bison-Assis avait exécuté bien des Danses du Soleil mais en ce jour de l'été 1876, sous les yeux de Paha Sapa, de Boite-Beaucoup et de deux mille autres spectateurs, il s'était dénudé jusqu'à la taille, s'était approché du *waga chun* et s'était assis, son dos couvert de cicatrices appuyé contre l'arbre sacré. Paha Sapa se rappelle avoir remarqué un trou minuscule dans la semelle d'un des vieux mocassins superbement brodés de perles de Bison-Assis.

Bison-qui-Bondit, l'ami de Bison-Assis, s'était approché du chef en psalmodiant, s'était agenouillé à côté de l'homme de quarante-deux hivers et s'était servi d'une alène d'acier pour soulever la peau de l'avant-bras de Bison-Assis. Veillant à ne pas entailler le muscle, Bison-qui-Bondit avait découpé un carré de peau grand comme l'ongle du petit doigt de Paha Sapa. Puis un autre. Bison-qui-Bondit était remonté de la sorte jusqu'à l'épaule droite de Bison-Assis, prélevant cinquante carrés de peau identiques.

Pendant tout ce temps, indifférent au sang qui coulait et apparemment insensible à la douleur, Bison-Assis avait psalmodié des prières, réclamant la miséricorde pour son peuple et la victoire dans la bataille imminente contre les *wasichu*.

La séance de lacération du bras droit de Bison-Assis, se rappelle Paha Sapa – qui compte désormais le temps comme les *Wasicun* – avait duré environ quarante-cinq minutes. Puis Bison-qui-Bondit avait entrepris de prélever cinquante autres carrés de chair sur le bras gauche de Bison-Assis.

Quand Bison-qui-Bondit avait eu fini son dépeçage, quand le sang écarlate qui ruisselait sur les bras de Bison-Assis avait entièrement recouvert les peintures de cérémonie, se répandant sur son ventre, sur son pagne, sur ses jambes et éclaboussant le sol tout autour du *waga chun*, Bison-Assis s'était levé et – toujours chantant, toujours priant – avait dansé jusqu'à la fin de cette longue journée de juin, durant toute la nuit de la pleine lune qui avait suivi et pendant la moitié du lendemain, un jour humide, étouffant, sans nuages et infesté de mouches.

Lune-Noire, le vieil ami de Bison-Assis, l'avait rattrapé au moment où le chef était sur le point de défaillir. Bison-Assis avait alors chuchoté quelques mots à Lune-Noire, et Lune-Noire s'était dressé et avait crié à tous ceux qui attendaient, et ils étaient des milliers :

« *Bison-Assis me demande de vous apprendre qu'il vient d'entendre une voix qui lui disait : "Je te les donne parce qu'ils n'ont pas d'oreilles", et Bison-Assis a levé les yeux et a vu, au-dessus de lui, au-dessus de nous tous, des soldats et certains de nos Êtres Humains Libres Naturels et de nos alliés à cheval, et les* wasichu *étaient nombreux à s'abattre comme des sauterelles, leurs têtes étaient détachées et leurs chapeaux tombaient. Les* wasichu *tombaient juste dans notre camp !* »

Paha Sapa n'a pas oublié les acclamations qui s'étaient élevées à l'annonce de cette vision.

Ils savaient tous que si, dans la vision de Bison-Assis, les soldats en tunique bleue n'avaient pas d'oreilles, c'était parce que les *Wasicun* avaient refusé d'entendre que les Lakotas et les Cheyennes n'avaient qu'un désir, qu'on les laisse vivre en paix, et que les Lakotas refusaient de vendre leurs collines Noires bien-aimées. Sur le champ de bataille, les femmes avaient enfoncé leurs alènes de couture dans les tympans des *wasichu* morts pour leur ouvrir enfin les oreilles.

Le *wiwanyag wachipi* avait pris fin au terme de deux jours seulement, après la vision de triomphe de Bison-Assis, et ils s'étaient dirigés par milliers vers le sud-ouest, à quelques kilomètres de là, pour rejoindre le campement plus important de l'Herbe grasse, où Cheveux-Longs et ses soldats *wasichu* du 7e de cavalerie les attaqueraient et où l'esprit de Cheveux-Longs envahirait Paha Sapa.

Quand Paha Sapa arrête la Nash et dépose l'historien chez lui, la nuit vient de tomber. Il neige déjà, faiblement mais régulièrement. Doane Robinson suit Paha Sapa jusqu'à l'allée. Paha Sapa sort du side-car sa veste de cuir trop grande, ses gants de cuir, son casque de cuir et ses lunettes. Des flocons volent horizontalement à la lueur du réverbère, au-dessus d'eux.

« Billy, il fait mauvais. Passe donc la nuit ici. La route de Deadwood est épouvantable même de jour et par temps sec. Elle risque de ne plus être praticable dans une demi-heure, même à moto.

— Ça va aller, monsieur Robinson. Au besoin, je connais des endroits où je peux m'arrêter en route.

— Ta moto est superbe, dis-moi. Je ne l'avais encore jamais regardée attentivement. Fabrication américaine ?

— Oui. C'est une Harley-Davidson de 1916.

— Au moins, elle a un phare.

— C'est vrai. C'est le premier modèle à en avoir été équipé. Il n'éclaire pas très bien et, malheureusement, il est cassé pour le moment. Je ne sais combien de fois je me suis dit qu'il faudrait que je le répare.

— Passe donc la nuit chez nous, Billy. »

Paha Sapa enfourche la selle. C'est un superbe engin – élancé, aux lignes pures, recouvert de peinture bleu pâle avec l'inscription HARLEY-DAVIDSON en caractères rouge orangé. Le phare en panne est surmonté d'un klaxon trapu qui fonctionne parfaitement. La tubulure d'admission est incurvée, un vrai chef-d'œuvre de sculpture selon Paha Sapa, et alimente le robuste moteur F-Head en V-twin de mille centimètres cubes. C'est le premier modèle de la marque à avoir un kick moderne. Un somptueux siège de passager en cuir (mais sans dossier) surmonte la roue arrière et, bien que le side-car soit détachable, Paha Sapa le garde pour ranger ses outils et son équipement.

Se penchant derrière le moteur, il utilise sa clé pour mettre la magnéto en route. Trois kicks et le moteur ronronne. Paha Sapa met les gaz, puis les baisse pour pouvoir entendre l'historien.

« Elle est vraiment superbe, Billy ! Tu l'as depuis longtemps ?

— Elle n'est pas à moi. C'est celle de mon fils. Il m'a demandé de la lui garder jusqu'à son retour de guerre. »

Doane Robinson tremble de froid. Il se frotte les joues.

« Mais la guerre est finie depuis... Oh, mon Dieu, mon Dieu.

— Bonsoir, monsieur Robinson. Je serais heureux de savoir si vous recevez une réponse de M. Lorado Taft. »

9

À l'est des buttes Minces*, le long de la Grande Rivière*, à cent cinquante kilomètres au nord des collines Noires

Juillet 1876

Paha Sapa et Boite-Beaucoup reviennent de l'Herbe grasse beaucoup plus rapidement qu'ils ne s'y sont rendus, mais les jeunes guerriers aux montures rapides et d'autres groupes de Lakotas de passage ont déjà annoncé l'élimination de Cheveux-Longs à leur village. La nouvelle de la défaite du 7e de cavalerie et de *Pahin Hanska Kasata* se répand bien plus vite cette semaine-là à travers les tribus des grandes plaines que dans l'armée *wasichu* ou par les lignes télégraphiques.

Les quelques jours qui suivent son retour, personne n'a ni le loisir ni l'envie d'écouter Paha Sapa parler du coup qu'il a compté, ni du fantôme qu'il a attrapé.

Paha Sapa a toujours regretté que ce matin-là, après son entrevue avec Bison-Assis, Long-Étron et les autres, il n'ait pas eu le temps de gravir la colline pour leur montrer le cadavre du *Wasicun* dont l'esprit s'est glissé en lui. Ce matin-là, on avait aperçu un nuage de poussière au nord, là où le commandant Reno et les survivants de son bataillon étaient encore retranchés sur une colline, à cinq kilomètres de l'endroit où Paha Sapa avait touché son *Wasicun* mourant. Les *wasichu* avaient redouté l'arrivée d'un nombre d'Indiens encore plus important, mais les éclaireurs de Bison-Assis, de Cheval-Fou et des autres chefs savaient que cette poussière était soulevée par un gros détachement de cavaliers en tunique bleue, probablement la colonne du général Terry qui progressait depuis la même base avancée – le vapeur *Far West* amarré au confluent de la rivière de la Pierre jaune* et du Bouton de rose – que celle d'où étaient venus Custer et ses hommes.

Bison-Assis était trop affairé à donner des ordres – il fallait démonter le campement, laisser les morts dans leurs huttes funéraires après leur avoir rendu un dernier hommage et donner rendez-vous aux différents groupes de combattants – pour accompagner Paha Sapa et Boite-Beaucoup ce matin-là, et quand Paha Sapa avait conduit son *tunkašila* dans cette ravine au lever du soleil, ils avaient aperçu les renforts de *wasichu* à l'horizon, au nord, et s'étaient hâtés de rejoindre leur hutte repliée et les poneys qui les attendaient dans la vallée.

L'immense village avait été démantelé – à l'exception des tipis et des plates-formes qui serviraient de huttes aux morts et des poteaux de tipis que certaines familles n'avaient simplement pas eu le temps de retirer, n'emportant que les peaux qui les recouvraient. Deux heures plus tard, en fin d'après-midi, au moment où les *wasichu* étaient descendus dans cette vallée, Bison-Assis avait conduit les quelque huit mille Lakotas et Cheyennes à l'ouest, en direction des montagnes du Grand Mouflon, avant que le groupe ne se divise en deux colonnes d'exode, l'une prenant la route du sud-ouest, l'autre – comprenant Paha Sapa et Boite-Beaucoup – celle du sud-est. Les bandes et les individus qui composaient ces deux corps principaux s'étaient ensuite séparés et dispersés à travers les plaines brunes ou vers les montagnes.

Dans le village de Paha Sapa, près des Buttes Minces, les nuits ont beaucoup ressemblé à cette première nuit au bord de l'Herbe grasse : un curieux mélange de deuil et de fête, mais comme deux jeunes gens seulement de la bande de Blaireau-Furieux avaient trouvé la mort au cours des deux grandes batailles (la première contre le général Cook au sud, la seconde contre Custer), les célébrations jusqu'à une heure avancée de la nuit ont largement éclipsé les feux de camp ponctués de trilles et les lacérations de deuil qui ont accompagné le lever du soleil.

Au début du nouveau mois, la Lune des Cerises Rouges, on apprend que si de nombreux guerriers de l'Herbe grasse regagnent paisiblement les agences et les réserves en compagnie de leurs familles, le peuple de Bison-Assis et les guerriers de Cheval-Fou sont toujours en marche et poursuivent la lutte. Quelques jours plus tard, Canard-Solitaire, un guerrier de la bande de Blaireau-Furieux (et un autre cousin de Femme-Trois-Bisons) qui a rejoint Cheval-Fou depuis trois saisons maintenant, arrive et annonce que Bison-Assis et Cheval-Fou se sont dit adieu – les derniers mots du vieux chef au jeune guerrier ont été « Nous aurons eu de bons moments ! » – et que Bison-Assis va conduire les nombreuses familles de sa bande, et ses jeunes combattants relativement peu nombreux, jusqu'au pays de la Grand-Mère (la Grand-Mère étant la reine Victoria), tout au nord, pour y passer l'hiver. Quant à Cheval-Fou, dont les partisans sont presque tous des jeunes guerriers, il écume le pays en direction des buttes Minces, massacrant tous les *wasichu* qu'il rencontre.

On apprend également que l'élimination de Cheveux-Longs et de plus de deux cents de ses hommes a rendu les *wasichu* fous furieux. Ils rassemblent des soldats un peu partout. Les guerriers signalent qu'une bande de Cheyennes a été attaquée dans les plaines, au nord-ouest de l'agence de Nuage-Rouge, par des éléments du 5e de cavalerie, qui se vantent d'avoir parcouru à cheval cent trente kilomètres en trente et une heures pour les intercepter – alors que ces Cheyennes n'ont pas participé à la bataille de l'Herbe grasse et ne sont pour rien dans la mort de Custer.

Des éclaireurs de passage racontent que la plupart des rescapés du 7e de cavalerie se terrent dans leur camp de base, à la source de la rivière de la Pierre jaune, celle qu'ils appellent la Yellowstone, attendant les ordres et consommant de grandes quantités de whisky (qu'on expédie en amont par vapeur). Des Lakotas, des Cheyennes et même certains Corbeaux, lesquels ont toujours été des amis de Custer et de son régiment, font savoir depuis les agences qu'ils craignent des représailles des hommes blancs.

On dit que Trois-Étoiles, le général Cook que Cheval-Fou avait battu à plate couture au bord de la rivière du Bouton de rose, neuf jours avant la mort de Cheveux-Longs, et le général Terry, le commandant de Cheveux-Longs, renforcent leurs troupes de combat et remonteront bientôt la vallée du Bouton de rose. Ce qui intéresse les éclaireurs lakotas dans cette affaire, c'est qu'après bien des années un vieil ami et ennemi – un éclaireur du nom de Cody, qui s'est fait connaître pour ses talents de chasseur de bisons – a rejoint l'armée pour aider Cook, Terry et les autres à dénicher et à tuer les Lakotas et les Cheyennes.

Tous les hommes du camp admettent que Cody est un ennemi respectable et que ses longs cheveux flottants – presque aussi abondants que l'étaient autrefois ceux de Cheveux-Longs – ajouteraient un bel ornement au poteau de tipi de n'importe quel guerrier.

Bien que le sommeil le fuie toutes les nuits parce que le fantôme ne cesse de bavasser et de babiller, Paha Sapa n'est pas loin d'espérer que l'excitation, l'inquiétude, les célébrations nocturnes ainsi que les allées et venues de membres d'autres bandes feront oublier à tous l'esprit qui l'habite.

Ils ne l'ont pas oublié. L'ironie veut que ce soit la présence même de ces autres bandes, de ces chefs et de ces hommes du mystère qui attire l'attention sur Paha Sapa et sur son fantôme.

Paha Sapa voit et sent la confusion gagner son petit *tiyospaye**, son groupe de huttes, tandis que ces événements agitent les grandes plaines. Le chef de sa bande, Blaireau-Furieux, est rarement à la hauteur de son nom. Les Lakotas considèrent le blaireau comme la créature la plus féroce de la terre et son sang possède des vertus magiques. (Regarder dans une cuvette remplie du sang de cet animal vous permettra par exemple de voir des événements situés dans un avenir lointain.) On a déjà vu des blaireaux attaquer des chevaux et les entraîner dans leurs terriers sous les yeux horrifiés des guerriers impuissants.

Blaireau-Furieux est un petit homme râblé d'environ cinquante étés. Son visage est large, plat, presque féminin, et son expression figée dans une grimace permanente de mauvaise humeur qui va rarement, toutefois, jusqu'à l'explosion de colère. Il est enclin à la mélancolie et à l'indécision et n'a jamais été choisi pour faire partie des Décideurs – les chefs désignés chaque année pour prendre la tête des expéditions de chasse de toutes les bandes oglalas et nommer les membres de la police tribale, l'*akicita.* Mais quand il finit par prendre une décision, c'est avec une grande prudence et il a toujours préféré écouter les sages conseils des principaux guerriers et chasseurs de sa petite bande, et plus particulièrement l'avis de Boite-Beaucoup, plutôt que ceux du vieux Faucon-à-la-Voix-Puissante, de plus en plus impotent.

Blaireau-Furieux n'a plus vraiment son mot à dire alors que de célèbres guerriers accompagnés de leurs gardes du corps et de leurs bandes affluent dans la région des Buttes Minces et de l'embranchement de la Grande Rivière où Blaireau-Furieux a conduit ses hommes pour chasser le bison avant l'arrivée de l'hiver.

Dans sa jeunesse, Blaireau-Furieux était un vaillant guerrier – la bande a composé des chants pour commémorer ses exploits –, mais c'est un chef médiocre et depuis qu'il a emprunté la piste de la guerre pour la dernière fois, chaque automne a terni un peu plus l'éclat de sa gloire juvénile. Tous les noms, les visages et les personnalités de ceux qui font halte dans leur *tiyospaye* ou campent aux environs pendant de brèves périodes font tourner la tête de Paha Sapa, alors qu'il approche de ses onze étés. (Plusieurs dizaines d'années plus tard, en lisant *L'Iliade* d'Homère dans la traduction de Chapman que lui a prêtée Doane Robinson, Paha Sapa éprouve un élan de compassion pour Blaireau-Furieux en découvrant la jalousie d'Agamemnon en présence d'Achille et d'autres héros surhumains.)

Parmi les célèbres guerriers qui se trouvent actuellement à quelques heures ou journées à cheval de leur village, figurent Cheval-Fou lui-même – un guerrier charismatique qui pourrait bien remplacer Bison-Assis comme chef de guerre, puisque ce dernier s'enfuit dans le pays de la Grand-Mère pendant que Cheval-Fou continue à harceler et à tuer des *wasichu* tous les jours – ainsi que certains de ses amis et lieutenants célèbres et redoutés, parmi lesquels Renard-Noir, Chien-qui-Marche, l'intrépide Court-sans-Crainte, Ours-qui-Donne-des-Coups-de-Patte*, Bison-au-Cœur-Mauvais et Faucon-qui-Vole. Tous sont des chefs, de vrais meneurs de guerriers et chacun est désormais entouré de sa propre légende, comme Achille et ses Myrmidons. Il faut ajouter aux adjoints de Cheval-Fou ses gardes du corps, membres de la police tribale, l'*akicita*, tous peints plus férocement et arborant une mine plus farouche les uns que les autres. Ils comptent dans leurs rangs les Oglalas Cheval-qui-Regarde, Petit-Bison* et Chien-Court-sur-Pattes*, ainsi que l'étrange Minneconjou Passe-en-Volant, tellement impatient de partager la gloire grandissante de Cheval-Fou qu'il serait prêt, dit-on, à bondir sur son cheval et à partir pour l'est essayer de capturer le père blanc des *wasichu* si Cheval-Fou le lui ordonnait.

D'autres chefs de l'*akicita* arrivent depuis l'embranchement sud de la région de la Grande Rivière en ce milieu d'été étouffant, moite et orageux : ce sont, entre autres, les amis de Cheval-Fou, Ours-qui-Donne-des-Coups-de-Patte et Grand-Petit-Homme*. Ce dernier – qui doit son nom à sa petite taille et à sa robustesse (les cicatrices de la Danse du Soleil qui couvrent le torse de Grand-Petit-Homme sont les plus redoutables que Paha Sapa verra jamais, et Grand-Petit-Homme se promène sans chemise jusqu'à ce que la neige soit profonde pour bien les montrer) – est particulièrement célèbre chez les Lakotas ; à son arrivée, les femmes, les enfants et les vieillards de la bande de Blaireau-Furieux s'agglutinent et se bousculent pour le voir et le toucher. (Autour du feu central, en cette première nuit de sa visite, Paha

Sapa entend Grand-Petit-Homme se vanter de ses actes de bravoure à l'Herbe grasse et songe que cette prétention est beaucoup moins plaisante que le silence de Cheval-Fou et sa réticence à évoquer ses propres victoires, mais le garçon comprend que les deux amis tendent à s'équilibrer. Grand-Petit-Homme est celui qui menace et corrige les jeunes guerriers indisciplinés ou turbulents de leur bande ; Cheval-Fou est la légende vivante, muette et terrifiante.)

Blaireau-Furieux, qui n'a pas assisté à la bataille de l'Herbe grasse ni à celle du Bouton de rose où ils ont affronté Cook la semaine précédente – il a préféré rester avec sa petite bande et la conduire au nord chasser les derniers bisons de la saison –, demeure taciturne et morose au cours de ces visites.

Le récit de la bataille de l'Herbe grasse et de l'élimination de *Pehin Hanska*, Custer Cheveux-Longs, accorde une place croissante à l'affrontement entre *Pehin Hanska* et Cheval-Fou, reléguant à l'arrière-plan le commandement de Bison-Assis, de huit hivers l'aîné de Cheveux-Longs et trop affaibli par les lacérations de sa Danse du Soleil pour participer au combat ce jour-là. La vision qu'a eue Bison-Assis, Paha Sapa le comprend de plus en plus clairement grâce aux explications de Boite-Beaucoup, sera toujours considérée comme un merveilleux *wakan*, mais l'autorité et la bravoure dont Cheval-Fou a fait preuve ce jour-là deviennent la substance même dont les dieux sont faits.

Évidemment, alors qu'il passe pour la première fois quatre jours au *tiyospaye* de Blaireau-Furieux (les visiteurs ont dressé vingt autres huttes le long du ruisseau qui coule à côté des buttes Minces, éclipsant de loin par leurs effectifs l'importance du village d'origine), Cheval-Fou entend dire que le petit Paha Sapa a été envahi par un esprit au cours des combats de l'Herbe grasse. Le chef de guerre demande à rencontrer l'enfant dans le tipi de Boite-Beaucoup. Paha Sapa est terrifié. Il n'a pas oublié le regard de dégoût que lui a jeté *T'asunka Witko* quand le guerrier *heyoka* presque nu l'a trouvé, indemne de toute blessure mais à bout de souffle parmi les morts, en cet après-midi de la bataille.

Mais malgré l'épouvante qui l'étreint, il n'est pas question de se dérober à la convocation de Cheval-Fou dans la hutte de Boite-Beaucoup en ce deuxième soir de la première visite du chef de guerre.

Il fait affreusement lourd et, bien que le soleil couchant projette sur le sol les longues ombres des quelques peupliers de Virginie, des tipis, des chevaux et des herbes, le crépuscule n'apporte aucune fraîcheur. Des nuages orageux se déplacent lentement au sud, au nord et à l'est. Les rabats des tipis ont été relevés aussi haut que l'intimité et la décence le permettent, presque de la hauteur d'un bras d'homme adulte, à la hutte de Boite-Beaucoup, mais on étouffe sous les épaisses peaux de bisons peintes.

Paha Sapa constate avec étonnement que ses interrogateurs ne comprennent que Cheval-Fou, un de ses lieutenants qui s'appelle Court-sans-Crainte, leur propre chef, Blaireau-Furieux, l'homme du mystère Long-Étron, le vieux Faucon-à-la-Voix-Puissante et Boite-Beaucoup. Les femmes ont été renvoyées. Alors que tout le monde sait que Cheval-Fou a horreur de la promiscuité et part souvent seul pendant des journées ou des semaines d'affilée, il n'y a pas encore eu un moment de sa visite au *tiyospaye* de Blaireau-Furieux où le chef de guerre n'ait été entouré de ses gardes du corps, d'autres chefs, de guerriers et des hommes de Blaireau-Furieux. Paradoxalement, le petit nombre de ceux qui entourent son *tunkašila* ajoute encore à l'inquiétude de Paha Sapa. Ses jambes tremblent sous son plus beau pantalon de peau de cerf.

Boite-Beaucoup fait les présentations – bien que Paha Sapa ait déjà été brièvement présenté à Cheval-Fou à l'Herbe grasse –, puis les six hommes et le petit garçon s'asseyent en cercle. Les rabats de la tente ont été baissés par souci de discrétion et la sueur ruisselle du nez et du menton des hommes dans l'air épais et immobile.

Il n'y a pas de pipe, pas de cérémonie, pas de prologue. Cheval-Fou regarde Paha Sapa d'un air maussade, aussi indifférent et apparemment aussi écœuré que sur le champ de bataille, plus de deux semaines auparavant. Quand il prend la parole, le chef de guerre s'adresse directement à Paha Sapa. Sa voix est basse, mais péremptoire.

« Long-Étron et d'autres prétendent que tu peux voir le passé et l'avenir des gens quand tu les touches. Est-ce vrai ? »

Le cœur de Paha Sapa bat si fort qu'il en a le vertige.

« Parfois... »

Il voudrait ajouter une formule de politesse, mais *Ate*, « Père », ne lui paraît pas convenir à cet étranger farouche. Il y renonce, espérant que cette insolence ne lui vaudra pas une taloche.

« Il paraît aussi que l'esprit d'un Wasicun *est entré en toi près de l'endroit où je t'ai vu affalé, te traînant par terre, pendant la bataille de l'Herbe grasse, le jour où nous avons tué* Pehin Hanska. *Est-ce vrai ?*

— *Oui,* T'asunka Witko. »

Paha Sapa espère que l'emploi du nom de Cheval-Fou avec le ton de déférence qui convient passera pour une marque de respect suffisante.

Cheval-Fou a toujours l'air d'aussi mauvaise humeur.

« *Était-ce le fantôme de Cheveux-Longs ?*

— *Je ne sais pas,* T'asunka Witko.

— *T'a-t-il parlé ?*

— *Il parle... à lui-même. Surtout la nuit, c'est à ce moment-là que je l'entends le mieux.*

— *Que dit-il ?*

— *Je ne sais pas,* T'asunka Witko. *Il parle très vite avec beaucoup de mots, mais ils sont tous dans la langue des* Wasicun.

— *Tu n'en comprends aucun ?*

— *Non,* T'asunka Witko. *Je regrette.* »

Cheval-Fou secoue la tête comme si les excuses de Paha Sapa l'agaçaient.

Paha Sapa s'humecte les lèvres et réfléchit. Dehors, le tonnerre gronde dans la direction des collines Noires. Quelque part, un enfant rit et deux femmes poussent des cris perçants comme si elles jouaient. Dans l'air épais de l'été, une lourde odeur de chevaux et de fumier parvient à ses narines.

« *Il y a un mot...* Li-BEE... *T'asunka Witko. Le fantôme le répète tout le temps.* Li-BEE. *Mais je ne sais pas du tout ce que ça veut dire. Quand il le dit, on dirait qu'il souffre, que quelque chose le blesse.* »

Cheval-Fou se tourne vers Court-sans-Crainte, vers Long-Étron et Faucon-à-la-Voix-Puissante, mais aucun chef, aucun homme du mystère n'a jamais entendu ce mot *wasichu.* Blaireau-Furieux secoue la tête à son tour, manifestement irrité par Paha Sapa et par toute cette conversation. Le regard farouche de Cheval-Fou se pose sur le *tunkašila* de Paha Sapa, mais Boite-Beaucoup se contente de hausser les épaules.

Cheval-Fou lance brutalement à Court-sans-Crainte :

« *Fais venir le Corbeau.* »

Court-sans-Crainte revient quelques instants plus tard, poussant et traînant un Corbeau captif. L'homme a les mains ligotées devant lui et les jambes entravées comme celles d'un cheval. Paha Sapa devine que c'est un des éclaireurs corbeaux du 7e de cavalerie que les guerriers de Cheval-Fou ont faits prisonniers à l'Herbe grasse ; il a entendu dire autour du feu de camp qu'ils étaient trois, mais qu'on n'en avait laissé qu'un en vie. Ses vêtements sont déchirés et ensanglantés. Il a le visage meurtri, un œil fermé par les contusions, et quelqu'un s'est manifestement amusé à le torturer – il lui manque trois doigts à la main droite, deux à la main gauche, et une de ses oreilles a été tranchée.

En cet instant, et ce n'est ni la première ni la dernière fois, Paha Sapa éprouve une étrange sensation tout au fond de lui – un mouvement de dégoût ou de désapprobation peut-être –, mais ce n'est pas *sa* sensation. Le Paha Sapa qui approche de ses onze étés n'a aucune compassion pour cet ennemi prisonnier. Et ce n'est certainement pas non plus la réaction de son fantôme – il ne communique à Paha Sapa ni émotions ni pensées, que des paroles, des paroles, des paroles dans la langue des *wasichu*. Non, c'est plutôt comme si un autre Paha Sapa, un Paha Sapa plus âgé peut-être, *différent* en tout cas, observait en permanence les événements et n'y réagissait pas tout à fait comme le petit garçon qui s'appelle Paha Sapa. C'est très déconcertant.

Cheval-Fou parle.

« C'est un des éclaireurs de Cheveux-Longs. Si seulement nous avions pu capturer les quatre qui étaient les plus proches de Cheveux-Longs – Bouclé, Homme-Blanc-Lui-Court-Après*, Va-en-Avant* et Mocassin-Poilu*. Le nom de celui-ci n'a aucune importance. »*

Le Corbeau pousse un grognement comme s'il reconnaissait les noms des autres éclaireurs. Paha Sapa voit qu'il a perdu toutes ses incisives.

Cheval-Fou se tourne vers Court-sans-Crainte.

« Demande-lui en langue corbeau si Cheveux-Longs connaissait quelqu'un qui s'appelle... »

Il se tourne vers Paha Sapa.

« Tu as entendu un nom wasichu *dans tes rêves d'esprit : c'était quoi ? »*

Le cœur de Paha Sapa bat à tout rompre.

« Li-BEE. »

Court-sans-Crainte pose la question en corbeau. Paha Sapa reconnaît quelques mots – la langue des Lakotas n'est pas très différente de celle des Corbeaux –, puis Court-sans-Crainte répète sa question en utilisant des mots différents.

Un sourire éclaire lentement le visage du Corbeau, révélant des brèches sombres et des chicots brisés. Il prononce une courte phrase. Court-sans-Crainte n'a pas l'air satisfait.

Cheval-Fou s'impatiente.

« Qu'a-t-il dit ?

— Il dit : "Pourquoi devrais-je vous répondre au sujet de Cheveux-Longs ? Cela ne vous empêchera pas de continuer à me torturer et ensuite, vous me tuerez." »

Cheval-Fou sort son long couteau de son étui brodé de perles.

« Dis-lui que s'il répond la vérité et s'il dit tout ce qu'il sait, il mourra rapidement, comme un homme. Sinon, il n'aura plus de virilité à l'instant de sa mort. »

Le sourire du Corbeau s'efface quand il entend ces paroles. Il aboie une phrase et Court-sans-Crainte répète :

« Li-BEE. »

Malgré sa souffrance et sa situation désespérée, le Corbeau sourit encore. À travers ses lèvres et ses gencives enflées, il bredouille quelques phrases.

Court-sans-Crainte dévisage l'homme une seconde avant de traduire :

« Il dit que c'est un mot que l'on a entendu souvent au fort et pendant la marche. Li-BEE était le nom de la femme de Cheveux-Longs... son épouse. Elizabeth Bacon Custer. Cheveux-Longs l'appelait Li-BEE. »

Tous les hommes qui se trouvent là, dont le Corbeau, restent longuement muets. Le regard qu'ils posent sur Paha Sapa a changé.

Long-Étron rompt le silence une seconde avant qu'un nouveau coup de tonnerre n'ébranle le village. Le fracas est si grave et si fort que les peaux du tipi vibrent comme celle d'un tambour.

« Collines-Noires porte en lui l'esprit de Custer Cheveux-Longs. »

Cheval-Fou grommelle et parle tout bas à Court-sans-Crainte.

« Emmène le Corbeau et tue-le. Une balle. Dans la tête. Dis-lui que son corps ne sera pas mutilé et que nous le déposerons sur une estrade comme il convient. Il a mérité de mourir en guerrier. »

Le Corbeau semble avoir compris les propos de Cheval-Fou, il fredonne tout bas son Chant de Mort tandis que Court-sans-Crainte le fait sortir du tipi en claudiquant.

Boite-Beaucoup fait un geste pour prendre la parole.

« Tu ne vas pas croire cet homme, T'asunka Witko, *évidemment. Le Corbeau a toutes les raisons du monde de te mentir. Comment un éclaireur ordinaire connaîtrait-il le nom de la femme de Cheveux-Longs ? »*

Cheval-Fou ne répond que par un nouveau grommellement. On entend le claquement bref et mat d'un unique coup de feu à l'extérieur du tipi. Le brouhaha incessant du village – aussi familier, rassurant et immuable que l'inévitable stridulation des sauterelles en cette fin d'été, dans les plaines – s'interrompt un instant. Cheval-Fou a toujours les yeux rivés sur Paha Sapa.

« Sortez tous maintenant. Je veux rester seul avec ce garçon. »

Paha Sapa voit bien que Boite-Beaucoup n'a pas envie d'obéir et il remarque le regard que lui jette son grand-père – il le *voit* mais il ne comprend pas ce que l'homme du mystère cherche à lui dire par ce regard. Long-Étron, Blaireau-Furieux, Faucon-à-la-Voix-Puissante et Boite-Beaucoup lui-même se lèvent et sortent à la file, refermant le rabat du tipi derrière eux.

Paha Sapa regarde Cheval-Fou dans les yeux et se dit : *Cet homme va peut-être me tuer.*

Cheval-Fou s'approche de lui et l'attrape par le bras. Son étreinte est féroce.

« Es-tu capable de voir l'avenir d'un homme, Collines-Noires ? Oui ou non ?

— Je ne sais pas, T'asunka Witko. *Je crois que oui. Parfois... »*

Cheval Fou secoue le petit garçon de dix ans jusqu'à ce que ses dents s'entrechoquent bruyamment comme des graines dans une calebasse.

« En es-tu capable ? Peux-tu voir le destin d'un homme ? Vas-tu répondre ?

— Je crois que, parfois, T'asunka Witko, *je peux... »*

Cheval-Fou le secoue encore, puis resserre les doigts sur le bras nu de Paha Sapa avec une telle force que le garçon a l'impression de sentir ses os ployer.

« Arrête avec tes parfois *! Je veux que tu me dises immédiatement la seule chose qu'il faut que je sache. Mourrai-je sous les coups des* wasichu *? Oui ou non, Paha Sapa, c'est la seule réponse que je veux de toi. Si tu ne me la donnes pas, je jure devant* Wakan Tanka *et les Êtres Tonnerre que je sers que je te tuerai aujourd'hui même. Mourrai-je sous les coups d'un* Wasicun, *des* wasichu *? Alors ? »*

Cheval-Fou tire les mains écartées de Paha Sapa vers son torse scarifié de guerrier et pose les petites paumes fermement, bien à plat, sur ses pectoraux puissants.

Paha Sapa tremble comme si la foudre l'avait frappé. Une odeur d'ozone se répand soudain à l'intérieur du tipi. Les yeux du petit garçon se révulsent sous ses paupières battantes et il cherche faiblement à s'écarter de l'homme, mais l'étreinte de Cheval-Fou est trop puissante. De très loin, Paha Sapa entend un vrai roulement de tonnerre et le grondement tout aussi grave de la voix implorante de Cheval-Fou :

« Mourrai-je sous les coups des wasichu *? L'homme blanc me tuera-t-il ? Oui ou non ? »*

C'est comme les autres visions qu'il a déjà eues – des images qui défilent tels des éclairs, des explosions de sons, une étrange absence de couleurs, aucun contexte, aucun contrôle, aucune compréhension de ce qui se passe, quand, où – mais cette image en noir et blanc est plus violente, plus rapide et plus effrayante que toutes les précédentes.

Paha Sapa sent la crainte et le désespoir de Cheval-Fou. Il reconnaît des visages et des noms à travers les pensées de Cheval-Fou qui défilent et bondissent, des pensées terrifiées, rebelles.

Ils se trouvent dans une sorte d'enceinte *wasichu* – un fort, un camp, une agence –, mais Paha Sapa, qui n'a encore jamais mis les pieds en pareil lieu, ne le reconnaît pas, et les pensées de plus en plus éperdues de Cheval-Fou ne lui permettent pas de le localiser. La température est celle de l'été ou du tout début de l'automne, mais Paha Sapa est incapable de deviner en quelle année cela se passe. Il voit à travers les yeux de Cheval-Fou, mais en même temps, il surplombe la foule qui se bouscule, il voit *d'en haut* Cheval-Fou et les autres comme à travers les yeux d'un corbeau ou d'un moineau en vol, et constate que Cheval-Fou paraît avoir le même âge qu'en cet instant précis, alors qu'il continue à secouer Paha Sapa et à appuyer ses paumes, soudain glacées, fermement, bien à plat, sur sa poitrine de guerrier et...

« *Suis-je prisonnier ?* » C'est le ruisseau du Petit Bordeaux, à vingt-cinq kilomètres, là où les éclaireurs ont rejoint l'ambulance grinçante et bringuebalante ; du bétail broute au bord de la rivière Chadron. Des Lakotas à cheval. Ils sont maintenant *dans* le camp, au milieu des bâtiments de rondins, deux cents, trois cents Indiens, des Lakotas, mais aussi des Brûlés et d'autres encore : Grande-Route, Faucon-de-Fer*, Ours-qui-Tourne*, Couteau-de-Bois*, un Minneconjou, et puis un *Wasicun* aussi – les syllabes « ca-pi-taine Ken-ning-ton » résonnent sourdement dans le cerveau de Paha Sapa comme des coups de tomahawk – et d'autres Brûlés : Ours-Vif*, Corbeau-Noir*, Chien-Corbeau*, Ours-Debout* – Bordeaux, l'interprète Billy Garnett – et puis Celui-qui-Touche-les-Nuages* et son fils, là, avec Tonnerre-Rapide* – on emmène Cheval-Fou, des hommes crient, on traîne Cheval-Fou dans un des bâtiments du fort *wasichu* – des soldats en tunique bleue y montent la garde...

« *Qu'est-ce que c'est que cet endroit ?* »

Est-ce Cheval-Fou qui crie ? Paha Sapa n'en sait rien. Il tournoie au-dessus des masses de têtes ; des cheveux noirs tressés ; des chapeaux à large bord, maculés de sueur ; et le revoilà en bas, derrière les yeux de Cheval-Fou que Grand-Petit-Homme et ca-pi-taine Ken-ning-ton continuent à traîner vers la petite maison, puis à l'intérieur.

« Je ne veux pas entrer là-dedans. »

Des bourrades. Des cris. Un éclaireur hurle : « *Allez-y ! J'ai le fusil ! Faites-en ce que vous voulez !* » Cheval-Fou échappe aux mains qui l'agrippent, il bondit en avant, loin de l'obscurité, vers l'ouverture, vers la lumière. Grand-Petit-Homme crie : « *Non, neveu, non ! Ne fais pas ça ! Neveu ! Non ! Non, ne fais pas ça !* »

« Lâchez-moi ! Retirez vos mains... Lâchez... moi ! »

Des lames jaillissent ; des fusils se dressent. Il y a des baïonnettes *wasichu* sur les fusils que tiennent les *wasichu*. Cheval-Fou sort sa lame à couper le tabac, il entaille la main de Grand-Petit-Homme entre le pouce et l'index. Pendant que l'autre crie, Cheval-Fou lacère l'avant-bras de Grand-Petit-Homme tout en imaginant qu'il retire de longues bandes de chair sur l'os blanc d'un cerf.

« *Tuez ce salopard ! Tuez ce salopard ! Tuez ce connard ! Tuez-le ! Tuez-le ! Tuez ce salaud !* » C'est Ken-ning-ton qui crie. C'est la langue du fantôme de Paha Sapa, et Paha Sapa ne la comprend toujours pas. Mais il voit et sent les postillons sur le visage de Cheval-Fou tandis que le *Wasicun* continue à crier aux soldats et aux gardes en tunique bleue, avec leurs fusils et leurs baïonnettes dressés.

Peut-être le soldat-garde *wasichu* qui se trouve derrière Cheval-Fou a-t-il seulement voulu le pousser en avant de la pointe de sa baïonnette, mais au même moment, Cheval-Fou recule violemment, perdant l'équilibre, et la lame qui, peut-être, n'était destinée qu'à le faire avancer doucement déchire sa chemise juste au-dessus de sa hanche gauche et continue de s'enfoncer, transperçant le bas du dos du chef de guerre, dont le poids et le mouvement font pénétrer la longue lame d'acier entre ses reins, et dans ses intestins. Cheval-Fou pousse un grognement. Paha Sapa hurle mais plane toujours comme un oiseau, sous le toit mais en vol, tout en se trouvant derrière les propres yeux de Cheval-Fou.

Tout devient rouge, Cheval-Fou gémit de douleur. Le garde *wasichu* retire la baïonnette, la crosse du fusil heurte le mur de bois à l'intérieur de la cabane des gardes puis, aussi terrifié que ses compagnons mais entraîné aux actions les plus meurtrières par l'exercice militaire – *une, deux, trois,* mais en silence – il plonge à nouveau le fusil et la baïonnette en avant, la pointe venant se ficher profondément dans le bas du dos de Cheval-Fou, entre les côtes, remontant dans le poumon gauche qui siffle – privant un instant le guerrier d'air et de mots –, puis, avec un grommellement, le garde dégage la longue lame, l'acier glissant souplement, d'un mouvement obscène, hors de la chair ensanglantée de Cheval-Fou.

« Lâchez-moi, maintenant. »

C'est Cheval-Fou qui parle tout bas au milieu des cris, de la cohue, de la bousculade et des hurlements.

« Lâchez-moi maintenant. Vous m'avez blessé. »

La sentinelle *wasichu* pivote, fusil en avant, et fonce une nouvelle fois, de face cette fois, vers le ventre de Cheval-Fou. Mais il manque sa cible, l'acier passe sous le bras de Cheval-Fou et se fiche dans le bois du chambranle de la porte. Grand-Petit-Homme tient Cheval-Fou par l'autre bras et crie aux *wasichu* de faire quelque chose – de lui porter encore un coup de baïonnette ?

L'oncle minneconjou de Cheval-Fou, Corbeau-Tacheté, attrape le long fusil, dégage la lame du bois et enfonce la crosse dans le ventre de Grand-Petit-Homme, envoyant le traître mordre la poussière, pantelant.

« Ce n'est pas la première fois que tu fais ça ! Tu es tout le temps là où il ne faut pas ! »

C'est Corbeau-Tacheté qui crie, pendant que Cheval-Fou tombe à la renverse dans les bras d'Ours-Vif et de deux autres hommes. L'un des trois houspille le guerrier blessé avec une morgue insensée :

« Nous t'avions dit d'être raisonnable ! Nous t'avions prévenu ! »

Cheval-Fou gémit ; ses jambes ploient sous lui, il s'affaisse, il tombe. Le mouvement semble durer plusieurs minutes. Tout autour d'eux, des cartouches sont insérées dans les chambres, des chiens reviennent en place dans un cliquetis sur les fusils *wasichu*. Cheval-Fou tend ses deux mains ensanglantées vers les hommes qui l'entourent, Indiens et Blancs pareillement.

« Voyez-vous où je suis blessé ? Le voyez-vous ? Je sens tout mon sang qui s'écoule ! »

Nuage-Fermé, un Brûlé, apporte une couverture à étendre sur le chef mourant, mais Cheval-Fou agrippe les tresses du Brûlé et secoue la tête du guerrier d'arrière en avant tandis que, de souffrance et de fureur, sa propre tête suit le mouvement.

« Vous m'avez tous attiré ici. Vous m'avez tous dit de venir ici. Et puis, vous vous êtes enfuis et vous m'avez abandonné ! Vous m'avez tous abandonné ! »

Chien-Mâle* reprend la couverture des mains de Nuage-Fermé, il la roule pour en faire un oreiller et la glisse sous la tête de Cheval-Fou. Puis Chien-Mâle retire sa propre couverture de ses épaules et l'étale sur l'homme à terre.

« *Je vais te raccompagner chez toi,* T'asunka Witko. »

Et Chien-Mâle s'éloigne, il traverse la place d'armes en direction d'un autre bâtiment.

Paha Sapa ferme les yeux, intérieurs et extérieurs, pour ne plus rien voir. Mais il voit encore. Il hurle pour ne pas entendre ce qu'il entend.

Quand il se réveille, Cheval-Fou est penché sur lui, en appui sur un genou, comme à l'Herbe grasse – le visage du guerrier est plus féroce encore que ce jour-là, mais exprime le même dégoût que plusieurs semaines auparavant. Cheval-Fou tient une écuelle de bois remplie d'eau et asperge le visage de Paha Sapa.

« *Que vois-tu, Collines Noires ? Vois-tu ma mort ?*

— *Je ne sais pas ! Je ne peux pas... Ce n'est pas... Je ne sais pas.* »

Cheval Fou le secoue plus brutalement encore, faisant claquer les dents de Paha Sapa.

« *Est-ce que je vais mourir sous les coups des* wasichu *? C'est tout ce que je veux savoir.* »

Les secousses et les gifles de Cheval-Fou ont dissipé les derniers souvenirs de Paha Sapa comme il n'avait pas réussi à le faire en fermant les yeux et en se bouchant les oreilles. Le petit garçon a envie de pleurer. Il ne suffit pas qu'il ait été envahi par un fantôme qui baragouine et marmonne tout au long de la nuit ; Paha Sapa sait maintenant que le flot de sensations et d'images lointaines qui s'est déversé en lui lorsqu'il a touché Cheval-Fou représente certainement *l'intégralité* des souvenirs de ce guerrier étrange, depuis les perceptions de sa toute première enfance jusqu'à celles de sa mort, quelques moments ou secondes seulement après la scène dont Paha Sapa vient d'être témoin. Il ne fait aucun doute que la blessure de baïonnette que le soldat blanc a infligée à Cheval-Fou sera mortelle.

« *Je ne sais pas ! Je n'ai pas vu le... je n'ai pas vu la fin,* T'asunka Witko. »

Cheval-Fou repousse Paha Sapa sur les couvertures et les peaux de bisons et bondit sur ses pieds. Il a son couteau à tuer en main, et son regard est dément.

« *Tu mens, Collines-Noires. Tu sais, mais tu as peur de me le dire. Mais tu parleras, je te le jure.* »

Le guerrier se retourne et sort à grands pas. Paha Sapa sanglote à présent, reniflant dans le creux de son coude pour que Boite-Beaucoup et les autres, devant le tipi, ne l'entendent pas. Il n'a pas vu combien de temps Cheval-Fou mettra à mourir des coups de baïonnette – les images qu'il a aperçues montraient un guerrier qui n'était pas beaucoup plus âgé que l'homme qui vient de quitter le tipi, un an peut-être, pas plus de deux – mais Paha Sapa *a vu* une certitude absolue dans le cœur et les pensées de Cheval-Fou au moment où le chef de guerre l'a obligé à faire usage de son don.

Cheval-Fou tuera Paha Sapa, qu'il lui révèle son avenir ou non.

On a attribué à Paha Sapa une hutte à l'écart du village. Boite-Beaucoup vient le voir ce soir-là. Il est tard. Cheval-Fou et ses hommes sont repartis vers leur propre *tiyospaye*, mais le chef a annoncé qu'il reviendrait le lendemain vers midi, accompagné de Long-Étron et d'autres *wičasa wakan* pour identifier le *Wasicun* qui a envahi le garçon et le chasser, même si les cérémonies d'expulsion d'esprit doivent durer des semaines. On a ordonné à Paha Sapa de jeuner et de se purifier dans la loge de sudation dressée à côté de son tipi isolé.

« Grand-père, j'ai vu que T'asunka Witko *a l'intention de me tuer. »*

Boite-Beaucoup acquiesce et pose son énorme main sur l'épaule fluette de Paha Sapa.

« Je sais, Collines-Noires. Je n'ai pas ton don de vision-en-avant-ou-en-arrière, mais c'est vrai, Cheval-Fou te tuera si tu lui dis qu'il mourra un jour sous les coups des wasichu, *et il te tuera si tu lui dis le contraire, et même si tu te tais. Il est convaincu que l'esprit qui est en toi est celui de Cheveux-Longs, et Cheval-Fou en a peur. Il veut que ce fantôme meure avec toi. »*

Paha Sapa a honte des larmes de fille qu'il a versées tout à l'heure. À présent, il se sent simplement vide, et tellement jeune.

« Que dois-je faire, grand-père ? »

Boite-Beaucoup le fait sortir du tipi. À plusieurs centaines de pas, il aperçoit la lueur des feux du village situés le plus au nord. Un chien aboie. Deux jeunes gens chargés de garder les chevaux qui paissent de l'autre côté du ruisseau s'appellent tout bas. Une chouette hulule dans un peuplier, le long du cours d'eau. Des nuages bas ont glissé comme une couverture grise, masquant la lune et les étoiles. Le tonnerre continue à gronder au sud, mais la pluie tarde à venir. Il fait très chaud.

Paha Sapa aperçoit deux chevaux dans le noir. Le premier est la monture préférée de Boite-Beaucoup, le rouan qu'il appelle Ver, un bon coureur, l'autre la jument blanche à large croupe qui appartient à Femme-Trois-Bisons. Elle est chargée d'un gros ballot de peaux de bisons et de harnachements soigneusement attaché, tandis que Ver porte la couverture personnelle de Paha Sapa, son arc, son carquois, sa lance et d'autres objets.

Boite-Beaucoup tend le bras en direction du sud.

« Il faut que tu partes cette nuit, avec Ver et avec la jument que Femme-Trois-Bisons appelle Pehánska. *Tu iras vers* itokagata, *le sud, au-delà de la butte de l'Ours, vers les collines Noires. Va jusqu'aux collines Noires, enfonce-toi profondément en elles, mais sois prudent – les éclaireurs de Cheval-Fou et de Blaireau-Furieux racontent que des hommes blancs ont pénétré en grand nombre dans nos collines sacrées au cours de ces dernières lunes, et qu'ils y ont même construit de nouvelles villes. Cheval-Fou a juré devant tout le monde qu'il irait dans les Paha Sapa la semaine prochaine et y tuerait tous les* wasichu *qu'il y trouvera.*

— Grand-père, si Cheval-Fou et ses guerriers partent bientôt pour les collines Noires, pourquoi m'y envoies-tu ? Ne serais-je pas plus en sécurité si je partais vers le nord, vers le pays de la Grand-Mère ?

— Tu as raison, et je dirai effectivement à Cheval-Fou que je t'ai prêté mes chevaux pour que tu rejoignes le pays de la Grand-Mère.

— Il te tuera parce que tu m'as aidé, tunkašila. »

Boite-Beaucoup bougonne et secoue la tête.

« Non. Il ne me tuera pas. Cela provoquerait des combats entre bandes, et Cheval-Fou veut tuer des milliers de wasichu *cette année, pas d'autres Lakotas. Pas encore. Et toi, il faut que tu ailles dans les collines Noires parce que c'est là que tu dois faire ton* hanblečeya... *C'est là et nulle part ailleurs que ta Vision viendra à toi. Je le sais. Te souviens-tu de ce tout ce que je t'ai appris sur la manière de te purifier, de construire la loge de sudation et de chanter aux Six Grands-Pères ?*

— Je m'en souviens, grand-père. Quand pourrai-je revenir ?

— Pas avant que tu aies réussi ton hanblečeya, *Paha Sapa, même si cela doit durer des semaines ou des mois. Et quand tu te rendras vers le sud aussi bien qu'en revenant vers le nord, sois prudent – garde tes chevaux à l'écart des crêtes, dissimule-toi quand tu le peux au milieu des saules et dans les lits de cours d'eau, fais comme si tu étais en pays pawnee. S'ils te voient, Cheval-Fou et les* wasichu *te tueront immédiatement. Notre village se trouvera quelque part*

entre les buttes Minces et le pays d'Arikara au nord, mais fais attention aussi lors de ton arrivée, à ton retour... Cache-toi et observe le village pendant toute une journée, et une nuit, et un jour encore pour t'assurer qu'il n'y a aucun danger.

— *Oui, grand-père.*

— *Va, maintenant.* »

Boite-Beaucoup aide le garçon à monter sur le dos de Ver et lui tend la longe de cuir de *Pehánska*, Grue-Blanche. L'homme du mystère plisse les yeux, scrutant la noirceur de la nuit en direction du sud.

« *Je pense qu'il va y avoir de l'orage cette nuit et de la pluie pendant plusieurs jours. Tant mieux. Cheval-Fou aura beaucoup de mal à te pister, et il n'a jamais été un très bon traqueur. Mais pars vers l'ouest, pour rejoindre le cours d'eau qui se dirige vers le sud depuis les buttes Minces, et reste dans son lit aussi longtemps que tu le pourras. Ensuite, essaie de ne pas quitter les terres dures et rocheuses. Au besoin, cache-toi pendant la journée. Au revoir, Paha Sapa.*

— *Au revoir, grand-père.*

— *Toksha ake čante ista wacinyanktin ktelo, Paha Sapa.* – Je te reverrai avec l'œil de mon cœur. »

Boite-Beaucoup fait demi-tour et, marchant aussi vite qu'il le peut, regagne le village éclairé. Apaisant les chevaux d'un claquement de langue, Paha Sapa tourne leurs têtes vers le sud-ouest et s'éloigne dans la nuit.

10

George Armstrong Custer

Libbie, ma chérie.

J'étais allongé là, dans l'obscurité apaisante, songeant à toi et à notre première rencontre en 1862 – notre première rencontre officielle, car je t'avais déjà croisée alors que tu n'étais encore qu'une petite fille et je t'avais même adorée de loin, bien des années auparavant, à Monroe – lors d'une fête de Thanksgiving que donnait l'institution pour jeunes filles que tu fréquentais. Ce soir-là, tes cheveux bruns coiffés en anglaises parfaites retombaient sur tes épaules découvertes. Ton visage pâle et ta peau dénudée rayonnaient de l'éclat de l'ivoire à la lueur des bougies. Je me rappelle avoir été surpris par les barres sombres que dessinaient tes sourcils au-dessus de tes yeux expressifs et intimidants et par les fossettes que le plus ténu et le plus modeste de tes sourires suffisait à faire naître sur tes joues. Tu avais vingt et un ans cet automne-là, et ton corps épanoui n'avait plus grand-chose de commun avec la silhouette en brindille de la fillette en tablier bleu que j'avais aperçue dans les rues de Monroe bien des années plus tôt. La robe que tu portais le soir de Thanksgiving était suffisamment décolletée pour que j'admire ton opulente poitrine. Ta taille était si fine que j'aurais pu en faire le tour de mes deux mains.

Te souvient-il de ce dernier automne, de ces semaines de congé où nous avons pu quitter Fort Abraham Lincoln pour nous rendre à New York ? Nous étions si pauvres – au cours de toutes mes années de service, et certains diraient peut-être de gloire, l'appât du gain ne l'a jamais emporté sur mon devoir à l'égard de mon pays – si pauvres que nous avions été contraints de descendre dans cette affreuse pension de famille et de prendre le tramway à chevaux glacial, traversé de courants d'air, pour nous rendre aux réceptions et aux dîners auxquels nous étions invités, parce que je n'avais pas suffisamment d'argent pour payer un taxi. Je portais mon unique costume civil. Le seul. Tu avais plusieurs jolies robes pour ces bals et ces soirées, mais c'étaient des tenues que tu avais déjà portées, ravaudées et transformées au fil de nombreuses saisons et que tu as transportées à maintes et maintes reprises dans ta malle d'un bout à l'autre de la prairie et du continent.

Tu te rappelles sûrement qu'à New York, au cours de cet automne si froid et de cet hiver plus froid encore, nous avons assisté à quarante représentations de Jules César, *moins parce que la pièce nous plaisait à l'un ou à l'autre – j'ai même fini par la détester – que parce notre ami comédien Lawrence Barrett déposait à la caisse deux billets de faveur à notre nom chaque fois qu'il jouait. Nous avons enduré ce* Jules César *quarante fois durant ces mois glacials parce que c'était gratuit et que cela nous offrait un prétexte pour quitter la pension de famille surpeuplée, bruyante et qui empestait les odeurs de cuisine.*

Mais te souvient-il également de cette nuit de décembre dans notre chambre à la pension de famille, une des rares nuits paisibles, alors que tout le monde semblait avoir quitté les lieux ? Nous étions au lit, toi et moi, à nous parler tout bas et à nous confier que nous aurions tant voulu nous rencontrer alors que nous étions encore enfants.

« Que m'aurais-tu fait si tu m'avais connue quand j'étais petite ? m'as-tu demandé.

— Je t'aurais séduite, ai-je murmuré à ton oreille. Je t'aurais fait l'amour immédiatement. »

Te rappelles-tu, mon adorée, que tu m'as prié de te dépouiller de ta somptueuse toison noire, en utilisant mon rasoir de campagne et le savon à raser de l'hôtel ? Te rappelles-tu que j'ai allumé une bougie supplémentaire et disposé le petit miroir – à ta demande – afin que tu puisses suivre cette transformation au fur et à mesure qu'elle se déroulait ? Oh, quelle confiance tu avais en moi, ma chérie ! Tu as frissonné et rougi quand j'ai embrassé ton mont de Vénus désormais pâle et glabre et que j'ai continué à t'embrasser plus profondément.

Et lorsque nous étions dans notre loge pour assister à une nouvelle représentation de Jules César *ou que nous arrivions chez un autre général ou homme politique pour une autre réception – j'étais le Boy General, le plus célèbre jeune général de la guerre peut-être, et j'étais très demandé, comme tu l'étais toi-même pour ta beauté –, tu me pressais la main sans me regarder et rougissais de façon charmante, et moi, je savais que tu pensais à cette absence virginale sous ta robe de soie et tes jupons. Et nous avions hâte, toi et moi, que la soirée s'achève pour regagner le sanctuaire de notre petite chambre dans cette odieuse pension.*

Ma Libbie chérie.

J'ai repensé à cet automne d'il y a trois ans, juste après ma campagne de la Yellowstone, quand tu es enfin venue me rejoindre au Fort Abraham Lincoln. La maison en pans de bois que les soldats nous avaient construite était superbe ; c'était la première vraie maison que nous occupions, toi et moi.

Le premier samedi après ton arrivée, nous nous sommes levés avant l'aube et sommes partis à cheval loin vers l'ouest, dans la plaine du Dakota, laissant le fort derrière nous bien avant le lever du soleil. Tu te plaignais que la bienséance t'obligeât à monter en amazone, alors que tu préfères, je le sais bien, chevaucher comme un garçon. À neuf heures du matin, nous étions loin, loin dans la prairie et suivions vaguement les méandres du petit ruisseau qui dessine une boucle pour s'en retourner à l'est en direction de Bismarck, du fort et du Missouri. Les quelques peupliers de Virginie qui poussaient le long de ce triste petit cours d'eau étaient les seuls signes de vie avec l'herbe rase, la sauge et les yuccas.

Nous avons aperçu un bison mâle solitaire et je t'ai conseillé de rester derrière moi pendant que je le tirerais, mais tu t'es approchée, ta main libre solidement cramponnée au pommeau de ta selle, tandis que ton cheval galopait avec plus de fougue qu'aucune dame montant en amazone ne saurait l'exiger de sa monture. Le bison était suffisamment âgé – et peut-être suffisamment solitaire – pour renoncer à s'enfuir, sans grande conviction au demeurant, au bout d'un mile ; il s'est arrêté dans la prairie, tête baissée, arrachant de temps en temps une touffe de l'herbe déjà largement broutée avec une forme d'indifférence, apparemment insensible à la menace.

Nous avons mis pied à terre, toi et moi. Tu as tenu les rênes des chevaux pendant que je sortais de son étui ma carabine Remington fabriquée sur commande. Il n'y avait aucun arbre, aucune branche pour servir de support, mais j'ai posé un genou en terre et ai stabilisé de mon mieux le fusil, relativement court mais pesant.

Le Remington N 1 Sporting Rifle était devenu mon fusil de chasse préféré pendant l'expédition de la Yellowstone, et je m'en étais servi pour abattre des antilopes, des bisons, des élans, des cerfs à queue noire, des loups blancs, des oies et des tétras jusqu'à six cent trente mètres de distance. (Je t'avoue, Libbie, que certains tétras explosaient littéralement en une gerbe de plumes sous l'impact de la balle de calibre 50 et de quatre cent vingt-cinq grammes, propulsée par soixante-dix grains de poudre noire.) La 50-70 m'avait permis de tuer quarante et une antilopes à deux cent cinquante mètres, et je ne doutais pas qu'elle aurait raison de cet unique vieux bison à moins de cent mètres.

Une balle en plein cœur aura suffi. Le vieux mâle s'est affaissé comme s'il était impatient de quitter la solitude de ce monde.

Quand nous nous sommes approchés de la dépouille, tu m'as demandé : « Que vas-tu faire maintenant, mon chéri ? » et j'ai répondu : « Oh, je vais envoyer quelques hommes découper la carcasse, mais j'ai bien peur que ce bon vieux ne soit un peu coriace. Il a pourtant une tête superbe.

— Que feraient les Indiens ? as-tu demandé encore.

— Les Indiens ? ai-je répété, surpris. Tu veux parler des Sioux et des Cheyennes ?

— Oui », as-tu répondu avec un doux sourire, alors que nous étions remontés à cheval. Dans la chaleur, nos selles grinçaient sous notre poids et des mouches commençaient déjà à bourdonner autour du sang du bison mort.

« Les Indiens ? Ils lui ouvriraient immédiatement le ventre pour dévorer tout ou partie du foie de cette pauvre bête. »

Tu t'es laissée glisser à bas de ta monture et tu as levé les yeux vers moi. Ton visage, radieux sous le clair et chaud soleil d'automne, était empreint d'une exaltation qui m'était encore inconnue.

« Oh, Autie, et si nous faisions pareil ! » as-tu lancé.

Je n'ai pas bougé de ma selle, je m'en souviens, et je me suis contenté de rire. « Nous serions couverts de sang, ai-je objecté. Ce qui serait, me semble-t-il, fort peu approprié pour l'épouse de l'officier commandant, revenant d'une sortie à cheval durant la première semaine de son séjour au Fort Abe Lincoln. Que penseraient les hommes du régiment ? »

Pour toute réponse, tu as entrepris de te déshabiller. Je me rappelle avoir jeté des regards inquiets autour de nous, mais l'étendue fauve et nue de la prairie en ce début d'automne était déserte. Hormis une ligne basse de saules le long du ruisseau sur un peu plus d'un kilomètre vers le nord, le paysage en ce milieu de matinée se limitait à trente kilomètres de prairie étale et vide. J'ai mis pied à terre et me suis hâté de me dévêtir, à côté de toi.

Lorsque nous avons été entièrement nus à l'exception de nos bottes (la prairie, tu le sais, est une pelote d'épingles de minuscules cactus, d'épines moins minuscules, de véritables harpons et de petites créatures qui mordent et se faufilent partout), j'ai sorti mon grand couteau de chasse de son étui brodé de perles et j'ai incisé le bison sur toute la longueur de son ventre ballonné. La masse d'organes, de tubules et de boyaux gris et luisants – il y en avait des mètres et des mètres – s'est déversée sur le sol aussi aisément que si l'on vidait un sac à main noir et velu. Tu as eu peine à en croire tes yeux quand j'ai découpé le foie et l'ai brandi entre nous.

« Grands dieux ! » Tu riais d'excitation. « Il est gros comme la tête d'un homme.

— Plus grosse que celle de l'homme que tu as devant toi », ai-je remarqué en commençant à tailler dans la lourde masse. Un fluide épais et noir bouillonnait le long des incisions en même temps que le sang. « Veux-tu la première tranche ? » t'ai-je demandé, après un dernier coup d'œil au-dessus de mon épaule pour vérifier que nous étions bien seuls et que nul ne pouvait nous voir.

« Non. Ne le découpe pas comme si nous étions à table, Autie. Recevons la communion ici comme des Sioux ou des Cheyennes. »

Tu as pris le foie – tu étais à peine capable de le soulever, je m'en souviens, et j'ai dû t'aider à le tenir juste au-dessus de ton visage – et tes dents d'une blancheur parfaite ont jeté un éclair quand tu les as enfoncées profondément dans la chair. Tu as arraché, déchiqueté un morceau de foie du vieux bison avant de mâcher avec énergie, au lieu d'avaler tout rond. Le sang et la bile (enfin, je ne sais trop ce qu'était ce liquide noirâtre) ont éclaboussé ton menton, tes joues, tes seins nus et le léger renflement de ton ventre.

J'avais envie de rire, mais le spectacle que tu offrais présentait quelque chose de trop rituel, de trop primitif, de trop physique... de trop terrifiant..., *tandis que tes dents détachaient une nouvelle bouchée de foie, le sang dégoulinant désormais sur ton menton comme un Niagara écarlate.*

Au prix d'un immense effort, des muscles que je n'avais jamais remarqués saillant sur tes épaules et tes bras ensanglantés, tu m'as tendu la lourde masse sanguinolente, suintante.

J'ai réussi à en détacher trois gros morceaux. J'apprécie fort d'ordinaire le foie de bison, d'antilope, de cerf ou de vache cuisiné, passé dans la farine peut-être, et frit avec du bacon et des oignons, mais cet organe cru, à la peau épaisse, avait un goût d'une aigreur affreuse. J'avais la bouche remplie de sang et de liquide visqueux autant que de viande.

Je n'ai pas ri. J'ai mâché avec une lenteur toute sacramentelle, puis j'ai rejeté le foie volumineux dans la masse d'entrailles, de cœur, d'estomac et de tripes qui attirait les mouches.

Nous avons alors bu longuement, toi et moi, à nos bidons respectifs.

J'ai baissé les yeux sur nos corps – il y avait du sang partout, en traînées, en ruisselets, en éclaboussures et en explosions sur ma chair marquée de cicatrices et sur ta peau d'ivoire, on aurait dit que nous portions de longs gants rouges montant jusqu'aux coudes – et je t'ai lancé : « Et maintenant, ma très chère ? »

Reposant soigneusement ton bidon sur ta selle en le tenant avec précaution pour ne pas y laisser plus d'empreintes sanglantes que nécessaire, tu m'as demandé : « Pouvons-nous atteindre ce ruisseau sur un seul cheval ? »

Je me suis tourné vers la ligne de saules qui serpentait au nord. « Sur un seul cheval ? » me suis-je étonné avant de comprendre où tu voulais en venir. « Il n'y a pas beaucoup de chevaux à qui je me fierais pour une telle mission, mais Vic est du nombre », ai-je dit en commençant à lui retirer sa selle et ses harnais.

Ne gardant que la couverture de selle, j'ai sauté sur le dos large (mais pas trop) de Vic. L'alezan (Victory avait une étoile sur le chanfrein et des chaussettes blanches, t'en souvient-il, ma Libbie adorée ?) a senti l'odeur du sang qui montait du sol et de nos corps. Cela l'a rendu ombrageux mais j'ai tiré fermement sur les rênes et t'ai dit de grimper sur la selle posée par terre et de me tendre les bras. Je te hisserais derrière moi.

« Non ! as-tu protesté avec sur les traits cette étrange expression radieuse, égarée et exaltée que j'avais découverte quelques instants plus tôt. Devant toi, Autie.

— Il serait plus confortable que tu montes derrière et que tu me tiennes avec… » ai-je commencé.

Tu as posé tes seins et ton visage contre ma jambe et ma cuisse nues. « Devant toi, Autie, as-tu chuchoté, le visage dressé vers moi. En face de toi. »

Nous avons parcouru ainsi le bon kilomètre qui nous séparait du ruisseau caché. Tes seins étaient pressés contre moi et le sang du bison ruisselait sur eux, sur mon torse et plus bas. Tu me serrais farouchement dans tes bras. Dans ta main gauche, tu tenais des jupons roulés en boule – nos serviettes de toilette, si nous arrivions jusqu'au cours d'eau.

J'avais mis Vic au pas, mais je l'ai talonné pour le faire passer au petit galop. Tu as posé tes mains sur mes épaules et tu t'es hissée plus haut contre moi, tes cuisses blanches maculées de sang se relevant et m'engloutissant. J'étais déjà excité. Et puis tu m'as monté.

Ton souffle était brûlant dans mon cou. « Plus vite », as-tu gémi.

J'ai éperonné Vic qui a adopté un galop lent, régulier mais pourtant violent. Je me dressais et retombais en toi à chaque martèlement de ses sabots et à chaque mouvement de son grand poitrail haletant. Je te serrais fermement de mon bras droit, tenant les rênes de Vic de la main gauche. L'alezan voulait courir plus vite. Je l'ai laissé faire.

Nous avons crié ensemble, je crois – chacun de nous serrant l'autre plus étroitement qu'il n'était possible, plus ardemment, tandis que nous nous dressions et retombions, nous dressions et retombions au rythme du galop effréné de Vic. Nous n'aurions pu être plus proches. Nous avons rejeté la tête en arrière au même instant, toi et moi, poussant un grand cri vers le soleil.

Je me souviens que cette extase a été si intense qu'elle était au-delà de la douleur. Le sang répandu sur nous, qui dégoulinait sur nous, s'envolait de nous tandis que Vic galopait, n'avait plus rien d'incongru. L'arrière-goût acide de sang et de bile des morceaux de foie de bison lui-même se fondait dans la douleur, le soleil et la jouissance – source inconcevable et à jamais irrécouvrable de force et de passion.

Et d'amour.

Il ne restait qu'un filet d'eau dans le ruisseau, juste assez pour nettoyer le plus gros du sang et des caillots, mais nous avons dû nous plonger tour à tour dans la partie la plus profonde, nos corps étant plus larges que le lit du cours d'eau, nous roulant et nous frottant contre les galets du fond comme des loutres folles. Nous avons fini par utiliser tes jupons comme éponges plus que comme serviettes et, lorsque nous avons eu fini, nous les avons simplement enterrés dans la boue et les roseaux.

Quand nous sommes ressortis des saules pour rejoindre Vic, je t'ai fait part de mes craintes, ma Libbie adorée... que le 7ᵉ de cavalerie au grand complet ne déboule de l'est sous nos yeux alors que nous repartions, étant encore à plus d'un kilomètre de ton cheval entravé et de nos vêtements.

Cela nous a fait rire. Pour le trajet de retour, tu es montée derrière moi, tes seins pleins insistants contre mon dos, une de tes paumes à plat contre mon torse, l'autre posée, possessive, sur la face interne de ma cuisse, et notre fou rire s'est poursuivi tandis que nous nous rhabillions (ton costume d'équitation flottait sur ton unique jupon restant). Nous avons ri presque jusqu'au fort, et quand nous réussissions à nous maîtriser, un échange de regards suffisait à nous faire recommencer.

C'était l'amour, Libbie, et la passion qui nous unissait, mais c'est toi, toi, Libbie, qui l'as dit plus tard : « Jamais je ne me suis sentie aussi vivante, Autie ! » Moi si, mais dans l'ardeur du combat seulement. Je ne te l'ai pas confié alors et je ne le fais aujourd'hui que parce que je suis sûr que tu comprendras.

Il m'arrive, ma chérie, de me demander si le sommeil réparateur dans lequel je suis plongé ne risque pas de se transformer en coma, en un coma qui conduira inexorablement à la mort, mais je songe alors aux moments que nous avons vécus ensemble, comme celui de la prairie, et je sais que c'est impossible... je ne veux pas, je ne peux pas mourir, je ne mourrai pas avant de te revoir. Avant de te reparler.

Avant de refaire l'amour avec toi.

11

Sur les Six Grands-Pères

Août 1936

Le Président Roosevelt viendra dans les collines Noires. C'est une certitude à présent.

Sur la paroi de la falaise et sur les visages eux-mêmes, tout le monde raconte que le président a cédé aux prières instantes de Borglum et qu'il intégrera dans l'emploi du temps pourtant chargé de son déplacement dans le Dakota du Sud l'inauguration officielle de la tête de Thomas Jefferson, le dimanche 30 août probablement.

Dans moins d'une semaine, pense Paha Sapa. Il sera prêt.

Les travaux sur le mont Rushmore se poursuivent à un rythme plus soutenu que jamais depuis le début de cette entreprise, bien que l'été 1936 soit le plus chaud que l'on ait connu de toute l'histoire des *wasichu*.

Chaque jour, Paha Sapa entend les autres parler de la température et des incendies de forêt qui font rage au nord, ainsi que du *Dust Bowl*, ces terribles tempêtes de poussière qui ravagent le sud. Les températures moyennes de juillet ont été largement supérieures à la normale et le mois d'août est encore plus torride. Là-bas, dans la plaine étouffante de Rapid City, les températures tournent autour de quarante, quarante-deux degrés à midi. Elles ont atteint au moins une fois quarante-cinq degrés. Paha Sapa et tous ceux qui travaillent sur la falaise de Rushmore ont l'impression de se trouver dans une énorme cuvette blanche qui concentre les rayons du soleil. Le dos des ouvriers se couvre de cloques tandis que la chaleur et la lumière reflétées par les couches de granite de plus en plus blanches les frappent comme un faisceau lumineux qui rappelle ceux des revues de science-fiction.

Tout au long du mois d'août, la pierre a été trop brûlante pour qu'on la touche sans gants pendant les longues journées. Le travail de Paha Sapa et des autres dynamiteurs a été plus dangereux encore que de coutume, les bâtons et les amorces neufs étant moins stables sous cette chaleur de plomb, et le rocher lui-même menaçant de provoquer, au moment où les ouvriers les enfoncent dans leurs trous, la détonation de n'importe lequel des plusieurs centaines de fragments de dynamite amorcés. Certains jours, bien qu'il ait évidemment hâte de terminer la tête de Jefferson, Borglum a ordonné à ses ouvriers de quitter la paroi pendant plusieurs heures d'affilée et d'attendre au moins que les ombres qui s'allongent atténuent un peu la chaleur.

La déshydratation est un risque redoutable. Le corps de Paha Sapa, probablement dévoré par le cancer, en souffre constamment, mais à présent tous les hommes la craignent. Borglum a détaché une équipe qui passe la journée dans des chaises de gabier suspendues à des filins, simplement pour apporter à boire aux ouvriers qui travaillent au forage et au polissage, mais il semble que quelle que soit la quantité d'eau qu'ils absorbent, leur corps en réclame constamment davantage. Paha Sapa n'a jamais vu les ouvriers aussi épuisés ; tous les soirs, ce sont des silhouettes avachies, couvertes de poussière qui descendent d'un pas lourd les cinq cent six marches de bois. Les plus jeunes et les plus robustes eux-mêmes se traînent comme des morts vivants, blafards, les yeux rougis, après avoir passé la journée sur la falaise.

À moins d'une semaine de la visite du président Roosevelt, tout en sertissant les amorces et en plaçant la dynamite, Paha Sapa se demande comment transporter la tonne d'explosifs dont il aura besoin dimanche pour faire exploser d'un coup les trois têtes de présidents devant la foule horrifiée (mais pas *sur* elle, il y veillera). Il sourit en songeant à l'illumination qu'il a eue la semaine précédente ; il avait toujours abordé le problème comme s'il allait devoir *enfoncer* les charges dans des trous percés d'avance – des centaines et des centaines, pour une explosion de cette ampleur –, ce qui aurait exigé des semaines voire des mois de forage. En fait, il ne s'agit pas de préparer, comme d'habitude, un travail de sculpture méticuleux ; il s'agit de le *détruire.* Il n'y aura pas de charges de polissage ultérieures, pas de perçage ni de ponçage de finition. Il ne restera que de la pierre déchiquetée – dégagée par l'explosion jusqu'au soubassement afin que personne – ni Borglum ni un autre – ne puisse plus jamais y sculpter quoi que ce soit. Paha Sapa sourit encore de sa propre stupidité, nourrie par trop d'années de travail d'ouvrier loyal et compétent.

Tout ce qu'il a à faire avant dimanche prochain, c'est de dissimuler sur les têtes et aux alentours, dans des emplacements discrets et soigneusement choisis, une vingtaine des grandes caisses de dynamite stockées dans sa cahute de Keystone. Une amorce et un câble électrique suffiront pour chacune. S'il s'y prend à temps, il pourra les transporter jusqu'au sommet, les cacher et les armer samedi soir – le travail et l'activité fébriles du vendredi et du samedi seront d'ordre essentiellement esthétique et se limiteront plus ou moins au ponçage de Jefferson et à la mise en place du drapeau dont Borglum a l'intention de recouvrir l'effigie jusqu'à l'inauguration.

Paha Sapa secoue la tête en songeant à la simplicité de la solution et se demande comment il a pu être assez borné pour ne pas y avoir pensé des mois – des années même – plus tôt. Il peut aujourd'hui en imputer la responsabilité aux rares injections de morphine qu'il a commencé à se faire pour pouvoir poursuivre son travail.

Six jours ? Les cinq ans qu'il a passés sur la montagne, ces milliers de journées, se sont-ils vraiment réduits à six jours, pas un de plus ?

Paha Sapa ne verra pas les conséquences de son geste – il compte bien disparaître en même temps que les sculptures dans la puissante explosion qui fera les gros titres de la presse et l'objet de toutes les émissions de radio et de toutes les actualités filmées pendant des semaines –, mais il sait qu'on lui attribuera le mauvais rôle. L'espace d'un instant, il remplacera l'infâme Bruno Hauptmann ou même le nouvel homme fort de l'Allemagne, Adolf Hitler, au titre d'« homme le plus haï des Américains ».

Paha Sapa a entendu dire que le voyage de Roosevelt dans le Dakota du Sud et dans l'Ouest tient à des motifs purement politiques. (Arrive-t-il aux présidents et autres hommes d'État, se demande Paha Sapa, de faire *quelque chose* pour des raisons autres que politiques ?)

Le Dakota du Sud est gouverné par les Républicains depuis des lustres, depuis le temps où les bisons et les sauvages rouges en étaient les seuls citoyens (non électeurs), mais Roosevelt l'a emporté en 1932 et n'a pas la moindre intention de laisser cet État réintégrer le giron républicain aux élections de 1936, dans deux mois et des poussières seulement. Non content de courtiser les habitants du Dakota du Sud en pleine crise économique, alors que les incendies de forêt font rage et que tous souffrent de la canicule, le sémillant président entreprend ce qu'on appellera sa « tournée du *Dust*

Bowl » – histoire de se faire une idée précise des dégâts qu'un climat de plus en plus imprévisible provoque dans une immense région du pays qu'il gouverne depuis Washington et les ombrages de Hyde Park. Paha Sapa sait pourtant que Rapid City et le mont Rushmore, destinations du Président, se trouvent à plusieurs centaines de kilomètres au nord des limites géographiques septentrionales du véritable *Dust Bowl*.

Tout en coupant les bâtons de dynamite à la bonne dimension – pas de gants aujourd'hui pour ce travail de précision : il aura mal à la tête ce soir – et en préparant les détonateurs et les amorces, Paha Sapa se rappelle sa découverte de ce qu'on appelle le *Dust Bowl*.

Au printemps de l'année précédente, en 1935, les problèmes financiers interrompaient régulièrement la besogne sur le Monument. Le manque de fonds, souvent aussi imaginaire que réel, et les brefs arrêts de travail qu'il engendrait étaient une caractéristique récurrente de l'entreprise et les ouvriers y étaient habitués. Mais plus qu'aux difficultés pécuniaires, la suspension des opérations au printemps 1935 tenait aux démêlés de Gutzon Borglum avec John Boland (en principe, son patron au sein de la commission qui supervisait les sculptures du mont Rushmore) et avec le sénateur Peter Norbeck (le plus ardent défenseur du Monument).

Borglum n'avait jamais supporté qu'on mette le nez dans ses affaires et, ce printemps-là, il s'employait à scier la branche sur laquelle il était assis en s'en prenant violemment à Boland, Norbeck et ses autres soutiens les plus fidèles. Si bien que pendant les quelques jours qui avaient précédé le dimanche des Rameaux de 1935, Paha Sapa et les autres ouvriers n'avaient eu ni travail sur la falaise ni salaire.

C'est alors que Borglum avait fait venir Paha Sapa pour lui ordonner de se rendre dans le Colorado, au sud-ouest, avec Lincoln, son propre fils et deux autres ouvriers, chercher deux moteurs de sous-marins.

Paha Sapa avait entendu parler de cette histoire.

Le fonctionnement des compresseurs, des foreuses, de la vingtaine de marteaux-piqueurs, des treuils, du téléphérique et des autres engins utilisés sur la montagne exigeait une énorme quantité de vapeur et d'énergie électrique, et Borglum avait « modernisé » à plusieurs reprises la vieille centrale électrique, la déplaçant d'abord de Keystone, son site d'origine, pour l'installer dans la vallée puis augmentant la dimension des chaudières à vapeur et des générateurs électriques. Mais il n'y avait jamais assez d'énergie aux yeux de Borglum et, récemment, le sculpteur avait accusé John Boland, membre de la commission, d'avoir fait fermer la centrale d'Insull de Keystone non parce qu'elle était hors d'usage, comme le prétendait Boland, mais à des fins personnelles.

Le sénateur Norbeck avait averti Borglum qu'en s'en prenant ainsi à Boland, il risquait de faire capoter tout le projet, mais le sculpteur s'était obstiné et avait continué à reprocher à Boland d'avoir pris cette décision pour de mauvaises raisons et à réclamer des moteurs, des turbines et des génératrices plus puissantes pour la nouvelle centrale.

À l'hiver de 1934, on avait appris qu'à la suite de ses interventions, la Marine avait décidé de lui faire don de deux moteurs diesel usagés mais en état de marche, provenant d'un sous-marin réformé.

« Sans doute deux monstres préhistoriques qui datent de la Grande Guerre ! »

Borglum avait balancé la lettre à l'autre bout de la pièce.

Toujours est-il que le ministère de la Guerre lui avait immédiatement envoyé les moteurs, en l'état. Mais il s'était trompé d'adresse et, au lieu de les envoyer au mont Rushmore, à Keystone ou à Rapid City, il les avait expédiés par le chemin de fer jusqu'à la centrale électrique des Ryan-Rushmore Electrical Works des Aciéries du Colorado, à Pueblo, dans le Colorado. Cela faisait deux mois que les deux énormes blocs moteurs croupissaient sous une bâche, sur une voie de garage. La Marine et le ministère de la Guerre avaient reconnu leur erreur mais estimaient que c'était à Borglum de se débrouiller pour faire venir ces monstrueux engins depuis le sud du Colorado jusqu'au Dakota du Sud.

Borglum avait l'air plus égaré et plus furieux que jamais quand il avait fait venir Paha Sapa dans le bureau de son atelier, le 10 avril.

« Billy, Lincoln va t'emmener avec Red Anderson et Hoot Lynch jusque dans le Colorado avec le pick-up et le gros Dodge à plateau que nous avons emprunté à la société de construction du cousin de Howdy Peterson. Vous rapporterez ces deux foutus moteurs de sous-marins.

— OK, patron. On sera payés ? »

Pour toute réponse, Borglum lui avait jeté un regard noir.

Paha Sapa avait changé de sujet.

« Je ne sais pas ce que pèse un moteur de sous-marin, monsieur Borglum, mais je sais qu'il nous faudra une grue pour les hisser sur le plateau du Dodge. Et il y a peu de chances que la suspension du Dodge supporte un poids pareil sur toute la durée du trajet de retour du Colorado. »

Borglum avait balayé l'objection d'un toussotement.

« Ces monstres diesel sont dans une aciérie, Old Man. Ils auront une grue, une rampe, enfin, tout ce qu'il vous faudra pour les charger. Lincoln s'occupera de tout. Il aura un peu d'argent de poche pour vos frais de voyage, à Red, Hoot et toi. Considère ça comme tes vacances de l'année. Si vous partez dans l'heure, vous pouvez être dans le Nebraska avant la nuit. »

Paha Sapa avait hoché la tête et était allé chercher les trois autres.

Ils étaient effectivement arrivés dans le Nebraska ce soir-là, les deux véhicules filant plein sud. Lincoln Borglum ouvrait la marche au volant du pick-up Ford, Hoot Lynch et Red Anderson serrés sur le siège du passager. Ils étaient bons copains et avaient envie de pouvoir bavarder tranquillement. De plus, aucun d'eux n'appréciait beaucoup Paha Sapa.

Voyager seul ne dérangeait pas Paha Sapa, au contraire, mais conduire le Dodge de 1928 avec ses yeux exorbités, ses ailes flottantes et son long plateau n'était pas une partie de plaisir. Ce véhicule était un dinosaure datant des débuts de la construction automobile et possédait même un pare-brise relevable que des attaches en laiton maintenaient en position fermée. Les attaches ayant disparu, le pare-brise avait tendance à s'entrebâiller constamment, avec pour conséquence que s'ils avaient la chance de rouler sur un tronçon de route qui permettait de faire du cinquante kilomètres à l'heure, l'air froid s'engouffrait à l'intérieur. Paha Sapa portait la veste de moto de son fils et ses gants les plus épais, mais il avait eu les doigts gourds dès les quarante premiers kilomètres. De plus, la direction du gros camion était si raide qu'en fin d'après-midi et dans la soirée, il avait souffert de terribles courbatures dans les bras.

La douleur lui était indifférente. Elle le détournait d'une autre souffrance bien plus atroce, dans le bas de son corps.

Ils s'étaient arrêtés peu après la tombée de la nuit, parce que le vent du Nebraska soufflait de la poussière et que Borglum avait conseillé à son fils de ne pas conduire de nuit si des tempêtes rendaient la visibilité mauvaise. Ils obtinrent l'autorisation de bivouaquer dans le champ d'un fermier et garèrent les camions derrière une rangée isolée de pins plantés là pour servir de brise-vent. Ils étaient passés au Halley Store de Keystone – la meilleure des deux épiceries locales (Paha Saha s'attendait toujours à ce que la boutique d'Art Lundoe ferme, à force de faire crédit aux mineurs et aux autres habitants) – pour acheter du pain, de la saucisse et des boîtes de conserve en prévision de leur voyage.

En l'absence de bois pour allumer un feu de camp, ils avaient fait chauffer leur porc et leurs haricots au-dessus de bidons d'alcool gélifié. Cela ne remplaçait pas une bonne flambée, mais ils s'étaient blottis dans leurs sacs de couchage – Paha Sapa avait simplement deux couvertures – et avaient bavardé quelques instants avant de s'endormir dès sept heures du soir.

Le vent et la légère tempête de poussière avaient inévitablement fait porter la conversation sur le temps et sur cette sécheresse qui n'en finissait pas. Les deux États du Dakota avaient eu leur part de vents de poussière – l'année précédente, en 1934, la région du mont Rushmore et de Rapid City avait connu deux jours d'obscurité due aux innombrables tonnes de terre charriées par un courant d'altitude, qui avaient voilé le soleil. Ce « chiffon à poussière », comme on l'appelait, avait fini par atteindre la ville de New York et l'océan Atlantique – mais c'étaient le Nebraska et les États du Sud qui souffraient le plus de la sécheresse et du vent, lequel emportait toutes les terres arables. Au moins, les prairies du Dakota du Sud étaient encore couvertes d'herbe.

Red Anderson se racla la gorge :

« J'ai parlé à un patron du Civilian Conservation Corps qui m'a dit que le président Roosevelt a envoyé des hommes dans le monde entier à la recherche de la meilleure espèce de conifères. Il a demandé conseil à des experts pour qu'ils mettent en place un immense brise-vent, exactement comme celui-ci, mais qui irait du Mexique au Canada. Ça permettrait aux fermiers de s'abriter du vent, un truc comme ça. »

Cette idée fit glousser Lincoln Borglum et Hoot. Red fronça les sourcils.

« Je parle sérieusement. Il a vraiment dit ça. »

Lincoln hocha la tête.

« Je veux bien croire qu'ils envisagent de créer un brise-vent de ce genre, mais où veux-tu qu'ils trouvent un pin capable de supporter une chaleur et une sécheresse pareilles, et jusqu'au Texas en plus ? Moi, j'ai entendu dire par un autre patron du CCC que les experts ont conseillé au Président de s'épargner ces dépenses inutiles et de se contenter d'évacuer tout le sud du Nebraska, une grande partie du Kansas, l'essentiel de l'Oklahoma, l'est du Colorado, et tout le nord du Texas jusqu'à Lubbock... de laisser le vent emporter la couche arable en espérant que l'herbe repoussera dans une ou deux générations. »

Hoot Lynch renifla en rassemblant ses derniers haricots dans sa cuiller.

« Eh bien, si tu veux mon avis, c'est une idée de merde. »

Red jeta un coup d'œil à son copain et Hoot fit un petit signe de tête en direction du fils de Borglum.

« Désolé, je voulais pas dire... je veux dire... »

Lincoln Borglum sourit.

« C'est bon, Hoot. Y'a pas de mal. Je ne suis pas mormon. »

Les deux autres éclatèrent de rire tandis que Paha Sapa réprimait un sourire. Il savait que le père de Lincoln, Gutzon Borglum, *avait été* mormon – ses parents étaient mormons et son père avait deux épouses. Il savait aussi que la femme que Borglum présentait comme sa mère était en réalité la seconde épouse de son père et que sa vraie mère les avait quittés après qu'ils avaient dû déménager pour fuir les persécutions dont les mormons faisaient l'objet.

Paha Sapa savait tout cela parce que son esprit était rempli d'une myriade de réminiscences confuses de Gutzon Borglum, parmi lesquelles ses secrets les plus terribles, depuis le jour de 1931 où Borglum était venu l'embaucher dans la mine de Homestake et lui avait tendu la main pour sceller leur accord. Lors de cette poignée de main, Paha Sapa avait littéralement chancelé sous le poids des souvenirs qui l'envahissaient. Comme l'avaient envahi ceux de Cheval-Fou en cette fin d'été de 1876.

Et comme l'avaient envahi ceux de Rain le soir où ils s'étaient embrassés pour la première fois, en 1893.

Heureusement, les images de la vie de ces trois êtres (et l'existence de Rain avait été d'une si désolante brièveté) étaient passives – elles avaient dérouté Paha Sapa sur le moment, mais n'avaient rien à voir avec les cris, les interruptions et les babillages à n'en plus finir auxquels l'esprit de Custer continuait à se livrer toutes les nuits.

Paha Sapa songeait parfois que la masse, le poids et le vacarme de ces souvenirs étrangers, sans parler du fantôme qui secouait ses barreaux depuis près de soixante ans maintenant, ne pouvaient que le rendre fou. Mais à d'autres moments, il était heureux d'en être le dépositaire et se promenait dans les couloirs du passé de Borglum ou de Cheval-Fou – plus rarement dans ceux de Rain, car c'était trop douloureux – avec autant de plaisir que Doane Robinson dans les rayonnages d'une bibliothèque particulièrement bien fournie.

Lincoln s'adressa à Paha Sapa :

« Tu as bien fixé la chaîne d'attelage sous le Dodge, comme je te l'avais dit ?

— Oui. »

Ils se rendaient dans le pays des chiffons de poussière et des blizzards noirs – il existait une bonne vingtaine de noms pour désigner ces tempêtes de poussière soudaines, violentes, qui pouvaient durer des semaines – et les décharges d'électricité statique étaient une menace parfaitement réelle. Tout le système d'allumage d'un camion pouvait être détruit en un instant par l'éclair blanc de la foudre, pour peu que l'on n'ait pas pris la précaution de le mettre à la masse avec une chaîne d'attelage. Si un tel accident venait à se produire, ils se trouveraient en rade à cent cinquante kilomètres de l'atelier de mécanique le plus proche. (Les deux véhicules transportaient des pneus, des roues, des ventilateurs et d'autres pièces de rechange sur leurs plates-formes ; en revanche, ils manquaient de pièces détachées de moteur.)

Le vent s'était levé, mais il n'était pas chargé de beaucoup de poussière. Lincoln avait prélevé un peu d'eau dans leurs vaches de réserve pour faire au moins semblant de rincer leurs assiettes.

« Avec un peu de chance, nous coucherons dans un vrai lit demain soir, ou au moins dans une grange, les gars. Essayez de dormir. Nous allons avoir quelques rudes journées de route. Quand je pense que tout ce qui nous attend au bout, c'est deux moteurs de sous-marins inutiles dont personne ne veut, pas même mon père. »

Lincoln disait plus vrai qu'il ne croyait. Les moteurs de sous-marins étaient sans doute les machines ou engins *wasichu* les plus vétustes et repoussants d'aspect que Paha Sapa ait jamais vus. Ces deux blocs moteurs diesel étaient aussi longs que l'immense plateau du Dodge, plus hauts que la cabine, et étaient constitués d'une masse terrifiante de pistons, d'acier, de tuyaux d'huile, de raccords, de carters, de rouille, de taches et de mâchoires métalliques béantes datant du début des années 1920. Paha Sapa avait peine à croire que ces encombrantes tonnes d'acier et de fer aient jamais pu prendre la mer.

Ils étaient arrivés à Pueblo, dans le Colorado, le samedi après-midi – le 13 avril – et n'avaient pas eu de mal à trouver les aciéries et les entreprises sous-traitantes, blotties autour d'elles comme des porcelets tétant les mamelles fuligineuses d'une grosse truie noire. Il régnait là une atmosphère d'abandon, de faillite – cinq hectares de parking vide, les hautes cheminées froides, les portes barrées par des chaînes –, mais Jocko, le gardien, leur avait expliqué qu'en ces temps difficiles, l'usine fermait une semaine sur deux et qu'une partie des ouvriers, peut-être même tous, reprendraient le travail le lundi suivant. Jocko savait parfaitement où les moteurs de sous-marins étaient entreposés. Il avait conduit les quatre hommes jusqu'à une voie de garage située à côté d'une autre voie de garage, tout au bout d'un bâtiment abandonné, juste derrière les crassiers. Le vieil homme édenté avait eu l'élégance de s'écrier *Voilà* en français lorsque Lincoln, Red, Hoot et « Billy Slovak » avaient retiré la bâche poussiéreuse qui recouvrait la masse de métal volumineuse comme une maison.

Lincoln avait demandé au gardien s'il était possible d'obtenir de l'aide pour charger les moteurs sur le plateau du Dodge. Lundi, avait répondu le vieil homme, car le seul qui savait se servir de la grue sur rails qui se trouvait juste là, près de la mare de boue, était Verner, et Verner, évidemment, avait dû partir à la chasse par ce beau samedi de printemps et ne *penserait* même pas au travail avant le lundi matin.

Pour finir, deux billets de vingt dollars relativement neufs avaient changé de mains (Paha Sapa n'avait pas vu beaucoup de billets de vingt dollars ces dernières années) – l'un passant de celle de Lincoln à celle de ce vieux schnoque de Jocko, l'autre destiné à Verner, lequel était certainement en train de prendre un verre dans un bar, au coin de la rue, pour le convaincre de venir transférer les moteurs de la plate-forme du wagon de chemin de fer sur le long plateau branlant du Dodge.

Jocko avait promis que Verner serait là à cinq heures de l'après-midi ; Lincoln et ses trois ouvriers harassés et assoiffés s'étaient dirigés vers le centre de la petite cité métallurgique du Colorado à la recherche d'un endroit où boire une bière et d'un autre où passer la nuit.

Paha Sapa dut reconnaître que l'idée de dormir dans un vrai lit n'était pas pour lui déplaire. (*Pourtant, certains Lakotas*..., pensa-t-il – en anglais et non en lakota, releva-t-il, comme si son cerveau *wasichu* avait décidé de ne rien lui épargner.)

« Tu vieillis et tu t'amollis, Collines-Noires, chuchotait l'esprit de Cheveux-Longs. Tu seras tout blanc au jour de ta mort, blanc, gras et mou comme une truie albinos sans pattes.

— *La ferme* », lança Paha Sapa *in petto*. Durant les quelques années qui s'étaient écoulées depuis que le fantôme et lui s'étaient mis à communiquer pour de bon – au lieu des babillages nocturnes du spectre qu'il était condamné à écouter sans pouvoir réagir –, Paha Sapa n'avait pas tiré grand-chose de ces échanges. Il voyait mal comment le fantôme d'un homme assassiné pouvait prendre de l'âge, mais de toute évidence celui-ci se faisait vieux, revêche et sarcastique.

Une ville dont la moitié de la population était composée de mineurs et de leurs familles (les mines se trouvaient à quelques kilomètres à l'ouest, au pied des montagnes) – méli-mélo d'Allemands, de Tchèques, de Suédois, de Bohémiens et d'autres – était forcément pourvue de bons bars, et il n'avait fallu à Lincoln et ses compagnons que quelques minutes pour en dénicher un.

Les premières bières étaient glacées – le bord des bocks réfrigérés était couvert de givre – et Rod Anderson n'avait pu s'empêcher de sourire.

« J'aimerais bien me planquer dans un petit bar discret comme celui-ci et n'en sortir que quand cette foutue crise sera finie. »

Lincoln s'était essuyé la lèvre supérieure en soupirant.

« Trop de braves types l'ont fait, Red. Nous passerons la nuit dans cette pension, de l'autre côté de la rue, mais je n'ai pas l'intention d'attendre jusqu'à lundi. »

Red et Hoot avait échangé un regard dans le dos de Lincoln, et Paha Sapa n'avait eu aucun mal à lire dans leurs pensées, sans même devoir les toucher pour avoir une vision : les deux hommes auraient été enchantés de rester là toute une semaine en attendant que le mythique Verner revienne de la chasse.

Mais un des billets de vingt dollars magiques attira Verner un peu avant le coucher du soleil, juste à temps pour que le petit homme au visage mal rasé aille chercher la grue sur rails au chantier principal et transfère l'immense agglomérat de moteurs de sous-marins, de palettes et de bâches, sans compter le reste, sur le plateau du Dodge. Le camion s'enfonça d'une vingtaine de centimètres sur sa suspension inexistante, mais les pneus n'éclatèrent pas, les roues ne lâchèrent pas et les essieux ne se brisèrent pas. Enfin, pas encore.

Une fois le transfert achevé et après que les quatre hommes eurent amarré les engins avec plus de sangles et de cordes que les Lilliputiens pour entraver Gulliver (un des premiers livres qu'il avait empruntés à Doane Robinson), Paha Sapa avait avancé le Dodge d'une centaine de mètres jusqu'à une place de stationnement devant les portes fermées de l'aciérie – le Dodge avait accepté de bouger, mollement, mais il aurait été surpris qu'il réussisse à gravir une côte de plus de un pour cent, et la direction, déjà dure, était devenu à peu près indomptable. Les quatre hommes avaient laissé le tout sur place, et étaient retournés en ville dîner dans un café-restaurant avant de regagner leur pension de famille.

La dernière chose que Jocko leur avait criée comme ils s'éloignaient déjà avait été :

« Vous m'avez l'air de bons chrétiens tous les quatre. Enfin, trois d'entre vous au moins. Si vous voulez rester pour la messe du matin du dimanche des Rameaux, je peux vous montrer où sont les églises méthodiste et baptiste. »

Aucun d'eux ne s'était retourné.

Lincoln accompagna les trois hommes jusqu'à leur chambre – la générosité de Borglum pour ces « vacances » n'allait pas jusqu'à offrir des chambres particulières à d'autres que Lincoln. Ils avaient donc dû se contenter de trois banquettes serrées dans une petite pièce sans chauffage au deuxième étage, dont les couvertures donnaient l'impression que si on ne prenait pas soin de les border soigneusement, elles allaient se lever et s'enfuir toutes seules.

Paha Sapa avait apporté sa propre literie. Red et Hoot avaient jeté un regard dubitatif aux matelas à ressorts avant de s'approcher de la fenêtre où les quelques lumières du quartier chaud de Pueblo, modeste mais très prometteur en matière de débauche, leur faisaient de l'œil. (Deux ans après la fin de la Prohibition, les bars arboraient toujours leurs fausses façades et leurs portes équipées de judas.)

Lincoln Borglum avait l'air épuisé et abattu. Après tout, peut-être cette cité métallurgique poussiéreuse le déprimait-elle autant que Paha Sapa.

« Une bière ou deux, les gars, pas plus. On lève le camp à l'aube et il faudra vous relayer tous les trois pour ramener tant bien que mal le Dodge à l'est jusqu'au Kansas avant de repartir vers le nord. La journée va être longue. »

Ils avaient tous hoché la tête, ce qui n'avait pas empêché Hoot et Red de ressortir sur la pointe des pieds en chaussettes, souliers à la main, moins de vingt minutes plus tard. Paha Sapa avait entendu grincer l'escalier, puis avait tiré sur sa tête ses épaisses couvertures, à peu près sans vermine, et s'était endormi. La dernière fois qu'il avait regardé sa montre, il était 8 h 22.

Hoot et Red étaient revenus en titubant, empestant le whisky, la bière et bien plus que cela encore, un peu après cinq heures du matin. L'un d'eux était en train de vomir dans une cuvette qu'il tenait à la main. À cinq heures et demie, Lincoln Borglum avait frappé énergiquement à la porte, était entré et avait retourné les banquettes des deux flemmards. Paha Sapa était déjà debout, habillé, ses affaires rangées, il se lavait le visage dans une cuvette avec le peu d'eau qu'il avait trouvé dans un broc ébréché que le tenancier leur avait concédé. De pitoyables gémissements s'élevaient de l'amoncellement de couvertures qui gisait par terre.

Lincoln et Paha Sapa avaient pris le petit déjeuner chacun de son côte dans le petit café d'en face.

Le pick-up et le Dodge ridiculement surchargé avaient quitté la ville en direction de l'est un peu avant sept heures. Les rues étaient désertes. Il faisait très chaud pour la mi-avril. Le ciel était dégagé.

Tout au long de cette matinée passée à rouler vers le nord-est et pendant une partie de l'après-midi, Paha Sapa avait éprouvé une angoisse diffuse. Bien sûr, le Dodge qui se traînait sous cet énorme poids mort – si le chargement glissait vers l'avant, Paha Sapa n'aurait même pas le temps de sauter à bas du véhicule avant que la vieille cabine délabrée ne s'écrase – réclamait toute son attention, car il devait littéralement se battre contre la direction pour négocier le moindre virage et employer toute son énergie pour gravir la pente la plus faible. Lincoln lui avait envoyé Hoot pour le relayer au volant, et pendant toute la matinée et le début de l'après-midi, Hoot avait ronflé, affalé du côté passager de la vieille banquette éventrée, se réveillant de temps à autre pour ouvrir la portière, sauter sur le marchepied, vomir dans les roseaux et courir pour rattraper le Dodge qui avançait cahin-caha.

Les rares véhicules qui circulaient, même les Model T les plus vétustes, dépassaient le Dodge languissant et le pick-up Ford qui l'escortait.

Mais malgré les ronflements qui résonnaient à côté de lui, le vrombissement du moteur mis à rude épreuve et la nécessité de se concentrer sur la route, Paha Sapa avait le sentiment inquiétant que *le monde* ne tournait pas rond.

Les oiseaux volaient vers le sud d'une manière étrange. Les quelques animaux qu'il apercevait – deux, trois lièvres, des campagnols qui détalaient, un unique cerf, et même les bêtes dans les champs couverts de poussière – se précipitaient en direction du sud, eux aussi. Ils cherchaient à *fuir*. Paha Sapa le sentait.

Mais à fuir quoi ? Le ciel était toujours clair. Il faisait toujours chaud, trop chaud, même. La cabine du Dodge empestait le whisky qui s'évaporait avec la sueur de Hoot, et pour une fois, Paha Sapa appréciait le courant d'air du pare-brise mal fermé.

C'était un paysage qui donnait une très vague idée de ce qu'on appellerait bientôt le *Dust Bowl* et s'étendrait sur un millier de kilomètres au sud, mais cette préfiguration était spectaculaire. Des fermes avaient été abandonnées. Les murs de celles qui étaient encore occupées avaient eux aussi été littéralement décapés de tout vestige de peinture. Le sable se glissait sous les avant-toits des maisons, dans les remises. Le vent avait repoussé la terre contre les clôtures au point qu'on n'en distinguait plus qu'une trentaine de centimètres tout au plus, la partie supérieure des barrières émergeant du sable et de l'humus. Paha Sapa avait entendu dire que plus au sud, les fermiers et les éleveurs prétendaient pouvoir marcher pendant des kilomètres sur les carcasses de leur bétail recouvertes de poussière, entassées le long des clôtures englouties, mais ici déjà, dans l'extrême sud-est du Colorado, la poussière formait des dunes un peu partout. À maintes reprises, Paha Sapa avait dû ralentir le Dodge jusqu'à l'arrêt pendant que Lincoln, au volant du pick-up Ford, s'y reprenait à plusieurs fois pour franchir les amas de terre brun-rouge qui barraient l'étroite route comme des congères.

Malgré le ciel clair et la chaleur, Paha Sapa savait que quelque chose *ne tournait pas rond.*

Il devait être à peu près deux heures de l'après-midi, ils approchaient de la frontière avec le Kansas, quand il avait compris.

« Hi-yay ! Hi-yay ! Mitakuye oyasin ! »

Paha Sapa ne s'était même pas rendu compte qu'il avait crié en lakota. Il avait secoué Hoot qui ronflait et grognait toujours.

« Hoot, réveille-toi ! Regarde là-bas, au nord ! Réveille-toi, bon sang ! »

Un mur de ténèbres large de mille mètres ou plus se précipitait vers eux comme un tsunami de poussière.

Hoot s'était redressé sur son siège. Il avait tendu le bras à travers le pare-brise ouvert en hurlant.

« Putain de merde ! Un chiffon à poussière ! Un blizzard noir ! »

Paha Sapa arrêta le Dodge immédiatement. Devant eux, le pick-up s'immobilisa, puis le moteur fut coupé.

Ils étaient passés devant une intersection avec une large route de terre moins de cent mètres auparavant, et Paha Sapa faillit démolir sa boîte de vitesses en mettant le camion surchargé en marche arrière et en reculant aussi vite qu'il le pouvait. Il se rappelait avoir aperçu, juste avant le croisement, une petite ferme toute recouverte de poussière au milieu de quelques squelettes d'arbres.

« Qu'est-ce que tu fous, Billy ?

— *Il faut ranger les camions dans l'autre sens. Mettre les capots et les moteurs à l'abri de ce mur de poussière. Autrement, on ne pourra jamais les faire redémarrer.* »

En temps normal, il aurait fallu à Paha Sapa cinq minutes de manœuvres précautionneuses pour faire reculer le lourd chargement sur la route de terre et faire faire demi-tour au Dodge. Il n'avait mis alors que trente secondes, sans cesser de regarder par-dessus son épaule vers le mur noir et compact.

Lincoln s'était arrêté à côté du Dodge et avait crié en se penchant par-dessus Red Anderson qui écarquillait les yeux.

« *Une saloperie de tempête de poussière !*

— *Il faut rejoindre cette ferme* », lui avait répondu Paha Sapa en hurlant.

Le bâtiment délabré, en ruine, était à moins de trois cents mètres sur leur gauche en direction du sud-ouest. Les seuls indices révélant qu'il n'était probablement pas inhabité étaient la Model A qui occupait l'allée et deux tracteurs rouillés rangés sous l'auvent d'un hangar, à demi enterrés sous la poussière et le sable. Mais ces véhicules avaient l'air si antiques qu'ils auraient aussi bien pu être abandonnés là, avec la maison.

Paha Sapa doutait qu'ils aient le temps d'y arriver, et il ne se trompait pas. À côté de lui, Hoot psalmodiait inlassablement le même refrain, comme une invocation religieuse.

« *Putain de bordel de Dieu ! Putain de bordel de Dieu ! Putain de bordel de Dieu !* »

Paha Sapa apprit plus tard qu'il aurait vu cet énorme rouleau même s'il était resté au mont Rushmore. Le front froid avait traversé les deux Dakotas ce matin-là, faisant chuter les températures de quinze degrés dans son sillage et enveloppant Rapid City et un millier de bourgades plus modestes de poussière et de vents mugissants. Mais le front avait promptement quitté les Dakotas pour se précipiter vers le Nebraska, gagnant en force et en rapidité, et accumulant des milliers et des milliers de tonnes de poussière et de terre au fil de sa progression.

Paha Sapa apprendrait également que la température avait baissé de treize degrés en moins d'une heure quand l'arête ouest du rouleau de poussière noire était arrivée au niveau de Denver. Au moment où Paha Sapa et ses trois compagnons la virent approcher, dans le sud-est du Colorado, la largeur de la tempête dépassait trois cents kilomètres et ne cessait de croître – avançant comme une ligne défensive compacte de joueurs de football en maillot brun – atteignant presque huit cents kilomètres au moment où elle toucha les véritables États du *Dust Bowl*, au sud et à l'est.

Mais rien de tout cela n'avait d'importance au moment où Paha Sapa avait appuyé à fond sur l'accélérateur, poussant le Dodge surchargé à sa vitesse de pointe de vingt kilomètres à l'heure, les yeux rivés sur le rétroviseur, se retournant sans cesse pour voir le monstre fondre sur eux.

Paha Sapa avait passé sa vie dans les plaines et n'avait aucun mal à estimer la hauteur de ce mur mouvant de poussière noire : il passait au-dessus d'une rangée de collines de faible altitude, très érodées, au nord et au nord-ouest, tandis que d'autres croupes, plus basses, s'étendaient au nord-est – leurs pentes auraient tout de même donné du fil à retordre au Dodge avec ses moteurs de sous-marin sur son plateau. Une simple comparaison avec les collines, les blocs rocheux et les quelques pins engloutis dans les mâchoires du blizzard noir avait appris à Paha Sapa que cette muraille devait mesurer mille mètres de haut et grandissait encore. Il avait également passé une grande partie de sa vie à observer les chevaux s'éloignant ou s'approchant de lui au galop dans les plaines, et le calcul des vitesses n'avait pas de secret pour lui. La ligne de collines basses au-dessus desquelles le nuage s'élevait n'était pas à plus de trente kilomètres. Il avait fallu à peine une minute au mur de poussière noire pour franchir la moitié de cette distance.

Après avoir vu le pick-up de Lincoln s'engager dans l'allée pleine de poussière de la ferme à demi effondrée, Paha Sapa avait jeté un nouveau coup d'œil par-dessus son épaule et s'était rendu compte que le mur était noir à la base, plus clair quelque huit cent mètres plus haut, vers le sommet, mais que d'étranges colonnes tourbillonnantes, semblables à des tornades, devançaient la muraille de poussière comme de pâles cow-boys menant un troupeau de bétail qui s'enfuirait à la débandade. Paha Sapa ne savait pas ce qu'étaient ces colonnes (il ne le saurait jamais), mais on avait l'impression qu'elles tiraient le mur noir derrière elles, vers Paha Sapa et vers son camion avec une rapidité grandissante.

Hoot avait changé de refrain.

« Putain de Dieu ! On va pas y arriver ! »

À la ferme, non. Paha Sapa le savait déjà. Il leur restait une centaine de mètres à franchir jusqu'à l'allée qui y menait et le temps manquait – le mur noir grondait derrière eux, audible à présent, tangible même, ses ténèbres masquant le soleil et faisant baisser la température environnante de dix à quinze degrés. Paha Sapa avait allumé les phares du Dodge. À cet instant, le mur fut sur eux, au-dessus d'eux, autour d'eux.

On aurait cru qu'un immense prédateur venait de les avaler.

Paha Sapa dut réprimer l'envie de crier *Hokahey !* et de hurler à Hoot à travers le rugissement de la tempête et l'électricité statique :

« C'est un beau jour pour mourir ! »

C'eût été inutile. Le mugissement de la tempête couvrait tout.

Un cheval blanc arriva au galop depuis l'enclos de la ferme. Désorienté, affolé par le mur de poussière volante, il courait aveuglément *vers* la tempête. Mais l'image qui frappa le plus Paha Sapa – et qu'il n'oublierait jamais – était celle du halo d'éclairs en zigzags et d'éclairs en boules, de feux Saint-Elme et d'autres décharges d'électricité statique qui enluminait l'animal. Les flammèches dansaient le long de la crinière et de la queue du cheval au galop, et sautaient sur son dos.

Puis l'électricité enveloppa le Dodge. Le moteur du camion se grippa et s'arrêta immédiatement.

Les longs cheveux de Paha Sapa se dressaient sur sa tête en vrilles noires qui se tordaient comme des serpents électrifiés. Un éclair stroboscopique jaillit sous le camion et, l'espace d'un instant, Paha Sapa fut convaincu que l'énorme réservoir de carburant du camion avait pris feu, avant de comprendre que la décharge avait été provoquée par la chaîne d'attelage accrochée à l'essieu arrière. L'éclair illumina un cercle d'un rayon de quinze mètres dans les ténèbres qui avaient soudain progressé.

Le camion s'immobilisa alors que des jets de poussière pénétraient par les vitres et le pare-brise ouverts. Instantanément, la poussière envahit tout – les aveuglant, les suffoquant, s'introduisant dans leurs narines, leurs bouches fermées, leurs oreilles. Paha Sapa agrippa Hoot par sa chemise de flanelle.

« Dehors ! Tout de suite ! »

Ils sortirent en titubant dans une obscurité totale ponctuée de crépitements d'éclairs qui n'émettaient aucune lumière. Le moteur du Dodge semblait être en feu, le capot béant, mais ce n'étaient que de nouvelles décharges électriques qui grillaient tout ce qui s'y trouvait. Paha Sapa entraîna Hoot vers l'avant – ne repérant l'« avant » dans cette noirceur de poix qu'en longeant la cabine à tâtons, de l'aile au pare-chocs – et s'arrêta pour attraper la grosse vache à eau accrochée au-dessus du radiateur. Après y avoir trempé son foulard, il le noua autour du bas de son visage. Il se versa de l'eau dans les yeux et sentit la boue ruisseler sur ses joues. De sa main gauche robuste, il empêcha Hoot de courir et lui tendit la vache à eau.

Hoot n'avait pas de foulard. Il essaya de remonter sa chemise pour masquer sa bouche et son nez tout en s'arrosant.

L'obscurité s'intensifia en même temps que le rugissement. Hoot s'inclina et cria quelque chose à l'oreille de Paha Sapa, mais les mots se perdirent avant même d'être sortis de sa bouche. Sans lâcher la chemise de Hoot, Paha Sapa l'entraîna vers les ténèbres mugissantes qui s'étendaient derrière le camion, fermant les yeux pour mieux distinguer en esprit la distance et la direction de l'allée et de la ferme.

Hoot se débattait, il cherchait apparemment à s'échapper – pour retourner au camion ? –, mais Paha Sapa continuait à le tirer.

Il se rendit compte que les phares du Dodge étaient restés allumés, mais étaient devenus invisibles alors qu'ils n'avaient encore franchi que trois ou quatre pas seulement dans l'abîme grondant. Les éclairs qui les entouraient ne produisaient toujours aucune lumière. Paha Sapa se demanda s'ils allaient se faire renverser et piétiner par le cheval blanc en fuite s'il lui venait l'idée de regagner sa grange ou son champ, et il eut soudain envie de rire. Il savait qu'aucun journal ne lui consacrerait jamais de notice nécrologique, pourtant celle-ci aurait été grandiose au terme de soixante-dix années de vie.

Il avançait en trébuchant – il était impossible de rester debout, et ils avaient beau se déplacer quasiment à croupetons, le vent menaçait de les renverser l'un et l'autre et de les balayer à travers fossés et champs comme de simples détritus. Estimant qu'ils devaient être au niveau de l'allée, Paha Sapa traîna Hoot, renâclant et résistant toujours, vers la gauche, laissant le vent les pousser au sud.

À un moment, ils heurtèrent une masse immobile et compacte dans le noir, mais ce n'était que le pick-up de Lincoln, abandonné dans l'allée. La portière du côté du conducteur était grande ouverte et Paha Sapa sentit la poussière qui remplissait déjà la cabine. Ils ne s'attardèrent pas.

Il trouva le porche en butant sur le seuil. Basculant en avant dans les ténèbres hurlantes, il lâcha Hoot une seconde, mais fit des moulinets des deux bras et rattrapa le *wasichu* qui vacillait, d'abord par les cheveux puis par le col. Paha Sapa franchit encore quelques pas avant de reprendre l'équilibre. Il sentait ses poumons se remplir de poussière volante, tourbillonnante, insistante – des grains de sable et de silice acérés comme du verre de la dimension de molécules qui lui entaillaient déjà l'intérieur du nez et de la gorge. S'ils restaient exposés trente minutes à ces particules, leurs poumons, en admettant qu'on retrouve leurs corps après la tempête, seraient tellement obstrués par la poussière que le médecin légiste ne pourrait que les comparer à des sacs d'aspirateur qui n'auraient jamais été vidés.

La porte d'entrée ! Tâtonnant du plat de la main dans l'obscurité, Paha Sapa fit le tour du chambranle pour s'en assurer. C'était bien une porte.

Elle était condamnée par des planches.

Résistant à l'envie de rire, de crier ou d'invoquer *Wakan Tanka* ou Coyote-le-Coquin dans une jubilation de mort, Paha Sapa commença à longer la maison sur la gauche, traînant toujours Hoot derrière lui dans l'obscurité.

Ils tombèrent tous les deux du porche bas, à demi effondré. Paha Sapa se releva en moins d'une seconde, et se précipita vers le mur de la maison. S'ils perdaient ce contact, ils étaient condamnés.

Pour une misérable cahute en ruine, la ferme semblait n'en plus finir. Paha Sapa sentait des fenêtres condamnées sous ses mains couvertes d'échardes. S'il n'y avait pas moyen d'entrer...

Refoulant cette pensée, il continua de tirer Hoot. Le mineur robuste était tombé en même temps que lui, mais ne s'était pas relevé. Paha Sapa le traînait. La poussière s'amoncelait autour de ses jambes au fur et à mesure qu'il avançait. Soudain désorienté, il eut l'impression de gravir une falaise escarpée – c'était comme si la terre plate, cuite par le soleil de cette ferme de l'est du Colorado était la paroi verticale du mont Rushmore, des Six Grands-Pères profanés.

Paha Sapa sentit une ivresse soudaine l'envahir. Il se mit à pleurer, les larmes se transformant en une bouillie épaisse, lui scellant les paupières sous une croûte de boue.

Il n'aurait pas besoin de provoquer la destruction des Quatre Têtes sur la montagne sacrée des collines sacrées.

Wakan Tanka et les Êtres Tonnerre avaient agi à sa place. Rien, il en était convaincu, ne pouvait résister à cette terrible tempête, à ce terrible *effacement.*

Lincoln, Hoot et Red avaient dit que le président Roosevelt envisageait d'abandonner l'intégralité des États des plaines et du centre de l'Amérique si aucun brise-vent de pins ne pouvait protéger les fermes, les ranches et les spectres des villes battues par le sable qui agonisaient dans la région, et plus au sud. Paha Sapa comprit soudain que les dieux des Lakotas et le Grand

Tout, et peut-être aussi les esprits des ancêtres de son peuple, avaient déjà agi. Cela faisait plus de cinq ans que les vents soufflaient, que la couche arable était emportée vers le ciel, que les fermes étaient en jachère et s'enterraient dans leurs propres déjections, que dans les ranches, on comptait les bêtes mortes par milliers, tandis que le sol se desséchait et s'envolait, en même temps que les derniers vestiges d'herbages épuisés.

Les dieux agissaient. Rien sur cette terre ne pouvait résister à pareille série de tempêtes. Paha Sapa savait que de simples *wasichu* mous et gras, qui priaient Dieu, ne pouvaient rien contre un tel fléau – contre ce blizzard noir, ce chiffon à poussière, ce rouleau géant qui écrasait tout sur son passage. Paha Sapa connaissait intimement la nature. Or cette tempête, toutes ces tempêtes de plus en plus violentes dont on parlait dans les journaux et dont on montrait les images aux actualités filmées, ces tempêtes qu'il avait lui-même connues sous une forme atténuée dans le Dakota du Sud, ne faisaient pas partie de la nature. Aucun cycle naturel de l'histoire de l'Amérique du Nord ou d'une autre région du monde n'avait vu des mois de vents aussi opiniâtres, des années de sécheresse aussi implacable, de telles murailles hurlantes, gémissantes et bouillonnantes chargées de cette mort suffocante.

C'étaient les dieux de son peuple qui ordonnaient aux *Wasicun* de quitter cette terre à jamais.

Paha Sapa sanglotait tout bas derrière son foulard, soulagé surtout à l'idée qu'il lui serait épargné d'être l'agent de la destruction des *wasichu*. Il était vieux. Il était fatigué. Il connaissait trop bien l'adversaire. Il désirait ardemment que ce calice passe loin de lui – et il avait été exaucé.

Au fond de son cœur, de son cerveau et de sa poitrine, l'esprit de Cheveux-Longs lui baragouina quelque chose. Paha Sapa comprenait ce qu'il disait maintenant, bien sûr – il avait compris ses propos pendant la majeure partie des décennies qu'il avait vécues désormais, depuis sa rencontre avec Bouclé, le 7e de cavalerie et la bataille des buttes Minces –, mais il décida de ne pas l'écouter.

Soudain, la main gauche de Paha Sapa qui battait l'air ne rencontra que le vide... l'extrémité arrière de la bâtisse.

Il traîna le corps de Hoot à travers des dunes de poussière jusqu'à l'abri bienfaisant de la maison, à l'écart du vent.

Mais la poussière continuait à tourbillonner, à s'imposer, à s'insinuer, et il faisait toujours aussi noir. Paha Sapa leva sa main libre à quelques centimètres de son visage couvert de boue, obligeant ses paupières à se relever malgré la croûte de terre séchée et de particules piquantes qui les maintenait fermées.

Rien. Il ne voyait pas sa main. Les éclairs bondissaient et s'enroulaient autour de lui – partant d'une gouttière invisible pour rejoindre le piquet métallique tout aussi invisible d'une corde à linge, d'une pompe invisible pour piqueter les clous invisibles du porche, des clous invisibles du porche pour courir le long d'une barrière ou une grille métallique invisible cinq mètres plus loin. Les éclairs et l'électricité statique crépitaient et explosaient tout autour de lui, mais s'obstinaient à ne produire aucune lumière.

Paha Sapa maintint son épaule droite appuyée contre l'arrière de la maison tout en tirant le corps de Hoot. Maintenant que le vent ne le poussait plus par-derrière et ne cherchait pas non plus à l'empêcher d'avancer comme sur la route, il était encore plus désorienté. Sans le mur de la ferme, il serait tombé, face contre terre, et ne se serait plus relevé.

Il perçut devant lui de bruyantes détonations, exactement comme si quelqu'un, debout dans l'obscurité bouillonnante, tirait avec un lourd fusil à répétition ou avec une mitrailleuse. Paha Sapa pensa à son fils.

Il fallut que la porte grillagée qui battait follement le frappe à la tête, le faisant presque basculer, pour que Paha Sapa identifie la source de ces déflagrations réitérées. Calant avec le corps de Hoot l'écran grillagé qui claquait, il essaya d'ouvrir la porte pleine qui se trouvait derrière. Fermée à clé ou coincée.

Paha Sapa se jeta en avant de tout son poids, épaule en avant, y mettant toute l'énergie qui lui restait.

La lourde porte de bois brut s'écarta en grinçant, repoussant les coulées et les tas de sable qui la bloquaient.

Paha Sapa se pencha et traîna Hoot à l'intérieur, refermant le battant derrière eux.

Le hurlement s'atténua de quelques décibels. Paha Sapa eut d'abord l'impression qu'il faisait aussi sombre, qu'il y avait autant de poussière dans la maison que dehors – et qu'un froid tout aussi glacial y régnait. C'est alors qu'il aperçut ce qui lui sembla être une infime lueur. Comme celle d'un feu de camp qui brûlerait à plusieurs kilomètres de distance.

Tirant toujours Hoot qui gémissait, il se dirigea vers la lumière en rampant.

C'était une lampe à kérosène posée à même le sol de la cuisine, à moins de deux mètres de lui. Son éclat, déjà faible, avait tendance à vaciller, mais

Paha Sapa réussit tout de même à distinguer des visages rassemblés autour d'elle – des visages seulement, car les corps étaient engloutis dans le noir, les vêtements souillés noyés dans l'obscurité – ceux d'un fermier moustachu, mal rasé, maigre comme un clou, de sa femme plus maigre encore, de leurs trois enfants, ainsi que les yeux blancs et exorbités de Lincoln Borglum et de Red Anderson. Ils étaient tous blottis autour de la petite flamme de la lanterne posée par terre, tels des dévots du Moyen Âge agenouillés autour de quelque relique sainte.

Les yeux écarquillés avaient à peine eu le temps d'exprimer l'étonnement devant l'apparition de Paha Sapa et de Hoot dans l'espace hurlant quand la lueur de la lanterne déclina avant de mourir définitivement. Il n'y avait plus assez d'oxygène dans l'air pour alimenter la flamme.

Paha Sapa chuchota : « *Washtay, hecetu !* – Bien, qu'il en soit ainsi ! » avant de s'effondrer sur le linoléum craquelé et couvert de poussière. Il ne pouvait plus respirer.

Une heure plus tard, le hurlement assourdissant et incessant s'apaisa en un simple rugissement animal. La lampe fut rallumée et la flamme ne s'éteignit pas. La femme du fermier alla chercher une seconde lanterne sur le plan de travail et l'alluma. La lumière repoussa alors l'obscurité tourbillonnante de deux ou trois mètres. Mais dehors, le monstre continuait à frapper, à rugir et à secouer la porte et les fenêtres condamnées, exigeant qu'on le laisse entrer.

Le fermier criait :

« Vous voulez boire quelque chose, les gars ? »

Lincoln Borglum, dont les yeux blancs étaient rouges à présent, répondit pour tout le monde d'un signe de tête affirmatif. Paha Sapa se rendit compte que cela faisait un long moment qu'il était allongé sur le flanc, les yeux ouverts mais aveugles, étouffé par son foulard. Il s'assit et s'adossa à un placard, sous le plan de travail de la cuisine. Hoot était à quatre pattes, tête basse comme un chien malade, et ses gémissements accompagnaient le flux et le reflux des grondements et des mugissements du vent.

Le fermier se leva, tituba dans l'air tourbillonnant, et se dirigea vers l'évier. Paha Sapa voyait à présent à un mètre de lui, deux mètres, trois mètres, et ses yeux s'émerveillèrent de cette clarté confuse.

Devant l'évier, l'homme actionna une pompe à main, encore, encore, encore. Comment une pompe pourrait-elle encore fonctionner, songea Paha Sapa, alors que le monde avait été détruit ?

Le fermier revint avec une unique tasse d'eau qu'il fit circuler, chacun y trempant les lèvres tour à tour, les enfants d'abord, puis les quatre étrangers, puis sa femme. Elle était vide quand il la récupéra. Il paraissait trop épuisé pour aller la remplir.

Une demi-heure ou trois quarts d'heure plus tard – Paha Sapa ne pouvait évaluer le temps qu'approximativement ; sa montre s'était arrêtée dès les premières minutes de l'invasion de sable –, le rugissement s'atténua encore un peu ; le fermier et sa femme invitèrent les rescapés à partager leur dîner.

« Y'a pas grand-chose, que des légumes. L'Indien, il est le bienvenu, lui aussi. »

C'était l'épouse du fermier, au visage en lame de couteau.

Cette fois encore, Borglum avait répondu pour les quatre, non sans avoir au préalable craché un amas de boue et de terre solidifiée.

« C'est très aimable de votre part, madame. »

Au terme d'une minute de silence et d'immobilité générale, les seuls à remuer étant les enfants qui avaient filé dans le noir vaquer à leurs activités, Lincoln avait repris la parole.

« Dites-moi, vous n'auriez pas l'usage de deux gros moteurs de sous-marins, par hasard ? »

Paha Sapa sourit, suspendu dans la cuvette brûlante que la lumière et la chaleur d'août forment sur la falaise. Il se trouve juste sous l'ébauche de nez d'Abraham Lincoln, qui ménage un peu d'ombre tandis que l'approche du soir épaissit la brume bleuâtre de cet après-midi torride. Il met les dernières charges en place. Il sera temps de déclencher l'explosion de quatre heures dès que les hommes se seront mis à l'abri.

Le sourire de Paha Sapa s'évanouit lorsqu'il se rappelle sa déception quand il a compris, un an auparavant, que les tempêtes provoquées par les Êtres Tonnerre, peut-être par le Grand Tout lui-même, ne suffiraient pas à chasser les *wasichu* du monde des Êtres Humains Libres Naturels.

Il ne pourra pas se dérober à sa mission, finalement.

Le président Roosevelt sera là dans quelques jours, dimanche qui vient déjà, pour l'inauguration de la tête de Jefferson.

Paha Sapa a encore beaucoup à faire avant de pouvoir aller se coucher.

12

La butte de l'Ours

Août 1876

Le onzième anniversaire de Paha Sapa arrive et passe, mais le petit garçon est trop occupé à fuir la mort à travers les plaines en direction des collines Noires et de son *hanblečeya* pour prendre note de la date, qu'il n'aurait pas relevée non plus, au demeurant, s'il était resté au village.

Boite-Beaucoup lui a conseillé de voyager à la faveur de l'obscurité avec ses deux chevaux et de se cacher de Cheval-Fou et de ses hommes le jour au besoin. Ce n'est pas nécessaire. La violente averse qui a commencé à s'abattre vers minuit, quand il a quitté le village, ne fait pas mine de faiblir. Pendant trois jours et trois nuits, un véritable déluge accompagné de tonnerre et d'éclairs incite Paha Sapa à s'écarter des arbres bordant les rares cours d'eau et l'oblige à se recroqueviller même lorsqu'il est à cheval. Dans la lumière bleuâtre et floue du jour, il ne voit guère qu'à quelques dizaines de mètres devant lui, des rideaux gris de pluie s'abattant sur la prairie détrempée.

Paha Sapa se déplace de jour et de nuit, mais il se déplace lentement, et il se déplace mouillé. Jamais, au cours de sa brève existence, Paha Sapa n'a connu de Lune de la Maturation aussi humide et aussi orageuse. En général, le dernier mois de l'été est tellement sec que les troupeaux de chevaux ne s'écartent guère des quelques flaques qui stagnent encore dans les lits des ruisseaux et que les sauterelles prolifèrent au point que lorsqu'on marche dans les herbes hautes, cassantes et brunes, on a l'impression de patauger dans des vagues d'insectes bondissants.

Après trois jours et trois nuits sans dormir, sans manger ou presque, avec pour toute nourriture une angoisse de chaque instant, Paha Sapa n'éprouve que dégoût envers lui-même. N'importe quel jeune brave de son âge devrait être capable de se trouver un abri et de faire du feu malgré la pluie : le silex et l'acier de Paha Sapa produisent bien des étincelles, mais il ne trouve pas de combustible assez sec pour s'embraser. Et il est incapable de dénicher un refuge. Les grottes peu profondes et les surplombs qu'il connaît se trouvent le long des cours d'eau. Or les berges sont désormais sous un mètre d'eau ou plus, car les ruisseaux sont tous sortis de leur lit. Bien que ses vêtements et ses affaires aient été soigneusement emballés dans plusieurs couches de peau retournée, tout ce qu'il possède est mouillé. Chaque nuit, pendant quelques heures, pelotonné sous un de ses chevaux, Paha Sapa s'enroule dans deux couvertures, mais elles sont tellement gorgées d'eau qu'il n'en est que plus trempé, et plus découragé.

Et puis il y a les voix.

Celle du *Wasicun* mort est plus stridente que jamais, et hausse le ton chaque fois que le pauvre enfant tente de dormir. Mais depuis que Paha Sapa a touché Cheval-Fou, il y a quelques jours, et que tous les souvenirs du guerrier l'ont envahi – par moments, Paha Sapa voit dans cette intrusion un outrage aussi insupportable que si quelqu'un lui avait pissé dessus en le forçant à avaler –, tout ce fatras d'images et de sons qui ne lui appartiennent pas le rendent malade.

Ces *autres-souvenirs* ne sont pas aussi bruyants ni aussi insistants que les inepties nocturnes du fantôme, mais ils sont plus dérangeants.

Paha Sapa est accablé. Sa propre mémoire ne contient que onze courtes années relativement avares en événements, alors que Cheval-Fou estimait avoir trente-quatre ans cet été, lorsqu'il a déversé tous ses souvenirs dans le cerveau douloureux de Paha Sapa. De plus – bien qu'il ait tout fait pour l'éviter –, la vision de Paha Sapa a anticipé d'un ou deux ans, l'obligeant à assister à la mort de Cheval-Fou sous les coups de baïonnette.

Paha Sapa n'a aucun souvenir de ses propres parents, évidemment, puisque sa mère est morte à sa naissance et son père plusieurs mois auparavant, alors que son esprit regorge désormais d'images des parents du jeune garçon qu'on appelait Cheveux-Bouclés, ou Bouclé, de sa mère, une Brûlée, et de son père, un homme mystère qui portait le nom de Cheval-Fou. Il ne se rappelle que trop clairement aussi ce jour du seizième été de Bouclé où, après que celui-ci s'était conduit en brave lors d'un raid contre les Arapahos (il avait été blessé à la jambe par une flèche, mais seulement après avoir tué plusieurs Arapahos, et c'est Paha Sapa qui se souvient à présent de la douleur provoquée par cette flèche), le père de Bouclé, Cheval-Fou, a donné à son fils son propre nom et s'est fait appeler désormais et pour toujours Ver*.

Les souvenirs de sa propre enfance sont littéralement étouffés par les souvenirs des années qu'a passées Bouclé-Cheval-Fou avec sa bande de Lakotas Oglalas, mais ces images sont teintées de rouge par des émotions-souvenirs d'une violence presque insoutenable, et par une *étrangeté* immuable. Paha Sapa est le fils adoptif de Boite-Beaucoup et il espère être un jour un homme du mystère comme son *tunkašila* respecté, mais Bouclé-Cheval-Fou, le fils d'un autre homme du mystère, voulait – a toujours voulu – être un *heyoka*, un rêveur et un serviteur des Êtres Tonnerre.

Glacé, terrifié, affamé, fébrile et abandonné de tous en cette nuit pluvieuse, Paha Sapa s'en va pour, espère-t-il, son *hanblečeya* – tout seul – dans les collines Noires, alors que ces souvenirs envahissants lui révèlent la cérémonie de quatre jours de Cheveux-Bouclés, durant laquelle cet homme-garçon a obtenu sa Vision. Il voit les enseignements, l'assistance et le soutien dont Cheveux-Bouclés a bénéficié, il voit ses aînés, les porteurs-de-pipe, ses parents et des hommes du mystère interpréter son *inipi***. Paha Sapa redoute profondément que *Wakan Tanka* ou les Six Grands-Pères ne lui envoient jamais d'autre vision que ces images envahissantes, obscènes de fantômes, d'esprits et d'avenirs qui lui sont étrangers, et, comme si cela ne suffisait pas, voilà qu'il est condamné à subir les *souvenirs* de l'*hanblečeya* réussie de Bouclé-Cheval-Fou, de la cérémonie organisée pour cet homme étrange et de son admission parmi les Rêveurs du Tonnerre.

Aucun homme n'a chanté ou ne chantera *Tunka-shila, hi-yay, hi-yay* pour Paha Sapa, alors même qu'il entend, dans ces réminiscences qui ne lui appartiennent pas, les hommes de la bande chanter pour le jeune Cheval-Fou.

Paha Sapa n'a jamais touché le *winyan shan* d'une *winčinčala***, d'une jolie jeune fille, et pourtant, dans ces nouveaux souvenirs dont l'écho résonne dans son cerveau enfiévré, il se rappelle parfaitement avoir eu des relations sexuelles avec Bisonne-Noire, l'épouse de Pas-d'Eau, et avec une demi-douzaine d'autres femmes. C'est... déroutant.

Paha Sapa n'a jamais subi de blessures plus graves que les bleus et les nez en compote qui sont le lot de tous les jeunes garçons, mais il se rappelle à présent non seulement les blessures de guerre de Bouclé-Cheval-Fou, mais le choc de la balle tirée à bout portant par Pas-d'Eau, le mari outragé. Il essaie d'éviter cet *autre-souvenir*, mais la sensation de la balle de pistolet qui glisse le long de ses dents, lui ouvre la joue et lui fracasse la mâchoire est trop puissante pour qu'il y échappe.

En cette interminable nuit noire et pluvieuse, l'esprit fiévreux de Paha Sapa essaie – et c'est sans doute le plus perturbant – de se faire à l'idée que lui – Collines-Noires – n'a jamais fait de mal à personne si ce n'est dans des jeux d'enfants un peu brutaux, alors que les souvenirs de Cheval-Fou le font vibrer de la joie malsaine de coups de feu, de coups de couteau, de coups de lance, de mises à mort et de scalps à n'en plus finir – des Corbeaux, des Arapahos, d'un autre Lakota et de *wasichu* presque trop nombreux pour qu'on puisse les compter.

Paha Sapa se demande, terrifié, s'il n'est pas en train de mourir.

Il a tellement mal à la tête qu'il s'arrête à peu près tous les quarts d'heure pour vomir, bien que son estomac soit vide depuis longtemps. La pluie ininterrompue lui donne le vertige au point qu'il a du mal à ne pas tomber du rouan de Boite-Beaucoup, Ver, tandis que la jument, *Pehánska*, se comporte plus comme un serpent blanc que comme une grue blanche en cette nuit terrible, se cabrant, tirant sur sa longe et cherchant à s'échapper.

La tête de Paha Sapa est remplie de douleur, de mucosités et d'images dont il ne veut pas, qu'il ne peut pas supporter, et dont il sait qu'il ne se libérera jamais.

Pour ajouter encore à sa détresse, il est convaincu à présent de s'être égaré. Il se dit qu'au terme de trois jours et trois nuits de voyage, il aurait dû atteindre les collines Noires, mais que, dans son inexpérience puérile et stupide, son incapacité à se diriger sous la pluie sans points de repère concrets (les rares dont il disposait étant, de surcroît, inondés), il a manqué, il ne sait comment, le massif des collines Noires, le Cœur du Monde.

C'est en cette heure du milieu de la nuit, l'un des moments les plus désespérants de sa vie, que Paha Sapa aperçoit une lueur, très loin sur sa gauche.

Son cerveau, la petite région de son cerveau qui lui appartient encore et n'est pas otage des souvenirs d'un guerrier furieux, lui conseille de tourner la tête de ses chevaux en direction de la nuit, de fuir la lumière. Si c'est un feu de camp, cela ne peut être que celui de *wasichu* qui le tueront dès qu'ils l'apercevront, ou de Cheval-Fou, qui le torturera avant de le tuer.

Il oblique pourtant vers la gauche, vers l'est, il s'avance plein d'espoir vers cette infime lueur, s'attendant à ce qu'elle vacille ou disparaisse. Mais entre les rafales qui la masquent à sa vue, son éclat se fait plus vif.

Après avoir progressé une bonne demi-heure sous la pluie en direction de la lumière, tandis que son cheval glisse et trébuche dans la boue de plus en plus profonde, Paha Sapa aperçoit une grande forme sombre qui surplombe et entoure le petit halo lumineux. C'est forcément *Matho Paha*, la butte de l'Ours, ce qui signifie qu'il n'est qu'à quelques kilomètres au nord-nord-est de la masse des collines Noires.

Mais *Matho Paha* est un des lieux de campement préférés des bandes de Lakotas qui se dirigent vers les collines, ce qui était précisément l'intention de Cheval-Fou.

En rejoignant ce feu, Paha Sapa se dirige peut-être vers la mort.

Vacillant sur son cheval, n'évitant la chute qu'en se cramponnant à la crinière de Ver, Paha Sapa se rapproche toujours de la lumière.

Elle provient d'une grotte située à quelques dizaines de mètres à flanc de coteau, sur la butte de l'Ours qui domine le paysage.

Toujours persuadé qu'il ferait mieux de regagner les ténèbres ruisselantes, Paha Sapa n'en continue pas moins à conduire ses deux chevaux vers l'ouverture, à travers la cascade d'infiltrations qui se déverse au-dessus de la vaste entrée de la grotte. Celle-ci s'enfonce rapidement, disparaissant aux regards, mais un vaste espace encore recouvert d'herbe sèche s'étend juste à côté de l'entrée. Paha Sapa y attache le rouan et la jument, il dégage la lance empennée de Boite-Beaucoup des sangles trempées du dos de *Pehánska* et s'enfonce lentement, prudemment, dans les entrailles de la caverne éclairée par le feu.

Paha Sapa sent immédiatement son estomac se contracter et sa bouche saliver.

Il ne sait pas qui sont ces gens, mais ils font cuire quelque chose. Une odeur de lapin, lui semble-t-il. Il adore le lapin rôti.

Paha Sapa s'arrête et tend l'oreille attentivement, alors que la grotte au plafond bas s'incurve légèrement, mais les seuls bruits qu'il perçoit sont un doux fredonnement, le crépitement du feu et, derrière lui, la mastication régulière, l'ébrouement et le battement de queue occasionnels de ses deux chevaux. Ceux qui sont près du feu l'ont-ils entendu approcher ?

Paha Sapa aborde le dernier coude. Il brandit sa lance à deux mains. Là, devant un feu qui ronfle, à un endroit où la cavité s'élargit légèrement, un vieil homme est assis, jambes croisées, chantonnant tout bas et faisant pivoter délicatement deux broches au-dessus du feu, chacune transperçant un lapin dépecé en train de dorer.

Paha Sapa baisse légèrement sa lance et pénètre dans le cercle de lumière. Le vieillard, dont les longs cheveux gris sont soigneusement tressés, porte une chemise ample à imprimé bleu qui aurait pu être faite par les *wasichu*, et son pantalon long est d'un tissu gris-bleu que Paha Sapa prend d'abord pour le genre de pantalon de toile des soldats *wasichu*, avant de constater qu'il est fait d'une étoffe différente, au tissage plus apparent. Les mocassins du vieil homme sont ornés de superbes broderies de perles dans le style cheyenne traditionnel. Une autre paire de mocassins, d'un genre que Paha Sapa n'a encore jamais vu – on les dirait presque faits de toile verte *wasichu* – est en train de sécher près du foyer comme le révèle la vapeur qui en monte. Les yeux du vieil homme, qui se lèvent alors vers Paha Sapa, de l'autre côté du feu, semblent d'une noirceur totale, à peine éclairée par le reflet des flammes. Cependant, l'expression neutre mais plutôt amène du vieillard ne contient pas trace de colère ni de crainte.

Quand il prend la parole, c'est pour parler dans un lakota courant, marqué d'un fort accent cheyenne.

« Bienvenue, mon garçon. Je ne t'ai pas entendu arriver. Je n'ai plus l'ouïe aussi fine qu'autrefois. »

Paha Sapa incline encore un peu sa lance, sans la poser toutefois.

« Je te salue, oncle. Es-tu un des Shahiyela *?*

— Oui. Je suis cheyenne. Mais j'ai passé beaucoup de temps avec les Lakotas. Je n'ai jamais été l'ennemi de ton peuple, et j'ai offert mon enseignement à beaucoup. »

Paha Sapa hoche la tête, et cette fois il pose la lance contre la paroi de la grotte. Il a toujours son couteau, il n'aperçoit aucun signe de la présence d'autres hommes – les peaux de couchage et les ustensiles de cuisine sont visiblement destinés à une seule personne – et il ne pense pas que le vieil homme pourrait se relever promptement alors qu'il est assis jambes croisées. Paha Sapa, dont l'estomac gargouille atrocement à la vue et au fumet des deux lapins dorés sur leurs broches, n'a pas oublié ses bonnes manières.

« Je m'appelle Paha Sapa. »

Le vieil homme sourit, découvrant de longues dents, jaunies mais robustes. Il n'en manque qu'une à la mâchoire inférieure. Beaucoup de dents, se dit Paha Sapa, pour un homme qui a l'air aussi âgé.

« Sois le bienvenu, Paha Sapa. Quelle drôle d'idée ont eue les Lakotas de donner un nom de lieu à un enfant garçon. Il faudra que nous en reparlions. Je m'appelle Robert Médecine-Douce. »

Paha Sapa plisse les yeux. Il n'a encore jamais entendu ce nom de « Robert », même chez les Cheyennes. Il a l'air *wasichu.*

Le vieil homme tend le bras vers une peau déroulée en face de lui, de l'autre côté du feu.

« Assieds-toi. Assieds-toi. Tu as faim ?

— J'ai très faim, oncle. »

Le brusque sourire réapparaît.

« Voilà pourquoi j'ai fait cuire deux lapins cette nuit. »

La phrase fait lever les yeux à Paha Sapa.

« Tu disais que tu ne m'avais pas entendu venir.

— C'est vrai, Collines-Noires. Mais je savais que quelqu'un viendrait me voir cette nuit. Voilà, ça devrait être prêt – il y a une écuelle de bois là-bas, sous ce fouillis. Prends ton couteau pour couper les morceaux qui te font envie. Tout le lapin est pour toi. Il y a de l'eau dans ce pichet, là-bas... Le plus petit contient du mni wakan, *et tu peux en prendre aussi si tu veux, à condition de ne pas tout boire. »*

De l'eau sacrée. Le whisky des *wasichu.* Paha Sapa n'y a jamais goûté et, malgré sa curiosité, il sait que ce n'est pas le moment.

« Merci, oncle. »

Il mâche le lapin fumant, la graisse dégoulinant sur son visage et sur ses mains, il boit un peu d'eau fraîche. Au bout d'un moment, il s'essuie la bouche et parle.

« Je suis déjà allé plusieurs fois à la butte de l'Ours, oncle, mais je ne savais pas qu'il y avait des grottes.

— Bien sûr que si. C'est dans une grotte comme celle-ci que Maiyun a donné à mon ancêtre Mustoyef le don des Quatre Flèches. C'est dans une grotte comme celle-ci qu'avant que le temps ne soit compté comme il l'est aujourd'hui, les Kiowas ont reçu de leurs dieux le rein sacré d'un ours et que les Apaches ont reçu le don de la médecine sacrée du cheval. Vous, les Lakotas – je suis sûr que tu l'as déjà entendu raconter, Paha Sapa –, vous dites que c'est dans une grotte

comme celle-ci que vos ancêtres ont reçu de Wakan Tanka *le don de la Pipe sacrée.*

— Oui, j'ai entendu raconter cela, oncle – sauf l'histoire des Kiowas et du rein d'ours –, mais je n'ai jamais vu *cette grotte ni aucune autre. Pourtant, nous autres les garçons, nous avons grimpé et joué un peu partout sur* Matho Paha *et aux alentours.* »

Le vieil homme sourit encore. Chaque fois, un millier de rides profondes se creusent autour de ses yeux et de sa bouche.

« Eh bien, nous n'avons pas encore livré tous les secrets de la butte de l'Ours, pas vrai, Collines-Noires ? »

Paha Sapa répond la bouche pleine. Ce lapin est délicieux.

« Mon peuple a-t-il reçu le don de la Pipe sacrée et ton peuple le don des Quatre Flèches ici ? Dans cette *grotte ? »*

Robert Médecine-Douce hausse les épaules.

« Qui sait ? Et qui sait si ces choses sont vraiment arrivées ? Dès qu'une tribu considère un lieu comme sacré, les autres se hâtent de trouver – ou d'inventer – une histoire prouvant qu'il est sacré pour elles aussi. »

Paha Sapa est offusqué. Quand Robert Médecine-Douce a dit qu'il avait donné son *enseignement* aux Lakotas aussi bien qu'aux Cheyennes, il a pensé que le vieil homme était un *wičasa wakan* comme Boite-Beaucoup, Long-Étron et les autres. Paha Sapa n'a jamais entendu un vrai homme du mystère admettre que ces vieilles histoires de dieux et de grands-pères pourraient être pure invention. À cette simple idée, il en a la tête qui tourne. Le charabia de son fantôme et les abominables souvenirs de Cheval-Fou bourdonnent plus bruyamment encore dans sa tête douloureuse.

« Ça va, Paha Sapa ? Tu as l'air malade. »

L'espace d'une seconde, Paha Sapa est pris d'une violente envie de confier au vieil homme toute la vérité – sur sa faculté de toucher les gens et de *voir* parfois en eux, dans leur passé et dans leur avenir (il n'a aucune envie de toucher Robert Médecine-Douce), sur l'esprit de Cheveux-Longs (si c'est bien lui) qui parle, parle, parle dans cet affreux et interminable caquetage de sons *wasichu*, sur Cheval-Fou qui veut le tuer, sur sa propre peur (une quasi-certitude) d'échouer dans son *hanblečeya* imminente – de tout confier au vieillard.

« Non, oncle, j'ai un peu de fièvre, c'est tout.

— Retire tes vêtements, mon garçon. Tous. »

Paha Sapa glisse la main vers le manche de son couteau rangé dans son fourreau, à sa ceinture. Il sait que certains *wicasa wakan*, surtout les reclus, sont des *winkte***.

Il y a des *winkte* qui s'habillent et se comportent comme des femmes, toute leur vie ; on dit que certains ont à la fois des organes d'homme et de femme ; mais la plupart des *winkte*, d'après ce que les grands garçons ont raconté à Paha Sapa, préfèrent enfoncer leurs faiseurs d'enfants tout raides dans le derrière des jeunes garçons plutôt qu'à l'endroit destiné à cette fin, les charmants *winyan shans* des *winčinčalas*.

Paha Sapa préfère ne pas savoir quel effet cela fait. Il décide qu'il tuera Robert Médecine-Douce si le vieux *winkte* s'approche.

Le vieux *wičasa wakan* remarque l'expression de Paha Sapa, il regarde la main qui tremble sur le manche du couteau, et Robert Médecine-Douce éclate de rire. C'est un rire profond, riche, prolongé dont les échos se répercutent en se perdant à l'intérieur et autour de la voûte de la grotte, au-delà de l'endroit où ils sont assis près du feu.

« Ne sois pas bête, mon garçon. Je n'en veux pas à ton unze**, *rassure-toi. J'ai été marié – à des femmes – huit fois. Huit femmes différentes, petit Collines-Noires, pas à huit épouses en même temps. Alors, à moins que tu n'en aies amené un avec toi, il n'y a pas de* winkte *dans cette grotte cette nuit. Tu as de la fièvre, tu es tout rouge. Et tu trembles. Tous tes vêtements sont mouillés, et je pense que cela fait des jours et des nuits que tu es trempé. Sèche-toi et réchauffe-toi près du feu. »*

Paha Sapa jette un regard perçant au vieil homme, mais sa main retombe de son couteau.

« Enroule-toi dans ces deux couvertures, mon garçon. Déshabille-toi – derrière les couvertures, si tu veux – et suspends tes affaires mouillées à sécher sur cette broche vide. Tes mocassins aussi. Garde ton couteau si tu te sens plus en sécurité avec. Les couvertures sont propres et sans vermine. »

Paha Sapa rougit et obéit au vieil homme. Il se rend compte alors qu'il grelotte si fort qu'il arrive à peine à disposer ses vêtements sur le séchoir improvisé. Il se blottit dans les couvertures. Elles sont rêches contre sa peau mouillée, mais infiniment plus chaudes que les vêtements gorgés d'eau qu'il vient de retirer. Il a gardé le couteau.

Robert Médecine-Douce s'essuie la bouche et pose la broche sur laquelle est fiché son lapin doré, presque intact, sur les bâtons en Y de Paha Sapa. Le garçon a dévoré son lapin jusqu'aux os. Il est peu de choses, a toujours pensé Paha Sapa, qui aient l'air plus vulnérable qu'un lapin sans sa peau ni sa tête.

« Tiens, mon garçon. J'ai assez mangé. Prends ça. »

Paha Sapa bredouille un remerciement et entreprend de découper des morceaux dans son écuelle.

Robert Médecine-Douce tourne les yeux vers la droite, à travers les flammes, en direction de l'entrée de la grotte.

« Depuis quand pleut-il ? Deux jours et deux nuits ?

— Trois jours et trois nuits, oncle. Non... attends... quatre nuits maintenant, et trois jours pleins. Tout est inondé. »

Le vieil homme hoche la tête.

« Le jour avant que la pluie ne commence, j'ai rencontré un Wasicun *sur la piste qui rejoint le sommet de la butte. C'était un jour ensoleillé. Les nuages sont arrivés plus tard, mais dans l'ensemble, il a fait beau. »*

Paha Sapa n'attend pas d'avoir vidé sa bouche pour parler.

« Tu l'as tué, oncle ?

— Qui ?

— Le Wasicun *! »*

Le vieil homme rit tout bas.

« Non, je lui ai parlé.

— C'était une tunique bleue ? Un soldat ?

— Non, non. Je crois qu'il a été guerrier autrefois – j'en suis sûr –, mais il ne l'est plus. Il m'a dit... non, ce n'est pas vrai ; il ne me l'a pas vraiment dit... mais il m'a fait comprendre *qu'un jour, il a marché sur la lune. »*

Paha Sapa cille.

« Alors, il était witko** *– fou. »*

Son sourire à longues dents éclaire à nouveau le visage de Robert Médecine-Douce.

« Il n'avait pas l'air witko. *Il avait l'air... solitaire. Mais dis-moi, petit Collines-Noires, n'as-tu jamais entendu parler d'un* wičasa wakan, *ou d'un autre humain doté de pouvoirs – un prophète* waayatan, *par exemple, ou un rêveur* wakiniyan *qui a des visions envoyées par les Êtres Tonnerre, ou un faiseur de prodiges* wapiya, *ou un* wanaazin *qui tire contre la maladie, ou un dangereux* waokabiyeya *qui travaille avec la médecine de sorcier, ou un* wihmunge *qui de son propre souffle aspire la maladie hors d'un mourant – qui a raconté avoir quitté son corps et voyagé jusqu'à des lieux lointains ? »*

Paha Sapa rit et boit longuement l'eau de source fraîche du pichet.

« Si, oncle, bien sûr. Mais je n'ai jamais entendu d'homme du mystère doté de pouvoirs raconter qu'il... »

Il s'interrompt, se rappelant sa propre expérience (son rêve ?), le jour où, allongé dans l'herbe, il était monté si haut dans le ciel que celui-ci s'était obscurci en plein jour et que les étoiles étaient apparues.

« ... ait voyagé aussi loin. Mais veux-tu dire, oncle, que les wasichu *peuvent avoir des visions, exactement comme le vrai Peuple ? »*

Robert Médecine-Douce hausse les épaules et remet du bois sur le feu. Paha Sapa commence à avoir chaud et sommeil sous ses couvertures. Il n'a laissé que les os du second lapin.

La voix du vieil homme, qui résonne avec force dans la petite grotte, paraît étrangement familière à Paha Sapa.

*« As-tu déjà remarqué, petit Collines-Noires, que toutes nos tribus – toutes celles dont j'ai entendu parler, même celles qui sont à l'est de la Grande Rivière, à l'ouest des montagnes Brillantes**, et au-delà de la chaîne de Jamais-Pas-d'Été*, *même celles qui sont si loin au sud que les plaines se transforment en désert et qu'aucune herbe n'y pousse – que nous donnons* tous *à nos tribus des noms qui signifient* Tsêhéstáno, *le* Peuple, *comme nous disons, nous les Cheyennes ; ou les* Êtres Humains Libres Naturels, *comme vous vous appelez, vous, les Lakotas ; ou les* Vrais Êtres Humains, *comme disent les Corbeaux – et ainsi de suite. »*

Paha Sapa a oublié la question – était-ce une question ? – et ne comprend pas où il veut en venir – si tant est qu'il veuille en venir quelque part. Pour toute réponse, il hoche la tête, somnolent, et, se rappelant ses bonnes manières, émet un petit rot.

« Je demande simplement, petit Collines-Noires, pourquoi chacune de nos tribus s'appelle "les Êtres Humains" *et n'emploie cette expression pour désigner aucune autre tribu ou groupe, et pas non plus les* wasichu. »

Paha Sapa se frotte les yeux.

« Je suppose, oncle, que c'est parce que notre tribu est – je veux dire que nous *sommes – les vrais êtres humains, alors que les autres ne le sont pas ? »*

La réponse paraît un peu maigre même au petit garçon au ventre plein qu'envahit une douce chaleur, mais il n'en trouve pas d'autre sur le moment. Il y repensera pourtant maintes fois au cours des décennies à venir.

Robert Médecine-Douce incline la tête comme s'il était satisfait d'une réponse particulièrement astucieuse d'un de ses élèves *wičasa wakan.*

« Peut-être, petit Collines-Noires, quand tu apprendras à parler la langue du fantôme wasicun *qui jacasse en ce moment dans ton esprit, commenceras-tu à mieux comprendre cette curieuse question du nom que nous nous donnons. »*

Paha Sapa acquiesce, tout ensommeillé. D'un coup, il est parfaitement réveillé – *il n'a pas parlé à ce vieil homme du fantôme de Cheveux-Longs qui est en lui.*

Ou bien... ?

Mais Robert Médecine-Douce parle toujours.

« Tu te rends aux vraies Paha Sapa pour accomplir ton hanblečeya *solitaire. Tu devrais donc jeûner après le festin de ce soir. Le lieu que tu cherches n'est qu'à une journée de cheval d'ici si tu empruntes les bons chemins dans les collines. Je suis sûr que ton* tunkašila, *Boite-Beaucoup, t'a correctement instruit des préparatifs et t'a muni de tout ce dont tu as besoin pour faire les* yuwipi** *comme il faut ?*

— Oh oui, oncle. J'ai appris tout ce qu'il me faut, et les choses que je ne peux pas trouver en forêt sont toutes bien emballées et rangées sur le dos de ma jument blanche, qui broute à l'entrée de la grotte ! »

Robert Médecine-Douce hoche la tête, mais il ne sourit pas.

« Washtay ! Boite-Beaucoup t'a-t-il envoyé avec la pipe sacrée comme il convient et avec le bon et fort tabac à fumer caŋliyukpanpi ?

— Oh oui, oncle ! »

Est-ce vrai ? Au cours des quatre nuits pluvieuses qui se sont écoulées depuis son départ, Paha Sapa n'a pas entièrement déballé les ballots que son grand-père lui a confiés, se contentant le plus souvent de se blottir contre la jument dans le noir et sous les trombes d'eau et d'attraper en tâtonnant la viande sèche ou les biscuits que Femme-Trois-Bisons a préparés pour lui. La *ptehinčala huhu canunpa* sacrée, irremplaçable – la pipe en os de veau de bison dont Boite-Beaucoup a été nommé gardien par Bison-Assis – se trouve-t-elle *vraiment* parmi ses affaires, ou Boite-Beaucoup a-t-il préféré lui confier la pipe tribale de catlinite, moins précieuse, mais tout de même sacrée ? À bien y réfléchir, Paha Sapa n'a pas vu dans ses multiples baluchons trempés les plumes d'aigle rouge qui ornent la *ptehinčala huhu canunpa* unique.

Le vieil homme reprend la parole.

« Washtay, *Paha Sapa. Reste à l'écart des routes des* wasichu *– s'ils te voient, les soldats et les mineurs te tueront. Monte jusqu'au sommet de la colline des Grands-Pères.* Yuhaxcan cannonpa ! *– Emporte ta pipe. Ta pipe est* wacan.

Taku woecon kin ihyuha el woilagyape lo. Ehantan najin oyate maka stimnyyan cannonpa kin he uywakanpelo. – *Elle sert à faire toutes sortes de choses. Depuis que les gens debout occupent toute la terre, la pipe a été* wakan. »

Paha Sapa secoue la tête, cherchant à se débarrasser des bourdonnements et de la confusion qui s'emparent de lui. Sa fièvre l'envahit tout entier. Ses yeux larmoient sous l'effet de la fumée ou d'émotions puissantes qu'il ne comprend pas. Toujours assis jambes croisées sur la couverture, enveloppé dans deux couvertures supplémentaires, il se sent nu et a l'impression de flotter à plusieurs centimètres du sol de la grotte. La voix de Robert Médecine-Douce résonne dans sa tête comme un canon *wasichu.*

« Petit Collines-Noires, sais-tu construire ton oinikaga tipi *comme il faut ?*

— *Oui, grand-père... je veux dire, oncle. J'ai aidé Boite-Beaucoup et les hommes à construire de nombreuses loges de sudation.*

— Ohan. Waste ! *Et sais-tu reconnaître les bonnes* sintkala waksu** *de celles qui pourraient t'aveugler ou te tuer ?*

— *Oh, oui, oncle ! »*

Le sait-il vraiment ? Dans les collines Noires, quand le moment sera venu, saura-t-il distinguer les pierres spéciales dans les lits de ruisseaux, celles qui portent les dessins en « broderies de perles » qui révèlent qu'on peut les utiliser en toute sécurité dans la loge de sudation ?

Paha Sapa transpire et frissonne sous ses couvertures.

« L'épouse de ton grand-père a-t-elle prélevé les quarante carrés de chair de son bras pour les mettre dans ton wagmuha** *avec les pierres de* yuwipi ?

— *Oh oui, oncle ! »*

Cheveux-de-Corneille ou Femme-Trois-Bisons ont-elles réellement découpé sur leurs bras les morceaux de chair nécessaires pour le hochet sacré ou ramassé les petites pierres fossiles qu'on ne trouve que dans certaines fourmilières ? Comment l'auraient-elles pu ? Elles n'ont pas eu le temps !

Le vieil homme hoche encore la tête et jette plusieurs bâtons parfumés dans les flammes qui font déjà rage. La grotte s'emplit de l'odeur aigre-douce de l'encens.

« As-tu été prévenu, petit Collines-Noires, qu'une fois que tu seras nagi, *pure essence spirituelle, tu seras visité – très certainement attaqué – par des* ocin xica, *des animaux qui ont mauvais caractère, ainsi que par des* wanagi** *et des* ciciye** *et des* siyoko** ?

— *Je n'ai pas peur des fantômes, oncle. Quant aux* ciciye *et aux* siyoko, *ce ne sont que des monstres pour faire peur aux enfants. »*

La voix de Paha Sapa tremble un peu, pourtant.

Robert Médecine-Douce semble ne pas s'en apercevoir. Il a les yeux rivés sur le feu, et des flammes dansent dans ses iris noirs.

*« Une Vision d'*hanblečeya *est une chose terriblement sérieuse à mettre sur les épaules de n'importe quel homme, mon fils, mais plus encore sur celles d'un garçon aussi jeune que toi. Tu sais que dans certains cas, le sort de la bande du chercheur-de-Vision peut dépendre de cette Vision. Parfois, le sort de tout un peuple – plus qu'une tribu, toute une race – dépend de la Vision, et de ce qui est fait après cette Vision. Le sais-tu ?*

— Oui, bien sûr, oncle. »

Paha Sapa est convaincu que Robert Médecine-Douce est fou. *Witko.*

« Sais-tu pourquoi les Grands-Pères, les dieux et Wakan Tanka *lui-même existent, petit Collines-Noires ? »*

Paha Sapa a envie de demander : « *Quand vas-tu arrêter de radoter, vieil homme ?* » mais il réussit à prononcer un respectueux : « *Oui, oncle.* »

Robert Médecine-Douce lève les yeux et regarde Paha Sapa bien en face, mais les prunelles du vieillard reflètent toujours les flammes.

« Non, tu ne le sais pas, *jeune Paha Sapa. Mais tu le* sauras. *Les dieux, les Grands-Pères et le Grand-Tout lui-même existent parce que ceux qui s'appellent le Peuple existent pour les adorer. Le Peuple existe parce que les bisons existent et parce que l'herbe pousse librement sur la totalité du monde que nous considérons comme le Monde. Mais quand les bisons auront disparu et que l'herbe aura disparu, le Peuple aura disparu avec eux. Et alors les dieux, les esprits – de nos ancêtres, du lieu, de la vie elle-même – auront disparu, eux aussi. Comprends-tu, Paha Sapa ? »*

Paha Sapa en a assez de ménager le vieillard.

« Non, oncle. »

Robert Médecine-Douce sourit de son sourire aux dents puissantes.

« Washtay ! *C'est bien. Tu seras le premier à voir, petit Collines-Noires. Les dieux meurent comme les bisons meurent et comme les hommes meurent. Parfois lentement, et dans de grandes souffrances. Parfois rapidement, sans s'y être préparés, sans croire à leur propre mort, niant la flèche, la blessure ou la maladie qui les emporte. Comprends-tu cela, Paha Sapa ?*

— Non, oncle.

— Washtay ! *C'est ainsi que cela doit être maintenant. Ce qui importe n'est pas que tu voies comment les bisons et les hommes, le mode de vie des hommes, les dieux, les Grands-Pères et le Grand-Tout mourront et disparaîtront, Paha*

Sapa – un grand nombre de ceux qui, comme nous, ont un don wakan *l'ont déjà entrevu. Ce qui compte, c'est ce que tu* feras *à ce sujet au cours des quatre-vingts étés et plus qui te restent à vivre. Ce que* toi *– et nul autre –, ce que* toi, *tu feras à ce sujet. Comprends-tu cela, Paha Sapa ? »*

Le petit garçon n'en peut plus. Il a sommeil, il est fiévreux, il est malade, il a envie de pleurer et il est très fâché. S'il tue ce vieil homme maintenant, personne n'en saura jamais rien.

« Non, oncle.

— Washtay ! *Tu dormiras tard et longuement demain matin, jeune Collines-Noires, et je serai parti... La pluie se calmera juste avant le lever du soleil, et j'ai affaire dans l'*O-ana-gazhee, *le Lieu de l'Abri, loin d'ici et des collines. Je ne laisserai rien à manger pour toi et il ne faudra pas toucher à tes provisions. Ton jeûne doit commencer au lever du jour.*

— *Oui, oncle.*

— *Quand tu auras survécu à ta terrible* hanblečeya *– si tu y survis –, tu ne seras pas au bout de tes épreuves. Ce ne sera que le début. Tu ne pourras jamais parler de ta Vision à Boite-Beaucoup ni à ta bande. Tes chevaux seront tués – pas par Cheval-Fou qui te cherche ailleurs et t'oubliera tant il a soif de massacrer toujours plus de* wasichu *– et ta pipe sacrée te sera volée, tu seras dépossédé de tout ce que tu as, et dépouillé de tes vêtements, mais c'est ainsi que cela doit être. Comprends que s'il n'existe pas de Plan pour l'univers, il y a pour chacun d'entre nous des crucifixions et des renaissances. »*

Paha Sapa ne comprend pas ce mot – *crucifixion* –, mais comme ce que le vieil homme dit avec des mots que le garçon comprend n'a pas de sens non plus, il n'insiste pas.

« Cela n'arrivera pas, oncle, j'y veillerai. Je mourrai – comme mon père est mort, abattu par une lance, les armes à la main – plutôt que de renoncer à la ptehinčala huhu canunpa *sacrée de notre tribu, que Boite-Beaucoup et dix générations d'hommes sacrés avant lui ont conservée, sans jamais perdre une seule de ses plumes rouges. »*

Robert Médecine-Douce le regarde.

« Bien. Laisse-moi te dire à présent, Paha Sapa, que je serai honoré que tu donnes mon nom à ton fils, ton unique enfant. »

Paha Sapa ne peut que le dévisager sans mot dire.

« Il est temps de laisser le feu baisser et se réduire en braises, de nous diriger vers l'entrée de la grotte pour pisser et vérifier que tes deux chevaux ne manquent de rien. Il faudra dormir ensuite, Paha Sapa. Je me réveillerai de temps en

temps pendant que tu dors pour agiter mon propre wagmuha *et tenir les esprits à distance cette nuit.* »

Robert Médecine-Douce lui montre le hochet de cérémonie qui a l'air vieux comme le monde.

« *Paha Sapa,* toksha ake čante ista wacinyanktin ktelo. – *Je te reverrai avec l'œil de mon cœur.* »

Avec maints gémissements et bougonnements, le vieil homme décroise lentement les jambes et réussit – après plusieurs tentatives – à se relever. Debout, il oscille comme font les vieillards qui cherchent leur équilibre. La voix de Robert Médecine-Douce est très basse.

« Mitakuye oyasin ! – *Tous mes parents. C'est fait.* »

Ensemble, lentement, le vieil homme se déplaçant très précautionneusement sans que le petit garçon l'aide car il a peur de le toucher, Paha Sapa et Robert Médecine-Douce rejoignent l'entrée de la grotte où ils s'occupent des chevaux et pissent dehors – éloignés l'un de l'autre, chacun tourné vers une autre partie des ténèbres – dans la nuit pluvieuse.

13

Jackson Park, Illinois

Juillet 1893

Cet après-midi-là, pendant toute la durée de l'attaque de la cabane des colons blancs, même après s'être fait tirer dessus et tuer à l'arrivée de la cavalerie, Paha Sapa ne pense qu'à son rendez-vous avec Rain de Plachette.

En plus, il a horreur de se faire tuer. Il n'était pas volontaire pour ce rôle, mais M. C. l'a désigné et a annoncé que c'était lui qui serait abattu sur son cheval. C'est comme ça et pas autrement. Presque tous les soirs, Paha Sapa a des contusions et des élongations à soigner, ou un genou gauche douloureux qui n'a jamais l'occasion de se remettre entièrement. Bien sûr, on a prévu un monticule de terre meuble pour amortir sa chute, mais les autres guerriers – pris d'une excitation qui n'a rien de feint – oublient souvent de dégager l'espace nécessaire pour qu'il puisse tomber au bon endroit, ce qui l'oblige à dresser les bras en l'air et à basculer du grand poney pinto sur la terre tassée et dure de la piste. Il doit ensuite rester allongé là, mort, pendant que les derniers membres de sa bande d'Indiens en maraude composée de différentes tribus passent au grand galop au-dessus de lui et veiller, juste après, à ne pas broncher quand les chevaux de la cavalerie bondissent autour de lui. Il s'est déjà pris trois coups de sabot, avec interdiction de réagir, puisqu'il est mort.

Se faire tuer tous les après-midi et tous les soirs est franchement tuant. (Au moins, on lui permet de survivre à l'attaque de la malle-poste de Deadwood.) Il envisage de se procurer un cheval plus petit, plus court sur pattes, plus lent. Après tout, il serait en accord avec son nom – le nom que les *wasichu* lui ont donné il y a dix-sept ans – et s'il *doit* continuer à mourir, au moins, il tombera de moins haut.

Pourtant en cet après-midi de juillet, durant les quatre heures qui séparent la représentation de l'après-midi du programme plus fourni de la soirée, c'est son rendez-vous avec Mlle de Plachette après le spectacle qui rend Paha Sapa presque trop nerveux pour aligner deux pensées sensées, sans parler de mourir dans les règles.

Mais, se sermonne-t-il en courant vers la tente de bain que partagent les soldats et les Indiens, il ne s'agit pas d'un rendez-vous *amoureux*.

Il se trouve simplement que Paha Sapa est passé ce matin déposer quelque chose au bureau extérieur au moment précis où M. Cody et son ami, le révérend Henry de Plachette en sortaient en bavardant. Le révérend de Plachette, que Paha Sapa avait déjà rencontré, racontait que sa fille était venue assister au spectacle du Wild West Show de l'après-midi, et avait l'intention de se rendre ensuite à l'Exposition universelle proprement dite. Le problème était qu'elle n'avait pas d'accompagnateur. Lui-même, le révérend de Plachette, la retrouverait à six heures à l'entrée du palais des Arts et Manufactures, près du Grand Bassin, mais il lui était impossible de se libérer plus tôt. M. Cody a répondu que c'était parfait ; il se chargerait d'accompagner personnellement cette jeune personne à l'Exposition. Puis Cody s'est rappelé qu'il avait un rendez-vous à Chicago après la représentation de l'après-midi.

« Je serais très honoré d'escorter Mlle de Plachette jusqu'à la cour d'Honneur et d'y attendre votre venue, révérend de Plachette. »

Jusqu'à la fin de sa vie, Paha Sapa aura peine à croire qu'il a réellement prononcé ces mots en cet instant précis.

M. Cody et le révérend Henry de Plachette se sont retournés lentement vers le petit Sioux mince de vingt-sept ans qu'ils connaissaient sous le nom de Billy Slow Horse, Billy Cheval-Lent. Cody, vêtu d'un coûteux costume brun clair et qui, s'apprêtant à sortir, venait de coiffer son chapeau à large bord de même couleur dans le style western, a toussoté

« C'est très aimable à toi, Billy. Mais je ne suis pas sûr que tu aies le temps entre la représentation de l'après-midi et celle de la soirée. Peut-être vaudrait-il mieux...

— Non, non, William. Je me suis entretenu plusieurs fois avec M. Slow Horse et il a déjà fait la connaissance de ma fille, comme vous le savez. C'est

une excellente idée. Je retrouverai Rain, comme je l'ai dit, à six heures au plus tard, ce qui devrait laisser largement le temps à M. Slow Horse de revenir enfiler son... euh... costume. »

Le costume de Paha Sapa se résume à un pagne, un arc et des flèches, et une unique plume blanche qu'il fiche dans ses cheveux tressés, petit hommage à la mémoire de Cheval-Fou. Mais cet après-midi, alors qu'il caracolait autour de la piste, il a rougi en songeant que Mlle de Plachette le voyait presque nu, avec ses bosses et ses bleus.

Cody a continué à esquisser une moue dubitative ce matin, mais le pasteur (et père) avait manifestement pris sa décision.

« *Veuillez avoir la gentillesse de retrouver ma fille ici aussi rapidement que possible après la représentation, monsieur Slow Horse. Je la préviendrai que c'est vous qui la conduirez à l'Exposition. Et je vous remercie encore de votre obligeance.* »

Le révérend de Plachette lui a fait un signe de tête au lieu de lui serrer la main. Paha Sapa n'ignore pas que si le pasteur a accepté qu'il accompagne sa fille à l'Exposition – un court trajet à pied –, c'est pour manifester ses convictions progressistes (certainement superficielles) d'« égalité de tous les hommes devant Dieu », mais ses mobiles sont parfaitement indifférents au jeune homme.

Après avoir fait sa toilette aussi vite qu'il peut – sans cesser de remercier le dieu des *wasichu* et le vrai *Wakan Tanka* (le Grand Tout, qui paraissait tellement plus grand, plus complexe et infiniment plus présent que la divinité à barbe blanche des Preneurs-de-Graisse) de ne pas être tombé dans un tas de crottin en culbutant de son cheval pendant le spectacle de l'après-midi – Paha Sapa se précipite jusqu'à sa tente et se change, enfilant les seuls vêtements à peu près élégants qu'il ait emportés dans l'Est : un veston noir à fines rayures en laine épaisse, mal coupé et parfaitement inapproprié pour ce mois de juillet et un pantalon trop large qu'il a acheté à Rapid City.

En essayant pour la troisième fois de nouer le ruban de sa cravate-lacet, il se rend compte, avec un léger émoi, qu'il a les mains qui tremblent. Paha Sapa ne se rappelle pas que cela lui soit déjà arrivé, sauf quand il était enfant et qu'il avait de la fièvre.

Paha Sapa passe devant un miroir et en profite pour essayer le canotier qu'il a acheté lors de sa deuxième sortie à Chicago même, le mois dernier. Ce petit chapeau d'été est parfaitement ridicule avec son veston d'hiver noir et ses longues nattes noires qui en jaillissent. Il repose le couvre-chef bon marché sur son lit de camp et regagne la tente de toilette pour enduire de brillantine l'extrémité de ses tresses. À chaque instant, Paha Sapa consulte nerveusement sa montre de gousset, qu'il range dans la poche de son veston parce qu'il n'a pas de gilet.

Il est enfin l'heure. Les tempes battantes, Paha Sapa se dirige vers la grande tente de l'administration.

Mlle de Plachette l'attend déjà dans l'entrée et, l'ayant reconnu, lui sourit en le voyant approcher. Paha Sapa se dit qu'il jamais rien vu d'aussi beau que cette jeune fille, ni d'aussi infiniment inaccessible. Il remarque aussi que sa chemise est déjà imbibée de transpiration.

Mlle de Plachette porte un corsage de soie beige à manches ballon, cintré à la taille comme le veut la mode féminine de l'époque. Paha Sapa lui-même en a pris note. Sa jupe, qui descend jusqu'au sol, est elle aussi coupée dans un tissu soyeux, estival, relativement léger (pour une telle masse d'étoffe), dont les rayures du même beige que son corsage alternent avec des rayures d'un vert profond, bordées d'un liseré d'or. Elle est coiffée d'un chapeau de paille à bord étroit, aussi seyant sur elle que le canotier de Paha Sapa était grotesque sur lui. Elle porte aussi de fins gants couleur fauve et une ombrelle.

Paha Sapa est soulagé de voir les gants. Au fil des années, ses *petites-visions-du-toucher-en-avant* ont eu tendance à s'espacer, mais quand il en a eu, c'était toujours, il le sait, au contact d'une peau nue. Il est bien décidé à ne toucher la peau de Miss de Plachette sous aucun prétexte, et a du reste enfilé lui-même son unique paire de gants chics. Il est heureux de constater qu'elle en porte aussi. Ainsi, aucun contact accidentel ne...

« Monsieur Slow Horse, quel plaisir de vous revoir. Je vous suis tellement reconnaissante de bien vouloir m'accompagner à l'Exposition cet après-midi pour que je puisse y retrouver mon père. Veuillez m'excuser, mais est-ce... M. Slow Horse ? Ou M. Horse ? »

Sa voix est douce et modulée, telle qu'il en a gardé le souvenir à la suite de leur brève entrevue deux jours auparavant, quand elle est venue faire un tour au Wild West Show avec son père. M. Cody a, semble-t-il, présenté le révérend de Plachette et sa fille à la plupart, sinon à la totalité, de la centaine d'anciens soldats de la cavalerie américaine et des quatre-vingt-dix-sept Sioux, Pawnees, Cheyennes et Kiowas employés à temps plein qui ont suivi Buffalo Bill dans l'Est.

Paha Sapa est incapable de prononcer un mot. Il se doutait bien que cela lui arriverait à un moment ou à un autre pendant sa sortie avec Mlle de Plachette, mais n'avait pas imaginé être frappé de mutisme d'emblée. Il a pourtant follement envie de lui expliquer que « Billy Slow Horse », le nom sous lequel les Blancs le connaissent depuis dix-sept ans maintenant, est un surnom abject, stupide, insultant que les soldats du 7e de cavalerie lui ont donné quand il était leur captif... éclaireur... prisonnier, et que son vrai nom est...

Il secoue la tête, et réussit à bredouiller :

« *Billy, Mademoiselle. Simplement Billy.* »

Il a le visage en feu, mais Rain de Plachette sourit et glisse son bras sous le sien, ce qui fait légèrement tressaillir Paha Sapa.

« Très bien... Billy... Mais dans ce cas, je tiens à ce que vous m'appeliez Rain. Allons-y, voulez-vous ? »

Franchissant la grille principale du Wild West Show, ils pénètrent dans la chaleur et le soleil de la mi-juillet. À droite de l'entrée, une grande banderole présente un portrait en couleurs de Christophe Colomb et proclame PILOTE DE L'OCÉAN, LE PREMIER PIONNIER. L'Exposition universelle qui se trouve juste à côté porte, après tout, le nom officiel d'Exposition *colombienne* universelle de 1893, bien qu'elle soit en retard d'une année pleine sur le quatrième centenaire du débarquement du marin italien.

La banderole qui se trouve de l'autre côté de la grille, ornée d'une représentation encore plus grande et plus colorée de M. Cody dans ses plus beaux atours de western avec franges, annonce PILOTE DE LA PRAIRIE, LE DERNIER PIONNIER. Mais c'est un panneau, immense celui-là, affiché au-dessus et sur le côté de la large entrée qui annonce clairement de quoi il s'agit : L'OUEST SAUVAGE DE BUFFALO BILL ET LA BANDE DES CAVALIERS LES PLUS INTRÉPIDES DU MONDE.

Mlle de Plachette s'arrête juste devant la grille. Elle dégage son bras un instant pour ouvrir son ombrelle, puis le glisse à nouveau dans celui de Paha Sapa avant de se retourner pour regarder l'entrée et la longue clôture, les minuscules trous de son ombrelle projetant des mouchetures de lumière comme des taches d'appaloosa sur son teint pâle, dans l'ombre. Paha Sapa remarque pour la première fois que son petit nez et ses joues roses sont aussi ponctués de légères constellations de taches de rousseur. Quel âge a-t-elle ? Vingt ans, peut-être. Certainement pas plus de vingt et un ou vingt-deux.

« *Quel dommage que M. Cody n'ait pas pu aménager sa piste* à l'intérieur même *du terrain de l'Exposition. Père dit que les autorités ont refusé, sous prétexte que le Wild West Show est – comment ont-elles dit ? – "incongru". Ce qui, j'imagine, signifie trop vulgaire, n'est-ce pas ?* »

Contemplant les yeux noisette de Mlle de Plachette, Paha Sapa a, pendant une affreuse seconde, l'impression d'avoir oublié soudainement tout l'anglais qu'il parle maintenant depuis presque dix-sept ans. Il ne retrouve la mémoire et la voix que lorsqu'ils commencent à marcher côte à côte vers l'est, en direction de la 63e rue et de l'entrée de l'Exposition.

« *Trop vulgaire, oui, c'est bien ce qu'ils voulaient dire, mademoiselle de Plachette. Ils n'ont pas voulu que le divertissement de M. Cody profane l'Exposition, bien que celui-ci ait demandé cette concession alors qu'il rentrait tout juste d'une tournée européenne qui a remporté un immense succès. Mais finalement, tout est pour le mieux.*

— *Comment cela ?* »

Il se rend compte qu'elle sourit, comme si elle s'attendait à entendre quelque chose d'intéressant, mais il a du mal à trouver ses mots parce que toute son attention en cet instant est concentrée sur la légère pression du bras de la jeune fille dans le pli de son coude gauche (elle tient son ombrelle de la main gauche).

« *Eh bien, mademoiselle de Plachette...* »

Il s'interrompt, confus, alors qu'elle s'arrête, se tourne vers lui et hoche la fête, feignant – espère-t-il – l'impatience.

« *Je veux dire, mademoiselle... ah... c'est que... quand la commission des Finances de la Chambre a rejeté la demande de concession du Wild West Show, M. Cody a obtenu de pouvoir occuper ces huit hectares contigus au terrain de l'Exposition. Comme il ne s'agit pas d'une concession officielle, M. Cody n'est pas tenu de partager ses bénéfices avec les organisateurs de l'Exposition et est libre de donner des représentations le dimanche – elles connaissent une incroyable popularité –, alors que l'Exposition ne les autorise pas ce jour-là. Et puis, tout cet espace, ces huit hectares, permettent à Mlle Oakley, Annie, d'avoir un véritable jardin autour de sa tente et des peaux de pumas sur son canapé et un magnifique tapis qui vient d'Angleterre ou d'ailleurs, sans parler de l'éclairage électrique et d'un authentique mobilier italien, et...* »

Paha Sapa se rend compte qu'après avoir passé sa vie dans une honorable taciturnité virile, il jacasse comme un écolier *wasichu*. Il referme la bouche si brutalement qu'ils entendent tous les deux ses dents claquer.

Mlle de Plachette fait tournoyer son ombrelle et le regarde, attendant manifestement la suite. Son petit sourire exprime-t-il l'amusement, la perplexité ou un léger mépris ?

Il esquisse un geste maladroit de sa main libre.

« Quoi qu'il en soit, en définitive, tout cela a été très avantageux pour M. Cody. Je crois que nous avons en moyenne douze mille spectateurs par représentation. Aucune concession sur le terrain de l'Exposition ne lui aurait permis de faire de tels profits. Presque tous les visiteurs de l'Exposition viennent aussi, tôt ou tard, assister à notre Wild West Show, et certains prennent le métro aérien uniquement *pour venir voir ce spectacle. »*

Ils longent en silence le demi pâté de maisons qui sépare l'immense domaine du Wild West Show le long de la 62e Rue de la plus proche entrée de l'Exposition, sur la 63e Rue. Paha Sapa n'a pas suffisamment d'expérience de la fréquentation des femmes – des femmes blanches surtout – pour pouvoir déterminer s'il s'agit d'un silence plaisant ou tendu, d'un silence qui marquerait, peut-être, le déplaisir de la dame. En levant la tête, ils peuvent voir passer au-dessus de l'enceinte de l'Exposition le métro aérien – qu'on appelle l'Alley L, la « ruelle L » (L étant l'abréviation d'Elevated, surélevé), parce que, a entendu dire Paha Sapa, il est obligé de sortir du centre de Chicago en traversant un entrelacs de ruelles, en raison des droits de passage achetés par les spéculateurs. Ce métro a été construit tout exprès pour conduire les millions de visiteurs depuis Chicago jusqu'au Jackson Park. Certains de ces « wagons à bestiaux » peints en jaune passent bruyamment au-dessus d'eux en cet instant précis et Paha Sapa aperçoit des voyageurs impatients qui se penchent périlleusement par les côtés ouverts. Des visiteurs ont déjà réussi à se tuer à l'Exposition par bien des méthodes aussi ingénieuses qu'atroces, Paha Sapa le sait, mais pour le moment, à sa connaissance, personne n'est tombé de l'Alley L.

L'entrée de l'Exposition colombienne universelle coûte cinquante cents, et les employés de la billetterie prennent plaisir à faire savoir aux visiteurs bougons que si le maire Harrison, Daniel Hudson Burnham, le plus haut responsable de l'Exposition, ou le président Cleveland lui-même se présentaient à leur guichet, ces gentlemen devraient allonger leur cinquante cents, comme tout le monde.

Paha Sapa sort un dollar, un pourcentage beaucoup trop élevé de son salaire mensuel, mais Mlle de Plachette a dégagé son bras et se débat avec une bourse de tissu accrochée à son poignet par une cordelette.

« Non, non, monsieur... Billy... mon père m'a laissé de quoi payer nos deux entrées. Après tout, vous ne vous seriez pas rendu à l'Exposition aujourd'hui si vous n'aviez pas galamment proposé de m'accompagner. »

Paha Sapa interrompt son geste. Il ne supporte pas l'idée qu'elle paie pour eux deux, ni même pour elle seule, mais il ne sait comment lui expliquer l'importance qu'il y attache. Pendant qu'il hésite, la jeune femme prend les tickets d'entrée, lui en tend un et se dirige vers les tourniquets métalliques. Paha Sapa grommelle, tenant encore ridiculement son billet de un dollar, mais il la suit.

C'est à l'instant où ils passent devant un bâtiment blanc flanqué d'une tour, situé près de l'enceinte ouest du terrain d'exposition, que se produit un incident auquel Paha Sapa repensera souvent au cours des années suivantes.

Mlle de Plachette pivote soudain sur ses talons, lève les yeux vers la bâtisse blanche aux murs aveugles et vers sa haute tour, et son attitude change du tout au tout. Son ravissement quasi enfantin cède la place à une expression d'angoisse, d'horreur presque.

« Que se passe-t-il, mademoiselle de Plachette ? »

Elle se crispe et serre instinctivement le bras de Paha Sapa contre elle, mais il n'y a aucune coquetterie dans son geste. Il la sent trembler à travers les couches de son veston de laine et de ses manches de soie.

« Sentez-vous cela, monsieur ? Entendez-vous cela ?

— Quoi donc, mademoiselle de Plachette ? »

Il se retourne vers le bâtiment blanc parfaitement ordinaire juste au-delà de l'enceinte du terrain de l'Exposition qu'ils viennent de franchir. Sur sa partie supérieure, l'édifice présente une série d'arcades noires et aveugles, des clochetons blancs aux angles est, et une tour plus haute, surmontée peut-être d'une plate-forme d'observation sur la partie ouest, la plus éloignée d'eux.

Elle se cramponne à son bras et son expression terrifiée n'est pas feinte. Ses petites dents blanches claquent les unes contre les autres.

« Le froid atroce qui émane de ce lieu ? Ces cris épouvantables ? Ne sentez-*vous pas ce froid ? N'entendez-vous pas ces hurlements terrifiants ? »*

Paha Sapa rit et lui tapote le bras.

« C'est ici que se trouve la chambre froide, mademoiselle de Plachette. Je ne sens pas l'air glacé auquel vous êtes si sensible, mais il est parfaitement possible que la plus grande glacière de l'Exposition en dégage un peu. Et j'entends effectivement des cris – très faibles cependant –, mais leur origine est tout à fait

anodine, elle aussi. On a aménagé une patinoire à l'intérieur du bâtiment, et je perçois vaguement les cris joyeux des enfants ou de jeunes couples qui patinent. »

L'expression de Mlle de Plachette reste figée et elle continue à contempler le bâtiment blanc massif d'un air hagard. Au bout d'un moment, elle se détourne enfin, mais Paha Sapa sent encore frémir son corps si proche du sien alors qu'ils repartent vers le cœur de l'Exposition.

« *Je suis désolée, monsieur... Je suis désolée, monsieur Slow Horse. Je suis parfois sujette à ces étranges angoisses. Vous devez me prendre pour une petite oie stupide. Les femmes sont une curieuse espèce, monsieur Slow Horse, et je compte parmi ses membres les plus curieux. Je me demande dans quel pavillon de cette grandiose Exposition on choisirait d'exposer un spécimen aussi étrange que moi, une créature qui n'est ni poisson, ni gibier, ni être doué de raison. Probablement au milieu des attractions foraines du Midway, dans un bocal d'alcool ou de formol.* »

Paha Sapa parle sans réfléchir.

« *Mais non. Au palais des Arts, mademoiselle de Plachette. Cela ne fait aucun doute.* »

Elle lui sourit, consciente de la flatterie (ignorant pourtant combien il est sincère), sans s'en offusquer toutefois. Comme ils s'éloignent de la chambre froide, elle retrouve tout son entrain, mais Paha Sapa se mord l'intérieur de la lèvre jusqu'au sang. Il a horreur des hommes qui courtisent les femmes par des compliments outrés.

Quatre jours plus tard, le 10 juillet 1893, un incendie se déclarera au sommet de la haute tour à l'arrière du bâtiment de la chambre froide. Les pompiers seront sur les lieux en quelques instants et se précipiteront dans l'escalier de bois pour combattre le brasier qui fait rage dans le dôme qui coiffe la tour, mais le feu aura gagné les étages inférieurs en longeant les murs intérieurs, sous la cage d'escalier, piégeant la plupart des pompiers déjà arrivés dans la tour. Deux d'entre eux survivront en sautant sur un tuyau rigide et en se laissant glisser jusqu'au sol, vingt mètres plus bas. Treize autres, dont leur chef, ainsi que quatre ouvriers connaîtront une mort horrible dans l'incendie de la chambre froide.

Ils n'en savent rien en cet instant – enfin, Paha Sapa n'en sait rien, bien qu'il se prenne pour un *wičasa wakan* d'une sensibilité particulière, dont le rôle sera de prédire l'avenir de son peuple – et les idées d'incendie et de mort n'ont pas place en cette journée chaude et ensoleillée.

Ils se dirigent en silence vers le nord-est, suivant la large avenue qui longe sur la gauche une dizaine de doubles voies ferrées rejoignant la Gare centrale. Des trains vont et viennent, pour la plupart avec cet étrange bruit sourd, sans dégagement de vapeur, qui caractérise ces nouveaux tramways électriques.

En réalité, Paha Sapa et Mlle de Plachette sont entrés dans l'Exposition par une des « portes de derrière » ; l'entrée officielle prévue par les auteurs du projet se trouve à l'autre extrémité de ce couloir est-ouest, au niveau du grand péristyle qui donne sur la jetée du casino, laquelle s'enfonce de près de huit cents mètres à l'intérieur du lac Michigan. Lorsqu'on accoste en bateau tout au bout de la jetée, on peut, moyennant dix cents, emprunter le trottoir roulant (équipé de sièges, s'il vous plaît) pour parcourir toute la longueur de la jetée et arriver directement au péristyle. Dans l'idée des concepteurs de l'Exposition colombienne universelle, les visiteurs devaient arriver et découvrir le site par le lac Michigan, avant de traverser le péristyle pour accéder à la cour d'Honneur.

Paha Sapa a l'impression de se trouver au fond d'un canyon. Sur leur gauche se dresse la masse vertigineuse du palais des Moyens de transport (ce n'est pas le plus grand bâtiment du monde, puisque cet honneur revient au palais des Arts et Manufactures qui domine l'extrémité orientale du grandiose boulevard qui s'ouvre à présent devant eux, sur la droite, mais il est plus grand que tout ce que connaît Paha Sapa et même que tout ce qu'il a pu imaginer). Juste en face, s'élève le mur blanc de l'énorme bâtisse des Mines et de l'industrie minière. Le bras de Mlle de Plachette toujours glissé sous le sien, Paha Sapa prend en diagonale vers la droite, et ils débouchent dans l'éclat éblouissant de l'après-midi dans la grande cour d'Honneur qui s'étend devant le palais de l'Administration coiffé d'un dôme imposant, et longe les deux côtés du Grand Bassin pour rejoindre le péristyle. Cette grande cour est flanquée de part et d'autres d'incroyables édifices : la haute et interminable galerie des Machines sur leur droite, le gigantesque palais de l'Agriculture un peu plus loin à l'est, le palais de l'Électricité vrombissant sur leur gauche juste après celui des Mines et de l'Industrie minière, et au-delà, le monstre, le bâtiment le plus gigantesque de la terre, le palais des Arts et Manufactures.

Mlle de Plachette s'arrête pour écarter de son front une mèche de cheveux bruns cuivrés qu'elle glisse sous son chapeau de paille. Paha Sapa sent avec soulagement la brise venue du lac sécher sa chemise trempée. La demoiselle qui l'accompagne recule d'un pas, pose un doigt ganté sur son menton comme si elle pesait le pour et le contre et se tourne tour à tour vers les quatre points cardinaux. Elle referme son ombrelle qu'elle suspend à son poignet par une autre cordelette ou lanière cachée.

« Savez-vous ce que j'étais en train de me dire, monsieur... euh... je veux dire Billy ? Savez-vous ce que j'étais en train de me dire, Billy ?

— Non, mademoiselle de Plachette ? »

La jeune femme sourit, et c'est presque un sourire d'enfant – sans affectation, sincère, dicté semble-t-il par un pur sentiment de bonheur.

« Eh bien, premièrement, je me disais que jamais vous n'accepteriez ce que je vous ai proposé. Vous ne vous déciderez jamais à m'appeler Rain, je me trompe ? »

S'il ne passe pas physiquement d'un pied sur l'autre de confusion, Paha Sapa le fait mentalement.

« C'est qu'il m'est difficile de me montrer aussi... euh... familier avec une jeune personne aussi élégante que vous, mademoiselle de Plachette. Je n'ai pas l'habitude de ce genre de chose, voyez-vous.

— Fort bien. Je sais que mes manières un peu directes, effrontées même, pourrait-on dire, si elles conviennent à une université féminine de Boston, paraissent souvent déplacées ailleurs. Préférez-vous que je reste Mlle de Plachette et que vous restiez... pardonnez-moi, j'ai oublié. M'avez-vous dit M. Slow Horse ou M. Horse ?

— En réalité, je m'appelle Paha Sapa. Cela signifie Collines Noires, Black Hills, en lakota. »

Paha Sapa s'est entendu prononcer ces mots, mais il n'arrive pas à *croire* qu'il les a vraiment dits.

Rain de Plachette s'immobilise et lui jette un regard intense. Paha Sapa remarque une minuscule tache noire dans l'iris noisette – il a l'air vert en ce moment – de son sublime œil gauche.

« Pardonnez-moi de vous avoir appelé par un nom qui n'est pas le vôtre. Quand nous avons été présentés... et puis, M. Cody aussi a parlé de vous en...

— Aucun Blanc n'a jamais su mon vrai nom, mademoiselle de Plachette. Et très peu de Lakotas le connaissent. J'ignore pourquoi je vous l'ai dit. J'avais, je ne sais pourquoi, l'impression qu'il était... qu'il n'était pas bien.. que vous l'ignoriez. »

Elle sourit encore, mais cette fois, c'est un sourire hésitant de femme adulte, qui ne s'adresse qu'à eux deux. Elle serre même la main droite de

Paha Sapa couverte de cicatrices et de callosités de sa main gauche, heureusement gantée.

« Je suis très honorée que vous me l'ayez confié et je ne transmettrai cette information à personne, monsieur... Paha Sapa. L'ai-je bien prononcé ? Le premier a *doit être un peu étiré, n'est-ce pas ?*

— *Oui, c'est exact.*

— *Votre confiance m'honore, Paha Sapa, alors avant que notre promenade d'aujourd'hui ne s'achève, je vais vous confier, moi aussi, un secret que très peu de gens connaissent... la raison pour laquelle ma mère a décidé de m'appeler Rain, ou Pluie.*

— *Ce serait un grand honneur pour moi, mademoiselle de Plachette. »*

Dans la tente indienne, il a surpris des rumeurs prétendant que la fille du révérend de Plachette serait « à moitié indienne ». Tout le monde l'a entendu dire. Et chacune des quatre nations indiennes représentées dans le Wild West Show a revendiqué la jeune fille comme l'une des siens.

« Je vous raconterai ça plus tard. Pour le moment, Paha Sapa, voulez-vous savoir ce que j'ai décidé ?

— *Très volontiers. »*

Son visage se fend d'un large sourire et elle bat des mains. L'espace d'une seconde, dans son enthousiasme, elle a l'air d'une très, très jeune fille. La mèche de cheveux cuivre teintée de soleil s'est à nouveau échappée de son canotier.

« J'ai décidé que nous allions aller jusqu'au Midway Plaisance et faire un tour dans la grande roue de M. Ferris. »

Paha Sapa émet un marmonnement évasif et fouille dans sa poche pour y chercher sa montre bon marché.

Mlle de Plachette a déjà consulté la sienne – un petit objet rond, pas plus gros qu'un insigne rouge de tireur d'élite de la cavalerie, accroché à son corsage par un ruban doré – et elle écarte d'un geste son regard anxieux.

« Ne vous inquiétez pas, monsieur... Paha Sapa, mon ami. Il n'est même pas encore quatre heures et quart. Je n'ai rendez-vous au Grand Bassin avec père qu'à six heures, et autant il est exigeant vis-à-vis des autres en matière de ponctualité, autant il est toujours en retard lui-même. Nous avons amplement le temps. Et cela fait des semaines *que j'essaie de me persuader d'être assez crâne pour monter sur la roue. Oh, je vous en prie ! »*

Crâne ? songe Paha Sapa. C'est probablement un mot *wasichu* qu'il n'a pas encore rencontré depuis dix-sept ans qu'il se débat avec cette langue.

« C'est entendu, nous ferons un tour sur la grande roue de M. Ferris. Mais j'insiste pour payer les billets. Le Midway Plaisance est loin d'ici, mademoiselle de Plachette. Nous pourrions prendre une de ces voitures à roues poussées par-derrière, qu'en pensez-vous ?

— Certainement pas ! J'adore marcher. Le Midway est à deux pas, voyons. J'ai déjà fait ce trajet à pied cent fois depuis que nous sommes arrivés chez notre tante à Evanston, père et moi, il y a trois semaines. Venez, je vais vous montrer le chemin ! »

Elle repart d'un pas vif, son bras toujours passé dans celui de Paha Sapa. Ils dépassent le palais des Moyens de transport, obliquent légèrement en direction du nord, laissant sur leur gauche l'interminable palais de l'Horticulture, avec ses dômes, ses arcades et ses drapeaux multicolores. Pendant tout ce temps, ils longent sur leur droite l'immense lagon, distinct du Grand Bassin de la cour d'Honneur, dont le centre est occupé par les huit hectares de la Wooden Island, l'Île boisée (avec, au sud de celle-ci, son minuscule satellite, la Hunter's Camp Island, l'île du Camp du chasseur).

Mlle de Plachette jacasse, mais Paha Sapa n'entend et ne perçoit pas la moindre jacasserie. Il trouve sa voix mélodieuse et ravissante.

« Êtes-vous déjà allé sur l'Île boisée ? Non ? Alors, il faut *y aller, Paha Sapa ! C'est encore plus beau de nuit, avec toutes ces guirlandes lumineuses qui brillent dans le noir. J'adore le labyrinthe de petits sentiers – il y a des bancs pour s'asseoir –, c'est un endroit merveilleux où apporter son déjeuner, s'installer à l'ombre et se détendre, surtout près de la pointe sud, où la vue sur le grand dôme du palais de l'Administration est vraiment inspirante. Je reconnais que les aménagements paysagers ne sont pas tout à fait à la hauteur de ce qui avait été prévu au départ – des arbres exotiques, des massifs de fleurs irréguliers, les mousses et autres plantes basses qui auraient dû donner l'impression d'être là depuis des siècles –, mais c'est tout de même infiniment plus réussi que les petites plantations rigides de l'Exposition de Paris, il y a quatre ans. Y êtes-vous allé, par hasard ? Non ? Ma foi, si j'ai eu la chance de pouvoir visiter cette exposition, c'est uniquement parce que père avait été invité à prendre la parole devant une assemblée de théologiens à Paris. Je n'avais que seize ans, mais par bonheur, il a jugé bon de m'emmener pour ces quelques semaines. Et cette tour que M. Eiffel a construite ! Certains l'ont jugée vulgaire, mais moi, je l'ai trouvée grandiose. Ils avaient prévu de la démolir dès que l'Exposition serait terminée – les gens disaient que c'était une horreur –, mais je ne crois pas qu'ils l'aient déjà fait, et*

sincèrement, j'espère qu'ils ne le feront pas. Tout ce fer ! Mais aussi impressionnante soit-elle, la tour de M. Eiffel ne bouge *pas, alors que la roue de M. Ferris, que nous allons rejoindre dans quelques minutes seulement,* bouge, *assurément. Oh ! je sens le parfum des lilas des plantations au nord de l'Île boisée. Cette brise qui vient du lac n'est-elle pas délicieuse ? Vous ai-je dit que père connaît M. Olmsted, l'architecte paysager responsable non seulement des plantations de l'Île boisée, mais aussi de l'aménagement paysager de la plus grande partie de l'Exposition ? Enfin, de cette Exposition, bien sûr, pas des petits jardins si guindés et tellement moins beaux de celle de Paris – quelle déception ! – mais tout de même, j'ai trouvé la tour de M. Eiffel superbe, et puis la nourriture ! On mange toujours merveilleusement bien en France. Avez-vous faim, peut-être, Paha Sapa ? Il est un peu tard pour déjeuner, bien sûr, et un peu tôt pour dîner, mais on trouve des buffets somptueux ici, dans le palais des Femmes. Évidemment, certains sont installés un peu près de la grande exposition de corsets, c'est légèrement embarrassant, et... Mais, Paha Sapa ! Vous rougissez ? »*

Paha Sapa rougit, en effet – jusqu'aux yeux –, mais il sourit et secoue la tête alors qu'ils tournent à gauche, après le palais des Femmes. Mlle de Plachette, qui ne s'est pas interrompue après sa question, entreprend de l'informer que le palais des Femmes a été dessiné par *une* architecte, qu'il mesure soixante mètres sur vingt-sept, pour une hauteur de vingt mètres sur deux étages, et qu'il a coûté cent trente-huit mille dollars. Il a l'air presque modeste par rapport à tous les monstres architecturaux de l'Exposition, mais cela reste une construction massive avec ses nombreuses arcades et colonnes, et les statues ailées qui la couronnent.

Elle lui presse le bras gauche de sa main libre.

« Avez-vous vu l'Exposition de nuit, lorsque les milliers de lampes électriques sont allumées et que le dôme du palais de l'Administration est entièrement souligné de lumières tandis que les projecteurs vont et viennent ?

— Non, je ne suis pas venu de nuit, mais j'ai bien remarqué l'éclat incessant et les faisceaux des projecteurs depuis la piste et les tentes du Wild West Show.

— Oh, Paha Sapa ! Il faut que vous voyiez l'Exposition de nuit. C'est à ce moment-là que la Ville blanche s'anime vraiment. C'est le plus bel endroit du monde, je vous assure. Je l'ai découverte depuis un bateau, sur le lac Michigan, et aussi depuis l'Alley L en venant de la ville, et je veux *absolument la voir depuis le ballon captif, ici, sur le Midway, mais ils n'organisent pas d'ascension de nuit. Les passerelles d'observation au sommet du palais des Arts et Manufactures, ou de celui des Moyens de transport offrent des points de vue extraordinaires la nuit*

– les faisceaux de lumière des projecteurs partent de ces toits pour éclairer les alentours ! – mais l'endroit qui me plaît le plus est l'Île boisée, avec la douce lueur de toutes ses lanternes électriques et de ses guirlandes lumineuses, et sa vue dégagée sur la Ville blanche, et surtout sur les dômes qui se profilent au sud. Imaginez le merveilleux spectacle que doivent offrir toutes ces lumières éclatantes de nuit, du haut de la roue de Ferris !

— Il faut la prendre de jour pour commencer, mademoiselle de Plachette. Afin de s'assurer qu'il est possible de survivre à une telle altitude. »

Elle lui répond par un rire prompt et chaleureux.

Paha Sapa se demande si cette jeune demoiselle comprendrait – pourrait comprendre – pour quelle raison, lors de onze visites sur les douze qu'il a faites à l'Exposition, il a passé presque tout son temps, debout ou assis, pétrifié, devant deux attractions seulement. Il se rend compte qu'il serait insensé de lui en parler, et tient sa langue plus soigneusement qu'il ne l'a fait jusqu'à présent.

Les deux cents cavaliers et Indiens, sans compter Annie Oakley, son mari et la petite armée d'ouvriers du Wild West Show, sont arrivés ici, au Jackson Park, à la fin du mois de mars, et M. Cody a donné son premier spectacle le 3 avril, bien avant que la plupart des sites de l'Exposition ou des attractions du Midway Plaisance ne soient prêts.

En mai, le président Cleveland, accompagné d'un véritable cortège d'illustres têtes couronnées étrangères et de personnalités locales, a déclaré l'Exposition colombienne universelle ouverte en fermant un circuit qui a fait démarrer la gigantesque machine à vapeur d'Allis et ses trente moteurs annexes dans la galerie des Machines, alimentant ainsi tout ce qui, dans l'Exposition, fonctionnait à l'électricité. Peu après, M. Cody a payé l'entrée à tous ceux de ses plus de deux cents employés – Indiens, cavaliers, tireurs d'élite et manutentionnaires – qui avaient envie de visiter l'Exposition.

Paha Sapa ne conserve qu'un souvenir confus de cette journée où ils sont tous allés à la foire : le goût d'un nouveau pop-corn au caramel baptisé Cracker Jack ; les éclairs qui jaillissaient de la tête et des mains de Nikola Tesla ; l'image fugace d'un télescope plus grand que la plupart des canons ; la vision plus approfondie et plus durable – les autres Lakotas et Cheyennes étaient épouvantés – d'un vrai canon, le canon *ultime*, le plus gros qu'on ait jamais fondu : le Krupp de cent vingt-sept tonnes, dix-sept mètres de long (de la culasse à la gueule), exposé dans un bâtiment particulier, le pavillon du Canon Krupp (que Paha Sapa a trouvé aussi menaçant que n'importe quel château allemand, bien que son expérience des châteaux allemands se limite à ceux qu'il a vus dans des livres illustrés), un canon capable de projeter un obus plus gros et plus lourd qu'un bison mâle à vingt-cinq kilomètres de distance et de percer quarante-cinq centimètres de blindage d'acier à l'extrémité de cet immense arc meurtrier et hurlant.

Mais ce n'est pas le canon géant de Krupp qui a le plus intéressé Paha Sapa au cours de cette première longue, longue journée qu'il a passée à l'Exposition avec les autres membres du Wild West Show.

Lors de cette première, il s'était retrouvé, seul, à l'extrémité sud de l'immense galerie des Machines. Il s'était arrêté, bouche bée devant quarante-trois machines à vapeur, produisant chacune entre dix-huit et vingt mille chevaux-vapeur, qui actionnaient les cent vingt-sept dynamos générant l'électricité nécessaire pour alimenter tous les bâtiments de l'exposition. Un panneau lui avait appris qu'il fallait douze de ces moteurs pour assurer le fonctionnement de la seule galerie des Machines.

Paha Sapa s'était approché, pris de vertige, de la chaise la plus proche et s'y était laissé tomber. Il était resté assis là pendant les trois heures qui avaient suivi, et allait occuper cette même chaise pendant la plus grande partie de ses onze visites suivantes.

Ce n'était pas seulement le bruit, le mouvement et la singulière odeur d'ozone qui avaient fasciné Paha Sapa à ce point (et de toute évidence, de nombreux autres visiteurs de sexe masculin de tous âges, blancs et étrangers, accompagnés d'un Indien – lui –, qui se massaient dans la galerie des Machines pour regarder les pistons monter et descendre, les courroies rotatives tournoyer à toute allure et les grandes roues tourner). La plupart des femmes n'appréciaient guère la galerie des Machines, et moins que tout cette extrémité sud où étaient regroupées les chaudières alimentées au charbon, les machines à vapeur et les grandes dynamos – le secteur baptisé l'aile de la Chaufferie – et le vacarme était indéniablement assourdissant dans une grande partie du bâtiment. Lors de ses visites ultérieures, Paha Sapa avait résolu ce problème à l'aide de deux tampons de cire qu'il avait malaxés jusqu'à leur donner la souplesse et la forme voulues et qu'il s'était enfoncé dans les canaux auditifs.

Ici, Paha Sapa en avait pris une conscience aiguë, résidaient le centre et le noyau du pouvoir et de l'âme secrète des *wasichu*.

Oh, ce n'était pas seulement la vapeur et l'électricité, dont Paha Sapa savait qu'elles étaient, l'une et l'autre, relativement récentes dans la culture des *wasichu* et sur leur liste des technologies utiles (bien qu'il ait vu la statue de plus de quatre mètres de haut de Benjamin Franklin tenant sa clé, sa ficelle de cerf-volant et son parapluie à l'entrée du palais de l'Électricité). Non, c'était leur aptitude manifeste à exploiter à leur profit les énergies cachées et les puissances secrètes de l'univers – comme des enfants qui s'amuseraient avec les jouets interdits de Dieu – qui faisait la réussite des *Wasicun* et les rendait terriblement dangereux, pour eux-mêmes aussi.

Les trois années d'enseignement qu'il avait suivies avec le père Francisco Serra et les autres Jésuites dans leur triste couvent-école près de Deadwood avaient appris à Paha Sapa que la religion pouvait être très importante pour la plupart des *wasichu* et qu'en même temps, la majorité d'entre eux n'en tenaient aucun compte dans leur vie quotidienne. Mais c'était dans ces chaudières, ces moteurs hurlants, cet Esprit saint de vapeur, cette Trinité ultime de moteur, d'aimant et de circuits de kilomètres et de kilomètres de fil de cuivre embobiné, que se trouvaient les vrais dieux de la race des *Wasicun.*

Des panonceaux installés autour de l'énorme moteur Westinghouse de fer et de ses acolytes plus modestes avaient informé Paha Sapa que « *l'énergie de ces dynamos et génératrices fait fonctionner les ascenseurs du grand palais de l'Administration et des autres bâtiments, fournit aux milliers d'exposants la force motrice dont ils ont besoin, actionne d'innombrables autres machines ici, dans la galerie des Machines, et, chose non moins importante, transporte les eaux usées de l'Exposition vers le lac Michigan* ».

Paha Sapa avait ri en lisant ces dernières lignes... ri aux larmes. Les *wasichu* étaient décidément impayables : utiliser la puissance de leurs dieux secrets, les forces cachées de l'univers même des *Wasicun*, pour transporter leurs eaux usées « vers » le lac, qui se trouvait à quelques centaines de mètres. Il s'était demandé si et comment les eaux usées parcouraient le reste du chemin, au-delà de la poussée de ces dizaines et centaines de milliers de chevaux-vapeur, de volts et d'ampères d'électromagnétisme combinés. Paha Sapa avait ri à n'en plus finir, avant de s'apercevoir qu'il pleurait à chaudes larmes.

C'était à peu près à ce moment-là qu'un guide de l'Exposition vêtu de bleu et coiffé d'une petite toque rouge s'était approché de lui et lui avait crié :

« *Ce ne sont pas les plus grandes dynamos de l'Exposition !* »

Paha Sapa avait eu du mal à y croire.

« Vraiment ? Et où sont-elles ?

— Pas loin d'ici, dans l'Intramural Railroad Company Building, le bâtiment de la Société des Chemins de fer intérieurs. Tu sais lire les affiches, chef ?

— Oui, m'sieur, à peu près. »

L'homme avait plissé les yeux, ne sachant si c'était du lard ou du cochon, mais avait poursuivi son discours.

« Eh bien, cherche le panneau qui indique IRC ou Centrale électrique. C'est derrière la galerie des Machines, à l'arrière, près de l'enceinte sud. Il n'y a pas beaucoup de gens qui la trouvent ou qui aient envie d'y aller.

— Merci. »

Paha Sapa était tout à fait sincère.

La centrale électrique était effectivement coincée tout contre l'enceinte, derrière le monastère de La Rabida (qui avait quelque chose à voir avec Christophe Colomb), au-delà des totems et au sud du palais de l'Anthropologie (où Paha Sapa aurait pu voir une exposition consacrée à la phrénologie montrant pourquoi, en application de la théorie de Darwin, les Indiens d'Amérique étaient une race inférieure.)

Quand il était enfin entré dans le bâtiment de la centrale électrique de l'IRC, presque désert à l'exception de quelques gardiens en bleu de travail et d'un vieil homme accompagné de trois enfants, Paha Sapa s'était précipité vers un siège, de crainte de s'effondrer.

Il avait sous les yeux la plus grande et la plus puissante dynamo du monde. Un panonceau jaune affichait le commentaire suivant : *Si l'on considère que ce chemin de fer a dix kilomètres de long, qu'il possède seize trains de voitures en mouvement constant et que cet ensemble de soixante-quatre voitures est souvent bondé, on se fera une idée de l'énergie déployée par ce géant en rotation.*

C'était véritablement un géant en rotation, la plus grande de ses roues à demi enterrée dans son bac de ciment alors que son sommet frôlait les chevrons du plafond. Le vrombissement et le grondement étaient assourdissants, l'odeur d'ozone entêtante. Les rares poils des bras de Paha Sapa se dressèrent et restèrent en l'air. Au lieu de transporter les eaux usées vers le lac, cette unique dynamo actionnait tous les trains et wagons électriques du chemin de fer intérieur qui transportait les visiteurs autour du terrain d'Exposition et d'une extrémité à l'autre de celui-ci. Mais, Paha Sapa en était parfaitement conscient, l'objectif que servait cette énergie invisible n'avait guère d'importance ; c'était la faculté de l'exploiter et de la diriger qui métamorphosait l'univers.

Depuis, chaque fois que Paha était retourné à l'Exposition, il avait consacré un moment à explorer de nouveaux endroits, avait passé quelques minutes dans le palais de l'Électricité, était resté des heures debout, près des moteurs et des dynamos ronflants de la galerie des Machines, avant de s'installer pendant une heure ou deux de célébration dans le bâtiment reculé de la centrale électrique de l'IRC, à observer cette unique dynamo et à en éprouver les effets dans tout son corps. On aurait dit une cathédrale oubliée, et les ouvriers et les gardiens avaient fini par connaître Paha Sapa et par porter la main à leur chapeau en le voyant.

Un autre visiteur venait régulièrement et Paha Sapa l'avait croisé plusieurs fois – un homme d'un certain âge en vêtements de prix fripés, au menton orné d'une barbe soigneusement taillée et au crâne chauve (que Paha Sapa voyait luire à la lumière des ampoules nues au-dessus d'eux quand le monsieur retirait son canotier pour essuyer son cuir chevelu rose avec un mouchoir brodé). Sa canne elle-même avait l'air coûteuse. La plupart du temps, il n'y avait là que les gardiens, aussi silencieux que des servants de messe, Paha Sapa debout ou assis sur sa chaise, et le barbu debout ou assis, lui aussi, à cinq mètres de lui.

La troisième fois qu'ils s'étaient trouvés ensemble dans cette salle en ce mois de mai, le vieux monsieur s'était approché de lui, appuyé sur sa canne, et s'était éclairci la voix.

« Je vous prie de m'excuser, je ne voudrais pas vous importuner et je me rends bien compte que ma question ne peut que vous paraître insolente, sinon offensante, mais seriez-vous, par hasard, un Indien d'Amérique ? »

Paha Sapa avait levé les yeux vers l'homme (qui portait une veste de lin souple et froissé en ce jour de mai exceptionnellement chaud, alors que Paha Sapa transpirait dans son veston noir). Les yeux du vieil homme pétillaient d'intelligence.

« Oui, en effet. J'appartiens à la tribu que nous appelons les Lakotas et que l'on appelle plus communément les Sioux.

— Fantastique. Mais j'ai aggravé mon impertinence en négligeant de me présenter. Je m'appelle Henry Adams. »

L'homme lui avait tendu sa petite main délicate. Elle était aussi rose que son crâne et ses joues, au-dessus de sa barbe.

Paha Sapa s'était levé, lui avait serré la main et donné son faux nom de Billy Slow Horse. Le barbu avait hoché la tête ; il était enchanté, avait-il dit, de rencontrer un membre de la nation sioux en ce lieu inattendu, la salle de dynamo d'une Exposition universelle. Soudain, Paha Sapa avait été envahi d'un immense sentiment de chagrin ancien – qui n'était pas le sien – mais, heureusement, le contact de leurs mains n'avait pas provoqué l'invasion d'autres souvenirs ou impressions. Avec Custer qui babillait la nuit et les souvenirs de Cheval-Fou qui le troublaient de jour, Paha Sapa craignait que sa santé mentale ne survive pas à une nouvelle série de réminiscences.

Il n'avait pas idée de ce qui l'attendait dans les années à venir.

Ils s'étaient retournés tous les deux vers la dynamo rugissante. Sans machines à vapeur, la centrale électrique était beaucoup plus silencieuse que la galerie des Machines, mais le ronflement de cet engin, bien que plus grave, vous saisissait plus profondément. Il faisait vibrer les os et les dents de Paha Sapa et semblait provoquer en lui un frémissement sexuel subtil mais bien réel. Il s'était demandé si le vieil homme l'éprouvait, lui aussi.

La voix du gentleman était très douce, modulée – devinait Paha Sapa – par des décennies d'entretiens courtois mais savants, tempérée aussi par un sens de l'humour presque inaudible, un petit rire muet qui cherchait à s'échapper malgré l'infinie tristesse que Paha Sapa sentait encore couler à flots de cet homme.

« Quand mes amis, les Cameron, ont insisté pour que je les accompagne lors de cette visite éclair de l'Exposition – depuis Washington, figurez-vous, ce n'est pas la porte à côté –, j'étais convaincu que ce serait une perte de temps. Comment imaginer que Chicago – je le proclamais du haut de mon arrogance bornée –, que Chicago pourrait faire autre chose que nous jeter au visage ses dollars vulgaires, gagnés récemment et nous montrer quelque chose qui n'aurait rien à voir avec l'art, rien à voir avec le commerce, même, et qui ne serait qu'une démonstration inférieure à l'un et à l'autre ? »

Paha Sapa écoutait attentivement malgré le vrombissement de la dynamo. Si la plupart des hommes qu'il connaissait avaient prononcé ce genre de phrases, Paha Sapa aurait ri, aurait pris congé, ou les deux. Mais curieusement, ce M. Adams l'intéressait prodigieusement.

Le vieil homme fit un geste en direction de la dynamo et un grand sourire éclaira son visage.

« Mais ça *! Monsieur Slow Horse, les Grecs de l'Antiquité auraient été ravis de voir cela, et les Vénitiens, à leur zénith, l'auraient envié. Chicago s'est adressé à nous avec une sorte de mépris merveilleux, provocateur pour nous montrer quelque chose de beaucoup plus puissant que l'art, d'infiniment plus important que le commerce. C'est, hélas ou hourra, l'*avenir*, monsieur Slow Horse ! Le*

vôtre et le mien, je le crains... et en même temps, je l'espère pourtant. Je puis me divertir et écrire des cartes postales en me répandant sur les impostures et les fraudes du Midway Plaisance, mais tous les soirs, je reviens à la galerie des Machines et dans cette salle précise pour contempler telle une chouette la dynamo de l'avenir. »

Paha Sapa avait hoché la tête et jeté un coup d'œil insistant au petit gentleman. Embarrassé, Adams avait retiré une fois de plus son chapeau de paille pour éponger son cuir chevelu.

« *Je vous prie de m'excuser encore, monsieur. Je vous inflige mes bavardages comme si vous étiez un auditoire plus qu'un interlocuteur. Et* vous, *que pensez-vous de cette dynamo et des merveilles de la galerie des Machines, où je vous ai aperçu, plongé dans une admiration égale à la mienne, monsieur Slow Horse ?*

— *C'est la vraie religion de votre race, monsieur Adams.* »

Cette phrase avait fait ciller Henry Adams. Il avait remis son chapeau, avait encore cligné plusieurs fois des yeux, manifestement perdu dans ses pensées. Puis il avait souri.

« *Monsieur, vous venez de répondre à une question que je me pose depuis plusieurs années. Je me suis longtemps intéressé – à ma manière distante, vague et insolente de mécréant – au rôle que la Vierge Marie a joué dans les rêves lents et prolongés qu'a été la construction de chefs-d'œuvre comme le Mont-Saint-Michel et Chartres. Je crois que vous m'avez répondu. La Vierge Marie était aux hommes du* XIIIe *siècle ce que cette dynamo et ses sœurs seront aux...* »

À cet instant, un autre individu était entré et Adams s'était interrompu pour l'accueillir. Ils s'étaient de toute évidence donné rendez-vous en ce lieu, à cette heure précise. Ce second gentleman était très grand, avec un nez acéré comme un bec, des cheveux noirs pommadés coiffés en arrière et des yeux si perçants qu'ils rappelèrent à Paha Sapa non pas ceux d'une chouette, mais d'un aigle. Il était entièrement vêtu de noir et de gris avec une chemise d'un blanc éclatant, renforçant l'image d'un aigle prédateur et vigilant qui aurait pris forme humaine.

M. Adams semblait nerveux.

« *Monsieur Slow Horse, puis-je vous présenter mon compagnon d'Exposition d'aujourd'hui, l'éminent Sherl... je veux dire... l'éminent explorateur norvégien, M. Jan Sigerson.* »

Le grand homme ne tendit pas la main, mais s'inclina et claqua silencieusement des talons de façon presque germanique. Paha Sapa sourit et inclina la tête en retour. Quelque chose chez cet individu rendait Paha Sapa plus réticent que jamais à l'idée de toucher sa main nue et de risquer de découvrir ainsi un peu de son existence.

La voix de Sigerson était douce mais tranchante et parut plus anglaise que norvégienne à l'oreille novice de Paha Sapa.

« Je suis absolument ravi de vous connaître, monsieur Slow Horse. Nous n'avons pas souvent l'occasion, nous autres Européens, de rencontrer des wičasa wakan, *des Êtres Humains Libres Naturels. »*

Sigerson s'était tourné vers Adams.

« Excusez-moi, Henry, mais Lizzie et le sénateur attendent sur la jetée Nord au canot à vapeur de Franklin et m'informent que nous allons tous être en retard pour le dîner du maire Harrison. »

Sigerson s'était incliné à nouveau devant Paha Sapa, et cette fois, il souriait légèrement.

« J'ai été sincèrement enchanté de faire votre connaissance, monsieur Slow Horse et je ne peux qu'espérer qu'un jour, le wasichu wanagi *ne vous importunera plus. »*

Le *wasichu wanagi.* Le fantôme de l'homme blanc. Paha Sapa n'avait pu que suivre des yeux, perplexe, les deux hommes qui s'éloignaient. M. Adams parlait, mais le jeune Indien n'entendait pas ce qu'il disait.

Il n'avait jamais revu l'homme qui s'appelait Henry Adams, pas plus que son ami norvégien.

Mlle de Plachette le conduit jusqu'au Midway Plaisance – une avenue longue de un kilomètre bordé d'attractions de toutes sortes, de spectacles privés et de manèges qui s'étend, en direction opposée du lac, depuis Jackson Park jusqu'aux confins de Washington Park, aussi rectiligne qu'une épaisse flèche qu'on aurait tirée de l'ouest dans le dos de l'Exposition colombienne.

Devant eux, s'aligne une profusion d'édifices exotiques de part et d'autre du large boulevard poussiéreux du Midway : des demeures médiévales du Vieux Vienne et un Biergarten ; des mosquées algériennes et des minarets tunisiens d'où s'échappent des musiques étranges et des cris perçants ; une rue du Caire, où Paha Sapa et ses amis ont vu la danseuse du ventre qu'ils ont trouvée un peu surfaite ; des Lapons et des Samoans, des chameaux et un petit troupeau de rennes à qui des hommes vêtus de fourrures à longs poils malgré la chaleur font traverser rapidement l'avenue ; le long chemin de fer à patins à propulsion hydraulique ; le panorama des Alpes de Berne ; l'image lointaine du ballon captif, tout au bout du Midway, sur la droite.

Et, au milieu du boulevard, semblant grandir à chaque instant, la roue de Ferris avec ses quatre-vingts mètres de haut, qui, selon Mlle de Plachette, s'enorgueillit de ses trente-six voitures ou cabines fermées (toutes plus grandes que bien des cabanes de bois que Paha Sapa a connues), dont chacune peut transporter jusqu'à soixante passagers.

Paha Sapa éprouve une angoisse grandissante, bien que diffuse. Il n'a pas peur de la roue, ni de l'altitude, mais il a soudain l'impression qu'un péril le menace, comme s'ils approchaient, cette jeune personne qu'il connaît à peine et lui, d'un point de non-retour.

« Êtes-vous certaine de vouloir y aller, mademoiselle de Plachette ?

— Appelez-moi Rain, je vous en prie.

— Êtes-vous sûre de vouloir y aller, Rain ?

— Il le faut, *Paha Sapa. Telle est notre destinée. »*

14

Dans les Paha Sapa

Août-septembre 1876

Il essaie de s'élever dans les airs, mais chaque fois il échoue. Ce qu'il a déjà fait sans peine, ce qui n'était qu'un jeu pour lui, lui paraît désormais inaccessible. On dirait que son âme est devenue trop lourde. C'est le neuvième jour de son *hanblečeya*, son neuvième jour de jeûne, et sa faiblesse n'a d'égale que sa lassitude et son sentiment de défaite. Paha Sapa a fini par se dire que sa quête de vision était prématurée, présomptueuse et vouée à l'échec. Combien de braves nettement plus âgés et plus sages que lui ont connu l'échec ! Aucun membre masculin des Êtres Humains Libres Naturels n'est *assuré* d'obtenir une Vision et les rares à réussir n'y parviennent souvent qu'après des années de frustration et au terme de plusieurs *hanblečeyas*.

À part la sensation de faim qu'il a éprouvée au début mais qui s'est évanouie à présent, puis la faiblesse provoquée par son jeûne prolongé, cet *oymni*** – son temps d'errance – n'a pas été déplaisant. Quand Paha Sapa s'est réveillé dans la grotte de Robert Médecine-Douce, il n'y avait plus trace du vieillard – ses écuelles à boire et à manger avaient disparu avec les reliefs des lapins qui avaient constitué leur dîner – et Paha Sapa aurait presque pu croire que le vieux *wičasa wakan* cheyenne n'avait été qu'un rêve. Mais Ver et Grue-Blanche étaient frais et dispos quand il les a retrouvés toujours entravés à l'entrée de la grotte ce matin-là et, bien que le soleil n'ait pas encore été levé, l'averse qui persistait depuis des jours avait laissé place à une bruine de plus en plus drue.

C'est alors qu'affolé, le ventre noué d'inquiétude, Paha Sapa avait détaché le baluchon dont était chargée la jument blanche de Femme-Trois-Bisons, cherchant frénétiquement la *ptehinčala huhu canunpa*, la pipe en os de veau de bison sacrée et irremplaçable que, dans sa stupidité, Paha Sapa avait confié au vieux Cheyenne avoir emportée pour son premier *inipi*, sa première vraie cérémonie dans la loge de sudation.

Elle était bien là, séparée en plusieurs fragments, chacun enveloppé séparément d'une étoffe rouge, ses plumes rouges intactes.

Paha Sapa avait senti ses genoux se dérober sous lui : il aurait été si facile au vieux Cheyenne – s'il avait été plus réel qu'un rêve – de s'emparer de l'objet le plus sacré de la tribu de Paha Sapa. Et puis, ses genoux s'étaient dérobés de plus belle lorsqu'il avait pris toute la mesure de la confiance que lui avait témoignée Boite-Beaucoup. Paha Sapa se dirigeait vers les collines Noires, que l'on disait remplies de *wasichu*, soldats aussi bien que mineurs, qui le tueraient et le dépouilleraient par pur caprice, tandis que des tribus ennemies grouillaient – comme toujours – aux alentours, à l'affût de tous les jeunes Lakotas solitaires à tuer, dépouiller ou asservir.

Ce matin-là, Paha Sapa regrette de tout cœur que Boite-Beaucoup ne l'ait pas envoyé à ses cérémonies d'*inipi* et d'*hanblečeya* avec une pipe de pierre ordinaire, même si l'absence de la *ptehinčala huhu canunpa*, plus *wacan* que les autres avec son tabac spécial, ne pouvait que réduire ses chances d'accéder à une vraie Vision.

Mais sa journée de chevauchée pour rejoindre les collines Noires sous une pluie parfois battante s'est déroulée sans incident, Paha Sapa montant le hongre et conduisant la jument en dessinant un vaste arc de cercle en direction de l'ouest afin d'éviter les routes et les sentiers très fréquentés par les *wasichu* qui gagnent la ville minière de Deadwood.

Plus tard, surtout lorsqu'il emmènera son fils dans les collines Noires et dans ce qui reste des grandes plaines ouvertes pour leurs propres petits *oymni*, leurs temps d'errance, Paha Sapa aura beaucoup de mal à lui expliquer à quoi ressemblait le monde en ces belles années, du temps que les dieux lakotas écoutaient encore leurs adorateurs et que la terre était vivante pour son peuple.

Mais ce jour-là, alors qu'il s'engage dans les collines Noires, se dissimulant dans le lit des ruisseaux et traversant les longues prairies qui s'étendent entre les arbres, cherchant toujours soigneusement à éviter les embuscades, Paha Sapa et tout ce qu'il perçoit semblent exister et interagir simultanément autour de lui et en lui, à deux niveaux au moins : un niveau physique et joyeux – la chaleur du cheval entre ses jambes, la pluie sur son visage, l'odeur des feuilles de tremble mouillées, le souffle du hongre et de la jument ainsi que le babillement des écureuils et le croassement des corneilles –, et un autre niveau qui se superpose au premier, un niveau *nagi* plus grisant, plus bouleversant où tout ce qui l'entoure et lui-même existent et entrent en relation comme pure essence spirituelle.

Il sent le *waniya waken* – l'air lui-même –, comme quelque chose de vivant. Le souffle de l'esprit. Le renouveau. *Tunkan***. *Inyan***. Les rochers, les pierres sont vivants. Et sacrés. Les orages qui se déplacent au-dessus de la prairie, derrière lui, et se massent contre les collines qui se dressent devant lui sont *wakinyan*, le bruit de l'Esprit Tonnerre et le langage des Êtres Tonnerre. Les fleurs de l'été finissant, épanouies dans l'herbe haute et mouillée des prés, ont la douceur et les couleurs préférées de *Tatuskansa*, l'esprit qui fait bouger, le pouvoir d'animation du Grand Tout. Dans les cours d'eau que Paha Sapa traverse à gué demeurent les *Unktehi***, à la fois monstres et esprits. Lorsqu'il s'endort sous son abri de toile enveloppé de la tiédeur de ses couvertures, Paha Sapa entend le hurlement des coyotes et pense à Coyote, *Sunmanitu***, qui, à la moindre occasion, le trompera pendant son *hanblečeya*. La toile d'araignée tout étincelante sur un arbre contient les messages indéchiffrables d'*Iktomé*, l'homme-araignée, un filou plus redoutable encore que Coyote. Le soir, alors que tous les autres esprits se tiennent tranquilles et que le ciel se vide de sa lumière, Paha Sapa sent le souffle de Grand-Père Mystère et – quelquefois – de *Wakan Tanka* lui-même. Et la nuit, durant les rares instants où les nuages se dissipent, il regarde les étoiles se déployer de l'horizon obscur à l'horizon obscur, aucune lumière (il ne fait pas de feu) ne troublant sa vue et ces minutes durant, le jeune Paha Sapa peut tracer le chemin de sa vie, passée et à venir, sachant que quand il mourra, son propre esprit s'en ira vers le sud, le long de la Voie lactée, en compagnie des esprits des Êtres Humains Libres Naturels partis avant lui.

C'est en vérité le *maka sitomni***, le monde tout entier, l'univers, et il n'est jamais vide. Plus de quarante-cinq ans plus tard, quand le poète historien Doane Robinson lui apprendra le mot anglais *numinous*, sacré et terrifiant à la fois, Paha Sapa, songeant à ces moments-là, sourira tristement.

Paha Sapa n'a aucun mal à trouver la montagne qu'on appelle les Six Grands-Pères ; la cime voisine, la colline du Mauvais Esprit (que Paha Sapa vivra assez longtemps pour voir rebaptisée Harney Peak, du nom d'un célèbre *Wasicun* tueur d'Indiens) est la plus haute des Paha Sapa, dépassant légèrement deux mille mètres d'altitude.

Le versant sud des Six Grands-Pères n'est qu'à-pics et parois rocheuses dégagées, érodées – totalement impraticables –, mais le versant nord offre des voies d'accès plus faciles à travers les arbres. Un ruisseau coule à son pied, et c'est là que Paha Sapa dresse son camp de base et construit sa loge de sudation. L'endroit qu'il a choisi forme une combe abritée que traverse le petit cours d'eau, et où ses chevaux trouvent de l'herbe à profusion. Il sort du gros baluchon que porte Grue-Blanche la précieuse *ptehinčala huhu canunpa*, dont les différentes parties sont toujours enveloppées de leur étoffe rouge, ainsi que le hochet *wagmuha* contenant les quarante petits carrés de peau de Femme-Trois-Bisons sans oublier les pierres *yuwipi*.

Paha Sapa met toute une journée à ramasser les *sinktala waksu* pour la loge de sudation, pataugeant pendant de longues heures dans les cours d'eau glacés sur plusieurs kilomètres à la ronde, à la recherche de ces pierres sacrées au motif de broderies de perles. Paha Sapa frissonne en songeant qu'elles ont été touchées jadis par *Tunkan***, l'esprit ancestral et dur de la pierre présent à la création de toute chose. Il doit ensuite trouver le type de saules qui convient. Il lui faut encore toute une journée, de l'aube au coucher du soleil de cette fin d'été, pour construire son *inipi*, sa loge de sudation.

Après avoir abattu les douze saules blancs nécessaires (et en avoir écarté bien davantage), Paha Sapa enfonce les piquets en dessinant un cercle d'environ deux mètres de diamètre. Il tresse les branches souples en forme de dôme, qu'il recouvre des peaux et des couvertures qu'il a emportées avec lui. Puis il bouche tous les interstices à l'aide de feuilles. À l'intérieur, Paha Sapa creuse un trou au centre de la petite hutte et se sert de la terre retirée pour tracer un étroit sentier bien propre que les esprits pourront emprunter pour entrer dans sa loge de sudation. À l'extrémité de ce sentier, il rassemble la terre en un petit monticule qu'on appelle un *unci***, le même mot que celui que son peuple utilise pour dire « grand-mère », parce que c'est ainsi que Boite-Beaucoup, Bison-Assis et les autres hommes sacrés lui ont appris à concevoir la terre tout entière : Grand-Mère.

L'ouverture de l'*onikare* de Paha Sapa – un autre mot qu'il emploie pour désigner la loge de sudation – est tournée vers l'ouest, car seuls les *heyokas* peuvent entrer dans ce genre de hutte par l'est. Au centre, il enfonce solidement dans la terre des bâtons fourchus, qui serviront de support à la pipe sacrée, la *ptehinčala huhu canunpa.* N'ayant pas de crâne de bison à disposer à l'entrée, Paha Sapa passe toute une journée à chasser dans la forêt de pins. Il tue un grand cerf, abandonne la carcasse aux oiseaux et aux charognards – son jeûne est déjà bien avancé, son estomac gargouille constamment à présent et il est souvent obligé de s'asseoir et de baisser la tête parce que sa vue se brouille –, il dépouille et nettoie le crâne, résistant à l'envie de lui ronger les yeux, et le pose à côté de l'entrée avec six petits sacs contenant des offrandes du meilleur tabac que lui a donné Boite-Beaucoup. Cela devrait lui porter chance.

En cet instant, Paha Sapa regrette plus que jamais l'absence de son grand-père Boite-Beaucoup et des autres hommes importants du village. S'il avait pu faire son *hanblečeya* correctement, ses aînés auraient coupé et tressé les saules pour lui et lui auraient préparé ses *sintkala waksu.* Paha Sapa n'aurait pas commencé ses quatre jours de jeûne dans la loge de sudation avant que tout n'ait été prêt pour lui. Mais à cause du conseil que lui a donné Robert Médecine-Douce à la butte de l'Ours, cela fait presque six jours que Paha Sapa jeûne – qu'il n'a rien absorbé de solide du moins – au moment où sa loge de sudation est prête, où la pipe sacrée est bourrée et ses gourdes et poches d'eau prêtes à être versées sur les pierres chauffées à blanc au centre de la hutte plongée dans l'obscurité et déjà étouffante. Pour l'instant, il se passe de toute nourriture, mais il peut encore boire de l'eau. Lorsqu'il entreprendra pour de bon sa quête de vision dans la fosse qu'il aménagera à cette fin, il devra, il le sait, se passer de nourriture *et* d'eau pendant quatre jours au moins.

Et c'est Paha Sapa qui est obligé de psalmodier les prières tout seul, de son mieux, et de souffler « Ho, Grand-Père » chaque fois qu'il verse de l'eau sur les pierres *sinktala waksu* incandescentes et sent l'énergie sacrée en jaillir avec des bouffées de vapeur. Personne ne peut séjourner indéfiniment dans une loge de sudation aveugle et remplie de vapeur et toutes les heures environ, Paha Sapa sort en titubant, nu, dans l'air infiniment plus frais du mois d'août. Il s'écroule, haletant, dans les hautes herbes, faisant parfois broncher ses chevaux qui paissent et chaque fois, après avoir soufflé quelques minutes – et avoir rampé pour aller boire tout son saoul au ruisseau si froid qu'il ne sent plus ses dents, pleurant presque de gratitude d'être encore autorisé à étancher sa soif –, il retourne dans la loge de sudation pour fumer et chanter encore. Il ne s'accorde de plus longues pauses que pour rentrer davantage de bois pour le feu et d'eau à verser sur les pierres. Paha Sapa, qui a toujours été un petit garçon fluet, a perdu la moindre once de graisse susceptible de recouvrir encore sa carcasse et ses os.

Pendant trois longs jours, il se purifie ainsi. Il aurait volontiers accueilli une vision dès à présent, mais il ne lui en vient aucune. Il sait que la loge de sudation n'est qu'un préambule, pourtant, il avait espéré...

Le quatrième jour de sa purification, son neuvième jour de jeûne, affaibli par la faim et tremblant sous les effets de la chaleur, de la vapeur, de l'obscurité et du tabac, vêtu en tout et pour tout de mocassins et d'une couverture, il prend la pipe sacrée et un baluchon et s'engage dans la difficile ascension de trois quarts d'heure au-dessus de sa loge de sudation jusqu'à un site voisin du sommet des Six Grands-Pères. Là, Paha Sapa trouve un endroit moelleux entre la crête rocheuse et la pierraille. Il le nettoie de toutes les aiguilles et pommes de pin et creuse une fosse peu profonde juste assez longue pour qu'il puisse s'y allonger. Le ballot de Grue-Blanche contenait une couverture rouge, l'une des précieuses possessions de Boite-Beaucoup. Paha Sapa se sert de son couteau pour découper la couverture en lanières qu'il attache à des piquets pour servir de bannières autour de sa Fosse de Vision. Il a suspendu à des ficelles tendues entre ces piquets des sachets d'étoffe de couleurs vives qui contiennent encore du tabac – Paha Sapa se demande si Boite-Beaucoup en a gardé pour lui, à fumer – et découpe des petits carrés de peau sur ses cuisses et ses avant-bras qu'il ajoute à ces sachets sacrés encourant sa Fosse de Vision.

Le cinquième et dernier poteau se dresse au centre de la fosse, juste à côté de son bras droit quand il est allongé sur le dos, et proclame que ce lieu – aux fins de cette Vision, du moins – est le centre du monde, le point de convergence de tout pouvoir spirituel.

Paha Sapa s'est entièrement dévêtu avant d'entrer dans sa Fosse de Vision, il a même retiré son pagne et ses mocassins, car il faut attendre une Vision dans l'état de nudité où l'on est venu au monde, mais il ne passe pas toute sa journée couché dans la fosse. Le matin, quand le soleil se lève à l'est au-delà des *Maka Sica* que les *wasichu* appellent Badlands, les Mauvaises Terres, lointaines, mais parfaitement visibles, Paha Sapa rejoint le sommet de la cime rocheuse des Six Grands-Pères, il tend le tuyau de sa pipe sacrée vers cette forme visible et très puissante de *Wakan Tanka* tout en psalmodiant des prières de salutation et des supplications à l'esprit-derrière-le-soleil pour qu'il lui envoie une Vision. Toute la journée, il se lève régulièrement de la Fosse de Vision pour répéter les gestes, les psalmodies et les prières, se tournant à midi vers le sud, se tenant tour à tour devant chaque poteau qu'il a marqué de ses bannières et chantant pendant toute la soirée ses psalmodies et ses supplications en direction de l'ouest.

Paha Sapa observe soigneusement tout ce qui l'entoure – le ciel, le temps, le vent, le mouvement des arbres, le vol d'un faucon ou d'une chouette, le pas feutré, au loin, d'un coyote ou d'un raton laveur – avec la conscience aiguisée et l'espoir fervent que l'esprit de cette chose ou de cette créature puisse faire partie de sa Vision.

Tout est tel que cela doit être.

Rien n'est tel que cela doit être.

Une *hanblečeya* correcte se fait sous un ciel dégagé de jour et étoilé de nuit. Or il continue à pleuvoir à verse pendant presque tout le temps que Paha Sapa passe dans les collines Noires. Quand il se réveille le matin pour saluer le soleil levant de ses chants et de ses prières – dont il ne se souvient qu'imparfaitement, et il n'y a ici ni *wičasa wakan* ni anciens pour l'aider à psalmodier ou à se souvenir des paroles –, le « soleil levant » n'est qu'une lueur terreuse qu'il entraperçoit à l'est à travers une bruine épaisse. À cause des gros nuages qui masquent quotidiennement le ciel, il lui est presque impossible de savoir quand le soleil a passé le zénith pour pouvoir se placer face au sud, comme l'exige le rituel, afin de dire ses prières. Quant aux couchers de soleil, ils ne sont pas plus visibles que ses levers. Paha Sapa s'obstine à brandir le tuyau de sa *ptehinčala huhu canunpa* dans la pluie et la grisaille. Malgré tous ses soins, les plumes rouges ancestrales et sacrées de la pipe sont trempées et s'effritent sous l'effet de l'humidité.

Sans le concours des hommes du mystère plus âgés et d'autres auxiliaires, tout va de travers. Paha Sapa sait que sa loge de sudation ne ressemble qu'imparfaitement à la construction élégante et soignée que Boite-Beaucoup ou même Blaireau-Furieux l'auraient aidé à bâtir. Il craint d'avoir mal choisi ses pierres sacrées et effectivement, plusieurs ont éclaté quand il a versé de l'eau dessus. Il sait que ses prières et ses suppliques pèchent par négligence et soupçonne certains éléments de sa Fosse de Vision eux-mêmes d'être imparfaits. Mais c'est surtout l'absence d'autres hommes et de leurs psalmodies et prières au moment de fumer la pipe et dans les autres cérémonies de la loge de sudation qui persuade Paha Sapa que sa purification est incomplète et que son *inipi* ne peut que déplaire à tous les esprits.

S'y ajoute que Paha Sapa est presque mort d'inanition. Les jeunes gens commencent toujours leur jeûne total *après* la dernière purification dans la loge de sudation, mais Paha Sapa a commencé le sien – suivant le conseil d'un homme sacré cheyenne à la butte de l'Ours au cours de ce qui n'était peut-être qu'un simple rêve – avant même d'arriver dans les collines Noires. Au lieu d'entamer son jeûne intégral le jour où il a creusé sa Fosse de Vision, Paha Sapa en était à son *neuvième jour* de privation de toute nourriture, et son corps tremble et vacille à présent autant que son esprit.

Mais d'autres raisons, plus impérieuses encore, convainquent Paha Sapa que toute cette quête de Vision est déjà un échec.

Allongé dans sa fosse boueuse au sommet de la crête rocheuse des Six Grands-Pères, tandis que la pluie ruisselle sur son visage, il comprend que Cheval-Fou avait raison : aucun individu contaminé par le fantôme de Cheveux-Longs ou de tout autre *Wasicun* ne saurait être agréable aux dieux et aux esprits, et moins encore à *Wakan Tanka.* Et tandis que le corps de Paha Sapa s'affaiblit et que son esprit se brouille, le fantôme qui a envahi son cerveau et son ventre jacasse de plus belle, comme s'il était impatient de sortir de cette prison.

Qu'arrivera-t-il au fantôme de Cheveux-Longs si je meurs ici ? se demande Paha Sapa. *Nos deux esprits* nagi *vont-ils s'envoler et s'élever en même temps – le sien vers le lieu où migrent les esprits* wasichu *après la mort, le mien vers la Voie lactée et au-delà ?*

Il faut encore compter avec la réalité contrariante des souvenirs de Cheval-Fou qui se mêlent aux siens. Comment les esprits pourraient-ils reconnaître son esprit à lui, Paha Sapa, si une part aussi importante de sa conscience est livrée aux souvenirs violents et ténébreux de ce féroce *heyoka* ?

Il a accès aux images de l'*hanblečeya* réussie de Cheval-Fou, du temps où le chef de guerre était un jeune brave qui portait encore le nom de Cheveux-Bouclés, mais elles ne font qu'ajouter au découragement de Paha Sapa. Le jeune Minneconjou a bénéficié alors de l'aide pleine et entière de Rêveurs du Tonnerre comme Morceaux-de-Corne et de son propre père encore en vie, qui s'appelait alors lui-même Cheval-Fou, et il était accompagné de la certitude de toute sa bande que le jeune Cheveux-Bouclés recevrait une Vision des Êtres Tonnerre et deviendrait le *heyoka* et le chef de guerre qu'ils souhaitaient qu'il fût. Le souvenir même de la Vision du jeune Cheveux-Bouclés-Cheval-Fou est déroutant, parce qu'il se limite pour l'essentiel à un rêve confus d'éclairs, de grondements de tonnerre et du *nagi* de Cheveux-Bouclés parlant à un guerrier-esprit sur un cheval-esprit. De tous les êtres qui vivent sur terre, Paha Sapa en est conscient, seuls Cheval-Fou et lui savent à quel point sa Vision a été floue et incertaine, alors qu'elle avait bien commencé, avec un faucon à queue rouge qui avait crié pour attirer l'attention du jeune garçon.

Elle s'était bien achevée aussi, avec la purification d'après-vision en compagnie des anciens dans la loge de sudation. Ces aînés et les *wičasa wakan* – tous Rêveurs du Tonnerre – avaient interprété ce rêve et déclaré que c'était une Vision recevable, consacrant l'ascension du jeune Cheval-Fou au statut de *heyoka* et de policier tribal *akicita* et annonçant à tous que Cheveux-Bouclés serait un jour un grand chef de guerre.

Chaque fois que les échos du tonnerre ébranlent les collines Noires, Paha Sapa tressaille et se recroqueville. Il ne veut pas être un *heyoka.* Il ne veut pas servir les Êtres Tonnerre féroces et belliqueux. En même temps, il a honte de se dérober ainsi, honte de sa lâcheté, de cette obstination à refuser son rôle dans la vie, si telle est la volonté du Grand Tout.

Mais les Êtres Tonnerre ne lui parlent pas ici, au sommet des Six Grands-Pères, même quand le vrai tonnerre roule au milieu des éclairs et que Paha Sapa se blottit dans son trou boueux, craignant que la foudre ne vienne frapper ce lieu aussi élevé, aussi exposé.

Il n'est pas seulement un chercheur de vision lamentable, il s'en rend parfaitement compte, il est également un lamentable poltron.

Dans le courant de la nuit de son neuvième jour de jeûne, Paha Sapa se dit qu'il sera bientôt trop faible pour chasser ou trouver de la nourriture, même si une Vision lui apparaissait. Cette nuit-là, il descend en titubant le long versant escarpé qui rejoint la vallée où ses deux chevaux entravés paissent et s'abreuvent toujours au ruisseau et – avec une lenteur infinie – il confectionne quatre pièges à lapins qu'il installe sur la pente, dans les arbres et les buissons. Voyant que son *initipi,* sa loge de sudation, semble se dissoudre sous l'averse interminable, Paha Sapa ramasse sa peau de bison et la pipe suspendue désormais à son cou par une robuste lanière et reprend la longue et pénible ascension. Il se traîne jusqu'à la crête et arrive juste à temps pour adresser offrandes et prières à un lever du soleil qui se dissimule derrière les nuages.

À son dixième jour de jeûne, Paha Sapa essaie de voler.

Il est tellement affaibli qu'il passe beaucoup de temps assis, adossé à l'un des poteaux des Quatre Directions lorsqu'il offre la pipe sacrée, mais il est également si épuisé et hébété que son moi-esprit *nagi* s'échappe aisément de son corps. (Craignant qu'il ne revienne pas, Paha Sapa l'attire par des promesses de lapin cuit à point sur un feu crépitant).

Son *nagi* s'incline sous la légère brise qui souffle presque constamment à cette altitude, il sent le vent contre son torse-esprit un peu comme il sentirait l'eau au plus profond d'un ruisseau ou d'une rivière, prêt à donner un coup de pied pour se mettre à flotter et nager, mais – contrairement à tant de fois où il s'est élevé si facilement dans le ciel – les vents ne le portent pas.

Son esprit lui-même est trop lourd pour prendre son envol.

C'est ainsi qu'au dixième jour de jeûne, de marmottements, de prières et de présentation, bras tendus, du tuyau de la *ptehinčala huhu canunpa* aux nuages bas et à la pluie, il envisage sombrement d'admettre son échec et de prendre le chemin du retour.

Cheval-Fou me tuera.

Mais, sûrement, Cheval-Fou a dû poursuivre sa route à présent. Le chef de guerre avait l'intention de conduire sa bande contre les *wasichu* dans les collines Noires, puis de repérer le régiment de cavalerie venu venger l'élimination de Cheveux-Longs. Il y a peu de risques qu'il soit encore avec la bande de Blaireau-Furieux et de Boite-Beaucoup qui campe près des buttes Minces.

Rentrer après un échec méprisable, ne jamais pouvoir revendiquer une Vision, ne jamais devenir wičasa wakan *comme mon* tunkašila *adoptif ?*

Mieux vaut être un raté qu'un cadavre, Collines-Noires. Tu sais que tu n'as jamais eu l'étoffe d'un guerrier, d'un brave... Tu sais à présent que tu n'étais pas destiné non plus à être un homme du mystère ni un homme important pour ta tribu.

Paha Sapa a envie de pleurer. Assis, le dos contre le poteau de l'ouest, attendant l'heure de ses prières du coucher du soleil, la bannière rouge pendant lourde, mouillée, dégoulinante au-dessus de lui, son *nagi* maussade lui déchirant la poitrine, et pendant que ce satané fantôme *wasichu* babille toujours dans son cerveau torturé, Paha Sapa décide de rester ici, sur les Six Grands-Pères, une nuit encore, peut-être encore un jour mouillé, avant de renoncer à tout espoir et de reprendre le chemin des siens.

Si aucun lapin ne s'est pris dans tes pièges, tu mourras, à moins d'abattre Ver ou Grue-Blanche.

Chassant cette idée de sa tête, Paha Sapa ferme les yeux sous la pluie, attendant le moment approximatif du coucher du soleil derrière les nuages bas.

Il se réveille allongé sur le dos, nu, à côté de sa Fosse de Vision. Il fait nuit noire, et les nuages se sont dissipés. Le ciel est illuminé par les trois mille étoiles étroitement groupées qu'il a l'habitude de voir en ces nuits de fin d'été. Un instant, il s'affole. Il a peur d'avoir lâché la pipe sacrée sur ce sommet rocheux escarpé, mais il sent alors la courroie, et sa main se pose sur la *ptehinčala huhu canunpa* étrangement tiède contre son ventre nu.

Des étoiles filantes égratignent la vitre noire du ciel nocturne. Paha Sapa se rappelle qu'il y en a toujours beaucoup en cette période de l'année, juste après le jour de sa naissance. Boite-Beaucoup lui a raconté que selon certains anciens, les étoiles filantes célèbrent une grande bataille, une victoire, ou bien une Vision, oubliées depuis longtemps des Êtres Humains Libres Naturels.

Paha Sapa se sent bien allongé là, sur le dos, la moitié du corps dans sa Fosse de Vision, l'autre dehors, le rocher fraîchissant étrangement sec sous ses épaules et sous sa tête, à regarder tomber les étoiles.

Soudain, depuis le zénith, une étoile filante plus brillante que les autres strie le ciel. Elle est si lumineuse qu'elle éclaire la nuit, qu'elle éclaire le sommet des Six Grands-Pères, la haute colline du Mauvais Esprit et toutes les cimes environnantes. Les millions de pins sombres des Paha Sapa se parent soudain d'une lueur argentée puis laiteuse sous l'éclat de cette étoile filante qui se transforme en comète vertigineuse.

« *Ooouh !* »

Paha Sapa n'a pas pu s'empêcher de crier. C'est le même cri que celui qu'il poussait tout petit quand il regardait les averses d'étoiles filantes de fin d'été et en découvrait une plus brillante que les autres. Mais il n'a jamais vu d'étoile tomber dans un éclat aussi aveuglant que celle-ci.

Il s'aperçoit alors avec un lent tressaillement de ce qui pourrait être de la crainte s'il avait plus d'énergie et de présence d'esprit qu'elle fonce droit sur lui.

Cette lumière éclatante qui se précipite vers lui projette les ombres des poteaux des quatre points cardinaux et des quelques arbres rabougris proches du sommet rocheux dans toutes les directions. Paha Sapa *entend* à présent l'étoile qui tombe – un sifflement, un grondement, un bruit de galop alors que l'astre se consume en traversant les airs.

Soudain, dans un profond silence, l'étoile explose et éclate en six étoiles filantes distinctes, à peine plus petites. Elles continuent à fondre sur lui à toute allure.

À travers la faim et l'épuisement, avec une sorte de détachement effaré, Paha Sapa comprend que dans quelques secondes, il sera mort.

Les six fragments de la Grande Étoile approchent. Chacun est sur le point de s'abattre sur les Six Grands-Pères, dont l'un, semble-t-il, précisément à l'endroit où il se trouve, au sommet ; au dernier moment, Paha Sapa se cache les yeux sous son avant-bras.

Pas d'impact. Pas d'explosion. Pas le moindre bruit sinon le très léger frémissement des pins ponderosa et des autres résineux sous la brise légère.

Paha Sapa écarte son bras et ouvre les yeux.

Les six étoiles forment un cercle autour de la cime, mais elles ont pris la forme de six rayons verticaux de lumière blanche. Chacun d'entre eux doit mesurer plus de cinquante mètres de haut. Chaque rayon, ou chaque cocon de lumière contient un vieil homme qui a l'air d'appartenir aux Êtres Humains Libres Naturels. Ils portent tous une couverture de bison d'un blanc immaculé et une unique plume d'aigle blanche dans leurs cheveux gris. Ils dévisagent Paha Sapa, et leur regard est différent de tous les regards humains que le jeune garçon a jamais rencontrés. Il les sent peser sur lui.

« Veux-tu venir avec nous, Collines-Noires ? »

Paha Sapa tourne la tête brusquement. Il n'a pas vu leurs lèvres remuer. Et il n'a pas, à proprement parler, *entendu* la question. Pas avec ses oreilles du moins. De longues décennies durant, il s'efforcera de se rappeler et de décrire leurs voix – elles n'ont rien à voir avec les sons que les hommes produisent avec leur larynx et leur bouche, avec leur langue et leurs dents, on dirait plutôt le subtil chuchotement du vent qui agite des branches, la vibration grave du tonnerre, au loin, ou le léger ébranlement de tout le corps provoqué par les troupeaux de chevaux ou de bisons qui approchent, tel qu'il l'a perçu quand, imitant ses aînés, il collait son oreille contre la terre.

En même temps, aucune de ces comparaisons n'est pertinente. Il sait sur le moment comme il le saura plus tard que cela n'a aucune importance.

« Bien sûr, je viens, Grands-Pères. »

L'une des formes géantes lui tend une main environnée de lumière blanche. Paha Sapa fait un pas en avant et se rend compte qu'il tient, tout entier, dans la paume ridée.

Ils s'élèvent rapidement et silencieusement dans le ciel nocturne illuminé. Curieusement, Paha Sapa peut entendre le bruit des étoiles – chaque étoile a une voix, chaque voix fait partie d'un chœur, le chœur de ces plus de trois mille voix chantant une prière mélodieuse telle qu'il n'en a jamais entendu.

Quand ils sont à plusieurs milliers de mètres au-dessus du paysage éclairé par les étoiles, les six formes cessent de s'élever et se mettent à planer, Paha Sapa confortablement installé, parfaitement insouciant, au creux de la paume tiède.

Mais quand il finit par se pencher au bord de la coupe rassurante de la main géante pour regarder les collines sacrées, en bas, Paha Sapa retient à grand-peine un hurlement de terreur.

Les collines Noires ont disparu. Tout a disparu.

Au-dessous de lui, au-dessous des Six Grands-Pères suspendus dans le ciel comme des nuages, une étendue d'eau s'étend à l'infini vers les deux horizons lointains, sombres et légèrement incurvés. Le monde n'est qu'eau, eau à perte de vue.

Paha Sapa comprend immédiatement ce qu'il voit : c'est le monde informe qui existait avant que *Wakan Tanka*, le Grand Mystère, le Grand Tout, ne crée la terre, et les quatre-pattes, et puis l'homme. C'est le monde d'avant l'homme, du temps où les *tanku wakan*, les choses mystérieuses, déambulaient dans le monde des esprits : *Wakinyan* l'Oiseau-Tonnerre, *Tatanka*, la Grande-Bête, *Unktehi*, Celui-qui-Tue, *Taku Skanskan*, Celui-qui-Change-les-Choses, *Tunkan*, le Vénérable. Tous les purs êtres-esprits *nagi* qui se promenaient dans les cieux au-dessus d'un monde encore noyé d'eau placentaire, attendant sa naissance.

C'est le monde tout-en-eau dont Boite-Beaucoup lui a parlé quand il lui racontait les histoires les plus anciennes, mais avant cet instant, Paha Sapa n'a jamais réussi à imaginer à quoi il ressemblait. Maintenant, la mer s'étend de toutes parts au-dessous de lui.

Paha Sapa s'aperçoit que les nuages élevés ont occulté les étoiles. Il voit maintenant au-dessus de lui, des nuées grises infiniment hautes et de l'eau grise, presque étale, infiniment loin au-dessous de lui. Il comprend au fond de son cœur que les Six Grands-Pères lui ont permis de les rejoindre pour la Naissance.

Soudain un unique rayon de lumière – le garçon sait sur-le-champ qu'il vient du Grand Mystère, du Grand Tout – perce le plafond nuageux et fend l'étendue de ciel intermédiaire jusqu'à toucher la mer, tout en bas. Les eaux bouillonnent. De la mer du Monde émergent, ruisselants, les collines, les arbres noirs et la pierre sacrée du cœur du cœur du monde – les collines Noires. Le rayon lumineux décroît, mais les collines Noires sont toujours là, au-dessous d'eux, minuscule île sombre dans un océan infini qui scintille vaguement. Pendant un moment, bien en sécurité dans la paume incurvée du Grand-Père, Paha Sapa regarde de tous ses yeux, ne percevant que le bruit du vent qui caresse les arbres, les herbes et le sommet des vagues, loin, très loin au-dessous de lui. Paha Sapa comprend que ces vents qu'il entend murmurer sont les voix assourdies d'autres grands esprits qui existaient avant la venue des premiers hommes : *Tate*, l'Essence du Vent ; *Yate*, le Vent du Nord ; *Yanpa*, le Vent d'Est ; *Okaga*, le Vent du Sud.

Dans son enfance, Paha Sapa a adressé des prières et des chants à tous ces vents avec Boite-Beaucoup, pour se former à être un jour un homme du mystère et à présent, Paha Sapa prie à nouveau en silence. La présence de ces vents lui donne envie de pleurer.

Le soleil se lève. Sa lumière dessine des touches sombres sur le versant des Collines, les ombres de la montagne et les ombres des pins, elle en projette d'autres encore, celles des petites collines et des arbres isolés dans les prés allongés. Puis les eaux qui entourent ce monde insulaire reculent encore, les prairies et les plaines, et aussi les *Maka Sika,* les Badlands des *wasichu,* émergent, toutes brillantes, dans la lumière. La terre ferme a remplacé la couverture aqueuse d'un horizon à l'autre. Le monde est devenu essentiellement *maka*, terre ; il est prêt désormais à accueillir les quatre-pattes et les deux-jambes.

Paha Sapa voudrait demander aux Six Grands-Pères pourquoi ils lui montrent tout cela, mais sa voix-esprit *nagi* est trop faible – ou l'air trop rare à cette altitude – pour que les sons-mots parviennent aux oreilles des Grands-Pères. Il ne peut que lever les yeux et faire un signe aux visages ancestraux, ridés mais amicaux, qui glissent doucement comme des nuages élevés dans les vents sacrés.

Paha Sapa se rend compte que les Six Grands-Pères lui ont accordé la vision acérée du *wanbli***, l'aigle. Quand il tourne les yeux vers les coteaux boisés, au sud des collines Noires, il distingue clairement l'ouverture de

Washu Niya, la Grotte qui respire, le lieu sacré que les *wasichu* aveugles appellent la grotte du Vent. C'est alors que grâce à sa vision de *wanbli*, il voit le premier bison surgir à la lumière.

Paha Sapa éclate de rire, et cette explosion de joie est plus sonore que sa faible voix *nagi*. Les histoires de comment-tout-a-commencé que racontaient Boite-Beaucoup, Bison-Assis et les autres *wičasa wakan* étaient donc vraies ! Les premiers bisons sont minuscules, à peine plus gros que des fourmis, et tout aussi nombreux. Mais les herbes grasses, encore tout humides de leur naissance, des collines Noires et des vastes plaines qui s'étendent au-dessous d'elles les font rapidement grandir jusqu'à atteindre la taille et la masse de vrais bisons. Paha Sapa rit encore tout haut. En l'espace de ces quelques minutes, les Six Grands-Pères lui révèlent des éternités.

Le soleil monte plus haut dans le ciel, et les ombres des bisons qui paissent par troupeaux entiers sur les plaines infinies balayées par les vents, au nord et au sud des collines, se détachent en relief accusé.

Paha Sapa regarde de nouveau vers le sud.

Les Premiers Hommes sortent en rampant, battant des paupières, de la Grotte qui respire et adressent immédiatement des prières à *Wakan Tanka*, aux Six Grands-Pères, aux autres esprits et au don du mystère lui-même, leur rendant grâce d'avoir pu émerger des ténèbres pour accéder à ce nouveau monde, foisonnant de gibier, vibrant d'esprits murmurants, protecteurs et parfois merveilleusement dangereux.

Les générations et les siècles s'écoulent en quelques minutes, et Paha Sapa observe son peuple qui naît, chasse, se marie, marche au loin, se bat, adore, vieillit et meurt. Il le voit chasser des animaux qu'il n'a jamais vus, dont il n'a encore jamais entendu parler – de grandes bêtes poilues et pourvues de défenses – et il voit les Êtres Humains Libres Naturels recevoir le don du *šunkcincala*, le « chien sacré », le miracle du cheval. Il contemple son peuple qui se déploie largement à travers les plaines.

Une fois encore, les collines Noires apparaissent à Paha Sapa comme le cœur des prairies vertes et brunes infinies de l'*obleyaya dosho*, l'étendue du monde. Une fois encore, il voit les collines Noires comme le *wamakaognaka e'cantge* du continent tout entier, le cœur de tout ce qui est. Plus que jamais encore, Paha Sapa voit les collines Noires comme le *O'onakezin*, le Lieu de refuge.

Il aperçoit la rivière de la Danse du Soleil au nord des collines, celle que les *wasichu* appellent Belle Fourche, et la rivière Cheyenne au sud. Plus loin vers le nord, il reconnaît sans peine la ligne sinueuse du fleuve auquel les *wasichu* donnent le nom de Missouri. Tous ces cours d'eau sont en crue, mais la rivière de la Danse du Soleil est encore plus haute que les autres.

Au loin, Paha Sapa reconnaît *Wapiye Olaye I'ha*, la plaine des Rochers qui guérissent, les buttes Noires des *Hinyankagapa*, et les buttes Blanches des *He Ska*, et aussi le Lieu chauve, *Re Sla*. Puis son regard revient à la Grotte qui respire, *Washu Niya*, au sud des collines, et découvre une foule de lieux qu'il lui faudrait des jours ou des semaines de marche ou de chevauchée pour atteindre.

Il voit la crête du Dos de cochon de grès rougeâtre ourlant le sillon de la Piste de course qui entoure les collines, comme une bande de muscle autour d'un cœur qui bat, et repère sans difficulté le large *Pte Tali Yapa*, la Brèche du bison, qui offre aux animaux à quatre pattes et aux Êtres Humains Libres Naturels un accès facile pour aller se réfugier dans les montagnes. Juste au-dessous de lui se dressent les Six Grands-Pères, à côté de la cime rocheuse plus élevée de la colline du Mauvais Esprit et d'une cinquantaine d'autres crêtes de granite gris, d'aiguilles et de flèches de roche rouge qui jaillissent du doux tapis noir des pins qui recouvrent les versants.

Un profond silence règne là-haut tandis que le soleil se lève rapidement, encore et encore, beaucoup trop vite pour obéir à une durée et à un mouvement réguliers, et que les ombres raccourcissent si précipitamment que c'en est amusant. Encore et encore, le soleil se précipite dans le ciel, dessine une arche à travers le bleu parfait et se couche, accompagné des prières des Êtres Humains Libres Naturels. Mais soudain, ce mouvement ralentit et l'articulation précise – chuchotement du vent, murmure de la branche, tonnerre lointain – de la douce voix du Grand-Père envahit l'esprit de Paha Sapa. Le petit garçon de onze ans a soudain l'impression d'être dans son avenir, et dans celui de son peuple.

« Regarde, Paha Sapa. »

Paha Sapa regarde et d'abord, il ne voit rien. Mais il remarque ensuite un frémissement, un étrange glissement à l'intérieur des rochers de la montagne sacrée des Six Grands-Pères, à deux ou trois kilomètres peut-être au-dessous de lui, un tremblement, une vibration qui longe la partie supérieure de la crête rocheuse où il distingue encore sa Fosse de Vision boueuse et ses cinq poteaux de direction, avec leurs bannières rouges fanées. Grâce à l'acuité de son regard d'aigle, Paha Sapa peut se concentrer à volonté sur certains détails, presque comme s'il possédait un des télescopes d'officier de cavalerie *Wasicun* que Boite-Beaucoup lui a décrits. Un des Grands-Pères tend le doigt et il observe plus attentivement encore la montagne d'où il est venu.

De petits rochers et des blocs de taille moyenne se détachent et roulent le long du versant sud escarpé de la montagne des Six Grands-Pères. Paha Sapa voit les arbres de la pente nord s'ébranler et trembler à l'unisson. Un léger grondement s'élève pendant que d'autres pierres, grandes et petites, roulent vers le fond de la vallée du côté sud du pic sacré, puis Paha Sapa assiste au tremblement de terre, la roche elle-même semblant se liquéfier, miroiter, tandis que la forêt et les prés, kilomètre par kilomètre, se plissent et changent de forme comme une peau de bison ou une couverture que l'on secouerait.

Non. Quelque chose *sort* de la pierre.

Un instant, Paha Sapa a l'impression que quelque chose fait irruption du rocher lui-même, se fraie un passage *hors* de la pierre, mais en regardant plus attentivement il voit que c'est le granite de la montagne elle-même qui se refaçonne, se reforme, se soulève.

Quatre visages géants surgissent sur la falaise qui donne au sud, juste au-dessous de l'endroit où Paha Sapa a passé des jours et des nuits allongé ou en prière. Ce sont des visages *wasichu*, des visages d'hommes – encore que, sans la saillie hardie du menton, le premier à jaillir du rocher pourrait être celui d'une vieille femme. Le second visage à faire éclater la paroi de granite comme le bec et la tête d'un oisillon qui briserait l'épaisse coquille grise de son œuf est celui d'un *Wasicun* à cheveux longs, au menton encore plus proéminent que celui du *Wasicun* vieille dame de gauche, et au regard lointain. Il lève les yeux vers Paha Sapa et vers les Six Grands-Pères, les vrais. La troisième tête porte une de ces barbes de chèvre que certains *Wasicun* affectionnent, mais il a des traits puissants et ses yeux sont d'une infinie tristesse. La quatrième et dernière tête, intercalée entre celui qui regarde au loin et l'homme triste à barbe de chèvre, arbore une petite moustache au-dessus de lèvres souriantes et, autour des yeux, deux cercles qui pourraient être de métal et de verre. Boite-Beaucoup a parlé, avec une certaine nostalgie a-t-il semblé à Paha Sapa, de ces troisième et quatrième yeux que certains *wasichu* mettent quand leur vision commence à s'user ; il lui a même indiqué le mot *wasicun* pour désigner cet objet : *lunettes.*

« Qu'est-ce... »

Il faut que Paha Sapa demande quel est le sens de ces têtes terrifiantes, aussi faiblement que résonne sa voix *nagi* à ses propres oreilles.

Mais il se tait en sentant le contact fantomatique de la main d'un Grand-Père invisible sur son épaule-esprit, alors que la montagne qu'ils survolent poursuit sa métamorphose.

Les quatre têtes sont dégagées. Puis, tandis que Paha Sapa éprouve une étrange impression de déjà-vu issue de rêves antérieurs, les épaules et le haut du corps se détachent, vêtus d'esquisses de vêtements *wasichu* de granite. Les quatre formes se crispent et se contorsionnent – c'est tout juste si Paha Sapa ne les entend pas gémir sous l'effort, mais il perçoit effectivement le grondement des rochers qui dévalent ainsi que les battements d'ailes et les cris de milliers d'oiseaux qui prennent leur envol d'un bout à l'autre des collines Noires.

Les têtes doivent avoir quinze, vingt mètres de haut. Les corps de pierre, qui se déplient peu à peu à partir de leur position fœtale, trouvent leur équilibre et se dressent, dépassent probablement cent mètres – ils sont plus grands que les Six Grands-Pères esprits dans leurs colonnes de lumière blanche.

L'espace d'un instant, Paha Sapa est pris de terreur. Ces monstres *wasichu* de pierre grise continueront-ils à grandir jusqu'à pouvoir les attraper, les Grands-Pères et lui ? Tendront-ils la main pour le cueillir dans le ciel et le dévorer ?

Les *Wasicun* de pierre ont cessé de grandir, ils ne lèvent plus les yeux vers Paha Sapa et les Grands-Pères. Toute leur attention se concentre sur la terre et sur les Collines Noires qui les entourent. Les géants se dressent sur leurs jambes massives de granite gris, deux d'entre eux sont à califourchon de part et d'autre de la cime des Six Grands-Pères et Paha Sapa les voit parcourir du regard le paysage environnant avec ce qu'il interprète comme le sentiment d'étonnement de tout nouveau-né, quadrupède ou humain.

Mais ces quatre regards expriment plus que de l'étonnement. Ils expriment la faim.

Revoici le bruissement du vent dans les pins, le chuchotement du tonnerre-lointain-en-été de l'un – ou peut-être de l'ensemble – des Six Grands-Pères bien-aimés de Paha Sapa.

« Regarde. »

Les quatre géants de pierre *wasichu* traversent les collines Noires, abattant les arbres dans leur sillage. Les empreintes qu'ils laissent dans la terre molle sont aussi vastes que certains des petits lacs sacrés qui émaillent les collines. De temps en temps, un géant s'arrête, se penche et arrache le sommet d'une montagne, projetant des milliers de tonnes de terre aux alentours.

Paha Sapa éprouve l'envie soudaine et presque irrépressible de pouffer, de rire, de pleurer peut-être. Ces géants de pierre *wasichu* seraient-ils de simples *pispía*** – des chiens de prairie géants ?

Mais il continue à observer et son rire s'étrangle dans sa gorge.

Les autres géants de pierre *wasichu* cueillent des animaux dans les forêts et les prairies des Paha Sapa : les cerfs dans les hautes herbes, les castors dans les mares des sources, les élans sur les coteaux, les mouflons parmi les éboulis, les porcs-épics dans les arbres, les ours dans leurs tanières, les coyotes, les renards avec leurs petits au fond de leurs terriers, les écureuils sur les branches, les aigles et les faucons dans le ciel lui-même...

Et tout ce que les quatre géants de pierre *wasichu* cueillent dans les forêts et dans les champs, ils le dévorent. Leurs énormes dents de pierre grise broient, broient, broient encore. Aucune émotion ne se dessine sur les visages de pierre grise de ces têtes de pierre grise, mais le petit garçon sent leur faim insatiable, alors qu'ils se penchent, cueillent, soulèvent et enfoncent les choses vivantes, avec leur âme, dans leurs bouches grises et broient, broient, broient.

Le chuchotement de Paha Sapa est réel, audible, formé par ses poumons, sa gorge et sa bouche *nagi*, expulsé par ses dents-esprit, mais il est tout haché.

« Grands-Pères, pouvez-vous arrêter cela ? »

Au lieu de répondre, le grondement-de-tonnerre, chuchotement-du-vent-dans-les-aiguilles-de-pin pose une autre question.

« "Wasichu" *ne veut pas dire "homme blanc", Collines-Noires. Cela veut dire et cela a toujours voulu dire "preneur de graisse". Comprends-tu à présent pourquoi nous avons donné à tes ancêtres ce mot pour désigner les* Wasicun ?

— Oui, Grands-Pères. »

Paha Sapa ne savait pas et n'aurait jamais imaginé que son corps-esprit pouvait avoir la nausée. C'est pourtant le cas. Il se penche au-dessus des doigts recourbés de la main protectrice de son Grand-Père et observe.

Les quatre géants de pierre *wasichu* viennent de quitter les collines Noires. Chacun se dirige vers l'un des quatre points cardinaux comme s'ils étaient guidés par les malheureux petits poteaux de direction que Paha Sapa a fichés autour de sa Fosse de Vision. D'abord, le petit garçon n'en croit pas ses yeux, mais il se sert de sa nouvelle vision d'aigle. Son regard ne le trompe pas.

Les géants de pierre *wasichu* se sont mis à tuer les bisons et les autres animaux des plaines, levant les talons de pierre géants de leurs chaussures de pierre *wasichu* pour écraser le bison, l'antilope ou l'élan avant de porter leurs carcasses mutilées jusqu'à leurs bouches de pierre, cent mètres au-dessus de la prairie herbeuse, verte et brune. Le temps s'est étrangement accéléré et le soleil se couche, les étoiles tournoient au-dessus des Six Grands-Pères et de Paha Sapa recroquevillé, le soleil se lève encore – mille fois, des dizaines de milliers de fois –, mais les quatre géants de pierre *wasichu*, qui parcourent les plaines jusqu'à l'horizon et par-delà sans jamais revenir sur leurs pas, continuent à écraser, à cueillir, à ramasser et à broyer. Broyer. Broyer.

Ce que voit alors Paha Sapa le fait soudain hurler dans l'air haut, rare et froid du ciel où il flotte avec les Grands-Pères sans plus de substance ni de force que des nuages.

Avant même de tuer le dernier des millions de bisons, les quatre géants de pierre *wasichu* chassent les hommes qui vivent dans les plaines et dans les collines Noires, même ceux qui vivent loin à l'est et plus loin encore à l'ouest : ils traquent et capturent les Êtres Humains Libres Naturels de Paha Sapa ainsi que les Corbeaux, et les Cheyennes, et les Pieds Noirs, et les Shoshonis, et les Utes, et les Arapahos, et les Pawnees et les Otos, Osages et Ojibwas, poursuivant les pitoyables vestiges de Mandans, balayant les Gros-Ventres et les Crees des plaines, sans oublier les Kutenais et les Hidatsas. Tous courent. Tous sont balayés. Nul n'est épargné.

Ramassant certaines de ces petites formes en fuite, les quatre géants de pierre *wasichu* les fourrent dans les poches de pierre de leurs vêtements de pierre, mais les autres, ils les jettent loin d'eux, envoyant les minuscules silhouettes humaines affolées au-delà de la voussure de la terre, les faisant disparaître de vue à tout jamais. Ils en mangent quelques-unes. Broient. Broient.

« Grands-Pères ! Arrêtez ça ! S'il vous plaît, arrêtez ça ! »

La voix qui répond à présent à Paha Sapa est plus douce que celle ou celles qu'il a entendues précédemment : grave, musicale, assourdie, un mélange de chant d'oiseau et d'eau qui coule autour des pierres d'un ruisseau.

« Arrêter ça ? Nous ne le pouvons pas. Vous, notre peuple, vous n'avez pas su le faire. Et il ne serait pas bon de les arrêter. Ce sont les Preneurs de Graisse. Ils ont toujours été les Preneurs de Graisse. Empêchons-nous le crotale de frapper sa proie ? Empêchons-nous le scorpion de piquer le rat à bourse endormi ?

Empêchons-nous l'aigle de fondre sur la souris ? Empêchons-nous le loup ou le coyote de bondir sur le chien de prairie ? »

Les mots crépitent dans le crâne douloureux de Paha Sapa : *sintehȃhla, itignila, anúnkasan, hitunkala, šung'manitu tanka, šung'mahetu, pispía...*

Qu'est-ce que ces simples *animaux* ont à voir avec le massacre et l'extinction des Êtres Humains Libres Naturels auxquels il assiste au-dessous de lui ? Qu'est-ce que la nature d'un scorpion, d'un loup, d'un aigle ou d'un serpent à sonnettes a à voir avec l'assassinat et la capture d'hommes par d'autres hommes ?

Dans les vastes prairies, les bisons sont morts, tués, mangés, ils ont disparu. Les tipis et les villages des Êtres Humains Libres Naturels et de tous leurs ennemis, alliés et lointains cousins rouges sont déserts. Les quatre géants de pierre *wasichu*, engraissés après avoir tué, broyé et avalé tant de chair, reviennent à travers les prairies désertes jusqu'aux collines Noires dévastées.

Paha Sapa se penche tant au bord de la paume géante et des doigts géants qui le tiennent au-dessus de kilomètres de vide qu'il est tout près de tomber. Mais il s'enhardit.

« Grands-Pères, Puissances du Monde, Tunkašila *des Quatre Directions et de la Terre et du Ciel, Enfants Aînés du Grand Esprit, je vous en supplie, écoutez ma prière ! Ne laissez pas cette vision se réaliser, Grands-Pères ! Ne m'obligez pas à retourner auprès de Boite-Beaucoup et de ma bande avec cette Vision-là ! Je vous en conjure, ô Grands-Pères ! »*

À plusieurs milliers de mètres au-dessous de lui, les géants de pierre *wasichu* ont regagné les Paha Sapa, ils s'allongent au milieu des arbres fracassés, des rochers éboulés et des sommets érodés, ils remontent la terre et la pierre sur leurs corps de granite gris comme les vieillards, après un festin, tirent les peaux de bisons sur leurs jambes et leurs ventres distendus jusqu'à leurs épaules de vieux.

Paha Sapa se sent dégringoler – il ne tombe pas, non, il descend à une rapidité vertigineuse, toujours au creux de la paume du Grand-Père baigné de lumière blanche –, mais à présent, les Grands-Pères parlent comme un, et leurs voix sont très difficiles à comprendre, car elles se mêlent au vent, au grondement du tonnerre et au clapotis du ruisseau qui court.

« Vois, c'était ta nation, Collines-Noires. Tes ancêtres l'ont fait naître par leurs chants. Ta génération la perdra à jamais et pour toujours si vous n'agissez pas. Les Preneurs de Graisse sont ce qu'ils font, et les Êtres Humains Libres Naturels

ainsi que tous nos enfants le savent depuis le jour où ils ont vu le premier Preneur de Graisse se diriger vers l'ouest à la rame, du temps du grand-père de ton grand-père. Perdez le bison, perdez vos tipis, perdez ce monde avec toutes vos chansons et vos sacrifices, et c'est nous que vous perdrez, en même temps que tous les autres esprits, que toutes les forces et tous les noms profonds et dangereux vers lesquels vos petites voix s'élèvent depuis des dizaines de milliers d'étés et plus. Laissez les Preneurs de Graisse vous retirer tout cela, et c'est le Mystère que vous perdrez à jamais. Dieu lui-même ne peut exister quand tous ses adorateurs ont disparu et que tous les chants secrets ont été oubliés, Paha Sapa, notre fils. Un peuple sans pouvoir n'est pas un peuple. Il n'est que nourriture pour les bêtes et pour les autres hommes. »

Les six colonnes de lumière abritant les formes nébuleuses volent très bas maintenant. Dans quelques secondes, Paha Sapa le sait, elles le déposeront sur le sommet rocheux mutilé de la montagne sacrée. Déjà, le soleil s'est couché, le temps s'est ralenti, les étoiles se sont estompées et les nuages parcourent à nouveau le ciel.

« *Que puis-je faire pour aider les Êtres Humains Libres Naturels à éviter que cette prophétie ne se réalise, Grands-Pères ? Dites-le-moi, je vous en prie !* »

C'est la voix ruisseau-et-petits-oiseaux qui lui répond.

« *Ce n'est pas une prophétie, Collines-Noires. C'est une réalité. Mais* toi, *tu seras en mesure d'agir. De tous nos enfants qui ne sont plus que Graisse pour les Preneurs de Graisse, toi seul auras le pouvoir d'agir.*

— *Comment, Grands-Pères ? Quand ? Comment ? Dites-moi comment... Grands-Pères !* »

Mais la grande main tiède a remis son *nagi* dans son corps, allongé sur le dos dans la Fosse de Vision. Les six formes que contiennent les six colonnes de lumière redeviennent des étoiles filantes et reprennent leur trajectoire lumineuse, étincelante, tout en haut, au firmament.

« *Grands-Pères !* »

La voix qui vient du ciel n'est que le frémissement du vent.

« *Paha Sapa, toksha ake čante ista wacinyanktin ktelo.* – Nous te reverrons avec les yeux de nos cœurs. »

Paha Sapa se réveille. C'est un lever de soleil froid, humide, pluvieux. Il tremble si fort que même lorsqu'il trouve sa peau de bison pour en envelopper sa nudité, des frissons continuent à parcourir son corps pendant une bonne demi-heure.

Se cramponnant à sa pipe sacrée qui pend sur sa poitrine au bout de sa lanière, Paha Sapa parvient tant bien que mal à dévaler le flanc de la montagne. Ver s'est débarrassé de sa longe et de son entrave, mais il est resté à côté de Grue-Blanche. Paha Sapa est si faible qu'il sait que si les pièges à lapins sont vides, il ne survivra sans doute pas.

Un lapin se débat encore dans un des pièges et la patte d'un autre est restée prisonnière du second. Paha Sapa entonne son chant de grâces, tue le lapin vivant et détache la patte de l'autre.

Son briquet à silex est resté dans la loge de sudation, où il a aussi laissé quelques brindilles, bien au sec sous un tas de peaux. Les mains tremblantes, il rallume le feu de la loge. Les vents et l'orage ont emporté le feuillage et quelques branches de saule et arraché une peau de bison, ouvrant une partie de la petite hutte sur le ciel et la pluie, mais Paha Sapa ne s'en soucie pas, accroupi au-dessus des étincelles, soufflant pour enflammer les braises minuscules. Une fois assuré que le feu prendra...

« *Merci, Grands-Pères ! Merci,* Wakan Tanka. »

... Paha Sapa dépèce et vide le lapin, retire la peau de la patte arrachée, fabrique une broche rudimentaire avec les petites branches tombées à terre et se met à manger sans attendre que la viande soit complètement cuite.

Un jour, une nuit et un matin plus tard, Paha Sapa est tout près de son village. Dans sa hâte de partir, il a emballé ses affaires avec négligence ; il a laissé quelques peaux à l'emplacement de sa loge de sudation. Il n'y a pas un moment à perdre. Il *doit* annoncer à Boite-Beaucoup, à Blaireau-Furieux et à Faucon-à-la-Voix-Puissante ainsi qu'à tous les autres anciens de son village cette terrible nouvelle, il *doit* partager avec eux cette terrible Vision... Peut-être les guerriers et les hommes du mystère donneront-ils du cauchemar des géants de pierre *wasichu* émergeant des collines Noires une interprétation beaucoup moins terrifiante que Paha Sapa ne l'imagine. Peut-être ce rêve contient-il des symboles, des présages et des signes qu'aucun garçon de onze étés ne saurait comprendre.

Jamais Paha Sapa ne s'est senti aussi jeune et aussi inutile. Il retient difficilement ses sanglots. Alors que s'avance le matin du second jour de son retour vers le nord, vers les buttes Minces, la rivière qui se trouve à sa gauche grossie en un torrent de plus de cinq cents mètres de large (mais il n'a pas à la traverser pour rejoindre les buttes Minces et le village), Paha Sapa serre la *ptehinčala huhu canunpa* démontée, entourée de morceaux de couverture et toujours munie de ses plumes rouges, contre son torse frissonnant et s'endort sur le dos de Ver.

Un hennissement le réveille des heures ou des minutes ou des secondes plus tard. La première flèche vient de toucher Grue-Blanche.

Se redressant en sursaut, Paya Sapa regarde par-dessus son épaule, prenant brusquement conscience de son imprudence. Lorsqu'il était parti vers le sud, vers les collines, il n'avait pas cessé de scruter l'horizon et s'était caché constamment, malgré la pluie diluvienne. Cette fois, alors que les nuages sont plus hauts et qu'un rayon de soleil occasionnel tachette la prairie, il a chevauché sans jamais regarder derrière lui ni autour de lui, tant était grande son envie de retrouver les siens au plus vite, empli d'une insouciance arrogante.

Moins de soixante mètres derrière lui, huit Corbeaux – uniquement des hommes, couverts de peintures de guerre, poussant des cris de guerre, talonnant leurs poneys de guerre pour qu'ils galopent le plus vite possible – se précipitent vers lui. Il en aperçoit à l'est et au sud. Paha Sapa ne peut s'enfuir qu'en direction du nord-ouest, vers la barrière infranchissable de la vallée inondée par des eaux impétueuses de près d'un demi-kilomètre de large.

Une deuxième flèche atteint Grue-Blanche à la nuque et la belle jument de Femme-Trois-Bisons s'affaisse. Paha Sapa coupe la longe qui les relie une seconde avant d'être entraîné dans la chute de la jument. Des craquements bruyants, terrifiants apprennent à Paha Sapa que deux des Corbeaux ont des fusils. Un petit geyser de sang chaud jaillit des épaules contractées du hongre et éclabousse le visage de Paha Sapa.

Il n'a pas d'autre arme sur lui que son couteau. La lance de guerre et tout le reste étaient sur le dos de Grue-Blanche. Paha Sapa se retourne encore – les Corbeaux n'ont même pas pris la peine de charger un des leurs de s'emparer du fardeau du cheval mort. Les huit guerriers s'avancent, hurlant, leurs bouches noires et béantes, leurs yeux et leurs dents étincelant d'un blanc effroyable.

Ils lui ont coupé la route à présent, trois d'entre eux l'ayant contourné par le nord-ouest. Il est *obligé* de virer à gauche, vers l'eau. Ce qu'il fait.

Une flèche s'abat entre son mollet et la cage thoracique haletante de Ver, s'enfonçant dans la chair du cheval et épargnant l'enfant. Une balle lui effleure l'oreille. Paha Sapa entend un terrible sifflement qui couvre le halètement épuisé de Ver. Le brave cheval accélère encore l'allure malgré les balles qui lui ont transpercé les poumons.

Paha Sapa s'engage à bride abattue dans les eaux démontées de la rivière. Les Corbeaux crient plus fort encore, ils poussent des hurlements aussi affreux que les bruits de mastication des géants de pierre.

Deux nouveaux coups de feu et les membres de Ver se dérobent sous lui. Paha Sapa est projeté par-dessus l'encolure du cheval mourant – exactement comme à l'Herbe grasse, quand il avait compté le coup sur Cheveux-Longs, mais cette fois, c'est lui, Paha Sapa, qui va mourir... Le petit garçon se cramponne d'une main aux segments de la pipe sacrée et frappe l'eau de l'autre bras, il nage vers l'enchevêtrement de branches de peuplier et vers les saules déracinés qui tourbillonnent dans le courant, devant lui.

Les Corbeaux poussent leurs poneys dans la rivière jusqu'à ce que le courant les entraîne, les faisant pivoter. L'eau monte jusqu'aux cuisses des cavaliers, qui s'arrêtent, toujours hurlant et criant. Ils visent soigneusement, tirant balles et flèches en direction de Paha Sapa.

Mais le courant emmène Paha Sapa vers l'aval si rapidement qu'aucune balle ne peut l'atteindre. Il tient bien haut la *ptehinčala huhu canunpa* enveloppée de rouge, essayant de la maintenir au sec, même quand sa tête s'enfonce sous l'eau froide et boueuse, le faisant cracher et suffoquer.

Il aperçoit quelque chose à sa droite, juste en amont de lui, cela ne peut pas être un Corbeau... ils n'auraient pas l'audace...

Paha Sapa se retourne, brandissant toujours les morceaux de la pipe sacrée ornée de ses plumes, à l'instant précis où le tronc de peuplier emporté par le courant le frappe à la tête.

Il se réveille. Il ne s'est pas noyé. Plusieurs heures se sont écoulées – le soleil se couche, à moins que ce ne soit déjà l'aube suivante – et il est allongé à moitié enterré dans la boue, sur la berge ouest de la rivière tumultueuse, large à présent de huit cents mètres. Il n'a même pas réussi à la franchir. Les Corbeaux n'auront aucun mal s'emparer de lui à présent, si telle est encore leur intention.

Paha Sapa a l'impression d'avoir un œil crevé. Ou alors, il est tellement enflé qu'il ne peut plus l'ouvrir. Il lui manque plusieurs dents. Une balle lui a traversé le bras.

Mais tout cela n'est rien. La *ptehinčala huhu canunpa* a disparu.

Paha Sapa réussit à se hisser sur les genoux. Il bat des bras dans la faible lumière, projetant des éclaboussures tout autour de lui, se met debout tant bien que mal, patauge, culbute, s'enfonce, s'enfonce encore, parvient à grand-peine à échapper au courant, à demi submergé.

Elle a disparu. La *ptehinčala huhu canunpa* que les membres de sa bande se transmettent de génération en génération, le bien le plus précieux de sa tribu, le cœur de son mystère et de sa défense contre les puissances ténébreuses de la terre et du ciel, la pipe que lui a confiée Boite-Beaucoup. Disparue.

Paha Sapa est complètement nu à l'exception de son pagne. Ses mocassins eux-mêmes lui ont été arrachés. Il est couvert de boue et de sang, celui de son cheval et le sien. Son unique œil voit flou.

« Il faut tout de même que j'aille raconter la Vision à Boite-Beaucoup et aux anciens. Je dois tout de même leur dire, avant de subir le châtiment de toute ma vie pour avoir perdu la ptehinčala huhu canunpa. »

Paha Sapa a mal partout. Il s'extrait laborieusement de l'eau et de la fange, grimpe sur la berge détrempée en se cramponnant aux herbes, arrive au sommet du talus et se redresse en titubant.

Trois Corbeaux sont là, à quelques pas de lui. Paha Sapa ne peut pas courir. Ce ne sont pas les mêmes que tout à l'heure – ils sont plus vieux, plus grands et portent des chemises de soldats *wasichu* ouvertes sur leurs poitrines tatouées.

Derrière les trois Corbeaux, Paha Sapa aperçoit une soixantaine d'hommes à cheval, noirs contre le soleil qui se lève, mais il n'en reconnaît pas moins des soldats de cavalerie. L'un des *wasichu* crie quelque chose, le même genre d'affreuses syllabes que celles que chuchote le fantôme de Cheveux-Longs, la nuit.

Le Corbeau le plus proche de lui, un vieil homme au visage barré d'une cicatrice qui part de la naissance des cheveux, traverse le nez et rejoint le bas de la joue, avance de trois pas, lève son fusil à répétition et abat brutalement la crosse de bois et de métal sur le front de Paha Sapa.

15

George Armstrong Custer

De tous les êtres qui peuplent cette bonne terre, ma chérie, tu es la mieux placée pour savoir que ma réputation de « plus grand combattant des Indiens » d'Amérique est usurpée. Sous mes ordres et sous ma conduite, des milliers et des milliers de rebelles ont effectivement été tués, mais je n'ai jamais considéré comme un honneur d'occire de nombreux Indiens.

Contrairement aux rebelles, les Indiens sont des adversaires rusés et insaisissables. Leurs guerriers se battent au moment et à l'endroit de leur choix, ne livrant presque jamais de bataille rangée, préférant user de feintes et rester à distance (sauf quand ils se précipitent pour compter le coup ou scalper les Blancs tombés), et puis ils s'enfuient, n'hésitant pas à rejoindre leurs villages en courant pour se cacher derrière les jupes de leurs femmes et les hochets de leurs bébés. De sorte que le plus souvent, le seul moyen pour la cavalerie de surprendre les guerriers et de les obliger à se battre est d'attaquer un de leurs villages, de bonne heure si possible, juste après l'aube. C'est ce que nous avons fait lors de ma bataille de la Washita.

En cette terrible année 1868, ces guerriers, des Cheyennes pour la plupart, étaient remontés du territoire indien et sortis du pays mexicano-texan, plus loin au sud, pour se livrer à des incursions au Kansas. En novembre, le général Sheridan m'avait présenté la facture du boucher pour les quelques mois qui s'étaient écoulés depuis août – cent dix Blancs massacrés, treize femmes violées, plus d'un millier de têtes de bétail volées et d'innombrables cabanes de colons incendiées et pillées. Les habitants du Kansas prenaient ces viols, ces vols et ces massacres très à cœur.

La violence des Indiens découlait directement, tu sais que telle est ma conviction, des traités de paix que nous avions signés avec Red Cloud et les autres cette année-là, à Fort Laramie – des traités par lesquels Sherman accordait aux tribus tout ce qu'elles avaient demandé, et davantage encore ; il avait même accepté que l'armée abandonne tout notre cordon de forts le long de la piste Bozeman et, pour couronner le tout, reconnaissait la propriété des Sioux sur les Black Hills, alors même que les Sioux eux-mêmes ne les ont envahies que récemment. De surcroît, des Blancs – des mineurs – avaient déjà commencé à suivre ma piste d'exploration dans ces collines et étaient en train d'y construire leurs propres villes. Or les Indiens, comme tout ennemi digne de ce nom, tiennent les concessions pour une marque de faiblesse. Voilà pourquoi il ne faut pas s'étonner que quelques semaines seulement après que leurs chefs eurent signé ces accords, leurs braves aient entrepris de massacrer des colons d'un bout à l'autre du Kansas, avant de se réfugier en lieu sûr, dans des lieux comme l'agence de Fort Cobb sur la Washita River, au nord du pays texan, où ils se nourrissaient de notre bœuf, passaient paisiblement l'hiver et attendaient le retour du beau temps pour remonter à cheval et se remettre à massacrer des colons.

Tu n'auras pas oublié Phil Sheridan, j'en suis sûr, ma chérie. (Je me rappelle que tu as dansé avec lui à Fort Leavenworth quand il est venu reprendre le commandement de Hancock.) Le général Sheridan a été aussi utile à ma carrière qu'il était piètre danseur. Il est venu me chercher à Monroe où je mourais d'ennui (exception faite des merveilleuses journées et des nuits non moins merveilleuses que je passais avec toi, mon amour), et le 12 novembre, Sheridan et moi nous sommes engagés profondément en pays indien à la tête d'une force mixte d'infanterie et de cavalerie.

Profitant de l'aide que nous leur dispensions nous-mêmes dans des agences déguisées en forts du genre de Fort Cobb, les Indiens hostiles bénéficiaient de voies de ravitaillement très courtes, alors que la cavalerie avait toujours souffert de la longueur inacceptable de ses propres lignes de ravitaillement, qui remontaient souvent jusqu'à Leavenworth. Nous avons donc construit le dépôt de Camp Supply sur la North Canadian River pres de l'Oklahoma Panhandle. Les Indiens hostiles étaient tellement habitués à être en sécurité au sud de l'Arkansas River qu'ils étaient devenus suffisants et imprudents ; cette fois, grâce à la base logistique de Camp Supply, nous étions bien décidés à les prendre par surprise, en plein hiver. (Jim Bridger, le vieux montagnard, prétendait qu'une campagne hivernale était impossible – qu'en moins d'un jour, la cavalerie serait embourbée dans les congères et qu'il n'en faudrait que trois pour que tout le monde soit mort –, mais c'était compter sans notre astuce, à Sheridan et moi.)

Je t'ai déjà parlé, Libbie, de l'habitude peu courante, presque insolite pour un soldat, de Phil Sheridan de se répandre en jurons (une manie à laquelle j'ai moi-même renoncé en ce jour de 1862 où j'ai définitivement cessé de boire après que tu m'as vu ivre, à Monroe, alors que je venais à peine de commencer à te faire la cour) – enfin, quoi qu'il en soit, la conviction illusoire de Phil d'être le premier commandant de cavalerie de l'Ouest à envisager d'attaquer les Indiens en plein hiver (bien d'autres avant lui l'avaient déjà fait) associée à ses jurons incessants donna lieu à une fascinante séance d'instructions, avant que mes officiers, mes hommes et moi-même ne prenions la route sous une violente tempête de neige, aux accents de The Girl I Left Behind Me.

La neige fut d'un précieux secours à nos éclaireurs osages (impatients de régler leurs comptes avec leurs vieux ennemis, les Cheyennes), et le 26 novembre nous croisâmes la piste d'une bande d'Indiens qui regagnaient leur village dans le pays d'Oklahoma après avoir, de toute évidence, lancé un raid dans le Kansas. Nous abandonnâmes sur-le-champ le convoi de chariots pour suivre cette piste en direction du sud pendant un jour et une nuit.

Je poussai les hommes impitoyablement, comme tu sais que je tends à le faire quand je suis sur le sentier de la guerre, ne leur accordant qu'une halte pour prendre du café et des biscuits au cours de la brève journée et de la longue nuit glaciales. Ce fut le seul arrêt que nous fîmes entre quatre heures du matin et tard dans la soirée de la journée suivante. Mes sept cent vingt hommes me suivaient dans la nuit, dans un silence que n'interrompait que le craquement de la croûte de glace qui recouvrait la neige, sous les sabots des chevaux. Finalement, un des guides osages m'a appelé, m'invitant à le rejoindre sur la crête d'une colline, et j'ai eu la surprise de découvrir la vallée d'un cours d'eau qui s'étendait au-dessous de nous. Je distinguais de vagues ombres qui se déplaçaient à un demi-mile de nous environ, et je les ai prises pour des bisons.

« Non, grommela l'Osage. Beaucoup d'Indiens. Poneys. »

Je chuchotai ma question au vieil Osage – pourquoi pensait-il qu'il s'agissait de poneys indiens ? À la faible lueur des étoiles, il pouvait s'agir de n'importe quoi.

« Moi entendre chien aboyer », marmonna le vieux guide.

Je tendis l'oreille, mais ne pus percevoir le moindre aboiement. L'espace d'une seconde, je crus reconnaître une cloche... il arrive que les Indiens attachent une cloche à la jument de tête de leurs troupeaux de poneys... mais le son n'était pas suffisamment distinct. Enfin, le cri aigu et frêle d'un bébé s'éleva de la vallée obscure. Il n'y avait plus de doute désormais.

J'ordonnai que l'attaque fût lancée aux premières lueurs du jour.

Je divisai mes forces, exactement comme je l'ai fait hier (était-ce hier ?) sur la Little Big Horn. Je répartis la colonne en quatre détachements – l'un devait réaliser un mouvement tournant jusqu'à l'autre extrémité du village dans la vallée, deux autres l'envelopper sur les côtés, mon propre détachement attaquant depuis le sud, à partir de notre position actuelle.

J'étais incapable d'évaluer le nombre d'Indiens qui campaient là en cette nuit, tu t'en doutes, Libbie ; ils pouvaient être une centaine aussi bien que dix mille. Mais j'avais sept cents soldats de cavalerie sous mes ordres, et dans le monde entier aucune troupe irrégulière ne pourrait tenir tête à sept cents cavaliers de l'armée des États-Unis marchant au combat et bénéficiant de l'avantage de la surprise.

Certains membres de la fanfare du régiment ont prétendu après la bataille que le froid était si vif que leurs lèvres restèrent collées à l'embouchure de leurs instruments de cuivre lorsqu'ils commencèrent à jouer l'air favori de notre régiment, Garry Owen, *au début de l'attaque comme j'en avais donné l'ordre. Ils exagèrent. En réalité, ce n'était que leur salive qui gelait, ce qui n'a pas tardé à altérer leur intonation et à les obliger à s'interrompre. Mais cela n'avait plus aucune importance car j'avais déjà conduit le détachement à bride abattue au pied de la colline, dans la vallée et jusqu'au village, moi en tête (bien sûr), une main brandissant mon épée, l'autre mon pistolet.*

Les Indiens – il s'agissait bien d'un village cheyenne, ce qui inspira une joie indicible à nos éclaireurs osages assoiffés de sang – ne s'y attendaient absolument pas, mais il ne fallut que quelques secondes aux guerriers pour jaillir de leurs tentes et de leurs tipis, agitant leurs lances, bandant leurs arcs et tirant avec des fusils à répétition. Nous les fauchâmes sur place. Il faut que je t'avoue la réalité de la guerre, Libbie – quand un vieil homme, une vieille femme ou, comme je le vis au début du combat, un garçon de dix ans ramassaient le fusil ou la lance d'un brave tué et les dirigeaient contre mes hommes, les cavaliers les abattaient pareillement. Cela faisait deux ans sinon plus qu'un certain nombre de ces soldats pourchassaient des Indiens hostiles, ne parvenant jamais à se battre contre eux à la loyale, ne voyant dans leur sillage que des Blancs scalpés, des femmes violées et des établissements incendiés. La frustration contenue de mes hommes était immense et les combats – bien que brefs, moins d'une heure, dont une demi-heure seulement de véritable affrontement – furent d'une intensité horrifiante.

Les braves se retirèrent du village et cherchèrent à passer la Washita River à gué, mais nous en abattîmes un grand nombre alors qu'ils se trouvaient dans l'eau glacée et tumultueuse jusqu'à la poitrine. Ceux qui atteignirent l'épaisse rangée d'arbres qui bordait l'autre rive continuèrent à faire feu en se mettant à couvert, mais nous y envoyâmes plusieurs groupes de mes quatre détachements qui avaient désormais convergé – les arbres n'étaient pas serrés au point de nous obliger à mettre pied à terre – et un par un les guerriers furent tués. Aucun ou presque ne s'est laissé capturer.

Nos propres pertes ont été légères – un de mes officiers tué, deux officiers et onze soldats blessés. Mon commandant en second (tu te souviens certainement du commandant Elliott) et dix-neuf de ses hommes avaient été envoyés à la poursuite des hostiles loin de la rivière, et nous prévoyions leur retour rapide. Mais ce détachement n'est jamais revenu. Nous avons appris par la suite que les Indiens, en aval, avaient tendu une embuscade et avaient tué Eliott avec tous ses hommes.

La victoire n'en était pas moins quasiment complète. Je m'étais emparé de cinquante-trois prisonniers – principalement des femmes et des enfants qui étaient restés cachés dans leurs huttes pendant les combats – et de plus de neuf cents poneys indiens. Nous avons décidé d'emmener les femmes et les enfants. Quant aux poneys, des pintos pour l'essentiel, j'ai donné ordre que la plupart soient abattus. Je sais combien tu aimes les chevaux, ma chérie, et j'ai parfaitement compris quand je t'en ai parlé à mon retour combien cette image te bouleversait, mais tu as fini par comprendre, j'en suis certain, que je n'avais guère le choix. J'ai laissé les femmes, les enfants et quelques vieux choisir des poneys pour les monter, mais jamais mes soldats n'auraient pu conduire un troupeau de quelque huit cent cinquante pintos jusqu'à Camp Supply. Quant à les laisser sur place au risque que l'ennemi les reprenne, c'était évidemment impensable.

J'ai conservé bien des réminiscences de cette bataille au bord de la Washita, mais les hurlements des poneys, l'odeur de poudre mêlée à celle du sang des chevaux dans l'air froid du matin, le bruit sourd qu'ils faisaient en s'abattant dans la neige et le long des berges glacées de cette rivière... ces souvenirs-là sont indélébiles.

À dix heures du matin, j'ai appris qui nous avions combattu. Il s'agissait de la bande du chef cheyenne Black Kettle – celui qu'on surnomme le chef de la paix –, celui-là même qui avait survécu, on ne sait trop comment, au massacre dont son groupe avait été victime à Sand Creek, dans le Colorado, à la suite de l'attaque du colonel Chivington. La sœur de Black Kettle m'a fait savoir, par l'intermédiaire de mon interprète, que le vieux chef avait décidé de camper ici, plus au nord et à l'écart des autres villages indiens dispersés au bord de la Washita, au fond de cette longue vallée – des campements d'Apaches, d'Arapahoes, de Kowas et même de Comanches – précisément parce que lui, Black Kettle, redoutait une attaque de cavalerie (une crainte qu'aucun des autres Indiens ne semblait partager, mais il est vrai qu'aucun des autres chefs n'avait été présent à Sand Creek). Black Kettle lui-même avait été tué, avons-nous appris, dans les premières minutes de la fusillade, alors que le vieux chef cherchait à fuir, sans même s'efforcer de protéger sa famille et ses petits-enfants.

Je n'ai pas été inquiet d'apprendre que des milliers d'Indiens campaient aussi près de nous – les effectifs de cavalerie dont je disposais auraient eu raison de n'importe quelle masse de guerriers envoyés en amont contre nous –, mais cela m'a décidé à abattre les poneys et à ordonner la retraite, pour le moment.

Tu te souviens, Libbie, j'en suis sûr, des articles de presse révoltants qui se sont employés à comparer cette victoire remportée lors d'un combat loyal au massacre commis par Chivington à Sand Creek. Comme nous en avons discuté à l'époque, cette présentation n'était pas seulement inexacte, mais calomnieuse. La bande de Black Kettle qui campait au bord de la Washita abritait un certain nombre des braves qui avaient semé la terreur dans l'Arkansas. Nous avons trouvé des scalps de Blancs, hommes et femmes. Nous avons trouvé des photographies, des armes, des vêtements, des ustensiles et d'autres objets pillés dans les cabanes incendiées. Pis encore, les braves de Black Kettle avaient pris deux Blanches en otages (dont l'une très jeune), et ils les ont égorgées au premier bruit de notre attaque. Ce n'étaient pas des Indiens innocents, pacifiques, quand bien même Black Kettle aimait à se donner le titre de « chef de la paix ».

La sœur de Black Kettle parlait, parlait, parlait, rejetant toute la responsabilité sur les quelques « jeunes braves au sang bouillant » qui avaient rejoint la tribu, elle caquetait à n'en plus finir, mais j'ai rapidement compris qu'elle ne cherchait qu'à gagner du temps. À midi, les premières centaines de guerriers venus des nombreux villages en aval commencèrent à surgir sur les promontoires, de l'autre côté de la rivière. Ils seraient des milliers en fin d'après-midi, et je suis persuadé que c'était précisément ce qu'espérait la sœur de Black Kettle : que nous nous trouvions encore dans cette position indéfendable au moment où des milliers d'Arapahoes, de Kiowas, de Cheyennes revenus sur les lieux, d'Apaches et de Comanches fondraient sur nous.

Pendant la dernière partie de sa harangue, au moment précis où l'on abattait les derniers poneys et juste avant que je ne l'interrompe pour que nous puissions monter à cheval et nous éloigner, je n'ai pu m'empêcher de remarquer la belle jeune fille – une jeune femme de dix-sept ans en réalité – qui, pour quelque étrange raison, n'avait pas lâché ma main pendant que la sœur flétrie de Black Kettle continuait à discourir.

« Que fait donc cette vieille ? » demandai-je, agacé, à mon interprète.

Celui-ci éclata de rire. « Eh bien, mon général, elle vous a marié à cette squaw, qui s'appelle Mo-nah-se-tah. *Je pense qu'à l'heure qu'il est, vous êtes marié en bonne et due forme. »*

J'ai immédiatement lâché la main de la jeune fille et fait un geste pour réduire la sœur de Black Kettle au silence.

Je n'ai rien oublié de notre retraite depuis la vallée, en amont du cours d'eau. Nous nous retournions fréquemment dans la lumière de ce début d'après-midi d'hiver – les centaines d'Indiens alignés sur les falaises tels des piquets verticaux dans les reflets du soleil, évoquant, de loin, des monuments de druides païens à quelque dieu Soleil oublié –, la vallée elle-même toute vibrante de flammes et de fumée (nous avions incendié tous les tipis) et la neige piétinée et rougie, sur plusieurs centaines de mètres, du sang des poneys abattus.

J'ai essuyé plus tard des critiques, tant au sein de l'armée qu'en dehors, pour avoir ordonné le repli, alors que tant d'Indiens étaient pour ainsi dire à notre merci (notre convoi de chariots était sur le point d'arriver et le village que nous avions pris contenait suffisamment de bison et de viande en général pour nourrir mes sept cents hommes des mois durant) – sans parler des reproches encore plus virulents qui m'ont été adressés pour n'être pas parti à la recherche du commandant Elliott et de son détachement –, mais tu sais la raison de ma prétendue retraite, Libbie, ma chérie. De tous les habitants de la terre, tu es la seule à en connaître la véritable raison.

Il m'arrive de me demander ce que les éditorialistes qui m'ont traité de lâche ou de « tueur de squaws » penseraient s'ils savaient la vérité.

Passons si tu le veux bien à des souvenirs plus plaisants (ou du moins plus divertissants), ma chérie.

Mo-nah-se-tah.

Tu m'as tant taquiné à son sujet ! Elle a accompagné le 7ᵉ de cavalerie après la bataille de la Washita et logeait dans une tente voisine de la mienne, ou dans ma tente. L'hiver a été long, rude, froid. (Tu sais que pendant la marche – dès ces premiers jours de novembre 1868 où nous nous dirigions vers le sud, en direction des Antelope Mountains et de la Washita River, avant l'attaque contre la bande de Black Kettle –, il m'arrivait souvent de renoncer à faire dresser ma tente de commandement lors de nos haltes, préférant passer les quelques heures froides de la longue nuit froide dehors, sur une peau de bison, entouré de deux grands chiens. Plus tard, au terme de cette interminable campagne hivernale... non, attends, alors même qu'elle se prolongeait, dans les nombreuses lettres que nous échangions, je m'en souviens à présent... tu ne cessais de me taquiner à propos de mon « épouse indienne ».)

Je me rappelle une des premières missives que je t'ai envoyées depuis ces étendues enneigées, celle dans laquelle je te narrais cette « cérémonie de mariage » burlesque au bord de la Washita avant de te décrire Mo-nah-se-tah elle-même en des termes qu'aucune jeune épouse « ordinaire » n'aurait trouvés supportables, et encore moins amusants :

> C'est une squaw remarquablement avenante, dotée d'un visage radieux et plein de gaieté, d'une expression rayonnante d'intelligence et d'un tempérament plus enclin à la joie qu'on n'en rencontre d'ordinaire chez les Indiens... S'ajoutant à des yeux brillants et rieurs, à une rangée de dents d'une blancheur de perles et à un teint chaud, sa tête aux traits bien dessinés est couronnée d'une abondance luxuriante de tresses de soie d'une extrême beauté, rivalisant en couleur avec la noirceur du corbeau, et descendant, détachées librement sur ses épaules, plus bas que la taille.

Ces lignes étaient destinées à être lues par tous – et peut-être, comme je savais que tu le comprendrais, à figurer un jour dans le livre de souvenirs que nous avions prévu depuis longtemps d'écrire ensemble –, mais je savais que tu y répondrais sur un ton plus intime, et tu ne m'as pas déçu, ma chérie. Je me doutais que tu me taquinerais à propos de cette fille comme seule une épouse parfaitement sûre de l'amour et de l'adoration de son mari taquinerait son amant.

Moins d'une semaine plus tard, au cours de cette marche glaciale qui pour rallier l'Oklahoma nous a vu traverser un bout du Texas, ta réponse m'est parvenue :

Mon Autie chéri,

Ta seconde épouse paraît ravissante, mon très cher. En tant que vainqueur du siège éclair et de l'incendie de cette Troie indienne, tu mérites certainement cette délicieuse Hélène que tu décris dans une prose aussi flatteuse (on pourrait presque dire « fiévreuse »). Peu de femmes blanches sans doute auront jamais reçu une lettre d'amour contenant des expressions aussi extasiées et des éloges aussi dithyrambiques, de sorte que je ne peux que me demander comment ton Hélène cheyenne (dont le nom se prononce, si j'ai bien compris, un peu comme « Minnesota », ce qui est fort approprié, puisque tu l'as prise, pourrait-on dire, dans la neige) réagit à ces compliments. Sait-elle lire ? Mais après tout, peu importe sans doute, car si l'éloignement t'oblige à m'écrire, je suis certaine que tu n'as même pas à forcer la voix pour *lui* parler durant ces longues, longues nuits d'hiver. Elle partage ta tente, n'est-ce pas ? Il ne serait guère galant de ta part qu'il en fût autrement.

Alors, Autie chéri, mon bien-aimé adoré, à quoi ressemble notre – ta – Mo-nah-se-tah (en écrivant ce doux nom, il me semble finalement qu'il évoque davantage une plainte douloureuse que l'hiver) sous ces peaux de daims douces et brodées de perles qu'elle ne porte, j'en suis convaincu, qu'à *l'extérieur* de votre dortoir partagé ?

L'« abondance luxuriante de tresses de soie d'une extrême beauté » et d'un noir de jais de Mo-nah-se-tah est-elle égalée par la richesse de son écusson, mon adoré, grand connaisseur de toutes ces luxuriances ?

Je ne t'interromps que pour ajouter que je me rappelle parfaitement quand tu t'es servie pour la première fois du mot « écusson » pour désigner ce dont tu parles ici, ma Libbie chérie. C'était à Monroe. Nous étions allongés sur notre lit, nus, en cette soirée d'été après nous être baignés ensemble, je jouais avec les boucles abondantes de ce que j'appelais alors ta toison virginale et tu m'as demandé si ton « écusson », puisque tel est le mot que tu m'as murmuré en ce chaud après-midi, n'était pas « trop foisonnant ». Je t'ai assuré que non, que j'adorais cette abondance luxuriante, et j'ai usé d'autres arguments pour mettre fin à toute discussion.

Ta lettre de l'hiver 1869 se poursuivait, et je crois me souvenir avec précision de chacun de ses mots :

Les attributs de Mo-na-se-tah, ta nouvelle amie, sont-ils plus hauts et plus fermes que les miens ?

Je t'ai répondu que j'avais vu cette jeune dame se baigner et que, bien qu'elle semblât n'avoir presque pas d'écusson, sa poitrine de dix-sept ans était effectivement haute et ferme, mais je t'ai promptement rassurée en ajoutant qu'en matière de séduction, elle ne pouvait rivaliser avec tes seins blancs et pleins. (J'aurais pu te dire la vérité, à savoir que les bustes des Indiennes n'étaient le plus souvent que mamelles pendantes, vieillissantes et flétries avant qu'elles n'atteignent la trentaine, un état dû, je suppose, à l'allaitement d'un nombre excessif d'enfants indiens et à l'absence du soutien apporté par une lingerie idoine, mais j'ai pensé que, sans doute, tu le savais déjà. L'apparence des vieilles Indiennes ridées et flétries t'a toujours rebutée.)

Tu écrivais encore :

Sa peau est-elle d'une couleur fauve dorée, sombre, partout (sauf aux endroits qui sont roses chez moi) ?

Dans mon courrier suivant, je t'ai confirmé que la peau de Mo-nah-se-tah était effectivement d'une teinte fauve dorée, sans tache à l'exception d'un étrange tatouage gravé dans son épaule gauche. Ses tétons, t'expliquais-je, étaient brun clair, ce qui les rendait beaucoup moins séduisants et excitants que tes pointes roses, ma Libbie chérie. Tu as ensuite renoncé à toute subtilité :

Les jeunes Indiennes qui s'appellent Mo-na-se-tah gémissent-elles en ta présence, Autie chéri ?

Cela m'a fait rire et je t'ai écrit que la veille, le 14 janvier 1869, Mo-nah-se-tah avait effectivement gémi tout bas pendant des heures. C'était le jour où son bébé est né : pendant la majeure partie du temps où il m'est arrivé de l'apercevoir brièvement nue dans ma tente, cette petite fille était enceinte jusqu'aux yeux des œuvres de je ne sais quel brave. Je me suis souvent demandé si nous avions tué le père de son enfant en ce matin du 27 novembre (il y a de bonnes chances que oui), mais je n'ai jamais posé la question à Mo-nah-se-tah et elle n'a jamais fait allusion au guerrier, ni à son destin.

La fille a toujours été d'une bonne humeur constante et n'a jamais été un fardeau pour notre régiment. Ce fut même grâce à ses excellents conseils d'éclaireuse que le 15 mars 1869, nous avons découvert le village de Little Robe et de Medicine Arrow dans le nord du Texas, mettant ainsi fin à une poursuite qui nous avait absorbés tout au long de cet interminable hiver. Comme ils avaient avec eux quelques prisonniers blancs (le souvenir des deux Blanches mortes dans le village incendié de la Washita, leurs gorges si cruellement tranchées, ne quittait pas mon esprit), j'ai décidé de parlementer au lieu d'attaquer immédiatement le village, mais devant l'obstination de Medicine Arrow, j'ai pris en otages quatre des leurs et j'ai promis aux chefs que je ferais pendre ces hommes le lendemain, au lever du soleil, s'ils ne nous remettaient pas immédiatement leurs prisonniers blancs. Le Cheyenne récalcitrant a pourtant continué à résister. Nous avons donc envoyé les prisonniers – après en avoir fait quelques-uns de plus – à Fort Hays avec un deuxième ultimatum : ces otages ne seraient libérés que lorsque Medicine Arrow et Little Robe auraient conduit leurs bandes jusqu'à la réserve et libéré leurs captifs blancs. Par bonheur pour nous, les gardes de Fort Hays ont tué deux de ces otages cheyennes, et Medicine Arrow a libéré les prisonniers et conduit ses hommes jusqu'à une réserve.

Je suis alors rentré à Fort Hays où nous avons passé, toi et moi, deux des plus heureuses années de notre vie conjugale, tandis que tu continuais à me lancer des piques à propos de Mo-nah-se-tah pendant certains des instants les plus intimes de ces deux années de bonheur. Pourquoi cette conversation t'enflammait-elle ainsi, ma chérie ? Je n'en sais rien, mais ton excitation accroissait toujours la mienne – peut-être, pour être tout à fait sincère, les évocations imaginaires de Mo-nah-se-tah n'y étaient-elles pas entièrement étrangères – de sorte que de tous nos petits jeux conjugaux, celui de Mo-nah-se-tah a peut-être été l'un des plus stimulants pour nous deux.

Libbie, mon amour, au moment même où je t'adresse ces pensées, je suis envahi d'un pressentiment étrange et ténébreux.

Je ne fais que rêver, j'en suis sûr, probablement sous les effets de la morphine, après avoir été blessé hier (ou récemment) au bord de la Little Big Horn, mais il m'arrive parfois ici, dans cette obscurité, de me sentir privé de toute substance, sans lien avec mon corps blessé ou avec le monde, comme détaché de tout – sauf de toi.

Alors que je songeais à la victoire de la Washita et à notre jeu de Mo-nah-se-tah, un autre souvenir m'a glacé.

Te rappelles-tu l'hiver dernier, à New York, quand, las de voir gratuitement Jules César *(plus de quarante fois, jusqu'à pouvoir – ce que nous faisions –*

réciter par cœur tous les dialogues), nous avons été invités par notre ami l'acteur Lawrence Barrett (le même qui nous offrait tous ces billets de faveur pour Jules César*) à assister aux répétitions générales d'*Henry IV *(première partie) et d'*Henry IV *(deuxième partie) ?*

Nous ne connaissions très bien ces pièces ni l'un ni l'autre, mais le personnage d'Henry Percy, surnommé Hotspur, t'a amusée au plus haut point. Comme je ne comprenais pas ce qui te divertissait tant, tu as chuchoté : « Oh, Autie... Hotspur, c'est toi *! »*

J'ai froncé les sourcils en voyant ce pète-sec de chef de guerre se pavaner et se tourmenter sur scène – comme il n'accueillait ce soir-là que d'autres acteurs et leur proche famille, le théâtre, je m'en souviens, n'était pas chauffé et nous grelottions – et je t'ai répondu tout bas : « Je ne vois aucune ressemblance. »

« Oh, Autie », as-tu chuchoté à nouveau, pouffant aussi discrètement que possible en regardant le spectacle qui se déroulait devant nous. « Il aime sa femme à la folie. Ne le vois-tu pas ? Mais ils passent leur temps à se taquiner, à se menacer et à se jouer la comédie. »

Voici le dialogue qui se donnait sur scène en cet instant précis :

HOTSPUR

Assez, assez, espiègle ! T'aimer ? Je ne t'aime pas ;
Je ne me soucie guère de toi, Kate. Ce n'est pas l'époque
De jouer à la poupée et de choquer les lèvres.
Il nous faut des nez en sang ; les écus brisés
Ont seuls cours aujourd'hui. Tudieu, mon cheval !
Que dis-tu, Kate ? Que me veux-tu ?

LADY PERCY

Est-ce que tu ne m'aimes pas ? Pas du tout vraiment ?
Eh bien, soit. Puisque vous ne m'aimez pas,
Je ne veux plus m'aimer moi-même. Vous ne m'aimez pas ?
Ah ! dites-moi si vous plaisantez ou non.

HOTSPUR

Allons, veux-tu me voir monter à cheval ?
Quand je serai en selle, je te jurerai
Un amour infini. Mais écoutez bien, Kate :
Désormais, je ne veux plus que vous me demandiez
Où je vais ni que vous raisonniez à ce sujet.

Je vais où je dois aller ; et, pour conclure,
Il faut que je vous quitte dès ce soir, mignonne Kate.
Je vous sais prudente, mais prudente seulement autant
Que peut l'être l'épouse de Harry Percy ; vous êtes énergique,
Mais femme. Et pour les secrets,
Nulle n'est plus discrète ; car je suis bien sûr
Que tu ne révéleras pas ce que tu ne sais pas.
Et voilà jusqu'où va ma confiance en toi, ma mignonne Kate.

LADY PERCY

Comment ? Jusque-là ?

HOTSPUR

Pas un pouce au-delà. Mais écoutez bien, Kate :
Là où j'irai, vous irez aussi.
Moi, je pars aujourd'hui, vous demain.
Êtes-vous contente, Kate ?

LADY PERCY

Il le faut bien.[1]

Je me rappelle ce texte très en détail parce que je l'ai lu ensuite dans les volumes du Complete Shakespeare *au moins une cinquantaine de fois. On aurait effectivement cru un officier de cavalerie s'adressant à son épouse bien-aimée, mais excessivement questionneuse. Combien de conversations de ce genre avons-nous eues, toi et moi, Libbie ? Et chaque fois, je te promettais que quel que fût le lieu où je serais envoyé, je te ferais venir et que nous serions ensemble.*

Tu as ri aussi ce jour-là, il m'en souvient, devant l'apparente similitude entre Hotspur et moi dans la manière dont il demandait leur avis à ses officiers avant de les interrompre, sans jamais les écouter. Et le caractère de Hotspur, ainsi que son audace téméraire, disais-tu, te faisait tellement penser à moi que tu envisageais de m'appeler désormais « mon Hotspur chéri » au lieu d'« Autie » dans tes lettres d'amour.

Mais voilà qu'Henry Percy, Hotspur, tombait au champ d'honneur. (En combat singulier contre le prince Hal, ce dandy propre à rien, ce à quoi je n'ai pas cru un seul instant.)

1. Traduction de F.-V. Hugo.

Ensuite cette grosse outre à vin, ce lâche sans tripes de Falstaff, a prononcé son soliloque imbécile prétendant que l'honneur n'est « qu'un mot, » autrement dit « un souffle », et est allé jusqu'à enfoncer sa propre épée dans le cadavre de Hotspur et à revendiquer la victoire sur ce superbe guerrier, traînant le cadavre en coulisse. Cet acte déshonorant, fort approuvé à l'évidence par Shakespeare et par la foule présente ce soir-là à la répétition générale, t'a tellement bouleversée et m'a plongé dans une telle colère que nous sommes partis avant la fin du spectacle.

*Mais le lendemain soir, pendant la répétition d'*Henry IV (deuxième partie), *c'est l'éloge funèbre de Lady Percy pour son défunt mari – les autres rois, princes et chevaliers semblent l'avoir quasiment oublié – qui t'a tiré des larmes. Nous sommes restés jusqu'au bout de cette pièce interminable, mais je le regrette profondément. Je ne pense pas que tu aies jamais oublié la lamentation de veuve de Lady Percy et une fois, en pleine nuit, sanglotant dans mes bras, tu as reconnu que s'il devait m'arriver quelque chose, il faudrait que tu prononces le même discours, expliquant aux autres membres du 7*^e^ *de cavalerie et au public ignorant que ton mari mort avait été le miracle de l'humanité et que*

... à sa lumière,
Toute la chevalerie d'Angleterre marchait
Sur la voie des hauts faits. Il était vraiment le miroir
Auquel s'ajustait la noble jeunesse...
Par le régime, les goûts, les plaisirs,
Les habitudes militaires, les caprices même de caractère,
Il était le modèle et le miroir, la copie et le livre,
Qui guidaient tous les autres.

Je t'ai dit alors, Libbie (j'avais failli dire « Kate »), chaque fois que tu pleurais dans la nuit, que je ferais tout ce qui était en mon pouvoir, lequel n'était pas mince, pour éviter que tu ne deviennes la veuve obligée de lire ainsi les vers de Lady Percy.

Mais en cette nuit (ou en ce jour, il n'y a que ténèbres dans cet état de demi-conscience), je m'inquiète et me demande si je pourrai tenir cette promesse. Je sais que tu serais une veuve farouche et loyale, Libbie, préservant à jamais ma mémoire et défendant mon nom contre ces gredins sans honneur (le commandant Benteen ?) qui ont toujours voulu et cherché à ternir ma réputation.

Mais je ne veux pas que tu sois veuve, Libbie. Je ne veux pas mourir.

Oh, ma chérie, mon adorée – je m'accroche à mes souvenirs de toi, de nous, je suis allongé ici et j'attends la lumière. Je sais que tu seras à mes côtés quand je me réveillerai. Je le sais aussi sûrement que je sais que nous nous aimons.

16

Les Six Grands-Pères

28 août 1936

Paha Sapa pose le pied sur la dernière des cinq cent six marches qui descendent du sommet du mont Rushmore. Accablé de fatigue, il est obligé de faire un pas de côté et de s'accrocher à la rampe pour ne pas tomber. Les autres ouvriers, de trente ou quarante ans plus jeunes que lui pour la plupart, dévalent l'escalier au milieu des bonds, des cabrioles et des plaisanteries, chahutant, se bousculant et criant alors qu'ils s'éloignent en direction du parking.

Il est six heures du soir, et le soleil est passé au-delà de la face sud sculptée de la montagne ; mais les ondes de chaleur que renvoie le granite blanc frappent Paha Sapa avec la violence d'un coup de poing brûlant. Il a passé toute la journée de cet interminable vendredi là-haut, suspendu à son câble, se déplaçant constamment à la base des trois têtes existantes et de la quatrième surface de roche prête à recevoir l'effigie de Roosevelt, mais ce n'est qu'en cet instant qu'il est écrasé par ce tsunami d'épuisement et d'abattement.

C'est le cancer, il le sait. La douleur de plus en plus aiguë, de plus en plus envahissante est là et bien là, mais il s'y attendait, il est capable de l'affronter. En revanche, cette faiblesse subite... Il a soixante et onze ans, bien sûr, mais jusqu'à présent, il ne s'est jamais senti diminué. Jamais.

Paha Sapa secoue la tête pour s'éclaircir les idées, et la sueur ruisselle de ses longues tresses toujours noires.

« *Old Man !* »

Les cigales d'août font un bruit d'enfer et il a les oreilles qui bourdonnent, si bien que tout d'abord, Paha Sapa n'est pas sûr d'avoir bien entendu.

« Old Man ! Billy ! Hé, Slovak ! »

C'est M. Borglum. Il se tient entre la cabane du treuil et le sentier qui mène au parking. Paha Sapa lâche la rambarde et lève une main lasse. Ils se retrouvent dans la clairière où les hommes font la queue au milieu des cris et des rires pour chercher leurs chèques de paie au bureau.

« Ça va, Bill ?

— Oui, bien sûr.

— Tu avais l'air... ma foi, on ne peut pas dire que tu sois pâle, mais tu as l'air... éreinté. J'ai quelque chose à te montrer là-haut, sur la montagne. Tu es prêt à remonter ? »

Paha Sapa se retourne vers les cinq cent six marches et se demande s'il arrivera à les gravir, même sans son chargement matinal habituel de vingt-cinq ou trente kilos. Il avait l'intention de consacrer sa soirée à préparer et transporter la dynamite sur place – il n'a pas encore choisi le lieu exact –, puis de passer la nuit de samedi à placer les charges de dynamite en prévision de la visite du président Roosevelt, dimanche. Mais à présent, il n'est même pas sûr de venir à bout de toutes ces marches, avec cette chaleur.

Borglum pose la main sur son dos, très brièvement. Il est rare que Paha Sapa transpire au point que les autres s'en aperçoivent – cela lui a valu des railleries à n'en plus finir au travail –, mais aujourd'hui, sa chemise est trempée.

« On va monter par le téléphérique. »

Paha Sapa hoche la tête et suit Borglum jusqu'à la plate-forme du téléphérique, juste au-dessous de la cabane du treuil. En ce vendredi après-midi, c'est Edwald Hayes qui est aux manœuvres et il porte la main à sa casquette poussiéreuse en voyant approcher M. Borglum.

Paha Sapa a horreur du téléphérique, mais il ne bronche pas quand il monte avec M. Borglum dans la cabine plus haute que large, grande comme une petite cabane de jardin, et que Borglum fait signe à Edwald de les faire démarrer.

Paha Sapa sait que sa crainte d'une chute est ridicule ; il passe tous les jours de sa vie de dynamiteur suspendu à un câble d'acier de trois millimètres, alors que le téléphérique est suspendu à d'énormes poulies qui courent sur un câble de deux centimètres de diamètre tendu depuis la cabane du treuil sur Doane Mountain jusqu'au chevalet en A au-dessus de la tête de Roosevelt, quatre cents mètres plus loin, à plus de cent mètres au-dessus du fond de la vallée. La cabine elle-même est propulsée par un câble de un centimètre qu'actionne une grande roue motrice.

Mais Paha Sapa – comme tous les autres depuis l'accident du téléphérique – sait aussi que si cette roue motrice est censée être fixée sur son axe par une clef d'acier, et que si le moyeu de la roue aussi bien que son axe sont munis de logements pour recevoir cette clef, en réalité, la roue n'a jamais été attachée que par une unique vis de serrage qui passe à travers le moyeu et s'enfonce dans le logement de clef de l'axe lui-même. Cette vis s'est desserrée au moins une fois, brisant l'arbre du treuil et laissant filer la cabine jusqu'au pied du long câble, faisant basculer de surcroît le chevalet en A et sa plate-forme du haut de la montagne.

Gutzon Borglum aurait dû se trouver dans le téléphérique à ce moment-là, mais il était arrivé avec quelques minutes de retard et Edwald avait décidé de faire monter la cabine avec un chargement de bidons d'eau. Ceux-ci avaient été projetés sur Doane Mountain à travers un hectare et avaient été réduits en pièces. Si Borglum avait été à l'heure, la mort du sculpteur aurait probablement définitivement enterré le projet du mont Rushmore.

Borglum ne manifeste cependant pas la moindre inquiétude alors qu'ils s'élèvent de plus en plus haut, vers la cuvette située entre les trois têtes existantes, se dirigeant directement vers la plage lisse de granite blanc préparée pour la sculpture de Teddy Roosevelt.

Il n'y a pas un souffle d'air. Il fait presque plus étouffant en haut qu'en bas, la roche blanche qui les entoure sur trois côtés concentrant et renvoyant la chaleur accumulée pendant de longues heures de soleil radieux. Les températures à Rapid City ont battu tous les records ; Paha Sapa devine qu'ici, au milieu de toute cette chaleur blanche, il ne doit pas faire loin de cinquante degrés. Et c'est là qu'il a été suspendu, qu'il a évolué, foré et travaillé depuis sept heures du matin.

Borglum fait signe à Edwald, tout en bas, et la cabine s'arrête brusquement, oscillant à vous donner la nausée. Les deux hommes se cramponnent au bord de la cage de bois, à hauteur de poitrine, et Borglum tient le câble de retenue d'une main. Le sculpteur lève le bras et tire sur le frein de secours dont Julian Spotts, le plus récent administrateur « responsable » du projet (le vrai responsable étant évidemment M. Borglum), a exigé que l'on équipe le téléphérique après qu'une autre panne de frein a précipité plusieurs hommes jusqu'en bas.

Ils sont très haut : au-delà de Washington, au niveau de l'œil de Jefferson, et le regard porte au-delà de la masse de roche grossière qui représente la touffe de cheveux d'Abraham Lincoln, au-dessus de son front. On n'a pas encore commencé à sculpter la tête de Theodore Roosevelt qui n'existe que sous forme d'un andain presque vertical de granite d'un blanc aveuglant, en attendant que l'on fasse précautionneusement sauter encore un peu de pierre avant l'intervention des sculpteurs.

La cabine cesse de se balancer. Les deux hommes se penchent du côté nord-ouest de la cage, baissant les yeux vers la roche claire.

Dire qu'aucun travail n'a encore été effectué sur la tête de Roosevelt serait un mensonge. Dans le courant de l'année écoulée, et surtout pendant les quatre mois d'été, les plus productifs, Borglum a bien avancé, faisant dégager par Paha Sapa plus de vingt-cinq mètres du granite de surface, une roche grise, striée, pourrie, sur la face sud des Six Grands-Pères. Durant tout le temps qu'il leur a fallu pour faire sauter la pierre à la dynamite et au burin, Borglum était le seul à être convaincu qu'ils trouveraient de la pierre exploitable sous la roche pourrie. Il avait raison. Ils en ont trouvé, suffisamment... tout juste... pour sculpter la tête de Roosevelt.

À condition de ne pas faire d'erreurs.

Le problème est que la quantité de roche n'est pas extensible, et qu'ils en ont déjà utilisé la plus grande partie. Un observateur qui se tiendrait sur Doane Mountain ou dans la vallée, au-dessous des têtes, penserait que le mont Rushmore est une montagne massive et compacte – on se verrait bien monter jusqu'au sommet en passant par la forêt et la cime à l'arrière de la falaise –, mais cette solidité est illusoire, comme le sait Paha Sapa depuis son *hanblečeya*, ici même, il y a soixante ans jour pour jour.

Derrière la face nord des Six Grands-Pères, derrière les têtes des trois présidents qui émergent à présent du granite et la quatrième prête à être sculptée, s'étire un canyon, long et profond. Cette faille rocheuse démarre juste au nord de la tête de Lincoln et court vers le sud-ouest sur plus de cent mètres à l'arrière des sculptures.

Les trois premières effigies, déjà dégagées de leur gangue de pierre, disposaient d'un volume de rocher amplement suffisant. Pour sculpter celle de Teddy Roosevelt en revanche, située très en retrait, tout près de la paroi verticale cachée de ce canyon secret, il faudra se contenter de dix mètres d'épaisseur rocheuse. Si la bonne pierre avait été située trois mètres plus loin au-delà des vingt-cinq mètres que Paha Sapa a fait sauter, il aurait fallu, il le sait, renoncer au portrait de Roosevelt ; la masse de roche aurait tout simplement été insuffisante.

Borglum retire son Stetson blanc, s'essuie le front avec le mouchoir rouge qu'il sort de la poche arrière de son pantalon et s'éclaircit la voix.

« Nous sommes à moins de un mètre cinquante du nez, Billy.

— Oui. »

La chaleur du granite blanc est palpable. Écœurante. Paha Sapa cligne des yeux, cherchant à chasser les taches noires qui brouillent sa vue.

« J'ai prévu que tu travaillerais demain et dimanche en prévision de la visite du Président.

— Oui.

— De nombreuses personnalités accompagneront Roosevelt. Le sénateur Norbeck sera là – je ne sais pas comment il tient le coup avec son cancer de la mâchoire. Le gouverneur Berry, aussi, bien sûr. Tom ne laisserait jamais passer une occasion de se frotter à un président, même si c'est un démocrate du New Deal. Et tout un tas de gens encore, dont Doane Robinson et Mary Ellis. »

Mary Ellis est la fille de Gutzon Borglum. Paha Sapa acquiesce.

« Je tiens donc à ce que l'explosion de démonstration se passe sans anicroche. Sans la moindre anicroche, Billy. Cinq charges. Je pense qu'on pourra faire ça sous le granite frais, ici, en trichant un tout petit peu en direction de Lincoln pour qu'elle soit plus visible. Qui veux-tu pour le forage, demain ? Merle Peterson ? Palooka ? »

Paha Sapa se frotte la mâchoire. Toutes ses sensations sont émoussées par la douleur qui a envahi l'ensemble de son corps.

« J'aimerais bien avoir Payne. Il sait ce qu'il me faut pour les charges sans même que j'aie à le lui dire. »

Paha Sapa et Jack Payne, surnommé « Palooka », ont travaillé ensemble presque tous les jours de cet été torride sur la tête de Lincoln et sur le champ de granite qu'ils ont préparé pour la sculpture de Teddy Roosevelt.

Borglum approuve d'un signe de tête.

« Je vais dire à Lincoln de t'affecter Palooka demain. Tu as besoin d'autre chose ? Je tiens à ce que cette explosion de démonstration se passe vraiment, vraiment bien. »

Paha Sapa regarde Borglum dans les yeux. L'intelligence et la détermination qu'il y lit est – a toujours été – presque effrayante. Elle intimide d'ailleurs la plupart des gens.

« Tout de même, monsieur Borglum, il s'agit du président des États-Unis. »

Borglum se renfrogne. L'agacement que lui inspire cette remarque le parcourt comme une vague aussi tangible que la chaleur de cette fin d'août.

« Nom de Dieu, Billy, je le sais aussi bien que toi. Où veux-tu en venir ?

— Eh bien, en général, on accueille le Président par une salve de vingt et un coups de canon. Ce n'est pas ce que prévoit le protocole ? »

Borglum grommelle.

« Vous savez, ça ne me donnerait pas beaucoup plus de travail demain, surtout si je peux avoir Palooka et *Merle comme foreurs. Je pourrais mettre en place vingt et une charges en partant juste à gauche du revers de veston de Washington et en allant jusqu'à l'endroit où nous dégagerons le menton de Lincoln, un de ces jours. Si je les disposais en série, tout le monde entendrait vingt et une explosions distinctes. »*

Un moment, Borglum paraît perdu dans ses pensées.

« Il faudrait de toutes petites charges, Billy. Je n'ai pas envie de percer les tympans de Franklin Delano Roosevelt. Je suis un chaud partisan du New Deal, moi. »

Paha Sapa sait que cette remarque devrait le faire sourire, mais il est trop fatigué. Et trop de choses dépendent de la réponse de Borglum.

« De petites charges, bien sûr, patron. Sauf sous Theodore Roosevelt et au pied de Lincoln, où il faut déplacer du rocher pour de bon. Mais le bruit sera le même. Je me débrouillerai pour qu'il y ait suffisamment de roche meuble autour des charges pour que ça fasse un maximum de poussière et qu'il y ait pas mal de pierres qui dégringolent... Le public adore ça pendant les démonstrations. »

Borglum réfléchit encore une petite seconde.

« Entendu, d'accord pour la salve de vingt et une explosions. C'est une bonne idée. Mais ne te tue pas à la tâche – et ne tue pas non plus Palooka et Merle – demain en préparant les trous. Cette satanée chaleur... Fais de ton mieux, c'est tout ce que je peux te dire. »

Borglum plisse les yeux, levant la tête vers l'endroit où le soleil disparaît, derrière la tête de Washington.

« J'ai dit aux collaborateurs de Roosevelt qu'il faut impérativement qu'il soit là à midi. Sinon, j'inaugurerai Jefferson sans lui.

— Et pourquoi, monsieur Borglum ? »

Borglum se tourne vers Paha Sapa, arborant son expression la plus féroce.

« Les ombres, voyons. S'il est midi passé, les traits des trois têtes seront moins nets. Je veux que Roosevelt voie Jefferson et les autres sous leur meilleur jour. J'ai prévenu ses collaborateurs – ces satanés bureaucrates – que si le Président n'est

pas là à onze heures et demie pour le début de la cérémonie, ils pourront tous aller se faire foutre. »

Paha Sapa se contente de hocher la tête. Cela fait cinq ans qu'il travaille avec Borglum et il n'est ni surpris ni effaré que le sculpteur s'imagine pouvoir dicter sa volonté au président des États-Unis. Il sait aussi que s'il le faut, Borglum attendra jusqu'à la nuit. Après tout, Gutzon Borglum a besoin de la protection des riches et des puissants, et il fait le nécessaire pour s'en assurer.

Comme pour réfuter cette pensée, Borglum reprend en bougonnant.

« *Billy, laisse tomber cette idée de salve. Franklin Delano Roosevelt est président, et je suis partisan du New Deal, c'est un fait, mais cinq charges suffiront. De toute façon, si elles partent toutes en même temps, personne ne verra la différence.*

— *Bien, patron. Je peux quand même avoir Palooka ?* »

Borglum accepte d'un grognement et s'appuie contre la porte fermée de la cabine, regardant devant lui et en contrebas, vers le versant blanc censé se métamorphoser en Teddy Roosevelt. L'air vibre encore de chaleur.

« *Old Man, tu peux voir la tête de Teddy Roosevelt là-bas, n'est-ce pas ?*

— *Oui.*

— *Tu sais, Billy, à part moi, tu es le seul sur ce chantier à être capable de la voir tout entière alors qu'elle est encore prisonnière du rocher. Mon fils lui-même... Lincoln... est obligé de consulter la nouvelle version des maquettes simplement pour comprendre ce que nous allons faire et sous quel aspect Theodore Roosevelt émergera. Mais toi, Billy, tu as toujours vu les figures dans la pierre. Je le sais. C'est un peu troublant.* »

Bien sûr, il peut les voir. Bien sûr, il l'a toujours pu. N'a-t-il pas observé il y a soixante ans déjà cette quatrième tête et les trois autres – ainsi que leurs corps immenses – sortir de cette terre, de cette montagne, comme des géants nouveau-nés surgissant de ses entrailles, prêts à attraper et à broyer ? Il se dit aujourd'hui, comme il se l'est déjà dit maintes fois, qu'il aura été une des sages-femmes de cet accouchement sacrilège. D'après ses propres estimations, Paha Sapa a été personnellement responsable de l'explosion de plus de quinze mille tonnes de rocher, arrachées depuis le début de l'année au flanc des Six Grands-Pères. Ses calculs approximatifs lui ont appris qu'au cours des cinq années où il a travaillé ici comme dynamiteur, Paha Sapa a dégagé plus de *deux cent cinquante mille tonnes de pierre* – une bonne partie des plus de quatre cent mille tonnes qu'il faudra probablement faire tomber avant l'achèvement du projet, en incluant ce qui avait été déjà été retiré avant son arrivée – et à chaque kilo, à chaque gramme qu'il a contribué à enlever, Paha Sapa a eu l'impression de mutiler et d'arracher la chair d'un membre vivant de sa famille.

« *Mitakuye oyasin !* – Tous les miens – chacun d'eux ! »

L'ironie de cette exclamation lakota qui conclut traditionnellement les débats, cette affirmation d'un lien qui met fin à toute dispute, à tout préparatif et à toute discussion, le frappe avec plus de cruauté que jamais. Il trahit tous les siens, Paha Sapa s'en rend parfaitement compte. Chacun d'eux.

Soudain, pris de nausée, il comprend également qu'il échouera dans sa mission.

Cela fait des mois, des années, qu'il prépare cette ultime explosion – celle qui précipitera les têtes dans la vallée – et voilà que tout s'accélère. Il est à court de temps, à court d'énergie. Au moment précis où il aurait besoin de toute sa force, les dieux la lui retirent.

Tandis que la voix de basse de Borglum poursuit son discours sur les futures explosions sur le site de Theodore Roosevelt, Paha Sapa révise ses projets.

Il avait pensé travailler toute la nuit prochaine, préparer et transporter les vingt caisses de vieille dynamite instable qu'il a stockées dans son appentis à Keystone, puis les dissimuler ici, quelque part sur le chantier.

Mais où ? Il a exploré Doane Mountain et tous les autres coins de fond en comble. Il est impossible de déposer autant de caisses d'explosifs sur la paroi de la montagne deux jours à l'avance – quelqu'un les repérera inévitablement. Il y aura ici cinquante hommes samedi, venus faire des heures supplémentaires non payées, installer l'immense drapeau qui voilera le visage de Jefferson au début de la cérémonie, percer et effectuer quelques dernières retouches, pendant que Paha Sapa préparera la charge de démonstration de dimanche.

Non, il va falloir transporter les caisses de dynamite ici cette nuit, la nuit de vendredi, et les dissimuler soigneusement jusqu'à samedi soir. À ce moment-là – s'il en a la force –, Paha Sapa pourra les hisser sur la montagne, puis sur les visages, les camoufler comme il l'a prévu, les mettre en place, installer les amorces et les relier à ses détonateurs centraux en prévision de l'explosion finale de dimanche, sous les yeux du président des États-Unis, des journalistes et des caméras des actualités cinématographiques.

Mais il n'a pas encore trouvé de cachette qui lui convienne. Il n'y a pas de gardiens à proprement parler sur le chantier du Monument, mais plusieurs personnes – dont Borglum et sa famille – habitent un petit ensemble de bâtiments sur Doane Mountain. L'arrivée d'un camion en pleine nuit ou le démarrage de l'équipement s'entendrait immédiatement. Quelqu'un viendrait voir.

Et il n'existe tout bonnement pas d'endroit suffisamment discret pour y dissimuler les vingt caisses de dynamite avant le samedi de travail acharné qui l'attend. Paha Sapa avait songé un moment aux différents hangars, dont celui, énorme, qui abrite les moteurs de sous-marins récupérés mais jamais utilisés qui y rouillent encore, mais ils sont trop proches du logement de Borglum et de son fils.

Borglum parle toujours.

Paha Sapa se rapproche de lui et relève furtivement le loquet de la porte de la cabine du téléphérique, masquant son geste de la masse de son corps. Ils sont désormais adossés tous les deux contre la porte.

Paha Sapa connaît la force de Gutzon Borglum : la puissance des bras musclés du sculpteur et de son corps robuste n'a d'égale que celle de sa personnalité. Dans sa faiblesse soudaine, Paha Sapa sait qu'il ne remporterait aucun combat, aucun match de lutte contre le *Wasicun* constamment sur ses gardes, mais il n'a qu'à ouvrir la porte toute grande de sa main gauche et se jeter en avant contre Borglum, précipitant leurs deux corps dans le vide soudain béant au-delà de la porte et de la quatrième paroi de la cage. Ils sont à plus de cent mètres au-dessus du fond de la vallée.

Paha Sapa bande ses muscles. Il regrette à présent de n'avoir jamais composé son Chant de Mort. Boite-Beaucoup avait raison de dire que seuls les arrogants attendent pour accomplir cette tâche importante. Il ne pourrait évidemment pas le chanter tout haut en cet instant, mais il pourrait le psalmodier en esprit au moment de s'élancer contre Borglum, et pendant leur chute, agrippés l'un à l'autre, donnant des coups de pieds et griffant l'air jusqu'à l'éboulis gris, tout en bas.

Borglum va-t-il jurer et se débattre ? se demande Paha Sapa. *Vais-je crier sans le vouloir ?*

Il hésite. La sculpture des têtes est déjà bien avancée. Paha Sapa sait que Borglum envisage ne jamais *finir* lui-même le Monument du mont Rushmore ; il se voit y travailler pendant vingt ans encore, vingt-cinq, trente, le restant de sa vie. Mais même en y ajoutant le projet laissé en attente (jusqu'à présent) d'Entablement et de salle des Archives dans le canyon situé sur l'arrière des sculptures, un travail d'une ampleur presque équivalente à la réalisation des quatre têtes elles-mêmes, Paha Sapa sait que Borglum prévoit que le plus gros de l'entreprise sera achevé avant la fin des années 1940.

Son fils, Lincoln, pourra-t-il prendre le relais ? Paha Sapa connaît et admire Lincoln, si différent de son père hormis par le courage et la détermination, et pense qu'il pourrait être à la hauteur de la tâche. À condition que le Park Service n'annule pas toute cette entreprise pour quelque raison imprévue. À condition que les fonds fédéraux ne tarissent pas.

Ils n'ont pas tari pourtant – pas de façon prolongée du moins – pendant les pires épreuves provoquées jusqu'à présent par la Crise. Le financement pour 1936 et au-delà paraît assuré, plus fermement même qu'à aucun moment de l'histoire branlante du projet. Et ce nouveau chef de chantier, Spotts, sait faire avancer les choses. Si Franklin Delano Roosevelt arrive dans moins de deux jours non seulement pour assister à l'inauguration de la tête de Jefferson, mais aussi pour pleurer la mort du sculpteur à l'origine de cette grandiose idée – Paha Sapa voit, dans l'œil de son esprit, les têtes voilées de crêpe noir remplaçant celle de Jefferson sous son drapeau américain –, le Président pourrait être suffisamment ému pour s'engager à accorder une rallonge financière afin d'achever les travaux, salle des Archives comprise, plus rapidement que prévu. Lincoln Borglum poursuivrait le rêve de son père jusque dans les années 1940 et...

La salle des Archives.

Se rendant compte qu'il est sur le point de basculer dans le vide avec Borglum sans même avoir à le pousser, Paha Sapa remet discrètement le loquet en place.

Borglum lui parle.

« Montons jeter un coup d'œil. »

Le sculpteur tend le bras au-dessus de sa tête coiffée d'un Stetson et tire sur la chaîne qui relâche le levier du frein. Puis il fait signe à Edwald, tout en bas.

La cabine tressaute et oscille follement pendant un moment, et ne se stabilise qu'au moment où ils reprennent leur ascension vers le sommet de la tête de Theodore Roosevelt inachevée. Si Paha Sapa n'avait pas remis le loquet, le balancement aurait suffi à les faire passer par-dessus bord.

Ils glissent à travers l'air surchauffé, au-dessus du granite excavé, jusqu'au sommet des Six Grands-Pères.

La première fois que Paha Sapa a vu Gutzon Borglum, c'était à travers les nuages et les volutes de vapeur et de fumée qui se dissipaient après un tir de mine, au moment où le sculpteur sortait de la cage dans le puits de mine numéro neuf, mille cinq cents mètres sous la surface du sol, près de la ville de Lead. Le sculpteur était à la recherche d'un dynamiteur inscrit sur le registre de la Homestake Mine sous le nom de Billy Slovak.

Paha Sapa avait entendu parler de Borglum depuis des années, bien sûr : l'homme recherché par tout l'État de Géorgie pour avoir gâché, à lui tout seul, le Monument de Stone Mountain ; l'arrogant fils de garce qui conduisait son roadster jaune et s'arrêtait dans les stations-service du Dakota du Sud, s'attendant à ce qu'on lui remplisse le réservoir gratuitement parce qu'il était Gutzon Borglum, le seul, l'unique ; le fou de base-ball qui faisait jouer l'unique équipe à cinquante kilomètres à la ronde capable d'affronter les gars de la Homestake – et qui traitait le base-ball comme un sport sanguinaire (dans les collines Noires, Paha Sapa le savait bien, le base-ball avait *toujours* été un sport sanguinaire) mais n'hésitait pas à allier ses gars à ceux de la Homestake Mine pour flanquer une dérouillée à ces salauds du CCC, cette vacherie de Civilian Conservation Corps.

C'était l'homme dont Paha Sapa avait entendu dire – il l'avait lu aussi – qu'il arrachait le cœur et les entrailles des Six Grands-Pères dans une insolente tentative pour sculpter les effigies de présidents américains dans une montagne sacrée pour neuf nations indiennes. Et Paha Sapa était parfaitement certain que ce Borglum n'avait jamais *su* – de toute façon cela ne lui aurait fait ni chaud ni froid – que tous les Indiens, et même la majorité des Blancs du Dakota du Sud, estimaient que sculpter les montagnes des collines Noires était un acte de profanation.

Et cet homme-là avait surgi de la vapeur et de la fumée des explosifs, son torse court et râblé éclairé à contre-jour par les lumières de la mine, le mince faisceau de la lampe de son casque de mineur d'emprunt impuissant à traverser le brouillard de poussière, de fumée et de poudre, et s'était mis à aboyer dans le gouffre sans fin du puits neuf...

« Slovak ! Il y a un Slovak ici ? Slovak ! »

Paha Sapa avait pris ce nom pour travailler dans la mine trente ans auparavant, quand il avait regagné les collines avec le petit Robert après la mort de Rain, laissant derrière lui la réserve de Pine Ridge sans hésitation ni regret. Il avait besoin d'argent. La Holy Terror Mine, la mine de la Sainte Terreur était encore ouverte – un piège mortel – et appartenait toujours à l'homme qui l'avait baptisée ainsi en l'honneur de sa femme, laquelle était effectivement une sainte terreur. Mais les conditions de travail dans cette mine étaient tellement effroyables – surtout pour les dynamiteurs, qui ne tenaient guère plus de trois mois – que le propriétaire, William Franklin, dit « Rocky Mountain Frank », était prêt, disait-on, à embaucher un Peau-Rouge lui-même, pourvu qu'il sache poser une charge correctement.

Ce n'était pas le cas de Paha Sapa, mais il avait rapidement appris grâce aux conseils de Tarkulich Slovak, « Big Bill », un immigrant d'un certain âge qui lui avait confié qu'à son arrivée en Amérique en 1870 à dix-sept ans, quand il avait commencé à travailler comme dynamiteur dans le caisson du pont de Brooklyn sous l'East River, il ne savait que quatre mots d'anglais, parmi lesquels « Cours ! », « Descends ! » et « Attention ! » Paha Sapa avait survécu trente-quatre mois aux côtés de Big Bill Slovak, et sans qu'il sache vraiment pourquoi, le nom de Billy Slow Horse porté sur le registre du personnel s'était transformé en Billy Slovak, juste au-dessous du nom du vieux. Et puis Big Bill était mort dans un éboulement (dont il n'était pas responsable), et « Billy Slovak » avait démissionné avant que la Sainte Terreur ne soit fermée une première fois en 1903 – non qu'on n'y ait plus trouvé d'or, mais pour des raisons d'insolvabilité à la suite de tous les procès intentés par les familles des nombreux mineurs tués ou estropiés dans des accidents.

Mais Paha Sapa avait quitté cet enfer avec en mémoire les interminables monologues de Big Bill sur la construction du pont de Brooklyn et en poche une carte de travail au nom de Billy Slovak, ainsi que des recommandations vantant ses compétences de dynamiteur.

Borglum et Paha Sapa étaient là, à discuter dans les tourbillons de poussière, de fumée et de vapeur, et Paha Sapa se demandait : *Bon sang, pourquoi les propriétaires de la Homestake vous ont-ils laissé descendre ici pour débaucher leurs hommes ?*

Ils l'avaient pourtant fait, et c'était le motif de la présence de Borglum – convaincu que ce « Billy Slovak » saurait immédiatement qui il était et ce qu'il faisait dans les collines. Il avait proposé à Paha Sapa un emploi de dynamiteur adjoint pour quatre dollars de plus par mois que ce que l'Indien de soixante-six ans gagnait à la mine de Homestake.

Songeant à ce qu'il pourrait faire aux quatre géants de pierre qui émergeaient de ses collines sacrées, Paha Sapa avait accepté sur-le-champ – il aurait accepté même si Borglum ne lui avait offert aucun salaire.

Et ils s'étaient serré la main pour conclure l'affaire.

Ce n'était pas tout à fait comme la *vision-d'invasion* qu'il avait eue avec Cheval-Fou, mais cela y ressemblait davantage qu'aux *petites-visions-en-avant* qu'il avait eues avec tant d'autres. Sous l'effet de cette poignée de main, la vie et les souvenirs de Gutzon Borglum avaient effectivement commencé à envahir Paha Sapa, mais Borglum avait semblé se rendre compte de quelque chose – peut-être avait-il ses propres facultés de vision – et il avait retiré sa main d'un geste brusque avant que toute sa vie, son passé et son avenir, et tous ses secrets ne se répandent en Paha Sapa comme ceux de Cheval-Fou.

Au cours des mois suivants, quand Paha Sapa avait eu le loisir d'abaisser ses propres défenses pour laisser affluer les souvenirs de Borglum, il s'était rendu compte que, contrairement à ce qui s'était passé avec Cheval-Fou, ils ne contenaient pas d'événements à venir. Paha Sapa l'aurait bien voulu, pourtant. Si Borglum, son cadet de deux ans seulement, lui survivait – ce qui se produirait si Paha Sapa arrivait à ses fins –, il aurait pu voir dans les souvenirs futurs de Borglum le succès de son plan, comme il avait vu la mort de Cheval-Fou. Il aurait pu voir sa propre mort.

Mais en fait, les pensées et les souvenirs de Borglum dont il s'était emparé étaient tous antérieurs au jour de leur rencontre, au jour de ce contact physique de la fin janvier 1931, et quand Paha Sapa en avait le temps et l'envie, il choisissait au hasard quelques fragments de la vie du sculpteur, comme un homme qui ratisse les cendres d'une maison ravagée par un incendie. Ces bribes elles-mêmes étaient complexes.

Paha Sapa était probablement le seul salarié de Borglum à savoir que la femme que le sculpteur présentait comme sa mère dans son autobiographie déjà publiée était en réalité la sœur aînée de sa mère. Paha Sapa avait dû remuer un peu les cendres pour comprendre.

Les parents officiels de Borglum, Jens Moller Haugaard Borglum et Ida Mikkelsen Borglum, étaient des immigrants danois. Mais c'étaient également des mormons partis pour l'Amérique en compagnie d'autres convertis danois pour vivre et travailler dans la « Nouvelle Sion » que les mormons bâtissaient près du Grand Lac salé, dans le désert d'un territoire appelé l'Utah. Jens Borglum et sa femme Ida avaient pris la route de l'ouest avec les convois de chariots, mais n'avaient pu se payer qu'une charrette à bras.

Un an après leur arrivée dans l'Utah, ils avaient fait venir du Danemark la sœur cadette d'Ida, Christina, qui avait alors dix-huit ans. Comme le voulait la coutume des mormons isolés et coupés du monde, Jens avait pris

Christina pour seconde épouse. Ils étaient allés s'installer dans l'Idaho où, en 1867, la jeune Christina donna à son époux un fils, John Gutzon de la Mothe Borglum. À leur retour dans l'Utah, Christina avait accouché d'un deuxième fils, Solon Hannibal de la Mothe Borglum.

Mais le chemin de fer avait commencé à relier tous les lieux du pays, et ce chemin de fer passait par Ogden, la ville où vivaient les Borglum. C'en était fini de leur isolement et les pratiques polygames des mormons provoquèrent un scandale national. Le Congrès, la presse et une masse de non-mormons arrivés depuis peu avaient exprimé toute l'indignation que leur inspiraient ces coutumes barbares, antichrétiennes.

Avec épouses et enfants, Jens était parti vers l'est en empruntant ce même chemin de fer. Dans l'Omaha, consciente de la discrimination qui les attendait, la vraie mère de Gutzon Borglum, Christina, avait rompu les liens du mariage qui l'unissaient à Jens. Elle était restée brièvement dans la famille comme « gouvernante », avant d'aller s'établir avec une autre de ses sœurs. Elle s'était remariée plus tard.

Jens Borglum fréquenta la faculté de médecine du Missouri, étudia l'homéopathie, changea son nom en Dr James Miller Borglum et ouvrit un cabinet médical à Fremont, dans le Nebraska. C'est là que le jeune Gutzon avait grandi dans une légère confusion, car sa mère officielle et publique, celle aussi de son frère Solon, était en réalité leur tante.

Tout cela n'avait guère d'importance, mais Paha Sapa n'avait cessé d'être captivé chaque fois qu'au cours des mois qui avaient suivi leur rencontre initiale, il avait laissé les souvenirs d'enfance et de jeune adulte de Borglum s'insinuer en lui.

La première image qui avait frappé Paha Sapa était bien plus récente : celle de Borglum en 1924, à cinquante-sept ans, déjà mondialement célèbre selon ses dires, sur la falaise de Stone Mountain en Géorgie, en train de faire basculer en contrebas les maquettes grandeur nature des têtes du général Stonewall Jackson et du général Robert E. Lee qui venaient s'écraser sur les rochers ; le sculpteur ordonnant à un ouvrier de détruire à la masse l'ébauche de trois mètres cinquante sur sept des sept effigies de célèbres Confédérés (dont l'identité de quatre restait encore à définir) qui auraient dû orner Stone Mountain et constituer la plus grande et la plus magnifique sculpture du monde.

Ces satanés Géorgiens n'étaient pas prêts à financer intégralement son projet, ils avaient l'intention de faire appel à un autre sculpteur, et lui – John

Gutzon de la Mothe Borglum – préférait se faire pendre que de laisser ces salopards de péquenauds de Sudistes recueillir le moindre fruit de son travail.

Paha Sapa contemplait ces souvenirs récents comme s'il se rappelait un rêve violent, remarquablement vivant. Il regardait Borglum, lorsqu'il eut fini de fracasser, de brûler et de tout détruire – ébauches, plans, maquettes, bustes, projets de projecteurs géants et de plates-formes, *tout* –, prendre la poudre d'escampette et filer en Caroline du Nord.

L'État de Géorgie n'avait toujours pas abrogé son mandat d'arrêt contre le célèbre sculpteur.

En définitive, s'était dit Paha Sapa durant ces premiers mois de cohabitation avec les bribes de souvenirs et de vieilles pensées de Borglum, Cheval-Fou et Gutzon Borglum se ressemblaient beaucoup. Ils avaient été poussés l'un comme l'autre dès l'enfance à accéder à une grandeur chargée de violence. Ils étaient persuadés l'un comme l'autre que les divinités les destinaient à de grands exploits et à de non moins grands honneurs. Chacun avait voué sa vie aux objectifs de son ego, même si leur réalisation les conduisait à exploiter les autres, à les rejeter, à leur mentir et même à les blesser au besoin.

Borglum n'avait jamais scalpé personne ni chevauché, nu, à travers les balles ennemies comme Cheval-Fou l'avait fait si souvent, mais Paha Sapa comprenait qu'à sa manière, le sculpteur avait compté le coup lui aussi. Plusieurs fois.

Il comprenait aussi – grâce à toutes ces années de conversations avec Doane Robinson et aux enseignements des trois jésuites de la petite école sous tente au-dessus de Deadwood près de soixante ans auparavant – que si le sang qui coulait dans les veines de Gutzon Borglum était danois, son attitude à l'égard de la vie s'inspirait pour l'essentiel de la Grèce antique. Autrement dit, Borglum croyait à l'*agon*, l'idée homérique selon laquelle sur terre, deux choses doivent constamment être en concurrence, être comparées puis classées dans l'une de ces trois catégories : égale à, inférieure à, supérieure à.

Gutzon Borglum n'était pas homme à se contenter de moins que « supérieur à ».

Dans les fragments et les tessons d'une mémoire déformée par un ego surdimensionné, Paha Sapa découvrait Borglum sous les traits d'un peintre en herbe de vingt-deux ans qui s'était rendu en Europe et avait étudié dans l'atelier d'une artiste américaine expatriée qui s'appelait Elisabeth Jayne Putman et que l'on surnommait Liza. Bien qu'elle eût dix-huit ans de plus que lui et fût d'un raffinement infiniment supérieur au sien, il l'avait épousée, avait beaucoup appris d'elle, puis l'avait abandonnée et était rentré en Amérique créer son propre atelier. Arrivé à New York en 1902, Borglum avait effectivement réalisé ce projet, avant de contracter presque aussitôt la typhoïde et de sombrer dans une dépression nerveuse.

Le frère de Borglum, Solon – le seul autre enfant né de la même mère que lui, désormais passée sous silence et reléguée parmi des souvenirs très lointains –, était un sculpteur renommé. Borglum décida donc de se faire sculpteur, lui aussi. *Un sculpteur meilleur et plus célèbre.*

L'épouse délaissée de Borglum, Liza, qui avait désormais cinquante-deux ans, se précipita en Amérique pour soigner son jeune mari de sa maladie et de sa mélancolie, mais elle apprit que Borglum avait déjà entrepris cette thérapie grâce à une jeune diplômée de Wellesley, Mlle Mary Montgomery, qu'il avait rencontrée sur le bateau qui le ramenait d'Europe. Mlle Montgomery – très jeune, passionnée, remarquablement instruite et professant des opinions extrêmement arrêtées (mais jamais au point de contredire Borglum ni de blesser son ego) – n'était autre, bien sûr, que la Mme Borglum que Paha Sapa et tous les autres ouvriers du mont Rushmore connaissaient si bien.

Doane Robinson, qui avait eu l'idée de faire sculpter des figures sur les flèches de dolomite des collines Noires pour attirer les touristes, avait vu en Gutzon Borglum, cet artiste viril, combatif, débordant d'assurance, l'homme providentiel qui donnerait vie à son rêve. Mais au cours des cinq dernières années, en dégageant des cendres d'autres vestiges des souvenirs de Borglum, Paha Sapa avait compris qu'en réalité – surtout après la débâcle de Stone Mountain en Géorgie –, le projet du mont Rushmore, inlassablement élargi et agrandi par le sculpteur, avait été une planche de salut pour Gutzon Borglum.

En 1924, alors que Borglum était toujours recherché par la police de Géorgie et juste après que l'innocent Doane Robinson eut entrepris de premiers travaux d'approche auprès du sculpteur (et, surtout, juste après que Doane Robinson, Peter Norbeck, sénateur du Dakota du Sud, et le député William Williamson eurent parrainé une loi affectant dix mille dollars à ce projet), Borglum avait cinquante-sept ans. En octobre 1927, quand les premiers travaux de forage débutèrent sur la montagne, il en avait soixante. (Paha Sapa avait entendu dire que le sculpteur avait annoncé que la tête de

Washington serait achevée « en moins de douze mois », « sans la moindre explosion de dynamite », que tous les travaux de sculpture se feraient au foret et au ciseau. Paha Sapa avait souri en songeant aux dizaines et dizaines de milliers de tonnes de granite qu'il faudrait faire sauter, simplement pour arriver à la roche saine. Il avait su avant Borglum que quatre-vingt-dix-huit pour cent du travail sur le mont Rushmore, si ce projet était effectivement mené à bien, se ferait à l'explosif.)

Ce sont des centaines de souvenirs et d'images puissantes qui se sont insinuées en Paha Sapa en ce jour noir, au plus profond du puits de la mine de Homestake, avant que Borglum ne sente le lien mystérieux né de cette poignée de main et ne recule brusquement (mais cet instant de malaise ne l'avait pas poussé à retirer son offre), certains de ces souvenirs d'ordre explicitement sexuel, bien sûr, certains délictueux, mais Paha Sapa cherche à éviter ce genre d'images, tout comme, il y a bien longtemps, il aurait volontiers fermé l'oreille, s'il l'avait pu, aux divagations bruyantes du fantôme de Custer. Tout en sachant que ces visions sont un don sacré, Paha Sapa a horreur de s'immiscer dans l'intimité d'autrui.

Borglum a soixante-neuf ans en ce jour d'août, alors qu'il gagne le sommet de la montagne avec le dynamiteur qu'il prend pour Billy Slovak. Il n'a que deux ans de moins que Paha Sapa et, pour le moment, trois des quatre grandes têtes seulement ont émergé de la pierre, et encore, sous une forme inachevée. Le sculpteur a l'intention de dégager une grande partie de leur torse, ainsi qu'une portion des bras et des mains. Il a des projets plus ambitieux encore pour cette montagne. L'Entablement, la salle des Archives. Des projets pharaoniques. Paha Sapa sait que Borglum ne se préoccupe pas de son âge, de sa santé, ni même du temps qui passe ; Borglum, il ne l'ignore pas, a l'intention de vivre éternellement.

Arrivés au sommet, ils descendent de la cabine du téléphérique. Borglum se dirige vers l'endroit où certains des hommes ont passé la journée à préparer la structure et l'armature de la grue qui maintiendra l'immense drapeau américain sur la sculpture de Jefferson, puis le soulèvera et l'écartera pour dévoiler la tête. Le sculpteur parle, mais Paha Sapa continue à marcher le long de la ligne de crête, dépassant la grue et Jefferson.

Ici, on peut voir – sentir – combien l'arête rocheuse est étroite entre la surface concave que l'on a dégagée et où émergent trois des quatre têtes, et la paroi invisible du canyon, derrière cette crête. Quand la tête de Teddy Roosevelt sera terminée – si elle l'est un jour –, la corniche entre le visage sculpté d'un côté et l'à-pic du canyon de l'autre sera suffisamment mince pour que l'on hésite à y poser le pied.

Paha Sapa voit la crevasse, il voit aussi la plage de terre où il a creusé sa Fosse de Vision soixante ans moins deux jours auparavant. Il continue d'avancer vers le nord-ouest, longeant la crête.

Au sommet des protubérances entaillées de profondes failles qui longent l'arête où surgissent les quatre têtes, se dresse tout un petit village de constructions – des grues de bois, des treuils avec leurs cabanes, tout un réseau d'escaliers qui montent et descendent de ces gibbosités, des plates-formes de bois, des supports de chevalets en A pour le téléphérique et d'autres équipements, le mât vertical et la flèche horizontale de la machine à mettre aux points qui transfère les modèles réduits réalisés dans l'atelier de Borglum sur la montagne où sont réalisées les sculptures. S'y ajoutent une baraque suffisamment spacieuse pour que quelques hommes puissent s'y abriter pendant les orages de foudre ou de grêle, des appentis et différents entrepôts, dont l'un, destiné au stockage de la dynamite, a été construit très à l'écart. (Paha Sapa avait envisagé d'y transporter ses vingt caisses de dynamite, évidemment, mais les risques de se faire prendre, même durant l'unique journée dont il a besoin avant de disposer les charges, sont vraiment trop importants. Alfred Berg, « Spot » Denton et les autres dynamiteurs passent leur temps à entrer et sortir de ce local.)

Loin sur la crête, isolée, se dresse une petite plate-forme de poteaux et d'acier à découvert soutenant un treuil. Elle est plus petite que celles qui sont regroupées au-dessus des têtes et elle est située du mauvais côté de la corniche, surplombant l'à-pic vertical de l'étroit canyon en impasse situé derrière la face visible de ce que les *wasichu* s'obstinent à appeler le mont Rushmore.

Paha Sapa s'avance sur cette plate-forme. La chute de soixante mètres est abrupte et plus impressionnante, curieusement, que la dénivellation de la face sud, celle des têtes. Le canyon est étroit, jonché de blocs massifs éboulés, et l'effet est oppressant. Les ombres du soir ont envahi presque tout ce défilé exigu, mais Paha Sapa distingue encore ce qu'il est venu voir : sur la paroi opposée de la falaise de granite, tout en bas, un unique carré – non, un rectangle – noir, de un mètre cinquante sur deux, presque noyé dans l'obscurité.

Paha Sapa sait de quoi il s'agit, parce qu'il a aidé à le dégager à l'explosif l'automne précédent : un puits d'essai de six mètres pour la future salle des Archives de Borglum.

Il sent soudain le sculpteur s'approcher derrière lui.

« Nom de Dieu, Billy. Qu'est-ce que tu fous là ?

— Je pensais à la salle des Archives, c'est tout, patron.

— Quelle idée ! On ne s'y mettra pas avant l'année prochaine. Ou peut-être même l'année suivante.

— Je sais bien, mais j'essaie de me rappeler tout ce que vous m'en avez dit, monsieur Borglum. Quelle profondeur elle aura. Ce qu'elle contiendra. »

Borglum le regarde en plissant les yeux. Le sculpteur a le soleil en face, mais c'est surtout la méfiance qui le fait grimacer.

« Nom de Dieu, Old Man. Tu deviens gâteux avant moi, ou quoi ? »

Paha Sapa hausse les épaules. Son regard se pose une nouvelle fois sur le minuscule rectangle noir, plus de soixante mètres en contrebas.

Mais Borglum ne résiste jamais à une occasion d'exposer ses projets.

« Après les sculptures elles-mêmes, Billy, la salle des Archives sera la plus grande chose d'Amérique. Il y aura un escalier grandiose – large, majestueux, sculpté dans le granite blanc – qui montera depuis le fond de la vallée à l'intérieur du canyon pour rejoindre le sommet, avec des paliers équipés de bancs pour que les gens puissent se reposer pendant l'ascension et admirer un certain nombre de statues et de plaques commémoratives. Nous aurons des bustes d'Américains célèbres – dont certains membres de ton peuple, des Indiens, Sitting Bull, Red Cloud et puis la fille, je ne sais plus son nom, qui était avec Lewis et Clark – bordant le grand escalier qui remontera du fond du canyon. Il sera éclairé de nuit... superbe ! Et puis, juste au moment où les gens se diront qu'il ne peut rien exister de plus beau, ils arriveront à la salle des Archives elle-même... là, en bas, juste à l'endroit où je vous ai fait dégager ce puits d'essai, à Merle, toi et les autres. L'entrée de la salle sera formée d'un unique panneau de pierre polie de douze mètres de haut. Elle sera incrustée de mosaïques d'or et des plus beaux lapis-lazulis du monde, et les mosaïques seront surmontées du symbole des États-Unis d'Amérique... après tout, peut-être est-ce un symbole de ton peuple... un unique aigle américain en bas-relief de douze mètres d'envergure. Et puis la porte elle-même, l'entrée... elle mesurera quelque chose comme six mètres de haut sur quatre de large... ce seront des portes en verre coulé, Billy, transparentes mais aussi durables que la montagne. Ces portes donneront sur la chambre haute, qui mesurera vingt-cinq mètres de large sur trente de long. Cette salle contiendra

cent dix mètres d'espace mural, le tout merveilleusement lambrissé avec des niches évidées d'une profondeur de soixante-quinze centimètres. Elle sera éclairée en permanence par des lumières artificielles. Ce sera beau de jour comme de nuit. Les niches abriteront des vitrines de bronze et de verre illuminées, où nous disposerons toutes les archives des États-Unis... enfin, du monde occidental, de la civilisation elle-même... la Grande Charte, la Déclaration d'Indépendance, la Constitution des États-Unis, le discours de Gettysburg de Lincoln... tout... et pas seulement des textes politiques, Billy, mais tous les documents qui porteront témoignage de la gloire de notre civilisation, qui la révéleront aux spectateurs et aux descendants de ces spectateurs dans mille, dix mille, cent mille, cinq cent mille ans : des documents sur la science, l'art, la littérature, les inventions et la médecine. Je sais bien ce que tu penses – que des documents sur papier ne se conservent pas pendant des milliers d'années, et encore moins des centaines de milliers d'années. Voilà pourquoi tous ces documents, la Déclaration, la Constitution et les autres, seront tapés à la machine sur des feuilles d'aluminium, puis roulés et protégés dans des tubes d'alliage d'acier qui dureront éternellement, nom de Dieu. Nous scellerons ces vitrines... bon sang, je ne sais pas quand, en 1948 peut-être, ou 58, ou 65, peu importe... mais j'ai bien l'intention d'y être, crois-moi... et une fois scellées, ces vitrines ne pourront être ouvertes que sur décision du Congrès... en admettant que le Congrès existe encore à ce moment-là, ce qui, franchement, m'étonnerait fort. Et sur le mur au-dessus de ces vitrines, Billy, sur toute la longueur de cette immense salle, un bas-relief, sculpté dans le bronze et plaqué d'or, représentera toute l'aventure de l'humanité, comment on a découvert, occupé, bâti et fait progresser le monde occidental... nous, nos États-Unis d'Amérique. Au-delà de ce premier vestibule immense, de larges tunnels brillamment éclairés conduiront à d'autres salles et dépôts, chacun illustré de ses propres fresques murales, respectivement dédiés à un aspect précis de notre époque et de notre gloire... on pourrait aussi imaginer une salle contenant des statues de femmes qui sont arrivées à quelque chose, même de pures enquiquineuses, comme cette Susan B. Anthony que ces satanées féministes veulent absolument me faire sculpter à côté de Washington, Jefferson, Teddy Roosevelt et Abraham Lincoln... Je leur réponds la stricte vérité : qu'il n'y a plus ici et qu'il n'y aura plus jamais de bonne roche à sculpter, Billy, mais qu'en bas, dans la salle des Archives, pendant des générations, pendant des siècles... »

Borglum s'interrompt, et Paha Sapa se demande s'il est embarrassé d'avoir discouru aussi longtemps ou s'il est simplement à bout de souffle. Il penche pour la dernière solution. Peu importe en fait. Il voulait simplement que le sculpteur continue à disserter pendant quelques minutes pour qu'il ait le temps d'observer attentivement le canyon à présent rempli de ténèbres et trouver la solution à son problème.

Le puits de sondage d'essai de la salle des Archives. Un mètre cinquante sur deux et six de profondeur seulement, mais c'est amplement suffisant pour qu'il y entrepose cette nuit ses vingt caisses de dynamite instable. Ensuite, dans la nuit de samedi et aux premières heures du dimanche matin – avec l'aide d'un seul opérateur de treuil, Mune Mercer, un ancien ouvrier de Rushmore un peu demeuré à qui il a déjà demandé de se tenir prêt pour « un travail de nuit spécial dont M. Borglum a besoin » –, Paha Sapa hissera ces vingt caisses ici, au sommet de la crête, tout près de sa Fosse de Vision. Mune fera passer le treuil de l'autre côté de la corniche tandis que Paha Sapa descendra au bout de son câble, évoluant dans cette apesanteur surnaturelle dont il a fini par rêver, le bout de ses souliers ne se posant sur les visages que tous les cinq ou six mètres, pour disposer les charges dans les trous préparés à l'avance et fixer les câbles des détonateurs qui pulvériseront les trois têtes existantes et la surface rocheuse de la quatrième en attente, les effaçant à jamais de la paroi de cette montagne. Comme vient de le dire M. Borglum, il n'y a plus et il n'y aura plus jamais de roche saine à sculpter ici.

Il se retourne et regarde le sculpteur qui le dévisage d'un air féroce.

« C'est une vision incroyable et merveilleuse, monsieur Borglum. Une vision vraiment merveilleuse. »

17

Jackson Park, Illinois

Juillet 1893

Paha Sapa s'élève dans le ciel.

Cela ne l'inquiète pas. Il a déjà volé. Et cette fois, il est transporté dans les airs par un engin fait de plus de cent mille pièces usinées avec une extrême précision, pour la plupart en acier, parmi lesquelles le plus grand axe du monde, qui pèse – à en croire les brochures de l'Exposition – cent quarante-deux mille trente et une livres, près de soixante-dix tonnes. Paha Sapa a lu – et il n'a eu aucun mal à le croire – que jamais encore on n'a soulevé d'objet de ce poids, de fabrication humaine. Et encore moins jusqu'à une hauteur de quarante-cinq mètres, celle du centre de la roue.

Le prix d'un tour sur la roue de M. Ferris était identique au prix d'entrée de l'Exposition – cinquante cents. Mais cette fois, prévenu, Paha Sapa avait préparé son dollar pour payer son billet et celui de Mlle de Plachette.

La roue, qui n'a été mise en fonctionnement que deux semaines plus tôt, le 21 juin, avec cinquante et un jours de retard sur la date prévue, est de loin l'attraction la plus populaire de l'Exposition, mais ils ont bien choisi leur moment, ou alors la chance était avec eux, et il n'y a que cinq autres personnes – un couple âgé qui a l'air d'être les grands-parents des trois enfants bien habillés – dans cette cabine qui peut en contenir soixante et est équipée de sièges pivotants pour trente-huit passagers. S'y ajoute un garde qu'on appelle parfois le conducteur, un moustachu vêtu d'un uniforme clinquant, qui se tient alternativement à la porte nord ou sud verrouillée, les verrous et le garde étant probablement destinés à éviter les tentatives de suicide, mais qui est également chargé de calmer ceux qui découvrent subitement qu'ils sont enclins au vertige.

Paha Sapa a entendu dire par certains cow-boys du Wild West Show que ces gardes-conducteurs, tous vêtus du même uniforme ridicule qui les fait ressembler à d'étranges hybrides entre dompteur de lion et chef d'orchestre, ont dû prendre des cours de boxe et de lutte, et qu'ils ont tous sur eux une matraque de trois livres – dans leur poche, sous cette épaisse tunique. Dans l'éventualité où la peur provoquerait un coup de folie chez un passager.

Mlle de Plachette – Rain – n'a pas peur, de toute évidence. Au lieu de s'asseoir sur une des trente-huit chaises rondes recouvertes de velours pelucheux, la jeune personne se précipite vers une des fenêtres qui vont presque du sol au plafond (toutes équipées d'un grillage, toujours pour éviter les suicides, suppose Paha Sapa) et pousse des exclamations alors que la nacelle commence lentement à se mouvoir. Paha Sapa croit avoir vu l'immense roue tourner dans les deux sens, mais aujourd'hui, elle tourne d'est en ouest en passant par son zénith. Ils ont le regard dirigé vers l'est au moment où la cabine démarre – les plates-formes d'embarquement sont si astucieusement disposées que l'on peut évacuer et charger six nacelles à la fois – et, alors qu'ils s'élèvent dans les airs, Mlle de Plachette observe Midway Plaisance qui rapetisse, tandis que la vue sur la Ville blanche apparaît au loin.

Sa voix est empreinte d'une fébrilité sincère et joyeuse.

« Incroyable ! »

Tout en pensant : *Et pourtant, cette demoiselle est montée sur la tour Eiffel, qui est bien plus haute !*, Paha Sapa la rejoint près de la fenêtre. Il se tient à la rambarde de cuivre brillant, bien que les oscillations soient très faibles. Comme d'instinct, ils ont pris place dans l'angle le plus reculé du côté est de la nacelle presque vide, loin de la famille paisible et du conducteur. La cabine, avec ses portes nord et sud qui se font face, fermées à clé toutes les deux (le garde-conducteur a la clé dans sa poche), est tout à fait accueillante. Le sol est recouvert d'un tapis à fleurs et, dans un angle, se dresse un énorme crachoir de cuivre que l'on vide régulièrement. Le grillage des grandes fenêtres et de la porte vitrée est si fin qu'il ne gêne pas la vue. Paha Sapa lève les yeux vers les rangées de lampes électriques à abat-jour de verre qui font tout le tour du plafond et surmontent les deux portes. Les lumières doivent être très faibles, songe-t-il, pour ne pas nuire au spectacle, la nuit, et il se dit que l'image nocturne de la Ville Blanche – avec tous ses projecteurs, ses milliers d'ampoules électriques illuminant les grands bâtiments et les dômes – doit être aussi remarquable que Mlle de Plachette l'a dit. Les cabines de la roue de Ferris doivent, elles aussi, être superbes de nuit, vues du Midway, éclairées par dessous par les lampes à carbure étincelantes, tandis que chaque nacelle est illuminée de l'intérieur par ses propres ampoules électriques.

Ils montent toujours.

Il jette un coup d'œil par-dessus son épaule en direction de l'est, à travers la paroi de fenêtres qui lui fait face, et cligne des yeux pour combattre le vertige. En regardant, *à l'intérieur* de ce labyrinthe, de cet entrelacs de rayons et de poutrelles d'acier, les trente-cinq autres nacelles qui se déplacent comme la leur, les silhouettes de plusieurs centaines de passagers contenus dans ces trente-cinq cabines et l'axe géant qui pivote, maintenu de part et d'autre par des supports d'acier proprement gigantesques, Paha Sapa a la tête qui tourne. Quand on porte le regard *à travers* la roue géante vers les bâtiments d'exposition situés plus à l'ouest, le long de Midway Plaisance, si loin, si bas, on a l'impression d'être plus haut encore. Tout tourne, pivote, tombe et tournoie en même temps. Il se sent comme un insecte prisonnier d'une énorme roue de bicyclette en rotation.

Paha Sapa ferme les yeux.

Mlle de Plachette lui secoue le bras et rit de ravissement.

La première des deux révolutions auxquelles leur donne droit le prix du billet est la plus lente – leur cabine de sept mètres sur quatre s'arrêtera à six altitudes différentes, six positions, permettant aux passagers d'embarquer dans d'autres cabines, au pied de la roue. Leur premier arrêt a lieu au quart de la montée et au moment de s'immobiliser, la nacelle se balance très légèrement d'arrière en avant sur la barre horizontale à laquelle elle est suspendue, les roulements et les freins, au-dessous, grinçant faiblement. Comme en écho, Mlle de Plachette et la grand-mère assise à l'autre extrémité de la nacelle poussent de petits cris aigus – la vieille dame de terreur, et Mlle de Plachette, il n'en doute pas, de pur délice.

Le conducteur, que Paha Sapa a entendu se présenter au couple de grands-parents sous le nom de Kovacs, toussote et émet un petit gloussement satisfait.

« Aucune raison de vous inquiéter, mesdames et messieurs... vous non plus, les petits. Absolument aucune. Les tiges d'acier auxquelles nous sommes suspendus – on les appelle des tourillons – pourraient supporter dix fois le poids de cette superbe cabine, même au maximum de charge autorisé. »

Les sept passagers se taisent lorsque la nacelle recommence à s'élever et qu'apparaissent l'extrémité est de Midway Plaisance et les dômes de la Ville blanche. Au-delà, les rayons du soleil font étinceler le ruban du lac Michigan, que l'on aperçoit au-dessus des arbres et des bâtiments gigantesques. Quelques bateaux évoluent dans le port – de simples barres noires horizontales coiffées de mâts, vus depuis cette altitude – et un ferry amène d'autres visiteurs de l'Exposition jusqu'à l'extrémité du long quai de débarquement.

Plus près, Midway Plaisance s'étend vers l'est au-dessous d'eux, ponctué de petites taches noires radieuses. En contrebas, sur leur gauche, ils distinguent les toits rouges et le terrain boisé du Village allemand. À droite du Midway s'élèvent les dômes, les minarets et les étranges flèches du Village turc. Au-delà de celui-ci, sur la droite, se dresse la grande construction circulaire et bizarre où l'on peut assister sous forme de panorama à la simulation d'une excursion dans les Alpes bernoises et de l'autre côté du Midway, se trouve le Village javanais connu sous le nom de Colonie hollandaise, juste en face de la principale Colonie hollandaise.

Au-delà de ces constructions, on peut découvrir sur la gauche le Village irlandais, avec son Donegan Castle et sa Blarney Stone si populaires ; l'amphithéâtre rond à droite, destiné au spectacle de la ménagerie ; et – plus bas, marquant l'extrémité est du Midway – les bâtiments jumeaux de la verrerie qui se font face, Murano à droite, Libby à gauche.

Au moment où le mot *Libby* lui traverse l'esprit, Paha Sapa sent un vague frémissement dans son crâne et il se demande si le fantôme du général Custer regarde par ses yeux à lui, Paha Sapa, s'il écoute par ses oreilles. Qu'il aille au diable !

C'est au cours de l'arrêt suivant, alors qu'ils attendent que six autres nacelles, au pied de la roue, se remplissent promptement, que le petit garçon – il n'a pas plus de cinq ans –, échappe à ses grands-parents et fait le tour de la cabine en courant, battant des bras comme s'il volait. Les doigts du petit effleurent le poignet nu de Paha Sapa au-dessus de ses gants au moment où il passe devant lui en tournoyant.

Il se rend compte de l'état de sensibilité exacerbé dans lequel il se trouve, car immédiatement, il reçoit un éclair d'images, une *vision-d'invasion.* Il se cramponne à la rambarde et ferme les yeux, combattant le vertige.

Les deux personnes âgées assises à l'autre bout de la cabine et qui rappellent à présent l'enfant indocile s'appellent Doyle et Rheva. Ils viennent de l'Indiana. Paha Sapa a remarqué que la paupière gauche de l'homme est affaissée et que sa bouche est curieusement arquée vers le bas, et à présent – à travers le souvenir un peu flou du petit garçon – il apprend que ce sont les séquelles d'une attaque qu'il a eue l'année précédente. Doyle a un long nez mince et Rheva, une ancienne beauté qui a pris un peu d'embonpoint, aux joues pleines et roses, aux yeux pleins de bonté et aux cheveux gris ondulés plus courts que ne le veut la mode, a toujours été embarrassée par son postérieur. Tout le monde dans la famille – et jusqu'au petit garçon lui-même – parle du « derrière DeHaven ». Le plus grand secret de Rheva, ignoré de tous sauf de ses proches, est qu'elle n'a jamais eu à acheter ni à porter de tournure pour donner l'impression d'en porter une. Le petit garçon ne sait pas ce qu'est une « tournure ».

Il s'appelle Alex et a été tellement emballé par tout ce qu'il a vu à l'Exposition – surtout par les réalisations de M. Tesla et de M. Edison – qu'il a décidé que quand il serait grand, il inventerait une machine à calculer mécanique capable de penser.

Paha Sapa secoue la tête pour chasser ces images, ces mots, ces noms et ces souvenirs puérils importuns, qui tourbillonnent dans sa tête. Sa sensibilité aux *visions-d'invasion* est encore accrue, comme il le craignait, par sa proximité avec Mlle de Plachette... une raison supplémentaire d'éviter tout contact tactile avec elle. Il ne veut *pas* voir dans son esprit ni dans ses souvenirs. C'est d'une importance capitale pour lui. Pas maintenant. Pas encore. Avec un peu de chance, jamais.

Il s'aperçoit qu'elle lui parle tout bas :

« *Paha Sapa, tout va bien ?* »

Il ouvre les yeux et voit que sa main gantée s'approche dangereusement près de son poignet.

Il écarte le bras et lui sourit :

« *Très bien. C'est merveilleux. Je viens de découvrir que je suis sujet au vertige, c'est tout.* »

Le conducteur-garde à la moustache cirée, Kovacs, jette un coup d'œil soupçonneux à Paha Sapa, comme s'il craignait que ce passager de couleur aux longs cheveux tressés ne soit pris d'une crise de démence et ne se mette à frapper contre les murs, à briser les vitres et à ployer le fer de la porte dans son effort désespéré pour s'échapper, bien qu'il soit à trente mètres d'altitude, comme il paraît qu'un autre passager, rendu fou par le vertige, l'a fait exactement une semaine auparavant. Lors de cet incident, d'après le journal, une femme avait eu la présence d'esprit de retirer sa jupe et de la jeter sur la tête du forcené, qui était immédiatement redevenu doux comme un agneau.

Paha Sapa sait qu'un capuchon calme les chevaux affolés. Pourquoi cela ne marcherait-il pas avec des passagers de la roue de Ferris qui perdent la tête ? Plus efficace que la matraque remplie de grenaille que le garde est censé dissimuler dans sa poche.

Les freins se relâchent, la nacelle vacille à nouveau, et ils reprennent leur ascension.

C'est à l'apogée de leur cercle – *apogée* est un mot que Paha Sapa a appris au cours de l'année où les trois jésuites de la minuscule école sous tente installée dans la montagne au-dessus de Deadwood ont cherché à faire entrer quelques bribes de grec dans sa tête récalcitrante – que Mlle de Plachette fait quelque chose... d'extraordinaire. Et que la vie de Paha Sapa change à jamais.

La cabine s'arrête brusquement au sommet de la roue et commence à se balancer plus violemment que lors de leurs deux précédents arrêts. Rheva et sa petite-fille laissent échapper un gémissement. Le petit Alex hurle de joie, se préparant probablement à leur chute imminente. Le grand-papa à long nez, Doyle, tapote la tête du petit.

La bouche du conducteur s'ouvre tout grand. Il hurle :

« Mademoiselle ! »

Mlle de Plachette a rejoint le centre de la cabine, elle a rassemblé les plis de sa longue jupe, grimpé sur un des sièges de velours ronds et bas et se tient là, en équilibre, toute droite, les bras largement écartés, paumes vers le bas, la tête renversée, les yeux fermés.

« Mademoiselle, s'il vous plaît... Mademoiselle, il ne faut pas ! »

Le garde, Kovacs, a l'air franchement inquiet, mais quand il s'approche de Rain, Paha Sapa fait instinctivement un pas en avant pour s'interposer. Aucun homme ne touchera Mlle de Plachette en sa présence.

Un large sourire aux lèvres, la tête toujours en arrière comme si elle humait l'air de l'océan, Rain semble prête à bondir en avant et à s'envoler par les fenêtres – par magie, puisqu'il lui faudrait traverser la vitre et le grillage – pour s'élever dans le ciel bleu de l'Illinois. Mais non. Elle baisse les deux bras et tend sa main droite à Paha Sapa.

« Votre main, s'il vous plaît, cher monsieur ? »

Paha Sapa la prend – se félicitant qu'ils portent des gants l'un comme l'autre, ce qui évite tout risque de contact cutané susceptible de déclencher une *vision-d'invasion* – et elle descend légèrement, gracieusement. Le garde, Kovacs, regagne son poste devant la porte sud verrouillée et se donne une contenance en caressant sa moustache cirée.

Mlle de Plachette parle tout bas, sans la moindre trace de regret dans la voix.

« Je voulais simplement être la personne la plus haute de l'Illinois – de tout le pays peut-être – pendant quelques secondes. Maintenant, ça m'a passé. »

La roue reprend sa course.

À cet instant, Paha Sapa sait qu'il sera amoureux de cette femme jusqu'à la fin de ses jours.

Il ne dit rien. Ils se dirigent tous les deux vers les fenêtres qui donnent à l'ouest – les grands-parents, Rheva et Doyle, le petit Alex et les deux autres enfants se poussent pour laisser passer la folle, mais ils lui sourient.

Au-dessous d'eux, à l'ouest, Paha Sapa et Mlle de Plachette contemplent les fausses tourelles et les clochetons du Vieux Vienne. La musique qui s'échappe du Théâtre algérien coiffé de plusieurs dômes monte jusqu'à eux, assourdie. Plus loin sur le Midway, une file d'autruches et les rennes du Village lapon se mêlent en une merveilleuse mais obscure métaphore. Au nord, ils aperçoivent une traînée sombre au-dessus de la ville de Chicago et Paha Sapa se dit qu'elle doit provenir de toutes les industries, des cheminées, des locomotives et autres machines qui s'y trouvent. Il se demande quelle teinte prend le ciel en hiver, quand les dizaines ou centaines de milliers de chaudières à charbon fonctionnent dans cette ruche. Chicago, il l'a déjà constaté, est la Ville noire, qui fait contrepoint à la Ville blanche factice de l'Exposition.

Avec un sourire, Mlle de Plachette désigne le ballon captif plus loin à l'ouest, le long de Midway Plaisance. Il flotte au bout de sa grosse longe à trente mètres d'altitude au moins, et il est pourtant *au-dessous* d'eux. (Trois jours plus tard, le 9 juillet, Paha Sapa verra le ciel s'assombrir depuis le terrain du Wild West Show, un nuage en forme d'entonnoir se former avant que des vents cycloniques ne s'abattent à cent cinquante kilomètres à l'heure sur le Midway, la roue de Ferris, tous les bâtiments et constructions de l'exposition. D'immenses panneaux de verre du palais des Arts et Manufactures seront emportés et douze mètres de toiture seront arrachés du dôme de la galerie des Machines. La bourrasque s'emparera du ballon captif avant qu'on n'ait pu le faire redescendre et le superbe champignon de soie colorée qu'il est en train d'admirer avec Mlle de Plachette sera déchiqueté en neuf mille mètres de lambeaux de chiffons, dont certains se disperseront sur près d'un kilomètre. La roue de M. Ferris, en revanche, dont les nacelles seront presque entièrement occupées au moment où la tempête fondra sur elle, résistera sans difficulté à la puissance du vent.)

Ils descendent en piqué puis recommencent à monter sans s'interrompre pour charger des passagers. La seconde révolution est encore plus merveilleuse que la première.

Paha Sapa sait que, pour des raisons esthétiques, les chaudières qui aliment la roue de Ferris sont situées à plus de deux cents mètres de là, de l'autre côté de Lexington Avenue, mais au moment où la grande roue accélère, il a l'impression que leur grondement s'amplifie. Il peut entendre, il le *sait*, la pression de la vapeur s'intensifier dans les cylindres géants du moteur de mille chevaux, au pied de la roue. Un coup d'œil vers le visage rosi et les yeux brillants de Rain de Plachette lui apprend qu'elle l'entend, elle aussi.

Tout le reste n'est que silence. Doyle, Rheva, Alex et les deux autres enfants eux-mêmes, dans l'angle opposé, ne font aucun bruit. Le conducteur leur a tourné le dos. Il se tient devant la porte, regardant par la fenêtre. Les seules bribes sonores sont le glissement de la grande cabine à travers les airs, le grincement occasionnel de la cage qui se déplace sur ses tourillons ou le crissement ténu, presque imperceptible, du gigantesque axe central à plus de vingt mètres d'eux.

La roue monte plus haut, plus haut, et à l'est, au loin, la Ville blanche réapparaît sous leurs yeux tandis qu'ils s'élèvent toujours, sans heurt et sans bruit. Le regard de Paha Sapa se porte au-delà de l'Île boisée, des lagons et des frondaisons, jusqu'au lac Michigan, et il voit le soleil de l'après-midi, haut dans le ciel, percer les nuages et darder un unique rai de lumière sur les eaux du lac. Ce rayon de soleil est si vif que tout le reste semble s'estomper et s'assombrir – le Midway, la Ville blanche, les arbres et les lagons, les visiteurs, le port, le lac lui-même – jusqu'à ce qu'il ne reste que ce puissant projecteur de pure lumière solaire qui se déverse, dans le lointain, sur un étroit cercle de la crête des vagues du lac Michigan.

Pourquoi cette image lui paraît-elle d'une familiarité si obsédante ? Pourquoi l'émeut-elle à ce point ?

Paha Sapa comprend et se souvient au moment où la cabine dépasse l'apogée de sa courbe, laissant derrière elle la Ville blanche, le lac Michigan et le rayon de soleil prophétique ; la nacelle passe de l'autre côté, leur révélant une nouvelle fois toute la partie ouest de Midway Plaisance et les prairies, au-delà. Ce panorama est lui aussi remarquable, avec les nombreuses nuances de vert et de brun qui s'évanouissent vers l'horizon lointain – vers ces prairies qu'il connaît si bien, à mille cinq cents kilomètres à l'ouest. Ils aperçoivent aussi tout le réseau de voies ferrées et de locomotives qui se dirigent vers Chicago, striant le ciel de leurs panaches de fumée anthracite.

Mais ce n'est pas la vue qui captive le plus Paha Sapa et – il en est certain sans avoir besoin d'une vision – Rain de Plachette lors de cette seconde révolution et de cette descente vertigineuse. C'est le pur frisson, la pure griserie de la vitesse et du mouvement à travers l'espace. Paha Sapa est surpris par la pensée qui lui traverse alors l'esprit : *Seuls les* wasichu *peuvent accomplir de tels prodiges. Les Preneurs de Graisse sont* wakan *à leur manière, et leur magie est puissante.*

Le tour s'achève, la roue s'est arrêtée, le garde a sorti sa clé de laiton de sa poche, il a déverrouillé la porte nord et ils sortent tous de la cabine, tandis qu'une foule attend d'embarquer de l'autre côté, par la porte sud. Les plates-formes et les escaliers que surplombent des poutrelles et des arches métalliques qui tressent un réseau autour et sous l'immense roue semblent tout droit sortis d'un livre de Jules Verne. (Les frères de l'école sous tente de Deadwood, pour quelque raison inexplicable, possédaient une édition anglaise – il était persuadé à l'époque que les frères en avaient réalisé la traduction eux-mêmes – du *Voyage au centre de la Terre*, de *De la Terre à la Lune*, de *Vingt mille lieues sous les mers* et du plus récent, *Le Tour du monde en quatre-vingts jours*, cachés dans une malle dans leur propre tente ; Paha Sapa s'y était glissé et les avait tous volés – empruntés – et dévorés quelques semaines seulement après avoir appris à lire.)

Le visage de Mlle de Plachette rayonne de joie. Elle lui serre l'avant-bras avec tant de force que cela lui coupe la circulation.

« Oh, Paha Sapa... Je donnerais n'importe quoi *pour recommencer. »*

Paha Sapa sort de sa poche un autre dollar, une semaine de salaire, il la prend doucement par le coude et lui fait faire le tour de l'entrelacs de poutrelles et d'arcs métalliques du monde futur de Jules Verne pour gagner l'extrémité de la file de plus en plus longue qui attend de pouvoir embarquer du côté sud. Il a discrètement consulté sa montre quand ils étaient encore à bord. Ils ont le temps.

Pour leur premier double tour de roue, ils étaient presque seuls et n'ont presque rien dit. La deuxième fois, leur nacelle contient au moins vingt-cinq passagers, mais Paha Sapa et Rain de Plachette parlent tout le temps – tout bas, un chuchotement intime, bien à l'abri dans un univers à eux, quelque part entre la terre du Jackson Park et de Midway Plaisance et le paradis du ciel bleu et des nuages disséminés de l'Illinois.

« Pardonnez-moi de vous poser une question indiscrète, mademoiselle de Plachette, mais il me semble que Rain est un nom peu courant pour les wa... *pour les Blancs. C'est très joli... vraiment très joli, mais je ne l'ai encore jamais entendu. »*

Le cœur de Paha Sapa bat à tout rompre. Il est terrifié à l'idée de l'offenser, de la sentir s'écarter de lui – littéralement, car elle appuie son épaule droite contre son épaule gauche –, et redoute de la blesser sans le vouloir. Mais il est dévoré de curiosité.

Elle lui sourit alors qu'ils s'élèvent lentement sur la partie est de leur première révolution.

« C'est un nom inhabituel, vous avez raison, mons... Paha Sapa. Mais ma mère le trouvait joli, elle aussi. C'était le plus joli mot d'anglais qu'elle avait appris, voilà ce qu'elle a dit à mon père. Quand je suis née et qu'elle a voulu m'appeler Rain, père n'a pas protesté. Il l'aimait tant. Saviez-vous que ma mère était lakota ? »

Paha Sapa sent sa poitrine et sa gorge se serrer.

« Oui. Enfin, non... c'est-à-dire que la rumeur prétend... »

Elle sourit encore. Les autres passagers émettent des petits bruits d'inquiétude au moment où la grande cabine s'arrête, oscillant et grinçant sur ses tourillons. Mais Rain et Paha Sapa sont des habitués, maintenant.

« Eh bien, la rumeur dit vrai. Elle s'appelait White Shawl, Châle-Blanc, et il paraît qu'elle avait le teint très pâle pour une Sioux... une Lakota. Elle s'occupait de la chorale à la mission de mon père, à l'agence, et ils... Vous ai-je dit que mon père dirigeait une mission quand ils se sont connus ?

— Non. Je vous en prie, continuez. Racontez-moi. »

Mlle de Plachette regarde dehors au moment où la nacelle s'arrête et se balance un moment – les ombres des nuages de l'après-midi passent à présent au-dessus des arbres, du lagon, des trottoirs et des bâtiments gigantesques de la Ville blanche – et il la voit s'empourprer très légèrement sous les taches de rousseur qui traversent l'arête de son nez pour se perdre sur ses joues.

« *C'est comme ça que mon père a rencontré M. Cody. Le nouveau ranch de M. Cody se trouve juste à côté de l'agence – la réserve – où mon père a passé cinq ans comme missionnaire. Il y avait là plusieurs groupes... plusieurs tribus... Des Lakotas, des Shoshonis et quelques Cheyennes et Creeks et même une famille de Cherokees. C'était une petite agence, mais l'église existait depuis longtemps, et les gens venaient de plusieurs kilomètres à la ronde. Pas seulement des Indiens...* »

Elle rougit encore, et Paha Sapa sourit, l'encourageant à poursuivre. C'est le dernier arrêt avant le point culminant de la roue. La cabine bondée résonne de « oh ! », de « ah ! », de hoquets de surprise et d'exclamations.

« *M. Cody et les ouvriers de son ranch – certains étaient indiens aussi, vous le savez, bien sûr – venaient à la mission et il y avait souvent plus de cent fidèles. C'est beaucoup pour cette région reculée du Nebraska. Ma mère dirigeait la chorale, comme je vous l'ai dit, et elle faisait aussi la classe à tous les enfants à l'école de la mission, et puis... eh bien.. Mes parents sont tombés amoureux et ils se sont mariés là... M. Cody a été le témoin de mon père, et le révérend Kyle a fait tout le trajet depuis Omaha pour célébrer la cérémonie. Je suis née un an plus tard et... enfin, c'est que ce que mon père m'a dit..., il a plu la semaine de juin où je suis née... la première grosse pluie après plus de sept mois de sécheresse... et maman m'a appelée Rain. Elle est morte quand j'avais quatre ans. Quelques mois plus tard, nous sommes partis pour l'Est. Je ne suis jamais retournée là-bas.* »

Paha Sapa essaie d'imaginer la scène – un *wičasa wakan wasichu* épousant une Lakota en 1870, dans ces années-là. Cela paraît incroyable. Peut-être, songe-t-il, les Êtres Humains Libres Naturels sont-ils – étaient-ils – très différents dans le Nebraska. Et puis il s'interroge : *Que* font *des Êtres Humains Libres naturels dans le Nebraska ? Se sont-ils perdus ?*

Il demande tout haut :

« *Après votre départ, vous avez vécu à Boston, à Washington et en France ?*

— *Oui, et ailleurs encore... Paha Sapa, j'ai honte de l'avouer, mais je parle beaucoup mieux le français que ma langue maternelle. Quand nous sommes venus voir le Wild West Show de M. Cody, mon père et moi, j'ai essayé d'utiliser les quelques mots et expressions que je connais pour m'adresser aux Lakotas qui y travaillent, mais tout ce que j'ai dit les a fait sourire. J'ai dû faire beaucoup de fautes.*

— Je vous promets de ne pas sourire, mademoiselle de Plachette. Répétez-moi ce que vous leur avez dit.

— Eh bien, comme je vous l'expliquais, mes souvenirs sont un peu vagues, parce que maman parlait presque exclusivement anglais à la maison quand j'étais petite, avant qu'elle... avant que nous partions... c'était sans doute mon père qui le lui avait demandé. Mais je me souviens que des hommes lakotas lui adressaient la parole à l'église et lui demandaient comment elle allait... Je suis presque sûre de savoir encore comment on dit "Bonjour" et "Comment allez-vous ?".

— Allez-y, dites-le. Je serai votre public, et votre professeur. Je ne vous critiquerai pas, soyez tranquille. Nous en avons encore pour dix minutes. Mais n'oublions pas de profiter du paysage.

— Oh, je vous assure, Paha Sapa, je n'ai pas cessé de l'admirer une seconde ! Même quand je suis tournée vers vous, je regarde au-delà, vers le sud, ou bien je contemple la prairie à l'ouest. Bien. D'après les souvenirs de lakota qui me restent de l'agence – j'avais quatre ans, vous savez –, "Bonjour, comment allez-vous" se dit : Hau, Tanyan yaun he ? »

Paha Sapa sourit. C'est plus fort que lui.

Mlle de Placette serre sa main en un poing minuscule et le frappe violemment à l'épaule. Paha Sapa ouvre des yeux ronds – c'est la première fois qu'une femme le frappe depuis sa petite enfance –, puis il éclate de rire, révélant ses robustes dents blanches. Heureusement – le monde s'arrêterait de tourner, autrement –, elle sourit aussi, elle rit même.

« Qu'est-ce que j'ai dit de faux, Paha Sapa ? J'ai même entendu les Sioux de votre Wild West se poser cette question.

— Vous n'avez rien dit de faux, mademoiselle de Plachette... à condition d'être un homme.

— Oh, Seigneur.

— Eh oui. Votre mère ne vous a-t-elle pas appris que les Êtres Humains Libres Naturels ont un vocabulaire et des règles de langage différents pour les hommes et les femmes ?

— Non, enfin, je ne m'en souviens pas... Je n'ai pas beaucoup *de souvenirs de maman. Pas assez. Je ne sais même pas qui sont les Êtres Humains Libres Naturels... Les Sioux ?*

— *Oui.* »

Curieusement, la jeune femme paraît soudain au bord des larmes, et Paha Sapa, sans réfléchir, lui effleure tendrement l'épaule.

« *En lakota, nous nous appelons* Ikče Wičaśa – *ce qui se traduit plus ou moins par Êtres Humains Libres Naturels, bien que cela signifie davantage que cela.* »

Elle sourit encore. Ils ont passé la zone d'embarquement et montent vers l'est pour leur deuxième révolution plus rapide, plus grisante. D'autres passagers poussent des cris perçants. Paha Sapa et Mlle de Plachette échangent un sourire complice, fiers de leur statut de voyageurs chevronnés de la roue de Ferris.

« *Je sais, bien sûr, ce que sont les mots féminins, masculins et neutres, les verbes et tout cela, grâce au français que j'ai appris et à quelques bribes d'allemand et d'italien, mais l'idée d'un langage* entièrement *distinct pour les hommes et les femmes me paraît presque déplacée.* »

Paha Sapa sourit à nouveau.

« *Oh, nous nous comprenons très bien entre hommes et femmes* ikče wičaśa, *quand nous nous parlons. Comme les hommes et les femmes dans n'importe quelle langue ou n'importe quelle culture, je pense, bien que je sois très ignorant de tout cela.*

— *Alors comment, puisque je suis une femme, dirais-je : "Bonjour, Paha Sapa. Comment allez-vous aujourd'hui ?"* »

Paha Sapa s'éclaircit la voix. Il est très inquiet, désolé presque, de la tournure qu'a prise la conversation. Il ne sait à peu près rien de la façon dont on fait la cour à une femme, mais il *sait* qu'on n'impressionne pas une jolie fille et qu'on ne se met pas en valeur à ses yeux en se moquant d'elle ou en lui donnant des leçons de langue primitive. *Dont on fait la cour ? Parce que tu t'imagines que c'est ce que tu es en train de faire, imbécile ?* demande dans sa tête une voix qui ressemble de façon suspecte à celle de George Armstrong Custer.

Il dit tout bas :

« *Eh bien, pour commencer, la salutation* Hau *n'est utilisée que par les hommes. Et le* he *à la fin de la phrase...* »

Il essaie désespérément de se rappeler ce que disait le frère John Bertrand, le plus gros, le plus intelligent et le plus doux des frères de l'école sous tente de Deadwood, et les rudiments de latin et de grec qu'il a essayé de fourrer dans le crâne obtus d'un Paha Sapa de douze ans... mais il ne se souvient que de la chaleur qui régnait sous la tente en été, de l'odeur puissante de la toile chauffée par le soleil et de la paille dont le père Pierre Marie couvrait le sol comme si les cinq petits garçons, deux Mexicains, un Nègre, un Blanc et Paha Sapa étaient des animaux de ferme au lieu de... non, attendez...

« La forme interrogative, *en fait, est également utilisée de façon informelle par les femmes et les hommes, mais dans une situation plus officielle, pour parler en conseil par exemple, je... enfin, c'est-à-dire un Lakota de sexe masculin... devrait terminer sa question par* hwo... *ou* hunwo... *ou* so. *Ah, oui,* et puis, hau *veut dire "bonjour" pour les hommes, mais "oui" pour les femmes. »*

Mlle de Plachette pousse un soupir, non pas d'impatience, semble-t-il, mais parce qu'elle prend conscience de la complexité de la langue du peuple de sa mère. Elle sourit toujours.

« Si je comprends bien, donc, si un Lakota me dit bonjour et que je répète la même chose, en employant le même mot, je réponds simplement oui à tout ce qu'il dit ?

— Eh bien... ah... euh... c'est-à-dire... »

Elle vole à son secours avant que la rougeur n'assombrisse à l'excès son teint déjà foncé.

« Alors, comment dirais-je "Bonjour, Paha Sapa" ?

— Paha Sapa, han.

— Et comment une femme dirait-elle "Bonjour, cela me fait vraiment plaisir de vous voir" à un homme ? À vous, par exemple ?

— Paha Sapa, han ! Lila tanyan wacin yanke. *Mais vous ne pourriez pas... vous ne... devriez pas dire cela. »*

Son sourire se fait presque malicieux.

« Vraiment ? Et pourquoi ? »

Paha Sapa toussote encore. Sa seule planche de salut est que, fidèle à sa promesse, elle ne s'est pas tournée pour le regarder bien en face. Elle contemple toujours le lac et la Ville blanche tandis que la nacelle s'élève rapidement – trop rapidement à son goût – vers le sommet de son parcours en cette seconde et dernière révolution (car jamais, il en est sûr, ils ne se retrouveront là, ensemble) de l'étonnante roue de M. Ferris.

« Parce que, mademoiselle de Plachette, dans la culture des Ikče Wičaśa, *les femmes ne prennent pas l'initiative d'engager la conversation avec un homme. Elles ne sont jamais les premières à dire bonjour.*

— Pas même si c'est leur mari ? »

Elle le taquine, c'est certain. Il ouvre la bouche pour répondre, s'aperçoit qu'il la laisse ouverte pendant tout le temps qu'ils mettent à dépasser le point culminant de l'arc de la roue, puis réussit à balbutier :

« *Je n'ai jamais été marié.* »

Cette fois, elle éclate de rire. C'est un son d'une telle douceur qu'il n'est pas loin de se perdre au milieu des exclamations bruyantes et des discussions animées de la nacelle bondée, mais Paha Sapa se rappellera jusqu'à la fin de ses jours les notes pures de ce rire détendu, amical.

Elle pose la main sur son avant-bras.

« *Très bien, je renonce. Il me faudra plus de deux tours de roue pour apprendre la langue des femmes* ikče wičaša. *Mais existe-t-il un terme spécial que les femmes lakotas utilisent pour dire bonjour à quelqu'un qu'elles aiment tout particulièrement... à un ami très cher ?* »

La gorge de Paha Sapa est si serrée que les mots ont peine à franchir ses lèvres.

Elle se penche vers lui, détournant enfin les yeux du paysage, et dit tout bas :

« *Maske, Paha Sapa, lila tanyan wacin yanke.* »

C'est encore faux parce que... peu importe. Le pouvoir de cette salutation intime, le « ça me fait *vraiment* plaisir de vous voir »... elle a accentué chaque syllabe exactement comme Paha Sapa les a prononcées, en ajoutant cette insistance particulière sur le *vraiment*... l'entendre dire ces mots dans *sa* langue... Il ne l'oubliera jamais. Il se demande si ce sera le dernier souvenir qu'il choisira d'évoquer à l'heure de sa mort.

« *Nous sommes presque arrivés, Paha Sapa. Vous allez trouver que je suis une femme insatiable, mais j'ai encore trois prières à vous faire avant que nous ne retrouvions père au Grand Bassin à six heures...* »

Elle consulte la toute petite montre accrochée à un ruban épinglé à sa blouse.

« *... dans une heure et demie seulement ! Trois prières, Paha Sapa, j'exagère.*

— *Je ferai tout ce que vous voudrez, mademoiselle de Plachette.*

— *Alors d'abord, au moins jusqu'à ce que nous retrouvions mon père et les messieurs qui l'accompagnent, je vous en prie, appelez-moi Rain comme vous me l'avez promis, et comme vous l'avez fait si brièvement.*

— *Oui... Rain.*

— *Deuxièmement – ce n'est que la requête d'une sotte, mais vous avez l'air d'avoir tellement... tellement chaud avec. Je vous en prie, retirez vos gants quand nous descendrons de la roue de Ferris.*

— *Oui, mademoiselle... Oui. Oui, bien sûr.*

— *Et enfin, dites-moi quel serait mon nom en lakota. Comment on dit Rain, ou Pluie*

— *Ça se dit...* Magazu. »

Elle le prononce. Elle le dit deux fois tout bas, alors que la vue sur la prairie rétrécit, disparaît, et que le Midway Plaisance et les plates-formes d'embarquement surgissent en contrebas. Puis elle murmure :

« *Maman avait raison. C'est plus joli en anglais.*

— *Oui, Rain.* »

Jamais Paha Sapa n'a rien approuvé de plus grand cœur. La nacelle ralentit, elle est sur le point de s'arrêter. Les autres passagers se font plus bruyants, ils rient, s'exclament, ils expriment leur satisfaction d'une voix sonore.

« *C'est une requête supplémentaire, je le sais, Paha Sapa, mais comment dit-on en lakota : "Je vous reverrai bientôt ?"* »

Sans réfléchir au genre ni à aucune subtilité linguistique, Paha Sapa regarde droit dans ses yeux noisette et répond : « Toksă ake wancinyankin ktelo.

— *Je vous ai demandé cela, Paha Sapa, parce que mon père a décidé de reprendre son travail de mission et qu'en septembre, nous irons nous installer à l'agence de Pine Ridge, en territoire dakota... Si j'ai bien compris ce que nous a dit M. Cody, ce n'est pas très loin de l'endroit où vous vivez.* »

Il suffirait que Paha Sapa réponde « *Non, en effet* », mais cette fois, les mots ne franchissent *pas* ses lèvres.

La grande roue s'immobilise. Leur cabine se balance, grince, se stabilise. Le conducteur – dont le badge d'étain porte un autre nom que Kovacs ; dans son émotion, Paha Sapa ne sait plus lire les lettres ni les mots – ouvre la porte pour les faire sortir avant que les soixante passagers suivants ne montent à bord.

Les quatre-vingt-dix minutes qui suivent sont délicieuses et d'une infinie richesse pour Paha Sapa, mais elles s'écoulent, brèves comme des secondes.

En rejoignant l'endroit où le père de Rain leur a donné rendez-vous, sur les marches du palais de l'Administration coiffé d'un dôme à l'ouest du Grand Bassin, ils prennent le temps de glisser la tête à l'intérieur du palais des Arts avec ses nombreuses galeries, juste au nord du North Pond, puis de faire le tour, presque au pas de course, de l'immense palais des Femmes – Rain tient absolument à voir un immense tableau mural réalisé par une artiste qui s'appelle Mary Cassatt, dont Paha Sapa n'aurait pas compris les allégories si elle n'avait été là pour les lui expliquer –, puis ils vont flâner sur la Wooded Island, l'Île boisée, tandis que l'après-midi de juillet cède peu à peu à une soirée dorée de juillet. Paha Sapa regrette qu'ils ne puissent pas rester assez longtemps pour voir s'allumer les milliers de lampes électriques. À quoi ressemble, se demande-t-il encore, un tour de roue de Ferris de nuit ?

C'est sur l'Île boisée, où il s'asseyent un moment sur un banc confortable, à l'ombre, près de la Roseraie, pour déguster une grande boisson glacée achetée à l'un des stands de toile offrant des rafraîchissements dressés un peu partout, que Paha Sapa accomplit sa promesse et retire ses gants de soirée trop étroits, maculés de transpiration. Il les jette dans la corbeille à papier grillagée la plus proche.

Rain rit, pose son verre sur le banc et applaudit.

Paha Sapa ne s'inquiète plus d'un contact accidentel qui se transformerait en *vision-de-toucher* envahissante. Elle a gardé ses propres gants blancs et sa blouse à manches longues ne découvre presque rien de ses poignets. De plus, ils vont retrouver son père dans quelques instants.

Mais voilà qu'elle le prend, une fois de plus, au dépourvu.

« Paha Sapa, M. Cody a dit à père que vous étiez un ami de Sitting Bull.

— Oui. Enfin, pas un ami intime, car Bison-Assis était bien plus âgé que moi, mais je l'ai connu, c'est exact.

— Et vous étiez avec lui... avec Sitting Bull, enfin Bison-Assis... quand il a été tué ? »

Paha Sapa prend une profonde inspiration. Il n'a pas envie d'aborder ce sujet. Il a l'impression que cela ne fera que creuser la distance entre cette jeune femme, son père et lui. Mais il en est à un point où il ne peut plus rien lui refuser.

« Il se trouve que j'étais présent, oui, au moment de sa mort, mademoi... Rain. Je me trouvais là par hasard. Personne n'imaginait qu'il allait se faire assassiner... tuer.

— Racontez-moi ce qui s'est passé, je vous en prie. Racontez-moi tout. »

Paha Sapa trempe les lèvres dans sa boisson glacée pour gagner quelques secondes, le temps de mettre un peu d'ordre dans ses pensées. Que dire à cette jeune *Wasicun* ? Tout, décide-t-il.

« Cela s'est passé il y a trois ans. En hiver. En décembre. Je m'étais rendu à Standing Rock, au Rocher debout... à l'agence, une réserve plus exactement... où vivait Bison-Assis, parce que mon tunkašila... *ce n'était pas mon vrai grand-père, mais c'est ainsi que j'appelais l'homme qui m'avait élevé... vivait là. Il y était parce que c'était un vieil ami de Bison-Assis. Attendez, vous ne comprendrez rien si vous n'avez jamais entendu parler d'un homme du mystère, un Paiute, qui s'appelait Wovoka, et de ses enseignements, et plus particulièrement d'une danse sacrée dont il a été le prophète, la Danse des Esprits. En avez-vous entendu parler ?*

— De façon très fragmentaire, Paha Sapa. Nous étions en France, père et moi, quand tout cela est arrivé et je n'avais que dix-sept ans. Je m'intéressais davantage aux bals élégants de Paris qu'à la Danse des Esprits que certains correspondants de mon père évoquaient dans leurs lettres. Expliquez-moi, je vous en prie. »

Paha Sapa soupire. Ce n'est pas un soupir de bonheur. Il aperçoit un point lumineux au milieu des arbres et comprend qu'il s'agit d'un des milliers de petits lumignons colorés – de minuscules lampes à huile avec une mèche – qui font de cette île un lieu magique à la nuit tombée. Il aimerait pouvoir se promener avec Rain sur cette île, sous ces guirlandes lumineuses, avec l'image, au loin, des bâtiments de la Ville blanche tout ruisselants de lumière et de la roue de Ferris qui tourne encore, peinte de blanc par les projecteurs à carbure.

« Les sermons et les enseignements religieux de Wovoka le Paiute étaient aussi confus que les fragments qui vous sont parvenus. Je l'ai entendu parler près de l'agence de Pine Ridge avant d'aller retrouver mon tunkašila *et Bison-Assis. L'homme du mystère paiute avait repris de nombreux éléments de la doctrine chrétienne – il disait qu'un messie était descendu sur terre pour sauver ses enfants de la tyrannie et de l'emprise des* wasichu *et que...*

— Pardon, Paha Sapa, qu'est-ce que c'est que les wasichu *? »*

Il la regarde.

« Les Preneurs de Graisse. Les Blancs. »

Elle cille, comme s'il l'avait giflée.

« Je croyais que nous... que les Blancs... étaient appelés Wasicun. *Il me semble me rappeler que maman employait ce mot. »*

Paha Sapa hoche tristement la tête.

« Ce terme a été employé lui aussi, mais plus tard. Wasichus, *les Preneurs de Graisse, voilà comment nous vous appelions... comment nous appelions les Blancs.*

Mais Wovoka prêchait que si ses adeptes, ou n'importe quelle tribu, toutes les tribus, dansaient la Danse sacrée des Esprits, cette Ghost Dance, il se produirait par miracle une immense inondation qui noierait tous les wasichu, *mais épargnerait l'homme rouge. Et ensuite, quand tous les hommes blancs auraient disparu, les bisons réapparaîtraient et nos ancêtres partis depuis longtemps reviendraient parmi nous. Alors, nous tous, les Êtres Humains Libres Naturels et toutes les autres tribus, vivrions pour toujours dans l'abondance et dans la paix. »*

Rain fonce les sourcils pour la première fois depuis qu'ils se sont rencontrés au Wild West Show.

« Vos ancêtres reviendraient ? Sous forme d'esprits ?

— Non, je ne crois pas. Plutôt comme des êtres réels, ressuscités, semblables à ce que votre Bible promet au paradis. Pas des nagi, *pas des hommes-esprits, des gens ordinaires. Nous reverrions tous nos ancêtres. Cette promesse exerçait un pouvoir immense sur nous, Rain. Et puis le retour des bisons, la disparition... la mort... de tous les* wasichu *de notre terre, à l'Ouest. Vous pouvez comprendre que cette prophétie ait inquiété les Blancs, et jusqu'au président Harrison lui-même.*

— Oui. »

Sa voix est plate, sans émotion, pour la première fois de la journée. Paha Sapa serait bien incapable de dire à quoi elle pense. Il se frotte la mâchoire de sa main nue et reprend.

« Toujours est-il qu'à l'été 1889, des danseurs des Esprits sont apparus dans toutes les agences, les six, où vivaient les Lakotas. Ils sont apparus... comme ça. Ils portaient des chemises – des chemises sacrées, les Chemises des Esprits, qui, Wovoka l'avait promis, avaient le pouvoir d'arrêter les balles. Si tous les Indiens de toutes les tribus y croyaient et la dansaient, la Danse des Esprits était censée provoquer elle-même la catastrophe qui emporterait les wasichu *et rendrait aux hommes rouges leur terre, leur monde d'autrefois, leur univers, et même leurs dieux et leurs esprits protecteurs. Et si les* wasichu *cherchaient à empêcher cela, les Chemises des Esprits protégeraient les guerriers...*

— Avez-vous cru à cette prophétie et à la Danse des Esprits, Paha Sapa ?

— Non. »

Paha Sapa a envie de lui confier pourquoi il n'a pas pu y croire – de lui parler de sa propre Vision sacrée de 1876, des géants de pierre *wasichu* surgissant des collines Noires et dévorant tous les bisons et les Êtres Humains Libres Naturels eux-mêmes –, mais il reprend ses esprits. Il sait qu'il aimera cette jeune femme jusqu'à son dernier souffle, quoi que la vie lui réserve.

Mais pourquoi l'inciter à penser que lui, Paha Sapa, est aussi insensé que Wovoka, ce vieux fou paiute ?

Il vide son verre et poursuit.

« Quoi qu'il en soit, cette affaire a beaucoup inquiété les agents indiens locaux – non sans raisons –, puis les hommes politiques et enfin, l'armée, la cavalerie. Les agents de toutes les réserves ont reçu l'ordre de faire disperser par la police tribale toute assemblée de Danseurs des Esprits. La danse elle-même a été interdite sur toutes les réserves, sauf sur la petite réserve de Standing Rock, très loin, sur le Missouri, où Bison-Assis, Sitting Bull si vous préférez, et mon tunkašila *vivaient dans des petites cabanes, à la place de tipis.*

— Sitting Bull croyait-il à la Danse des Esprits et à la prophétie ? »

La voix de Rain est toujours sans timbre ni émotion, elle n'exprime qu'une vague curiosité.

« Je ne crois pas. Je crois qu'il ne savait pas trop quoi en penser. En tout cas, il n'avait encore rien dit à ce sujet quand je suis arrivé là-bas, le 14 décembre, le jour avant qu'ils... la veille de sa mort. Mais de nombreux Lakotas étaient persuadés que Bison-Assis était *le messie dont parlait Wovoka. Ils auraient été prêts à suivre Bison-Assis si le vieux chef s'était proclamé le messie. Alors, tout à la fin du mois de novembre, Buffalo Bill est arrivé à Fort Yates, sur la réserve de Standing Rock, avec des ordres signés de Manteau-d'Ours – c'est comme cela que nous appelons le général Miles –... autorisant l'arrestation de Bison-Assis et...*

— M. Cody avait été chargé d'arrêter Sitting Bull ? Mais ils étaient amis ! M. Cody parle toujours de lui avec beaucoup de respect et d'affection ! Mon père m'a dit qu'ils étaient très proches, tous les deux. »

Il y a de l'émotion dans sa voix à présent... elle est sincèrement bouleversée.

« Oui, enfin... c'est peut-être précisément pour cette raison que les wasichu*... les agents et le Président... ont envoyé M. Cody avec ce mandat d'arrêt. M. Cody venait de rentrer de sa tournée triomphale en Europe avec le Wild West Show. Quoi qu'il en soit, il était trop ivre à son arrivée pour procéder à cette arrestation et...*

— M. Cody ? Ivre ? Je croyais qu'il ne buvait pas une goutte l'alcool. Je suis sûre *que père en est persuadé ! Grands dieux ! »*

Paha Sapa se demande s'il doit – s'il peut – poursuivre. Il soulève son verre, constate qu'il est vide et le repose pour consulter sa montre bon marché. Son trouble est si profond que c'est en lakota qu'il pense à regarder l'heure – *Mazaškanškan tanackca hwo ?* – littéralement « métal va-va quoi ? ».

« Il est six heures moins vingt, mademoiselle de Plachette. Nous ferions bien de traverser le pont et de rejoindre le Grand Bassin. Votre père sera peut-être en avance et...

— Oh, non. Je vous en prie, finissez votre histoire, Paha Sapa. J'insiste... non, non, je n'ai pas le droit d'insister... mais je vous en supplie. Racontez-moi comment Sitting Bull est mort. Vous disiez que M. Cody était trop ivre pour l'arrêter ?

— Oui. Et les soldats wasichu *ont veillé à ce qu'il le reste pendant plusieurs jours. Ces officiers étaient terrifiés à l'idée d'arrêter Bison-Assis, et plus encore de le blesser. Ils craignaient que cela ne déclenche la catastrophe que prophétisait Wovoka. Quoi qu'il en soit, au bout de trois jours environ, M. Cody a enfin dessoûlé et s'est mis en route pour aller arrêter Bison-Assis. Il était accompagné d'un autre membre du Wild West Show, que nous appelions Pony Bob...*

— Ça alors ! Nous connaissons Pony Bob, mon père et moi. Il a souvent assisté aux sermons de père.

— Toujours est-il que M. Cody et Pony Bob sont tombés sur l'interprète de l'agence, un type qui s'appelait Louis Primeau. Il leur a menti... il leur a dit que Bison-Assis n'était pas à la réserve. Qu'il se trouvait sur une autre route. Le temps que M. Cody et Pony Bob comprennent de quoi il retournait, le président Harrison lui-même avait... pardonnez-moi, comment dit-on "changer les ordres qu'on a donnés" ? Les renverser ?

— Les révoquer ?

— Oui, c'est cela. Le Président lui-même avait révoqué l'ordre d'arrestation. Provisoirement. C'était vers le 1er décembre.

— Mais il est mort en décembre, n'est-ce pas ?

— Oui. Manteau-d'Ours... le général Miles... était tellement furieux de voir son vieil adversaire Bison-Assis lui échapper, qu'il a envoyé le 7e de cavalerie à... »

« Pas un mot de calomnie contre le 7e de cavalerie », grince une voix familière tout au fond du crâne de Paha Sapa.

Silence ! Le fantôme est comme un prisonnier qui sort de sa cellule de temps en temps, mais ne peut pas s'évader

« Quelque chose ne va pas, Paha Sapa ?

— Non, non, je rassemblais mes idées, c'est tout. Voilà. Je suis arrivé au Rocher debout, enfin à Standing Rock, le 14 décembre. Je devais partir le lendemain avec Bison-Assis, mon tunkašila *et plusieurs autres jeunes gens pour retourner à Pine Ridge – nous avions l'intention de rejoindre ensuite la rivière*

du Bouton de rose – pour aller voir ceux qui avaient pris la tête de la Danse des Esprits. Il voulait, Bison-Assis voulait se faire une idée plus précise de toute cette affaire de prophétie. Mais il était sceptique. Je le sais.

— N'avez-vous pas dit tout à l'heure que les Danseurs des Esprits avaient été interdits sur toutes les autres réserves ? »

Paha Sapa acquiesce. Elle l'écoute avec une grande attention, de toute évidence.

« En effet. Les chefs que Bison-Assis voulait me faire rencontrer avaient conduit quelque mille deux cents Oglalas et Brûlés à un endroit que nous appelons la Forteresse – une mesa située tout au bout de la partie des Badlands qui appartient à la réserve de Pine Ridge et est entourée de falaises sur trois côtés. Les Êtres Humains Libres Naturels s'y sont réfugiés en cas de danger depuis que nous avons des chevaux.

— Et la cavalerie y a poursuivi Sitting Bull ?

— Non. Il n'a jamais quitté Standing Rock. Le lendemain, le 15, vers six heures du matin... nous aurions dû partir plus tôt, mais Bison-Assis était un vieil homme. Il lui fallait du temps pour préparer ses bagages, il faisait tout lentement... l'armée a envoyé un peu plus d'une quarantaine de policiers indiens jusqu'à sa cabane, au bord de la Grande Rivière. C'était une très petite cabane. Mon tunkašila *et moi dormions dans une sorte d'appentis à l'arrière, là où Bison-Assis abritait son cheval.*

— C'est donc un policier tribal... un autre Indien... qui a tué Sitting Bull ? »

Paha Sapa hoche encore la tête.

« Bison-Assis a commencé par refuser de suivre les policiers. Puis il a accepté. Ils l'ont laissé s'habiller. Il faisait encore nuit quand tous les policiers sont arrivés, mais le jour se levait au moment où le vieil homme du mystère est sorti. Il y avait déjà du monde devant la cabane. Le plus jeune fils de Bison-Assis – c'était encore un adolescent – s'est mis à se moquer de son père qui se soumettait docilement aux ordres des wasichu. *Alors Bison-Assis a changé d'avis encore une fois et a dit que finalement, non, il n'irait pas avec les policiers. Il y a eu une bousculade. Quelqu'un dans la foule a tiré sur un policier et avant de mourir celui-ci a tiré à son tour, touchant Bison-Assis en pleine poitrine. Un autre policier l'a atteint à l'arrière de la tête. Quand tout a été fini, il y avait six morts dans les rangs de la police tribale. Bison-Assis et six de ses amis et compagnons étaient morts, eux aussi.*

— Oh, Paha Sapa. Oh, mon Dieu.

— Il est temps d'y aller, Rain. Autrement, votre père va nous attendre. »

Paha Sapa et Rain arrivent avec cinq minutes d'avance sur l'escalier du palais de l'Administration, en face de la Fontaine colombienne dressée dans les eaux du vaste bassin. Le révérend de Plachette a douze minutes de retard.

Mlle de Plachette n'a plus dit un mot depuis le récit de la mort de Bison-Assis. Mais elle est encore plus pâle qu'avant. Il se dit que cette histoire a dû l'indisposer – tous ces détails sordides, depuis l'arrivée de Buffalo Bill Cody ivre et prêt à trahir son vieil ami jusqu'à la menace de violence très concrète que faisaient peser la Danse des Esprits et son prophète. Il sait qu'il l'aimera toujours à cause... sinon pour un autre motif... de cet instant où elle a voulu se tenir plus haut que le monde entier au sommet de la roue de Ferris, semblant s'apprêter à voler comme son moi-esprit l'avait fait à maintes reprises déjà au cours de sa vie. Non, pas seulement à cause de cela. Même pas du tout peut-être. Simplement parce qu'il l'aime, et qu'il sait qu'il l'aimera toujours.

Mais elle n'est après tout qu'une jeune *wasichu* de vingt ans. Si elle connaît tout des salles de bal, des églises et des ambassades de Washington, de Paris et du monde entier, elle ne comprend pas mieux qu'une enfant de quatre ans l'univers de l'Ouest, celui de sa mère et de Paha Sapa, où des guerriers comme Cheval-Fou et des *wičasa wakan* exceptionnels comme Bison-Assis sont fauchés par de petits hommes qui ne sont ni libres ni naturels, de petits hommes payés par les *Wasicun*, affublés de vieilles tuniques bleues de cavalerie trop grandes pour eux et infestées de puces, et qui assassinent les membres les plus valeureux de leur propre peuple sur l'ordre des *Wasicun*.

Non, elle ne comprendra jamais le monde de Paha Sapa. Même si elle apprenait la langue des Lakotas, celle-ci lui resterait, il s'en rend bien compte, aussi étrangère et artificielle que le français, l'allemand ou l'italien. Plus encore, songe-t-il, car elle a passé quelques moments de sa vie d'adulte ou de presque adulte dans les pays où l'on parle ces langues, alors que ses souvenirs du Nebraska et des régions de l'Ouest se limitent aux images brouillées et déformées de la mémoire immature d'une enfant.

Il ne la reverra pas, il le sait. Il en est certain. Aussi certain que s'il *avait* provoqué une nouvelle *petite-vision-du-toucher-en avant.* Mlle Rain de la Plachette viendra ou ne viendra pas à la réserve de la crête des Pins, de « Pine Ridge » comme elle dit, en septembre prochain, mais ils ne se reverront pas.

Pas après la terreur, l'écœurement et l'*incrédulité* – le *wacetug la*** et le *wo*** – qu'il a lus dans ses yeux noisette pendant qu'il parlait.

Peu importe, se dit-il. Comme tant de ce qu'il a vu, vécu et surmonté depuis la Vision des têtes de pierre jaillissant des Paha Sapa et des géants de pierre *wasichu* surgissant pour achever le travail qui est déjà presque fini désormais dans les plaines et dans les collines, cela n'a aucune importance.

Le révérend Henry de Plachette arrive, tout essoufflé, accompagné de trois hommes vêtus d'élégantes queues-de-pie et de chapeaux hauts de forme. Il fait les présentations, mais Paha Sapa n'entend ni ne retient les noms. Aucun des trois messieurs ne lui tend la main – ils voient bien qu'il est indien, malgré, ou peut-être à cause, de son costume mal coupé et de ses chaussures trop bien cirées.

Mais le révérend de Plachette lui tend la main, lui, au sommet des marches qui descendent vers les eaux sombres du bassin. Il dit quelque chose.

« ... tellement *d'avoir accompagné ma fille à notre petit rendez-vous, monsieur Slow Horse. J'apprécie infiniment. Je sais que Rain a pris grand plaisir à cette distraction et je vous sais gré d'avoir si courtoisement proposé de l'accompagner.* »

Paha Sapa serre la main du vieil homme.

Le monde tournoie, le Grand Bassin se transforme en une immense fresque, une peinture murale plus vaste encore que celle de Mary Cassatt qu'ils ont vue dans le palais des Femmes, tandis que l'eau se dresse comme une paroi verticale, l'engloutissant sous un déluge d'images, de sons et de sentiments.

Et puis tout devient noir.

Il reprend connaissance sur la marche supérieure de l'escalier. Un des messieurs élégamment vêtus a plongé un mouchoir de soie dans l'eau du bassin et posé l'étoffe mouillée sur le front de Paha Sapa. Sa tête repose sur les genoux de Mlle de Plachette, elle le serre dans ses bras. *Sa tête est sur ses genoux.*

Paha Sapa se rend compte que des larmes ruissellent sur son visage. Il a pleuré pendant qu'il était inconscient. Il secoue la tête.

« *Trop de soleil...* », dit un homme.

« *Les effets vertigineux de cette roue infernale, peut-être...* », suggère un autre.

« *Il pourrait s'agir d'un problème cardiaque.* »

Cette dernière phrase a été prononcée par le révérend Henry de Plachette, qui passe à présent le mouchoir de soie humide sur le front de Paha Sapa. Une petite foule s'est rassemblée, des employés de l'Exposition en uniforme se précipitent vers eux depuis la galerie des Machines.

Paha Sapa cille pour chasser ses larmes et lève les yeux vers le visage de Rain.

Les images ont été peu nombreuses, fulgurantes et terribles.

La prairie. Le vent qui souffle. Un matin d'hiver.

Le cimetière sur une petite butte. Un arbre, un seul.

La tombe dans laquelle on fait descendre un cercueil de pin ordinaire.

Le révérend de Plachette, incapable de célébrer la cérémonie funèbre. S'effondrant, en pleurs.

Et Paha Sapa – vu à travers les yeux brouillés de larmes du vieil homme –, un Paha Sapa plus âgé, mais à peine. Paha Sapa prenant le bébé des bras de la Mexicaine, la domestique du pasteur. Paha Sapa tenant le bébé tout en regardant les premières pelletées de terre tomber sur le cercueil de sa jeune épouse, Mme Rain de Plachette Slow Horse.

C'est l'image que voit le révérend, le révérend égaré de douleur, malade, de surcroît, qui donnerait tout ce qu'il a jamais possédé, tout ce à quoi il a jamais cru, pour prendre la place de sa fille dans cette fosse, l'image de son gendre indien, Billy Slow Horse, tenant le fils unique de sa fille morte – le bébé qui a peut-être contribué à la tuer dans son état de faiblesse extrême –, le petit garçon.

Le petit garçon qui porte le nom de Robert.

Paha Sapa est allongé sur la première marche de l'escalier qui descend vers le Grand Bassin près de la Fontaine colombienne, trop hébété pour chercher à se relever, malgré l'embarras qu'il éprouve à être allongé ainsi, la tête sur les genoux de cette demoiselle, sous les yeux de la foule qui se presse autour d'eux.

La main de Mlle de Plachette lui caresse le front. Sa main nue. Elle a retiré son gant. Sa main nue.

Aucune vision ne naît de ce contact, mais il est frappé d'une double certitude effroyable : elle l'aime et fera tout ce qu'il faut pour partager sa vie ; ils ne pourront échapper à leur destinée commune et funeste.

Pour la première, la dernière et l'unique fois de sa vie, Paha Sapa laisse échapper, inexplicablement, inéluctablement, trois mots qui figent toute l'assistance, hormis Rain.

« Oh, doux Jésus. »

18

Près des Buttes Jumelles*

Septembre 1876

Paha Sapa chevauche sous la pluie. Son cheval est vieux, lent, galeux. Et il est sellé. C'est la première fois de sa vie que Paha Sapa est assis sur une selle, et il a mal aux fesses.

La pluie battante lave le sang qui lui souille le visage et ne cesse de couler. Il ne prend même pas la peine de cligner des paupières pour le chasser de ses yeux.

De son œil. L'autre est tellement enflé qu'il ne peut plus l'ouvrir. Peut-être est-il définitivement perdu. Peu lui importe. Il distingue à peine l'image floue des cinquante ou soixante hommes qui le précèdent et l'entourent. Leur présence l'indiffère. Ce sont des cavaliers *wasichu*. Il est vaguement conscient d'être leur prisonnier, d'être à leur merci : ils peuvent le torturer, l'assassiner lentement, faire de lui ce qu'ils veulent. Ça lui est bien égal.

Durant la plus grande partie de cette longue journée mouillée, Paha Sapa a perdu et repris connaissance tour à tour. Il sait qu'il voyage avec ces silhouettes obscures, et il sait que la douleur qui lui vrille la tête dépasse tout ce qu'il a jamais pu imaginer. Mais il sait aussi que le Corbeau – le vieil homme qui s'appelle Bouclé – ne l'a pas frappé de sa crosse dans l'intention de le tuer. Au terme de longues heures où il a vaguement écouté Bouclé, qui chevauche à côté de lui et ne cesse de parler dans un lakota effroyable, de bric et de broc – le vieux emploie de nombreux mots de la langue des femmes, ce qui lui donne l'allure d'un *winkte*, un garçon-qui-décide-de-s'habiller-et-de-se-conduire-comme-une-femme. En temps normal, Paha Sapa trouverait cela follement drôle, mais aujourd'hui, rien ne l'amuse.

Il voudrait être mort. Il veut être mort. Très concrètement, il *est* mort.

Il a perdu la *ptehinčala huhu canunpa* de Boite-Beaucoup et de sa bande, la pipe en os de veau de bison très sacrée, l'objet le plus important, le plus *wakan* qu'ils aient jamais possédé. Oh ! pourquoi Boite-Beaucoup lui a-t-il confié cette pipe, à lui, Paha Sapa, un malheureux garçon qui n'a même pas suffisamment de bon sens et de cervelle pour regarder derrière lui alors qu'il voyage seul dans la plaine, chargé du plus grand trésor que l'on puisse porter ?

De deux grands trésors, songe-t-il à travers un rideau de douleur et de pluie. La *ptehinčala huhu canunpa*, définitivement engloutie dans les flots de la rivière gonflée, et les détails de la Vision que lui ont accordée les Six Grands-Pères. Boite-Beaucoup et les autres anciens, chefs et hommes mystère n'écouteront jamais sa Vision à présent, même si, par quelque prodige, il réussissait à échapper aux cavaliers *wasichu*. En perdant la pipe, Paha Sapa a définitivement perdu toute crédibilité. Il en est sûr. *Wakan Tanka* et les Six Grands-Pères, ainsi que tous les esprits et Êtres Tonnerre n'accorderaient *jamais* pareille Vision à un homme ou à un garçon pour lui voler ensuite la *ptehinčala huhu canunpa*. C'est ainsi que tous les dieux, toutes les puissances et le Grand Tout lui-même font savoir qu'on ne peut faire confiance à Paha Sapa pour être leur serviteur et leur messager.

Sa tête le fait souffrir au-delà de toute mesure. Il voudrait être mort. Il a bien l'intention d'être mort très prochainement. Il accueille cette perspective avec joie.

Chaque fois que Paha Sapa émerge vaguement du brouillard qui l'environne, ballotté contre le pommeau maudit de sa selle, le vieux Corbeau, Bouclé, lui parle. Il répète inlassablement qu'il lui a sauvé la vie en l'assommant avant que les tuniques bleues, les Preneurs de Graisse, ne lui tirent dessus, par pure mesquinerie et par détresse – cela fait quatre jours à présent qu'ils se sont égarés, séparés du gros du détachement, terrifiés parce qu'il paraît que Cheval-Fou rôde dans les environs, sur le sentier de la guerre –, et que lui, Bouclé, l'éclaireur, a dit aux *wasichu* que le garçon à moitié nu qui les a effrayés en sortant à quatre pattes de la boue, au bord de la rivière, était un jeune Corbeau, probablement un bon éclaireur mais un peu demeuré, un peu sourd, muet et retardé. Il leur a dit aussi qu'il pouvait être utile de le laisser en vie et de donner au petit Billy le cheval le plus lent, celui qui appartenait au caporal-chef Dunbar avant qu'il se fasse tuer.

Billy ?

Bouclé… Quand a-t-il dit son nom à Paha Sapa ? Il ne s'en souvient pas. Bouclé a raconté aux tuniques bleues *wasichu* que le garçon à demi nu et couvert de boue s'appelait *Bilé*, ce qui veut dire « eau » en corbeau. Les soldats ont ri, ils ont appelé Paha Sapa Billy et lui ont donné le vieux cheval paresseux et galeux du caporal mort.

Quand il est suffisamment conscient pour aller jusqu'au bout d'une pensée, Paha Sapa ne désire qu'une chose : que ce vieil imbécile de *Psaloka**, *Kagi Wicasa**, *Absoraka**, ce fils de pute ferme enfin sa gueule. Son bavardage lui fait exploser les tempes, alors qu'il a déjà l'impression que tout son cerveau se répand hors de son crâne. Un peu plus tard au cours de cette affreuse journée pluvieuse et grise, il se rend compte que les coups de feu des autres Corbeaux l'ont touché, il a un bandage crasseux autour du bras. La plaie lui inflige une douleur lancinante. Quant à sa tête, elle va le faire mourir.

Il a perdu la *ptehinčala huhu canunpa.*

À travers sa mélancolie, sa souffrance et sa vision confuse, et à travers des souvenirs qui ne lui appartiennent pas, Paha Sapa se rappelle que *T'asunka Witko,* Cheval-Fou, s'appelait Cheveux-Bouclés, et puis simplement Bouclé, quand il était jeune, avant que son père, Cheval-Fou, n'accorde son propre nom à son fils.

Mais ce vieux *Psaloka*, ce Corbeau bavard, ne ressemble en rien au Cheval-Fou que Paha Sapa a vu plusieurs fois cet été. Le Cheval-Fou-Bouclé lakota a un nez en lame de couteau, le visage mince, sillonné de cicatrices… La figure de ce vieux Corbeau est grêlée de marques de variole, mais elle ne porte pas la moindre trace de combat et elle est ronde comme la lune.

En plus, il ne cesse de jacasser en mauvais lakota zozotant, mêlé de vocabulaire de fille-garçon. Peut-être, songe Paha Sapa à travers sa douleur, ce vieux Crow est-il un de ces *wintke* qui aiment les garçons. Instinctivement, par réflexe, Papa Sapa rapproche sa main du long couteau qu'il porte à la ceinture.

Il a disparu. Sa ceinture aussi. Son pagne est retenu par un morceau de corde qu'un des soldats a donné à Bouclé. Les pieds de Paha Sapa sont nus dans ces étriers idiots.

Si ce Bouclé essaie de le baiser, se dit Paha Sapa, il arrachera les yeux du vieil éclaireur avec ses pouces, et ses oreilles avec ses dents. *Mais,* insiste son esprit contusionné et désespéré, empruntant étrangement la voix gazouillante du fantôme *wasichu* qui l'a envahi moins de deux mois auparavant, *que fera-t-il si* tous *les cavaliers* wasichu *essaient de le baiser en même temps ?*

Boite-Beaucoup lui a raconté un jour que *Tatanka Iyotake*, Bison-Assis, avait dit qu'un vrai *wičasa wakan* est capable de se faire mourir par le seul pouvoir de sa volonté... d'obliger son cœur à cesser de battre.

Paha Sapa se concentre de toutes ses forces, à travers sa douleur et les soubresauts de cette selle ridicule. Il ne meurt pas. Évidemment. Il n'est pas un *wičasa wakan* et il ne le sera jamais.

Il n'est rien du tout.

Pas même un guerrier captif. Juste un malheureux garçon qui a perdu la *ptehinčala huhu canunpa* de sa tribu, qui devrait être mort et n'a même pas réussi à accomplir un acte aussi simple.

Bouclé parle sans discontinuer, tout au long de cet interminable après-midi pluvieux, il parle à un Paha Sapa bringuebalant, aux fesses meurtries, au cerveau disloqué, au bras douloureux.

Ce détachement de cavaliers *wasichu* faisait partie de l'unité du général Crook, composée de soldats d'infanterie et de membres du 5e, du 2e et du 3e de cavalerie, qui avait quitté la colonne du général Terry pour se diriger vers l'est et couper la voie aux Sioux et aux Cheyennes qui s'étaient dispersés après la mort de Custer au bord de la rivière de l'Herbe grasse, que les *wasichu* appellent Little Big Horn. Rongeant son frein (comme le dit Bouclé), Crook avait abandonné ses chariots de ravitaillement depuis plusieurs semaines, emmenant avec lui une bande d'éclaireurs shoshones et une poignée de guides corbeaux, dont Bouclé et ses amis Trois-Charançons, Boit-dans-une-Empreinte-de-Sabot et Coupe-Souvent-les-Nez. Paha Sapa a entendu dire qu'un célèbre *wasichu*, un certain Buffalo Bill Cody, est revenu de l'Est où il se trouvait avec son Wild West Show, pour prendre la tête de la colonne de Crook, mais il ne se trouvait pas avec ce groupe.

La colonne n'avait pas tardé à souffrir de la faim, les soldats étant incapables de vivre des ressources naturelles du pays. Ils avaient dévoré tous leurs chevaux de bât, puis abattu et mangé un certain nombre de leurs chevaux de réserve, et en avaient abandonné plusieurs centaines d'autres. Un trésor pour Cheval-Fou et les autres Indiens « hostiles » qui, de toute évidence, suivent la piste des cavaliers censés leur donner la chasse. À travers son mal de tête taraudant, Paha Sapa commence à comprendre pourquoi les Corbeaux étaient sur le sentier de la guerre et s'en sont pris à lui. Les grandes plaines au nord et à l'est des collines Noires sont devenues un territoire où tout le monde s'entretue.

Cinq jours auparavant, quand cette unité au grand complet a voulu traverser les Badlands transformées en collines de boue, Crook a ordonné à ce détachement d'une soixantaine d'hommes de dessiner un mouvement de faucille au sud et à l'est pour repérer d'éventuels guerriers indiens, avant de retrouver la colonne principale près de la source de l'affluent sud de la Grande Rivière... à proximité de deux points de repère appelés Slim Buttes, les buttes Minces. Ce détachement, aussi affamé que la colonne principale malgré la grande courbe qui l'a conduit dans la région des collines Noires et de la butte de l'Ours qui ont toujours été giboyeuses, sera au rendez-vous avec au moins trois jours de retard.

Malgré la douleur, Paha Sapa reprend ses esprits quand les *wasichu* ballottés sur leurs chevaux, puant la laine mouillée, atteignent les buttes Minces, sa propre destination, en fin d'après-midi.

Les éclaireurs corbeaux sont envoyés en tête, et Bouclé adresse des gestes irrités à « Bilé », sur son cheval lent, pour qu'il reste à son niveau. Paha Sapa a hâte d'arriver et il talonne son canasson apathique autant qu'il le peut de ses pieds nus.

Les quatre Corbeaux et l'unique garçon lakota s'engagent dans la vallée familière au pied des collines basses et boisées, et Paha Sapa comprend immédiatement qu'il y a eu une bataille. Non... pas une bataille... un massacre.

La plupart des tipis ont été incendiés, et ceux qui sont encore dressés présentent de longues estafilades au couteau à l'endroit où les femmes, les vieillards, les enfants et les guerriers terrifiés eux-mêmes ont cherché, dans leur affolement, à s'enfuir de leurs huttes par l'arrière. La vallée tout entière n'est que puanteur de cendres, de déjections d'humains et de chevaux. Mais l'odeur de la mort est bien plus pénétrante et plus terrible encore.

Les quatre Corbeaux continuent d'avancer. Paha Sapa se laisse glisser à bas de son cheval dès qu'il aperçoit des tipis et des visages familiers.

Il reprend un peu espoir en constatant que les rares tipis intacts – ou les lambeaux de tipis – arborent des dessins qui ressemblent davantage à ceux du *tiyospaye* du vieux Plume-de-Fer* qu'à ceux du village de Blaireau-Furieux. De nombreux corps sont calcinés – ils ont l'air si petits qu'on a peine à croire qu'ils aient appartenu à des êtres humains. Certains sont mutilés mais intacts par ailleurs – boursouflés, et noircis cependant par trois jours au moins de soleil et de chaleur en cette fin d'été. Des insectes bourdonnent autour d'eux. Des chiens – peut-être ceux de ce *tiyospaye* – et d'autres animaux ont déchiqueté plusieurs cadavres.

Certains sont pourtant identifiables.

Paha Sapa reconnaît Blaireau-Furieux lui-même, le corps du petit guerrier corpulent tellement gonflé qu'il est trois fois plus gros mort que vivant, allongé sur le dos près du cours d'eau. Il a les bras levés, comme s'il s'apprêtait à frapper quelqu'un. Paha Sapa sait pourtant que cette posture n'est due qu'à la rigidité des muscles et des tendons très apparents aux endroits où les chiens, les coyotes et les buses se sont repus. Les os des deux avant-bras luisent, blancs, dans la grisaille pluvieuse.

Plus loin, là où Boite-Beaucoup dressait d'ordinaire sa hutte, Paha Sapa découvre le cadavre noirci et tailladé au couteau de Femme-Trois-Bisons. C'est elle, cela ne fait aucun doute, même si les *wasichu* ont tranché ses gros seins. Bien que la majeure partie de son visage ait disparu, il reconnaît les plaies mal cicatrisées de ses avant-bras et de ses cuisses, là où elle a prélevé des rubans de sa propre chair pour les mettre dans le hochet *wagmuha* de Paha Sapa en prévision de son *hanblečeya*, il y a quelques jours seulement.

Il y a des siècles.

À dix mètres, il aperçoit un autre cadavre de femme qui a perdu une jambe et les deux bras, et dont le visage enflé, putride a été dévoré jusqu'au crâne. Les oiseaux lui ont becqueté les yeux depuis longtemps, mais ses cheveux noirs, bien qu'enfoncés dans la boue par la pluie incessante, sont intacts. C'est Cheveux-de-Corneille. La jeune épouse de Boite-Beaucoup. Là où devraient se trouver ses bras sont posés les restes de ce qui a dû être un bébé. Ce n'était pas le sien, Paha Sapa le sait. Peut-être est-ce celui qu'a donné à Faucon-à la-Voix-Puissante la plus jeune épouse, Dort-Encore, du vieux *wičasa wakan* égoïste ? Paha Sapa imagine bien Cheveux-de-Corneille s'emparant de l'enfant et cherchant à le sauver, dans la folie d'une charge de cavalerie.

Quelques pas plus loin, tout près des peupliers, il découvre un corps épargné par le feu, visage contre terre, traits effacés, dont les bras enflés mais curieusement flétris portent encore les tatouages pâlis qui faisaient la fierté de Faucon-à-la-Voix-Puissante.

On dirait que personne n'a été épargné quand la cavalerie de Crook a chargé, incendiant, fusillant et pourchassant guerriers, femmes et enfants, sans distinction. Toute la vallée a été retournée par les sabots de centaines de chevaux de cavalerie et de centaines de poneys.

Plus loin, tous les tipis ont été brûlés, tous les corps réduits à des squelettes d'oiseaux noircis, à de la chair craquelée et calcinée. L'un de ces cadavres pourrait être, doit être, celui de Boite-Beaucoup. Il n'aurait pas fui en abandonnant ses épouses. Ni ses amis.

Les quatre éclaireurs corbeaux reviennent au moment où Paha Sapa essaie de remonter sur la selle dure du cheval qu'ils lui ont donné. Bouclé tient un fusil à répétition, fût contre sa cuisse alors qu'il retient sa monture, éclaboussée de fange des sabots à la croupe. La crinière de ce grand poney elle-même est emmêlée et collée par la boue. Derrière lui, tout le détachement de cavalerie a rempli la vallée et progresse le long de la crête, vers le sud-est.

« Tu as l'intention de te sauver, Bilé ? »

Papa Sapa n'y a même *pas* pensé, et il se demande pourquoi. Comme s'il lisait dans son esprit douloureux, le vieux Corbeau rit et s'adresse aux trois autres éclaireurs en *absaroka* guttural. Ils s'esclaffent. Bouclé crache et reprend la parole dans son lakota approximatif efféminé.

« Il semblerait que le général Crook et environ cent cinquante cavaliers du détachement principal soient responsables de ce qui s'est passé ici, et qu'ils en aient fini avec les habitants de ce village juste un peu plus loin – il y a d'autres corps de femmes et d'enfants sioux dans le ravin, juste derrière cette butte. Puis toute la colonne du 5e d'infanterie est arrivée et a bivouaqué sur une petite butte à un peu plus d'un kilomètre d'ici... oh... ça doit faire trois jours, je dirais, à en juger d'après les excréments. Mais les traces montrent aussi qu'ensuite, près de cinq cents guerriers sont venus du sud à bride abattue, des Sioux comme toi, et puis des Cheyennes aussi, sûrement, si j'en crois les quelques corps que nous avons trouvés – toute la bande devait être conduite par ce salopard de Cheval-Fou – et, bien que les effectifs de la cavalerie de Crook aient certainement été quatre fois supérieurs aux siens, ce cinglé de Cheval-Fou a attaqué... les traces ne laissent aucun doute sur ce point... et puis, il s'est retiré pour repousser la contre-attaque de Crook. On dirait que le combat s'est poursuivi le long de la crête sur plusieurs kilomètres. Le capitaine Qui-A-de-la-Merde-à-la-Place-du-Cerveau nous tarabuste pour qu'on rattrape la colonne principale de Crook, mais nous, on est sûrs que Cheval-Fou est toujours là, quelque part, prêt à nous sauter dessus. Tiens, Bilé, tu auras peut-être besoin de ça. »

Le vieux Corbeau lance à Paha Sapa un Colt à long canon. Le revolver est plus lourd que Paha Sapa ne l'aurait cru, et le simple effort nécessaire pour l'attraper aggrave encore les battements de sa tête et de son bras, le désarçonnant presque. Mais il se redresse.

Bouclé lui parle toujours.

« Ça m'étonnerait que les hommes de Crook aient encore des réserves et ils n'auront pas eu le temps de chasser avant que les types de Cheval-Fou ne leur soient tombés sur le dos, alors même si nous arrivons à les rejoindre, ils n'auront rien à manger non plus et nous...hé, mais merde, *qu'est-ce que tu fous, Bilé ? »*

Paha Sapa a relevé le lourd revolver, il le tient fermement des deux mains. Il vise le visage gras de Bouclé, sa face suffisante de Corbeau, et presse trois fois sur la gâchette.

Le coup ne part pas.

Les quatre éclaireurs corbeaux se tordent de rire, au point d'être à deux doigts de tomber de leurs poneys couverts de boue.

Bouclé fouille dans son gilet et tend son poing serré. Il l'ouvre. Une demi-douzaine de cartouches brillent faiblement dans le jour gris mourant. Perles de pluie sur le laiton.

« Tu les auras quand tu auras fait tes preuves, Bilé – ou quand Cheval-Fou nous aura encerclés et que nous déciderons de nous tuer pour éviter de tomber entre ses mains. »

Les quatre Corbeaux l'entourent, leurs Winchester armées en appui sur leur hanche ou sur leurs cuisses, cartouchière en travers de leurs torses balafrés, pistolet au ceinturon, et le cheval de Paha Sapa s'évertue, suant, soufflant, à garder l'allure, tandis qu'ils suivent la colonne principale en direction du sud-ouest, quittant la vallée et longeant la crête piétinée par les sabots de chevaux.

Ils retrouvent le général Crook et plusieurs centaines d'hommes (Bouclé explique à Paha Sapa que le corps principal en compte deux mille) et « bivouaquent » comme ils disent – les *wasichu* ont peur d'établir un vrai campement à cause de la présence de Crazy Horse (c'est le nom qu'ils donnent à Cheval-Fou), et de ses guerriers dans les environs –, ce qui veut dire se mettre à croupetons sous la pluie qui tombe à verse, sur la terre nue, abrités sous des ponchos ou des vêtements de pluie, avec pour tout repas les quelques biscuits qui leur restent (Bouclé en donne deux bouchées à Paha Sapa), avant d'essayer de dormir pendant qu'un homme sur quatre est chargé à tour de rôle de garder les chevaux.

Paha Sapa comprend maintenant le mot *infanterie* que Bouclé a utilisé à plusieurs reprises, sans même chercher à le traduire en lakota. La plupart des hommes de Crook sont des soldats à pied. Pas étonnant, songe-t-il, qu'ils n'hésitent pas à manger les chevaux.

Enfin, les grommellements, les bavardages, les jurons et les pets s'estompent jusqu'à ce que les seuls bruits audibles soient celui de la pluie qui s'abat sur deux mille manteaux en peau huilée, les hennissements graves des chevaux effrayés par l'odeur de peur des *wasichu*, puis les ronflements des hommes. Bouclé et ses trois éclaireurs corbeaux s'endorment rapidement, couchés dans la boue, la tête sur des lainages mouillés roulés en boule – leurs chevaux, toujours sellés, sont tenus par un des soldats *wasichu* qui a reçu l'ordre de ne pas lâcher les rênes dans l'obscurité et sous l'averse. Mais, bien que Paha Sapa soit plus épuisé qu'il ne l'a jamais été de sa vie, il ne cherche même pas à dormir.

Il faut qu'il réfléchisse.

Bouclé n'a interrompu ses bavardages que pour se mettre à ronfler bruyamment. L'avalanche d'informations qui s'est déversée sur Paha Sapa au cours des dix dernières heures lui vrille la tête presque aussi douloureusement que le coup de crosse qu'il a reçu sur le crâne.

Il existe apparemment différentes tribus de *wasichu*. Curieusement, le jeune Paha Sapa n'a jamais envisagé cette éventualité durant les onze étés de sa vie, et aucun des hommes sages de sa vie, Boite-Beaucoup inclus, n'en a jamais fait mention. Mais, grâce au charabia efféminé de Bouclé, Paha Sapa le sait maintenant et cela le fait réfléchir tandis qu'il observe autour de lui, sur le sommet de la colline, les centaines et centaines de silhouettes informes blotties sous des bâches et des couvertures trempées par la pluie qui n'en finit pas de tomber.

Différentes tribus, et différentes langues, selon Bouclé, bien que la tribu qui parle ce que Paha Sapa entend comme la « langue en glaise » paraisse dominer les autres, à l'image de Bison-Assis et des Lakotas par rapport aux Cheyennes, au bord de l'Herbe grasse. Mais il y a également ici des Preneurs de Graisse en tunique bleue issus de tribus qui s'appellent (et qui parlent et pensent en) « ire landais », « aliment », « haut landais », « pot laque », « sue et doit », « ita lien ». Il existe même une tribu qui s'appelle Nègres.

Paha Sapa a vu des hommes de la tribu des Nègres quand le détachement a opéré sa jonction avec le corps principal du général Crook ce soir, et en apercevant ces soldats à la peau brune et même noire et aux cheveux duveteux, il s'est rappelé l'éclaireur noir *Wasicun* qui s'appelait Teat et que Bison-Assis disait son ami. Il se rappelle aussi que bien que Bison-Assis ait réclamé protection pour Teat blessé et agonisant à l'Herbe grasse, deux mois plus tôt seulement, pendant la Lune des Cerises qui mûrissent, la femme hunkpapa appelée Peau-d'Aigle a tué l'homme blanc noir d'un coup de fusil.

Pourtant, Teat était respecté dans les villages lakotas et devait l'être aussi, pense Paha Sapa, comme éclaireur de Cheveux-Longs et des Preneurs de Graisse. Il n'en comprend que plus mal pourquoi, comme il vient de le constater, certains soldats *wasichu* à cheval et à pied brutalisent et insultent les quelques Buffalo Soldiers de la tribu des Nègres qu'il a vus ici. De toute évidence, tous ceux qui ont la peau et les cheveux aussi noirs, aussi semblables au pelage frisé, aux boucles serrées du bison sacré, le *tatanka*, devraient être tenus pour *wakan*, sacrés, même par ces sauvages de Preneurs de Graisse. Ne savent-ils pas que l'étrange relève du Mystère et est donc sacré ? Les Preneurs de Graisse sont-ils ignorants de l'univers au point de ne pas voir le noir lui-même – *sapa*** – comme un signe de sainteté, à l'image des *Paha Sapa* qui se dressent au sud tandis qu'ils se blottissent ici, sous la pluie nocturne ?

Paha Sapa a mal à la tête.

Mais il ne cède pas au sommeil. Au contraire, il laisse s'effondrer les digues qu'il a érigées depuis deux semaines maintenant pour établir une cloison étanche entre la marée des souvenirs de *T'asunka Witko* et les quelques années qui peuplent sa propre mémoire.

Les pensées, les émotions et les images violentes de la vie de Cheval-Fou menaçaient, et menacent toujours, de submerger le petit garçon. Mais il ne peut plus détourner les yeux. Curieusement, la blessure reçue à la tête et au bras – ou peut-être quelque vestige de la terrible Vision des têtes et des géants de pierre *wasichu* surgissant des collines Noires – lui permet de trier plus aisément la masse, la confusion et le fouillis des pensées de *T'asunka Witko*, de revenir à ses premières années et de progresser jusqu'au 5 septembre de l'année prochaine, jusqu'à cette Lune des Feuilles colorées durant laquelle Cheval-Fou sera tué, alors même qu'il a décidé de se rendre à ce même général Crook, à l'agence de Nuage-Rouge.

Quelque part dans le flot de sombres pensées, de haine et de triomphes, ainsi que de souvenirs-du-futur qui se mêlaient dans l'esprit confus de Cheval-Fou au moment où le chef de guerre l'a touché, quelque part dans tout ce désordre, se dit Paha Sapa, il devrait trouver une réponse à son dilemme actuel.

Laisser les souvenirs de Cheval-Fou l'inonder comme la pluie incessante de cette nuit est une torture. Paha Sapa se cramponne à la roue de chariot contre laquelle il s'est adossé, il se relève et vomit les quelques miettes de biscuit que lui a données Bouclé. Maintenant, il a le ventre tellement creux, se dit-il, qu'il sent son nombril frotter contre sa colonne vertébrale.

Il y a d'abord tous les visages, tous les noms à examiner avant de les rejeter, comme un homme se fraie un chemin à coups de coude à travers la foule : d'autres chefs de l'*akicita* tels Grand-Petit-Homme, Ours-qui-Donne-des-Coups-de-Patte et Chien-Mâle. Son père, qui s'appelle désormais Ver – et Paha Sapa pense au robuste cheval de Boite-Beaucoup, tué par les flèches et les balles des Corbeaux, un de ses nombreux échecs –, et des chefs liés à Cheval-Fou, dont le petit garçon reconnaît certains, comme Homme-qui-A-Peur-de-Ses-Chevaux, Nuage-Rouge lui-même, et puis Chien-Rouge, Ours-Solitaire et Longue-Colonne-Vertébrale.

Cette dernière évocation déclenche dans la mémoire décousue de Cheval-Fou une avalanche d'autres noms liés à la perte – Femme-Couverture-Hochet, Ours-Solitaire et Jeune-Petit-Faucon et, surtout, Ils-Ont-Peur-d'Elle.

Paha Sapa pleure tout bas, ses larmes se mêlant à la pluie qui les emporte, mais il ne pleure pas sur son sort, ni sur sa terrible Vision, sur la mort avérée de Femme-Trois-Bisons, Cheveux-de-Corneille, Faucon-à-la-Voix-Puissante et Blaireau-Furieux ni des autres cadavres qu'il a identifiés aujourd'hui, pas plus que sur la disparition presque certaine de son *tunkašila* adoré, Boite-Beaucoup, mais sur tous ceux que la mort a ravis à Cheval-Fou, comme Ils-Ont-Peur-d'Elle.

Paha Sapa comprend, et ce n'est pas la première fois, qu'il est bien difficile d'être un homme.

Il secoue la tête pour débarrasser son esprit des souvenirs de viol et de luxure, de fureur d'adulte et de lames de couteau qui éventrent et égorgent. Il ne s'attarde pas sur les souvenirs arrogants de Cheval-Fou comptant des coups ou chevauchant à travers les lignes de cavalerie et d'infanterie *wasichu*, bras grands ouverts, bravant les balles.

Ce sont les combats que Paha Sapa fouille avec attention dans le mélange hétéroclite de souvenirs chargés d'émotion de *T'asunka Witko.*

Paha Sapa cherche sa propre mort dans les heures et jours qui viennent, il cherche l'image de l'instant où Cheval-Fou tuera le garçon qui a provoqué sa colère au village, quelques semaines plus tôt. Il ne la trouve pas. Alors, il s'immerge dans les souvenirs des combats de Cheval-Fou contre les Preneurs de Graisse – tant de batailles, tant de *Hokahey !*, tant d'autres guerriers menés vers les tuniques bleues et leurs fusils braqués – jusqu'à ce qu'il découvre enfin des souvenirs de l'embuscade que Cheval-Fou et ses hommes tendront à la cavalerie dans les collines qui se trouvent probablement à l'est et un petit peu au nord d'ici, les images de *wasichu* en tunique bleue qui tombent et appartiennent peut-être à la cavalerie de Crook... Une de ces tuniques bleues mortes qui peuplent la mémoire de Cheval-Fou pourrait bien être Paha Sapa lui-même.

Au petit matin, tous se lèvent avant l'aube grise – toussant, grelottant, jurant et secouant les couvertures, les ponchos et les bâches trempés – et, pendant que certains préparent du café et que quelques soldats dévorent les maigres provisions qui leur restent, Bouclé et ses trois éclaireurs mâchonnent quelques biscuits de mer. Ils n'en proposent pas à Paha Sapa et le petit garçon comprend qu'ils vont le laisser mourir de faim.

Il sent le poids encombrant du Colt à sa ceinture et prie les Six Grands-Pères de lui donner des cartouches... mais il sait au fond de lui-même que les Grands-Pères ne l'écoutent plus. Peut-être ont-ils fermé leurs oreilles aux prières de tous les Êtres Humains Libres Naturels.

« Bouclé, je sais où sont Cheval-Fou et ses hommes. »

Le vieux Corbeau hideux répète cette phrase aux trois autres éclaireurs dans son hideux langage de Corbeau, et les quatre hommes s'esclaffent. Bouclé crache dans la boue. Il essuie son fusil avec un long morceau de tissu rouge qu'il a réussi par miracle à garder au sec tout au long de cette nuit détrempée.

« Tu dis n'importe quoi, Bilé... Garçon de l'Eau.

— Non. Je sais exactement où se cachent Cheval-Fou et ses quatre cents hommes. C'est à moins de trois heures de route d'ici, à cheval. »

Le vieux Corbeau ne traduit pas sa réponse à ses compagnons mais regarde fixement Paha Sapa avec ses yeux noirs, exorbités, de cadavre.

« Et comment peux-tu savoir ça ?

*— Je l'ai vu, là-bas. J'*étais avec lui, *là-bas. Tout le monde dans notre bande sait que c'est l'endroit-où-*T'asunka-Witko*-tue-ses-ennemis-en-les-faisant-tomber-dans-une-embuscade. Les Corbeaux, les Pawnees, les Soshonis, les Paiutes,*

les Cheyennes, les Pieds Noirs... les wasichu *aussi s'ils sont assez bêtes pour le poursuivre jusque-là. Et vous... le général Crook... l'a presque poursuivi jusque-là.*

— Raconte-moi tout ça, Bilé, et je demanderai à Trois-Charançons et à Coupe-Souvent-les-Nez de te donner un des biscuits qu'ils ont mis de côté. »

Paha Sapa secoue la tête. Ce simple mouvement le fait presque vomir. Il a l'impression qu'il va s'évanouir. Son crâne est encore douloureux et son estomac crie famine. Mais il peut parler.

« Non. Je sais exactement où se trouve Cheval-Fou ce matin. Exactement où il vous attend, Crook et vous tous. Cheval-Fou et ses plus grands chefs de guerre – Chien-Mâle, Loup-Courageux, Porte-la-Coiffe-de-Cerf et même Ours-qui-Donne-des-Coups-de-Patte. Mais je ne te le dirai pas. Je le dirai à Crook, par ton intermédiaire. »

Bouclé le dévisage interminablement d'un air soupçonneux. Il pleut toujours. Les longs cheveux tressés du vieux Corbeau sont tellement trempés que des petites boules de graisse d'ours en jaillissent comme du caillé jaune.

Finalement, Bouclé saute en selle, attrape les rênes du vieux cheval lent de Paha Sapa que tenait Boit-dans-une-Empreinte-de-Sabot et grommelle dans son langage de fille :

« Monte. Suis-moi. Si tu mens au général ou si tu te trompes *à propos de l'endroit où se cache* Crazy Horse, *je te trancherai la gorge, je te scalperai et je te couperai moi-même les couilles. Sous tes propres yeux, Garçon de l'Eau. »*

Paha Sapa n'a jamais prêté individuellement attention aux *wasichu* ; à l'exception des Noirs, ils se mêlent en une masse indistincte dans sa vision et dans sa mémoire. En vérité, la majorité des *Wasicun* qu'il a vus étaient morts.

Mais le général George Crook – il n'apprendra son nom complet que bien plus tard, en même temps que le surnom que les Apaches lui donnent, Renard-Gris – est nettement plus remarquable que tous ces cadavres. Le chef de guerre *wasichu* a retiré son chapeau à large bord pour l'essorer, tandis que des hommes de troupe préparent son cheval pour la longue journée de route. Paha Sapa voit un grand homme aux cheveux courts qui ont poussé irrégulièrement, se dressant en touffes sur sa tête en lame de couteau. Tous ces longs mois en plein soleil à pourchasser le peuple de Paha Sapa ont tanné son visage, mais le front est d'une blancheur frappante. Devant les oreilles décollées prennent naissance des favoris qui descendent plus bas que les joues, jusqu'aux épaules et presque jusqu'au torse. Le général n'a pas de barbe, mais ces rouflaquettes luxuriantes qui lui couvrent le cou et remontent pour se rejoindre sous un menton quasiment inexistant en tiennent lieu. La moustache n'est qu'un ajout, un simple trait d'union entre deux grands énoncés de poils broussailleux.

Les petits yeux de Crook observent son éclaireur corbeau, tandis que Bouclé, passant d'un pied sur l'autre dans une attitude d'humilité et d'embarras, lui transmet le message de Paha Sapa prétendant savoir où se cache *Crazy Horse* en cet instant précis.

Le regard aqueux se fixe un instant sur Paha Sapa, et le *Wasicun* adresse quelques mots à Bouclé.

Le lakota du Corbeau est pire que jamais quand il s'adresse à Paha Sapa.

« Le général veut savoir ce que tu veux. Pourquoi tu es prêt à lui dire ça. Qu'est-ce que tu veux en échange ? »

Paha Sapa est tellement épuisé et affamé qu'il regarde le *Wasicun* sans la moindre crainte. Il y a quelques jours seulement – une éternité –, Paha Sapa était pelotonné dans la main d'un des Six Grands-Pères et il *leur* parlait. Comment pourrait-il redouter un simple général *wasicun* ?

Il dit la vérité.

« Je ne veux rien. Je veux simplement vous dire où Cheval-Fou vous attend. »

Enfin, c'est presque la vérité. Paha Sapa veut tout de même quelque chose – il veut mourir.

Il y a beaucoup réfléchi. Boite-Beaucoup lui a inculqué une vive répugnance à l'idée de prendre sa propre vie. Bien sûr, Paha Sapa pourrait faire mine de s'enfuir sur son cheval lent. Bouclé, un des autres Corbeaux, ou peut-être un soldat *wasichu* lui rendrait le service de l'abattre. Mais c'est un sort qui ne le tente pas. Pas après la Vision des grandes têtes de pierre.

Paha Sapa sait qu'il mourra s'il réussit à s'échapper et se présente à Cheval-Fou à une quinzaine de kilomètres au nord-est – grâce aux fragments de souvenirs futurs de *T'asunka Witko*, Paha Sapa sait, avec une quasi-certitude, où sont retranchés le chef de guerre *heyoka* et ses guerriers – mais cette mort solitaire n'a pas plus d'attrait pour lui.

En revanche, s'il apprend à ce Crook où Cheval-Fou l'attend, juste au-delà de la forteresse où les groupes de guerriers lakotas qui traquent des Corbeaux campent si souvent, Paha Sapa ne doute pas que le général Crook et ses deux mille hommes attaqueront Cheval-Fou et ses quatre cents guerriers. Après tout, n'est-ce pas la raison même pour laquelle ils ont parcouru, à cheval ou à pied, plus de six cents kilomètres à travers la chaleur de l'été et sous cette étrange pluie d'été qui n'en finit plus : dénicher, châtier et tuer Cheval-Fou ainsi que les Sioux et les Cheyennes qui ont abattu Custer ?

Au cours de l'attaque, Paha Sapa s'approchera de la première ligne, sans armes, sur son cheval léthargique. Il tombera inévitablement sous les balles des hommes de Cheval-Fou, au moment même où Crook abattra celui qu'il appelle Crazy Horse et ses partisans.

C'est un beau jour pour mourir.

Le général parle. Bouclé a dit quelque chose. Paha Sapa pose un regard interrogateur sur le vieil homme.

« Renard-Gris dit : Où ? Dis-nous ! »

Paha Sapa leur explique exactement où ses souvenirs des souvenirs de Cheval-Fou de ce qui est encore l'avenir de Paha Sapa lui apprennent que le guerrier et ses hommes sont embusqués. Juste au-delà d'un endroit propice à l'établissement d'un camp, à mois de quinze kilomètres au nord-est. Là où s'élèvent les premières amorces de collines boisées, pas très loin de la forteresse. Sur la droite, là où les vallées moutonneuses commencent à se diriger vers le nord-ouest, vers le Petit Missouri et au nord-est, vers la Grande Rivière.

Bouclé traduit tout cela. Le général Crook ne demande pas de carte, il ne consulte aucun de ses aides de camp. Le grand homme continue de regarder Paha Sapa avec méfiance.

Enfin, comme s'il prenait une décision, le chef guerrier *wasichu* crie deux mots dans la langue « en glaise » :

« *En selle !* »

Des années et des dizaines d'années plus tard, Paha Sapa mourra d'envie de raconter ces journées et ces heures à sa femme, Rain, ou à son fils, Robert. Il ne le fera pas, bien sûr. Il n'en dira jamais un mot.

Son esprit aménagera tout de même le chaos de ces moments en une sorte de trame cohérente, et s'il lui était arrivé d'évoquer des sujets aussi personnels, ce qui n'adviendra jamais, et de faire ce récit en parlant de lui à la troisième personne comme il en avait mentalement l'habitude, son explication aurait pu ressembler à ceci :

L'ardeur qui poussait Paha Sapa à mourir ce jour-là manquait cependant trop d'énergie pour mériter le nom d'« ardeur ». Il était si fatigué, si vide, si abattu, si égaré qu'il aurait voulu que d'autres s'en chargent à sa place.

Plusieurs dizaines d'années plus tard, il entendrait des gens – des Blancs et même plusieurs Indiens de différentes tribus – prétendre que sur son lit de mort (et avant cela, sur le champ de bataille de l'Herbe grasse, où il avait pris les armes contre Custer), Cheval-Fou avait crié « *Hokahey !* », ce qui, prétendaient-ils, voulait dire : « C'est un beau jour pour mourir. »

Foutaises, s'est dit Paha Sapa le jour où il a entendu cette version de l'histoire (faisant étalage d'un peu de son récent vocabulaire en langue *wasichu* « en glaise »). Au combat, *Hokahey !* veut dire « Suivez-moi ! » et pourrait également signifier « En ligne ! ». Comme dans une cérémonie de la Danse du Soleil, ou encore, s'agissant d'un mourant : « Tenez bon – ce n'est pas fini. »

Cela ne veut *pas* dire « C'est un beau jour pour mourir », une phrase que les guerriers lakotas prononcent souvent pourtant. Ayant ouvert les digues de son esprit aux souvenirs de Cheval-Fou, il a eu son content de scènes dans lesquelles le guerrier a prononcé cette phrase devant ses hommes ou l'a entendue formuler par un autre. Mais en lakota, on dirait *Anpetuy waste' kile mi !* – et ce jour-là, en tout état de cause, Paha Sapa n'avait pas la force de crier cela.

Il avait échoué dans son *hanblečeya*, sa Vision avait été la pire qu'on pût imaginer, et il n'avait même pas réussi à la transmettre à son *tunkašila*, aux autres hommes du mystère et aux guerriers de son village avant qu'ils ne se fassent massacrer. Il avait perdu la *ptehinčala huhu canunpa* de son peuple.

Il avait perdu la *ptehinčala huhu canunpa* de son peuple.

Ce jour-là, il voulait mourir, et s'il pouvait entraîner par ruse ce général Crook aux étranges moustaches, tous ses *wasichu* affamés et ses éclaireurs soshones et corbeaux à mourir avec lui en les dirigeant vers une embuscade de Cheval-Fou, tant mieux.

Pouvait-on changer l'avenir ? Les *visions-en-avant* de Paha Sapa pouvaient-elles être erronées... ou être déviées de leur cours par quelqu'un qui les voyait à l'avance, donc par lui ?

Si pareille chose était possible, il espérait que Cheval-Fou mourrait lui aussi au combat ce jour-là, sous les balles d'un des deux mille soldats ou cavaliers de Crook, au lieu de périr d'un coup de baïonnette ou de fusil douze mois plus tard – les souvenirs futurs de Cheval-Fou étaient un peu flous – alors qu'il s'apprêtait à subir la disgrâce de se *rendre* à ce même général *wasichu* aux petits yeux et à la grosse moustache à l'agence de Nuage-Rouge.

Mais la journée fut bien plus longue et s'écoula bien plus lentement que Paha Sapa n'aurait pu l'imaginer.

Deux ou trois heures de cheval équivalaient à huit heures de marche, voire davantage, pour des fantassins affamés et harassés. Crook envoya la cavalerie en tête, bien sûr, avec deux des éclaireurs corbeaux – Bouclé et Boit-dans-une-Empreinte-de-Sabot restèrent en arrière pour *le* surveiller –, mais, bien qu'ils se soient mis en marche dès l'aube en ce jour pluvieux de septembre, le gros de la troupe ne rejoignit la forteresse et l'amphithéâtre naturels auxquels pensait Paha Sapa qu'en milieu d'après-midi. À leur arrivée, Crook ordonna de dresser le camp sur la forteresse – un affleurement rocheux naturel bordé de trois côtés par des à-pics abrupts, couronnés de pins. Ils avaient commencé à allumer des feux et avaient enterré un des blessés qui avait succombé pendant la journée dans le chariot-ambulance bringuebalant.

Paha Sapa était à demi assoupi sur sa selle, trop épuisé même pour descendre de son cheval lent quand il entendit un crépitement de Winchester.

Cheval-Fou était là.

Paha Sapa comprit plus tard que le chef de guerre avait rassemblé environ cinq cents des Cheyennes et des Lakotas qui campaient aux environs et avaient été poussés à prendre les armes en apprenant que la cavalerie de Crook avait attaqué les villages des Minneconjous, des Sans-Arcs et des Hunkpapas – et surtout le *tiyospaye* de Plume-de-Fer – près des buttes Minces. Cheval Fou avait tendu une embuscade exactement à l'endroit où Paha Sapa « se rappelait » l'avoir vu – à deux ou trois kilomètres au-delà de ce promontoire escarpé –, mais lorsqu'il avait eu vent que toute l'armée de Crook arrivait, lui était en quelque sorte livrée, Cheval-Fou avait attaqué sur-le-champ, affrontant des effectifs plus de quatre fois supérieurs aux siens.

Quand il avait rassemblé ses hommes, Cheval-Fou avait cru partir au combat, comprit Paha Sapa, contre les quelque cent cinquante-cinq hommes du détachement du capitaine Mills – la cavalerie *wasichu* qui avait attaqué et incendié les villages des buttes Minces, et plus particulièrement le *tiyospaye* de Blaireau-Furieux et de Boite-Beaucoup. Mais voilà que *T'asunka Witko* se retrouvait devant toute l'armée de Crook. Le *heyoka* se jeta tout de même contre l'ennemi.

Cheval-Fou avait battu et humilié le général Crook au bord de la rivière du Bouton de rose, et il décida d'employer la même méthode – une charge massive pour libérer les prisonniers indiens de Crook et semer la débandade parmi les chevaux et les poneys capturés.

Mais cette fois, sa tactique échoua.

Crook fit donner toute sa force. Ayant disposé la cavalerie sur son flanc est exposé pour le protéger, le général envoya son infanterie et plusieurs centaines de soldats à pied directement dans les collines boisées où les hommes de Cheval-Fou étaient tapis et décochaient une grêle de balles.

Paha Sapa et Bouclé s'étaient avancés à cheval au milieu de la fumée et de la cohue. C'était pire qu'à l'Herbe grasse, avait pensé Paha Sapa en voyant les *wasichu* et les Indiens courir, tomber, se contorsionner et hurler. C'était pire, indéniablement, pour Cheval-Fou.

La portée et la précision des longs fusils d'infanterie faisaient toute la différence – et rendaient la situation très différente de celle qu'avait connue Custer à l'Herbe grasse. L'extrémité droite de la ligne de Cheval-Fou fut la première à céder. Paha Sapa et Bouclé accompagnèrent les quelques cavaliers et éclaireurs qui s'avancèrent avec les *wasichu* pour s'emparer de la chaîne de collines, couronnées de nuages de fumée à l'odeur âcre. La pluie avait cessé depuis quelques heures, mais l'air était si chaud, si humide et si épais que la nouvelle tunique bleue de Paha Sapa collait à sa peau nue. La fumée de la poudre piquait son seul œil valide.

Il aperçut alors Cheval-Fou en personne – sur son cheval blanc, nu à part son pagne et son unique plume blanche, brandissant son fusil et faisant signe à ses guerriers de se replier en bon ordre.

Mais tandis qu'ils reculaient, l'infanterie de Crook continua de progresser, la cavalerie *wasichu* se portant en avant, harcelant sur les deux flancs et sur l'arrière la petite bande de guerriers de Cheval-Fou. Pendant une partie d'un après-midi qui semblait s'éterniser, la bataille se transforma en un duel prolongé, incessant, entre les groupes d'hommes rouges et d'hommes blancs qui se jetaient en avant, tiraient, juraient, séparés par un no man's land de cinq cents mètres pris sous une grêle de balles et de flèches.

Paha Sapa et Bouclé avaient rejoint la gauche du corps principal à l'instant précis où se produisit une charge lakota impétueuse, vaillante, contre le 3e de cavalerie qui se trouvait là. Les Indiens – beaucoup à pied, ceux qui étaient à cheval en masses et en groupes désordonnés – attaquèrent, faisant feu de leurs propres fusils à répétition, cherchant un point faible dans les positions défensives du 3e de cavalerie privé de montures. Paha Sapa était sûr d'avoir vu Cheval-Fou lui-même aller et venir à travers la fumée épaisse, exhortant ses hommes à fondre sur l'ennemi, repoussant les Lakotas qui avaient pris la fuite pour les renvoyer à l'action, toujours au cœur d'un combat acharné.

Paha Sapa enfonça ses talons nus dans les flancs de son cheval indolent pour le faire avancer – un petit galop maladroit, gauche, réticent – et émergea dans la zone meurtrière entre les Lakotas qui chargeaient et le 3e de cavalerie qui tirait. Il se dirigea droit sur Cheval-Fou qu'il lui semblait entrapercevoir à l'horizon. Paha Sapa se rappela vaguement le revolver déchargé qu'il avait à la ceinture. Il dégagea l'arme inutile et la brandit en l'air, pour mieux attirer l'attention des Êtres Humains Libres Naturels qui tiraient au pistolet et au fusil devant lui.

Les tirs étaient si denses qu'il entendait et sentait les balles siffler autour de lui. *Ce que les guerriers disaient au village autour du feu était vrai*, songea-t-il bêtement. *Les balles bourdonnent comme des abeilles au milieu d'une vraie bataille.*

Paha Sapa était content. Son seul regret était de n'avoir pas composé son Chant de Mort. Mais après tout, pensa-t-il, il n'en méritait pas.

Il avait perdu la *ptehinčala huhu canunpa* de Boite-Beaucoup et de son peuple.

Une balle lacéra sa tunique bleue de soldat détrempée, passant sous son bras, sans toucher la peau. Une autre balle dessina un sillon superficiel dans la partie supérieure de sa cuisse. Une troisième frappa le pommeau de sa selle, faisant chanceler son cheval lent et désarçonnant presque Paha Sapa. Un élan de douleur le déchira, et le garçon crut qu'une balle d'un guerrier lakota avait emporté ses testicules, mais il resta droit dans ses étriers. Il baissa les yeux, moins optimiste soudain, et ne vit pas de sang. Il continua à avancer, agitant son pistolet et hurlant aux autres Lakotas de le tuer.

Une nouvelle balle effleura son crâne, sans l'assommer, juste au-dessus de la bosse qu'avait laissée le coup de crosse de Bouclé la veille au matin. Paha Sapa cilla pour chasser le flot de sang qui lui troublait la vue, talonnant son cheval paresseux, mais terrifié.

Une balle emporta une partie de sa manche et les bandages souillés qui recouvraient la blessure de son bras, mais elle ne le toucha pas. Paha Sapa continuait à entendre des bourdonnements, des sifflements et à sentir sa tunique bleue trop large s'enfler comme sous l'effet d'une forte brise. Pourtant, à part quelques nouvelles éraflures sur le front et à la cuisse, il était indemne.

Paha Sapa repenserait à cette heure quatorze années plus tard, quand Wovoka, le prophète paiute, promettrait à tous ceux qui revêtaient la

Tunique de la Danse des Esprits que les balles ne les toucheraient pas, ne pouvaient pas les toucher. Paha Sapa portait la tunique bleue trop grande, infestée de puces, puant la sueur et la laine mouillée d'un soldat *wasichu* mort, et les balles ne le touchaient pas, elles ne pouvaient pas le toucher.

Cheval-Fou et ses guerriers rescapés se repliaient. L'infanterie de Crook poussait des hurlements de joie, elle chargeait et tirait sans cesser d'avancer. Le 3e de cavalerie dessina un mouvement tournant depuis la gauche, abattant les blessés et les traînards lakotas sans faire de prisonniers.

Le cheval lent et galeux de Paha Sapa s'immobilisa, refusant d'aller plus loin. Paha Sapa crut d'abord qu'il avait été touché par une balle – comment une bête aussi grande aurait-elle pu en réchapper alors que l'air était rempli de plomb volant ? – mais non. Malgré la terreur, le canasson obstiné s'était arrêté pour brouter, là, au milieu de ce champ de morts.

Paha Sapa lui donna des coups de pied dans les côtes, il scia du filet, tira sur les rênes jusqu'à ce que cet animal stupide fasse paisiblement demi-tour pour se diriger vers les fantassins et les cavaliers *wasichu* à pied qui continuaient à tirer, mais n'avaient pas encore chargé. Paha Sapa brandissait toujours son pistolet vide, espérant cette fois que les soldats de Crook le tueraient.

Mais les soldats *wasichu* levèrent leurs fusils et l'acclamèrent. Puis ils se précipitèrent vers Paha Sapa et vers les Lakotas qui se repliaient, certains courant, certains soldats de cavalerie cherchant à remonter sur leurs chevaux affolés, montures et cavaliers tournant sur eux-mêmes en pleine confusion, oubliant leur faim tant ils étaient impatients d'attaquer les Lakotas en retraite et de faire couler le sang.

Paha Sapa s'affaissa sur sa selle criblée de balles et laissa le cheval lent le reconduire d'un pas pesant au-delà des lignes. Quand il s'arrêta pour se remettre à brouter, Paha Sapa se laissa glisser de sa selle et se retrouva sur le derrière, trop faible et trop épuisé pour tenir debout.

Les soldats grouillaient autour de lui. Il aperçut soudain Bouclé qui sautait de son poney, le visage déformé de colère. Le vieux Corbeau s'immobilisa au-dessus de Paha Sapa, assis là dans la boue, les avant-bras sur ses genoux nus. L'éclaireur leva et arma son propre Colt.

« Garçon de l'Eau lakota, Bilé, *Trois-Charançons et Coupe-Souvent-les-Nez ont été tués dans l'embuscade où* tu *nous as conduits. »*

Paha Sapa leva les yeux. Il sourit.

« Parfait. J'espère que leurs cadavres grouillent d'asticots et que leurs esprits pataugeront dans la boue à jamais. »

Bouclé grogna et braqua son gros pistolet sur le visage de Paha Sapa.

C'est donc ainsi, ô Six Grands-Pères ? Très bien. Je regrette de n'avoir pas composé mon Chant de la Mort.

Des chevaux s'arrêtèrent près d'eux, projetant des gerbes de boue sur Paha Sapa et le vieil éclaireur corbeau. C'était le général Crook, affichant un sourire radieux à travers ses moustaches grotesques, accompagné d'un groupe d'officiers et du porte-étendard. Le général assaillait déjà Bouclé de paroles dans sa langue *wasichu* « en glaise » avant que son cheval soit totalement immobile – personne n'avait paru remarquer le pistolet braqué sur Paha Sapa.

Bouclé leva son visage rond et stupide, bouche bée, vers le chef de guerre *wasichu* avant de baisser son arme et de remettre doucement le chien armé en place.

Crook et ses hommes s'éloignaient déjà.

Bouclé éclata du rire d'un homme guetté par la démence. Il cracha dans la boue et regarda le pistolet qu'il avait en main.

« Renard-Gris dit qu'il sait qu'en réalité, toi, Billy au Cheval-Lent, Billy Slow Horse comme il dit, tu n'es pas corbeau mais lakota. Il serait tout de même heureux que tu sois son éclaireur aussi longtemps que lui, Crook, Renard-Gris, commandera des soldats et des cavaliers. Il dit que ton courage... »

Le visage de Bouclé se crispa comme si le Corbeau allait vomir, mais il se contenta de cracher à nouveau.

« .. il dit qu'il n'oubliera jamais le courage dont tu as fait preuve aujourd'hui et qu'il espère que ses autres éclaireurs en prendront de la graine. Oh... et Renard-Gris dit aussi que tu ressembles à un squelette et que si nous ne te nourrissons pas correctement et ne te gardons pas en vie, Boit-dans-une-Empreinte-de-Sabot et moi, il nous pendra tous les deux au premier arbre qu'il trouvera. »

Bouclé partit à nouveau de son rire insensé. Paha Sapa le regardait fixement.

Cette nuit-là, Paha Sapa dormit sous la pluie, sans couverture ni bâche pour le protéger, pendant huit heures d'affilée. Avant l'aube, les clairons retentirent et Paha Sapa se prépara impatiemment à repartir au combat.

Mais non... malgré le bruit ininterrompu de coups de feu échangés entre les guerriers de Cheval-Fou et une arrière-garde de cavalerie et d'infanterie commandée par Manteau-d'Ours, le capitaine Mills – alors que cela faisait six mois que plus de deux mille hommes résolus à venger la mort de Custer traquaient les guerriers lakotas, dont quatre semaines avec leurs chevaux pour toute nourriture –, Crook désertait le champ de bataille.

Ils avaient traversé une piste de chariots utilisée par les mineurs qui se dirigeaient vers les collines Noires, et Crook mit alors mille sept cents de ses hommes affamés sur cette piste. Cheval-Fou et ses guerriers leur donnèrent la chasse, prenant leur arrière et leurs flancs sous le feu jour après jour, lançant des feintes de nuit, mais Crook refusait obstinément le combat.

Hormis quelque deux cents poneys et cinq mille livres de viande volés dans les camps indiens dont ils s'étaient emparés sur les buttes Minces, la bataille contre Cheval-Fou si longtemps désirée, si longtemps attendue, n'avait pas accordé la victoire à Crook et à ses hommes. Ils avaient parcouru une étendue immense, depuis le centre du territoire du Wyoming, ayant quitté Fort Fetterman le 1er mars sous une effroyable tempête de neige et maintenant, après tous ces mois, tous ces kilomètres..., Crook continuait à refuser de se battre contre Cheval-Fou et les Indiens hostiles, tandis que la longue colonne d'hommes et de chevaux se dirigeait laborieusement vers le sud, s'engageant dans les collines Noires.

Paha Sapa revint ainsi dans ses *Paha Sapa* sacrées, empreint d'un sentiment croissant d'incrédulité et de désarroi. Les routes boueuses tracées par les chariots et la ville minière puante de Deadwood où l'armée démunie de Crook finit par s'arrêter et par camper n'avaient rien à voir avec les collines Noires du monde de Paha Sapa. Les *wasichu* poilus qui s'y étaient établis éventraient les collines vivantes pour s'emparer de leur or, exactement comme dans la Vision de Paha Sapa.

Le général Cook fut convoqué à Fort Laramie pour y rencontrer un certain général Sheridan.

Bouclé et les autres éclaireurs avaient ainsi toute latitude pour rosser Paha Sapa à leur guise, mais ils prenaient garde de ne pas le tuer.

Paha Sapa, quant à lui, était libre de s'enfuir... d'abandonner là son stupide cheval lent et sa tunique bleue grouillante de vermine, de voler un vrai cheval et de regagner tout simplement les grandes plaines pour retrouver son peuple. Il aurait pu éviter les guerriers de Cheval-Fou et faire un large crochet par l'ouest, avant de se diriger vers le nord, vers les étendues blanches du pays de la Grand-Mère pour essayer de rejoindre Bison-Assis et les autres survivants de sa connaissance.

Il ne le fit pas. Il ne pouvait pas le faire. Il n'avait plus de peuple, plus de famille, plus de *tiyospaye* à lui.

Il avait conduit l'armée de Crook jusqu'à Cheval-Fou, et ce jour-là de nombreux Êtres Humains Libres Naturels avaient trouvé la mort.

Il avait perdu la *ptehinčala huhu canunpa.*

Quand les rescapés de la Marche de la Faim reformèrent leurs colonnes pour suivre Crook, à pied ou à cheval, jusqu'à Fort Robinson au sud des collines Noires, vers la rivière Nebraska, Paha Sapa – Billy Slow Horse – les accompagna.

Il commençait à assimiler quelques rudiments de langue anglaise – pas « en glaise », il le savait à présent – *wasichu* et la première expression qu'il mémorisa était très utile : *fuck* – va te faire foutre. Cet hiver-là, les soldats lui confièrent même un couteau et il apprit à dire : « *Essaie un peu et je te coupe les couilles.* »

Ce fut un long hiver, un long printemps et un long été pour Paha Sapa. Maintenant qu'il savait un peu d'anglais, il commençait à comprendre les babillages obscènes du fantôme de Cheveux-Longs qui s'agitait dans son esprit toutes les nuits. Il n'y avait plus l'ombre d'un doute : c'était bien le fantôme de Cheveux-Longs – Custer lui-même. Paha Sapa faisait tout son possible pour l'empêcher de se manifester et le faire taire.

Le 5 septembre de l'année suivante – 1877 dans la chronologie des *wasichu* –, quand Cheval-Fou vint se rendre et fut tué d'un coup de baïonnette, Paha Sapa n'était déjà plus avec Crook et avec l'armée. Il avait vu cette mort trop de fois ; il ne voulait pas y assister réellement et savait qu'il n'y pouvait rien changer.

En ce mois d'août – une nouvelle Lune de la Maturation, aux alentours de son jour de naissance et du premier anniversaire de sa Vision –, Paha Sapa avait discrètement quitté l'armée et Fort Robinson. Personne ne l'avait pris en chasse. Bouclé avait succombé à une crise d'appendicite deux mois auparavant et personne d'autre ne prêtait la moindre attention à la présence ou à l'absence d'un jeune Indien de onze ou douze ans.

Paha Sapa regagna les collines Noires, mais il n'y retourna pas pour chasser, camper ni prier. Il rejoignit la ville minière malodorante de Deadwood pour y chercher du travail, ou pour voler.

C'est là, alors qu'il se trouvait déjà en prison après l'échec de sa première tentative de vol et s'attendait à être pendu, qu'il rencontra les hommes du mystère tout vêtus de noir comme des corbeaux ou des corneilles avec leurs cols blancs, qui avaient ouvert une ridicule école sous tente sur la colline.

S'il avait raconté cette histoire à Rain ou à Robert, il aurait ajouté qu'alors que les *wasichu* parlaient de la Marche de la Faim et de la Bataille de Slim Buttes, les Lakotas donnèrent pour toujours à cette bataille – celle où le jeune Paha Sapa avait conduit le général Crook jusqu'à Cheval-Fou – le nom de *la Bataille où nous avons perdu les collines Noires.*

19

New York

1er avril 1933

Dans le train qui le conduit en ville, Paha Sapa lit un article sur Adolf Hitler dans le journal du matin.

À Washington, cela fait moins d'un mois que Franklin Delano Roosevelt est président (et à en croire la majorité des électeurs du Dakota du Sud, républicains pour la plupart, les grandes lignes du programme socialiste du nouvel hôte de la Maison-Blanche se dessinent déjà on ne peut plus clairement) tandis qu'en Allemagne, Hitler est chancelier depuis janvier. Dans ce lointain pays, d'après le journal qu'il lit et d'autres articles de presse récents, le problème n'est pas le socialisme, mais l'antisémitisme du nouveau chancelier et de son parti. Les Juifs s'indignent, écrit le *New York Times*, mais les nazis qui viennent d'obtenir les pleins pouvoirs réagissent à ces déclarations scandalisées en postant leurs hommes de main devant les boutiques juives et en intimidant les clients qui les fréquentent.

Ici, dans la ville où arrive Paha Sapa, une série de rassemblements de soutien aux Juifs a été organisée le 27 mars – cinq jours plus tôt. Une foule de cinquante-cinq mille personnes a envahi Madison Square Garden, où William Green, le président de l'AFL, la Fédération américaine du travail, le sénateur Robert F. Wagner et l'ancien gouverneur de l'État de New York, le populaire Al Smith, ont réclamé la fin des brutalités contre les Juifs allemands. Des manifestations de même nature ont eu lieu à Chicago, Philadelphie, Cleveland, Boston et dans plusieurs dizaines d'autres villes.

À la suite des timides protestations des Juifs allemands et de la désapprobation bruyante de l'Amérique, le ministre nazi de la propagande – Joseph Goebbels – vient de proclamer une journée nationale de boycott des « Allemands aryens » contre les Juifs d'Allemagne. Le *New York Times* publie des photos de SA, les troupes d'assaut, brandissant des pancartes et s'apprêtant à interdire l'accès des magasins berlinois tenus par des Juifs. Les quelques bribes d'allemand que Paha Sapa a apprises des mineurs et ouvriers allemands dans les collines Noires lui permettent tout juste de déchiffrer les slogans écrits en caractères gothiques : *Allemands ! Défendez-vous ! N'achetez rien aux Juifs !*

L'article affirme que Goebbels aurait mis en garde les Américains et tous les autres : si les propos hostiles aux agissements des nazis ne cessent pas immédiatement, « le boycott sera renouvelé... jusqu'à l'anéantissement des Juifs d'Allemagne ».

Paha Sapa soupire et pose le journal sur le siège vacant, à côté de lui. Le train franchit un pont conduisant à Manhattan ; la lumière froide et vive du lever du soleil d'avril dessine des touches claires sur tous les gratte-ciel, tous les grands immeubles. Théoriquement, c'est déjà le printemps, mais l'air reste glacial la nuit, et les vitres sont couvertes de givre.

Paha Sapa se demande si Hitler et ces nazis ne seraient pas une version *wasichu* du jeune Cheval-Fou et des autres *heyokas* – les clowns sacrés, les Rêveurs du Tonnerre, les serviteurs des Êtres Tonnerre, possédés par l'esprit, qui, s'ils n'accomplissent pas leur devoir, sont condamnés à être tués par la foudre. N'a-t-il pas lu quelque part que les officiers SS nazis arborent sur leurs cols, et peut-être ailleurs, un insigne en forme de double éclair ? Lila Kaufmann, de la boulangerie de Rapid City, lui a effectivement confirmé que quand elle était secrétaire à la mairie de Munich avant de fuir son pays avec toute sa famille, les machines à écrire disposaient d'une touche spéciale portant le symbole en double éclair des SS. (Paha Sapa ignore ce que veulent dire ces lettres, mais il n'a aucun mal à imaginer l'emblème Art déco de ce double éclair en zigzag. C'est le genre d'attribut qu'auraient adoré porter Cheval-Fou et son *heyoka akicita*, ses amis de la police tribale de « maintien de la paix ».)

Si Hitler, Goebbels et le reste de cette bande de sinistres clowns sont vraiment des Rêveurs du Tonnerre *wasichu*, cela expliquerait beaucoup de choses, se dit Paha Sapa, notamment leur volonté obsessionnelle de se débarrasser de tous leurs ennemis réels et imaginaires. Les Êtres Tonnerre accordent une immense puissance et une masse d'énergie et de motivation stupéfiante aux individus et à leurs tribus, mais ce sont des esprits perfides, dangereux pour tous, même pour les Rêveurs qu'ils ont choisis. Les *heyoka*, les serviteurs clowns-guerriers des Êtres Tonnerre, sont des paratonnerres vivants et peuvent à tout moment frapper leurs amis aussi bien que leurs ennemis, voire eux-mêmes, avec l'effrayante et aveugle férocité de l'éclair.

Ayant désormais vécu cinquante-sept ans avec les souvenirs de Cheval-Fou, Paha Sapa a la certitude que la mélancolie de *T'asunka Witko*, son sentiment d'isolement et ses fréquents accès de sauvagerie sont autant de manifestations de la liberté de commettre de terribles excès que la tribu attribue aux Rêveurs du Tonnerre. Les Êtres Humains Libres Naturels ont même un mot – *kicamnayan* – pour désigner cet éclair subit, imprévisible, cette descente en piqué des hirondelles avant l'orage, le galop affolé et soudain, insensé, d'un cheval généralement placide, ou l'attaque impitoyable de la buse à queue rousse qui fond sur sa proie. Le *kicamnayan* provoqué par le déferlement des énergies spirituelles primitives, irrépressibles et souvent violentes des *Wakinian* ne manifestait plus qu'une ombre de leur fureur cosmique dans les formes plus fragiles de simples instruments vivants.

Malheur aux pauvres Juifs d'Allemagne, songe Paha Sapa, si leur Dieu avec un grand D, silencieux depuis bien longtemps, ne s'affirme pas comme l'égal des *Wakinian*, les Êtres Tonnerre. Malgré ses lectures et ses conversations avec Doane Robinson – et même avec les pitoyables Jésuites de Deadwood – sur le judaïsme, Paha Sapa ne sait pas véritablement si les Juifs croient que leur Dieu les possède de son esprit meurtrier et furieux. Mais il soupçonne qu'Hitler et sa bande ne connaissent que trop bien les joies, la terreur et la puissance réfractée qu'offre la possession par des divinités féroces.

Paha Sapa soupire encore. Il a du mal à dormir dans le train et est épuisé après avoir passé trois jours et trois nuits sur une série d'inconfortables sièges d'osier. Et c'est avec soulagement qu'il voit le contrôleur traverser les wagons pour annoncer que le prochain arrêt sera le Grand Central Terminal, terminus de la ligne.

Paha Sapa traîne son sac quelques rues plus loin jusqu'à l'hôtel bon marché de la 42e Rue dont Whiskey Art Johnson lui a parlé. Sa réservation a bien été enregistrée, mais la chambre ne sera pas libre avant l'après-midi. Paha Sapa sort une pomme de son sac, confie celui-ci à l'employé de la réception et se dirige vers le sud, sur Park Avenue.

« *Son immeuble n'est qu'à trois pâtés de maisons d'ici, au sud, sur Park Avenue. Tu y vas ?*

— Non. Nous nous sommes mis d'accord. Je n'ai rendez-vous qu'à quatre heures.

— *Mais tu vas passer juste devant chez elle...*

— Je reviendrai à quatre heures. J'ai des choses et des gens à voir avant.

— *Mais elle sera peut-être chez elle* maintenant ! *Je suis presque sûr qu'elle y est. Elle ne sort plus, d'après Mme Elmer. Nous pourrions juste y faire un saut, demander au concierge.*

— Non.

— *Et si nous partions plutôt dans l'autre sens, jusqu'à l'angle de la 21e Rue Est et de la 66e Rue ? Nous pourrions aller au Cosmopolitan Club, où elle avait l'habitude...*

— Tais-toi ! »

Ce n'est pas une requête, mais un ordre. Paha Sapa a découvert qu'il peut renvoyer le fantôme à sa guise dans son trou aveugle et silencieux.

Si sa chambre d'hôtel avait été prête, Paha Sapa aurait peut-être essayé de dormir une heure ou deux après toutes ces journées de train, toutes ces nuits où il a à peine somnolé en traversant les prairies et les champs de céréales du Midwest, puis les collines boisées et les tunnels de Pennsylvanie. Mais il se rend compte qu'une bonne marche tonifiante lui fera plus de bien. Et c'est une bonne marche.

Il jette un coup d'œil à l'immeuble du 71 Park Avenue, à trois rues seulement de son hôtel, mais ne s'attarde pas. C'est un bâtiment plutôt plaisant, pour une construction urbaine. Son entrevue imminente l'angoisse – il lui a fallu presque deux ans pour l'organiser – et il a peine à imaginer l'anxiété de l'esprit qui l'habite. D'ailleurs, il préfère l'ignorer.

Paha Sapa sourit en descendant Park Avenue d'un pas alerte. Il pensait que New York ne lui réserverait aucune surprise. Il se trompait. Les immeubles, l'interminable labyrinthe de rues, les édifices qui font barrage au soleil matinal, les automobiles, les camionnettes de glace et de livraison innombrables, les tramways et les taxis, le flot incessant de piétons. Cela fait presque quarante ans qu'il n'a pas mis les pieds dans une grande ville – c'était à Chicago, au moment de l'Exposition de 1893 – et le cœur de la Ville noire ne saurait rivaliser avec n'importe quel quartier de cette métropole. L'effet de cette ruche sur l'Être Humain Libre Naturel – qu'on appelle ici un

« péquenaud » ou un « plouc » – vieillissant, arrivant tout droit d'un État de l'ouest du *Dust Bowl*, est immédiat et écrasant.

Dans un premier temps, les dimensions et le rythme de tout ce qu'il découvre sont étrangement enivrants, et Paha Sapa, déjà au bord de l'épuisement, en est presque grisé. Mais au bout de dix minutes, ces dimensions et ce rythme mêmes soumettent tout son organisme à une charge oppressante. (Il pense aux histoires de caissons de Big Bill Slovak.) Dans tous les lieux où la vie l'a conduit, il a eu le sentiment d'être un individu à part entière – que quelqu'un l'ait connu ou non sous son vrai nom. Mais ici, il n'est qu'un numéro parmi des millions d'autres, et un numéro pitoyable qui plus est : un Indien décharné, recru, aux longues tresses encore noires mais au visage sillonné de rides et aux yeux marqués de profonds cernes. Il aperçoit son reflet marchant d'un pas résolu dans les vitrines des boutiques et des restaurants – une autre pression à laquelle il n'est pas accoutumé, cette image de lui-même qui l'accompagne constamment – et remarque combien son costume noir, sa cravate maladroitement nouée et sa casquette sont démodés et peu seyants. Ses chaussures de soirée, rarement portées et cirées avec soin, grincent à chaque pas et lui meurtrissent les pieds. Avec un sourire contrit, Paha Sapa prend conscience que pour ce voyage, il a revêtu sa tenue d'enterrement, et cette réalité lui apparaît avec une évidence croissante chaque fois qu'il voit son reflet dans une vitre. Il est persuadé de sentir la sueur, la fumée de cigare du train et la naphtaline. Paha Sapa n'a pas de pardessus à enfiler sur ce vieux costume trop grand, et il a froid depuis que le train a quitté Rapid City... Le printemps est tardif cette année dans les plaines et au cœur du pays.

Bien que la température de cette matinée ensoleillée de New York monte lentement pour atteindre les quinze degrés promis par la météo du journal, il regrette de n'avoir pas pris la grosse veste de cuir que Robert lui a laissée en 1917 et qu'il a portée partout, sauf au travail, pendant les seize automnes, hivers et printemps qui se sont écoulés depuis. Cette veste, et ses confortables chaussures de travail.

Il longe à grands pas la large artère de Park Avenue depuis la 42e Rue jusqu'à Union Square, puis il suit la 4e Avenue vers le sud-est pour s'engager dans la Bowery. Il est bientôt au sud de toutes les rues numérotées et traverse Little Italy, passant devant la cathédrale Saint-Patrick, Hester Street, Delancey Street, en direction de Canal Street, parcourant les quartiers grouillants d'immigrés qui ont apporté à l'Amérique sa deuxième génération d'ouvriers et de maçons. Il songe que s'il était né américain plutôt qu'indien, ses parents auraient peut-être vécu dans un de ces logements, dans un de ces quartiers, après être arrivés par Castle Garden d'on ne sait où, par-delà les mers. (Doane Robinson a raconté un jour à Paha Sapa qu'avant 1855, il n'y avait pas en Amérique de service d'enregistrement pour les immigrants. Ceux qui arrivaient se contentaient de faire une déclaration – quand ils en prenaient la peine – aux employés de la douane sur le vapeur ou le bateau à voiles qui les avait amenés là, avant d'aller vaquer à leurs affaires dans leur nouveau pays. Robinson lui a dit qu'à Castle Garden, sur une île au large de la pointe sud-ouest de Manhattan – qu'on appelle aussi Castle Clinton –, l'État de New York s'était chargé lui-même des dossiers des candidats à l'immigration jusqu'à sa fermeture en 1890. Le gouvernement fédéral avait ensuite pris le relais et accueilli le flot d'immigrés dans un centre temporaire installé sur une péniche. Les services administratifs d'Ellis Island n'avaient ouvert qu'en 1900. Depuis 1924, lui avait encore expliqué Doane, les procédures d'enregistrement de la plupart des candidats à l'immigration se faisaient de nouveau à bord des bateaux, Ellis Island ne servant d'escale qu'à ceux à qui l'on voulait faire passer un interrogatoire ou dont l'état de santé nécessitait une quarantaine.)

Sans trop savoir pourquoi, Paha Sapa regrette de ne pas avoir le temps de visiter tous ces sites de New York, bien que ces questions d'immigration n'aient rien à voir avec son histoire. Il se rappelle alors les soldats *wasichu* en tunique bleue jonchant les collines vallonnées au-dessus de l'Herbe grasse, leurs corps blancs mutilés se découpant de façon si choquante sur l'herbe brun-vert. La plupart de ces morts, a-t-il appris pendant l'année où il a servi d'éclaireur à la cavalerie de Crook aux environs de Fort Robinson, étaient des Irlandais, des Allemands et d'autres immigrants débarqués de fraîche date. La grave crise de 1876 avait convaincu beaucoup de ceux qui mouraient de faim dans les quartiers que Paha Sapa traverse en ce moment de s'engager dans l'armée. La moitié des *micks* et des *krauts*, de tous ces Irlandais et Allemands placés sous le commandement de Custer, lui avait dit Bouclé dans son mauvais lakota de *winkte* et dans son anglais plus approximatif encore, ne comprenaient même pas les ordres de leurs sergents et de leurs commandants.

Le fantôme ne se livre à aucun commentaire. Il boude.

La distance entre le Grand Central Terminal et le pont de Brooklyn n'est pas considérable – six kilomètres environ, estime Paha Sapa – et cette marche entre les hauts bâtiments qui le fait passer de l'ombre au soleil puis à l'ombre encore à chaque intersection, traverser pour rejoindre le côté ouest de la rue et sortir de l'ombre glaciale quand les immeubles sont plus bas, lui rappelle ses randonnées dans les canyons du Colorado, de l'Utah, du Montana et, dans une moindre mesure, dans ses propres collines Noires. Mais dans la région de l'Ouest où vit Paha Sapa, il n'y a que quelques canyons, comme celui que les *wasichu* appellent maintenant Spearfish Canyon, suffisamment profonds ou suffisamment escarpés pour créer cet effet d'alternance, de soleil éclatant suivi d'ombre soudaine, qu'il observe sur la partie inférieure de la Bowery.

Le vent est mordant malgré la chaleur croissante. Paha Sapa est généralement insensible aux variations de température, mais cette année, il a souffert du froid et la bise glacée de New York lui fait regretter une nouvelle fois de ne pas avoir de pardessus ni la veste de moto en cuir de Robert. Les rues qu'il aborde deviennent étroites et il oblique sur la droite, longeant Canal Street pour rejoindre Broadway, avant de tourner à gauche pour s'engager sur Centre Street.

Il aperçoit City Hall Park devant lui et... soudain... il est arrivé.

Le pont de Brooklyn s'étire au-dessus de bâtiments de faible hauteur et se cambre au-dessus de l'East River. Le soleil levant est encore assez bas pour que les deux tours et la route surélevée, en arche, projettent leurs silhouettes allongées en direction de Manhattan, la tour la plus proche – celle qu'on appelle New York Tower – plongeant dans l'ombre les rues étroites des quais et les vieux entrepôts, de part et d'autre de la large voie d'accès.

« *C'est pour ça que tu es venu ?*

— Oui. Vous avez fait un séjour à New York, ta femme et toi, l'hiver qui a précédé ta mort. Les tours n'étaient pas encore construites ?

— *Celle de Brooklyn, si. La tour de New York n'était pas tout à fait terminée en février, quand nous sommes repartis. Elles ressemblaient encore toutes les deux à un amas de mâts de charge et d'échafaudages, mais elles étaient déjà grandioses. On n'avait pas encore tendu de câbles... Tu as vu cette route ! Tu as vu ces filins de suspension ? Nous n'aurions jamais imaginé qu'une fois terminé, ce pont serait aussi superbe !* »

Paha Sapa ne répond rien. Il est superbe, c'est vrai. Il en avait vu des photographies, mais rien n'aurait pu le préparer à la réalité. Même sur cette île de nouveaux géants architecturaux, et bien que la vue soit un peu bouchée quand on arrive par ici, du côté de Manhattan, le pont de Brooklyn dégage une grandeur et une puissance singulières.

Paha Sapa pourrait – mais il ne le fait pas – parler à l'esprit qui l'habite des interminables journées de dix heures dans l'obscurité, la poussière et la fumée dangereuses de la Holy Terror Mine de Keystone et des interminables discours de son chef, Tarkulich « Big Bill » Slovak, à l'accent tonitruant issu d'une région quelconque d'Europe centrale, les cris du géant couvrant on ne sait comment le fracas des foreuses à vapeur, le martèlement des masses, le grincement rouillé, le couinement et le grondement des berlines qui filaient devant eux dans le chaos d'une noirceur nocturne, et de son rôle – à Big Bill – dans la construction du pont de Brooklyn.

En mai 1870, ayant quitté le « vieux pays » où il avait la police sur les talons parce qu'il avait tué un autre jeune homme lors d'une rixe dans une ville dont le nom semblait, aux oreilles de Paha Sapa, ne contenir aucune voyelle, Big Bill Slovak, âgé de dix-sept ans, était arrivé à New York et avait immédiatement été embauché comme ouvrier par la Société du pont fondée pour construire ce qu'on appelait alors le pont de New York et Brooklyn.

Il n'y avait encore ni tours, ni câbles. Big Bill reconnaissait avoir menti effrontément quand il avait cherché du travail – il avait prétendu avoir vingt et un ans et être ouvrier qualifié (son unique emploi dans ce mystérieux « vieux pays » avait été celui de gardien de chèvres pour un oncle infirme) et – surtout – il avait affirmé s'y connaître en explosifs. (En réalité, il n'avait jamais allumé de cordeau fixé à une charge plus puissante qu'une chandelle romaine, mais on embauchait d'autres dynamiteurs par cette chaude journée de mai, et Big Bill s'était dit qu'au besoin, ils pourraient lui apprendre le métier. Seulement, la plupart d'entre eux mentaient tout autant, sinon plus, que Big Bill sur leurs qualifications.)

En 1870, comme l'avait rapporté Big Bill bien des fois dans l'exiguïté noire et puante de la Holy Terror une bonne trentaine d'années plus tard, il fallait avoir une sacrée imagination pour deviner à quoi ressemblerait le Pont de New York et de Brooklyn. Au moment où Big Bill avait commencé à travailler, il se limitait à un énorme caisson qui avait été lancé comme un navire, que l'on avait fait flotter sur l'East River jusqu'à la position prévue près de la rive de Brooklyn, avant de le couler volontairement. Ce caisson, rempli d'air comprimé pour empêcher l'eau de la rivière d'y pénétrer et permettre la survie des hommes qui devaient y travailler, constituerait les fondations de l'immense tour du côté de Brooklyn qui reposerait sur lui et s'élèverait peu à peu hors de l'eau. Mais d'abord, il avait fallu enfoncer le caisson – puis un autre, quasiment jumeau, du côté de New York – dans la rivière, dans la boue, dans la vase, le sable, le gravier et la pierre jusqu'à ce qu'il repose sur le soubassement rocheux.

Big Bill adorait les chiffres. (Paha Sapa avait souvent pensé que si ce géant expert en explosions était resté dans son « vieux pays » et avait pu y acquérir de l'instruction, il serait peut-être devenu mathématicien.) Dès leur première année de travail au coude à coude, Big Bill avait passé son temps à hurler des statistiques aux oreilles de son assistant de trente-sept ans (l'Indien veuf qui travaillait là pour gagner de quoi nourrir son fils de cinq ans, que gardait, pendant les postes de jour et de nuit, Crazy Maria, la Mexicaine à tout faire de Keystone).

Le caisson dans lequel le jeune Big Bill avait travaillé sous l'East River était une immense boîte rectangulaire de cinquante mètres de long sur trente de large, divisée en six compartiments distincts de huit mètres et demi sur trente chacun. Les deux caissons, disait souvent Big Bill, « étaient assez grands pour contenir quatre courts de tennis », ce qui avait amusé Paha Sapa pendant qu'il dévorait son déjeuner au fond des ténèbres lugubres et pestilentielles de la Holy Terror : il n'avait jamais vu de court de tennis de sa vie et aurait parié que Big Bill non plus.

Le caisson ne possédait pas de fond, évidemment. Les ouvriers marchaient et travaillaient directement dans la boue, le limon, les eaux usées, les blocs de pierre, le gravier et la roche de fond du lit de l'estuaire. C'était la présence de ces blocs de pierre autour des flancs du caisson qui s'enfonçait – la boîte était conçue pour descendre jusqu'à ce qu'elle ne puisse pas plonger plus bas, moment auquel on commencerait à construire les tours *sur elle* – qui nécessitait les compétences fictives de dynamiteur de Big Bill.

Les conditions de travail qui régnaient dans le caisson du côté de Brooklyn – puis dans l'autre, du côté de New York, encore beaucoup plus profond – étaient épouvantables. Une boue puante, des températures constamment élevées, un air sous pression si dense qu'il était impossible de siffler, qu'on ne parvenait pas, littéralement, à expulser l'air tant la pression était forte, le corps et les organes des ouvriers soumis quotidiennement à rude épreuve par la descente et l'ascension constantes dans et hors de ce trou à haute pression creusé dans la rivière.

Papa Saha n'avait jamais pleinement compris les aspects mathématiques et scientifiques de ces questions d'air comprimé, mais il était tout prêt à croire Big Bill quand le géant évoquait les problèmes de la maladie du caisson, comme l'appelaient les ouvriers, une affection que d'autres appelaient maladie de la décompression. Personne ne pouvait prédire qui elle frapperait ni avec quelle gravité. La seule certitude était que tôt ou tard, tous en seraient victimes et que beaucoup mourraient dans des souffrances atroces.

Le colonel Washington Roebling lui-même, l'ingénieur chef, fils du concepteur du pont John Roebling – mort du tétanos après s'être fait écraser les orteils sur le chantier dans les premiers jours de la construction du pont – avait contracté la maladie du caisson, ce qui lui avait complètement détraqué la santé, le condamnant à l'invalidité jusqu'à la fin de sa longue existence. Big Bill disait que la maladie due à la pression n'avait pas fait autant de ravages quand ils avaient travaillé dans le premier caisson, du côté de Brooklyn, parce que le point le plus bas était à treize mètres cinquante seulement, alors qu'il avait fallu couler le caisson de New York à vingt-quatre mètres. La pression extérieure sur les parois du caisson et la pression correspondante sur les ouvriers qui travaillaient à l'intérieur étaient incroyablement élevées. Des hommes étaient morts de la maladie du caisson dans les deux boîtes, mais le caisson de New York, affirmait Bill, avait été le plus meurtrier.

Slovak avait été atteint plusieurs fois du mal de la décompression pendant les années où il avait travaillé dans les caissons et il en décrivit les symptômes à Paha Sapa : des maux de tête qui vous troublaient la vue, des vomissements irrépressibles, une faiblesse accablante, la paralysie, des élancements affreusement douloureux dans différentes parties du corps, l'impression d'avoir reçu une balle dans la colonne vertébrale ou un coup de poignard dans les poumons, et puis, pour certains, la cécité et la mort.

Les cas les plus graves, dont celui du colonel Roebling, terrassé après avoir passé un jour et une nuit à combattre un feu larvé dans le caisson de Brooklyn et avoir dû effectuer de nombreuses montées et descentes au cours de cet incident, étaient traités par des doses massives de morphine dans le seul objectif d'apaiser la douleur jusqu'à la guérison, ou le trépas.

Big Bill avait son propre remède. Aussi épouvantables que fussent les symptômes, il redescendait jusqu'au pied des marches, traversait le sas, puis replongeait dans les ténèbres, la pression, la fumée, le martèlement des masses et le chaos du caisson, les pieds sur une planche posée dans la boue du fond de la rivière. Les symptômes avaient toujours diminué en l'espace de quelques minutes. En général, disait-il, il faisait alors une ou deux heures supplémentaires, sans paie, à manier la masse ou à amorcer des charges pendant que les douleurs de la maladie du caisson s'atténuaient et disparaissaient peu à peu.

À six mètres environ dans la boue du côté de Brooklyn, lui avait raconté Big Bill, le caisson avait rencontré des blocs trop volumineux pour qu'on puisse les briser à coups de masses, de pioches, de leviers et de sueur. Le colonel Roebling avait discuté avec Big Bill et deux autres nouveaux ouvriers qui, selon Bill, s'étaient eux aussi présentés comme des dynamiteurs expérimentés mais ne l'étaient pas plus que lui. Briser les rochers qui enserraient le bord métallique renforcé du caisson – ce qu'ils appelaient le sabot – était passé du presque infaisable à l'absolument impossible malgré tous les efforts des hommes qui travaillaient au fond, dans l'atmosphère confinée de cette boîte sur laquelle pesaient plus de vingt-sept mille tonnes (le couvercle du caisson et les poids chargés de l'enfoncer), sans compter les dizaines de milliers de tonnes d'eau et de pression par-dessus. Aussi tous les ouvriers étaient-ils favorables au dynamitage.

Roebling éprouvait quelques réserves. Il expliqua aux trois « dynamiteurs » et aux chefs d'équipe qu'en raison de la densité atmosphérique qui régnait dans le caisson, une explosion, même modérée, risquait de crever les tympans de tous les ouvriers, dans tous les compartiments de la boîte immergée. Et puis, poursuivit-il, l'air comprimé du caisson, déjà fortement chargé de gaz toxiques ainsi que de fumée et de vapeur provenant des lumières oxhydriques à la chaux allumées à l'extrémité de leurs longues tiges de fer – les brûleurs lumineux, d'un blanc bleuté, de chaque torche projetaient des ombres et un éclat bizarres –, risquait de devenir absolument irrespirable quand la fumée de l'explosion s'ajouterait à ce mélange. Quant aux vibrations dues à la déflagration, ajouta le colonel Roebling, elles pourraient endommager les portes et les valves du sas – les privant ainsi de leur seule possibilité d'échapper aux compartiments pressurisés au fond de la rivière.

Big Bill décrivait à Paha Sapa les regards graves qu'avaient échangés les dynamiteurs après ces explications. Mais ce n'était pas le souci majeur de Roebling.

On évacuait les gravats et le sable de la zone de travail des caissons par des cheminées d'eau – deux immenses colonnes d'eau que la forte pression de l'air à l'intérieur du caisson maintenait en suspension *au-dessus* des espaces où les hommes travaillaient. La base ouverte de chaque tuyau de cheminée se trouvait à une cinquantaine de centimètres seulement de la mare que l'on conservait au-dessous ; c'était très commode pour se débarrasser de tous les débris et il était également facile de faire descendre un seau à travers la colonne d'eau verticale. Mais que se passerait-il – demandait l'ingénieur chef – si une explosion provoquée à l'intérieur du caisson pour briser les blocs rocheux (et il fallait qu'elle se produise, évidemment, *à l'intérieur* du caisson) entraînait une dépression dans cette réserve d'eau et refoulait l'air dans les cheminées ?

Big Bill disait que les chefs d'équipe, les autres dynamiteurs et lui l'avaient regardé d'un air hébété.

Bill Slovak imitait la voix du colonel Roebling, altérée par la terrible pression de l'air dans l'angle du caisson où ils discutaient et l'effet était curieux, le vocabulaire de Big Bill se faisant soudain plus varié, sa voix se déformant et son accent s'atténuant :

« *Il se produirait une déflagration générale, messieurs. Toute l'eau en suspension dans cette haute cheminée qui nous surplombe, plus de dix mètres aujourd'hui, toute l'eau contenue dans les deux cheminées peut-être, entrerait en éruption comme un double Vésuve, et l'air comprimé qui nous permet de respirer et empêche l'East River d'entrer la suivrait. Je pense que, vue de l'extérieur, l'éruption s'élèverait à cent cinquante mètres au moins. Les ouvriers les plus proches des cheminées d'eau seraient déchiquetés et leurs membres rejoindraient certainement les débris expulsés par cette fontaine. Puis tout le poids du caisson, qui n'est contenu pour le moment que par l'énorme pression de l'air, s'abattrait, écrasant et aplatissant l'ensemble des blocs, des entretoises, des armatures et jusqu'aux bords extérieurs du sabot. Toutes les cloisons intérieures...* »

Big Bill disait qu'à cet instant, le groupe de chefs d'équipe et d'ouvriers, y compris les trois « dynamiteurs » si impatients d'allumer un détonateur, avaient parcouru le caisson du regard, leurs yeux blancs écarquillés s'écarquillant davantage encore et paraissant encore plus blancs dans l'éclat laiteux des lumières oxhydriques.

« *... toutes les cloisons et les supports intérieurs seraient immédiatement pulvérisés sous cette charge. Personne n'aurait le temps de gagner le sas avant l'explosion, ni même les puits étroits des geysers en éruption, les anciennes cheminées d'eau, et toutes ces constructions d'acier et de fer – puits de ventilation, sas, cheminées d'eau, entretoises, sabot du caisson – seraient déformées et broyées en l'espace de quelques secondes. Alors, la rivière entrerait à flots, noyant tous ceux qui auraient éventuellement survécu à la force écrasante de l'effondrement.* »

Les grands yeux blancs, racontait Bill Billy à Paha Sapa (et parfois à cinq ou six autres mineurs venus l'écouter) dans les profondeurs noires de la Holy Terror, s'étaient croisés une dernière fois avant de se reposer sur le colonel Roebling.

« Voilà, messieurs. Ce nouvel affleurement de blocs rocheux s'étend au-delà du sabot, hors de notre portée, et paraît ne pas vouloir céder aux efforts de nos masses et de nos pioches. Le poids du caisson lui-même continuera à l'enfoncer, et inévitablement, le sabot et les structures seront endommagés si nous ne retirons pas ces blocs. Devons-nous courir le risque d'utiliser des explosifs ? C'est une décision que nous devons prendre aujourd'hui. Maintenant. »

Ils avaient voté à l'unanimité de faire l'essai.

Mais d'abord, expliquait Big Bill Slovak, Roebling avait descendu le revolver qu'il conservait depuis la guerre de Sécession et avait tiré, avec des charges de poudre croissantes.

Personne n'avait perdu l'ouïe. Les détonations, racontait Big Bill, étaient étrangement assourdies dans l'atmosphère hyperdense du caisson.

Le colonel avait ensuite demandé à Big Bill et aux deux autres « spécialistes » de faire exploser de petites charges de vraie poudre de mine dans un coin reculé du caisson pendant que les autres se tiendraient à l'abri dans les compartiments les plus éloignés, en augmentant progressivement les charges à chaque essai.

Les cheminées d'eau n'avaient pas éclaté, même au moment où le volume de poudre avait approché la quantité nécessaire pour briser les rochers apparemment inexpugnables. Les sas n'avaient pas été endommagés. Les vibrations n'avaient détruit ni les étrésillons intérieurs ni les ouvriers.

Au fond de la Holy Terror, Big Bill racontait :

« La fumée de poudre était pourtant une sacrée saloperie. On travaillait pendant quarante minutes ou plus dans ce nuage noir et épais après chaque explosion. On ne voyait même plus l'extrémité de nos masses ni de nos leviers, et pendant des semaines j'ai craché des mucosités noires, épaisses comme du goudron. »

Mais les résultats d'une charge entière avaient été prodigieux. Des blocs qui menaçaient de les retenir pendant de longs jours et d'endommager le sabot du caisson reposant sur le fond avaient été fracassés en l'espace de quelques secondes, les fragments pulvérisés et évacués ensuite par la cheminée d'eau.

C'était lui, et personne d'autre, avait confié Big Bill à Paha Sapa, qui avait suggéré au colonel Roebling d'adopter la technique des mineurs et d'utiliser un long foret d'acier pour creuser dans le rocher un trou dans lequel on enfoncerait la charge explosive que l'on tassait précautionneusement avant de la faire exploser – le foret à vapeur qu'ils utilisaient tous à la Holy Terror dans les Black Hills, les collines Noires de Paha Sapa, de 1900 à 1903 n'avait pas encore été inventé entre 1870 et 1871. Et c'était Big Bill, aux mains deux fois plus grandes que celles de Paha Sapa, même lorsque celui-ci eut atteint l'âge avancé de quarante ans à l'époque où ils travaillaient ensemble dans le puits de la Holy Terror en 1902, à qui l'on avait confié la tâche de mettre en place la charge dans les caissons.

Pendant la durée d'un poste de huit heures, racontait Big Bill, ses deux associés et lui pouvaient déclencher vingt explosions. Les autres ouvriers s'y étaient si bien habitués qu'ils entraient calmement et lentement avec les dynamiteurs dans un compartiment adjacent pour éviter les projections de pierres et de débris au moment de la détonation.

Au lieu de descendre de quinze centimètres par semaine, comme cela avait été le cas lorsqu'ils fracturaient la roche à la main, le caisson de Brooklyn s'était enfoncé de trente à quarante-cinq centimètres en six jours de travail (personne ne travaillait le dimanche). Le colonel Roebling avait augmenté le salaire de Big Bill Slovak et des autres dynamiteurs de vingt-cinq cents par semaine.

En mars 1871, quand le caisson de Brooklyn eut atteint sa position définitive, solidement posé sur le soubassement rocheux à quinze mètres au-dessous de la surface, Roebling avait ordonné à Big Bill et aux ouvriers d'y couler du ciment. Le caisson s'était ainsi transformé en fondation de la tour de Brooklyn du futur pont. Enfoncés à cette profondeur dans le socle mésozoïque de l'East River, où aucun ver marin, aucun organisme fouisseur et aucun agent ordinaire de dégradation ne pouvait les attaquer, les caissons, à en croire le colonel Roebling, pourraient résister un million d'années.

Le jour de mai 1871 où l'on fit descendre le caisson de New York des étais du chantier naval, Tarkulich « Big Bill » Slovak, dix-huit ans, était assis dessus à califourchon comme un marin, donnant des conseils pour le guider en aval jusqu'à son lieu de résidence permanent, qu'il rejoignit en septembre. Un an plus tard, quand le caisson de New York eut atteint sa profondeur définitive de vingt-cinq mètres – la maladie du caisson avait fait bien plus de morts cette fois, car la pression était encore plus forte –, Big Bill fut l'avant-dernier homme à remonter alors qu'on avait presque fini de déverser le ciment pour remplir l'intérieur. Il avait tendu son immense main au colonel Roebling pour l'aider à regagner la surface alors que la porte du sas se refermait pour la dernière fois.

Leur tâche accomplie, la plupart des ouvriers du caisson avaient empoché leur modeste salaire et étaient rentrés chez eux. Quant à Big Bill, il était allé travailler sur la tour de Brooklyn et, lorsque celle-ci avait été achevée en mai 1875, il était passé sur la tour de New York, jusqu'à la fin des travaux en juillet 1875. Il expliqua à Paha Sapa qu'il avait troqué la noirceur et la pression des caissons à vingt mètres et plus sous le bras de mer pour aller se suspendre à quatre-vingts mètres *au-dessus* de l'East River. Les harnais de sécurité étaient inconnus. La survie des ouvriers dépendait de leur sobriété, de leur sens de l'équilibre et d'une simple chaise de gabier qui se balançait au bout d'un câble ou suspendue à des échafaudages. Quand ils travaillaient au sommet des tours qui ne cessaient de s'élever, ils passaient la journée à soulever des charges, dos à l'abîme, quatre-vingts mètres au-dessus d'une eau dure comme du béton.

C'est alors qu'avait commencé l'ouvrage le plus périlleux : dérouler et tendre les milliers et les milliers de kilomètres de câbles métalliques. Big Bill Slovak avait également appris ce métier. Il adorait traverser la passerelle – une coursive de lattes disjointes d'à peine plus de un mètre de large qui se balançait et ployait sous ses pas, montant vers chaque tour à un angle de trente-cinq degrés voire davantage, toujours à quatre-vingts mètres au-dessus de la surface de l'eau. Le jour où ils avaient commencé à déployer les câbles d'une tour à l'autre, son patron, E. F. Farrington, et lui avaient fait au moins quatorze allers-retours sur cette passerelle oscillante, surplombant les cinq cents mètres de large de l'estuaire.

Tarkulich « Big Bill » Slovak avait savouré chaque journée, chaque heure de son travail sur le pont de Brooklyn, avait-il raconté plus de cent fois à Paha Sapa, et le 24 mai 1883, alors que tout New York, tout Brooklyn et toute l'Amérique célébraient dans la liesse l'inauguration officielle du pont, Big Bill avait pleuré comme un bébé.

Il avait trente ans et en avait passé plus de treize à travailler pour le colonel Roebling et pour ce rêve de pont. Soudain... il ne savait pas ce que l'avenir lui réservait.

Après être resté six mois à New York à boire comme un trou, il avait fini par prendre la route de l'ouest et des mines d'or du Colorado puis des Black

Hills. Toutes les mines d'or avaient besoin de bons dynamiteurs. La paie était bonne dans des villes comme Cripple Creek, disait-il, mais le prix du whisky et des putes était à l'avenant.

La nuit où Big Bill était mort dans un éboulement – qui n'était pas dû à l'une de ses propres explosions, car il était toujours d'une grande prudence, mais au boulot bâclé d'un des surveillants je-m'en-foutistes chargés de vérifier le nouveau boisage du puits horizontal n° 11 –, Paha Sapa travaillait dans une autre équipe. Le lendemain matin, au lieu de pointer, il avait démissionné, et n'était resté que le temps d'assister à l'enterrement de Big Bill Slovak avec une poignée d'ouvriers (et une Mexicaine) dans le cimetière battu par le vent, à la sortie de Keystone. Paha Sapa avait ensuite dépensé une partie de ses économies pour acheter un cheval et était parti avec son petit garçon vers le nord, au-delà de la butte de l'Ours, dans les grandes plaines.

Paha Sapa aborde le pont-promenade en bois destiné aux piétons. Les tours de pierre se dressent devant lui. Les trains filent au-dessous de sa tête, sur sa gauche et sur sa droite. Big Bill disait que le colonel Roebling avait installé à San Francisco des tramways à câble souterrain comme ceux-ci, qui circulaient en s'accrochant à un fil métallique qu'une roue faisait tourner en continu au-dessous d'eux, mais qu'ils avaient été remplacés dans les décennies suivantes d'abord par des vrais tramways à trolleys, puis par des wagons du genre de ceux que l'on voyait partout ailleurs, à New York et à Brooklyn, et qui roulaient sur des voies surélevées. En regardant les convois filer dans leurs cocons de bois et d'acier, Paha Sapa devine qu'il ne s'écoulera que quelques années avant qu'ils ne disparaissent, eux aussi, et que l'on n'élargisse les rues réservées aux automobiles à trois voies dans chaque sens.

Elles n'en ont encore que deux, ce qui n'empêche pas la circulation de faire un boucan du diable de part et d'autre du pont-promenade et en contrebas. Paha Sapa ne peut s'empêcher de sourire en se rappelant que le colonel Roebling et son père, John, dans les années 1850, avaient conçu ce pont pour des piétons et des voitures à cheval, mais que cette construction est si solide qu'elle peut supporter le poids de millions et de millions de Ford, de Chevrolet, de Stutze, de Studebaker, de Dodge, de Packard et de camions de toutes tailles. Le trafic est plus dense ce matin, remarque Paha Sapa, en direction qu'en provenance de Manhattan.

Il y a du monde sur le pont-promenade apparemment interminable, mais on ne s'y bouscule pas. La plupart des promeneurs – des hommes qui tiennent leur chapeau pour éviter que la légère brise ne l'emporte, les femmes, bien plus rares, retenant parfois leurs jupes gonflées par le vent, bien plus courtes qu'il n'est d'usage chez les *wasichu wiyapi* du Dakota du Sud – se dirigent, eux aussi, vers la ville.

C'est une journée idéale pour flâner sur le pont de Brooklyn. Malgré le vent, il y fait plus chaud qu'à l'ombre des immeubles. Paha Sapa consulte sa montre bon marché ; il est un peu plus de huit heures. Il se demande quels métiers peuvent bien exercer les hommes qui traversent le pont pour aller prendre leur travail à une heure aussi tardive.

De même qu'une chaîne de montagnes, les Tetons ou les Rocheuses par exemple, s'apprécie mieux de loin, à quelque distance des contreforts qui barrent la vue, la perspective sur New York est plus impressionnante au fur et à mesure que Paha Sapa s'en éloigne. Les grands immeubles qui partent du centre pour se diriger vers le nord, le long des berges, rayonnent d'un éclat doré dans la lumière du matin, et certains des gratte-ciel les plus hauts, au-delà de cette première rangée d'édifices, reflètent si bien les rayons du soleil qu'ils se transforment en immenses colonnes de lumière. Paha Sapa aperçoit un très haut bâtiment qui étincelle, loin au nord, et se demande s'il ne s'agit pas du nouveau Chrysler Building que certains, dans le Dakota du Sud, croient entièrement construit en acier.

Devant lui, la première des deux tours s'élève à quatre-vingt-cinq mètres au-dessus de la surface de l'eau. Combien de fois Big Bill Slovak a-t-il répété toutes ces données à Paha Sapa, au fond du trou noir et dangereux de la Holy Terror ? Cela ne le dérangeait pas ; la répétition de certains faits, de certains chiffres peut être *wacan*, une chose sacrée en soi, une sorte de mantra.

Cinquante ans après l'achèvement du premier, l'East River et l'ensemble de Manhattan sont festonnés de ponts, mais – à l'image de celui de Manhattan, parfaitement visible immédiatement au nord-est, et du pont de Williamsburg en amont, au-delà –, ils ont été construits en acier et en fer. Au regard de Paha Sapa en ce superbe premier jour d'avril, ils sont d'une laideur insigne par rapport aux doubles tours de pierre gracieuses mais d'aspect éternel auxquelles est suspendu le pont de Brooklyn.

Il sait qu'il ne s'agit pas seulement des plus hautes mais des *seules* tours de pierre de ce genre dans toute l'Amérique du Nord. C'est pourtant avec un certain émoi qu'il se rend compte que l'Amérique ne contient aucun autre monument de pierre érigé en l'honneur de l'esprit humain, à part ces tours de Roebling avec leurs doubles arches gothiques, et les têtes de Gutzon Borglum qui émergent des collines Noires.

Les explosions y vont bon train – Borglum est prêt à renoncer à travailler sur la tête de Jefferson qui commence à prendre forme à gauche de George Washington (lorsqu'on regarde le Monument) et a déjà entrepris de faire sauter une partie de la falaise à droite de Washington à la recherche d'une roche de meilleure qualité pour y sculpter un nouveau Jefferson – et Borglum a menacé Paha Sapa de le renvoyer quand il lui a demandé six jours de congé.

« Alors, tu es content ? Pouvons-nous regagner Park Avenue et voir si elle est chez elle ?

— Non. Tais-toi jusqu'à ce que je t'autorise à parler. Nous avons rendez-vous à quatre heures, et Mme Elmer de Brooklyn a été très claire : nous ne devons pas nous présenter – enfin, je ne dois pas me présenter avant le moment convenu. Alors... tais-toi. Si je t'entends prononcer un seul mot sans ma permission, je laisse tomber le rendez-vous et je reprends le train aujourd'hui même. Ça m'économisera plusieurs journées de salaire. »

Pas de réponse. Les seuls bruits sont le glissement des trains, le bourdonnement de la circulation sur les pavés du pont, le léger chuchotement du vent à travers les câbles géants et les innombrables filins de suspension et le roulement incessant, fait de klaxons et de grondements, qui monte de la ville derrière eux.

Paha Sapa entend des voix et s'approche de la rambarde du pont-promenade. Il aperçoit au-dessous de lui quatre hommes en salopette, cigarette aux lèvres, sur un échafaudage. Ils rient en regardant l'un d'eux faire mine, sans grande conviction, de passer un pinceau sur la charpente métallique ajourée qui descend sous le plancher du pont.

Paha Sapa toussote.

« Excusez-moi, messieurs... Sauriez-vous si un certain M. Farrington travaille sur le pont aujourd'hui ? »

Les quatre hommes lèvent les yeux et deux d'entre eux s'esclaffent. Le plus gros, un petit type qui a l'air d'être le chef d'équipe, rit le plus fort.

« Hé, qu'est-ce que t'as, mon vieux ? C'est des nattes, ou quoi ? T'es chinois ? Ou bien un genre d'Indien ?

— Un genre d'Indien. »

Le gros en salopette tachée se tord.

« Ça tombe bien, parce que je crois que les Chinois ont pas le droit de traverser le pont le samedi. Sauf s'ils paient un péage, évidemment.

— Savez-vous si M. Farrington travaille toujours ici ? E. F. Farrington. Je ne sais pas ce que représentent le E et le F. J'ai promis à un ami de passer le voir. »

Les quatre hommes échangent un regard, ils marmonnent tout bas et recommencent à pouffer. Paha Sapa n'a pas de mal à imaginer comment réagirait M. Borglum si ses ouvriers se permettaient de fumer pendant le travail, de faire semblant de s'activer et de traiter les visiteurs avec aussi peu de respect. Comme le lui a dit un jour Lincoln Borglum : *« Au bout d'un moment, tout le monde comprend que ce n'est pas sans raison que mon père ne quitte jamais ces grosses godasses. »*

Un grand type à la moustache broussailleuse – on dirait Jeff flanquant Mutt, le gros chef d'équipe (Paha Sapa a toujours confondu ces deux personnages de bande dessinée surtout depuis qu'au Monument, il a rencontré un grand ouvrier maigre et moustachu, qui s'appelait Jefferson Greer dit « Jeff », à ne pas confondre avec « Big Dick » Huntimer, « Hoot » Leach, ou « Little Hoot » Leech) – émet un étrange gloussement pour un homme fait, et dit :

« Ouais, ouais, chef, M. Farrington bosse encore ici. Il est là-bas, tout en haut de la tour, la plus proche des deux. C'est un des patrons. »

Papa Sapa cligne des yeux. Si Farrington avait trente ans quand Big Bill Slovak a fait sa connaissance dans les années 1870, il devrait en avoir quatre-vingt-treize aujourd'hui. Difficile d'imaginer qu'un homme de cet âge puisse encore être en activité et travailler au sommet d'une des tours. Un de ses fils, peut-être ?

« E. F. Farrington ? Mécanicien chef ? Un homme âgé, ou un jeune ? »

Les hommes qui travaillent sous le pont continuent à ricaner inexplicablement. Cette fois, c'est le chef d'équipe, celui qui ressemble au petit Jeff de la bande dessinée, qui répond.

« Farrington, il est mécanicien, ouais. Et vieux comme les molaires à Moïse. Quant à savoir s'il est chef mécanicien, mystère et boule de gomme. T'as qu'à monter lui demander. »

Paha Sapa lève les yeux vers la tour qui le domine de toute sa masse. Il sait qu'il n'y pas d'escalier à l'intérieur ni à l'extérieur de ce monolithe à double arche de pierre massive, et encore moins d'ascenseur.

« Je peux monter ? »

Le grand, Mutt, intervient.

« Pour sûr, chef. Le pont est ouvert au public, pas vrai ? On te demande même plus de fric pour le traverser. T'as qu'à y aller. »

Paha Sapa plisse les yeux vers le soleil.

« Comment ? »

Le gros Jeff répond, pendant que les trois autres se réfugient dans un silence suspect.

« Oh, n'importe lequel des quatre câbles t'y conduira. Moi, je préfère celui qui est à droite de la promenade. Comme ça, si tu tombes, tu ne dégringoles pas jusqu'à l'eau – la chute est interrompue par les rails, la promenade, ou bien la chaussée.

— Merci. »

Paha Sapa en a assez de ces types. Il espère que tous les New-Yorkais ne sont pas comme eux.

Mutt reprend la parole.

« De rien, Sitting Bull. Dis salut à ta squaw de notre part quand tu retourneras dans ta réserve. »

Quatre gros câbles parcourent toute la largeur du bras de mer pour aller s'ancrer juste sous le sommet de chacune des tours. Deux d'entre eux sont tendus de part et d'autre de la promenade, ici, au début de la longue passerelle, et s'arquent en direction de la tour de Brooklyn. Deux cent huit filins de soutien, qu'on appelle des suspentes, s'y ajoutent, plusieurs autres dizaines de câbles métalliques en diagonale, des haubans en langage de marine, descendant aussi de la tour pour aider à supporter le poids de la chaussée. Au milieu de l'estuaire, les quatre câbles plongent jusqu'à la route en dessinant la plus parfaite des formes géométriques – un arc en chaînette. Le fils de Paha Sapa, Robert, qui adorait les mathématiques et les sciences mais paraissait souvent plus poète que géomètre, avait déclaré un jour à son père qu'un arc en chaînette constituait « la réponse la plus artistique et la plus élégante de l'univers à la gravité – la signature de Dieu. »

Paha Sapa sait aussi qu'à leurs deux extrémités, chacun des quatre câbles principaux aboutit à un ancrage géant, chaque ancrage représentant en soi une tour de vingt-cinq mètres – un sacré spectacle lors de la construction du pont, quand New York était encore une ville basse – de soixante mille tonnes. Et à l'intérieur de chacun de ces ancrages, tout le poids des tours, de la chaussée, des trains, des hommes, des milliers de kilomètres de câbles sans compter le poids mort des câbles eux-mêmes, repose – comme le poids des voûtes des cathédrales médiévales sur les arcs-boutants – dans des contre-plaques pesant chacune plus de vingt-trois tonnes. Ces plaques, déposées sur le socle d'une masse de pierre équivalente à une pyramide de soixante mille tonnes, sont reliées à des barres d'ancrage de près de quatre mètres de long, elles-mêmes attachées à des tiges d'assemblage plus petites aboutissant à d'énormes poutres métalliques perforées, peintes en rouge, qui font saillie depuis l'ancrage massif de pierre, de fer et d'acier. Chaque poutre perforée est reliée à son câble, et les quatre câbles soutiennent ensemble toute la masse du pont.

Pour le moment, Paha Sapa ne se soucie guère de tout cela. Il doit vérifier si l'on peut effectivement marcher sur un de ces câbles. Il veut absolument parler à M. Farrington.

Paha Sapa se tient au garde-fou sud de la promenade, contemplant un des gros câbles qui monte jusqu'au sommet de la tour. À l'endroit où il se trouve, il plonge bien plus bas que le niveau de la promenade, et, en direction de New York, au-dessous du pont lui-même. Le câble à revêtement métallique, peint en blanc, n'est pas très gros pour un dispositif censé supporter un poids pareil – quarante centimètres de diamètre seulement, comme les trois autres –, mais il se rappelle que chaque câble principal contient cinq mille quatre cent trente-quatre filins métalliques, torsadés et tressés en faisceaux.

Big Bill Slovak adorait ce nombre : cinq mille quatre cent trente-quatre. Il lui trouvait quelque chose de magique. Les *wasichu* eux-mêmes, semble-t-il, croyaient aux esprits et aux signes.

Paha Sapa saute facilement du garde-corps peu élevé sur le câble qui descend le long de la promenade, du côté droit. Il n'a pas de mal à s'y tenir en équilibre – un tuyau d'un diamètre d'une quarantaine de centimètres –, mais le métal peint et bombé est glissant. Il regrette une fois de plus d'avoir mis ces chaussures habillées, inconfortables et à semelles lisses.

Il estime que depuis le point où il se trouve, le câble monte sur deux cent trente à deux cent quarante mètres jusqu'à l'endroit où il s'enfonce dans l'encoche de pierre près du sommet de la tour, à quelque quatre-vingt-cinq mètres au-dessus de l'eau. Big Bill aurait pu lui indiquer la longueur exacte. En fait, il lui a donné les chiffres précis de la portée du pont et de son câble, deux cent quatre-vingt-cinq mètres, mais le pont (et le câble qui le longe) commence plusieurs dizaines de mètres derrière lui, au point d'ancrage de l'autre rive.

Il doit avoir devant lui environ deux cent vingt mètres de câble, s'élevant vers la tour en dessinant un angle de trente-cinq degrés environ. Cela ne paraît pas terriblement raide tant qu'on ne se trouve pas pour de bon sur cette pente. Paha Sapa le sait grâce aux nombreuses années qu'il a passées dans les mines et à ses deux ans sur le mont Rushmore. Le moindre faux pas peut être fatal.

Un câble très mince court le long du câble principal, sur la droite, suspendu à environ trente centimètres d'écart et un mètre plus haut. Une sorte de main courante, mais il faut presque se pencher au-dessus de l'abîme pour l'attraper. L'intervalle entre le câble principal et la « main courante » d'acier est considérable. Paha Sapa pense que ce filin ne sert sans doute pas de rampe ; sans doute l'utilise-t-on pour accrocher du matériel ou faire descendre des équipements jusqu'à des échafaudages suspendus au câble principal.

D'un bond, il passe par-dessus le garde-fou et regagne le pont-promenade. Plusieurs passants lui jettent un regard étonné mais, le prenant sans doute pour un ouvrier du pont, ils poursuivent leur chemin.

Revenant sur ses pas pour rejoindre l'endroit où les pitres grossiers lambinaient sur leur échafaudage hors de vue de la promenade, Paha Sapa contemple le tas de matériaux qu'ils ont laissé sur le pont. Le rouleau de corde est la seule chose qui l'intéresse. Il en soulève l'extrémité, l'étire, l'inspecte. Ce n'est pas exactement ce qu'il choisirait pour remplacer son câble d'acier de trois millimètres et se suspendre devant le nez d'Abe Lincoln sur sa chaise de gabier muni d'un foret à vapeur, mais c'est toujours mieux qu'une corde à linge.

Paha Sapa sort son couteau pliant de sa poche et coupe une longueur de corde de deux mètres et demi.

Franchissant à nouveau le garde-fou, il saute sur le gros câble et ne met que quelques secondes à confectionner un nœud de Prusik autour du câble qui sert de « main courante ». Reprenant la double longueur de corde, il défait sa ceinture – regrettant de ne pas avoir son ceinturon d'ouvrier, bien plus large –, puis la remet en place, les extrémités de la corde enroulées deux fois et prises dans un nœud de Prusik plus petit, à hauteur de sa hanche gauche.

Ce n'est pas le genre de mesure de sécurité dont M. Borglum se contenterait sur le chantier, mais cela fera l'affaire.

Paha Sapa remarque un câble horizontal – certainement un hauban chargé de résister au vent – attaché à la « main courante » à environ dix centimètres au-dessus du câble principal, surplombant la promenade ; il repère quelques autres haubans et arrimages d'acier le long de la montée escarpée et interminable jusqu'à la tour, mais il sait qu'il ne lui faudra que quelques secondes pour défaire les deux nœuds autobloquants, faire passer la corde de l'autre côté de l'obstacle et la renouer. Cela ne devrait pas poser de problème.

Paha Sapa commence à avancer d'un pas vif le long du câble, la corde dans sa main droite, la tirant de temps en temps d'une poigne énergique pour garder l'équilibre quand une bourrasque de vent du sud le frappe un peu violemment.

Quelques minutes plus tard, il approche du sommet des arches de la tour qui, il le sait grâce à Big Bill, surplombent la chaussée de trente-six mètres – les deux câbles centraux passent entre les arches pour rejoindre la tour – et s'arrête pour reprendre son souffle et regarder autour de lui ; il en profite pour resserrer le nœud de Prusik.

Curieusement, il se sent plus vulnérable ici que lorsqu'il est suspendu à plus de soixante mètres au-dessus de la vallée pour travailler sur les Six Grands-Pères mutilés. Là-bas, la proximité du rocher donne le sentiment, aussi illusoire soit-il, de pouvoir se cramponner à quelque chose. Ici, il n'a sous les pieds que le câble de quarante centimètres, bien tendu mais qui n'en donne pas moins l'impression d'osciller légèrement, et ne peut se retenir qu'à la minuscule « main courante » qui se balance indéniablement, elle, sous la traction de sa corde et sous l'effet du vent. Il sait qu'un peu plus de quatre-vingt-quatre mètres séparent le sommet des tours du bras de mer, mais si l'on tombait d'un de ces deux câbles médians, on n'atteindrait jamais l'eau – on s'écraserait sur le pont-promenade ou, si l'on se trouvait, comme lui, sur le câble de droite, probablement sur les rails, encore plus bas. S'il faisait un grand bond au-dessus ou sous le câble oscillant qui lui sert de main courante à sa droite et qui est presque invisible d'en bas, il pourrait sans doute tomber jusqu'aux voies où circulent les voitures.

Il se retourne et contemple Manhattan.

La ville est superbe dans la lumière de ce milieu de matinée, les dizaines de nouveaux bâtiments immenses éclatants de blancheur, ou parés de la couleur fauve et dorée du grès. Des milliers de vitres captent les rayons du soleil. Il distingue d'innombrables automobiles noires qui se déplacent sur les chaussées au bord du fleuve et dans les rues, elles font la queue pour traverser le pont de Brooklyn, ressemblant d'en haut à une rangée de scarabées noirs.

Un petit groupe de piétons s'est massé près de l'endroit du pont-promenade où il a franchi la rambarde, et il voit les ovales blancs de leurs visages dressés vers lui. Paha Sapa espère qu'il ne commet rien d'illégal – pourquoi serait-ce interdit ? – et se rappelle que Mutt et Jeff, les deux ouvriers du pont, lui ont dit que c'était le seul moyen de rejoindre M. Farrington sur la tour. Il est bien possible, évidemment, qu'ils se soient moqués d'un Indien étranger à la ville, un bouseux, qui plus est.

Paha Sapa hausse les épaules, se retourne et reprend son ascension. Bien qu'il soit habitué à travailler en altitude, il se rend compte qu'il est préférable de concentrer son regard sur le point où le câble, dont la pente s'accentue, s'ancre dans l'encoche noire près du fronton de la tour, à quelque quarante-cinq mètres au-dessus de lui. Le vent du sud qui monte de l'East River est relativement fort désormais, et il doit lâcher un instant la corde glissante qu'il tient souplement pour remettre sa casquette de toile et l'enfoncer plus profondément sur sa tête. Il n'a pas l'intention de voir un couvre-chef à deux dollars s'envoler dans la rivière ou être écrasé par la circulation sur les voies qui se dirigent vers New York.

Près du sommet, à l'approche du grand mur de pierre et du sommet des deux arches gothiques, il se sent encore plus exposé. Il remarque qu'il pose un pied devant l'autre pour garder l'équilibre. La pente est très raide, à présent. Observant l'étroitesse des ouvertures des deux câbles, il se demande s'il pourra rejoindre le sommet de la tour à partir de ce câble. Un fronton en surplomb s'étend sur quelques mètres à partir de l'endroit où les deux câbles s'enfoncent dans la tour, mais Paha Sapa estime que ce fronton a un peu plus de deux mètres de haut, et il ne distingue ni prises d'acier ni saillie où s'accrocher. Il va devoir lâcher le câble qui lui servait de main courante et qui oscille désormais librement pour sauter vers le surplomb, en espérant arriver à passer ses bras au-dessus et à trouver une prise ou se servir de la friction de ses mains et de ses avant-bras pour éviter de tomber à la renverse. Et s'il chute, ce qui ne fait guère de doute, les chances pour qu'il retombe sur le câble principal et réussisse à s'y maintenir en équilibre sur ses quelques centimètres de surface incurvée et glissante sont infimes.

Mais en atteignant l'immense mur de blocs de pierre surmonté par des frontons, il constate qu'en se mettant à quatre pattes, il parviendra à se glisser dans l'encoche carrée dans laquelle s'enfoncent le câble et le filin d'acier. Il fait presque noir à l'intérieur et le socle de pierre se trouve à une quarantaine de centimètres au-dessous de ses pieds. Il aperçoit une vieille échelle de bois à sa droite, et la lumière du soleil au-dessus. Il enroule la corde autour de son épaule.

Paha Sapa grimpe à l'échelle et surgit à l'air libre au sommet de la tour de New York du pont de Brooklyn.

Le vent est encore plus violent ici, il gonfle les basques de son veston disgracieux et essaie encore d'emporter sa casquette, mais ce n'est pas un problème sur ce vaste espace dégagé. Paha Sapa essaie de se rappeler les chiffres magiques que Big Bill lui débitait à propos du sommet des tours : quarante-deux mètres de large sur seize de profondeur ? – quelque chose comme ça. La masse de blocs de pierre segmentés qu'il contemple est certainement supérieure à celle que M. Borglum a laissée pour dégager et sculpter la tête de Teddy Roosevelt sur l'extrémité la plus étroite de la corniche, au sud du canyon où il veut aménager sa salle des Archives.

Paha Sapa parcourt sans difficulté le haut de la tour. Pas la moindre équipe d'ouvriers, pas le moindre E. F. Farrington de quatre-vingt-treize ans – ces pitres se sont bien moqués de lui. Il ne s'attendait pas vraiment à trouver le vieil homme, bien sûr, mais espérait rencontrer son fils ou son petit-fils.

Il se dirige jusqu'au bord du côté est et regarde la vue. Le spectacle des câbles et de leurs filins de suspente brillants qui plongent en s'éloignant le font frissonner. Les voitures qui défilent une cinquantaine de mètres au-dessous de lui paraissent beaucoup plus petites, et le bruit de leurs pneus sur la chaussée est assourdi. Paha Sapa estime que cinq cents mètres le séparent de la tour de Brooklyn, mais la perspective est magnifique. Un grand drapeau américain flotte au sommet de cette tour, et il distingue de petites silhouettes humaines. Si c'est là que travaille Farrington, mieux vaut ne plus y penser... Il n'a pas la moindre envie de redescendre le long d'un de ces quatre câbles et de remonter de l'autre côté, arc en chaînette parfait ou non.

Quand on regarde vers le sud depuis le sommet de la tour, le gouffre qui le sépare de la rivière a l'air de mesurer bien plus de quatre-vingt-cinq mètres. Paha Sapa distingue des bacs qui vont et viennent, le bras de mer ponctué de bateaux, de grands navires à l'ancre ou sillonnant la baie, au-delà. La statue de la Liberté brandit sa torche sur une île, au loin.

Il se retourne vers l'ouest. L'Empire State Building, achevé depuis peu, se dresse au-dessus des autres grands immeubles comme un séquoia au milieu de pins ponderosa. Paha Sapa sent sa gorge se nouer soudain devant la beauté de ce bâtiment, de ces tours – et devant la démesure de la race, appartenant à sa propre espèce, qui construit tout cela et le met en mouvement. (Il retrouvera l'Empire State Building huit semaines plus tard, quand il accompagnera M. Borglum avec trente autres ouvriers à l'Elks Theater de Rapid City pour voir *King Kong*. Borglum, qui avait déjà vu ce film, avait été tellement emballé – « L'aventure ultime ! s'exclamerait-il. Le film d'un homme, un vrai ! » – qu'il prendrait la tête d'un convoi de vieux camions et de coupés déglingués, escorté par Paha Sapa sur la moto de Robert (avec Red Anderson dans le side-car) pour assister à une nouvelle projection. Et M. Borglum entrerait au cinéma, comme chaque fois, sans débourser un cent – le grand sculpteur étant curieusement persuadé qu'il n'a pas à s'acquitter de frais aussi ridicules que ceux d'un ticket de cinéma – tandis que Paha Sapa et les autres ouvriers obligés par leur patron à aller voir le film paieraient la somme extravagante de vingt-cinq cents par personne. Paha Sapa estimera tout de même que la dépense est justifiée ; il regardera défiler toutes les images de New York à la fin du film en songeant aux moments qu'il a passés au sommet de la tour ouest du pont de Brooklyn.)

En cet instant du 1er avril 1893 au matin, Paha Sapa ne pense pas à des singes géants suspendus aux bâtiments qu'il admire. La matinée a été radieuse jusqu'à présent, mais quelques nuages d'altitude voilent soudain le soleil, projetant des ombres informes et mouvantes sur la baie, les vapeurs, l'île, les bacs, la pointe sud de Manhattan et des quartiers de Brooklyn. Au moment où deux de ces nuages s'écartent, un rai de lumière presque vertical descend et frappe l'eau au sud du pont. Le reflet est si vif que Paha Sapa doit lever la main pour s'abriter les yeux.

Et voilà que des hommes l'entourent, sans qu'il les ait entendus approcher.

Paha Sapa sursaute, inquiet. Sans doute la police l'a-t-elle suivi furtivement, on va lui passer les menottes et le traîner jusqu'au pied du câble – ce qui ne sera pas un mince exploit, tout de même.

Mais ce ne sont pas des policiers *wasichu.*

La dernière fois qu'il a vu ces six vieillards, ils mesuraient plusieurs dizaines de mètres et étaient entourés d'une auréole éclatante. Cette fois, ce ne sont que des hommes âgés, tous plus petits que Paha Sapa, sauf un. Ils sont vêtus d'élégantes peaux de daims et de mocassins, leurs tuniques ornées de colliers et de plaques pectorales d'os, tous leurs vêtements agrémentés de superbes broderies de perles ; mais avec l'âge, la peau de daim, blanche jadis, s'est assombrie et a pris une teinte fumée, à l'image des visages, des cous et des mains des six vieillards.

Le plus âgé et le plus proche des Six Grands-Pères prend la parole et sa voix n'est pas celle du vent, ni celle des étoiles. Ce n'est que la voix d'un vieil Être Humain Libre Naturel.

« Comprends-tu à présent, Paha Sapa ?

— *Quoi donc,* Tunkašila *?*

— *Que le Grand Tout, le Grand Mystère,* Wakan Tanka *lui-même, révèle ses facettes et fait partager à toutes ses formes leur pouvoir avec les Preneurs de Graisse aussi bien qu'avec les Sishunis, les Shahiyelas et les Kangi Wicashas ou qu'avec les* Ikče Wičaśa. *Tout cela... »*

Le vieil homme désigne la tour du pont, au-dessous, il désigne la chaussée, en contrebas, avec les trains et les automobiles qui circulent, la ligne d'horizon de New York et l'Empire State Building rutilant.

« ... tout cela est wakan. *Tout cela prouve que les* Wasicun *ont écouté les dieux et leur ont emprunté leurs énergies. »*

Paha Sapa sent une forme de colère l'envahir. Mais au-delà de ce sentiment, il n'y a que du chagrin.

« Tu veux dire, Grand-Père, que les Preneurs de Graisse – les grandes têtes de pierre qui ont jailli de nos *collines Noires – méritent de gouverner le monde et que nous devons nous effacer, mourir et disparaître comme les bisons ? »*

Un autre Grand-Père, dont les cheveux gris sont séparés par une raie au milieu et dont l'unique plume rouge est assortie à la couleur de la couverture au tissage complexe drapée sur son bras gauche, prend alors la parole.

« Tu devrais savoir désormais, Paha Sapa, la vie que tu as menée aurait dû te l'apprendre, que ce n'est pas ce que nous disons. Mais la marée des hommes et de leurs peuples, et même celle de leurs dieux, va et vient comme les Grandes Mers qui battent chacune des côtes de ce continent que nous vous avons donné. Un peuple qui a perdu sa fierté, ou qui n'a plus confiance en ses dieux ou dans sa propre énergie s'efface peu à peu, comme la marée qui descend, et ne laisse derrière lui qu'un vide nauséabond. Ces Preneurs de Graisse l'apprendront un

jour, eux aussi. Mais le Grand Mystère et tes Grands-Pères – et les Êtres Tonnerre eux-mêmes, aussi fantasques qu'ils puissent paraître – n'abandonnent pas ceux qu'ils aiment. »

Paha Sapa dévisage tour à tour chacun des six vieillards. Il a envie de les toucher. Ils sont tous aussi solides, aussi charnels que Paha Sapa lui-même. Il sent leur odeur malgré la brise – un mélange de tabac, de sueur propre, de cuir tanné, auquel se mêle un parfum suave sans être écœurant, comme celui de la sauge après la pluie.

Il secoue la tête, toujours furieux contre lui-même et agacé par les déclarations complexes, obscures des Grands-Pères.

« *Je ne comprends pas, Grands-Pères. Je regrette... J'avais prévu de... vous connaissez mes projets... mais je ne suis qu'un homme, presque un vieillard, je suis seul et je ne peux pas... Je ne... Je veux comprendre ; je donnerais ma vie pour comprendre, mais...* »

Le plus petit des Grands-Pères, celui qui a les cheveux complètement noirs, les yeux tout aussi noirs, et les traits aussi usés et érodés que les Mauvaises Terres, parle d'une voix douce.

« *Paha Sapa, pourquoi ton sculpteur a-t-il choisi de sculpter les têtes* wasichu *sur les Six Grands-Pères ?* »

Paha Sapa cille.

« *Le granite y était de bonne qualité pour sculpter, Grand-Père. Comme la falaise est exposée au sud, les ouvriers pouvaient y travailler pendant la plus grande partie de l'année. De plus, une fois achevées, les têtes seraient éclairées par le soleil. Et puis le...*

— *Non.* »

La syllabe interrompt Paha Sapa au milieu de sa phrase.

« *Ton sculpteur sait qu'il est en présence d'un lieu sacré. Il en perçoit l'énergie. Voilà ce qui, bien plus que l'or, a conduit les* Wasicun *dans vos collines Noires sacrées. Ils veulent y laisser leur empreinte, tout comme les Êtres Humains Libres Naturels y ont cherché leur destinée. Mais l'avenir de notre peuple est comme celui de l'individu... il n'est pas inéluctable. On peut le changer, Paha Sapa.* Tu *peux le changer.* »

Paha Sapa pense à la dynamite qu'il a commencé à stocker dans sa cabane de Keystone. Il ne répond pas.

Le quatrième Grand-Père, celui qui ressemble le plus à une vieille femme, s'exprime alors, et sa voix est la plus grave de toutes.

« *Paha Sapa, pense aux tresses de tes cheveux. Pense ensuite aux milliers et aux milliers de tresses de fils d'acier des câbles qui soutiennent ce pont, pense que chaque gros câble est entièrement fait de filins d'acier tressé plus minces, rassemblés et entrelacés – l'ensemble est plus solide que n'importe quel filin d'acier pris isolément, quelle que soit son épaisseur, quelle que soit sa résistance. Le secret est dans le tressage. Le tressage est* wacan. »

Paha Sapa regarde le quatrième Grand-Père mais ne comprend rien à ses paroles. Serait-il possible, se demande-t-il, que des esprits très âgés deviennent séniles ?

Quand le premier Grand-Père reprend la parole, sa voix est douce, mais elle est aussi ferme et aussi solide que la tour sur laquelle ils se tiennent.

« *Attends, Paha Sapa. Crois. Aie confiance.* »

La voix des cinq autres est comme un murmure, à peine plus fort que le vent.

« *Attends.* »

Paha Sapa se cache les yeux de ses mains. Pour la seconde fois seulement en soixante-huit ans, l'émotion l'accable.

« *Hé... vous ! Le vieux ! Bordel, mais qu'est-ce que vous foutez là ?* »

Quand Paha Sapa écarte les mains, les six Grands-Pères ont disparu. Les cris jaillissent de la tête sans corps d'un homme blanc qui surgit de la pierre massive.

« *Je vous demande ce que vous foutez là !* »

La tête de l'homme est ronde, sans casquette, les cheveux courts, le visage rougeaud, les oreilles décollées. En grommelant, il se hisse hors du trou du câble nord. Il porte une salopette blanche tachée et une sorte de harnais de toile muni d'une unique courroie de sécurité fermée par une boucle métallique qui entoure sa taille épaisse. Il est aussi petit que Paha Sapa, mais tout en muscle, et semble vouloir repousser Paha Sapa de son torse puissant comme il s'approche de lui.

« *Vous êtes sourd ou quoi ? Comment êtes-vous monté ici ?* »

Paha Sapa regarde autour de lui comme si les Six Grands-Pères se dissimulaient encore quelque part, sur le fronton ou sur l'un des câbles. Beaucoup plus bas, au nord-est, un grand bateau fait mugir sa trompe à vapeur, et l'on dirait le cri d'une femme.

« *J'ai grimpé, par là. Êtes-vous M. Farrington ?*

— *Le long du câble ? Sans équipement de sécurité ? Vous êtes* cinglé *ou quoi ?* »

Paha Sapa effleure la courte corde encore enroulée autour de son épaule. L'homme rougeaud cligne trois fois des paupières.

« Quoi ? Vous êtes venu vous pendre ? Vous n'avez qu'à sauter ; c'est bien plus simple.

— Je me suis servi d'un nœud de Prusik. J'aurais préféré une corde de meilleure qualité, mais c'est tout ce que les pitres avaient.

— Les pitres ?

— Mutt et Jeff. Deux des quatre hommes qui font semblant de peindre les ouvrages de fer, sous la promenade. Je leur ai demandé si M. Farrington travaillait sur le pont, et ils m'ont répondu qu'il était ici, et que je n'avais qu'à monter par le câble.

— Mutt et Jeff. Connors et Reinhardt. Bon sang de bonsoir. Un nœud de Prusik ? Ce nœud autobloquant est relativement nouveau. Cela ne fait que quelques années que les Autrichiens l'ont inclus dans leur manuel d'escalade, et nous nous en servons, nous aussi, de temps en temps. Vous êtes alpiniste ?

— Non. Je travaille pour Gotzun Borglum dans le Dakota du Sud.

— Borglum ? Cet enfant de salaud ? Au mont Rushmore ?

— Oui. »

Le rougeaud secoue la tête. Paha Sapa sent refluer la colère de son interlocuteur et se dit qu'en temps normal, il doit être plutôt affable. Ses yeux sont d'un bleu éclatant et Paha Sapa constate à présent qu'il a en permanence le teint et le nez rubiconds. Plus qu'un symptôme de colère, c'est le résultat de capillaires dilatés et de trop nombreuses heures passées au soleil.

« Êtes-vous M. Farrington, ou bien Connors et Reinhardt m'ont-ils aussi menti à ce sujet ?

— Je suis Farrington.

— Évidemment pas M. E. F. Farrington, mais peut-être un parent ? Un fils ? Un petit-fils ?

— Non. Je ne connais pas de... Attendez. Si, j'ai déjà entendu ce nom-là. Il y avait effectivement un E. F. Farrington qui travaillait avec M. Roebling au moment de la construction du pont... Un mécanicien chef, il me semble.

— C'est cela. J'avais un ami – il est mort maintenant – qui a travaillé pour M. Farrington. Il m'avait demandé de passer le voir si jamais j'allais à New York. Il devrait avoir plus de quatre-vingt-dix ans aujourd'hui.

— Ouais, eh bien moi, je suis Mike Farrington. Rien à voir avec lui. Mais ça me revient. Ce chef mécanicien, ce Farrington, s'est disputé avec certains patrons, il y a quarante ans, pas avec le colonel Roebling, notez bien, et il a

quitté son boulot peu de temps avant l'ouverture du pont. Mais enfin, tout de même, on ne peut pas monter ici comme ça, vous savez. Nœud de Prusik ou non. »

Paha Sapa n'a pas envie de discuter avec ce faux Farrington. Il est soudain écrasé d'épuisement, dérouté. Il se sent complètement idiot. Il a fait ce voyage pour tenir une promesse ridicule qu'il a faite à Cheveux-Longs et il est venu jusqu'au pont pour accomplir une mission encore plus ridicule. En plus, constate-t-il avec une crampe d'estomac, on va probablement le fourrer en prison et il manquera son rendez-vous de quatre heures sur Park Avenue. Il n'aura certainement pas assez d'argent pour payer sa caution. M. Borglum le mettra à la porte par téléphone sans même prendre la peine d'écouter sa version de l'histoire... quelle version, d'ailleurs ?

Des cris montent d'en bas, du côté est de la tour, et Mike Farrington s'approche du bord. Paha Sapa le suit avec indifférence.

Un échafaudage de travail est suspendu sous le gros filin nord, une quinzaine de mètres plus bas, dissimulé aux regards par le câble le plus proche. Trois hommes s'y tiennent, tous en salopette identique, les minces courroies de leurs harnais attachées à un filin au-dessus d'eux. Ils agitent les bras en criant.

« *Mike ! Tout va bien ? Tu as un sauteur là-haut ?* »

Farrington leur répond en criant lui aussi.

« *Non, ça va ! Juste un vieux monsieur qui s'est perdu. Ce n'est pas un sauteur.* »

Farrington se tourne vers Paha Sapa et lui demande tout bas :

« *Vous êtes cinglé, mais vous n'êtes pas un sauteur, n'est-ce pas ?*

— *Non. De toute façon, je n'aurais pas eu à monter jusqu'ici. Il suffit de sauter dans l'eau depuis l'empierrement pour se tuer. Je suis peut-être cinglé, mais je ne suis pas complètement idiot.* »

Farrington ne peut réprimer un sourire qui dévoile un soudain éclair de dents blanches. Il fait signe aux ouvriers de poursuivre leur inspection, de continuer à racler la rouille ou de se remettre à leur travail, quel qu'il soit, il fouille dans sa poche, en sort un cigare et une allumette.

« *Vous en voulez un... comment vous vous appelez ?* »

Paha Sapa s'apprête à répondre Billy Slovak, mais il se reprend. Il est sur le point de dire Billy Slow Horse, quand il s'interrompt encore. Il trouve ce Mike Farrington sympathique, même s'il n'a aucun lien de parenté avec l'ancien patron et ami de Big Bill.

« Paha Sapa. Ça veut dire collines Noires, Black Hills. C'est aussi là que je vis.

— Vous êtes une sorte d'Indien, alors ?

— Oui. Un Lakota. Un Sioux, si vous préférez. »

Farrington frotte l'allumette d'un geste de son gros pouce, il tire sur son cigare pour l'allumer, exhale un nuage de fumée, coince le cigare entre ses dents en croisant ses bras robustes sur sa poitrine robuste, sourit encore et dit :

« Les Sioux. Alors c'est vous qui avez tué Custer, pas vrai ?

— Oui. Les Cheyennes nous ont aidés, mais c'est nous qui l'avons fait. »

Encore ce sourire blanc, ces yeux bleus pétillants. Paha Sapa n'a jamais fumé, à part la *ptehinčala huhu canunpa* avant de la perdre au retour de son *hanblečeya*, mais la fumée aromatique du cigare de Farrington sent délicieusement bon. Cette odeur lui rappelle les Six Grands-Pères.

Farrington reprend :

« C'est vous qui l'avez fait, ouais ? Avec juste un petit coup de main des Cheyennes ? Parce que vous étiez à la Little Big Horn quand c'est arrivé, monsieur... euh... Paha Sapa ? »

Paha Sapa regarde le jeune homme droit dans les yeux. Il ne sourit pas, il ne rit pas.

« Oui, Mike. J'ai été la dernière personne ou la dernière chose que le général George Armstrong Custer ait vue de sa vie. J'étais en train de compter le coup sur lui quand la deuxième balle l'a touché. »

Farrington s'esclaffe – trois aboiements sonores, sans retenue, qui conduisent l'équipe d'entretien à se remettre à crier –, puis il regarde Paha Sapa plus attentivement et son rire reste coincé dans sa gorge. Il donne une grande tape dans le dos de Paha Sapa, sans la moindre douceur.

« Je vous crois, monsieur. Bon sang, je vous crois, oui. Bien, bien. Et maintenant, comment est-ce qu'on vous fait descendre d'ici ?

— Par le câble que j'ai suivi pour monter, j'imagine.

— Vous imaginez bien, monsieur Paha Sapa. Vous, avec votre petit morceau de corde à linge et votre nœud de Prusik. Je pourrais demander à un des gars de me prêter un harnais, mais je ne suis pas sûr que vous le prendriez, ni que vous en aurez besoin, d'ailleurs. Je vais vous accompagner en bas. Je vois qu'il y a déjà foule, trente ou quarante personnes qui n'ont rien de mieux à faire qu'à jouer les badauds un samedi matin. Il doit y avoir quelques poulets aussi.

— Des poulets ?

— *Des flics, monsieur Paha Sapa qui compte le coup. Des flics. Avec leurs matraques et leurs menottes toutes prêtes. Ces gens-là, en bas, vous ont vu grimper, et vous pouvez être sûr qu'il y en aura eu quelques-uns pour appeler les flics immédiatement ou pour courir en chercher un. Je leur raconterai que vous êtes mon père – ou un nouveau membre de l'équipe d'entretien du pont. Je trouverai bien quelque chose. Vous me promettez de ne pas tomber et de ne pas vous tuer en descendant ? On est en pleine crise économique vous savez, et je tiens à garder mon boulot.*

— *Je ferai de mon mieux, Mike.* »

Farrington lui jette un regard sévère, ses yeux bleus plissés dans le nuage de fumée aromatique. Le chef d'équipe serre ses doigts sur son cigare, et son sourire s'élargit.

« *J'ai dans l'idée que votre mieux n'est pas si mal, monsieur Paha Sapa. Pas si mal.* »

Vingt-cinq minutes plus tard, les explications de Mike Farrington ayant satisfait les deux policiers en uniforme à l'air perplexe sans apaiser pour autant la curiosité de la foule – plutôt soixante-quinze personnes que trente ou quarante –, Paha Sapa a serré la main de Farrington, s'est débarrassé d'un jeune type en costume de tweed trop large armé d'un carnet et qui se prétendait journaliste, et se dirige vers Broadway, repassant à l'ombre des grands immeubles, s'arrêtant et se retournant fréquemment pour contempler les tours et le pont.

« Paha Sapa, maintenant que cette lubie t'est passée, pouvons-nous enfin aller à notre rendez-vous ? »

En général, ce bourdonnement de paroles dans sa tête agace Paha Sapa, mais aujourd'hui, il lui donne l'impression d'être moins seul dans une ville et dans un monde trop vastes pour lui.

« *Oui, général. Je vais retourner à l'hôtel, prendre un bain, enfiler une chemise propre et nous prendrons le chemin de Park Avenue.*

— C'est la première fois que tu m'appelles général. Ou que tu penses à moi en tant que tel, pour autant que je sache. S'est-il passé quelque chose sur ce pont à un moment où je ne regardais pas, où je n'écoutais pas ? »

Paha Sapa se tait. Il tourne à droite en bas de Broadway et remonte vers le nord, en direction de l'Empire State Building, du Chrysler Building étincelant et du cœur du cœur de la ville *wasichu*. Il commence à faire plus chaud. Chaque fois qu'il regarde par-dessus son épaule, Paha Sapa voit le pont de Brooklyn qui rapetisse dans le lointain, partiellement caché par les immeubles qui s'interposent. Mais il ne disparaît jamais à son regard bien longtemps. Tout comme il ne disparaîtra jamais entièrement de son esprit.

Au moment où il arrive sur Union Square, il a les mains dans les poches et sifflote « Qui a peur du grand méchant loup ? » – la chanson d'un dessin animé qui raconte l'histoire de trois petits cochons et ne sortira qu'en mai. M. Borglum en a obtenu une copie (de M. Disney en personne, prétend-il) qu'il a projetée dans le cadre des séances de cinéma des samedis soir d'hiver que Mme Borglum et lui organisent deux fois par mois dans l'atelier du sculpteur.

Derrière Paha Sapa, le pont s'estompe, il est masqué de temps en temps, mais ne disparaît jamais complètement.

20

George Armstrong Custer

Libbie.

Je sais maintenant que tu n'entendras jamais ces paroles. Pas plus que tout ce que j'ai déjà pu te dire depuis ce lieu, pas plus que tout ce que je te dirai jamais. Mais je te parlerai tout de même, une dernière fois. La dernière fois pour nous deux.

Il y a eu cette seconde où tu t'es penchée en avant et où tu as regardé Paha Sapa dans les yeux – où tu as regardé en lui, où tu m'as regardé, ai-je pensé sur le moment – et où tes lèvres ont formé en silence deux syllabes qui étaient, j'en ai été convaincu en cet instant, « Autie ».

Mais je me trompe peut-être sur le sens de ton regard et des syllabes chuchotées hors de portée d'oreille de Paha Sapa (et des miennes, forcément). Je sais que tu avais du mal à distinguer ton invité, et il est plus vraisemblable que tu ne t'es approchée de lui que pour te faire une image un peu plus nette de l'Indien qui avait fait irruption dans ton petit salon. Et peut-être les syllabes que tu as murmurées étaient-elles « oh, mon Dieu » ou même « au revoir ».

C'est Paha Sapa qui a eu l'idée que nous venions te voir à New York. Il me l'avait déjà proposé, il y a bien longtemps, au milieu des années 1920, me semble-t-il. J'avais refusé à l'époque, et il n'avait plus abordé le sujet. Ce n'est qu'au cours de ce dernier hiver, quand j'ai pris conscience qu'approchant de tes quatre-vingt-onze ans, tu risquais de mourir bientôt – une éventualité que je n'avais encore jamais envisagée concrètement –, que j'ai évoqué la question avec Paha Sapa lors d'une de nos rares conversations. Il a accepté.

J'aurais voulu être là pour ton anniversaire, le 8 avril. J'y tenais, sans trop savoir pourquoi. Mais ce jour-là justement, M. Borglum avait l'intention de procéder à des explosions majeures sur le nouvel emplacement choisi pour la tête de Thomas Jefferson et il a fait savoir à Paha Sapa – que Borglum connaît sous le nom de Billy Slovak – que s'il prenait des jours de congé cette semaine-là, il se passerait de lui définitivement.

Paha Sapa a donc fait de son mieux, acceptant de perdre quelques journées de salaire dont il a pourtant grand besoin, et nous avons fait ce long voyage en train pour venir passer le week-end du 1er et du 2 avril en ville.

Ma réticence à te voir au lieu de conserver l'image que j'avais de toi jeune fille, amoureuse puis mariée, était triple. D'abord, j'avais la conscience aiguë que notre mariage avait duré un peu plus de douze ans, mais qu'au moment où je me suis décidé à demander à Paha Sapa de me conduire à New York, tu étais veuve depuis cinquante-sept ans. Veuve professionnelle à plein temps : il y a de quoi changer n'importe qui. Deuxièmement, je craignais que l'apparition de cet Indien de soixante-huit ans ne t'inquiète. Je savais déjà par les quelques articles de presse que Paha Sapa avait trouvés et partagés avec moi que ta qualité de veuve la plus célèbre d'Amérique te valait d'être harcelée en permanence par courrier ou en personne par de multiples individus avides de publicité, dont chacun prétendait être le survivant « inconnu » ou le « dernier » rescapé du massacre de la Little Big Horn. Des imposteurs, tous autant qu'ils sont. Troisièmement, et enfin, je peux te l'avouer à présent – puisque tu ne l'entendras jamais –, je redoutais de découvrir la vieille femme que tu étais devenue.

Tu avais toujours été si fraîche, si belle, à l'époque où je t'ai connue, Libbie, ma chérie. Ces boucles brunes. Ce sourire à la fois doux et malicieux, qui ne ressemblait à celui d'aucune femme que j'aie jamais rencontrée. Ton corps plein, ferme et – je l'ai découvert très rapidement au cours de nos étreintes conjugales – si prompt à réagir à mes caresses.

Comment aurais-je pu accepter de troquer ces souvenirs contre la réalité d'une vieille dame de quatre-vingt-dix ans : ridée, avachie, l'œil chassieux, dure d'oreille, affligée d'une vision déficiente, ayant perdu toute mobilité, tout humour et toute lueur de ce qu'elle avait été dans sa jeunesse ?

Voilà ce que je craignais. Et la réalité n'a fait que confirmer mes craintes.

Si quelque chose peut me disculper tant soit peu de toute accusation de cruauté, Libbie, je te rappellerai que tu étais, toi aussi, aisément dégoûtée et même épouvantée par l'apparence des vieillards, et surtout des vieilles femmes. Il y avait chez les femmes très âgées quelque chose qui t'inspirait une terreur presque égale à celle qui te poussait, lorsque le tonnerre grondait, à te cacher sous notre lit dans les premières années de notre vie conjugale. (Il est vrai que toute notre vie conjugale me fait l'effet d'avoir été nos premières années.)

Il y a quelque temps, Paha Sapa a emprunté et lu les trois ouvrages que tu as écrits – Boots and Saddles (« Des bottes et des selles »), *de 1885,* Following the Guidon (« En suivant l'étendard »), *de 1890, et* Tenting on the Plains *édité en 1893 – et je me rappelle fort bien un passage d'un de ces livres, je crois que c'est le dernier (une de tes rares descriptions un peu fouillées, ma chérie), où cette peur de la vieillesse et des vieilles femmes s'exprime avec évidence. Nous avions rejoint un village sioux peu après ma victoire sur la Washita, et un groupe de vieilles, dont les maris avaient été, pour la plupart, tués au cours de mon attaque, nous avaient préparé une sorte de comité d'accueil. Voici ce que tu écrivais :*

> *Ces vieilles femmes étaient parfaitement répugnantes d'aspect. Leurs cheveux fins et rêches étaient répandus sur leurs épaules et leur pendaient dans les yeux. Leurs visages étaient parcheminés et parcourus des profondes rides que creusent un travail pénible et l'exposition la plus redoutable à tous les temps et à toutes les épreuves...*
>
> *Leurs yeux ternes et enfoncés semblaient aussi flétris que leur peau. Les oreilles de ces vieux épouvantails hideux étaient percées de trous du sommet jusqu'au lobe, marquant l'ancien emplacement de boucles, arrachées désormais, ou tellement élargies par le poids des lourds ornements de cuivre qu'elles avaient portés pendant de longues années que les orifices étaient vides à présent. L'aspect déchiqueté de leur peau me répugnait.*

Je me rappelle que tu m'as parlé au lit, la nuit qui a suivi notre rencontre avec ces Sioux, Libbie. Tu tremblais, tes épaules étaient agitées de frissons comme sous l'effet de sanglots, mais tes yeux étaient secs. La laideur de ces vieilles était en partie due à leur veuvage, m'as-tu dit. Depuis la mort de leurs maris guerriers, elles n'étaient plus rien – une bouche supplémentaire à nourrir, et à contrecœur, pour les hommes de la bande qui ne leur prêteraient plus aucune attention durant tout le reste de leurs tristes vies de femmes vides. « Les orifices étaient vides à présent... », en vérité. Vides à jamais, desséchés, oubliés, inutiles.

Voilà ce qui t'effrayait alors, alors que tu avais toujours un teint de pêche, des seins hauts et fermes (peut-être parce que nous n'avons jamais réussi à avoir d'enfant), le sourire spontané d'une petite fille et des yeux pétillants d'énergie. De sorte que lorsque, il y a plusieurs années, Paha Sapa a lu dans le journal quelques lignes à ton sujet, ce qui était rare – je me demande s'il n'était pas question d'une statue équestre érigée je ne sais plus où à ma mémoire, ou peut-être du cinquantenaire de mon assassinat au bord de la Little Big Horn –, citant ces propos de toi : « Je suis une antiquité, mais je m'amuse bien. Je passe des moments délicieux », je savais que tu mentais.

Paha Sapa avait des affaires personnelles à régler à New York – d'après le peu que j'en ai vu, il devait s'agir d'un rituel de plus destiné à apaiser l'interminable liste de ses morts – et puis il a regagné le petit hôtel où nous étions descendus, près du Grand Central Terminal. Cet hôtel avait, de toute évidence, été recommandé à Paha Sapa, un Indien, parce que sa clientèle était largement composée de Nègres et de quelques étrangers, de couleur eux aussi. Mais pour dire la vérité, Libbie, les chambres étaient un peu plus agréables que celle où nous avions logé, en face du Brunswick, ce dernier hiver que nous avons passé à New York ; alors que notre vue, rappelle-toi, se limitait à des toits, à des venelles et à des châteaux d'eau surplombant ces toits, la fenêtre de Paha Sapa donnait sur un boulevard animé qui n'était pas dénué de charme.

Sans prendre le temps d'admirer le paysage, il est allé faire la queue devant la salle de bains, au fond du couloir. Puis il a enfilé des sous-vêtements propres, a changé de chaussettes, a mis sa plus belle chemise blanche, son unique cravate, sa veste et son pantalon fripés. Ses chaussures bon marché avaient été un peu éraflées par son expédition sur le pont de Brooklyn, alors il a craché dessus et les a lustrées. Elles avaient toujours l'air d'aussi mauvaise qualité et aussi inconfortables quand il a quitté sa chambre, mais on pouvait y voir son reflet.

Paha Sapa s'était arrêté chez un vendeur de hot-dogs en revenant du pont de Brooklyn, mais je savais qu'il avait encore faim. Il avait quarante-huit heures de plus à passer à New York et ne pouvait pas dépenser tout son pécule dès le premier jour.

Nous n'étions qu'à quelques rues du 71 Park Avenue et Paha Sapa est arrivé avec presque une heure d'avance. Après avoir observé ce grand immeuble résidentiel, puis le portier – qui lui rendit son regard d'un air manifestement soupçonneux –, Paha Sapa a mis les mains dans ses poches et s'est demandé où il pourrait bien aller pour tuer le temps. Il était nerveux... je le sentais. J'avais pensé que je serais, moi aussi, dévoré d'inquiétude et effectivement, l'angoisse n'avait cessé de grandir en moi (en ce qui restait de moi) tout au long de ces trois jours et trois nuits de voyage depuis Rapid City, mais en même temps, j'étais envahi d'une étrange sensation de vide, de froideur. C'est une impression qu'il me serait impossible de te décrire, Libbie, et je n'essaierai pas.

Nous étions plantés devant le Doral Hotel (quelque part, dans quelque chose que Paha Sapa avait lu, quelqu'un prétendait que tu aimais passer devant cet hôtel quand tu allais encore te promener, Libbie, bien que je ne puisse imaginer pourquoi) et comme ce portier nous jetait, lui aussi, des regards noirs, Paha Sapa s'est remis en route, il a traversé la rue et s'est dirigé vers le fleuve, à l'est.

Nous avons tourné en rond, quatre rues à l'est, deux rues au nord et retour, jusqu'à ce qu'il soit l'heure de nous présenter. Mais auparavant, Paha Sapa s'est arrêté devant une des grandes vitres du Doral Hotel pour s'inspecter. Son expression n'a pas changé, mais je l'ai senti froncer les sourcils intérieurement. Puis il a redressé les épaules et a traversé la rue.

Deux portes en enfilade défendaient l'entrée de l'immeuble, formant un sas, un peu comme dans les caissons du colonel Roebling que Big Bill Slovak avait décrits à Paha Sapa. Enfermé dans cet espace exigu avec le gardien, un costaud vêtu d'un uniforme ridicule – qui a rappelé à Paha Sapa le costume très comparable que portait le garde-conducteur de la roue de Ferris à l'Exposition universelle de Chicago quarante ans plus tôt –, mon hôte a répété qu'il avait rendez-vous à quatre heures avec une résidente, Mme Elizabeth Custer. Le portier a prononcé quelques mots dans un tube de laiton tel que je n'en avais vu que sur le pont d'embarcations fluviales et un long glapissement rauque, inhumain, lui a répondu. Le portier a continué à nous jeter des regards torves, mais nous a indiqué l'étage et a pressé sur un bouton pour déclencher l'ouverture de la porte intérieure.

Avant que nous ayons eu le temps de chercher l'ascenseur ou de commencer à gravir l'escalier, nous avons été pris dans un remous et un froufroutement de jupes noires de nonne et dans une agitation féminine impatiente ou du moins déterminée au pied de l'escalier obscur et, l'espace d'un bref, mais émouvant, instant, j'ai cru que c'était toi, Libbie, plus alerte que je ne t'avais imaginée à l'approche de la fin de ta quatre-vingt-dixième année, surnaturellement consciente de l'identité de celui qui venait te rendre visite et emplie d'une hâte farouche à l'idée de m'accueillir après toutes ces années. Mais quand le visage de la femme nous est apparu, j'ai été accablé par la déception et par le poids de la réalité. Elle était beaucoup trop jeune pour pouvoir être toi, et pourtant, c'était une de ces femmes qui traversent la vie en donnant l'impression qu'elles sont vieilles de naissance. Elle arborait de surcroît une expression affreusement revêche.

« Êtes-vous l'Indien, ce fameux M. Slow Horse ? » C'était tout à la fois une question et un défi. Une affectation désuète lui faisait porter sur certains mots

un accent apparemment aléatoire. Sa voix était rauque, comme si l'indignation lui avait fait hausser le ton bien trop souvent.

Paha Sapa recula vers le sas pour dégager le pied de l'escalier. Il ne se découvrit pas. Il ne termina pas sa phrase, je n'ai pas manqué de le remarquer, par « madame », comme il le faisait en présence des touristes du sexe féminin au mont Rushmore.

« Oui. »

Elle s'arrêta sur la dernière marche afin d'affirmer son ascendant physique en même temps que moral sur Paha Sapa, mais cette femme était assez grande – et Paha Sapa assez petit – pour n'avoir nul besoin de ce subterfuge pour imposer sa supériorité physique ; quant à la supériorité morale, c'était de toute manière peine perdue.

« Je suis Mlle *Marguerite* Merington... »

Avant que Paha Sapa ait pu incliner la tête pour marquer que ce nom lui disait quelque chose (en réalité, il ne lui disait absolument rien, je le savais), elle poursuivit :

« ... et je dois *vous dire,* monsieur *Slow Horse, que j'étais* entièrement *et sans aucune équivoque* hostile *à ce que vous* rencontriez *Mme Custer et que vous lui fassiez ainsi perdre son* temps *et son énergie ! »*

Le portier avait reculé d'un pas, un mouvement qui ne répondait manifestement pas à la seule nécessité d'être en mesure d'ouvrir la porte extérieure, tandis que Paha Sapa maintenait la porte intérieure du sas écarté devant cette dame courroucée. De toute évidence, le portier connaissait Mlle Marguerite Merington et avait depuis longtemps élaboré une stratégie propre à maintenir une distance de sécurité dans cet espace exigu.

« Eh bien, *vous devriez avoir* honte *de faire perdre ainsi son temps à cette dame distinguée ; c'est tout ce que j'ai à vous* dire, *et j'espère que May sait ce qu'elle* fait, *mais, à mon* humble *opinion, elle songe rarement au bien-*être *de Mme Custer quand elle* autorise *ces rendez-vous ri*di*cules... »*

Paha Sapa n'avait pas cherché à intervenir. Peut-être observait-il avec autant de fascination que moi les accents de colère qui envahissaient à présent les syllabes, en plus des mots complets, bien qu'aléatoires.

Mlle Marguerite Merington s'engagea alors sur le trottoir de Park Avenue, après avoir franchi d'un pas vif la porte que le gardien tenait prudemment ouverte de l'extérieur, à l'abri derrière sa vitre comme derrière un bouclier, ai-je pensé.

« M. Slow Horse est-il en bas ? » cria une voix un peu plus douce tout de même, du haut de plusieurs étages. Ce n'était pas ta voix, bien sûr, Libbie. J'ai pensé que c'était sans doute celle de ta gouvernante ou, plus probablement, car elle ne contenait pas trace de modestie domestique, celle de la dame à qui nous avions écrit, Paha Sapa et moi, pour organiser cette entrevue, ma nièce soi-disant préférée (que je n'avais jamais vue), une certaine May Custer Elmer.

Paha Sapa se dirigea vers la cage d'escalier et leva la tête. Cette fois, il retira sa casquette.

« Oui.

— Montez, je vous prie. Montez. Prenez l'escalier si cela vous est possible. L'ascenseur met des siècles à répondre. Montez, monsieur Slow Horse ! »

J'étais certain que la découverte de ton petit appartement du 71 Park Avenue ne me prendrait pas au dépourvu – j'en avais lu une description, ou plus exactement Paha Sapa l'avait lue, dans la longue interview de 1927 où le journaliste dépeignait ton logement comme « un délicieux retour à l'élégance du siècle dernier », mais la réalité exerçait un effet encore plus puissant : en pénétrant dans ton appartement, on avait l'impression d'être monté dans une des machines à remonter le temps de M. Wells et d'être revenu en 1888. Dehors, à travers les épaisses vitres de fenêtres hermétiquement closes en ce beau jour de printemps, montaient les bruits d'autobus, de tramways et des avertisseurs sonores d'automobiles du XXe siècle ; à l'intérieur, tout s'était arrêté en 1888. Les fenêtres, bien que parfaitement propres, avaient l'air d'être clouées, et chacune des petites pièces que nous traversâmes répandait une odeur de renfermé de plus en plus prégnante – un mélange d'encaustique, d'air vicié, de poussière cachée, de vieux objets, de vieilles personnes. Ton appartement, ma bien-aimée, sentait la vieille femme. (Je me rappelle qu'aux premiers jours de notre mariage, nous avions été obligés de nous accommoder du fait – dont personne ne prend la peine d'avertir les jeunes époux – que dans des cantonnements aussi exigus, formés en tout et pour tout d'une chambre et d'une salle de bains, il faut rapidement apprendre à vivre dans les odeurs par trop humaines de l'autre. À l'époque, nous y trouvions quelque chose d'étrangement excitant. Mais ce jour-là, à travers les sens toujours aiguisés de Paha Sapa, je remarquai simplement que l'appartement sentait la vieille femme.)

Il y avait cependant au milieu de tout ce mobilier sombre et ancien, un meuble de TSF flambant neuf, un cadeau que t'avaient fait des amis, ai-je appris plus tard par une lecture de Paha Sapa. Il paraissait anachronique ici, en compagnie de cet ameublement, de ces photographies et de tout ce fatras du siècle passé. Le cadran était sombre.

Je me rappelle que Paha Sapa a lu, il y a plusieurs années, qu'au moment du cinquantenaire de l'éphémère bataille de mon régiment au bord de la Little Big Horn, tu ne possédais pas de radio et que tu avais donc été invitée dans un hôtel voisin, le 25 juin 1926, pour écouter la retransmission radiophonique de la cérémonie et de la reconstitution historique. Était-ce le Doral, sur le trottoir d'en face ? Je ne sais plus. L'hôtel t'avait aimablement offert une chambre de luxe pour la nuit mais, à en croire les articles de presse, tu étais restée assise, parfaitement droite, dans ton fauteuil d'osier, ne quittant pas le poste des yeux pendant toute la durée de l'émission et tu étais repartie – clopinant en t'appuyant sur ta canne – dès qu'elle avait été terminée. Ton unique commentaire consigné sur les exclamations des acteurs (dont l'un jouait mon rôle) et sur les martèlements de sabots de chevaux simulés dans cette émission diffusée depuis le Montana avait été : « Oui, cela s'est probablement passé ainsi. »

Comment aurais-tu pu le savoir, ma chérie ? Comment aurais-tu pu savoir comment les choses se sont passées ? Malgré toutes tes expéditions audacieuses en ma compagnie en territoire indien hostile, malgré tes séjours dans tel ou tel fort, comment aurais-tu pu te faire la moindre idée de ce qu'avaient été ces dernières minutes, face à plus de quinze cents Sioux et Cheyennes sanguinaires qui s'approchaient de nos rangs de plus en plus clairsemés ? Comment aurais-tu pu t'en faire la moindre idée ?

Paha Sapa dut encore rencontrer deux femmes avant d'être conduit en ta présence dans ton petit salon du fond (par l'unique fenêtre duquel, comme nous l'avait appris le journaliste en 1927, on aperçoit encore un étroit ruban de l'East River). La première de ces dames, celle qui avait hélé Paha Sapa dans l'escalier, était Mme May Custer Elmer, notre correspondante dans le courant de l'année écoulée, celle avec qui nous avions organisé cette brève rencontre. J'ai mentionné qu'à l'occasion de l'inauguration de je ne sais plus quelle statue à mon effigie, le journal de notre ville natale de Monroe, dans le Michigan, avait fait allusion à Mme Elmer en la désignant comme la « nièce préférée du Général », mais il ne s'agissait que d'une petite-nièce, et je ne conservais aucun souvenir d'elle. C'était une dame souriante, d'âge mûr, aux joues roses, un peu agitée. Elle accueillit Paha Sapa correctement, sans pourtant tendre la main à cet Indien.

Mme Elmer (qui était fort occupée à raconter à Paha Sapa que son mari se passionnait pour l'astronomie) était accompagnée, dans la première des nombreuses petites pièces qui se succédaient en un vrai dédale jusqu'au salon, d'une certaine Mme Margaret Flood. Cette domestique d'âge moyen, elle aussi, jeta à Paha Sapa (et donc à moi-même) un regard d'une méfiance aussi peu dissimulée (mais beaucoup plus silencieuse) que Mlle Marguerite Merington dans le vestibule. Mme May Custer Elmer interrompit sa description des prouesses astronomiques de son mari pour expliquer que Patrick, autrement dit M. Flood, le factotum, était sorti faire une course comme si cela avait quelque chose à voir avec l'entrevue entre Paha Sapa et la veuve du général défunt.

Nous arrivâmes dans le petit salon, éclairé principalement par la lumière de l'après-midi qui venait de l'ouest et que reflétaient les vitres des immeubles plus élevés sur lesquels donnait ta fenêtre, située à l'est. Tu étais assise là, Libbie, ma chérie, tu nous attendais.

Mais évidemment, ce n'était pas toi.

Ayant été pour ma part épargné par les ravages de la vieillesse, j'ignore si un être humain peut conserver l'expression personnelle, tout ce qui a fait l'individualité de sa jeunesse et de sa maturité à un âge aussi avancé. Peut-être est-il plus facile aux hommes de réaliser pareille ambition, car quelques traits saillants – un nez en bec d'aigle comme le mien, peut-être, ou une moustache broussailleuse – peuvent figurer la vraie personne désormais disparue à la manière dont les traits hardis et cruels d'un caricaturiste figurent la réalité. Mais pour les femmes, hélas ! les outrages et les trahisons du temps sont infiniment plus impitoyables.

En ce premier jour d'avril 1933 où Paha Sapa t'a rendu visite, ma très chère, tu étais à une semaine de fêter tes quatre-vingt-onze ans.

Seulement la Libbie que j'avais connue, aimée, enlacée, la Libbie dont j'avais rêvé jusque dans mon sommeil de mort, cette Libbie n'était pas là.

Tu étais vêtue de crêpe noir (avec une sorte de foulard crème autour du cou, maintenu par une broche d'un autre siècle, de mon siècle), une tenue de deuil que j'ai trouvé absurde, cinquante-sept ans après ce jour funeste qui t'avait rendue veuve.

Tes mains, tes adorables mains, tes douces mains, aux doigts effilés, à la peau si lisse, les mains de Libbie l'amoureuse, étaient désormais des serres difformes, constellées de taches de vieillesse, parcourues de tendons saillants, gonflées par l'arthrite, les ongles jaunis par l'âge, comme ceux des orteils d'un vieillard.

Tu n'as pas fait mine de tendre la main à Paha Sapa, ce qui nous a soulagés, lui comme moi. Bien que le don de vision-en-dedans *de Paha Sapa ait paru s'estomper depuis quelques années, nous ne voulions, ni lui ni moi, courir le risque d'un contact physique entre vous deux. Fut un temps, il y a des années de cela, lorsque j'ai fini par comprendre où j'étais et ce que j'étais devenu après ma mort au bord de la Little Big Horn, je m'étais laissé allé à rêver que Paha Sapa pourrait se rendre dans l'est et te toucher délibérément afin que mon moi-esprit quitte le corps de cet Indien vieillissant et demeure en toi et avec toi jusqu'à la fin de nos jours (les tiens et les miens, ma chérie). Quelles conversations silencieuses, merveilleuses et intimes nous aurions pu avoir au fil de ces dernières années ! Quel apaisement ces retrouvailles auraient pu apporter à ta solitude, et à la mienne ! Mais j'ai compris alors que je n'étais pas un fantôme, ni une âme en attente du paradis (comme j'avais pris plaisir à le penser en découvrant que je me trouvais dans l'esprit de Paha Sapa), et ce rêve a disparu avec cette révélation.*

Ton teint était pâle, très pâle et – comme le rouge dont on pare le visage d'un cadavre – le fard posé sur tes joues ne faisait que rendre la vérité de cette pâleur plus douloureusement apparente. Tous les récits que les journaux et les revues t'avaient consacrés au cours des ans avaient souligné que tu paraissais incomparablement plus jeune que ton âge réel, et à en croire les rares photographies que Paha Sapa avaient vues – toi à quarante-huit ans, à soixante-cinq ans, à soixante-huit ans –, ils disaient vrai. Ton sourire, tes yeux, les boucles (de cheveux teints ?) qui retombaient sur ton front étaient effectivement très proches, sinon identiques, à ceux que j'avais connus. Mais à présent, l'âge avait effacé ces vestiges de permanence, brouillant les dernières traces de ta beauté, ma Libbie, comme un écolier en colère qui passerait une éponge mouillée sur un tableau noir couvert de craie.

Ta gorge de vieille femme n'était qu'un entrelacs de cordes et de câbles – ce pont de Brooklyn, toujours ! – que ton col montant de dentelle noire était impuissant à dissimuler. La structure de tes joues et la ligne de ta mâchoire étaient enfouies dans les plis et les fanons, les bajoues et les rides. Je me rappelle qu'un jour, nous avions remarqué – toi et moi – que les hommes du côté de ton père, le Juge tout particulièrement, échappaient aux rides jusqu'à un âge avancé. Force était de constater à présent que tu tenais plutôt de ta mère. Les très légères ridules de rire qui nous avaient inspiré – à toi et moi – quelques plaisanteries, que nous avions presque célébrées dans les derniers mois de notre vie commune, avaient désormais gagné ton visage tout entier. Le temps s'était comporté comme une monstrueuse araignée tissant ses toiles en tout lieu.

Je me rappelle, pardonne-moi ce manque de galanterie, que tu pesais cinquante-quatre kilos en ce mois de juin, avant que je ne quitte Fort Lincoln à jamais. J'ignore quel était ton poids à présent, lors de notre dernière rencontre réelle, mais on aurait cru que ton corps s'était affaissé de l'intérieur, que tes os s'étaient liquéfiés, à l'exception de la colonne vertébrale voûtée si commune aux très vieilles dames et des bâtons osseux extrêmement visibles du squelette de tes avant-bras.

J'aimerais tant te dire, ma Libbie chérie, toi qui ne peux m'entendre, que tes yeux étaient restés les mêmes – bleus, vifs, intelligents, malicieux, séduisants –, mais ils avaient subi eux aussi ce que Shakespeare appelait le changement que le « flot marin » apporte à tout ce qui est périssable, et ce changement n'était pas à leur avantage. Ils s'étaient assombris, et semblaient perdus dans les ombres de tes orbites caverneuses – te rappelles-tu les commentaires que nous avions fait sur les orbites d'Abraham Lincoln, à la fin de sa vie ? – et tes iris eux-mêmes étaient chassieux et flous.

Je ne décrirai plus rien – je ne me rappellerai plus rien. Mais ces observations ont été faites dans les ombres d'un après-midi d'avril, sous un jour indirect qui s'affaiblissait déjà. Massif, lourd et foncé, le mobilier semblait absorber la lumière. (J'avoue avoir cherché la petite table de la signature d'Appomatox Court House que Phil Sheridan nous avait offerte, mais elle ne se trouvait pas dans ce petit salon, et je ne l'avais pas remarquée non plus dans les pièces que nous avions traversées.)

May, ma « nièce préférée », m'a présenté sous le nom de « M. William Slow Horse, le monsieur avec lequel j'ai été en relations épistolaires et dont je vous ai parlé récemment ».

Mme Elmer a désigné un siège à Paha Sapa et quand elle-même se fut laissée tomber dans un fauteuil, Paha Sapa nous a assis en face de toi, Libbie. Dans cette pièce encombrée, il avait les genoux à quelques pas des tiens seulement (si tant est que l'on pût discerner où se trouvaient tes genoux ou tout autre élément de ton anatomie au milieu de cette masse fripée de crêpe, de soie, de mousseline noirs, et de tout ce qui composait ce véritable bûcher funéraire en forme de robe).

Et j'avoue encore que dans tout ce que j'avais imaginé à propos de notre rencontre par Paha Sapa interposé, jamais – pas une fois – je n'avais pensé qu'un tiers serait présent dans la même pièce que nous. Même après que Mme Flood – « Margaret », comme l'appelait Mme Elmer – nous eut priés de l'excuser car elle avait je ne sais quelle corvée ménagère à accomplir (traîner à la cuisine ou se réfugier dans l'escalier de service pour fumer, probablement), le petit salon qui contenait trois êtres vivants sans compter ma propre personne non vivante et errante paraissait littéralement surpeuplé.

J'ai également pris conscience que j'étais le second fantôme du général George Armstrong Custer (bien que je ne fusse point un fantôme) à pénétrer dans cette pièce. Le premier accompagnait Mme Elizabeth Custer en tout lieu depuis presque cinquante-sept ans, et se trouvait indéniablement dans la pièce en notre compagnie.

Quand tu as pris la parole, ma chérie, ta voix était tout à la fois rauque de mucosités et aussi ténue que les fils de la toile d'araignée qui recouvrait ton visage. Paha Sapa et Mme Elmer durent se pencher pour t'entendre.

« Avez-vous fait bon voyage, monsieur Slow Horse ?

— Oui, madame Custer. Excellent.

— D'où venez-vous déjà ? Du Nebraska ?... du Wyoming ?

— Du Dakota du Sud, madame. Des Black Hills. »

Tu ne t'inclinais pas vers nous, mais je voyais que tu étais obligée de tendre l'oreille, Libbie. Je n'aperçus aucun cornet acoustique dans la pièce, et pourtant, de toute évidence, ton ouïe était déficiente. Je me demandai ce que tu entendais véritablement des propos de Paha Sapa. Mais le nom des « Black Hills » parut allumer une lueur d'intelligence dans tes yeux éteints. Je me suis rappelé que Paha Sapa avait lu ces lignes que tu avais écrites en 1927 : « Il fut un temps après la bataille de la Little Big Horn où je n'aurais pas pu dire cela, mais les années passant, j'ai fini par me convaincre que les Indiens ont été victimes d'une profonde injustice. »

Si j'avais vécu, mon rayon de soleil bien-aimé, je t'en aurais convaincue bien avant 1927. Je me rappelle que Paha Sapa a lu – c'était, me semble-t-il, dans ton livre, Boots and Saddles *– que « le général Custer était un ami de tous les Indiens des réserves », ce qui paraît vouloir dire que j'aurais accordé mon appui à ceux qui se soumettaient aux ordres du gouvernement américain, mis à exécution par des intermédiaires tels que mon 7e de cavalerie, et qui restaient dans les agences, renonçaient à la chasse, attendaient patiemment que le train leur apporte les provisions de bœuf qui leur étaient destinées et s'essayaient vaguement à l'agriculture.*

Rien ne saurait être plus éloigné de mes sentiments, à l'époque et plus tard. J'avoue que je n'éprouvais, et n'éprouve encore, que mépris pour ces Indiens des réserves qui ont cédé à nos menaces et à nos attaques et sont devenus de dociles Peaux-Rouges d'agence. C'étaient les guerriers que j'admirais – eux, ainsi que les femmes, les enfants et les vieillards qui ont tout risqué en regagnant les plaines avec eux dans une triste tentative, condamnée d'avance, pour renouer avec leur mode de vie d'autrefois... une tentative déjà quasiment impossible, car nous avions exterminé leurs troupeaux de bisons. Tous les hommes du 7e de cavalerie, des officiers à la dernière recrue débarquée de fraîche date, se plaignaient que les agences remettaient aux Sioux et aux Cheyennes des fusils à répétition flambant neufs pour chasser le maigre gibier restant ; les jeunes guerriers prenaient ces fusils, meilleurs que les nôtres, pour chevaucher à travers la prairie et nous livrer bataille.

Nous nous plaignions mais en même temps, au 7e de cavalerie, nous admirions leur attitude – un combat loyal, nous ne recherchions rien d'autre – et dans les négociations nous nous efforcions, nous, les soldats, de dissimuler le mépris que nous inspiraient les Indiens des réserves, ces Indiens inférieurs, « domestiqués », ou ceux qui se prélassaient dans leurs tipis mal entretenus à proximité des forts. Ils ne valaient guère mieux que les vagabonds et les mendiants que Paha Sapa avait croisés dans les rues de New York, ce matin.

Tu avais dit quelque chose.

« Avez-vous déjà eu le temps de faire un peu de tourisme depuis que vous êtes arrivé à New York, monsieur Slow Horse ? »

Paha Sapa a esquissé un petit sourire – j'ai aperçu son reflet dans le grand meuble vitré où tu rangeais ta porcelaine, à côté de toi. Je n'avais pas vu ni senti Paha Sapa sourire souvent depuis que j'avais pris conscience de son existence et de la place que j'occupais en lui.

« J'ai traversé le pont de Brooklyn ce matin, madame.

— Oh, tantine, intervint May Custer Elmer, te rappelles-tu qu'il y a quelques années, tu prenais le taxi pour gagner le pont, du côté de New York et que tu te rendais jusqu'au milieu de la promenade où je te rejoignais depuis Brooklyn ? »

Paha Sapa avait effectivement adressé ses lettres à Mme Elmer, au 14 Park Street, Brooklyn.

Tu ne t'es pas tournée vers May, Libbie. Tu as incliné la tête et tu as souri, comme si tu entendais une musique agréable à la radio. Mais la radio était éteinte.

Mme May Custer Elmer s'éclaircit la voix et fit une nouvelle tentative.

« Tantine, tu te rappelles certainement que je t'ai raconté que M. William Slow Horse a participé au Wild West Show de M. Buffalo Bill Cody, ce spectacle que tu as tant apprécié. C'est même la raison qui nous a poussées à accepter de le recevoir. T'en souviens-tu, tantine ? »

Avec sa voix très sonore et le soin exagéré qu'elle mettait à articuler presque toutes les syllabes, ta petite-nièce te parlait comme si tu n'étais pas seulement âgée et un peu dure d'oreille, mais aussi comme si tu étais étrangère, Libbie. Tu as pourtant cessé d'écouter cette musique silencieuse et tu l'as regardée, elle d'abord, avant de poser les yeux sur Paha Sapa.

« Oh... oui. Je vous ai vu jouer dans le spectacle de M. Cody, monsieur... Slow Horse, c'est bien cela ? Oui. Je vous ai vu jouer et je vous ai remarqué dans le finale, où M. Cody interprétait le rôle de mon mari. Je m'en souviens parfaitement... C'était au Madison Square Garden en novembre 1886. Vous montiez très bien à cheval et vos cris de guerre étaient remarquablement terrifiants et convaincants, aussi bien dans la scène du relais de Deadwood que dans le finale de la Little Big Horn. Très convaincants, vraiment. Un excellent numéro, monsieur Slow Horse.

— Merci », a dit Paha Sapa.

Je savais que c'était la première fois que Paha Sapa se rendait à New York, et qu'il n'avait rejoint le Wild West Show de Buffalo Bill qu'au printemps 1893, peu avant l'Exposition universelle de Chicago. Mais peu importe à qui – à quel Indien – tu pensais, Libbie. Cette entrée en matière eut l'avantage de rompre la glace et je comprends que Paha Sapa ne t'ait pas corrigée.

« Oh, je l'ai vu plusieurs fois par la suite », as-tu poursuivi dans ce chuchotement faible, tout à la fois rauque et sibilant, tournant tes yeux presque aveugles, si bleus jadis, d'abord dans notre direction, puis plus vaguement vers May Custer Elmer, avant de regarder dans le vide, fixant les meubles peut-être. « Mlle Oakley... Little Sure Shot, c'est le nom que vous lui donniez dans le programme... est devenue une de mes excellentes amies. Le saviez-vous, monsieur Slow Horse ?

— Non, madame, je l'ignorais.

— Pardon ? »

Paha Sapa a répété sa réponse.

« C'est pourtant la vérité, monsieur Slow Horse. Bien sûr, M. Cody avait été dans le temps un des éclaireurs de mon mari. Tout le monde dans l'armée connaissait M. Cody bien avant qu'il ne crée son Wild West Circus. En ce mois de novembre, où il a donné sa première représentation... où était-ce déjà, May ?

— Au Madison Square Garden, tantine.

— Oh, oui, bien sûr... Je crois que je viens de le dire. En ce mois de novembre où M. Cody a donné sa première représentation au Madison Square Garden, tout le monde était là, ou presque... le général Sheridan, qui ne m'avait jamais beaucoup intéressée pour être honnête, le général Sherman, et aussi Henry Ward Beecher... je crois que c'était avant le scandale... était-ce avant le scandale, May, et son procès pour adultère ?

— Oui, tantine, il me semble.

— Eh bien, il était là… un homme étrange, massif, aux cheveux longs, fort peu séduisant, vêtu d'une pèlerine noire qui le faisait ressembler à un sac de graisse. Beecher avait une paupière pendante qui lui donnait l'air d'un idiot ou d'un homme qui a été victime d'une attaque d'apoplexie. On avait du mal à imaginer qu'il pût s'agir du plus grand orateur et du plus grand prédicateur – et bien sûr – du plus grand coureur de jupons de l'époque, et pourtant… August Belmont était venu assister lui aussi à la première du spectacle de M. Cody, ainsi que Pierre Lorillard. Et moi. J'avais des billets de faveur, bien sûr. Vous n'étiez pas là, Charles et toi, n'est-ce pas, May chérie ?

— Non, tantine. »

Paha Sapa regarda la nièce et je crois que nous nous sommes demandé, l'un et l'autre, si May Custer Elmer était née en 1886. Sans doute. Des arroyos de rides transparaissaient sous son maquillage épais. Quant à toi, Libbie, tu parlais toujours – tel un vieux jouet mécanique dont le ressort n'en finit pas de se dérouler.

« C'était l'automne où notre vieille cuisinière, Eliza, celle qui nous avait accompagnés du temps de la frontière, est venue en ville… »

J'avoue que j'ai tressailli. Eliza, notre cuisinière nègre – ma cuisinière nègre pendant la guerre, avant même que je n'épouse Libbie, Eliza, que mon unité de cavalerie avait libérée de l'esclavage en Virginie et qui m'avait ensuite suivi (avant de nous accompagner, Libbie et moi) au Texas, au Michigan, au Kansas, et dans d'autres lieux de l'Ouest –, Eliza, à New York, au Madison Square Garden pour voir le Wild West Show de Buffalo Bill et son finale où Cody joue mon rôle et fait semblant d'être assassiné par des Indiens qui font semblant de m'assassiner ? Eliza ? Dix ans seulement après ma mort réelle ?

« … elle avait épousé un médecin nègre et nous a quittés alors qu'Au… alors qu'Armstro… alors que le colonel était encore en vie… Ou était-ce un avocat *nègre, May, ma chère ?*

— Un avocat nègre, je crois, tantine.

— Oui, oui… Quoi qu'il en soit, j'ai pris un immense plaisir à montrer New York à Eliza cet automne-là et je lui ai offert un billet pour le spectacle du Madison Square Garden… Il me semblait qu'il fallait qu'elle voie cela, comprenez-vous… »

Pour la première fois depuis de longues minutes, Libbie, ton regard est revenu se poser sur Paha Sapa.

« ... en effet, nous avions vécu, Eliza et moi, un si grand nombre des scènes représentées... non seulement l'attaque du relais de Deadwood, bien sûr, ou la Grande Revue des Armées, après la guerre de Sécession, mais tant d'autres encore... et j'étais sûre que rien ne rappellerait mieux à cette chère et fidèle Eliza, que rien ne pourrait lui rappeler avec autant de vie, si l'on peut dire, nos expériences communes sur la frontière que cette représentation remarquablement fidèle et réaliste d'une existence dans les régions de l'Ouest qui avait définitivement disparu, avec les progrès de la civilisation et tout cela. »

Tu t'es arrêtée pour reprendre ton souffle, ma chérie, et j'en ai profité pour passer en revue les souvenirs que Paha Sapa conservait de la brève période durant laquelle il avait participé au spectacle de Cody. C'était, pour l'essentiel, la même représentation que celle que tu avais vue en 1886, Libbie, et que celle que des milliers et des milliers de spectateurs ont vue au cours des années suivantes ainsi qu'à l'Exposition universelle de Chicago. Cody changeait rarement une formule gagnante, que ce fût dans son métier d'éclaireur, dans son Wild West Show ou dans son art de travestir l'histoire.

« Alors, après le spectacle auquel – cette fois – je n'avais pas pu assister en raison d'autres obligations, Eliza s'est rendue jusqu'à la tente de M. Cody pour lui porter une carte que je lui avais remise – ils ne se connaissaient pas encore, car Eliza avait quitté notre service avant que M. Cody ne devienne éclaireur de la cavalerie – et elle m'a raconté ensuite... »

En cet instant, mon rayon de soleil, tu t'es mise à caqueter, dans une imitation outrancière du patois d'esclave de la vieille Virginie à la Amos 'n' Andy que parlait Eliza. (Paha Sapa a possédé une toute petite radio que son fils, Robert, avait fabriquée pour lui et il avait entendu, lui aussi, plusieurs centaines de fois des extraits d'Amos 'n' Andy dans des bars ou chez d'autres ouvriers, les ondes traversant l'ionosphère grâce au puissant émetteur de la WMAQ situé à Chicago, qui appartenait au NBC Blue Network et atteignait même les Black Hills par des nuits particulièrement favorables. Il y a deux ans, au printemps de 1931, quand le personnage de Ruby Taylor a failli mourir de pneumonie, la moitié des ouvriers du mont Rushmore ne parlaient plus que de cela, ou presque.) Et toi, ma Libbie chérie, sans doute as-tu écouté ces émissions religieusement, toi aussi, car ta voix contrefaite ressemblait davantage au grincement strident typique de Harlem de la femme du Kingfish, Sapphire, qu'à l'accent de notre vieille cuisinière Eliza, au parler lent et mélodieux des gens du Sud.

« ... "Alo's, Miss Libbie, quand Maz Cody il est venu, j'ai bien vu que son dos et ses hanches, elles étaient 'xactement comme celles du Ginnel..." – Eliza

avait toujours appelé mon mari "le Ginnel" même après la guerre, lorsque tous les officiers restés dans l'armée ont été rétrogradés et qu'Autie... mon mari... n'a conservé que le rang de colonel... – "Alo's, Miss Libbie, a-t-elle dit, quand j'a'ive à la tente de Maz Cody, j'y ai just' dit : Mr Buffalo Bill, quand vous êtes venu su' la scène et que vous avez tou'né comme ça, je m'ai dit Ben ça alo's, si c'est pas comme ça que le Ginnel Custe' i pa'lait et c'achait au combat, moi, j'ai jamais 'ien vu." »

Après cette reproduction relativement bruyante de la version Amos 'n' Andy du petit nègre d'Eliza, tu t'es mise à glousser, ma chérie, jusqu'à être prise d'une violente quinte de toux, et May Custer Elmer riait elle aussi de bon cœur, ses grosses joues rouges devenant de plus en plus grosses et de plus en plus rouges. Paha Sapa lui-même a esquissé l'ombre d'un sourire, me semble-t-il (à moins que ce ne fût la légère vibration du métro aérien qui passait, ébranlant la vitre du cabinet de porcelaines). Ta toux s'est prolongée jusqu'à ce que tout le monde se soit calmé, et puis Margaret – Mme Flood – a apporté un plateau couvert d'une théière fumante, de tasses et de soucoupes de porcelaine, fine jadis, mais désormais parcourues d'un réseau de fissures, un petit pichet et un sucrier assortis, des cuillers miniatures et – sur un plat séparé – de minuscules triangles de ce qui était, peut-être, des sandwiches au concombre. Comme tu toussais toujours dans un mouchoir blanc qui semblait surgi de nulle part (bien que j'aie appris du temps où j'étais vivant et ton époux qu'il n'est rien de plus mystérieux que le cœur d'une femme sinon le contenu de sa manche), Mme May Custer Elmer nous a fait l'honneur de servir le thé. Quand elle a eu rempli les tasses, tu avais fini de tousser et d'expectorer.

Je savais que Paha Sapa mourait de faim mais n'osait prendre un de ces minuscules sandwiches triangulaires, ne sachant trop comment ce genre de chose se mange en présence de dames. Si ma mémoire est bonne, Libbie, ma très chère, aux premiers jours de notre mariage, nous nous sommes trouvés, toi et moi, en présence de sandwiches miniatures de ce genre à l'une des dernières soirées officielles données par le vieux général Winfield Scott en tant que chef de l'armée de Lincoln, avant que son âge respectable et son poids plus respectable encore ne l'entraînent dans les oubliettes de l'Histoire. Cet après-midi-là, j'avais tout bonnement fourré dans ma bouche deux ou trois de ces petits triangles insipides de pain, de beurre et de concombre et les avais fait descendre avec une grande lampée du vin, franchement médiocre, du général.

Tu m'avais adressé un signe de réprobation, mais tes yeux étaient pleins de malice en ces jours de notre jeunesse et puis, alors que personne ne nous regardait, tu m'avais fait un clin d'œil. Mais en ce 1er avril 1933, il n'y avait dans tes yeux ni complicité, ni étincelle malicieuse, et tu t'es attaquée à la tasse de thé que la nièce May avait versée et à un de ces petits sandwiches triangulaires avec un sérieux implacable, sourcils froncés. J'ai déjà observé que le goût pour la nourriture est l'une des dernières choses – la dernière peut-être – à disparaître chez les personnes très âgées.

Comme tu mangeais et mastiquais avec une concentration absolue fort dépourvue d'élégance, ma très chère, j'ai pris conscience d'une autre raison qui m'empêchait de reconnaître la Libbie que j'avais si passionnément aimée dans la vieille femme assise en face de moi dans un fauteuil à haut dossier : tes dents n'étaient plus les mêmes.

Tu avais toujours eu des dents adorables, mais très petites – de véritables miniatures de ces petits morceaux de gomme recouverts de sucre, des Chiclets, que Paha Sapa surprenait le jeune Robert à mastiquer vers 1906 – et ton sourire aux dents parfaites mais minuscules faisait partie de ton charme.

Tu avais un dentier à présent, de toute évidence. Le dentiste ou le prothésiste n'avait fait aucun effort pour se rapprocher de tes adorables quenottes d'origine et ces nouveaux substituts plus massifs, beaucoup plus agressifs, transformaient tout ton visage, faisant saillir la mâchoire supérieure comme celle d'un rongeur ; ce râtelier était beaucoup trop visible quand tu parlais ou mâchais.

Je suis navré de te faire ces remarques désobligeantes, ma chère Libbie. Je ne me les permets que parce que je sais que tu ne les entendras jamais.

Ma petite-nièce préférée (bien qu'inconnue) May toussota. Elle avait été notre intermédiaire et estimait manifestement que la conviction erronée de sa tante d'avoir vu Paha Sapa jouer dans le Wild West Show de Buffalo Bill (son Cirque, comme on l'avait appelé à New York en 1888) offrait une transition idéale pour aborder le véritable sujet de cet entretien.

J'en étais heureux, car nous avions promis à May que notre visite ne réclamerait pas plus de quinze minutes de ton temps et de ton énergie sacrés, Libbie et – à en croire la pendule au tic-tac sonore accrochée sur le mur nord –, nous en avions déjà consommé un peu plus de la moitié par ces bavardages ineptes.

« Tantine, sans doute vous rappelez-vous que M. William Slow Horse nous a écrit – je me souviens très bien vous l'avoir dit – que, non content d'avoir participé à la reconstitution de la... euh... Bataille de la Little Big Horn dans le spectacle de Buffalo Bill, il y avait assisté pour de vrai. À la bataille de la Little Big Horn, je veux dire. Il était... il a vu... enfin, il était présent sur le champ de bataille, avec oncle Armstrong le 25 juin de cette année quand... »

Je t'ai vue te transformer, Libbie. Alors que tu étais penchée en avant pour manger et siroter ton thé, tu as reposé la soucoupe dans un cliquetis bruyant et tu t'es reculée contre ton dossier, ta colonne vertébrale voûtée aussi raide et verticale que tu le pouvais, ton visage se figeant dans une expression circonspecte, détachée, sur ses gardes.

Paha Sapa m'avait lu un vieil article évoquant ta présence à l'inauguration de quelque ridicule statue équestre à mon image à Monroe, en juin 1910 : ce week-end-là, tu avais côtoyé Son Immensité le président Howard Taft, ainsi que Warner, le gouverneur du Michigan et d'innombrables autres personnalités mais – as-tu déclaré à un journaliste bien plus tard – ce qui avait failli t'achever (tu ne t'étais pas exprimée en ces termes, ma chérie) était la soirée donnée à l'Armory en présence de plusieurs centaines d'anciens combattants du 7e de cavalerie. Un esprit caustique, il me semble que c'était un officier plein d'humour (le même que celui qui t'avait fait rire en affirmant que l'infanterie qui avait suivi notre cavalerie pendant la guerre avait été proprement fascinante, car il ne restait ni barrières pour faire du feu, ni cochons ou poulets pour composer un repas, ni fumoir intact ni quoi que ce fût qui aurait pu freiner leur avance affamée dans notre sillage), avait lancé d'un ton pince-sans-rire que les récits du massacre de mon régiment, et du sien, avaient dû être outrageusement exagérés puisqu'il en restait tant de « survivants » ce week-end. Tu avais ignoré ces propos, mais tu n'avais pu ignorer cette entrevue personnelle et obligatoire avec des centaines de vieux soldats édentés, chenus, à la moustache blanchie et aux visages ridés au-dessus de leurs foulards rouges – j'en avais porté un, effectivement, et certains hommes m'avaient alors imité ; de toute évidence, ces vieux briscards grisonnants avaient jugé bon d'en faire autant. Tous ces anciens combattants décrépits avaient prétendu opiniâtrement te connaître, se souvenir parfaitement de toi et avoir été d'« excellents » amis du Général.

Tu as dû admettre qu'hormis quelques officiers d'état-major, tu ne gardais le souvenir d'aucun de ces hommes (et encore moins des épouses, des enfants, des parents par alliance et des petits-enfants qu'ils avaient traînés à l'inauguration du monument équestre de Monroe et qu'ils exigeaient de te présenter comme s'ils avaient été, eux aussi, tes plus chers amis, tes partisans et tes intimes).

Mais c'était davantage que cela, j'en suis certain, qui a raidi ta colonne vertébrale en ce premier jour d'avril 1933 et a figé sur ton visage cette absence totale d'expression.

Malgré l'optique extrêmement étroite des lectures de Paha Sapa ces dernières années, je ne comprenais que trop bien que, s'agissant du sujet de ma mort - de ma mort et de celle des deux cent cinquante-huit autres officiers et soldats du 7ᵉ de cavalerie, parmi lesquels mes deux frères, mon très jeune neveu et mon beau-frère –, tous ceux qui s'étaient donné la peine de se faire une opinion à mon sujet se rangeaient dans deux catégories opposées : ceux qui me considéraient comme un mégalomane qui avait réussi à se faire tuer, et à faire tuer ses hommes et sa famille, par pure stupidité arrogante, et ceux qui estimaient que le lieutenant-colonel (que ceux qui m'aimaient appelaient toujours « général ») George Armstrong Custer avait péri en obéissant aux ordres et en menant une courageuse attaque contre la plus grande concentration de guerriers indiens hostiles de toute l'histoire de la guerre de notre nation contre les Indiens.

Le camp des Custerphobes et le camp des Custerphiles, comme l'avait écrit un autre éditorialiste, qui n'a guère laissé de traces par ailleurs, quelques années auparavant. Et il faut bien reconnaître que personne apparemment n'adoptait de position médiane – personne n'était disposé à me ranger quelque part entre ces pôles opposés et mutuellement exclusifs du fou arrogant ou du héros martyr.

Avais-tu tendance à perdre la mémoire en ces jours de ta vieillesse et de ta maladie, ma chérie ? La sénilité avait-elle commencé à s'insinuer derrière ces yeux chassieux, derrière cette expression ridée et absente ? Peut-être, alors même que j'étais assis en face de toi, avais-tu oublié que tu avais pris la tête du contingent des Custerphiles depuis cinquante-sept longues et amères années ? Toujours à l'affût d'une éventuelle tache sur mon nom ou sur mes états de service, tu avais même pris l'offensive parfois, comme en 1926 puis en 1929, lorsque tu t'étais violemment opposée à C. H. Asbury, le directeur de la Crow Agency chargé d'administrer le champ de bataille de la Little Big Horn qui porte mon nom, et qui avait envisagé de poser une plaque, fût-elle minuscule, pour honorer le nom et la mémoire de cet ivrogne et de ce pleutre de commandant Marcus Reno – qui, tu en étais convaincue, ma chérie, nous avait abandonnés à notre triste sort sur cette colline, mes trois compagnies et moi.

Toutes ces années, toutes ces décennies durant lesquelles tu avais vaillamment et obstinément défendu mon nom à la tête des Custerphiles, ne laissant jamais la moindre prise aux Custerphobes, utilisant ton chagrin, ton veuvage et ta dignité comme autant d'armes... Pendant tout ce temps, de combien de faux « survivants inconnus » de mon fameux « dernier combat » avais-tu entendu parler, combien avais-tu été forcée d'en rencontrer ? Des dizaines ? Des vingtaines ? Des centaines ?

Mon amour, tu étais allée à l'Exposition universelle de Chicago en 1893, dix-sept ans seulement après que ton mari avait été transformé en chair pour asticots, et tu avais été présentée au chef Rain-in-the-Face, Pluie-sur-le-Visage, qui, prétendaient les Indiens, même ceux de la troupe de Buffalo Bill, était l'homme qui m'avait tué. Toi, mon rayon de soleil, tu savais parfaitement que l'ascendant dont jouissait ce vieux et gros Indien au visage grêlé par la variole dans la hiérarchie sioux et cheyenne du spectacle de Buffalo Bill – on avait attribué à Rain-in-the-Face l'ancienne hutte de Sitting Bull et on l'avait installée au beau milieu du Midway Plaisance, là où ce pauvre Paha Sapa a rencontré pour la première fois son épouse, par la grâce de Dieu – ne tenait qu'à sa prétention de m'avoir tué dans les hautes herbes de la Little Big Horn. Et quand Cody t'avait présenté ce vieil imbécile d'Indien au sourire narquois et au visage grêlé, tu avais esquissé un très léger signe de tête, sentant la souffrance te déchirer les entrailles comme si quelqu'un t'enfonçait un rasoir affilé dans le ventre.

Je ne m'étonne pas que tu aies été épuisée, mais aussi soupçonneuse, vigilante et sur tes gardes ce jour-là, le jour de nos retrouvailles, ma chérie – mais nous étions les seuls, Paha Sapa et moi, à le savoir –, lorsque Mme May Custer Elmer a entrepris de t'expliquer que Paha Sapa s'était trouvé sur le champ de bataille le jour précis, à l'heure et au moment précis où moi – ton mari – j'étais mort.

Un profond silence s'est installé quand May s'est tue. Paha Sapa n'a pas rompu ce silence qui se prolongeait et s'épaississait sensiblement, et toi non plus, tu ne l'as pas rompu, toi qui as été jadis mon adorable chérie, perdue désormais. La lourde pendule du bureau égrenait les secondes. Quelque part, sur l'East River, vers le sud, en direction du pont de Brooklyn, la corne d'un grand navire a chevroté plaintivement.

Enfin, après que ce silence eut grignoté quatre-vingt-dix secondes pleines de nos six minutes restantes, tu as parlé, plus bas encore qu'auparavant, mais avec dans la voix un tranchant perceptible, aussi acéré que le rasoir qui te déchiquetait alors les entrailles.

« Vous étiez là au moment où mon mari est mort, monsieur William Slow Horse ?

— Oui, madame.

— Quel âge avez-vous, monsieur Slow Horse ?

— J'aurai soixante-huit ans en août, madame Custer.

— Et quel âge aviez-vous alors... ce jour-là... monsieur Slow Horse ?

— J'allais avoir onze étés au mois d'août suivant, madame. Je n'avais pas tout à fait onze ans en ce jour de juin.

— Comment votre peuple appelle-t-il le mois de juin, monsieur Slow Horse ?

— Il lui donne différents noms, madame. Ma bande appelait juin la Lune des Baies de Juin. »

Tu as souri alors, Libbie, et tes nouvelles dents, tes fausses dents, semblaient plus agressives que jamais. Ce n'était plus la mâchoire d'un lapin, mais celle d'un vieux prédateur.

« N'est-ce pas un peu tautologique, monsieur William Slow Horse ? »

Paha Sapa ne sourit pas, il ne cilla pas et ne détourna pas les yeux du regard froid, bleu jadis, rivé sur lui.

« Excusez-moi, madame Custer. Je ne connais pas ce mot... tautologique.

— Bien sûr, monsieur Slow Horse.

— Mais je suppose qu'il veut dire "redondant" – ou, comme le disait en guise de plaisanterie mon mentor, M. Doane Robinson, « réitérativement redondant » – et il me semble que notre façon de désigner le mois de juin l'est effectivement. Le mot lakota pour dire juin est wipazunkawaštewi, *ce qui signifie approximativement « la lune où les cerises de ce mois mûrissent ». Les dates du mois lunaire, ce que nous appelons une lune, ne recouvrent pas exactement celles du mois de juin du calendrier moderne. »*

Tu l'as regardé en plissant les yeux durant tout ce préambule, ma chérie, le plus long discours peut-être que j'aie jamais entendu Paha Sapa prononcer, et tout, dans tes yeux soupçonneux, dans le pli de ta bouche et de ton menton, toute ton attitude montrait que tu n'écoutais pas, que tu refusais d'entendre et que cela ne t'intéressait pas.

Enfin, tu as demandé d'une voix éteinte :

« Vous prétendez avoir vu mon mari là-bas, sur le champ de bataille, monsieur Slow Horse ?

— Oui.

— L'avez-vous tué ? »

La question a fait ciller Paha Sapa.

« Non, madame Custer. Je ne lui ai fait aucun mal. Je n'avais pas d'arme sur moi. Je l'ai touché, c'est tout.

— Touché ? Mais pour quoi faire si ce n'était pas pour l'attaquer, monsieur Slow Horse ?

— J'avais dix étés, et je voulais compter le coup. Connaissez-vous cette expression, madame Custer ?

— Oui, je crois, monsieur Slow Horse. C'est ce que font les guerriers indiens pour montrer leur courage, n'est-ce pas ? Simplement toucher un ennemi ?

— Oui, madame. Je n'étais pas un guerrier, mais j'essayais de prouver mon courage.

— Aviez-vous un... comment appelez-vous cela ? Un bâton à coup ? J'en ai vu quand je me suis rendue avec mon mari dans des villages indiens du Kansas, du Nebraska, et ailleurs.

— Non. Je l'ai touché de ma main nue. »

Tu as pris une profonde inspiration, Libbie, et sans te départir de ta raideur tu t'es légèrement inclinée en avant, comme si la partie supérieure de ton corps pivotait sur une charnière rouillée.

« Mon mari vous a-t-il dit quelque chose, monsieur William Slow Horse ? Allez-vous prétendre que mon mari vous a dit quelque chose ? »

Nous avions discuté à maintes reprises, Paha Sapa, de ce qu'il convenait de répondre à cette question. Quand il m'avait proposé pour la première fois de venir te voir, il y a plusieurs années, j'avais imaginé que Paha Sapa pourrait te confier des secrets que nous étions seuls à connaître, toi et moi, afin que tu comprennes qu'il parlait effectivement en mon nom. Certaines de ces confidences paraissent absurdes aujourd'hui – « Madame Custer, il a dit qu'il fallait vous rappeler que vous étiez allés seuls jusqu'aux saules le jour où le régiment avait quitté Fort Lincoln et ce que vous y aviez fait... » –, mais si Paha Sapa n'expliquait pas que mon fantôme l'habitait, cela n'aurait strictement aucun sens.

Nous avons effectivement envisagé de te confier que mon fantôme – ce que Paha Sapa considérait comme mon fantôme – était en lui. Ainsi, ma très aimée, j'aurais pu te dire tout ce que j'avais envie de te dire. Après tout, nous avions connu, toi et moi, cette étrange mode des esprits frappeurs et des séances de spiritisme qui avait fait fureur avant et pendant la Guerre, et plus d'une fois tu t'étais demandé tout haut si ces histoires de médiums et ces visites des morts contenaient une part de vérité.

Nous aurions pu te prouver que oui, Paha Sapa et moi.

Mais nous avions préféré n'en rien faire. Tout cela était trop... vulgaire. Nous avions finalement décidé (j'avais finalement décidé) que Paha Sapa se contenterait de prétendre que d'un souffle expirant, je lui avais chuchoté, moi, ton mari, alors qu'il n'était qu'un petit garçon : « Dis à ma Libbie que je l'aime et que je l'aimerai toujours. » Et nous étions certains que tu demanderais : « Oh ! mais vous parliez et compreniez l'anglais à dix ans, monsieur Slow Horse ? » Lui-même répondrait alors : « Non, madame Custer, mais j'ai retenu la sonorité des mots et je les ai compris bien des années plus tard, quand j'ai appris l'anglais. »

Pour ajouter à la crédibilité, nous avions ensuite un peu tronqué le message pour en faire « Dis à Libbie que je l'aime. » Sept syllabes seulement. Une femme de quatre-vingt-dix ans qui n'avait jamais cessé de m'aimer pourrait certainement croire que j'aie pu prononcer ces mots et qu'un petit Indien ait pu retenir ces sept syllabes et les lui remettre enfin comme sept roses.

C'est alors que j'ai entendu Paha Sapa te répondre dans cette pièce exiguë : « Non, madame Custer, votre mari ne m'a pas parlé. Je crois qu'il était mort quand je l'ai touché. »

Tu l'as dévisagé pendant un long, un interminable moment, et puis – encore une minute entière de notre temps si bref en ta compagnie écoulée à jamais – tu as demandé froidement : « Alors pourquoi êtes-vous venu me voir, monsieur William Slow Horse ? Pour me dire quelle a été l'expression de mon mari durant ces dernières secondes ? Qu'il n'a pas souffert... ou qu'il a souffert ? Ou peut-être pour me présenter vos excuses ?

— Non, madame Custer. J'étais curieux de vous voir. Et je vous remercie de m'avoir consacré un peu de votre temps. »

Paha Sapa s'est levé. J'étais agité d'une tempête d'émotions inexplicables – je ne savais même pas ce que j'éprouvais –, mais toi, Libbie, tu es restée assise, tu as levé calmement les yeux vers ton visiteur indien vieillissant, mon amour, le regard toujours froid, mais sans méfiance ni hostilité désormais, un peu intrigué peut-être.

« Si vous m'aviez présenté vos excuses, monsieur Slow Horse, lui as-tu dit dans ce chuchotement, je vous aurais répondu que c'était inutile. J'ai compris depuis longtemps que ce n'étaient pas vous, les Sioux, ni vos amis cheyennes qui aviez tué mon mari... c'étaient ces pleutres, ces Judas qui peuplaient son propre commandement, des hommes comme Marcus Reno et Frederick Benteen, qui ont tué mon cher mari, ainsi que ses frères et notre neveu, et tant de ses hommes. »

Paha Sapa ne savait que répondre. Et moi, je ne savais que lui dire de répondre. Il s'est incliné et s'est apprêté à sortir. Mme May Custer Elmer s'est précipitée pour le guider à travers le dédale de pièces.

Un chuchotement s'est élevé du petit salon, derrière nous, et Paha Sapa s'est retourné. Tu étais toujours assise – l'air curieusement plus ratatiné, ma très chère, peut-être parce que tu avais quitté cette posture de défi et avais tout désormais d'une petite vieille voûtée –, mais d'un geste de ton index à l'ongle jauni, tu as fait signe à Paha Sapa d'approcher.

Il s'est penché sur toi, inhalant le parfum de lilas de ton eau de toilette qui couvrait mal ton odeur de très vieille femme engoncée dans une superposition de vêtements.

Alors, tu l'as regardé droit dans les yeux, tu nous as regardés droit dans les yeux, et tu as chuchoté : « Autie... », ou peut-être « Au revoir », ou peut-être n'étaient-ce que deux syllabes dénuées de sens, un son étranglé, sans aucun lien avec tout ce qui avait précédé.

Quand Paha Sapa a compris que tu ne dirais rien de plus, il a hoché la tête comme s'il comprenait, s'est incliné une nouvelle fois et a suivi May Custer Elmer jusqu'à la sortie. La gouvernante, Mme Flood, s'était précipitée derrière nous dans le petit salon, apportant à ton intention un plateau apparemment couvert de médicaments.

Cette nuit-là, dans l'hôtel pour gens de couleur où nous logions, Paha Sapa a bien dormi. Son train partait du Grand Central Terminal à 7 h 45 le lendemain matin. Je ne dormais jamais vraiment, mais je disparaissais par moments dans l'inconscience du trou noir que j'occupais quand Paha Sapa ne me faisait pas remonter vers la lumière et le bruit. Cette nuit-là, je n'y ai pas cherché refuge.

J'aurais eu tant de choses à te dire, Libbie, ma chérie, ma femme, ma vie.

J'aurais voulu t'expliquer que ce n'était pas la trahison ni la lâcheté des officiers qui étaient responsables de ma mort, de celle de mes frères, Tom et Boston, de mon neveu Autie, et de tous les autres, là-bas, à la Little Big Horn. Bien sûr, le commandant Reno était un ivrogne – et probablement un pleutre –, bien sûr, Benteen ne supportait pas mon cran (il ne l'avait jamais supporté), mais il donna la preuve de son courage sur le champ de bataille même où Reno montra l'ampleur de sa lâcheté. Pourtant, rien de tout cela n'a été cause de ma mort. Je savais dans mon âme de soldat que Reno, Benteen et les autres étaient dans l'incapacité de nous rejoindre, mes trois compagnies encerclées et moi, et de nous porter secours ; les quatre miles qui nous séparaient ce jour-là auraient aussi bien pu être la distance de la Terre à la Lune. Ils avaient leur propre bataille à livrer, Libbie, mon amour, et aucun soldat n'aurait pu nous atteindre à temps, ou avec d'autre conséquence que de mourir avec nous.

Les Indiens hostiles étaient trop nombreux, voilà tout, ma bien-aimée. Nos meilleurs agents de renseignement, les représentants blancs des agences, nous avaient assuré, à maintes et maintes reprises, que moins de huit cents guerriers, Cheyennes et Sioux – Lakotas, Nakotas et Dakotas –, avaient fui les agences pour aller chasser le bison et se battre. Moins de huit cents, et même beaucoup moins sans doute, car ces grandes bandes restaient rarement longtemps ensemble –, il était trop difficile de trouver des pâtures suffisantes pour tous leurs chevaux. De plus, la simple masse d'excréments humains, d'autres immondices et détritus qui accompagnait inévitablement les campements de plusieurs centaines d'Indiens les dissuadait de s'attarder les uns avec les autres.

Nous nous sommes donc mis en route, pensant rencontrer huit cents Indiens, et nous sommes tombés sur... combien étaient-ils ? Tu as pris connaissance de tous ces chiffres, Libbie, ma chérie. Certains parlent de quinze cents guerriers déployés contre nous, d'autres prétendent qu'ils étaient plus de six mille, provenant pour la plupart d'un village de dix à quinze mille hommes, femmes et enfants, tous disposés à prendre part au combat – ou du moins à scalper et à mutiler. Quoi qu'il en soit, ma chérie, les Indiens qui nous attendaient là étaient tout bonnement trop nombreux. Des effectifs sans précédent. Inattendus. Voilà ce qui a causé ma perte.

Et pourtant, Libbie, nous aurions dû l'emporter. Jusqu'aux toutes dernières minutes, j'étais certain que nous aurions le dessus – même sans les compagnies de Reno, sans celles de Benteen, sans le convoi de ravitaillement ni les caisses de munitions.

La raison était simple : de solides effectifs de cavalerie avaient toujours eu raison des Indiens des plaines. Notre tactique la plus sûre consistait à attaquer toutes les bandes de quelque importance, tous les villages d'Indiens hostiles. Ils pouvaient se battre quelques minutes, ou se battre tout en prenant leurs jambes à leur cou, mais en présence d'une charge de cavalerie, ils n'avaient jamais manqué, s'ils en avaient la possibilité, de se disperser et de s'enfuir. C'est ce qu'ils avaient toujours fait jusqu'alors. Toujours.

Or ce n'est pas ce qu'ils ont fait ce jour-là.

À y bien penser, c'est presque drôle, ma chérie. Cela me rappelle ce que tu m'avais dit un jour à propos d'un cheval ombrageux que tu montais au Kansas : « Les chevaux sont parfois dangereux, mais on peut toujours compter sur eux pour se comporter comme des chevaux. Une fois que tu sais ce qu'ils vont essayer de te faire, il est facile de l'éviter. »

J'avais pensé que les Sioux et les Cheyennes de la Little Big Horn se comporteraient comme ils l'avaient fait à la Washita – comme l'avaient fait les guerriers indiens partout où le 7e de cavalerie et d'autres régiments les avaient affrontés. Surpris par une charge, ils auraient dû se battre pendant quelques minutes puis se disperser. C'est ce qu'ils avaient toujours fait jusqu'alors.

Or ce n'est pas ce qu'ils ont fait ce jour-là. C'est aussi simple que cela, Libbie, mon amour.

Si j'avais pu te parler en ce dernier jour, en ce 1er avril, je t'aurais peut-être expliqué que la tristesse qui m'accablait n'était pas due à mon propre sort, mais à l'idée d'avoir conduit mon jeune frère Tom (le plus vaillant d'entre nous, peut-être, avec ses deux médailles d'Honneur) et mon frère Boston qui n'était même pas soldat (je l'avais recruté comme éclaireur au dernier moment, sur un coup de tête, craignant qu'il ne regrette d'avoir manqué la dernière grande bataille indienne), sans parler de mon neveu Autie, qui venait d'avoir dix-huit ans et était venu précisément pour participer à cette dernière grande bataille promise. Je m'en veux de les avoir tous conduits en ce lieu, ce jour-là.

Si je le pouvais, Libbie, si les fantômes ou le paradis étaient choses réelles, je les prendrais tous par la main, je les regarderais dans les yeux et leur présenterais mes excuses – surtout aux hommes qui m'avaient suivi et me faisaient confiance depuis si longtemps, comme Lonesome Charley Reynolds, Myles Keogh et Bill Cooke –, non pas pour leur mort, car nous devons tous une mort à Dieu (comme Hamlet nous l'a rappelé), mais pour l'absurdité de mes propres hypothèses et pour mes légères erreurs de calcul en ce dimanche chaud et humide de juin 1876.

J'aurais aussi eu quelque chose à te rappeler, ma chérie. Je t'aurais rappelé tout le plaisir que nous avions éprouvé (et que nous avions bien l'intention de continuer à éprouver, une fois la dernière grande bataille indienne livrée, quand je gagnerais enfin confortablement ma vie comme conférencier, et comme écrivain, avec peut-être même, qui sait, un avenir politique chez les démocrates). Mais sans me préoccuper de l'avenir, je t'aurais simplement rappelé tout le plaisir que la vie nous avait donné.

J'étais un homme de guerre, et j'aimais la guerre avec passion. Quant à toi, mon amour, tu appréciais le prestige et l'exaltation propres à l'existence d'une femme de guerrier... ou du moins d'une femme d'officier.

Les rebelles avaient été les ennemis les plus vaillants que j'aie eu à affronter, et les Indiens hostiles les ont remplacés dans les années qui ont suivi la Guerre. Mais dès cette époque, dès ce dernier hiver et ce dernier printemps, nous savions, toi et moi, que mes jours sur la frontière, ma vie et mon métier de guerrier, approchaient de leur terme.

Enfin, je t'aurais dit une dernière chose en ce samedi après-midi dans ton petit salon confiné. Je t'aurais dit que tu aurais dû te remarier. C'est une vérité indiscutable à mes yeux. Tu aurais dû te remarier aussitôt que possible après la Little Big Horn, Libbie, mon amour.

Deux ans après notre visite à New York et par le plus grand des hasards, Paha Sapa a lu dans un journal une citation de ton « exécutrice littéraire », la fameuse Mlle Merington au ton accusateur et à l'étrange accentuation syllabique que nous avions croisée dans le vestibule de ton immeuble. Mlle Merington racontait que vers l'époque de notre dernière rencontre, tu avais tenu les propos suivants : « La solitude est très pesante. Mais j'ai toujours eu l'impression que je commettrais l'adultère si, en me réveillant un matin, je trouvais sur mon oreiller une autre tête que celle d'Autie. »

Ma foi, ma chérie, je n'ai qu'une réponse à te faire : sornettes.

Le Créateur t'avait destinée, plus que la plupart des femmes, me semble-t-il, à être aimée, à aimer, et être une amante.

Après le 25 juin 1876, tu aurais dû te trouver un brave homme aussi rapidement que la bienséance l'autorisait – un avocat eût été un excellent choix (comme il l'a été pour notre cuisinière Eliza), ou peut-être, mieux encore, un juge, puisque tu as toujours voulu secrètement épouser ton père le Juge – tu aurais dû prendre un nouveau mari et tourner définitivement la page de notre existence dans les plaines. Pas d'intrigues de couloirs pour obtenir des selles de cavalerie. Pas de correspondance à n'en plus finir avec de vieux soldats sentimentaux à la moustache jaunie qui écrivent « J'aimais tant le général Custer » mais qui pensent en réalité *« Je serais prêt à vous aimer, madame Custer, si vous m'y autorisiez ». Pas d'évocations fantaisistes et romantiques d'un passé quelque peu idéalisé sous des titres aussi stupides que* Boots and Saddles *ou* Following the Guidon.

Tu n'aurais pas dû vivre pour ton défunt mari, Libbie Bacon, tu aurais dû vivre pour toi. Tu aurais dû célébrer la vie, et non ma mort, tu aurais dû redevenir une amante et te réveiller tous les jours avec la tête d'un autre homme sur ton oreiller, et avec ta tête sur le sien. Peut-être aurais-tu encore pu être mère – tu n'avais que trente-quatre ans quand je suis mort. Il est arrivé des choses plus singulières. Tu aurais mené une existence plus épanouie et tu aurais pleinement profité de la vie, ma chérie.

Au lieu de quoi, tu as « vécu » au service d'un fantôme. Or les fantômes n'existent pas, mon amour.

Un jour, je l'expliquerai à Paha Sapa qui est d'un autre avis. J'essaierai de lui faire comprendre ce que j'ai découvert il y a quelques années – que je ne suis ni un fantôme, ni une âme attendant d'être admise au paradis, mais une simple nodosité de sa conscience dotée d'une empathie peu commune, une sorte de simulation d'une mémoire consciente d'elle-même.

Tout cela vient de Paha Sapa et d'un effet de son étrange don de vision. Il ne s'est jamais agi d'autre chose. Il n'y a pas de fantôme, il n'y a pas de « moi » ici, mon amour. Il n'y en a jamais eu.

Et, bien que je ne sois ni un fantôme ni une âme libérée, j'ai appris quelque chose sur la mort au cours de toutes ces années passées dans ce berceau de ténèbres, ma Libbie. Je tremble de te dire que je pense qu'il n'existe rien au-delà de cette existence terrestre, mon adorée, et que je ne regrette que davantage que tu n'aies pas choisi de trouver un autre homme et de refaire ta vie au lieu d'enterrer ton avenir avec moi il y a cinquante-sept ans.

Je suis tout de même heureux que Paha Sapa – l'homme le plus seul que tu aies jamais rencontré ou puisses jamais rencontrer, mon amour, un homme qui a perdu son nom, ses parents, son honneur, sa femme, son fils, ses dieux, son avenir, ses espoirs et tout ce qu'on lui a jamais confié de sacré –, je suis tout de même heureux que Paha Sapa m'ait conduit à New York en ce premier jour d'avril 1933.

Nous avons pris vingt-quatre heures de retard en raison d'une insolite tempête de neige printanière près de Grand Isle, dans le Nebraska, et, deux jours après notre retour au mont Rushmore, le Rapid City Journal *a publié cet article, daté du 5 avril et repris du* New York Times *:*

DÉCÈS DE Mme CUSTER
DANS SA 91e ANNÉE

Mme Elizabeth Bacon Custer, veuve du général George A. Custer, célèbre combattant des Indiens après la guerre de Sécession, est décédée hier après-midi, à 17 h 30 dans son appartement du 71 Park Avenue, des suites d'une crise cardiaque survenue dimanche soir. Elle aurait eu 91 ans samedi. Sa santé ne lui avait pas donné récemment de causes d'inquiétude, et elle n'avait rien perdu de son entrain. Il lui arrivait encore occasionnellement de faire une sortie en voiture ou une courte promenade.

Mme Custer avait hier à son chevet deux de ses nièces, Mme Charles W. Elmer, domiciliée 14 Clark Street,

Brooklyn, et Mlle Lula Custer, qui avait quitté précipitamment son domicile, la vieille ferme Custer à Monroe, Michigan. M. Elmer était également présent.

Les obsèques devraient avoir lieu à West Point. Toutes les informations à ce sujet seront communiquées ultérieurement.

Pendant bien des années et presque jusqu'à la fin de sa longue vie mouvementée, Mme Elizabeth Bacon Custer s'est attachée à préserver la mémoire du vaillant commandant de cavalerie, dont la mort à la bataille de Little Big Horn dans le Montana en 1876, lors de laquelle son bataillon a été anéanti par les Indiens, a écrit une des pages les plus tragiques et les plus mémorables de l'histoire américaine.

Mme Custer, fille du juge Daniel S. Bacon, était née à Monroe, Michigan, où elle a mené une vie paisible et protégée jusqu'en 1864, année où elle a épousé le « Boy General aux boucles d'or ». Son jeune époux, le général Custer, était né à New Rumley, comté de Harrison, dans l'Ohio, et fut diplômé de West Point en 1861. À l'époque de leur mariage, il pouvait déjà se flatter de solides états de service et avait obtenu de l'avancement pendant la guerre de Sécession, après s'être distingué pour sa bravoure dès le jour de la première bataille de Bull Run.

Il était alors général de brigade et commandait une brigade de cavalerie d'engagés volontaires du Michigan qui, sous sa conduite, devint l'un des corps de cavalerie les plus efficaces et les mieux entraînés de l'armée fédérale. Après leur mariage, Mme Custer l'a suivi sur le chemin, peu fréquenté des femmes, des campagnes militaires. Elle dormait où elle le pouvait, buvait de l'eau qui, selon ses propres termes, contenait de « l'histoire naturelle », sans jamais oser se plaindre de migraine, de dépression ou de fatigue.

Elle a accompagné le général jusqu'à la fin de la guerre de Sécession. Elle était à ses côtés à Richmond, Virginie, quand Lee s'est rendu à Grant à Appomattox. Le général Custer faisait partie des officiers au service du général Phil H. Sheridan qui ont apporté la petite table sur laquelle les conditions de reddition de l'armée confédérée ont été rédigées par le général Grant, lequel a fait présent de cette pièce de mobilier à Mme Custer.

La campagne indienne de 1867

Après la guerre de Sécession, le général Custer, qui n'avait pas encore 26 ans, a été muté au Texas. En tant que lieutenant-colonel du 7e de cavalerie, il a fait en 1867-1868 ses premières expériences de lutte contre les Indiens. Pendant deux ans, il a été stationné avec son régiment au Kentucky, et, au printemps 1873, il a reçu l'ordre de se rendre dans le territoire du Dakota pour assurer la protection des topographes du Northern Pacific Railway chargés de dessiner le tracé de cette voie à travers le pays indien, à l'ouest du Missouri.

Mme Custer a accompagné son mari dans plusieurs de ses expéditions les plus audacieuses contre les Indiens. C'était le temps des chariots bâchés, le temps où les voyages transcontinentaux se faisaient en diligence, en chaland, en chariot et à pied, où les feux de prairie n'était pas rares et la menace indienne constante.

Une triste nouvelle transmise par bateau à vapeur

Enfin, Mme Custer est restée au Fort Abraham Lincoln de Bismarck, dans le Dakota du Nord, pendant que le général Custer se joignait à une immense force expéditionnaire pour mener contre les Indiens une campagne qui devait, espérait le général Sheridan, être décisive. Trois semaines après le massacre qui vit les Peaux-Rouges écraser en une vingtaine de minutes le général Custer avec l'intégralité des cinq compagnies du 7e de cavalerie placées sous son commandement, soit 207 hommes, un bateau à vapeur d'une terrible lenteur apporta la nouvelle tragique de ce qui s'était passé en amont.

Après la mort de son mari, Mme Custer écrivit trois livres relatant ses expériences : *Boots and Saddles, or my Life with General Custer*, *Tenting on the Plains*, et *Following the*

Guidon. Ces livres défendaient la mémoire de son mari, œuvre à laquelle elle s'est vouée durant plus de cinquante ans, car le général Custer a fait l'objet de maintes controverses. Mme Custer a donné des conférences dans tout le pays et s'est battue pour faire rendre justice à son mari à Washington. En 1926, elle a déclaré avoir le sentiment que les vieilles plaies étaient refermées.

Si la veuve considérait le massacre de la Little Big Horn River dans le Montana comme une terrible tragédie, elle n'en a pas moins affirmé un jour qu'« elle avait peut-être été nécessaire dans l'ordre des choses, car le tollé public qui s'est élevé après la bataille a entraîné une amélioration générale de l'équipement des soldats, et la guerre indienne a pris fin très rapidement ».

Avant qu'une névrite ne lui rende les déplacements difficiles, Mme Custer était une figure familière du trottoir ensoleillé de Park Avenue lorsqu'elle se promenait paisiblement dans le quartier. Elle fréquentait le Cosmopolitan Club, proche de son domicile. Elle aurait dit que les cercles modernes sont un réconfort pour les veuves et les vieilles filles. Lors de ses promenades, elle était accompagnée par sa dame de compagnie, Mme Margaret Flood, qui tenait son ménage depuis fort longtemps, avec son mari, Patrick Flood, un ancien militaire.

En plus de reliques de la guerre, son appartement abritait de nombreux trésors coloniaux. L'un des plus précieux était le premier drapeau parlementaire de la Confédération. Dans le couloir, on pouvait voir une photographie à l'italienne représentant l'inauguration d'une statue à la mémoire de son mari érigée à Monroe, Nebraska.

Adieu, Libbie. Adieu, ma petite chérie. Nous ne nous rencontrerons plus. Mais, comme me l'a enseigné Paha Sapa à son insu :

Toksha ake čante ista wacinyanktin ktelo – Je te reverrai avec l'œil de mon cœur.

21

Les Six Grands-Pères

Vendredi 28 août 1936

Après le redoutable trajet en téléphérique jusqu'au sommet de la montagne et après avoir contemplé la salle des Archives tout en écoutant Gutzon Borglum parler de l'explosion du rocher réservé à la tête de Theodore Roosevelt, Paha Sapa accepte volontiers de remonter dans l'étroite cabine avec son patron plutôt que d'avoir à affronter encore les cinq cent six marches. Il les a déjà descendues une fois en cette chaude soirée d'août, et il souffre trop pour recommencer.

C'est la douleur plus que la poussière de roche et la transpiration qui pousse Paha Sapa à rejoindre au plus vite sa cabane de Keystone. Au lieu de se préparer à dîner – il est presque sept heures du soir quand il arrive chez lui –, il fait du feu dans le poêle à bois, malgré la chaleur toujours intense, et après avoir tiré de l'eau à la pompe extérieure, il met deux grands baquets à chauffer. Il lui en faut six pour remplir sa baignoire et prendre un vrai bain et, au moment où il verse les deux derniers baquets fumants, l'eau des deux premiers a déjà refroidi.

Mais elle est encore assez chaude quand, ayant retiré sa tenue de travail, ses chaussures et ses chaussettes, il prend place dans sa baignoire aux pieds en pattes de lion.

Le cancer dont il souffre lui inflige un tourment qui devient invalidant. Paha Sapa le sent qui grimpe depuis son côlon, sa prostate, le bas de ses intestins ou tout autre organe où il prend sa source – menaçant de l'anéantir pour la première fois d'une existence pourtant riche en épreuves – et de le priver de sa force. Toute sa vie, sa force, exceptionnelle pour un homme aussi petit et aussi mince que lui, a été son unique grande alliée secrète, mais à présent, elle s'écoule de son corps comme la chaleur de cette eau ou comme l'eau elle-même quand il retire la bonde.

Ayant enfilé des vêtements propres, Paha Sapa va nourrir les ânes avant de s'occuper de son propre repas.

Il trouve Advocatus et Diaboli ensemble dans leur nouvel enclos rudimentaire. Paha Sapa change leur eau, vérifie qu'il leur reste du grain en plus du foin répandu autour de la barrière. Diaboli cherche à le mordre, mais Paha Sapa s'y attendait. En revanche, il n'avait pas prévu le coup de sabot en travers d'Advocatus qui le touche juste à la pointe de la hanche, lui engourdit toute la jambe un moment et l'oblige à se pencher sur la barrière en luttant contre la nausée.

Les ânes appartiennent au père Pierre Marie de Deadwood, le vieux prêtre, seul survivant des trois frères qui ont fait la classe à un jeune Indien, il y a si longtemps, et Paha Sapa a promis de les ramener samedi après-midi. Il a loué le camion à plateau, le vieux Dodge – celui-là même qui a transporté les moteurs de sous-marins depuis le Colorado – au cousin de Howdy Peterson, qui habite Deadwood, lui aussi, et Paha Sapa a chargé de la paille et du foin frais sur le plateau qu'il a entouré d'une barrière pour transporter les ânes depuis Deadwood. Il aura de nouveau besoin du camion cette nuit, mais a l'intention de le rendre à Howdy après avoir reconduit les ânes de bonne heure samedi matin.

À condition de ne pas se faire sauter *avec* le Dodge cette nuit en transportant la dynamite. Il a prévu de conduire d'abord les ânes jusqu'au chantier et de les attacher dans les bois, sous le canyon, de manière à les mettre à l'abri d'une éventuelle explosion du camion chargé de dynamite, lors du second voyage. Dans cette éventualité, Paha Sapa a écrit une note adressée à Hap Doland, son plus proche voisin, à Keystone, lui demandant de rendre les ânes à leur propriétaire « si quelque chose d'imprévu devait m'arriver ». Le billet est posé sur le dessus de sa cheminée. (Il suppose cependant que le premier à entrer chez lui ne sera pas Hap, mais le shérif ou M. Borglum).

Une fois les ânes nourris, Paha Sapa rentre se préparer des haricots, des saucisses et du café. Il est épuisé et, bien que le bain chaud l'ait un peu délassé, il n'a pas réussi cette fois à atténuer la douleur. Paha Sapa se demande s'il n'aurait pas dû obéir au médecin de Casper qui lui a suggéré de multiplier les injections de morphine qu'il a commencé à se faire depuis un certain temps.

Après son dîner, tandis que les ombres s'étendent sur la vallée de Keystone – les soirées raccourcissent en cette fin d'août –, que les hirondelles et les sternes découpent l'air en accords d'arcs bleu pâle à la recherche d'insectes et que les premières chauves-souris esquissent leurs vols en zigzag, Paha Sapa fait démarrer bruyamment la moto de Robert et parcourt les cinq kilomètres qui le séparent de chez Mune Mercer.

La cabane paraît plongée dans l'obscurité quand Paha Sapa approche et, pendant un moment, il se dit qu'il s'est trompé en pariant que Mune n'aurait pas assez d'argent pour aller se soûler ce vendredi soir. Mais la porte s'ouvre et une silhouette massive – Mune mesure presque deux mètres et doit peser près de cent trente kilos – surgit sur la véranda branlante.

Paha Sapa coupe le petit moteur de la moto.

« Ne tire pas, Mune. C'est moi, Billy. »

La silhouette massive grogne en abaissant le canon du fusil à deux coups.

« Putain, il était temps que tu te pointes, Slow Horse, Slovak, fils de pute. Ça fait plus de trois semaines que tu m'as promis ce boulot de nuit et le pèze qui va avec, sale métis. »

Mune est loin d'être à jeun, Paha Sapa le voit et l'entend, mais il n'a bu que son alcool personnel frelaté qui le rendra probablement aveugle d'ici à un an, s'il ne le tue pas avant. Paha Sapa aperçoit à présent l'infime lueur d'une lanterne par la porte ouverte, mais il remarque que les volets des fenêtres de devant sont soigneusement fermés.

« Je peux entrer un moment, Mune ? Je voudrais t'expliquer plus en détail le boulot de demain soir. Je t'ai apporté un fond de bouteille. »

Mune grogne encore et s'écarte pour laisser Paha Sapa se glisser dans une pièce encombrée, sale et puante.

Mune Mercer, dont tout le monde prononce le premier nom – sans doute un nom de famille – « Moon », portait le sobriquet de « Moon Mullins » pendant la brève durée de son emploi de treuilliste et d'ouvrier à tout faire au Monument ; et, comme le personnage de bande dessinée, Mune quitte rarement – même sur le chantier – son chapeau melon trop petit vissé sur son crâne en pain de sucre hérissé de cheveux courts, et le cigare éteint qu'il serre entre ses dents. Mune a même un corniaud pelé et étonnamment minuscule qui s'appelle Kayo, comme le petit frère de Moon Mullins (ou est-ce son fils ?) et qui, à l'image du gamin, dort dans le tiroir du bas d'une commode, à côté du lit de Mune. Kayo – la version canine – lève un regard somnolent vers Paha Sapa mais n'aboie pas. Paha Sapa se demande si le cabot n'aurait pas bu, lui aussi.

Deux chaises se font face devant l'étroite table faite d'une planche mal rabotée qui se dresse près de la cuisinière et de l'évier équipé d'une pompe à manche court. Paha Sapa se laisse tomber avec lassitude sur l'un des sièges, sans y avoir été invité. Il sort la bouteille de whisky – il en reste à peu près le tiers – et la pose sur la table.

« Je vois que t'en as déjà bu un bon paquet, mon salaud. Tu parles d'un cadeau de merde, Tonto. »

Paha Sapa tressaille devant la subtilité de l'insulte. Il y a un personnage indien, un second rôle, qui s'appelle Tonto dans un nouveau feuilleton radiophonique, une histoire de cow-boys, dont le premier épisode a été diffusé sur une station de radio de Detroit, WXYZ, en février dernier. L'émetteur est assez puissant pour que, quand l'atmosphère est favorable, les heureux propriétaires d'un bon appareil ou ceux qui s'y connaissent en ionosphère arrivent à capter les programmes ici, dans les collines. Paha Sapa a entendu cette station – ainsi que la pièce de cow-boys avec sa grandiose musique d'ouverture – grâce aux écouteurs qu'il a ajoutés au petit poste à galène que Robert avait fabriqué l'été qui a précédé son départ pour l'armée, vingt ans plus tôt.

Paha Sapa esquisse un petit sourire et jette un regard circulaire sur la masse de détritus qui jonche la pièce. Les draps du lit défait de Mune ont perdu leur blancheur pour prendre une teinte jaune sale presque uniforme.

« Tonto ? C'est sympa, Mune. Mais je ne vois pas ta radio. Comment as-tu pu entendre The Lone Ranger *? »*

Mune pousse un soupir alcoolisé et se laisse tomber sur sa chaise, au bout de la table. Le bois gémit mais résiste.

« The Lone Ranger ? *C'est quoi, cette merde ?* Tonto, *ça veut dire "crétin" en espagnol, Tonto.* »

Tant pis pour la subtilité.

Mune est un imbécile, mais il a fait ses preuves comme treuilliste pendant les quelques semaines où il a travaillé au mont Rushmore. En plus d'être un imbécile, c'est un ivrogne et il a, le passé l'a confirmé, l'alcool mauvais. Bien que M. Borglum ait tendance à détourner le regard quand les ouvriers viennent travailler le samedi ou même le lundi avec une solide gueule de bois, il ne supporte pas qu'on boive sur le chantier ni que, comme Mune Mercer, on ait la gueule de bois *tous les jours* de la semaine. Sur la façade rocheuse, la vie des hommes dépend de la sobriété et du bon sens des autres ouvriers – surtout des treuillistes – et Mune était vaseux, les yeux rouges et l'air maussade, jusqu'à dix ou onze heures du matin.

Quand il n'était pas ivre, en revanche, c'était un géant benêt et doux, et les autres ouvriers ont cherché à le couvrir – pendant un temps – mais au moment où M. Borglum, qui était parti en voyage, a compris la situation, il lui a fichu son pied dans le derrière – un énorme derrière –, le jour même.

D'où la surprise légèrement méfiante de Mune une semaine plus tôt, quand Paha Sapa est venu le voir pour lui faire l'offre mirobolante de cinquante dollars en rémunération d'un travail de nuit au Monument.

Bouché bée, ses petits yeux de fouine aux aguets sous son melon, Mune avait incliné sur le côté sa tête en forme de pouce géant pour exprimer son scepticisme.

« *Un taf de nuit ? De quoi tu causes, le métis ? Y'a pas de taf de nuit au Rushmore pour cause qu'y a pas de lumière. Alors y'a pas de putain de taf de nuit.*

— *Il y en aura dans une semaine, Mune – le week-end précédant l'arrivée du Président le dimanche 30. Tu as* quand même *entendu parler de la visite de Roosevelt au Monument, non ?*

— *Nan.* »

Une des qualités de Mune Mercer est que son ignorance, laquelle est considérable, ne lui inspire aucune gêne, aucun embarras.

Paha Sapa avait souri alors, une semaine plus tôt, et avait offert à Mune une bouteille *pleine* de whiskey bon marché. Il avait repris :

« *Eh bien, il paraît que le Président viendra le dimanche 30, Mune, le patron en a eu confirmation, et il va y avoir une sacrée célébration et l'inauguration de la tête de Jefferson. M. Borglum veut nous confier, à toi et moi, un travail de nuit pour préparer une surprise qu'il veut faire au Président et à toutes les huiles. En plus, je ne sais pas trop pourquoi, il veut que ce soit une surprise pour tous les gars qui bossent sur la montagne. Comme ça va nous obliger à travailler seuls et de nuit – mais M. Borglum dit que la lune sera presque pleine ce samedi soir –, il est prêt à nous payer cinquante dollars chacun.* »

Mune avait plissé les yeux de suspicion alors, comme il le fait à présent. Cinquante dollars, c'est une fortune.

« Et pourquoi que M. Borglum, il me veut, moi, monsieur Billy le Métis ? Il m'a viré, *t'as oublié ou quoi ? Devant tous les gars, en plus. Il a l'intention de m'embaucher de nouveau pour de bon ? »*

Paha Sapa avait secoué la tête.

« Non, Mune. M. Borglum ne veut toujours pas d'ivrogne dans son équipe. Mais, comme je te l'ai dit, il veut que ce soit une surprise pour tous *les autres ouvriers* et *pour leurs femmes, en même temps que pour le président Roosevelt, le sénateur Norbeck, le gouverneur et toutes les huiles qui occuperont la tribune des officiels. C'est juste pour un coup, Mune... mais c'est* cinquante dollars. »

Cette nuit-là, Mune avait eu l'air encore plus grotesque que d'habitude à lui jeter des regards torves sous son melon, au-dessus de son mégot de cigare froid, jusqu'à ce que les fentes de ses yeux disparaissent (comme elles commencent à le faire à présent) en plis de graisse dépourvus de cils.

« Montre le fric. »

Paha Sapa avait exhibé une liasse de billets, presque un an d'économies, et en avait extrait cinquante dollars.

« Je vois pas ce qu'il pourrait y avoir de tellement secret pour que M. Borglum, il me paie, moi et puis un métis, pour bosser de nuit. Il a l'intention de faire sauter ses putain de têtes ou quoi ? »

Paha Sapa avait ri poliment, mais sa peau s'était couverte de sueur froide.

« C'est un genre de feu d'artifice. Il y aura sûrement des caméras des actualités filmées et je suppose que M. Borglum veut épater tout le monde en leur offrant un vrai spectacle.

— Tu veux dire que ce Roosevelt, cet ami des Nègres, il arrive la nuit ?

— Non. En fin de matinée, je crois. Tant que les ombres sur les visages sont encore comme il faut.

— Un feu d'artifice en plein jour ? Ça tient pas la route, merde. »

Paha Sapa avait haussé les épaules, feignant d'être aussi amusé que Mune par les caprices et les excentricités du patron.

« C'est un feu d'artifice avec pas mal de dynamite derrière, Mune. Une sorte de salve de vingt et un coups de canon pour le Président... tu sais, comme ce que font les militaires quand la fanfare joue Hail to the Chief... *mais avec une série de petites explosions tout le long du Monument. Ça fera tomber un peu du rocher qu'il faudra de toute façon qu'on retire, mais ça ressemblera à une vraie salve de canon. Quoi qu'il en soit, M. Borglum a accepté que je t'embauche juste pour cette nuit, en partie parce que tu ne vois pas grand monde et que tu*

ne bavarderas pas à tort et à travers. Mais si tu ne veux pas le faire, je trouverai quelqu'un d'autre sans problème. C'est cinquante dollars, *Mune.*

— File-les moi maintenant. Une avance, quoi. »

Paha Sapa ne lui avait remis qu'un billet de cinq dollars, prévoyant que Mune les dépenserait en alcool les deux premiers jours, mais serait relativement sobre au moment où il aurait besoin de lui, le week-end suivant.

Mune boit au goulot, sans proposer de laver un verre pour en offrir à Paha Sapa. Celui-ci s'en félicite en voyant l'état de la vaisselle qui traîne dans l'évier.

« *Je veux dix dollars de plus.* »

Paha Sapa secoue la tête.

« *Écoute, Mune. Tu sais parfaitement que M. Borglum ne te paiera pas le reste avant que le boulot soit fait, demain soir. Demain, je bosse avec Jack Payne toute la journée sur le forage, pour préparer la surprise... et comme Jack se doute déjà qu'il se trame quelque chose, je peux aussi bien lui confier le travail de nuit et lui filer les cinquante dollars, à* lui... *ou du moins les quarante-cinq qui restent. Je* sais *qu'il sera à jeun demain soir.*

— Palooka ? Qu'il aille se faire foutre. C'est à moi que vous avez proposé le boulot, le patron et toi, espèce de sac de merde de métis. T'as pas intérêt à essayer de me refaire, sinon... »

Mune essaie d'extraire sa masse de sa chaise, mais Paha Sapa se lève et le repousse aisément. La gnôle que fait Mune est du genre costaud et il a dû y aller carrément depuis mardi.

« *Alors, débrouille-toi pour dessoûler avant demain – je parle sérieusement. Si tu es bourré et même si tu n'as qu'une bonne gueule de bois quand je viendrai te prendre demain soir, j'irai proposer le boulot à Payne ou à quelqu'un d'autre. Ordre de M. Borglum. Tu m'as bien entendu, Mune ? Tu as intérêt à être sobre comme un chameau demain soir, sinon ces cinquante dollars se retrouveront dans une autre poche.* »

Mune fait la moue comme un enfant grondé qui se met à bouder. Paha Sapa se dit que si cet imbécile d'ivrogne pleure, il le tuera. Il sent, et ce n'est pas la première fois de sa vie, la terrible joie de Cheval-Fou l'envahir à l'idée d'enfoncer une hachette dans le crâne préscalpé qui se cache sous ce melon ridicule.

« *À quelle heure tu viens me chercher demain, Billy ?* »

Paha Sapa pousse un soupir de soulagement.

« Un peu avant onze heures du soir, Mune.

— Tu me paieras tout de suite ? »

Paha Sapa ne prend même pas la peine de secouer la tête devant une question aussi stupide.

« Non. Le lendemain matin. Avant l'aube. Quand on aura fini. M. Borglum viendra peut-être vérifier le travail. Dans ce cas, c'est lui qui te paiera.

— Hé, mais tu as déjà le fric ! Je l'ai vu la semaine dernière !

— C'était pour un autre boulot, Mune. Écoute, je suis arrivé à convaincre M. Borglum de te filer ce dernier taf, pour être sympa avec toi. Alors tâche de ne pas tout foutre en l'air, tu veux ? »

Mune essaie de plisser ses petits yeux, mais ses paupières sont déjà presque hermétiquement closes.

« De quel treuil je vais me servir ?

— Les quatre, sans doute. Je vérifierai demain avec M. Borglum, mais je crois qu'il nous faudra les quatre.

— Quatre ? Y a que trois treuils sur la falaise, espèce de métis abruti. Il m'arrive de passer par là-bas, tu sais. Y en a que trois sur les têtes.

— Il n'y en a que trois en service au-dessus des têtes en ce moment, tu as raison. Mais tu oublies celui qu'on a installé derrière, l'année passée. Si j'ai bien compris, on va devoir hisser des machins depuis le canyon de la salle des Archives. Oh, et puis, Mune ?

— Ouais, quoi ? »

Paha Sapa soulève sa chemise ample. Le long Colt que lui a donné Bouclé, l'éclaireur de cavalerie, il y aura soixante ans dans une semaine, est glissé à sa ceinture. Dans le courant des années qui se sont écoulées depuis, Paha Sapa a trouvé des cartouches pour ce revolver et il s'est régulièrement exercé au tir, pas plus tard qu'hier encore. Ce qu'il y a de bien avec les armes de bonne fabrication, se dit-il, c'est qu'elle ne sont jamais *vraiment* obsolètes.

« Juste un truc, Mum. Si tu m'appelles encore une seule fois métis ou Tonto, même si tu es ivre mort, je fais sauter ta foutue caboche de crétin de ta putain de carcasse de gros lard. C'est compris, espèce de gros sac de merde à la con ? »

Mune hoche la tête docilement.

Paha Sapa sort et rejoint sa moto. Elle démarre du premier coup. Comme le long canon du revolver passé à sa ceinture le gêne, Paha Sapa le jette sur le siège de cuir du side-car.

Un peu avant minuit, Paha Sapa conduit les ânes en camion jusqu'à la montagne, comme prévu. Alors qu'il passe les vitesses de ce mastodonte grinçant, il se rend compte que son plan est absurde. Il aurait dû charger les ânes avec la dynamite et les détonateurs et ne faire qu'un voyage. Si la dynamite saute, les trois quarts de la ville de Keystone sauteront avec – de toute façon, pourquoi se préoccuper de deux ânes vieux et fainéants ? Paha Sapa n'a jamais eu grande considération pour ceux – hommes ou bêtes – qui ne travaillent pas pour gagner leur pitance en ce bas monde, et ces satanés bourricots n'ont jamais rien fait de plus fatigant que de tirer le courrier ou les courses du père Pierre Marie approximativement une fois par semaine depuis Deadwood jusqu'au sommet de la colline où se trouvent l'église et la cabane du prêtre.

Eh bien, ça va changer. Ce soir, les ânes – et cette vieille bourrique d'homme qui les transbahute en cet instant précis – ne vont pas ménager leur peine.

Advocatus et Diaboli se tiennent tranquilles sur le plateau du camion pendant tout le trajet. Ils ont renâclé quand Paha Sapa a enfilé leurs sabots dans de disgracieuses pantoufles de jute avant de les faire monter dans le camion, mais ils croient apparemment qu'ils vont retrouver leur vraie vie avec leur maître, au-dessus de Deadwood – ou peut-être dorment-ils tout simplement, n'ayant pas l'habitude d'être réveillés de leur sommeil réparateur une fois le soleil couché. Peut-être aussi apprécient-ils les tas de paille et les bottes de foin stratégiquement disposés à l'arrière du camion à ridelles pour agrémenter leur voyage et leur dîner.

Paha Sapa n'explique pas aux ânes que le foin et la paille sont destinés à caler la dynamite qui leur succédera sur le plateau.

La grande route est déserte. Le petit groupe de cabanes et de bâtiments plus volumineux que l'on distingue à travers les pins sur Doane Mountain – la cabine du treuil, l'atelier du forgeron, l'abri du compresseur – sont plongés dans l'obscurité. Paha Sapa aperçoit un rai de lumière dans l'atelier de M. Borglum, mais ce logement est très à l'écart du grand parking de boue et de gravier. Il conduit le Dodge jusqu'au fond, se range à l'ombre de grands arbres et fait descendre « Du Diable » et « Avocat ».

Les arbres projettent des ombres maintenant, car la lune – qui sera pleine dans deux jours – s'est levée au-dessus des pics et des collines à l'est. Il fait plus chaud que d'ordinaire à cette altitude et à cette heure de la nuit, et les herbes sèches grouillent de crickets et d'autres insectes qui bondissent sous les pas de Paha Sapa, lorsqu'il mène les ânes ahuris à une trentaine de mètres du parking. Le sentier escarpé qui conduit au canyon de la salle des Archives commence un peu plus haut, à cent cinquante mètres environ, mais Paha Sapa devra laisser les ânes ici. Il tient à ce qu'ils restent tranquilles pendant qu'il va chercher la dynamite. Aussi, après avoir attaché solidement leurs longes au tronc d'un pin, les entrave-t-il et leur bande-t-il les yeux.

Exaspérés par ce dernier outrage, Advocatus et Diaboli ruent sauvagement.

Vous n'avez encore rien vu, se dit Paha Sapa en sortant du camion les deux bâts qu'il sangle sur les bêtes stupéfaites. Il monte aussi les bâches pliées et les dépose en tas à la lumière tachetée de la lune.

Toute sa vie, Paha Sapa a adoré le parfum des aiguilles de pin sous ses pieds, la nuit, l'arôme qu'elles dégagent en refroidissant après avoir grillé toute la journée au soleil, et ce soir, il en éprouve un plaisir intact. Il se rend compte que la douleur qui n'a cessé de lui déchirer les tripes et les reins ces dernières semaines se dissipe, en même temps que la terrible fatigue qui l'accable jour et nuit depuis des mois à présent.

Ça y est. J'y suis. Enfin, je vais vraiment le faire.

Cette idée lui inspire un sentiment de liberté – de légèreté presque –, et il doit se rappeler, cyniquement, que tout ce qu'il a fait jusqu'à présent, c'est transporter deux ânes ici à des fins immorales. La loi des hommes l'interdit... mais existe-t-il une loi des ânes ?

Il va y en avoir une, si tu ne dégrises pas, Collines-Noires, se réprimande-t-il. Il n'a pas touché une goutte de whisky, de vin ou de tout autre alcool depuis plus de quarante ans – alors pourquoi cette impression d'ivresse ?

Parce que tu fais *enfin ce que tu ne fais qu'envisager depuis soixante ans, espèce de casse-pieds*, se dit-il en mettant le Dodge au point mort et en le laissant descendre en roue libre hors du parking et vers le bas de la colline, loin du monument, avant de faire démarrer le moteur.

Les vingt et une caisses de dynamite de bonne qualité qu'il a mises de côté ont été séparées du rebut et sont prêtes à être arrimées sur le camion. Paha Sapa a eu tellement mal au dos ces derniers temps qu'il s'est inquiété à la seule idée de devoir les hisser – craignant que son corps ne le lâche pendant qu'il charge les lourdes caisses sur le plan incliné qui rejoint le plateau du camion – mais en réalité, tout se passe très bien. Comme il l'avait prévu, chaque caisse tient parfaitement dans sa profonde niche de bottes de foin, encore protégée par un rembourrage de bâches et de paille.

Il n'en pousse pas moins un profond soupir de soulagement en sortant de Keystone. Comme de très nombreux habitants de la ville sont employés par M. Borglum et comme demain – non, aujourd'hui –, enfin, ce samedi, est un jour de travail pour la plupart d'entre eux, les trois bars de la ville ne sont pas aussi bondés qu'ils le sont d'ordinaire le vendredi soir. Tout de même, Paha Sapa aurait été bien ennuyé si une bosse de cette route pleine de nids-de-poule, dont ce tronçon n'est pas asphalté, les avait réduits en atomes, lui, le camion, ces bars, et une vingtaine d'autres bâtiments avec leur contenu d'épouses et d'enfants endormis.

Si la nitroglycérine ou la dynamite explosent maintenant, se dit-il en gravissant la route de montagne en première, elles ne pulvériseront que lui, un morceau de route et quelques dizaines d'arbres. Mais Paha Sapa fronce les sourcils en songeant qu'il a fait tellement sec tout l'été qu'une telle déflagration provoquerait certainement un incendie de forêt qui pourrait *tout de même* détruire l'intégralité de Keystone, sans compter les bâtiments qui se trouvent sur Doane Mountain et sur le mont Rushmore.

Les vingt et une caisses de dynamite et l'unique caisse, plus petite, qui renferme les détonateurs ne sautent pas pendant le trajet cahoteux et bringuebalant jusqu'au sommet de la colline.

Paha Sapa constate avec un certain étonnement que non seulement il s'était attendu à une explosion, mais que – d'une façon étrange, inexplicable, perverse – il est un peu déçu d'être arrivé indemne.

S'étant garé une nouvelle fois au milieu des ombres que projette la lune, il décharge les vingt et une caisses et l'unique boîte de détonateurs. Puis il sort tranquillement le Dodge du parking, le range sur une piste pare-feu un peu plus d'un kilomètre en contrebas et remonte en coupant à travers bois. La lune presque pleine domine les collines et les crêtes rocheuses les plus proches et se prend constamment dans les branches de pin, au-dessus de Paha Sapa, avant de se dégager. Son éclat éclipse celui des étoiles tandis qu'elle continue de monter, faisant étinceler la paroi et les contreforts de la façade de granite d'un éclat plus blanc que la lumière du jour. Les yeux de George Washington, la première figure à avoir émergé de la montagne, créent l'illusion parfaite de suivre Paha Sapa.

Avant de reconduire les ânes aux yeux bandés, parfaitement silencieux à présent, jusqu'aux caisses de dynamite pour les charger, Paha Sapa prend la boîte de détonateurs – qu'il cale contre sa poitrine avec une lanière de cuir – et la monte en premier jusqu'au canyon de la salle des Archives.

Le clair de lune dessine des rubans de peinture blanche aux contours accusés sur les parois du canyon. Les ombres sont très noires, cependant, et tant les abords du canyon que le sol lui-même sont jonchés de pièges – racines d'arbres, pierres détachées, fissures. Paha Sapa regrette que Borglum n'ait pas encore construit le large escalier incurvé dont il lui a parlé aujourd'hui même – non, hier. Il essaie de ne pas quitter les zones éclairées par la lune, mais les ombres sont suffisamment larges et suffisamment noires pour que, arrivé dans le canyon lui-même, il doive utiliser de temps en temps la lampe torche dont il s'est muni.

À un moment, se fiant au clair de lune, Paha Sapa trébuche et tombe en avant sur la boîte de détonateurs qui émet un léger bruit métallique. Il interrompt sa chute en tendant le bras droit et se rattrape à un gros bloc rocheux, dissimulé dans l'obscurité.

Alors qu'il se redresse prudemment et progresse plus lentement, le sang de sa paume éraflée et entaillée ruisselle le long de ses doigts. Il sourit et secoue la tête.

Le trou rectangulaire du forage d'essai de la salle des Archives est invisible dans les ombres noires comme de l'encre projetées sur cette paroi, mais Paha Sapa distingue devant lui l'extrémité du mur du canyon et sait où s'arrêter. Il se sert de sa lampe torche pour trouver l'ouverture et, s'y glissant à croupetons, avance lentement jusqu'au fond du puits aveugle. Il cachera les explosifs plus près de l'ouverture et veut s'assurer qu'aucun faux pas, aucune caisse lâchée par mégarde dans l'obscurité ne risque de déclencher ces détonateurs sensibles.

Rejoignant les ânes et la dynamite qui l'attend au-delà de l'embouchure de l'étroit canyon, Paha Sapa résiste à l'envie ridicule de siffloter. Il sort un mouchoir propre de sa poche, essuie le sang de sa paume et de ses doigts et s'étonne de l'étrange sentiment d'allégresse qu'il sent monter en lui.

Est-ce ce qu'éprouve un guerrier quand il marche au combat ?

« Tu n'as jamais voulu être guerrier ? »

C'est Robert qui lui a posé cette question inopinée, mais qu'étrangement il attendait depuis longtemps. C'était pendant l'été de 1912, au moment de leur excursion annuelle, et Robert avait quatorze ans. Ils avaient beau avoir déjà campé ensemble à plusieurs reprises dans les collines Noires, c'était la première fois que Paha Sapa conduisait son fils au sommet des Six Grands-Pères. Ils étaient assis tous les deux au bord de la falaise, jambes ballantes, tout près de l'endroit où Paha Sapa avait creusé sa Fosse de Vision, trente-six ans auparavant.

« Je veux dire... est-ce que la plupart des jeunes gens de ta tribu n'étaient pas censés devenir des guerriers en ce temps-là, papa ? »

Paha Sapa avait souri.

« La plupart. Mais pas tous. Je t'ai déjà parlé des winkte. *Et des* wičasa wacan.

— Et toi, tu as voulu devenir un wičasa wakan, *comme ton grand-père adoptif, Boite-Beaucoup. Mais dis-moi la vérité, papa... est-ce que tu n'as pas eu envie de devenir un guerrier comme la plupart des autres jeunes gens ? »*

Paha Sapa avait songé à l'unique raid malencontreux contre les Pawnees auquel il avait été autorisé à participer avec les plus grands – et où il n'avait même pas été capable de tenir les chevaux et de les empêcher de hennir, ce qui lui avait valu les moqueries des autres, lesquels avaient eux-mêmes précipitamment battu en retraite en constatant les dimensions du camp de guerriers pawnees –, puis il s'était rappelé qu'il s'était précipité dans la terrible bataille de l'Herbe grasse sans même emporter une arme. Il avait pris conscience qu'en ce jour où Cheveux-Longs et ses soldats avaient attaqué l'immense village, il n'avait même pas cherché à faire du mal aux *wasichu.* Il était simplement parti avec les hommes et les autres garçons parce qu'il *ne voulait pas rester tout seul.*

« En fait, Robert, je crois que je n'ai jamais voulu être un guerrier. Pas vraiment. Il devait me manquer quelque chose. C'était peut-être simplement une question de canl pe**. »

Du haut de ses quatorze ans, Robert avait secoué la tête.

« Tu n'étais pas canl waka**, *papa. Tu sais aussi bien que moi que ce n'était pas de la lâcheté. »*

Paha Sapa avait levé la tête vers les rares nuages qui parcouraient le ciel. En 1903, après la mort de Big Bill Slovak dans la mine de la Sainte Terreur, Paha Sapa avait emmené son fils de cinq ans loin de Keystone et de Deadwood, dans les plaines. Ils avaient campé pendant sept jours à *Matho Paha,* la butte de l'Ours. Le sixième jour, en se réveillant, Paha Sapa avait découvert que son fils était parti. Leur chariot était toujours caché là où ils l'avaient laissé, plus bas, les chevaux toujours entravés, mais Robert avait disparu.

Pendant trois heures, Paha Sapa avait fouillé de fond en comble la colline de quatre cent cinquante mètres d'altitude qui s'élevait dans la prairie, tandis que les images défilaient dans son esprit : crotale, éboulement, chute du petit garçon, étrangers. Et puis, au moment même où Paha Sapa venait de décider de prendre un des chevaux et d'aller chercher du secours dans la ville la plus proche pour poursuivre les recherches, le petit Robert était revenu au campement. Il était affamé et sale, mais en parfaite santé. Quand Paha Sapa avait demandé à son fils où il était allé et pourquoi il s'était caché, Robert avait répondu :

« J'ai trouvé une grotte, papa. J'ai parlé avec l'homme aux cheveux blancs qui vit dans la grotte. Il a le même prénom que moi. »

Après le petit déjeuner, il avait demandé à Robert de lui montrer la grotte. Robert avait été incapable de la retrouver. Paha Sapa aurait bien voulu savoir de quoi le vieil homme lui avait parlé, mais le garçon s'était contenté de ces quelques mots :

« Il a dit que ce qu'il m'a raconté et aussi les rêves qu'il m'a montrés sont notre secret – seulement à lui et seulement à moi. Il a dit que tu comprendrais, papa. »

Robert n'avait jamais révélé ce que Robert Médecine-Douce lui avait dit en ce jour de 1903, ni les visions qu'il lui avait fait partager. Mais depuis ce jour, tous les étés, Paha Sapa et son fils étaient partis camper ensemble pendant une semaine.

Robert balançait ses longues jambes au bord de la falaise des Six Grands-Pères et regardait son père quand il avait demandé tout bas :

« *Ate, khoyákiphela he ?* »

Paha Sapa n'avait pas su quoi répondre. Que craignait-il en vérité, de quoi se souciait-il sinon de la vie et du bien-être de son fils ? De quoi s'était-il inquiété, sinon de la vie et du bonheur de sa femme quand elle était malade, ou de l'avenir de son peuple ? D'ailleurs, pouvait-on parler de crainte ? N'était-ce pas plutôt du... savoir ?

Peut-être redoutait-il aussi la violence des souvenirs de ceux qui résidaient dans son esprit et dans son âme comme des nodules obscurs : les dépressions et les explosions de rage de Cheval-Fou ; et même les images des meurtres radieux de Cheveux-Longs dans la faible lueur de l'aube hivernal, tandis que la fanfare du régiment jouait sur la colline derrière eux.

Ce jour-là, Paha Sapa s'était contenté de secouer la tête, ne sachant comment répondre à cette question, mais conscient que son fils avait raison – il n'avait jamais été un lâche, au sens courant du terme –, sans ignorer non plus la profondeur de son propre échec de père, de mari, d'Être Humain

Libre Naturel. Avant cette excursion de l'été 1912, Paha Sapa avait pensé qu'un jour, il pourrait livrer à Robert quelques détails de son *hanblečeya* sur cette montagne, trente-six ans auparavant – et peut-être même de la Vision que les Grands-Pères lui avaient accordée –, mais il avait compris ce jour-là qu'il ne le ferait jamais. Il avait confié à Robert qu'il était venu ici en quête de Vision, mais n'avait pas dit un mot de la Vision elle-même pendant cette semaine de camping aux alentours de la montagne et – chose intéressante –, Robert n'avait pas posé de questions.

Robert Slow Horse tenait de sa mère son teint clair, ses yeux noisette, sa minceur et ses longs cils. Mais ces derniers ne lui donnaient pas l'air efféminé. Contrairement à son père peut-être, Robert était un guerrier né, mais un guerrier calme. Il n'y avait rien en lui de la fureur ni des bravades de Cheval-Fou. Au pensionnat de Denver, il laissait les grands le taquiner un moment à propos de son nom et de son statut de « métis », avant de les mettre en garde d'une voix douce. Puis – les petites brutes étant évidemment incapables de s'arrêter –, Robert les flanquait par terre d'un coup de poing. Et il continuait à les rosser jusqu'à ce qu'ils changent d'attitude.

À quatorze ans, Robert dépassait déjà son père de dix centimètres. Paha Sapa ignorait de qui il tenait cette taille : Rain avait été petite, tout comme son père, le pasteur missionnaire et théologien qui avait quitté la réserve de Pine Ridge l'année qui avait suivi la disparition de sa fille en 1899, et était mort lui-même avant l'avènement du nouveau siècle en 1901. Peut-être, se disait Paha Sapa, *son* propre père, Petit-Élan, qui s'était fait tuer si jeune, avait-il été grand, en dépit de son nom. (Un petit élan lui-même avait une taille respectable, Paha Sapa en avait conscience.) Il n'avait jamais pensé à demander à Boite-Beaucoup, à Blaireau-Furieux, à Femme-Trois-Bisons, ni à aucun membre de son entourage quelle taille avait son père lorsqu'il s'était attaché à un poteau et était mort en combattant les Pawnees.

Pendant la dernière année de sa vie, le révérend de Plachette était allé s'installer dans le Wyoming pour se rapprocher de son ami William Cody. Ce dernier avait fondé une ville portant son nom et construit quelques hôtels pour les touristes qui ne manqueraient pas, il en était convaincu, de venir admirer les superbes paysages de l'Ouest grâce à la voie de chemin de fer de Burlington ouverte récemment. Buffalo Bill avait donné le nom de sa fille, Irma, à l'un des grands hôtels et avait baptisé Cody Road une route qu'il avait fait construire pour relier la ville de Cody au parc de Yellowstone. Un autre signe de richesse de l'homme d'affaires vieillissant était le T. E. Ranch, un ranch géant qu'il avait créé le long de la South Fork de la Shoshone River. Cody y avait conduit tout le bétail de ses propriétés du Nebraska et du Dakota du Sud.

Au début de 1900, quand Paha Sapa et le petit Robert étaient allés au ranch pour la première fois rendre visite au révérend de Plachette déclinant et à Cody, toujours prospère, l'exploitation de Buffalo Bill comptait plus d'un millier de têtes de bétail sur plus de trois mille hectares de pâtures de première qualité.

Buffalo Bill, dont les longs cheveux avaient blanchi comme le bouc qui ornait encore son menton, avait toujours insisté pour que son ancien employé et son fils logent chez lui, dans la grande maison, quand Paha Sapa venait au ranch, et c'était au cours de leur seconde et dernière visite, juste avant la mort du révérend de Plachette le jour de la première chute de neige à l'automne 1900, que Cody avait observé le petit garçon de deux ans qui jouait avec les enfants de domestiques.

« Ton fils est plus intelligent que toi, Billy. »

Paha Sapa n'y avait pas vu une insulte. Il savait déjà que son petit garçon était remarquablement intelligent. Il s'était contenté d'acquiescer.

Buffalo Bill avait ri.

« Sapristi, je parie que quand il sera grand, il sera plus intelligent que moi. *Tu l'as vu démonter cette lanterne vide et la remonter ? Il n'a même pas cassé la vitre. Ce petit gars marche à peine et c'est déjà un ingénieur. Qu'est-ce que tu as prévu pour son éducation, Billy ? »*

C'était une bonne question. Rain avait fait jurer à Paha Sapa que Robert fréquenterait de bonnes écoles, puis une université ou un établissement d'enseignement supérieur quelque part à l'Est. Bien sûr, elle pensait que son père serait là pour l'aider – le vieil homme avait enseigné à différentes périodes de sa vie la religion naturelle et révélée ainsi que la rhétorique, à Yale et à Harvard – et ne s'attendait pas à ce qu'il la suive aussi rapidement au tombeau. Et surtout, elle n'avait pas imaginé que son père pourrait mourir sans le sou.

Les établissements scolaires proches de Keystone et de Deadwood, où Paha Sapa venait d'être embauché dans les mines après avoir quitté la réserve de Pine Ridge, étaient exécrables et, de toute manière, la plupart n'admettaient pas les petits Indiens. L'unique école de la réserve de Pine Ridge était encore plus médiocre. Paha Sapa faisait toutes les économies qu'il pouvait, mais ne savait absolument pas comment assurer l'éducation de son fils.

William Cody lui avait donné une petite tape dans le dos tandis qu'ils regardaient jouer les enfants.

« Laisse-moi faire, Billy. J'ai une sœur à Denver, et j'y connais quelques bons pensionnats. Celui auquel je pense accueille les garçons à partir de neuf ans et les instruit jusqu'à ce qu'ils aient l'âge d'entrer à l'université. Ce n'est sûrement pas donné, mais je ne demande qu'à...

— J'ai de l'argent, monsieur Cody. Mais si vous pouviez dire un mot en sa faveur, je vous en serais très reconnaissant. Tous les établissements n'acceptent pas les petits Indiens. »

Cody s'était tourné vers les quatre petits qui s'amusaient par terre.

« Qui diable pourrait dire que Robert a du sang indien, Billy ? Pas moi en tout cas, et ça fait plus de trente ans que je vis au milieu de ton peuple.

— Il porte tout de même le nom de Slow Horse. »

William Cody avait grommelé.

« Après tout, peut-être n'est-il pas aussi intelligent que nous le croyons, Billy, et il n'aura peut-être pas besoin d'un pensionnat de premier ordre. Ou peut-être qu'un jour, les autres seront plus intelligents. En attendant, il n'est pas interdit d'espérer. »

Robert n'avait pas déçu son père. Le petit avait appris à lire presque tout seul avant quatre ans ; à cinq ans, il dévorait tous les livres que Paha Sapa pouvait lui dénicher. Il parlait lakota comme s'il avait grandi dans la bande de Blaireau-Furieux, mais à six ans, il maîtrisait aussi l'espagnol (certainement grâce à la Mexicaine, à sa famille et à ses amis qui s'occupaient de lui quand Paha Sapa travaillait à la mine). Au moment où Robert était entré au pensionnat de Denver en 1907 – il n'était pas facile de se rendre des collines Noires à Denver en ce temps-là, car il n'y avait pas de liaison ferroviaire directe, mais M. Cody lui-même les avait conduits dans son automobile sur les routes non asphaltées depuis le Wyoming –, le petit garçon avait déjà commencé à parler et à lire quelques bribes d'allemand et de français. Ses études à Denver ne lui avaient posé aucun problème, bien qu'il n'eût guère fréquenté d'école digne de ce nom dans les collines et ait dû se contenter de son père pour tout précepteur.

En réalité, Robert et Paha Sapa avaient été inséparables jusqu'à ce jour de septembre où ce dernier s'était retourné pour regarder par la vitre arrière ovale de l'automobile de M. Cody à Denver et avait vu son fils debout en compagnie d'étrangers, devant un bâtiment de brique rouge aux volets verts ;

Robert paraissait trop intimidé, ou peut-être cette situation nouvelle le passionnait-elle trop, pour penser à agiter la main en guise d'au revoir. Mais cette année-là et au cours des années qui avaient suivi, Robert avait écrit toutes les semaines – de bonnes et longues lettres, remplies de nouvelles – et, bien que Paha Sapa ait su que pendant toute cette première année, Robert avait été rongé par le mal du pays (Paha Sapa avait *senti* dans ses tripes et dans son cœur la douloureuse nostalgie de son fils), le petit n'en avait jamais fait mention dans sa correspondance. Chaque année, au mois de janvier, ils commençaient à discuter de l'endroit où ils iraient camper ensemble l'été suivant.

« Tu étais déjà venu ici avec maman ? »

Paha Sapa sursaute, sortant de sa rêverie.

« Dans les collines Noires ? Oui, bien sûr.

— Non. Ici. Au sommet des Six Grands-Pères.

— Pas exactement. Nous sommes venus dans les collines quand elle était enceinte de toi et nous avons grimpé ici... »

Paha Sapa avait tendu le bras vers un pic qui s'élevait vers l'ouest et le sud.

Robert avait eu l'air surpris, presque scandalisé.

« Le Harney Peak ? Ça m'étonne que tu y aies emmené maman – et que tu y aies mis les pieds toi-même.

— Son nom wasichu *ne veut rien dire, Robert. Pour moi, en tout cas. De là-haut, nous avions une vue magnifique sur les Six Grands-Pères – et sur presque tout le reste. Une route de terre arrivait presque au départ de la piste qui monte au Harney Peak, alors qu'il n'y avait pas d'accès facile pour aller aux Six Grands-Pères. Tu as bien vu qu'aujourd'hui encore, il n'est pas si facile de monter jusqu'ici. »*

Robert avait hoché la tête, levant les yeux vers le sommet lointain, cherchant de toute évidence à y imaginer sa mère en train de regarder dans leur direction.

« Pourquoi me demandes-tu cela, Robert ?

— Ah ! c'est que je pensais à tous les endroits où tu m'as emmené l'été depuis que je suis petit – la butte de l'Ours, Inyan Kara, *la grotte du Vent, les Mauvaises Terres, les Six Grands-Pères... »*

Robert avait utilisé les noms lakotas de tous ces lieux, *Matho Paha, Washu Niya* (« la Grotte qui respire » pour la grotte du Vent), *Maka Sichu* et ainsi de suite. Lorsqu'ils bavardaient tous les deux, ils passaient sans cesse du lakota à l'anglais et inversement.

Paha Sapa avait souri.

« Oui ? »

Le sourire que Robert lui avait retourné lui avait rappelé celui de Rain quand elle était embarrassée.

« Ah, c'est que... je me demandais simplement si tu avais choisi ces endroits pour des raisons religieuses, en plus du fait que ce sont des coins formidables pour camper – ou des lieux importants pour ton peuple. »

Paha Sapa avait relevé intérieurement le « ton » au lieu du « notre », mais n'avait rien dit.

« Robert, quand les Blancs ont convoqué différents Ikče Wičaśa, *des* Sahiyela *et d'autres chefs de tribus, des hommes sacrés et des chefs de guerre à Fort Laramie en 1868 pour tracer les frontières des territoires indiens, les soldats et les diplomates blancs qui parlaient au nom du grand-père blanc si lointain ont prétendu que s'ils voulaient dresser ainsi la carte de nos terres, c'était "pour connaître et protéger vos terres, ont-ils dit, aussi bien que les nôtres". Alors nos chefs, nos hommes du mystère et nos guerriers ont examiné les cartes et se sont gratté la tête. L'idée de mettre une limite au territoire d'un peuple n'avait jamais effleuré l'esprit des Êtres Humains Libres Naturels ni d'aucune des autres tribus présentes. Comment savoir quelles terres on pourrait gagner au combat au printemps prochain, ou perdre l'été suivant ? Comment tracer une* ligne *indiquant* votre *terre dans des régions qui appartenaient en réalité au bison, à tous les animaux qui vivaient dans les collines Noires... ou à toutes les tribus qui y trouvaient asile ? Mais alors, nos hommes du mystère ont commencé à dessiner sur les cartes des* wasichu *des marques montrant les endroits qui* devaient *appartenir à leurs tribus et à leur peuple à cause de leur caractère particulièrement sacré – de grandes boucles autour de* Matho Paha *et d'*Inyan Kara *et de* Maka Sihu *et de* Paha Sapa *et de* Washu Niya *et de* Šakpe Sunkašila, *où nous nous trouvons en ce moment... »*

Le visage de Robert s'était déjà fendu d'un grand sourire, alors que Paha Sapa poursuivait.

« Les wasichu *ont été un peu interloqués parce qu'à nous seuls, les Cheyennes et les Êtres Humains Libres Naturels, nous considérions à peu près* tous *ces fichus rochers, collines, arbres et ruisseaux, rivières, mesas et étendues de prairie comme sacrés d'une manière ou d'une autre. »*

Robert riait à présent – de ce rire libre, naturel, sans entrave ni contrainte qui ressemblait tant, aux oreilles de Paha Sapa, au doux rire de Rain.

« Je comprends, papa. Il n'y a pas un endroit où tu pourrais me conduire autour des collines Noires qui ne fasse pas partie *de la religion des* Ikče Wičaśa. *Mais tout de même, puisqu'il est question de religion, est-ce que tu ne te fais jamais... de souci... pour moi à ce sujet ?*

— Tu as été baptisé dans la religion chrétienne par ton grand-père, Robert. »

Robert avait recommencé à rire et avait posé la main sur l'avant-bras nu de son père.

« *Oui, et on peut dire que ça a pris, pas vrai ? En fait, je ne crois pas t'en avoir parlé dans mes lettres, mais je fréquente différentes églises, à Denver... pas seulement la chapelle de l'école, ce qui est obligatoire. Il m'arrive aussi d'accompagner les autres élèves et certains maîtres et leurs familles, le dimanche. Il y a une église catholique au centre de Denver que j'apprécie particulièrement. J'y ai assisté à la messe avec M. Murcheson et sa famille – notamment à Pâques et pour d'autres fêtes religieuses catholiques. J'aime ce rituel... l'odeur d'encens... le latin... tout.* »

Se demandant ce que sa femme et son beau-père théologien et missionnaire protestant en auraient pensé, Paha Sapa avait demandé :

« *Tu envisages de devenir catholique, Robert ?* »

Le garçon avait ri de nouveau, mais tout bas, cette fois. Il s'était retourné vers le sommet de Harney Peak qui s'enténébrait.

« *Non. J'ai bien peur de ne pas être capable de croire comme je sais que tu l'as fait... que tu le fais, sans doute... et peut-être comme le faisaient maman et grand-père de Plachette.* »

Paha Sapa avait été tenté de confier à Robert qu'il avait eu l'impression que son grand-père perdait la foi au cours des dix-huit mois qui avaient suivi la mort de sa fille, si jeune. Le danger, Paha Sapa ne le sait que trop bien, de n'avoir qu'un enfant... un enfant unique qui devient votre seul lien avec l'avenir invisible et, étrangement, mais de façon tout à fait concrète, avec le passé disparu.

Robert parlait toujours :

« *... aucune religion que je connaisse pour le moment, en tout cas, mais je suis impatient d'en découvrir et d'en apprendre davantage. Il me semble pourtant que pour le moment, la seule religion dont je puisse me réclamer... papa, as-tu entendu parler d'un certain Albert Einstein ?*

— Non.

— Il n'est pas encore très célèbre, mais je suis sûr que ça ne va pas tarder. M. Mülich, mon professeur de mathématiques et de physique à l'école, m'a

montré un article que le professeur Einstein a publié il y a à peu près trois ans : “Über die Entwicklung unserer Anschauungen über das Wesen und die Konstitution der Strahlung”. *Selon M. Mülich, les implications de cet article – l'idée que la lumière possède un mouvement et peut agir comme des particules-points, des photons, enfin – ... voilà sans doute ce qui se rapproche le plus d'une religion pour moi, en ce moment.* »

Paha Sapa avait alors dévisagé son fils comme on contemple la photo ou le portrait d'un parent très, très lointain.

Robert avait secoué la tête et s'était remis à rire, comme s'il effaçait un tableau noir.

« Mais tu sais à quoi les églises catholiques, méthodistes et presbytériennes que j'ai fréquentées m'ont surtout fait penser ?

— Aucune idée.

— À l'homme du mystère paiute de la Danse des Esprits dont tu m'as parlé il y a bien longtemps – Wovoka, c'est ça ?

— Oui. Il s'appelait bien comme ça.

— Tu sais, son message de la venue d'un messie... lui-même, je suppose... et de la non-violence et cette histoire que si on suivait ses enseignements, les morts et les ancêtres reviendraient sur terre et le bison aussi, et que la Danse des Esprits provoquerait un cataclysme qui balaierait tous les Blancs et les autres non-croyants, un peu comme les Tribulations et tous ces machins du livre de l'Apocalypse – tout cela m'a paru très proche du christianisme.

— C'est ce que nous sommes nombreux à avoir pensé en l'entendant, Robert.

— Tu m'as raconté que Boite-Beaucoup et toi aviez l'intention d'aller entendre le Prophète avec Bison-Assis à l'agence de Standing Rock, mais que Bison-Assis avait résisté quand on a voulu l'arrêter et qu'il s'est fait tuer...

— Oui.

— Mais tu ne m'as rien dit de Boite-Beaucoup. Sauf qu'il est mort peu après.

— C'est que je n'avais pas grand-chose à te dire. Boite-Beaucoup est effectivement mort peu après l'assassinat de Bison-Assis.

— Mais comment ? Enfin... je sais que tu pensais que ton tunkašila *adoptif avait été tué bien des années plus tôt, juste après ta Vision, quand la cavalerie de Custer avait incendié ton ancien village et massacré tout le monde ; ensuite, tu as quitté l'école que tenaient ces prêtres et tu es monté jusqu'au Canada pour chercher Boite-Beaucoup quand tu avais... mince, tu devais avoir mon âge, papa.* »

Paha Sapa avait secoué la tête.

« Mais non. J'étais bien plus grand... j'avais presque seize ans. Un prêtre qui était venu du Canada avait décrit un homme qui ressemblait à mon tunkašila. *Il fallait que j'en aie le cœur net.*

— Quand même... bon sang, papa... quand je pense que tu es allé à cheval jusqu'au Canada pour essayer d'y trouver un homme – en plus c'était en hiver, si je me souviens bien. Quand tu avais quinze ans. Comment as-tu fait ?

— J'avais un pistolet. »

Robert avait ri de si bon cœur que Paha Sapa avait vraiment eu peur que le garçon ne tombe du bord de la falaise.

« Ce Colt de l'armée qui pèse un âne mort, celui que tu as encore ? Je l'ai vu. Qu'est-ce que tu pouvais bien chasser pour te nourrir avec un monstre *pareil ? Des bisons ? Des antilopes ? Des pumas ?*

— Des lapins, surtout.

— Et puis, tu as effectivement trouvé Boite-Beaucoup. Après tout ce temps ?

— Ça ne faisait pas si longtemps, Robert. Moins de cinq ans après Pehin Hanska Kasata *– l'été où nous avons tué Cheveux-Longs au bord de l'Herbe grasse... »*

Paha Sapa s'était interrompu et s'était frotté les tempes comme s'il avait mal à la tête.

« Ça va, papa ?

— Oui, oui, très bien. Quoi qu'il en soit, une fois arrivé au pays de la grand-mère, je n'ai pas eu tellement de mal à trouver mon tunkašila. *Les policiers en tunique rouge m'ont indiqué où il était et ont ajouté que je ferais bien de partir au plus vite et de le ramener chez nous.*

— Comment Boite-Beaucoup avait-il survécu à l'attaque au cours de laquelle ses épouses et presque tous les membres de ton village avaient trouvé la mort ?

— Il est sorti de son tipi quand le détachement de cavalerie de Cook a fait irruption à l'aube, et une balle l'a effleuré, juste ici... »

Paha Sapa avait touché son front et senti sa propre cicatrice, laissée par la crosse de Bouclé, le vieil éclaireur corbeau. Il s'était interrompu une seconde, le doigt figé sur le bourrelet blanc qui l'accompagne depuis trente-six ans. C'était la première fois qu'il songeait que Boite-Beaucoup et lui avaient porté des cicatrices presque identiques.

« Boite-Beaucoup est resté inconscient au milieu de la mêlée, à terre, risquant de se faire piétiner par les chevaux qui chargeaient, mais deux jeunes neveux l'ont éloigné du champ de bataille, ils l'ont caché parmi les saules, avant de

l'emmener plus loin quand la fumée des tipis et des corps en flammes a dissimulé leur retraite. Quand mon tunkašila *a repris connaissance deux jours plus tard, sa vie, ses amis, ses épouses et son foyer d'autrefois – le* tiyospaye *de Blaireau-Furieux – avaient tous disparu à jamais, et lui-même était couché sur un travois, en partance pour le nord afin de rejoindre la bande de Bison-Assis au pays de la Grand-Mère.*

— *Mais Bison-Assis est revenu du Canada avant lui.*

— *Oui. Boite-Beaucoup était malade, il souffrait d'une pneumonie quand Bison-Assis a reconduit presque l'intégralité des deux cents derniers de ses partisans vers le sud – les autres l'avaient abandonné, une famille après l'autre, jusqu'à ce que son* tiyospaye *ne soit plus que l'ombre de ce qu'il avait été jadis, à l'époque où il comptait huit cents huttes. Bref, j'ai trouvé Boite-Beaucoup, qui n'était pas encore guéri, dans un village de huit ou dix huttes délabrées, sans nourriture. Mon* tunkašila *vivait là avec seulement une vingtaine de vieillards, hommes et femmes, trop effrayés pour revenir vers le sud, et trop paresseux ou indifférents pour le soigner.*

— *C'était quand... En 1882 ?*

— *1881.*

— *Et alors tu l'as ramené, toi, mais pas directement à l'agence de Standing Rock ?*

— *C'est ça. Il s'y est rendu plus tard, pour rejoindre Bison-Assis. Il a commencé par se reposer et par essayer de reprendre des forces avec moi, près de l'agence de Pine Ridge. Mais il ne s'est jamais complètement remis. Et puis cette pneumonie... je pense que ce n'en était pas une – il n'arrivait pas à s'en débarrasser. Je suis presque sûr que c'était la tuberculose.* »

En racontant l'histoire de son grand-père chéri, Paha Sapa n'avait plus parlé que lakota. Il avait l'impression de ne pas pouvoir retracer en anglais le récit des derniers jours de Boite-Beaucoup, mais il n'ignorait pas que Robert aurait du mal à suivre. Malgré le don de son fils pour les langues, Paha Sapa savait que Robert n'avait pas d'autre occasion de pratiquer le lakota que les quelques semaines d'été qu'il passait en sa compagnie et leurs rares visites dans des réserves. Aussi belle et naturelle qu'elle fût pour Paha Sapa, c'était une langue complexe, dans laquelle un simple « merci » – *pilamayaye* – se traduisait littéralement par « sentir-bien-tu-m'as-fait » et où une question sur la direction à prendre pour rejoindre telle ou telle maison recevait pour réponse quelque chose comme : *Chanku kin le ogna waziyatakiya ni na chanku okiz'u icininpa kin hetan wiyoȟpeyatakiya ni, nahan tipi tokaheya kin hel ti. Nayašna oyakihi Šni* – ce qui, retranscrit tant bien que mal par Robert, donnait : « Route le long vers le nord tu vas et carrefour deuxième depuis là vers l'ouest tu vas et maison première là il vit. Tu manquer ne peux pas. » Les notions technologiques étaient encore plus difficiles à comprendre pour quelqu'un dont le lakota n'était pas la langue maternelle, puisque le simple fait de demander l'heure devenait *Mazaškanškan tonakca hwo ?*, autrement dit : « Métal va-va quoi ? » Mais surtout, c'était une langue dans laquelle tout possédait un esprit et une volonté, de sorte qu'au lieu de dire : « Il va y avoir de l'orage » – une forme impersonnelle qui de, toute façon, n'existe pas en lakota – on disait : « Les Êtres Tonnerre bientôt arriveront. » Au cours de leurs quatre années de mariage, de ces quatre années merveilleuses, Rain – qui était d'une intelligence supérieure et avait l'avantage de vivre avec plusieurs personnes dont le lakota était la langue maternelle – n'avait jamais réussi à en maîtriser toutes les subtilités et avait souvent dû demander à Paha Sapa ce qu'avait dit un habitant de la réserve après un feu roulant de plaisanteries.

L'esprit de Boite-Beaucoup méritait que la fin de son histoire soit racontée en lakota, alors Paha Sapa avait parlé lentement, en phrases courtes, s'arrêtant de temps à autre pour s'assurer que son fils n'était pas perdu.

« Boite-Beaucoup n'aimait pas l'agence de Standing Rock, mais il aimait vivre au voisinage de son ami Bison-Assis. Quand Bison-Assis a été tué, juste avant le début de la Lune où les Cerfs perdent leurs bois – elle commence le 17 décembre, et Bison-Assis est mort le 15 décembre 1890 du calendrier wasichu, *mon fils –, je crois bien que seule la croyance partagée qu'inspirait la Danse des Esprits du prophète paiute Wovoka a empêché les Êtres Humains Libres Naturels qui se trouvaient à Standing Rock de massacrer tous les* wasichu *et la police tribale avec. »*

Robert fronçait les sourcils de concentration lorsqu'il avait levé la main, presque timidement, pour réclamer une pause. Paha Sapa s'était interrompu.

« Atewaye ki, emičiktunža yo – *Mon père, excuse-moi, mais est-ce parce que le prophète paiute Wovoka prônait la non-violence, comme les vrais Chrétiens ?*

— *En partie, mon fils, parce que le message de Wovoka, un message sacré pour les Danseurs des Esprits, était : "Vous ne devez pas blesser qui que ce soit ni lui faire de mal. Vous ne devez pas vous battre. Faites toujours le bien." Mais c'était surtout parce que la majorité des Êtres Humains Libres Naturels qui vivaient là, à Standing Rock – et plus particulièrement les Hunkpapas, qui avaient écouté les Danseurs des Esprits le plus longtemps – croyaient à la prophétie annonçant que lorsque ce printemps de 1891 arriverait et que l'herbe reverdirait, tous les* wasichu *disparaîtraient et que les hautes herbes, les bisons et tous leurs parents morts reviendraient. La plupart des Hunkpapas avaient accompli leur Danse des Esprits avec loyauté et sérieux, dansant et chantant jusqu'à perdre connaissance. Beaucoup portaient leurs chemises magiques censées les protéger des balles. Ils croyaient en cette prophétie. Tu arrives à me comprendre, quand je parle aussi vite ?*

— Oui, mon père. Je ne t'interromprai plus, sauf s'il y a quelque chose que je ne comprends pas. Continue, je t'en prie.

— Après l'assassinat de Bison-Assis, les Hunkpapas n'avaient plus de chef. La plupart se sont alors enfuis de l'agence de Standing Rock. Certains se sont rendus dans un des refuges secrets des Danseurs des Esprits. Beaucoup ont rejoint le dernier de leurs grands chefs, Nuage-Rouge, à Pine Ridge, où je vivais moi-même à l'époque. Je m'apprêtais à retourner à Pine Ridge, moi aussi, mais Boite-Beaucoup n'a pas voulu m'accompagner. Ils étaient devenus très amis, Bison-Assis et lui, avec le vieux chef des Minneconjous, Grand-Pied, celui que les wasichu *appellent Big Foot. Il avait attrapé une pneumonie, lui aussi, cet hiver-là – ou peut-être était-ce la tuberculose, comme Boite-Beaucoup, car ils crachaient du sang tous les deux quand ils toussaient – et Grand-Pied était sûr que les généraux* wasicun *avaient l'intention de l'arrêter, comme Bison-Assis. Il avait raison. Le mandat d'arrêt avait déjà été envoyé. Tu suis toujours, mon fils ?*

— Oui, mon père. Je t'écoute de tout mon cœur. »

Paha Sapa avait hoché la tête. Il avait bu une gorgée d'eau et passé le bidon à Robert, qui l'avait imité. Très haut dans le ciel, une buse à queue rousse dessinait des cercles, profitant d'un courant ascendant. Pour une fois, une des rares fois de sa vie, Paha Sapa ne se demanda pas ce que voyait l'oiseau de là-haut – ses pensées étaient tout entières concentrées sur le récit de la fin de Boite-Beaucoup et sur la nécessité de la raconter correctement, mais simplement.

« Washtay. *Je n'aurais pas dû quitter mon* tunkašila, *mais il n'a pas voulu retourner à Pine Ridge avec moi. Il n'avait qu'une idée en tête : rejoindre la bande de Minneconjous de Grand-Pied au campement du ruisseau de la Cerise, Cherry Creek, pas très loin de Standing Rock, où elle passait l'hiver – c'était un hiver froid, avec beaucoup de neige, Robert. J'ai accompagné Boite-Beaucoup, qui toussait de nouveau à fendre l'âme, jusqu'au campement de Grand-Pied et je l'y ai laissé, assuré que son vieil ami veillerait sur lui. Près d'une centaine d'autres Hunkpapas étaient venus rejoindre Grand-Pied. Il me semblait que le campement offrait un abri sûr et j'ai promis de revenir voir comment allait Boite-Beaucoup un mois plus tard. J'avais l'intention d'insister alors pour que mon* tunkašila *m'accompagne à Pine Ridge pour le printemps. J'aurais dû rester avec lui.*

Je n'étais pas parti depuis une journée quand Grand-Pied, convaincu que les soldats et la police tribale allaient venir le chercher, a dit à son peuple et aux réfugiés hunkpapas de lever le camp. Il avait finalement décidé de les reconduire tous à Pine Ridge dans l'espoir que Nuage-Rouge, qui entretenait des relations amicales avec les Preneurs de Graisse, assurerait leur protection.

Mais Grand-Pied a rapidement été très malade, il perdait tant de sang qu'il a dû s'allonger dans un chariot, sur des couvertures. Boite-Beaucoup, qui avait recommencé, lui aussi, à cracher du sang, voyageait dans le même chariot, mais il était assis à côté du jeune Celui-qui-a-Peur-de-l'Ennemi, qui menait les chevaux. Le 28 décembre, alors que cette longue colonne d'hommes, de vieillards, de femmes – âgées pour la plupart – accompagnés de quelques enfants n'était plus très éloignée du ruisseau du Porc-Épic, Porcupine Creek, ils ont vu approcher quatre soldats du 7ᵉ de cavalerie. »

Paha Sapa s'était interrompu, s'attendant plus ou moins à ce que le fantôme tapi dans sa tête intervienne. Mais non. Robert était resté silencieux, lui aussi, bien qu'aux mots de « 7ᵉ de cavalerie », le garçon de quatorze ans ait soupiré comme un vieillard. Il connaissait certaines des expériences de son père avec ce régiment.

« *Grand-Pied avait fait hisser un drapeau blanc au-dessus de son chariot. Quand le commandant de cavalerie s'est porté à sa hauteur pour lui parler – ce* wasichu *s'appelait Whitside – Grand-Pied a dû se dégager de toutes ses couvertures que ses expectorations avaient constellées de croûtes de sang coagulé. Boite-Beaucoup, Celui-qui-a-Peur-de-l'Ennemi et d'autres ont aidé le vieux Minneconjou à se lever et à s'approcher en boitant du commandant Whitside qui n'avait pas mis pied à terre.*

Whitside a annoncé à Grand-Pied qu'il avait reçu l'ordre, lui, le commandant, d'escorter le vieux chef et son peuple jusqu'à un camp que la cavalerie avait dressé au bord du ruisseau qui s'appelle Chankpe Opi Wakpala. *Grand-Pied, Boite-Beaucoup et les autres étaient désolés de ne pas pouvoir rejoindre Nuage-Rouge à Pine Ridge pour se placer sous sa protection, mais ils se sont dit qu'il était de bon augure de se rendre à* Chankpe Opi Wakpala. *T'ai-je déjà parlé de l'importance de ce site, Robert ?*

— *Je ne crois pas, mon père.*

— *Te rappelles-tu l'histoire que je t'ai racontée, il y a bien des années, sur la mort du chef de guerre Cheval-Fou, à Fort Robinson ?*

— *Oui, bien sûr.*

— *Eh bien, après l'assassinat de Cheval-Fou, quelques-uns de ses amis et de ses parents ont emporté son corps. Ils n'ont voulu confier à personne à quel endroit exact ils avaient enterré le cœur de Cheval-Fou. Tout ce qu'ils ont dit, c'est que c'était quelque part au bord de* Chankpe Opi Wakpala.

— *Ce ruisseau était donc sacré ?*

— *Il était... important. Pour Grand-Pied, Boite-Beaucoup et beaucoup d'autres, Cheval-Fou avait été le plus brave des chefs de notre peuple. Ils ont estimé qu'aller à un endroit où l'esprit de Cheval-Fou pourrait veiller sur eux était une bonne chose.*

— *Je t'en prie, continue.*

— *Nous avons appris plus tard, notamment par l'éclaireur qui accompagnait les* wasichu *ce jour-là, un métis, que le commandant Whitside avait reçu l'ordre... J'ai dit quelque chose de drôle, Robert ? Je te vois sourire.*

— *Excuse-moi, papa. C'est simplement qu'à Denver, quand quelqu'un dit ce mot, je lui casse la figure.* »

Papa Saha avait frotté la cicatrice qui lui barrait le front. Il ne portait pas de chapeau par cette chaude journée d'été et le soleil lui faisait un peu tourner la tête. Quand il aurait fini son récit, il proposerait à Robert de regagner l'ombre des arbres et de descendre de la colline pour rejoindre leur campement et commencer à préparer le dîner.

« *Quand ils disent quel mot, Robert ?*

— Wäicuneinea. *Métis.*

— *Ah ! De toute façon, tu n'es pas métis. Ta mère était à moitié lakota. Tu n'as qu'un quart de sang blanc.* »

Les mathématiques n'avaient jamais été le fort de Paha Sapa et les fractions l'avaient toujours assommé. Les fractions raciales plus encore que les autres.

« *Je t'en prie, continue, mon père. Je te promets de ne plus sourire.*

— *Où en étais-je ? Ah oui... l'éclaireur, John Shangreau, savait que le commandant Whitside avait reçu l'ordre de capturer, de désarmer et de faire mettre pied à terre à toute la bande de Grand-Pied. Mais Shangreau a convaincu le commandant que s'ils cherchaient à s'emparer immédiatement des fusils et des chevaux, il y aurait certainement du grabuge. Alors Whitside a décidé de ne pas intervenir avant que la bande de Grand-Pied soit arrivée au bord de* Chankpe

Opi Wakpala, *à un endroit où la cavalerie pourrait déployer les Hotchkiss qui la suivaient. Qu'y a-t-il ? Tu fais la grimace.*

— Je suis désolé de t'interrompre encore une fois, mais je n'ai pas la moindre idée de ce que sont... ou étaient... les Hotchkiss.

— Ce sont des canons. J'en ai vu quand j'étais avec le 3ᵉ de cavalerie en 1877... j'étais le pire éclaireur de l'armée. Franchement bon à rien. Les nouveaux canons Hotchkiss suivaient généralement le détachement principal, ils étaient tirés par des mules ou des chevaux. Ils ressemblaient aux mitrailleuses Gatling utilisées pendant la guerre de Sécession, mais en plus rapides, plus meurtriers – une sorte de Gatling transformée en canon. Le canon-revolver Hotchkiss était équipé de plusieurs tubes de trente-sept millimètres et pouvait tirer quarante-trois cartouches à la minute avec une précision d'une portée, me semble-t-il, de deux mille mètres. Chaque chargeur contenait dix cartouches et pesait près de dix livres. Je m'en souviens parce que quand j'avais douze et treize étés, j'ai dû porter, soulever et charger ces fichus engins sur les chariots de ravitaillement. Chaque chariot pouvait transporter plusieurs centaines de chargeurs, des dizaines de milliers de cartouches de trente-sept millimètres.

— Seigneur Dieu. »

Robert avait chuchoté ces deux mots. Paha Sapa savait que ce blasphème désinvolte aurait choqué la mère et le grand-père du garçon, mais il n'avait aucun sens pour lui.

« Tu peux deviner le reste de l'histoire, mon fils. Ils sont arrivés au camp de tentes de l'armée, au bord de Chankpe Opi Wakpala *– il faisait très froid, le ruisseau était gelé, les saules et les peupliers qui le bordaient étaient tous ourlés de givre. L'herbe glacée se dressait comme des poignards qui s'enfonçaient dans les mocassins. La bande de Grand-Pied comptait cent vingt hommes, parmi lesquels Boite-Beaucoup, et près de deux cent trente femmes et enfants. Mais n'imagine pas que tous les hommes étaient des vieillards affaiblis – un grand nombre de guerriers restaient des guerriers, ils avaient participé à la bataille de l'Herbe grasse et à l'élimination de Cheveux-Longs. Le lendemain matin, quand ils ont vu la cavalerie et l'infanterie alignées et les Hotchkiss pointés sur eux au sommet de la colline, ils ont dû se demander si le 7ᵉ de cavalerie nourrissait des idées de vengeance dans son esprit et dans son cœur. »*

Robert avait ouvert la bouche comme pour poser une question ou faire un commentaire, mais finalement, il avait gardé le silence.

« Comme je te l'ai dit, tu peux deviner la suite, Robert. En apparence, les chefs wasichu *– le reste du régiment était arrivé la nuit même à* Chankpe Opi

Wakpala *et un certain colonel Forsyth avait pris le commandement – s'étaient montrés plutôt obligeants. Ils avaient fait voyager Grand-Pied dans l'ambulance du régiment et lui avaient fourni une tente, censée être plus chaude que les tipis. Boite-Beaucoup avait dormi dans un tipi juste à côté, parce qu'il ne voulait pas passer la nuit sous une tente du 7e de cavalerie. Le chirurgien personnel du commandant Whitside avait examiné Grand-Pied, mais il n'y avait rien à faire pour soigner ce qu'ils prenaient pour une pneumonie – et encore moins pour soigner la phtisie. Des amis m'ont dit plus tard que Boite-Beaucoup toussait, lui aussi, à n'en plus finir en ce lieu glacé et battu par les vents.*

Le matin, après la sonnerie de clairon, on a aidé Grand-Pied à sortir de sa tente. Les soldats ont commencé l'opération de désarmement. Les guerriers et les vieillards ont remis leurs fusils et leurs vieux pistolets. Mais les soldats n'étaient pas satisfaits et ils sont entrés dans les tipis. Ils se sont mis à jeter des haches, des couteaux et même des poteaux de tipis sur la pile de fusils, au milieu du cercle d'hommes désarmés.

Ce jour-là, la plupart des Hunkpapas et des Minneconjous portaient leurs Chemises des Esprits censées les rendre invulnérables, mais ils ne s'attendaient pas à devoir se battre. Ils avaient rendu leurs armes.

Il y en a toujours un, pourtant, qui ne fait pas comme les autres. Cette fois, paraît-il, c'était un très jeune Minneconjou qui s'appelait Coyote-Noir. Certains m'ont dit que Coyote-Noir était sourd et n'avait pas entendu les soldats et ses propres chefs lui ordonner de poser son fusil. D'autres prétendent que Coyote-Noir entendait comme toi et moi, mais que c'était un crétin, un casse-pieds de la pire espèce, toujours à faire le malin. Quoi qu'il en soit, Coyote-Noir s'est mis à danser en rond, brandissant son fusil, sans viser personne, mais sans faire mine non plus d'aller le poser sur le tas. Alors les soldats se sont jetés sur lui, l'ont fait tourner sur lui-même et un coup de feu est parti – certains ont pensé que c'était Coyote-Noir qui avait tiré, mais d'autres m'ont dit que non. Cela a suffi.

Je n'ai pas besoin de te raconter ce qui s'est passé ensuite, Robert, par ce jour ensoleillé mais glacial de la fin de la Lune où les Cerfs perdent leurs bois. Plusieurs guerriers se sont précipités sur leurs fusils, prêts à se battre. Et puis, les Hotchkiss sont entrés en action. Quand tout a été fini, plus de la moitié des membres de la bande de Grand-Pied avaient été tués ou très grièvement blessés... cent cinquante-trois d'entre eux gisaient, morts, dans la neige qui recouvrait le champ de bataille. D'autres se sont éloignés en rampant et ont succombé un peu plus loin, dans les buissons ou dans le ruisseau. Louise Ours-Belette, qui m'a raconté ce qui s'était passé, affirme que sur les trois cent cinquante hommes, femmes et enfants qui avaient suivi Grand-Pied jusque-là, près de trois cents sont morts au bord de Chankpe Opi Wakpala. *Je me rappelle qu'environ vingt-cinq soldats* wasichu *ont été tués ce jour-là. Je ne sais pas combien ont été blessés, mais pas beaucoup plus. La jeune femme hakiktawin m'a dit que la plupart des soldats du 7*^e^ *de cavalerie avaient été abattus par mégarde par leurs propres hommes, ou touchés par des éclats de cartouches des Hotchkiss qui avaient ricoché sur des rochers ou sur des os. J'ai toujours préféré penser que ce n'était pas vrai – que les guerriers, les vieillards et les femmes qui avaient péri ce jour-là avaient riposté avec un minimum d'efficacité.*

Je n'étais pas encore arrivé à Pine Ridge quand j'ai appris ce qui se passait. J'ai fait demi-tour et me suis précipité jusqu'à Chankpe Opi Wakpala. *Boite-Beaucoup m'y avait conduit bien des fois quand j'étais petit, simplement parce que c'était un endroit magnifique, entouré de nombreuses légendes et histoires.*

J'ai été pris dans une tempête de neige. Mon cheval est mort, mais j'ai continué à marcher avant d'en voler un autre à un détachement de cavalerie que j'ai croisé dans le blizzard. Quand je suis arrivé à Chankpe Opi Wakpala, *j'ai constaté que le 7*^e^ *de cavalerie avait abandonné sur place les Indiens morts et grièvement blessés. Les corps avaient gelé dans d'étranges postures et étaient couverts de neige. J'ai trouvé Grand-Pied. Il avait la jambe et le bras droits repliés comme s'il essayait de se redresser pour s'asseoir, le dos soulevé du sol, les doigts de la main gauche dressés et gelés comme s'il cherchait à l'ouvrir, seul le petit doigt était complètement replié – et il portait un foulard de femme noué autour de la tête. Son œil gauche était fermé mais le droit était ouvert – les corbeaux et les pies n'étaient pas encore venus le picorer, sans doute parce que le gel l'avait rendu dur comme une bille – et des flocons de neige s'étaient posés sur son iris.*

Boite-Beaucoup gisait à moins de dix mètres de Grand-Pied. Quelque chose, sans doute une des cartouches de Hotchkiss de trente-sept millimètres, lui avait arraché le bras droit, mais je l'ai retrouvé dans la neige, pas très loin, dressé presque à la verticale dans une congère. On aurait pu croire que mon tunkašila *me faisait signe. Il avait la bouche grande ouverte, comme s'il avait crié au moment où la mort l'avait saisi – mais je préfère penser qu'il chantait tout haut son Chant de Mort. En tout cas, sa bouche béante s'était remplie de neige qui avait fini par déborder, se répandant sur le reste de son visage comme une vomissure de mort pure et blanche, comblant ses orbites et soulignant ses pommettes saillantes.*

Je savais que la cavalerie wasichu *reviendrait, sans doute le jour même, pour prendre des photos et enterrer les morts, probablement dans une unique fosse commune, et je ne pouvais pas laisser le corps de Boite-Beaucoup subir ce sort. Mais je n'avais pas de pelle, pas même de couteau, et le gel avait collé le corps de mon* tunkašila *à la terre froide. Ils ne faisaient plus qu'un. Je n'arrivais pas à plier ses membres – ni son bras, ni ses jambes tordues, ni même le bras isolé dressé dans la congère. Son oreille gauche elle-même était indissociable de la terre gelée. Avec mes seules mains nues et gelées, c'était comme si j'avais voulu arracher de terre un arbre solidement enraciné.*

Finalement, je me suis assis, haletant, grelottant, les mains gourdes, sachant que le détachement de cavalerie ne tarderait pas et qu'il me ferait prisonnier, moi aussi – j'avais entendu dire que les rares rescapés hunkpapas et minneconjous avaient été envoyés à Omaha dans une prison, où ils avaient prévu d'enfermer Grand-Pied et tous ses hommes – et j'ai commencé à arpenter ce champ de massacre, je me refuse aujourd'hui encore à lui donner le nom de champ de bataille, jusqu'à ce que je trouve le cadavre d'une femme tenant un couteau de cuisine émoussé, à lame plate, dans sa main crispée. J'ai dû lui briser les doigts comme des brindilles pour dégager le couteau. Avec ce seul couteau, j'ai dégagé peu à peu la glace prise entre le manteau gelé de Boite-Beaucoup, sa chair gelée et le sol gelé, et il m'a fallu moins d'une demi-heure pour libérer son corps de l'étreinte de la terre. J'ai sorti aussi le bras blessé dont l'os blanc saillait. J'ai hissé le corps de Boite-Beaucoup sur le pommeau de ma selle – j'avais l'impression de transporter une longue branche de peuplier, tordue et peu maniable, mais légère, si légère – et j'ai attaché son bras droit en travers de sa poitrine avec de longues bandes de tissu arrachées à ma chemise.

Avec pour tout instrument ce couteau émoussé, il m'était impossible d'enterrer ce jour-là Boite-Beaucoup dans le sol gelé, mais je l'ai emporté loin de ce qui était à mes yeux un champ de malheur, longeant Chankpe Opi Wakpala *sur des kilomètres et des kilomètres jusqu'à un point où le ruisseau entaillait un escarpement et où poussaient des peupliers plus grands et plus vieux – de magnifiques* waga chun, *les « arbres murmurants », de ceux que Boite-Beaucoup ou Bison-Assis auraient choisis d'ériger au centre du cercle de danse – et j'ai confectionné la plus belle estrade funéraire que j'ai pu pour mon* tunkašila, *là-haut, dans les branches d'un de ces arbres murmurants, d'un de ces peupliers parfaits.*

Mais je n'avais pas de peaux à étendre sous son corps, rien pour le couvrir, pas d'armes ni d'outils dignes de ce nom à poser à ses côtés. J'ai tout de même laissé le couteau émoussé après m'en être servi pour me couper tant bien que mal les cheveux, et j'étais couvert de mon sang gelé mêlé à celui de Boite-Beaucoup. J'ai embrassé ses deux mains – soulevant le bras tranché jusqu'à mes lèvres –, j'ai baisé son front ridé, froid comme la pierre, je lui ai dit adieu dans un murmure et suis remonté sur le cheval de cavalerie volé, chevauchant presque jusqu'à Pine Ridge avant de descendre de selle, de donner un coup sur la croupe de la bête du plat de la main et de parcourir le reste du chemin à pied. Je n'avais rien mangé depuis trois jours, et j'avais perdu deux orteils de mon pied gauche, gelés.

Les autres morts, ai-je appris, ont été enterrés l'après-midi même dans une fosse commune. Personne ne sait où j'ai laissé le corps de Boite-Beaucoup et je ne suis jamais retourné en ce lieu secret.

Voilà, Robert. Hecetu. Mitakuye oyasin. – *Qu'il en soit ainsi. Tous les miens – chacun d'entre nous. J'ai parlé.* »

Paha Sapa doit faire six allers-retours pour dissimuler les vingt et une caisses de dynamite dans le tunnel de forage de la salle des Archives. Cinq voyages auraient suffi s'il avait pensé que ces petits ânes pouvaient porter plus de deux caisses sanglées sur leurs bâts à la fois, mais il a préféré pécher par excès de prudence et, lors de sa dernière ascension du canyon, une longe dans chaque main, un âne était chargé de la dernière caisse de dynamite et l'autre seulement des dizaines de mètres de cordeau enroulé et d'autres accessoires dont Paha Sapa aura besoin dimanche. Il a peint le fil noir en gris granite.

Le travail n'a pas été très pénible pour Paha Sapa, du moins une fois qu'Advocatus et Diaboli ont compris – vers le début de la troisième montée – que pour cette nuit du moins, ils étaient des bêtes de bât et non les petits animaux domestiques chéris du prêtre.

Quand il glisse la dernière caisse à l'intérieur du tunnel et la couvre de la dernière bâche – la toile blanc-gris se fondant presque avec la teinte du granite à la lueur du clair de lune qui s'estompe déjà –, un des ânes éternue et Paha Sapa y voit un écho à son propre soupir mental de lassitude.

En redescendant vers le pied de l'étroit canyon, il remarque que la lune s'est déplacée vers l'ouest. Ses rayons éclairent désormais, à travers les arbres, la haute paroi de la crête, à l'ouest du canyon, et toutes les ombres noires d'encre de ses précédents trajets se sont transformées en bandes et en trapèzes d'une blancheur de lait, tandis que toutes les zones sûres sont plongées dans une obscurité traîtresse. Peu importe. Il a mémorisé le moindre pas au bout de ses sept ascensions (en comptant la première, pour transporter la boîte de détonateurs) et de ses sept descentes.

Se remémorant le long récit de la fin de l'histoire de Boite-Beaucoup qu'il avait fait à Robert, Paha Sapa se reporte en esprit à ce temps lointain de 1890 au bord de *Chankpe Opi Wakpala.* Alors qu'il examinait les visages des formes gelées et couvertes de neige qui jonchaient le terrain pour essayer d'identifier le cadavre de Boite-Beaucoup, il avait, pour la première fois, atteint le recoin noir où le fantôme de Cheveux-Longs résidait depuis quatorze ans et où il jacassait en anglais évoquant des images pornographiques de son épouse, et il avait traîné ce fantôme, ruant et hurlant, juste derrière ses propres yeux, à lui, Paha Sapa, pour l'obliger à observer, à regarder et à voir, lui interdisant avec sa propre Voix de Dieu d'émettre le moindre commentaire.

Après avoir accompli le rite funéraire de Boite-Beaucoup, Paha Sapa avait reconduit le fantôme de Cheveux-Longs dans le renfoncement silencieux et obscur qu'il avait habité jusque-là. Il ne lui avait pas adressé la parole (et ne l'avait plus autorisé à lui parler) pendant onze mois encore, mais leur conversation fréquemment interrompue avait véritablement commencé ce jour-là. L'esprit de Custer dirait plus tard à Paha Sapa qu'il avait été persuadé d'être arrivé en enfer et avait pensé que son châtiment consisterait à avoir éternellement sous les yeux des spectacles comme le massacre de *Chankpe Opi Wakpala.* Paha Sapa s'était empressé de rappeler au fantôme de Cheveux-Longs que ce terrain enneigé et les corps gelés d'hommes, de femmes et d'enfants auraient aussi bien pu se trouver au bord de la *Washita.*

Le fantôme et lui ne s'étaient pas reparlé pendant un an.

Cette nuit, le fantôme n'a rien dit. Il est vrai qu'il n'a plus prononcé un mot depuis trois ans et demi, depuis leur voyage à New York du printemps 1933.

Paha Sapa contourne le parking et descend la colline en coupant à travers bois pour rejoindre l'endroit où il a laissé le camion. Advocatus et Diaboli semblent presque trop épuisés pour gravir le plan incliné menant au plateau, et ils n'ont même plus la force de mâchonner du foin.

La lune a disparu à l'ouest ; à l'est, le ciel pâlit déjà. Paha Sapa consulte sa vieille montre. Presque cinq heures. Il a le temps de retourner à Keystone, de charger la moto de Robert à l'arrière du camion avec les ânes – il aurait pu la prendre tout à l'heure, en même temps que les caisses de dynamite, mais un accès de sentimentalisme stupide l'en a empêché. Il n'a pas voulu courir le risque de faire sauter l'engin de son fils si la nitroglycérine explosait. Il devra ensuite rejoindre Deadwood pour rendre les deux bêtes fourbues au père Pierre Marie et le Dodge au cousin de Howdy Peterson. Il reviendra chez lui en moto, et aura encore le temps de prendre un petit déjeuner avant de remonter la colline pour un long samedi de travail à surveiller le forage de la face rocheuse en prévision de l'explosion de démonstration du lendemain – dimanche – destinée au Président, aux invités d'honneur et aux caméras des actualités filmées.

Paha Sapa est à bout de force et les douleurs qui le tenaillent en ce matin radieux mais chaud ne sont pas dues au seul cancer. Il a mal partout, jusque dans la moelle des os. Il n'ignore pas que, même avec l'aide de cet imbécile de Mune, le travail qu'il va devoir abattre la nuit prochaine, celle de samedi à dimanche, sera bien plus fatigant que de conduire des ânes au sommet d'une colline et d'un canyon et de faire glisser dans un tunnel vingt et une caisses de dynamite relativement légères. Il devra commencer plus tôt s'il veut avoir une chance d'avoir posé les charges et les câbles avant le lever du soleil, un samedi soir qui plus est, alors que tout le monde fait la fête jusqu'à une heure avancée.

Redescendant au volant du lourd camion sur la route cahoteuse en direction de Keystone, tressaillant sans raison chaque fois que les roues s'enfoncent dans un nid-de-poule, il essaie de se rappeler une prière qui demanderait un peu d'énergie à *Wakan Tanka,* aux Six Forces de l'Univers ou au Grand Mystère lui-même, mais aucune parole ne lui vient à l'esprit.

Il se rappelle en revanche un Chant de Grand-Père que Boite-Beaucoup lui avait appris quand il était tout petit, et il l'entonne :

> Quelqu'un est allongé sur la terre d'une manière sacrée.
> Il y a quelqu'un – il est allongé sur la terre.
> D'une manière sacrée je l'ai fait marcher.

Il sort de la forêt au moment précis où le soleil surgit derrière les collines à l'est, aveuglant un instant Paha Sapa – qui doit fouiller dans le désordre de la boîte à gants sans couvercle pour trouver ses lunettes de soleil –, et il se remémore alors un chant que le Soleil lui-même a appris à son peuple :

COLLINES NOIRES

Avec un visage visible j'apparais.
D'une manière sacrée j'apparais.
Pour la terre verdoyante, je fais un agrément.
Le centre du cercle de la nation, plaisant je l'ai fait.
Avec un visage visible regarde-moi !
Les quatre-pattes, les deux-pattes, je les ai fait marcher ;
Les ailes de l'air, je les ai fait voler.
Avec un visage visible, j'apparais.
Mon jour, je l'ai rendu sacré.

22

Les Six Grands-Pères

Samedi 29 août 1936

La journée de travail s'écoule dans un halo blanc de chaleur. Cette dernière semaine d'août a enfin vu le mercure descendre sous la barre des trente degrés dans les collines Noires, mais la face concave de granite blanc du mont Rushmore continue à concentrer les rayons et la chaleur du soleil comme un miroir parabolique, faisant remonter la température au-dessus de quarante degrés au voisinage des hommes suspendus à leurs filins d'acier brûlants. Dès dix heures du matin, tous ceux qui travaillent sur les sculptures avalent des comprimés de sel. Paha Sapa se rend compte qu'il voit des auréoles non seulement autour des nez, des joues et des mentons rocheux qui émergent du granite, mais aussi autour des visages tannés, aux lèvres cloquées, des autres ouvriers.

Il sait que cette illusion n'est qu'un effet de la fatigue et du manque de sommeil, et il ne s'en inquiète pas. Elle est plus plaisante que dérangeante, et il s'amuse à regarder les hommes se déplacer, munis de leurs foreuses pneumatiques à vapeur, de leurs masses et de leurs pointes d'acier, chacun dans son propre nimbe blanc, ces couronnes vibrantes se rejoignant parfois lorsqu'ils se penchent l'un vers l'autre ou travaillent ensemble.

Ces mirages dus à l'épuisement ne posent pas de problème à Paha Sapa, contrairement à la douleur que lui inflige le cancer.

Tout au long de ce samedi matin, il a indiqué à Palooka Payne comment forer les trous pour les cinq charges qui seront tirées demain au moment de l'« explosion de démonstration » destinée au Président et aux autres notables.

Tout le monde adore les belles explosions. Celle-ci, comme il se doit pour une cérémonie publique, doit être assez spectaculaire et assez bruyante pour donner aux civils qui y assisteront depuis Doane Mountain et la vallée en contrebas l'impression qu'elle entame véritablement la montagne, sans être assez puissante pour risquer de leur projeter des rochers ou des blocs sur la tête.

Une équipe monte la flèche de la grue supplémentaire au-dessus de la tête de Jefferson, prête à voiler son visage de l'immense drapeau – cousu il y a plusieurs années par des vieilles dames ou des élèves de l'école ménagère de Rapid City. On met également en place les cordes et les câbles qui soulèveront la lourde étoffe pendant que la grue l'écartera latéralement. Mais le drapeau lui-même ne sera installé que demain matin. Bien qu'il n'y ait pas un souffle dans cette chaleur torride de la fin de la matinée, une forte brise pourrait le déchirer, emmêler les câbles ou abîmer tout le dispositif. Une équipe spéciale disposera le drapeau peu avant l'heure prévue pour l'accueil des invités.

Le train du Président est censé arriver à Rapid City à une heure avancée de ce 29 août, mais la rumeur se répand déjà sur la colline : le Président ne sera là que dimanche, plus tard qu'on ne l'avait pensé ; Franklin Delano Roosevelt a ajouté à son emploi du temps un office plus long que prévu à l'Emmanuel Episcopal Church de Rapid City *et* un déjeuner avec les responsables démocrates locaux à l'Alex Johnson Hotel (le seul hôtel du Dakota du Sud à être équipé d'air conditionné à cette date) avant de monter jusqu'au mont Rushmore avec son cortège de voitures.

Borglum a frôlé l'apoplexie. Il jure à son fils, Lincoln, à sa femme, à June Culp Geitner, au surveillant Julian Spotts, aux hommes politiques démocrates inquiets qui ont commis l'erreur de répondre à son appel téléphonique, à William Williamson (chef de la délégation chargée d'accueillir le président) et à des officiers de liaison du Secret Service au visage grave que le président Roosevelt *devra en revenir à son plan initial* et arriver plus tôt, *comme Borglum l'a réclamé et comme Roosevelt s'y était engagé au départ.* Autrement, les ombres projetées sur les visages seront défavorables, et l'inauguration sera ratée. Les collaborateurs du Président et du gouverneur expliquent à Borglum que le Président a hâté son arrivée autant que possible et qu'il espère être là avant deux heures et demie.

Gutzon Borglum gronde.

« Ça sera deux satanées heures et demie trop tard. La statue de Jefferson doit être dévoilée et la cérémonie doit commencer à midi précises. Dites-le *au Président. S'il veut y assister, il a intérêt à être ici un quart d'heure avant l'inauguration. »*

Puis Borglum sort de l'atelier où le groupe est réuni et monte dans la cabine du téléphérique pour rejoindre le sommet des têtes.

Les quelques anciens qui travaillaient déjà ici quand Borglum a persuadé le président Calvin Coolidge de monter dans un chariot tiré par un cheval (dont le limon s'est brisé, obligeant le Président à faire le reste du trajet sur le dos du canasson) pour se rendre en ce lieu isolé et « consacrer le site » du mont Rushmore encore parfaitement intact le 10 août 1927 secouent la tête. Ils savent que le patron attendra.

Entre deux forages, le metteur aux points chef, Jim Larue, raconte à Paha Sapa que quand il avait gravi la colline, Coolidge frimait dans des bottes de cowboy neuves, avec des gants de peau de daim frangés et un Stetson assez vaste pour faire de l'ombre à la moitié du Dakota du Sud. Au cours de ce voyage, il avait laissé des Sioux plus ou moins authentiques l'affubler d'une coiffe de guerre qui lui descendait jusqu'aux talons, et ils avaient baptisé officiellement Cal le silencieux « Grand Chef Aigle » – *Wanbli Tokaha* en lakota, ce qui, avaient décrété la plupart des Blancs du coin, signifiait en réalité « Celui-qui-Ressemble-au-Cul-d'un-Cheval ».

Doane Robinson, qui a joué un rôle majeur dans cette entreprise de séduction à l'adresse de Coolidge, a confié un jour à Paha Sapa que la blague la plus tordue que les Blancs locaux lui avaient faite avait été de dresser un barrage sur le petit cours d'eau voisin de l'endroit où logeait le Président, Game Lodge, dans les collines, d'aller chercher au vivier de Spearfish plusieurs centaines de truites d'élevage engraissées au foie et parfaitement stupides et de déverser ces créatures léthargiques, par paquets, dans les quelques centaines de mètres de ruisseau au bord duquel Coolidge – qui n'avait jamais pêché de sa vie – attendait, gauche, toujours en costume, veston, cravate, col amidonné et canotier, tenant maladroitement la luxueuse canne à pêche « spéciale truite » que Robinson et les autres avaient offerte au Président en visite.

Chose incroyable, Coolidge avait attrapé un poisson en moins de cinq minutes. (Il aurait eu du mal à ne pas en attraper un, avait précisé Doane Robinson. On aurait presque pu franchir le cours d'eau sur le dos des poissons qui avaient été lâchés sans se mouiller les pieds.) Et il avait continué à pêcher ces grosses et paresseuses truites d'élevage, qu'on lâchait toutes les heures depuis le petit barrage qu'on venait de construire juste en amont. Coolidge avait été tellement ravi de ses prouesses que, non content d'aller pêcher plusieurs heures tous les jours de son séjour à Game Lodge, il avait exigé que l'on serve les dizaines et dizaines de truites qu'il attrapait à tous les petits déjeuners et à tous les dîners.

Les gens du coin, qui sentaient dans la chair de ces truites le goût du foie avarié des abattoirs de Spearfish dont elles avaient été nourries pendant des années, arboraient un sourire crispé et essayaient d'avaler cette pitance tandis que Coolidge décochait des regards radieux à tous les convives, les invitant instamment à reprendre de *sa* truite.

À dix heures, Paha Sapa et Palooka ont fini de forer les cinq trous de mine et Paha Sapa a déroulé et fixé les câbles des détonateurs dans leurs glissières orange sur la face de la falaise, sous la tête de Jefferson et dans le rocher blanc prêt désormais pour le travail de précision à effectuer sur la sculpture de Teddy Roosevelt. Pour des raisons de sécurité, il ne mettra pas la dynamite en place dans les trous avant demain matin, quand tous les autres ouvriers auront quitté les lieux.

Mais il continue à faire percer Palooka jusque dans la chaleur éblouissante de midi et demande au foreur de le rejoindre après la pause de déjeuner pour continuer le travail.

« À quoi servent ces rainures, Billy ? Ce ne sont même pas des trous de mine. On dirait plutôt... ma foi, de grandes rainures. »

C'est exact. Paha Sapa a montré au foreur où ils vont élargir des niches sous les saillies rocheuses et les bords de la falaise, dans les crevasses situées tout le long de la paroi, depuis l'épaule droite de Washington jusqu'à l'extrémité ouest, avant de remonter vers l'est et de contourner la déclivité escarpée entre les revers de la veste de Washington et la joue droite de Thomas Jefferson. Ils poursuivront ensuite vers le bas, passant sous le menton de Jefferson, puis vers l'est à nouveau, à gauche de la masse confuse des cheveux de Jefferson séparés par une raie, en contrebas et de part et d'autre de la *tabula rasa* de granite prête à accueillir la tête de Theodore Roosevelt, puis encore plus loin à droite, dans les niches recouvertes d'ombres, entre le champ de granite réservé à Roosevelt et le visage de Lincoln sur lequel on travaille d'arrache-pied. Ils redescendront le long du menton et de la barbe à peine dégagés de Lincoln, là où les échafaudages sont regroupés, et enfin, sur la paroi de la falaise que l'on vient de faire sauter, au sud-est de l'oreille gauche invisible de Lincoln. Paha Sapa va travailler sur ces trous toute la journée avec Palooka, vérifiant la disposition précise de ces excavations.

Les rainures *ne sont pas* des trous de mine. Palooka suppose qu'elles serviront de points de fixation à d'autres échafaudages qui rejoindront ceux qui sont encore dressés sur la face rocheuse, au-dessous de Washington (là où sa cravate et ses revers continuent à émerger) et de Jefferson (au niveau de son cou, où il reste du travail à faire), sur toute la surface de granite dégagée pour Theodore Roosevelt et des deux côtés de la tête de Lincoln et plus bas. Ces échafaudages portatifs qui peuvent être hissés grâce à des poulies seront retirés demain pour ne pas gêner le spectacle, mais un grand nombre d'autres passerelles et échafaudages de travail reposent sur de solides poteaux enfoncés dans des trous qui ressemblent assez aux niches horizontales que Palooka va continuer à percer pendant tout le restant de son samedi.

Paha Sapa ne lui dit pas que ces rainures *ne sont pas* destinées à supporter les pilotis de futurs échafaudages.

Sur un autre échafaudage, non loin de là, Howdy Peterson a entamé le criblage de la partie inférieure du champ où sera sculpté Theodore Roosevelt. La méthode a été la même sur les trois visages précédents – les explosions ayant dégagé les derniers centimètres de roche vierge avant que la « peau » des visages n'apparaisse, des foreurs, Palooka et Howdy par exemple, appuient de tout leur poids sur leurs foreuses (d'où les échafaudages, plus commodes que les chaises de gabier) pour percer des centaines et des centaines de trous parallèles, criblant le rocher. Les sculpteurs comme Red Anderson interviennent ensuite, armés de grosses masses et de ciseaux à froid, et détachent la roche en plaques, dégageant la face lisse qui sera ensuite polie, façonnée et travaillée comme une vraie sculpture.

Plus bas, dans la cabane du treuil – l'endroit le plus proche de la falaise auquel les touristes aient accès, Edwald Hayes et les autres treuillistes ont fixé au mur un exemplaire de la structure en nid-d'abeille produite par le criblage et détachée du rocher. Ils racontent aux visiteurs curieux : « *Ouais, il arrive que quelques-uns de ces nids-d'abeille restent intacts. Ce n'est pas fréquent. Ces plaques sont très rares. C'est pour ça que les gars conservent soigneusement celle-ci – une sorte de souvenir du travail de sculpture qu'ils ont fait sur la montagne.* » Les touristes ne manquent jamais de demander si Edwald (ou les autres treuillistes) accepterait de se défaire de cette gaufre rocheuse tellement intéressante. « *Je ne peux pas faire ça, monsieur (ou "madame"). Vous savez, cette plaque n'est pas à moi. Si je la vendais, mon collègue se mettrait sacrément en rogne. C'est une pièce d'une grande rareté et tout ça... Enfin, si vous insistez* vraiment, *je pourrais peut-être prendre sur moi de vous la céder et essayer de m'arranger avec son propriétaire.* »

Le tarif courant des grands nids-d'abeille de pierre est de six dollars. Les touristes repartent avec le morceau de granite criblé fourré sous la veste du mari, rejoignant leur voiture au pas de course tout en pouffant de rire à l'idée de l'excellente affaire qu'ils ont faite, pendant qu'Edwald ou l'autre treuilliste téléphone au sommet de la montagne et dit : « *C'est bon, les gars, descendez-en une autre.* »

Le prix de ces souvenirs dépend de leur taille – deux, quatre, six dollars – mais c'est toujours un multiple de deux, Paha le sait, parce que dans le coin, la gnôle se vend deux dollars la pinte. Des milliers de nids-d'abeille de pierre « rares, exceptionnels et uniques en leur genre » ont changé de main ici au fil des ans.

Borglum est reparti en voiture après sa rencontre houleuse avec les hommes du Président (peut-être, prétendent certains ouvriers, pour aller présenter lui-même à Franklin Delano Roosevelt son ultimatum – soyez-à-l'heure-sinon...), et le chantier est placé sous la responsabilité de son fils. Mais Lincoln se consacre principalement à l'installation de la grue et de la poulie chargée d'actionner le drapeau au-dessus de la tête de Jefferson et aux nouveaux forages sur toute la surface de la tête émergente de Lincoln. Il ne prête guère attention à Palooka et à Paha Sapa, pas plus qu'à leurs petits percements apparemment inoffensifs en différents points de la falaise. Lincoln sait que « Billy Slovak » doit préparer l'explosion de démonstration de demain et d'autres détonations bien plus sérieuses pour la semaine à venir, lorsqu'on aura enfin dégagé la peau et la forme de la tête de Teddy Roosevelt.

Quand la sirène de midi retentit (sans le mugissement plus grave et plus sonore d'avertissement qui lui succède fréquemment, car Paha Sapa et les autres dynamiteurs déclenchent leurs explosions pendant la pause déjeuner et après quatre heures de l'après-midi, une fois que les ouvriers ont quitté la paroi), Paha Sapa se dirige vers la cabane du treuil pour chercher sa gamelle métallique – ce matin, il n'a eu le temps d'y fourrer qu'un peu de pain et un reste de bœuf – et va se réfugier à l'ombre, dans le petit bâtiment qui jouxte la flèche principale et le treuil, au sommet de la tête de Jefferson.

Il fait chaud à l'intérieur mais plusieurs hommes, dont les collègues dynamiteurs de Paha Sapa, Alfred Berg et Spot Denton, s'y tiennent accroupis avec leurs gamelles. Une partie de l'espace est occupée par un buste creux d'un mètre cinquante de haut représentant un Abe Lincoln glabre, élément d'une sculpture que Borglum a réalisée plusieurs années auparavant et qu'il dispose habituellement au bord du chemin conduisant à l'échafaudage qui entoure la base de la tête émergente de Lincoln, pour que les hommes puissent le toucher en travaillant et « sentir » le Lincoln encore enfoui dans la roche. Borglum a ordonné de le mettre à l'abri pendant l'explosion.

Whiskey Art Johnson tapote le sol de pierre, près du visage de Lincoln.

« Il y a de la place ici, Billy. Entre et pose-toi un moment. Ne reste pas au soleil.

— *Merci, Art. J'arrive.* »

Il prend sa gamelle et la petite bouteille de Coca qu'il a remplie d'eau – elle est presque bouillante par cette chaleur –, il revient sur ses pas, longeant la corniche puis s'avançant sur la tête de George Washington jusqu'à ce que la pente soit suffisamment raide pour qu'il ait l'impression qu'il ne va pas tarder à basculer au-dessus des sourcils de Washington pour s'écraser sur les rochers, trente mètres plus bas. C'est un endroit où l'on peut se tenir confortablement à demi allongé, et un petit renfoncement sculpté dans le front du Président pour figurer sa perruque permet à Paha Sapa de poser sa gamelle et sa bouteille sans craindre qu'elles ne culbutent par-dessus bord.

Tout en mangeant son pain et sa viande, il tourne les yeux vers le sud-ouest, vers le sommet de Harney Peak.

Doane Robinson lui avait prêté un jour un livre récent dans lequel il avait lu que le granite de Harney Peak avait un milliard sept cent millions d'années. Un *milliard.* Les Êtres Humains Libres Naturels ne possèdent pas de mot pour dire milliard, ni même million. Le plus grand nombre que Paha Sapa se rappelle du temps où il vivait avec son peuple se trouvait dans l'expression *Wicahpi, opawinge wikcemna kin yamni,* qui a quelque chose à voir avec les trois mille étoiles que l'on peut voir la nuit quand le ciel est parfaitement dégagé.

C'est assez drôle, parce que la plupart des *wasichu* avec lesquels Paha Sapa a parlé du ciel nocturne au cours de ses soixante et onze ans, dont Rain et son père, semblent penser que l'on peut y dénombrer des millions d'étoiles isolées quand il fait parfaitement noir et que la vue est particulièrement bonne. Mais les *Ikče Wičaša* savaient que dans les meilleures conditions, on ne peut distinguer qu'environ trois mille étoiles. Ils le savaient parce qu'ils les avaient comptées.

Autrefois, quand Robert était tout petit, peut-être lors de cette première excursion à la butte de l'Ours, alors que les braises du feu ne répandaient presque plus de lumière et qu'ils s'étaient allongés sur le dos pour observer le ciel, Paha Sapa avait demandé à son fils de deviner combien d'étoiles la pleine lune cachait derrière elle, en moyenne, lors de sa traversée nocturne du ciel. Robert avait répondu six. Paha Sapa lui avait alors expliqué qu'en moyenne, la pleine lune ne dissimulait aucune étoile, et que ce n'était pas seulement parce que sa lumière empêchait qu'on les voie. Il se rappelle le petit hoquet de surprise de Robert, couché sur sa couverture dans la nuit, et la voix du petit garçon de cinq ans.

« Oh là là, papa, c'est drôlement *vide là-haut, dis donc. »*

Oui, pense Paha Sapa à présent, *drôlement vide.*

Rain et lui n'ont pas connu de vraie « lune de miel ».

Ils se sont mariés dans la nouvelle église de la mission de son père, à l'agence de Pine Ridge – qu'on appelait déjà la réserve de Pine Ridge –, cette vaste étendue de terre aride et de poussière balayée par le vent à l'est des collines Noires, au sud-ouest de ce qui est devenu l'État du Dakota du Sud. En ce printemps humide de 1894, Paha Sapa, aidé de quelques amis sioux – mais c'était Paha Sapa qui avait fait l'essentiel du travail –, avait construit la petite maison de quatre pièces à ossature de bois dans laquelle Mme Rain de Plachette Slow Horse et lui-même s'étaient installés juste après la cérémonie, à la mi-juin de cette année-là. Dans la mémoire de Paha Sapa qui n'avait pas ménagé sa peine, il avait fait chaud pendant cette période, mais en réalité, elle avait été froide et pluvieuse – le toit fuyait affreusement – en cet étrange mois de juin où l'été refusait de s'installer dans les plaines. Billy ne travaillait pas dans la réserve où Rain était institutrice à l'école de la mission, et leur petite maison était située juste au-delà du coteau où se trouvaient l'église de la mission et la vaste demeure de son père, à l'embranchement de quatre pistes de chariots ; comme un grand nombre des Êtres Humains Libres Naturels venus à Pine Ridge après la mort de Bison-Assis et le massacre de *Chankpe Opi Wakpala*, Billy vivait sur la réserve, mais travaillait comme ouvrier agricole et comme garçon vacher (bien qu'il n'ait jamais été un cow-boy très habile) dans les ranches de plusieurs *wasichu*, dans une région de pâtures plus grasses, au nord des terres de l'agence.

Presque tous les jours, même pendant leur « lune de miel », Paha Sapa devait être debout, habillé, en selle et prêt pour la longue chevauchée jusqu'au ranch de quelque voisin blanc à quatre heures et demie du matin au plus tard.

Rain ne se plaignait jamais. (En y repensant, bien plus tard, il ne se rappelait pas que Rain se soit plainte une seule fois.) Elle tenait à se lever dans le noir en même temps que lui pour lui servir son café et un copieux petit déjeuner et pour lui préparer un solide casse-croûte à emporter dans la vieille gamelle cabossée dont il se servait. C'était généralement mieux qu'un sandwich, mais si c'était un sandwich, elle en retirait toujours une minuscule bouchée, dans un angle. C'était sa manière à elle de lui rappeler son amour au milieu de la journée. Plus de trente ans après sa mort, Paha Sapa vérifierait toujours l'angle de tous les sandwiches qu'il lui arriverait de manger, écho de la brève période où il avait été aimé.

Rain et Paha Sapa étaient vierges, l'un comme l'autre, lorsqu'ils avaient consommé leur union dans cette petite maison qui prenait l'eau, sur la réserve de Pine Ridge. Paha Sapa n'en avait pas été surpris, mais bien plus tard quand, timidement, ils en avaient parlé, Rain lui avait avoué avoir été étonnée que Paha Sapa, qui avait vingt-neuf ans au moment de leur mariage, n'ait pas eu « plus d'expérience ».

Ce n'était pas un reproche. Ils avaient appris l'amour ensemble, ils se l'étaient appris réciproquement.

L'unique regret de Paha Sapa était d'avoir eu la tête farcie des souvenirs de Cheval-Fou et des monologues pornographiques de Cheveux-Longs quand il avait enfin porté son épouse jusqu'à leur lit conjugal. Des deux hommes dont Paha Sapa recelait la mémoire bien malgré lui, Cheval-Fou avait été l'amant le plus attentionné – quand ses accouplements n'avaient pas pour seul objectif d'assouvir une faim brutale – et la relation illicite du guerrier défunt avec la nièce de Nuage-Rouge, Femme-Bison-Noir (qui était alors l'épouse de Pas-d'Eau, tandis que Cheval-Fou était théoriquement, mais pas réellement, lié à Châle-Noir, cette femme maladive, à la suite d'un mariage arrangé) avait été marquée d'instants de profonde tendresse. Les souvenirs très explicites de Cheveux-Longs eux-mêmes, après que Paha Sapa avait eu la malchance d'apprendre l'anglais et de comprendre ainsi ce que racontait le fantôme, ne faisaient qu'illustrer l'aspect le plus secret de la vie d'un être humain – l'intimité amoureuse. À travers ces mots et ces images qui l'importunaient, Paha Sapa pouvait sentir l'amour réel et immuable de

Custer pour son adorable épouse et la surprise sincère du jeune couple devant le tempérament plus qu'ardent que Libbie avait révélé dans le mariage.

Il n'empêche que Paha Sapa n'avait pas envie que des images étrangères se mêlent à ses propres souvenirs et à ses propres images de douceur, et il parvenait assez bien à cloisonner mentalement les souvenirs de Cheval-Fou et à ignorer les babillages nocturnes du fantôme de Cheveux-Longs.

Lorsqu'ils étaient partis pour les collines Noires au printemps 1898, c'était la première fois que Rain et Paha Sapa quittaient la réserve ensemble, exception faite des semaines cauchemardesques de l'automne précédent, quand il avait conduit Rain à Chicago pour cette terrible opération.

Ce voyage en train – en compagnie du révérend Henry de Plachette, car le chirurgien était *son* ami – et l'opération avaient eu lieu peu de temps après que Rain eut découvert une grosseur dans son sein droit. (En vérité, mais ils étaient les seuls à le savoir, c'était Paha Sapa qui l'avait decelée en caressant sa bien-aimée.)

Le docteur Compton avait vivement recommandé de procéder à l'ablation des *deux seins*, comme le voulait l'usage à l'époque, bien qu'aucune tumeur ne fût palpable dans le sein gauche, mais – tenant tête à son père et à son mari (pour la première fois) –, Rain avait refusé. Cela faisait presque quatre ans qu'ils étaient mariés et elle n'était toujours pas enceinte, mais Rain était convaincue qu'ils auraient un enfant un jour. « *Je pourrai allaiter le bébé avec mon sein restant* », avait-elle chuchoté à Paha Sapa quelques minutes avant qu'on ne l'emmène pour lui administrer du chloroforme. « *C'est le plus proche de mon cœur.* »

L'opération avait apparemment réussi, on avait pu retirer la tumeur et l'on n'avait pas décelé d'autre trace de cancer, mais l'épreuve avait épuisé Rain. Elle était trop faible pour voyager. Une fois assuré que sa fille était hors de danger, le révérend de Plachette avait regagné son église et ses ouailles à Pine Ridge, mais Paha Sapa avait passé encore quatre semaines avec sa chérie dans une petite pension de famille, près de l'hôpital de Chicago.

Longtemps, les Lakotas avaient appelé Chicago *Sotoju Otun Wake*, ce qui signifie approximativement la « Ville pleine de fumée », et Paha Sapa s'était demandé si elle avait jamais été plus sombre, plus remplie de fumée et de suie, plus noire et plus venteuse qu'au cours des interminables semaines de novembre et de décembre qu'il y avait passées avec son épouse bien-aimée. La fenêtre voisine de leur lit, dans la pension de famille, donnait sur des entrepôts et sur une immense gare de triage où les trains grinçaient, grondaient et transitaient nuit et jour. Les parcs à bestiaux n'étaient pas loin et la puanteur aggravait les nausées provoquées par les médicaments que prenait Rain. Refusant l'offre de son beau-père d'assumer tous les frais (après avoir toujours vécu dans une aisance relative, le pasteur connaissait une passe difficile), Paha Sapa avait demandé une avance sur salaire à Scott James Donovan, le rancher blanc chez qui il travaillait, simplement pour payer la chambre et la pension. Il mettrait vingt-trois ans à rembourser les soins médicaux.

Aussi, lorsqu'ils étaient rentrés chez eux à l'agence le jour de la Noël 1897, leur convoi ayant été retardé vingt-quatre heures le temps qu'un train chasse-neige ait déblayé la voie prise dans des congères de plus de cinq mètres de haut au sud-ouest de Pierre, les étendues arides de Pine Ridge et leur minuscule maison elle-même leur avaient-elles paru magnifiques sous la neige blanche et sous le ciel d'azur de l'ouest. Rain avait juré que c'était un nouveau départ pour elle et pour eux et qu'elle ne laisserait plus jamais le cancer l'envahir. (Un an plus tôt, elle aurait pu dire, avait songé Paha Sapa par la suite, que *Dieu* ne le permettrait pas, mais il avait vu son épouse devenir plus réservée sur ce genre de choses. Elle avait continué à être l'unique institutrice de l'école de la mission, elle dirigeait la chorale tous les dimanches, faisait le catéchisme aux enfants indiens et n'avait élevé aucune objection quand son père avait demandé à Paha Sapa de se faire baptiser pour pouvoir approuver leur union. Rain lisait toujours la Bible quotidiennement. Mais Paha Sapa avait vu une certaine forme de foi – ou du moins de la foi épiscopalienne de son père – l'abandonner goutte à goutte, un peu comme l'énergie qu'elle n'avait jamais entièrement retrouvée après son opération.)

Mais son bonheur et sa bonne humeur lui étaient revenus. Au printemps 1898, son rire léger et prompt remplissait à nouveau la demeure et l'âme de Paha Sapa. Ils faisaient des projets pour ajouter une pièce à leur maison l'été suivant, quand Paha Sapa aurait fini de rembourser le rancher Donovan. En avril, avec un sourire plus radieux que Paha Sapa ne lui en avait jamais vu sinon le jour de leur mariage, Rain lui avait annoncé qu'elle était enceinte.

Leur voyage de la fin mai dans les collines Noires s'était fait un peu par hasard.

Pour des raisons connues de lui seul, Donovan avait licencié une partie de son personnel pour deux mois. Paha Sapa n'avait pas trouvé d'autre emploi durant cette période et s'était contenté d'aider le révérend de Plachette à effectuer de menus travaux à l'église, à l'école, ou dans la vieille maison que tout le monde appelait le presbytère. Les élèves n'avaient plus classe – les vacances commençaient toujours la troisième semaine de mai, car les familles avaient besoin des enfants pour travailler, s'occuper des plantations et garder les troupeaux sur leurs minuscules lopins. Le père de Rain devait regagner Boston pour y régler des affaires à la suite du décès de son frère aîné, établi dans cette ville. Le révérend de Plachette resterait absent au moins un mois, peut-être plus.

C'était Rain qui avait suggéré à Paha Sapa qu'ils prennent le chariot et les mules de l'église, un équipement de camping sommaire, et partent dans les collines Noires. Cela faisait à présent quatre ans qu'elle vivait dans cette région, mais elle ne les avait jamais vues de près. Son père lui avait permis d'utiliser le chariot et les mules. Au moment où elle avait avancé cette idée, elle avait déjà commencé à préparer des provisions.

Impossible, avait répondu Paha Sapa. Il ne voulait même pas y songer. Elle était enceinte de trois mois. Pas question de courir ce risque.

Quel risque ? avait insisté Rain. Elle n'en courrait pas plus que si elle restait à l'agence. Le travail qu'elle abattait – chercher l'eau, fendre du bois toute la journée, s'occuper de l'école et de l'église, était bien plus astreignant qu'une petite excursion de rien du tout jusqu'aux collines. De plus, s'il y avait le moindre problème, ils seraient plus proches d'une ville importante et d'un médecin compétent qu'à Pine Ridge. Et puis, ses nausées matinales avaient presque disparu et elle se sentait forte comme un bœuf. Si les mules refusaient de tirer le chariot dans les collines, *elle* s'en chargerait... et considérerait *tout de même* que c'étaient des vacances.

Non, avait répété Paha Sapa. Pas question. Les routes étaient épouvantables, le chariot trop vieux, tous ces cahots, ces secousses, ces...

Rain lui avait rappelé que quand il partait travailler au ranch de Donovan, elle faisait tous les jours trente kilomètres ou plus avec ce même chariot pour aller rendre visite aux malades et aux vieillards de la réserve confinés chez eux. N'était-il pas préférable qu'il soit à ses côtés et que son prochain trajet en chariot soit un voyage d'agrément au lieu d'une corvée supplémentaire ?

« Sûrement pas, s'était obstiné Paha Sapa. Je ne veux plus entendre un mot à ce sujet. J'ai parlé. »

Ils étaient partis un lundi matin, et le soir venu, ils se trouvaient au sud des collines Noires. Paha Sapa avait troqué avec un sergent du 7e de cavalerie un vieux fusil à un coup dont il se servait rarement (il avait gardé le Colt) contre une tente de l'armée, deux lits de camp et d'autres ustensiles qui occupaient les deux tiers de l'arrière du chariot. Le printemps était précoce cette année-là, et les champs étaient émaillés de fleurs multicolores. La première nuit avait été si tiède qu'ils n'avaient même pas dressé la tente ; ils avaient dormi à l'arrière du chariot sur une pile de matelas et de couvertures piquées si haute qu'ils dépassaient les ridelles. Paha Sapa lui avait montré les principales constellations et lui avait expliqué que l'on pouvait distinguer de nuit environ trois mille étoiles dans le ciel lorsque la visibilité était parfaite.

Elle avait chuchoté :

« J'aurais cru qu'il y en avait des millions. Il faudra que je le dise à mes élèves l'automne prochain. »

Le lendemain, ils avaient emprunté une nouvelle route large et étrangement déserte qui gravissait les contreforts sud des collines Noires proprement dites – ici, le relief était doux, vallonné et couvert de hautes herbes, les arbres rassemblés en bouquets près du sommet de ces tertres – et au milieu de ces vagues apparemment interminables de mamelons, il lui avait montré où se trouvait *Washu Niya*, la « Grotte qui respire », au fond d'un petit canyon boisé et secret. Malheureusement, une famille de colons *wasichu*, qui avait obtenu cette terre gratuitement, avait condamné l'entrée de la grotte, mis un cadenas à la porte et faisait payer les touristes qui voulaient la visiter. L'idée de devoir payer pour entrer dans *Washu Niya* dépassait Paha Sapa. Ils avaient donc poursuivi leur route vers le nord.

La nouvelle ville de Custer, bâtie dans un large fond de vallée, contenait essentiellement des saloons, des forges de maréchaux-ferrants, des écuries de louage et des bordels (certaines putains étant installées dans des tentes pour les mineurs particulièrement impécunieux), mais ils avaient campé sur une haute colline verdoyante à l'écart de la ville où ils étaient allés manger et déguster une boisson à la salsepareille à une buvette au store rayé de rouge et de blanc.

Le troisième jour, ils avaient pénétré au cœur des collines Noires, leurs deux mules pétries de patience chrétienne tirant le chariot chargé sur les pistes escarpées et creusées d'ornières dont se servaient les compagnies minières et les muletiers. La route de la diligence Denver-Deadwood se trouvait un peu plus à l'ouest. Leurs mules, des bêtes lentes et réfléchies, apprirent à s'écarter en trottinant quand un lourd chariot de transport dévalait la piste boueuse dans leur direction.

Dans certaines des vastes vallées verdoyantes qu'ils traversèrent avant d'arriver dans les terres plus hautes, Paha Sapa montra à Rain les ornières et les rainures laissées par l'« expédition scientifique » que Custer avait menée en 1874, deux ans avant sa mort, à travers les collines Noires qui n'avaient pas encore été cartographiées.

Rain avait été scandalisée.

« On dirait que cette armée a traversé la vallée la semaine dernière ! *Combien de scientifiques Custer avait-il emmenés avec lui pour cette expédition ? »*

Paha Sapa lui répondit.

Dix compagnies du 7e de cavalerie, deux compagnies d'infanterie, deux mitrailleuses Gatling tirées par des mules, une pièce d'artillerie de trois pouces, plus d'une vingtaine d'éclaireurs indiens (dont aucun ne connaissait vraiment les collines Noires), des équipes de charretiers civils – certains des barbus au regard fou qui les avaient croisés sur le siège de leurs chariots le jour même avaient peut-être accompagné Custer à l'origine – ainsi que des guides blancs (Buffalo Bill Cody n'était pas du nombre, cette fois), des interprètes capables de parler une demi-douzaine de langues indiennes, des photographes et une fanfare de quinze musiciens, tous Allemands, qui avait fait résonner les collines de l'air préféré de Custer, *Garry Owen.* Au total, l'« expédition scientifique » de Custer en 1874 comprenait plus de mille hommes – dont Fred, le fils du président Grant, qui avait été ivre presque de bout en bout et que Custer avait même fait mettre aux arrêts un jour pour trouble à l'ordre public –, qui voyageaient tous dans des chariots Studebaker tirés par six mules, tels qu'on en utilisait toujours à Custer City et à Deadwood.

Devant les yeux ébahis de Rain, Paha Sapa avait ajouté :

« Ah, oui... et environ trois cents têtes de bétail, descendues depuis Fort Abraham Lincoln dans le Dakota du Nord, pour que les hommes puissent avoir leur steak tous les soirs.

— Y avait-il des... scientifiques ?

— Quelques-uns. Mais en réalité, c'étaient les deux mineurs qui les accompagnaient – je crois qu'ils s'appelaient Ross et McKay – qui donnaient tout son sens à cette prétendue expédition. Ils cherchaient de l'or. Et ils en ont trouvé. Dès qu'on l'a su, c'est-à-dire avant même que l'expédition de Custer ne reparte, les Preneurs de Graisse ont commencé à affluer dans les collines Noires.

— Mais le gouvernement n'avait-il pas donné les collines Noires à ton peuple – à notre peuple – quelques années auparavant seulement ? À Fort Laramie, en 1868 ? Et signé un traité à cette fin ? Et promis d'empêcher définitivement les Blancs de mettre les pieds dans les collines Noires ? »

Paha Sapa avait souri et fait claquer les rênes sur la croupe des mules.

La nouvelle petite route de terre grimpait à travers les superbes formations rocheuses des Aiguilles (qui donneraient l'idée, vingt-cinq ans plus tard, à l'historien et poète Doane Robinson, de se mettre en quête d'un sculpteur) avant de s'enfoncer dans des vallées plus étroites encore, remplies de fleurs, de trembles et de bouleaux, qui s'étiraient entre de hauts pics de granite gris. Le soir, Paha Sapa se souvint d'un bon endroit pour camper, près d'un cours d'eau, et il conduisit le chariot dans les herbes hautes, à un peu plus de cinq cents mètres de la route, dans une combe où poussaient des trembles dont les jeunes feuilles vertes frémissaient déjà sous la douce brise de mai.

Pendant ces quelques jours de vacances, Rain leur avait préparé d'excellents dîners, meilleurs que tout ce que Paha Sapa avait pu manger autour d'un feu de camp depuis son enfance. Et ils étaient confortablement installés grâce aux lits de camp, aux fauteuils de camping et aux tables pliantes du 7e de cavalerie.

Le soleil s'était couché, le long crépuscule de mai s'attardait et un croissant de lune venait de se lever au-dessus du pic qui se dressait à l'est, quand Rain avait posé son gobelet métallique.

« *Qu'est-ce qu'on entend ? Ce n'est pas de la musique ?* »

Elle avait raison. Paha Sapa glissa son couteau de camping à sa ceinture, prit Rain par la main et ils traversèrent la forêt de trembles et les ombres projetées par la lune jusqu'à un petit col avant de redescendre sur l'autre versant à travers les pins. Quand ils quittèrent les troncs tordus pour s'engager à nouveau parmi quelques trembles clairsemés, ils s'arrêtèrent brusquement tous les deux. Rain prit ses joues dans ses mains.

« *Grand Dieu !* »

Au-dessous d'eux s'étendait un joli lac – vaste pour les collines Noires – qui n'était pas là autrefois. Paha Sapa en avait entendu parler par d'autres ouvriers du ranch, sans savoir exactement où il se situait. En 1891, on avait construit un barrage sur le cours d'eau, à l'extrémité ouest de cette vallée, à l'endroit où des aiguilles rocheuses se dressaient verticalement côte à côte et on avait baptisé ce nouveau plan d'eau Custer Lake, le lac Custer. (Il serait rebaptisé bien des années plus tard Sylvan Lake.) Et en 1895, trois ans plus tôt, on avait bâti un hôtel juste au bord de l'eau, tout près du barrage invisible, à proximité des grands blocs rocheux de l'extrémité ouest du lac.

Paha Sapa avait posé la main sur l'épaule de Rain.

Un orchestre jouait sur le large patio de pierre et de bois, devant l'eau. Certains tronçons du sentier qui faisait le tour du lac avaient été recouverts de fin gravier blanc qui luisait sous les étoiles et le clair de lune. D'innombrables guirlandes de lampions étincelaient le long de la véranda et de l'hôtel, autour du patio et dans les arbres, sur l'autre rive du lac. Des couples en tenue de soirée dansaient aux accents rythmés d'un orchestre. D'autres flânaient sur la vaste pelouse, sur le sentier blanc étincelant ou sur la jetée éclairée par des lanternes d'où des canoës, des bateaux à aube et d'autres petites embarcations, dont beaucoup arboraient des lanternes blanches accrochées à leur poupe, transportaient des couples, les hommes maniant la rame ou l'aviron, et les femmes levant leurs verres de vin.

Paha Sapa eut le sentiment que l'on éprouve parfois en rêve, lorsqu'on croit revenir dans une demeure où l'on a vécu jadis et qu'on la découvre toute différente, changée, d'une manière impossible dans la réalité.

Et à l'instant même où cette sensation l'envahissait, elle s'accompagna d'une émotion plus violente, aussi violente que si on lui avait versé de l'eau bouillante dans les poumons.

Paha Sapa contemplait les couples *wasichu* qui riaient, dansaient, déambulaient, certains hommes en smoking, les femmes en longues robes fluides, la lumière des lampes se réfléchissant sur leur peau nue, il contemplait l'hôtel aux chambres luxueuses donnant sur le lac éclairé par la lune, avec sa salle à manger où des serveurs glissaient, furtifs comme des fantômes, apportant des mets délicats aux hommes et aux femmes élégants qui riaient, aux maris blancs et aux épouses blanches, et il se rendit compte, le cœur serré, que c'était *cette vie* que sa superbe épouse, sa belle jeune épouse presque entièrement *blanche*, fille d'un pasteur célèbre qui avait écrit quatre ouvrages de théologie, cette jeune femme qui avait fait plusieurs voyages en Europe et dans les grandes villes d'Amérique avant même d'avoir vingt ans... que c'était *cette vie* que Rain de Plachette aurait dû mener, qu'elle aurait mérité de mener, qu'elle *aurait menée* si seulement...

« Arrête ! »

Rain avait posé les mains sur les avant-bras de Paha Sapa. D'un geste énergique, elle le fit pivoter pour le regarder bien en face. L'orchestre s'interrompit et des applaudissements lointains traversèrent l'étendue du nouveau lac *wasichu*. L'expression de Rain était farouche et ses yeux se fixaient sur lui, brûlants.

Elle avait lu dans son esprit. Cela lui arrivait fréquemment. Il en était certain.

« *Arrête, Paha Sapa, mon amour. Ma vie. Mon mari. Ce qu'il y a là-bas...* »

Elle lâcha son avant-bras gauche pour balayer d'un ample geste de sa main droite l'image de l'hôtel, de l'orchestre, des danseurs, des bateaux, des lampions multicolores...

« *Tout cela n'a rien à voir avec* moi, *avec ce que je veux, avec ce dont j'ai besoin. Est-ce que tu me comprends, Paha Sapa ? Tu me comprends ?* »

Il voulut parler, mais aucun mot ne franchit ses lèvres.

Rain reposa la main sur son avant-bras et le secoua de ses mains puissantes de travailleuse. Son étreinte aurait pu ployer de l'acier, se dit Paha Sapa. Le regard acéré de ses yeux noisette aurait pu percer la pierre.

« *Je n'ai jamais eu envie de cela, mon mari chéri. Ce que je veux est ici...* »

Elle toucha la poitrine de Paha Sapa au-dessus de son cœur.

« *... et là...* »

Elle posa la main sur le renflement de son propre abdomen, juste au-dessous de son sein intact.

« *Tu comprends ? Oui ? Parce que sinon... sinon, va au diable, Collines-Noires des Êtres Humains Libres Naturels.*

— *Je comprends.* »

Il l'avait prise dans ses bras. L'orchestre avait recommencé à jouer, un air populaire, sans doute, dans les dancings de New York.

C'est alors que Rain l'avait vraiment étonné.

« *Wayáčhi yačhin he ?* »

Il avait éclaté de rire, non pas à cause des difficultés que lui causait toujours le genre des mots, mais de pur ravissement parce qu'elle savait dire cela. *Comment* le savait-elle ? Il ne se rappelait pas qu'elle l'eût jamais invité à danser.

« *Han.* Oui. »

Il l'avait prise dans ses bras, là, au milieu des trembles au-dessus du nouveau lac, et ils avaient dansé jusque tard dans la nuit.

Quand Paha Sapa quitte le travail, à cinq heures du soir, les halos blancs se sont effacés autour de la tête de ses collègues et ont été remplacés par une migraine lancinante qui lui donne le vertige tandis qu'il descend d'un pas pesant les cinq cent six marches pour rejoindre le pied de la falaise.

Tout est en place pour les festivités de demain, à l'exception des cinq charges de démonstration. Personne ne sera autorisé à mettre les pieds sur le chantier dans la matinée, sauf Paha Sapa, chargé de les installer. Une équipe réduite travaillera au sommet de la paroi pour disposer le drapeau sur sa flèche et l'arrimer aux câbles actionnés par des poulies, au-dessus de l'effigie de Jefferson. Le reste des préparatifs aura lieu sur Doane Mountain où seront accueillies la presse, la foule et les huiles.

De retour, Borglum fait signe aux ouvriers qui s'occuperont demain du drapeau de se rassembler dans un coin, sans doute pour leur donner ses dernières instructions. Mais Paha Sapa n'a pas besoin de directives de dernière minute et il s'esquive en direction du parking, fait démarrer la moto de Robert et descend la route de montagne, derrière le nuage de poussière que soulèvent les véhicules des ouvriers qui rentrent chez eux.

Il n'a parcouru que le tiers du trajet vers le pied de la colline, quand il engage sa moto au milieu des arbres et coupe le moteur. Il tombe à quatre pattes et vomit son déjeuner. Sa migraine semble ensuite s'apaiser. (Paha Sapa, habitué depuis si longtemps à faire face à tant de douleurs diverses ne se rappelle pas avoir eu aussi mal à la tête depuis le jour où Bouclé, l'éclaireur corbeau, lui a presque ouvert le crâne d'un coup de crosse, soixante ans plus tôt.)

Rentré chez lui, il fait chauffer de l'eau pour prendre un nouveau bain bouillant, espérant apaiser un peu ses souffrances et ses courbatures, mais il finit par s'endormir dans la baignoire. Il se réveille dans l'eau froide, dans le noir, avec un sursaut d'effroi – *A-t-il dormi trop longtemps ? Mune est-il allé faire une virée dans un bar louche en constatant que Paha Sapa n'est pas venu le chercher à l'heure dite ?*

Il n'est que neuf heures et quart. La nuit tombe nettement plus tôt à présent. Paha Sapa a l'impression qu'il est minuit quand il se sèche et regarde le tourbillon d'eau sortir de la baignoire.

Il ne peut pas se résoudre à dîner, mais prépare quelques sandwiches qu'il range dans un vieux sac de toile – il ne veut pas emporter sa gamelle. Il se reproche ce sentimentalisme ridicule : il est prêt à se faire déchiqueter par l'explosion mais refuse que la gamelle dans laquelle Rain mettait son déjeuner subisse le même sort. Ridicule, ridicule, se dit-il en secouant sa tête douloureuse. Mais il laisse les sandwiches dans le sac de toile.

Il rejoint la vieille forge de Keystone, la seule station-service existante aujourd'hui, et fait remplir le petit réservoir par Tommy, le garçon attardé qui y travaille. Ce serait tout de même un comble que son projet échoue à cause d'une panne d'essence.

Gravissant la montagne pour aller chercher Mune (dont la Ford T a succombé il y a quelques mois à trop de rencontres brutales avec des arbres et des rochers dues à l'ébriété du conducteur, lequel dépend désormais de ses amis, aussi ivrognes et chômeurs que lui, pour tous ses déplacements), Paha Sapa songe que sa conspiration – cela ne fait pas très longtemps qu'il s'est mis dans la tête qu'il s'agit d'une conspiration, mais c'est bien le terme qui convient (*la conspiration des poudres !* ironise son cerveau épuisé) – dépend désormais de cet imbécile de Mune. S'il est parti en goguette avec ses crétins d'amis, préférant le whisky du samedi soir aux cinquante dollars promis du dimanche… eh bien, c'en est fini de sa conspiration. C'est bien simple : Paha Sapa ne peut pas hisser les caisses de dynamite depuis le canyon de la salle des Archives jusqu'à la corniche, ni installer le contenu de ces caisses sur la face rocheuse s'il n'a personne pour actionner les treuils.

En fait, cela fait de longues années que Paha Sapa passe toutes ses nuits d'insomnie à essayer de mettre au point d'autres solutions, et il pourrait s'en sortir seul. Si Mune n'est pas là, il passera toute la nuit à redescendre les caisses de dynamite du canyon, à refaire le tour de la vallée et à les monter lui-même au sommet des cinq cent six marches, caisse par caisse, avant de se suspendre dans les airs, sans treuilliste s'il le faut. Mais il sait également que la nuit est trop courte pour pareille besogne, quand bien même son énergie y suffirait.

Il en revient donc à son point de départ : tout dépend de Mune Mercer. Paha Sapa se surprend à psalmodier une prière aux Six Grands-Pères pour leur demander de l'aider en aplanissant l'unique difficulté qui échappe à son contrôle. Cette prière rappelle à Paha Sapa qu'avant demain midi, il faut qu'il ait enfin composé son Chant de Mort.

Chose incroyable, prodigieuse, Mune est chez lui à l'heure dite. Il l'attend devant la porte et paraît même relativement sobre.

Le problème consiste maintenant à faire entrer le géant dans le petit sidecar – lorsque la chose est faite, Mune ressemble à un énorme bouchon inséré dans un minuscule flacon – puis à faire franchir à la moto lestée de cette charge supplémentaire le dernier tronçon de route jusqu'au mont Rushmore. Ce dernier miracle accompli, Paha Sapa dirige discrètement l'engin jusqu'au fond du parking vide et le range sous le couvert des arbres. La lune s'est levée un peu plus tôt aujourd'hui, et elle est un peu plus ronde encore.

« Et pourquoi que tu te gares ici, dans les arbres ? »

Le front massif de Mune est tout plissé.

« Dans le cas où il pleuvrait, pardi. Je n'ai pas de bâche pour couvrir la moto ni le side. »

Mune lève les yeux vers un ciel parfaitement dégagé à l'exception de quelques nuages légers. Cela fait cinq semaines qu'il n'est pas tombé une goutte de pluie. Mais il hoche solennellement la tête pour signifier qu'il a compris.

Il n'est que onze heures du soir et quelques notes de musique s'échappent de l'atelier du sculpteur. Paha Sapa conduit Mune jusqu'au pied de l'escalier. Le géant réagit vivement.

« Hé ! Je supporte pas ces putain de marches, moi ! On peut pas prendre le téléphérique ? »

Paha Sapa pousse le dos couvert de sueur du colosse.

« Chut ! C'est une surprise que prépare M. Borglum, tu sais bien. Pas question d'utiliser du matériel électrique. Il faut que tu montes jusqu'au treuil de la salle des Archives – tout le travail de manivelle se fera à la main, on est bien d'accord ? Moi, je vais faire le tour et passer par le canyon. Envoie simplement le filin en bas... Tous les crochets et les câbles sont déjà en bas. Quand je t'enverrai les caisses de feux d'artifice, range-les simplement une par une devant la cabane des câbles. Mais fais gaffe. Le spectacle est réservé au Président, demain, essaie de ne pas le déclencher cette nuit, juste pour nous deux. »

Mune émet un grognement d'assentiment, et entreprend de gravir pesamment l'escalier. Paha Sapa frémit, craignant que le martèlement des souliers cloutés du géant n'alerte Borglum ou un autre et ne les incite à venir voir qui fait ce boucan.

Les heures qui suivent s'écoulent comme dans un rêve.

En attendant que chaque caisse soit hissée, une par une, Paha Sapa n'a rien à faire et il reste là dans le mystère changeant du clair de lune et des ombres de la nuit, les yeux levés vers la silhouette noire de la flèche et de la cabane du treuil, s'attendant à chaque instant à ce que Mune change d'avis ou découvre que les caisses qui portent l'inscription rudimentaire FEUX D'ARTIFICE – ATTENTION ! MANIER AVEC PRÉCAUTION ! sont en réalité remplies de dynamite et prenne ses jambes à son cou. Mais non, il ne remarque rien.

Enfin, la dernière caisse et la dernière bâche goudronnée sont montées et le mince câble d'acier redescend une dernière fois. Paha Sapa dirige le faisceau de sa lampe torche à l'intérieur du tunnel de la salle des Archives pour vérifier qu'il n'a rien oublié puis il fixe la chaise de gabier qu'il a rangée là, siffle une fois, et se détend comme le câble le hisse à la verticale pour venir le déposer cent mètres plus haut, au sommet de la crête.

Les cinq heures suivantes sur la paroi rocheuse des têtes géantes sont plus étranges encore.

En temps normal, quand un foreur ou un dynamiteur doit se déplacer à l'horizontale sur la falaise comme Paha Sapa en cette nuit, on lui attribue un « avertisseur » comme on l'appelle, un jeune type sanglé dans un harnais de sécurité, assis tout en haut, sur le front de la tête sculptée, au-dessus de l'ouvrier. C'est de l'argent facile à gagner, parce que la seule tâche de l'avertisseur consiste à transmettre les instructions de l'ouvrier au treuilliste, dans sa cabine. L'avertisseur se penche ensuite pour vérifier les mouvements du foreur, du dynamiteur ou de l'ouvrier, solidement maintenu par son harnais – un câble est relié à la cabine, l'autre au bras de la flèche. Le spectacle peut être franchement comique, car il arrive à l'avertisseur de se tenir presque à l'horizontale, les pieds posés sur le granite, le regard tourné vers le bas, tout en hurlant de nouvelles directives au treuilliste alors qu'il contrôle les mouvements de l'ouvrier invisible en contrebas.

Mais cette nuit, il n'y a pas d'avertisseur.

Paha Sapa a expliqué à Mune une bonne demi-douzaine de fois le système qu'il a imaginé, et il l'a répété une dernière fois avant de se laisser tomber au-dessus de l'arête des cheveux de George Washington.

« On n'a pas d'avertisseur, alors ce coup-ci, on va faire ça avec cette corde, Mune. J'en ai une longueur suffisante pour qu'elle m'accompagne partout, jusqu'au bout du câble. Tu gardes une main sur la corde ici, là où je l'ai fixée pour qu'elle passe à côté de ton siège. Un coup sec, ça veut dire arrête de baisser. Deux coups, ça veut dire remonte. Un coup, pause, puis un autre coup, ça veut dire au même niveau, mais un peu plus à droite. Un coup, pause, puis deux coups, ça veut dire plus à gauche. »

Mune fronce douloureusement les sourcils sous l'effet de la concentration. On dirait, songe Paha Sapa, qu'il essaie de comprendre l'article sur l'effet quantique publié par Albert Einstein que Robert lui avait mentionné il y a vingt-quatre ans. Depuis, tout le monde a entendu parler d'Einstein... tout le monde, sauf Mune Mercer, peut-être.

« Hé, Mune. Je t'ai tout noté sur ce papier. Si on s'emmêle, attache ton harnais au câble de la flèche et viens jusqu'au bord de George voir ce qui se passe. D'accord ? »

Mune plisse le front, mais hoche la tête d'un air sceptique.

Finalement, tout se passe aussi bien que s'ils avaient disposé d'un avertisseur. Paha Sapa a organisé la mise en place des caisses de dynamite et des détonateurs (qu'il descend en premier lieu, et range en sécurité sur une saillie rocheuse, faisant des allers-retours jusqu'à la boîte comme un oiseau regagnant son nid) pour avoir aussi peu que possible de montées et de descentes à faire, et pour les concentrer au début et à la fin de chaque placement. L'essentiel du travail consiste à donner un coup de pied et à glisser sur la paroi, à soulever, disposer et enfoncer, puis à donner un nouveau coup de pied et à voler latéralement dans l'air de la nuit au clair de lune.

Mune hisse ensuite Paha Sapa, ils se déplacent jusqu'à la cabane de treuil suivante sur la corniche, Paha Sapa redescend corde en main, dans sa chaise de gabier, et le rêve paisible d'apesanteur recommence. Incroyablement, miraculeusement, il n'y a aucune anicroche, aucun problème de câble, aucune faille dans sa conspiration.

Le forage de Palooka est parfait. Les caisses de dynamite glissent facilement dans les fentes, et des bâches grises les dissimulent aux regards. C'est la mise en place des détonateurs (puisqu'il ne s'agit pas de faire exploser de simples bâtons ou fragments de bâton, mais la caisse de dynamite tout entière, et d'un coup) suivie de l'installation et du camouflage des longs câbles gris qui prennent presque toute la nuit.

À 4 h 43, tout est terminé. Le deuxième boîtier de détonateur lui-même est en place, parfaitement caché – Paha Sapa avait déjà installé le premier au vu et au su de tous en préparation de la détonation de démonstration – le long du bord rocheux plat, à l'est de la joue de Lincoln.

Paha Sapa reconduit Mune chez lui, lui remet ses quarante-cinq dollars et ne se retourne pas une fois en descendant en roue libre la route sinueuse jusqu'à Keystone. Il arrive chez lui au lever du jour. Il s'était inquiété un moment à l'idée que Mune pourrait se rendre au chantier et parler à Borglum du mystérieux travail qu'il a accompli en pleine nuit, et des caisses de dynamite étiquetées FEUX D'ARTIFICE. Mais à présent, Paha Sapa sait, sans l'ombre d'un doute, que Mune Mercer est trop idiot et trop égoïste pour remarquer ce genre de détails, pour s'en soucier ou en parler. Mune, il en est convaincu, dormira quelques heures avant de faire de l'auto-stop jusqu'à un bar clandestin de Deadwood ouvert le dimanche et de se soûler pour quarante-cinq dollars.

Une nouvelle journée d'août commence, torride, ensoleillée, sans un souffle d'air.

Paha Sapa envisage de prendre une heure de sommeil – sauf quand il est dans un bain bouillant, il a toujours été capable de se réveiller à l'heure qu'il s'est fixée –, mais préfère ne courir aucun risque. Après avoir changé de chemise et s'être aspergé le visage d'eau froide, il fait du café et s'assied un instant à la table de la cuisine, l'esprit vide. Puis, quand il entend le bruit des premières voitures des ouvriers du mont Rushmore, il rince son bol, le remet à sa place dans son placard méticuleusement rangé, lave la cafetière, jette un dernier coup d'œil à son logis – il a déjà brûlé la note qu'il avait posée sur la cheminée deux soirs plus tôt, indiquant ce qu'il fallait faire des ânes dans l'éventualité où il lui arriverait malheur –, il sort, fait démarrer la moto de son fils et rejoint le cortège, plus réduit que d'ordinaire, des vieilles voitures cabossées des ouvriers qui se dirigent toutes vers le mont Rushmore.

La foule, il le sait, arrivera plus tard.

23

Les Six Grands-Pères

Dimanche 30 août 1936

Le président Roosevelt n'est pas là à midi, mais Gutzon Borglum ne commence pas la cérémonie sans lui.

Paha Sapa est seul sur la face rocheuse, perché près de la joue de Lincoln – son menton barbu n'a pas encore été dégagé de la pierre – loin sur la droite ; mais il distingue George Washington, Jefferson masqué par le drapeau, et la pente de granite blanc d'où la tête de Teddy Roosevelt va commencer à émerger. Aujourd'hui, à part lui, il n'y a sur la montagne que les huit ouvriers qui attendent au sommet de la tête de Jefferson, à l'endroit où le treuil, la flèche, les poulies et les haubans arrimés à des échafaudages maintiennent l'immense drapeau en place, qu'il soit l'heure de l'écarter, puis de le hisser pour le faire disparaître aux regards.

Les cinq charges de démonstration exploseront, un orchestre jouera et ce n'est qu'à ce moment-là que le visage de Jefferson sera dévoilé. Borglum et quelques autres orateurs s'adresseront ensuite au public et aux auditeurs de la radio tandis que l'on procédera à l'inauguration officielle de l'effigie. Il n'est pas prévu que le président Roosevelt prenne la parole. La présence du président des États-Unis est surtout formelle, comme cela avait déjà été le cas, soixante-dix ans auparavant, lors des projets d'inauguration du cimetière de Gettysburg ; d'autres que lui sont censés prononcer des discours.

Borglum a prêté à Paha Sapa sa deuxième meilleure paire de jumelles Zeiss ; il veut être sûr que son dynamiteur le verra lever puis abaisser le drapeau rouge qui lui donnera le signal de déclencher les cinq charges. La puissante optique permet à Paha Saha de distinguer nettement chaque visage.

À onze heures du matin, les habitants de la ville accompagnés de curieux venus de tout le Dakota du Sud commencent à affluer sur les gradins aménagés au-dessus et de part et d'autre des tribunes officielles, sur Doane Mountain, à l'endroit précis où, si les choses se passent comme Borglum l'a prévu (et n'est-ce pas toujours le cas ? se demande Paha Sapa), se dresseront un jour un immense centre d'accueil des visiteurs, une superbe terrasse panoramique et probablement un gigantesque amphithéâtre contenant des milliers de places, exclusivement destiné à des spectacles patriotiques – parmi lesquels, Paha Sapa en est convaincu, des programmes grandioses chantant les louanges d'un sculpteur du nom de Gutzon Borglum.

Pour le moment, cependant, Borglum a demandé à son fils Lincoln de niveler au bulldozer les ornières du chemin qui conduit au cœur de cet espace dégagé, au-dessous et devant le V que dessinent les tribunes des officiels et les gradins du public. Paha Sapa a appris ce matin que le président Roosevelt ne sortira pas de sa voiture découverte pour la cérémonie d'inauguration. Même sans jumelles, Paha Sapa aperçoit l'emplacement destiné au véhicule présidentiel, déjà entouré de gros microphones sur pied, de câbles noirs, de caméras des actualités filmées et de secteurs réservés, sous les pins, barrés par des rubans, où seront parqués les photographes de presse. Tous les autres notables seront *derrière* Franklin Delano Roosevelt quand Borglum et lui regarderont le mont Rushmore pendant la cérémonie.

Paha Sapa repère Gotzun Borglum dans ses jumelles et constate avec un soudain émoi que le patron a les yeux rivés sur lui derrière sa *meilleure* paire de Zeiss.

Normalement, Paha Sapa aurait dû s'installer au sommet de la crête pour déclencher une détonation, fût-elle aussi modeste que celles des cinq charges de démonstration. Mais il a proposé ce site contre la joue de Lincoln en alléguant qu'avec la foule et la cohue, il pourrait avoir du mal, du haut de la falaise, à distinguer Borglum et son drapeau.

Borglum lui avait jeté un regard en biais.

« Avoue-le, Billy. Tu veux simplement avoir une meilleure vue. »

Paha Sapa avait haussé les épaules et approuvé tacitement d'un air gêné. C'était exact, bien sûr. Mais ce n'était pas la cérémonie qu'il voulait voir ; c'était l'explosion des vingt et une caisses de dynamite le long de la falaise.

Il est assis sur la vingt et unième (il a prévu de les faire exploser en série et devrait donc pouvoir observer les effets des vingt premières avant que celle-ci ne saute) et pendant une terrible seconde, qui lui fait froid dans le dos, Paha Sapa est persuadé qu'avec ses jumelles à longue focale, Borglum peut voir à l'intérieur de la caisse et n'ignore plus rien des intentions de son dynamiteur.

Mais non... Non contents d'être peints en gris, les câbles de détonation supplémentaires qui longent la joue de Lincoln jusqu'à la position de Paha Sapa sont couverts de poussière de granite. Il est assis sur une caisse de dynamite, mais celle-ci est dissimulée sous la dernière des toiles goudronnées qu'il a montées pour masquer toutes les charges. Il est vrai qu'il a deux boîtes de détonateurs, soit une de trop – une petite, destinée aux cinq explosions de la charge de démonstration, une plus grande pour toutes les autres caisses de dynamite –, mais il a pris soin de cacher ce second boîtier derrière la caisse sur laquelle il est assis. Même avec un télescope, Borglum ne pourrait pas le voir.

Paha Sapa embrasse du regard la foule qui arrive et quand ses yeux se reposent sur Borglum, le patron s'est détourné, son éternel foulard rouge vif autour du cou facile à repérer au milieu des chemises blanches et des vestes foncées. Le sculpteur lui-même est tout en blanc – ou plus exactement en chemise à manches longues et en pantalon beurre frais, remarque Paha Sapa – à l'exception du foulard écarlate et des jumelles noires accrochées autour son cou.

Paha Sapa baisse ses propres jumelles et se laisse aller en arrière, appuyant sa chemise trempée de sueur contre le granite incurvé étrangement frais de la joue de Lincoln. Il constate avec agacement que sa main tremble légèrement quand il sort sa montre de sa poche. Encore deux heures, tout au plus, avant l'arrivée de Franklin Delano Roosevelt et le début de la cérémonie.

Le matin qui a suivi la nuit où il ont dansé dans le bosquet de trembles, en face de l'hôtel neuf construit sur l'autre rive du lac, Rain lui avait annoncé qu'elle voulait faire l'ascension de Harney Peak, qui se dressait au-dessus d'eux, au nord-est.

Paha Sapa avait croisé les bras comme un de ces Indiens des boutiques de cigare que tous les Indiens détestent.

« Certainement pas. Il n'en est pas question. »

Rain lui avait adressé ce sourire si singulier que Paha Sapa appelait toujours en son for intérieur son « sourire de la roue de Ferris ».

« Mais pourquoi ? Tu m'as dit toi-même que ce n'est pas une grande excursion – trois kilomètres à peine, non ? – et qu'il n'y a pas la moindre escalade. Un bambin pourrait y monter. Voilà ce que tu as dit.

— Peut-être. Mais je ne veux pas que tu le fasses. Nous n'y monterons pas, un point c'est tout. Tu es... enceinte. »

Rain avait éclaté de rire, un rire tout à la fois ravi par le mot qu'il venait de prononcer, et un peu railleur à cause de son inquiétude.

« Nous allons faire beaucoup de promenades pendant ces quelques jours de vacances, mon chéri. Et je vais beaucoup marcher à la maison pendant les six mois à venir. Ça monte un peu plus, voilà tout.

— Rain... c'est une montagne. *La plus haute des collines Noires, qui plus est.*

— Son sommet dépasse à peine deux mille mètres, mon chéri. J'ai déjà passé l'été dans des villes suisses qui se trouvaient à des altitudes plus élevées, tu sais. »

Paha Sapa avait secoué la tête pour protester.

Elle s'était approchée de lui. Ses yeux noisette avaient l'air presque bleus en ce matin radieux. Après avoir dansé sous les trembles, ils avaient rejoint leur petit campement et Rain avait gagné l'arrière du chariot et entrepris d'en sortir les deux matelas que Paha Sapa avait exigé d'emporter, dans l'éventualité où elle « aurait besoin de s'allonger ». En la voyant les soulever, Paha Sapa s'était précipité pour les lui prendre des mains et les installer lui-même dans leur grande tente de l'armée.

« *Pourquoi nous les faut-il ?* » avait-il demandé innocemment. Par moments, avait-il découvert, il arrivait à sa femme de ronronner littéralement comme un des chats qui traînaient autour de l'école et de l'église de la mission.

« Parce que, mon amour, mon bien-aimé, nos lits de camp de l'armée, aussi confortables soient-ils, se prêtent mal à des étreintes prolongées. »

Néanmoins... dans la claire lumière de ce matin de mai, Paha Sapa avait secoué la tête, les bras toujours croisés, le pli de son front comme gravé dans son visage de bronze.

Rain avait alors posé un doigt sur sa joue comme si elle venait d'avoir une idée.

« Et si je montais sur le dos de Cyrus ? »

Paha Sapa avait cligné des yeux et regardé le vieux mulet, qui, entendant son nom, avait remué une de ses oreilles crantées sans cesser de brouter pour autant.

« Euh, peut-être, mais... Non, je ne crois pas... »

Rain avait encore éclaté de rire, et cette fois elle riait vraiment *de lui.*

« *Paha Sapa, mon adoré, mon vénéré* anungkison *et* hi *et* itancan** *et* wicayuhe... *Je ne vais certainement pas gravir cette montagne, ni aller où que ce soit d'ailleurs, sur le dos de Cyrus... D'abord, il n'accepterait pas de quitter Daisy. Ensuite, j'aurais l'air de la Vierge Marie sur la route de Bethléem, le gros ventre en moins. Non, non, j'irai à pied, merci.*

— *Rain... dans ton état... je ne crois pas... Si jamais...* »

Elle avait levé l'index, lui enjoignant de se taire. À moins de cinq cents mètres, par-delà la ligne de crête, un rire et un cri de femme étaient parvenus jusqu'à eux. Paha Sapa avait imaginé les *wasichu* endimanchés en train de jouer au croquet ou au badminton sur la longue pelouse verte qui descendait en pente douce vers le miroir du lac.

Il avait aussi compris ce que sa femme lui disait en silence. Ils auraient moins de mal à obtenir une assistance médicale ici, si sa grossesse posait le moindre problème, que durant tous les mois à venir qu'ils passeraient à Pine Ridge.

Quand elle reprit la parole, sa voix était grave, douce et sérieuse.

« *Je veux voir la montagne des Six Grands-Pères dont tu m'as parlé, mon chéri. On ne peut pas y monter facilement, si ?*

— *Non.* »

La présence de l'hôtel, de ce nouveau lac créé par l'homme et du sentier de gravier blanc qui s'enfonçait au cœur des collines Noires donnait le vertige à Paha Sapa. Il avait l'impression de vivre dans la réalité d'un autre, ou sur une planète étrangère qui n'entretenait qu'une vague ressemblance avec la sienne. L'idée même qu'il puisse y avoir un jour des routes menant aux Six Grands-Pères lui donnait la nausée.

« *Je veux la voir, Paha Sapa – je veux voir cette montagne-là, et aussi la vue sur* toutes *les collines Noires. Je vais mettre un casse-croûte dans ce vieux porte-carte de l'armée que tu as pris avec toi. Pendant ce temps, pourrais-tu vérifier que la tente ne risque rien et que Daisy et Cyrus ont tout ce qu'il leur faut pendant ces quelques heures d'absence ?* »

Le paysage qu'ils avaient découvert depuis le sommet de Harney Peak (la colline du Mauvais Esprit, comme Paha Sapa l'appelait encore en lui-même) était à vous couper le souffle.

Les dernières centaines de mètres du sentier parfaitement visible passaient d'un sommet à l'autre d'une succession de mamelons de granite. N'ayant guère envie de grimper les éboulis et les amas de rochers pour atteindre une

« cime » purement théorique, ils s'étaient dirigés vers les terrasses rocheuses orientées au nord de l'énorme épaulement montagneux.

Dans toutes les directions, la vue était spectaculaire.

En suivant des yeux le chemin qu'ils avaient parcouru, ils avaient reconnu les formations des Aiguilles, les forêts et les collines couvertes d'herbe et de pins qui s'amenuisaient jusqu'à la grotte du Vent et au-delà. Au nord-ouest s'étendait le cœur de pins sombres et de rochers gris de la masse principale des collines Noires. Loin à l'est, les Badlands balafraient les plaines comme une cicatrice blanche ; plus au nord, le repère lointain de la butte de l'Ours se dressait sur la ligne d'horizon. Et au-delà des collines, s'étiraient les grandes plaines qui étaient – pendant ces quelques semaines de la fin mai et du début de juin, grâce surtout au printemps pluvieux qu'ils avaient eu cette année-là – aussi vertes que l'Irlande que Rain lui avait décrite un jour.

Des sommets, des aiguilles et des corniches de granite gris surgissaient çà et là, tout autour d'eux, émergeant des forêts de pin si sombres que leur vert en était noir, mais les Six Grands-Pères étaient la seule élévation grise à pouvoir rivaliser avec Harney Peak lui-même. La longue crête du sommet se trouvait presque à leurs pieds. La dernière fois que Paha Sapa avait vu les collines Noires – et plus particulièrement la montagne des Six Grands-Pères – aussi distinctement –, il flottait dans le ciel avec les esprits de ces six grands-pères.

« Oh, Paha Sapa ! Quelle splendeur ! »

Ils s'étaient assis un moment sur la couverture que Paha Sapa avait étalée sur la ligne de faîte.

« Tout ce que tu m'as dit, mon chéri, avait alors repris Rain, *c'est que tu as fait ton* hanblečeya *là-bas quand tu étais un petit garçon de onze étés. »*

Elle avait pris sa main entre les deux siennes.

« Raconte-moi, Paha Sapa. Raconte-moi tout. »

Il en avait été lui-même surpris, mais il lui avait tout raconté.

Une fois ce long récit achevé, après lui avoir confié toute son expérience, tout ce qu'il avait vu et entendu de la bouche des Six Grands-Pères, il était resté silencieux, étonné, presque épouvanté de lui avoir dit tout cela.

Rain lui avait jeté un regard étrange.

« À qui d'autre as-tu décrit cette Vision ? À ton tunkašila *adoré ?*

— Non. Quand j'ai retrouvé Boite-Beaucoup au pays de la Grand-Mère, il était vieux, malade et solitaire. Je n'ai pas voulu lui infliger le fardeau d'une Vision aussi terrible. »

Rain avait hoché la tête, pensive. Après un long silence durant lequel ils n'avaient entendu que la brise légère qui effleurait les rochers et les quelques plantes basses qui poussaient autour d'eux, elle avait dit :

« Déjeunons. »

Ils avaient mangé sans parler, chaque minute qui s'écoulait inspirant à Paha Sapa un pressentiment de plus en plus aigu. Pourquoi avait-il raconté tant de choses à cette femme qu'il aimait par-dessus tout – mais qui était, pour l'essentiel, une *wasichu* –, alors qu'il n'en avait parlé à personne d'autre ? Il n'en avait rien dit à Boite-Beaucoup quand il en avait eu l'occasion. Ni à Bison-Assis. Ni à aucun des autres *Ikče Wicasa* à qui il aurait pu s'adresser au cours des douze dernières années.

Ils avaient observé tous deux un phénomène que Paha Sapa n'avait encore jamais vu, même quand il avait volé dans les airs avec les Six Grands-Pères. Les hautes herbes des plaines infinies, d'une verdeur absolue en ce matin de mai, ondulaient sous la caresse d'un vent puissant, étrangement absent ici, sur la crête du sommet de Harney Peak. On aurait dit, avait songé Paha Sapa, des doigts qui caressaient la fourrure d'un chat. Quelles que fussent les images que cela lui rappelait, il avait regardé avec Rain cette brise, forte mais lointaine, parcourir ainsi des kilomètres et des kilomètres de prairie, dessinant des rubans d'air mouvant, le revers des herbes si clair qu'il en était presque argenté, tandis que les ondulations se succédaient. *Des vagues*, avait-il pensé. Lui qui n'avait jamais vu la mer avait compris que c'était un océan qu'il contemplait. La plus grande partie des plaines et des prairies qui s'étendaient là avait été, il le savait, morcelée en ranches de riches éleveurs et en parcelles de pauvres fermiers – les premiers destinés à s'agrandir, les secondes à faire faillite – mais du sommet de Harney Peak, ce jour-là, les bâtiments et les barbelés étaient aussi invisibles que les bisons absents et que le bétail destructeur, dévoreur de racines, qui avait remplacé ceux-ci.

À cette altitude, il n'y avait que le vent qui jouait sur la crête des vagues d'un bout à l'autre de cette illusion parfaite de mer intérieure restaurée. Les ombres majestueuses des nuages se déplacèrent ensuite à travers cet océan d'herbe bistre ponctué de quelques ellipses brillantes de soleil. « Quand le soleil traversa les nuages, dessinant des flaques d'argent dans la mer. » Des *flaques* dans la mer ? Où avait-il lu cette phrase étonnante ? Ah oui ! L'année précédente, dans *La Maison d'Âpre-Vent* de Dickens, un livre que Rain avait tant aimé qu'elle lui en avait recommandé la lecture, bien que ses heures de loisir aient été très courtes puisqu'il ne rentrait du ranch qu'à la nuit tombée et repartait avant l'aube. Mais il adorait lire les ouvrages qu'elle lui conseillait car ils pouvaient en discuter le dimanche, et il arrivait qu'elle lui rende la pareille en se plongeant dans certaines de ses lectures préférées. *L'Iliade* était du nombre. Rain lui avait avoué qu'un de ses précepteurs avait cherché à lui faire lire *L'Iliade* en grec, mais qu'elle s'était vite lassée de toutes ces histoires de lances, de sang, de fanfaronnades et de morts violentes. (Ce printemps-là, pourtant, ayant repris ce long poème épique dans la traduction de Chapman qui avait tant ému le jeune Paha Sapa à l'école du père Pierre Marie, dans l'odeur presque charnelle de la toile de tente chauffée par le soleil, elle avait reconnu avoir appris, grâce à son mari, à apprécier ce récit d'Homère, cette histoire de courage et de destin.)

Le pique-nique était délicieux. Rain avait réussi à faire cuire une tourte grâce à un four de camping. Elle avait également apporté des citrons et malgré l'absence de glace, la limonade servie dans des verres soigneusement emballés était douce et légère au palais. Pourtant, Paha Sapa ne toucha ni à l'une ni à l'autre.

Enfin, alors qu'ils remballaient la vaisselle, il avait dit :

« *Écoute, Rain... Je sais bien que cette prétendue Vision n'était qu'une hallucination... provoquée par plusieurs jours de jeûne, par la chaleur et la vapeur de la loge de sudation et aussi par mes propres espoirs de...*

— *Arrête ! Paha Sapa...* arrête ! »

C'était la première fois – et la dernière – qu'elle lui parlait sur ce ton. Paha Sapa s'interrompit immédiatement.

Quand elle reprit la parole, sa voix était si ténue qu'il dut se pencher vers elle sur la crête rocheuse de Harney Peak.

« *Mon bien-aimé... mon mari, mon chéri... la Vision qui t'a été accordée est terrible. Elle me déchire le cœur. Mais il ne fait aucun doute que Dieu – ou la puissance, quelle qu'elle soit, qui régit l'univers – t'a choisi pour l'accueillir. Un jour ou l'autre, tôt ou tard, il faudra que tu agisses. Tu as été* choisi *pour cela.* »

Paha Sapa avait secoué la tête sans comprendre.

« *Voyons, Rain, tu es chrétienne. Tu diriges la chorale. Tu donnes des cours de catéchisme. Ton père... enfin... Tu ne peux pas croire à mes dieux, à mes Six Grands-Pères, à ma Vision... Comment pourrais...* »

Une fois encore, elle l'avait fait taire, cette fois en posant sa paume sur le dos de la main de son mari.

« *Paha Sapa, je sais qu'on appelle parfois* Wakan Tanka *le "Grand Tout". Mais ne dit-on pas le "Grand Mystère" ?*

— *Si.*

— *Voilà le cœur de toutes nos croyances, mon chéri. Le cœur de la foi de tous ceux qui réussissent à la trouver et à la conserver dans leur âme. Contrairement à mon père, j'ai si peu de* certitudes. *Je comprends si peu de choses. Mais je sais – et oui, j'ai foi en cela – qu'au cœur du cœur de l'univers réside le Mystère, avec un M majuscule. Il s'agit forcément du Mystère qui nous a permis de découvrir notre amour et de nous trouver, toi et moi. L'amour qui a permis le miracle de cet enfant qui grandit en moi. Quoi que tu décides de faire à ce propos, Paha Sapa, mon chéri, tu ne dois jamais, jamais nier la réalité de ta Vision. Tu as été choisi, mon amour. Un jour, il faudra que tu décides.* Ce que *tu devras décider, je n'en sais rien. Toi non plus, sans doute. Je prie, c'est tout... je prie le mystère qui réside au sein de ce Mystère même... qu'au moment où tu* devras *décider, la vie t'aie appris comment faire. Ce sera, je le crains, un choix affreusement difficile.* »

Paha Sapa en avait été abasourdi. Il avait posé les lèvres sur sa main, lui avait effleuré la joue puis avait frotté énergiquement sa propre joue.

*« Le vieux prophète Wovoka, le Paiute fou dont je t'ai parlé, pensait sans doute qu'*il *avait été choisi, lui aussi. En fait, il était fou, c'est tout. Les Chemises de la Danse des Esprits n'arrêtaient pas les balles. J'ai vu que Boite-Beaucoup en portait une sous sa vieille veste de laine miteuse.* »

Rain avait tressailli, mais sa voix était aussi ferme qu'auparavant.

« Ce vieillard pensait *avoir été choisi, mon chéri. Toi, tu* as été *choisi. Tu le sais, et maintenant, je le sais, moi aussi.* »

Le vent s'était soudain levé depuis la plaine et les entourait, sifflant à travers les crevasses rocheuses.

Paha Sapa avait regardé sa femme dans les yeux.

« Choisi pour quoi faire ? Un homme ne peut pas à lui seul arrêter les géants de pierre wasicun, *faire revenir le bison ou rendre le* Wakan, *le Mystère sacré, au peuple qui l'a perdu. Alors... choisi pour faire* quoi ?

— *Tu le sauras le moment venu, mon chéri. J'ai confiance.* »

Ils n'avaient plus échangé un mot pendant la longue descente de Harney Peak, mais durant presque tout le trajet, ils s'étaient tenus par la main.

Tout en bas, les invités de marque commencent à prendre place sur les premières rangées.

À travers les cercles jumeaux un peu brouillés des Zeiss, Paha Sapa distingue le crâne chauve et luisant de son vieux mentor, Doane Robinson. Il sait que Doane fêtera ses quatre-vingts ans en octobre prochain, mais pour rien au monde le poète historien ne manquerait cette cérémonie qui voit se concrétiser la première partie visible de ce qui a été jadis son rêve exclusif et solitaire (un rêve considérablement modifié, il est vrai).

À côté de Robinson, au premier rang, un homme plus âgé semble avoir une épaisse serviette de toilette nouée autour du cou, enveloppant son menton et sa joue gauche. C'est le sénateur Peter Norbeck et Paha Sapa sait qu'avec Doane Robinson le rêveur et William Williamson le congressiste pragmatique, il fait partie de la troïka qui a plaidé, argumenté, présenté au Sénat et à la Chambre, trouvé le financement, sollicité et infatigablement défendu le projet du mont Rushmore (s'élevant souvent contre les excès mêmes de Gotzun Borglum) depuis son origine jusqu'à l'existence actuelle de trois têtes quasiment achevées. Mais le sénateur Peter Norbeck, qui au fil des ans a essuyé plus d'insultes de la part de Borglum que la plupart des hommes n'en toléreraient de leurs épouses, est en train de mourir d'une récidive d'un cancer de la mâchoire et de la langue. Le cancer et les opérations réitérées ont fini par le priver de l'usage de la parole et par transformer la moitié inférieure de son visage en une vision de cauchemar propre à effrayer les enfants et un certain nombre d'électeurs. Norbeck s'est fait pousser la barbe pour dissimuler tant bien que mal ces ravages et enroule cette écharpe-serviette de toilette sur le bas de sa figure comme s'il s'agissait d'un accessoire ordinaire de sa garde-robe – une seconde lavallière, peut-être, ou une cravate un peu voyante.

À travers les jumelles qu'il stabilise en appuyant son coude sur son genou gauche, Paha Sapa voit Norbeck s'incliner pour communiquer avec les trois hommes assis dans la rangée située derrière la sienne. Désignant du doigt le groupe de journalistes qui piaffent derrière une corde, le sénateur mourant esquisse une rapide pantomime qui s'achève par une spirale ascendante des doigts. Les trois hommes politiques – ainsi que Doane Robinson assis trois places plus loin, à droite de Norbeck – rejettent la tête en arrière et s'esclaffent.

William Williamson ne rit pas. Le congressiste choisi pour diriger le comité d'accueil de Franklin Delano Roosevelt fait les cent pas, nerveux, devant la tribune hérissée de micros.

Paha Sapa consulte sa montre : 2 h 28. Il constate qu'à présent, Gutzon Borglum est beaucoup trop occupé à discuter avec des huiles pour avoir le temps de monter jusqu'à lui afin de l'empêcher d'agir, même s'il remarquait quelque chose de bizarre dans ses jumelles. Borglum dispose cependant d'une liaison téléphonique avec son fils, Lincoln, responsable des huit hommes préposés à la grue et à la flèche au-dessus de la tête de Jefferson, et le programme officiel de l'inauguration prévoit que c'est Lincoln qui, en pressant sur un bouton, déclenchera l'explosion de démonstration au moment où son père abaissera le drapeau rouge – en réalité, c'est le dynamiteur chef qui provoquera cette détonation. Paha Sapa est posté suffisamment en avant sur la joue de Lincoln – couverte elle aussi d'une sorte de serviette de toilette, se dit-il, en baissant les yeux vers le granite sur lequel il est assis – pour voir le drapeau, mi-rouge, mi-blanc, qu'agitera Lincoln Borglum quand, au pied de la falaise, l'assistant de son père lui confirmera par téléphone l'ordre de déclencher l'explosion.

Mais c'est Paha Sapa qui a les boîtes de détonateurs.

Pour la centième fois, il cherche du regard les vingt emplacements où il a dissimulé les caisses de dynamite amorcées. Il redoute toujours que la puissance des explosions ne projette de gros rochers ou des blocs de pierre jusqu'à la foule et jusqu'aux tribunes. Cela ne devrait pas être le cas, car il a pris soin d'enfouir à demi la dynamite de manière à l'éviter. Big Bill Slovak, qui avait travaillé brièvement avec une équipe de démolition urbaine à Denver après avoir quitté une mine d'or de Cripple Creek où la négligence des propriétaires en matière de sécurité avait causé un éboulement entraînant la mort de vingt-trois mineurs, n'avait pas manqué de rappeler au jeune Paha Sapa que lorsqu'on cherchait à provoquer l'écroulement de grands bâtiments, c'était la pesanteur, plus que l'explosion de la dynamite elle-même, qui faisait le gros du travail. La devise de l'équipe de démolition était « imploser plutôt qu'exploser ».

« *File-moi un bâton de dynamite*, disait fréquemment Big Bill pendant leurs pauses déjeuner au fond de la Sainte Terreur, à la lueur de leurs lampes de casque à carbure tandis qu'ils avaient sur la langue le goût de la poussière de roche, *et je te descends Notre-Dame. Il suffit d'abattre les bonnes parties des bons arcs-boutants, et la pesanteur fera le reste.* »

Paha Sapa espère que cette explosion confirmera la règle, mais on n'est jamais à l'abri d'un risque de projection. Il a tout calculé pour que la sécurité des hommes qui se trouvent au sommet de la falaise ne soit pas compromise et il est *presque* sûr que le Président et l'ensemble des invités ou des spectateurs qui observent la scène depuis Doane Mountain seront à l'abri de toute chute de pierre ou de fragments de blocs que l'explosion ne manquera pas de provoquer, mais cela ne l'empêche pas de s'inquiéter.

Paha Sapa songe qu'il aurait dû dire à son fils, bien des années auparavant : « *Je ne suis pas un guerrier et je n'en serai jamais un. Je n'ai pas la faculté de faire volontairement du mal aux autres.* »

C'est parfaitement vrai, il doit en convenir. Malgré les bagarres qui ont jalonné sa longue vie, dont celles de ses premiers mois au mont Rushmore il y a cinq ans, il n'a jamais *volontairement* agi pour blesser ou tuer un autre être humain. Même quand il s'est battu pour se défendre ou pour mettre fin aux brutalités racistes dont il était victime, il a toujours cherché à employer le moins de force possible – tout en sachant, grâce aux souvenirs prégnants de Cheval-Fou et aux diatribes du fantôme de Cheveux-Longs, qu'il y a des moments dans la vie où la seule réponse consiste à user du *plus de force possible.*

Assis sur la caisse de dynamite avec les deux boîtiers de détonateurs à portée de main, il se rend compte que s'il a choisi de ne pas se précipiter avec Gutzon Borglum hors de la cabine de téléphérique, c'est parce qu'il refusait de tuer Borglum s'il avait le choix. Il l'a encore. Pendant quelques minutes, en tout cas.

Il entend monter une rumeur suivie d'applaudissements, et le cortège de voitures s'engage dans le parking. D'autres véhicules se rangent de part et d'autre, mais la longue berline noire, précédée par des hommes en costume noir au visage grave, rebondit sur la nouvelle route et s'arrête devant les gradins, les micros juste devant la portière avant, côté passager.

Un homme se lève de la banquette arrière de la voiture décapotée et est accueilli par une tempête d'acclamations. Paha Sapa règle l'optique de ses jumelles. C'est Tom Berry, le gouverneur du Dakota du Sud, un cow-boy populaire. Le gouverneur se penche et échange quelques mots avec l'homme assis devant lui, à la place du passager, avant de se redresser et de recommencer à faire signe à la foule.

L'orchestre du lycée a entonné *Hail to the Chief* – Paha Sapa l'entend deux fois, une fois normalement et la seconde, avec un timbre plus métallique, à travers tous les micros reliés à des haut-parleurs – et Franklin D. Roosevelt, toujours assis dans la voiture, bien sûr, tête nue et relevée, le soleil étincelant sur la monture dorée de ses lunettes de soleil, lève une paume ouverte et se détourne de Paha Sapa et de Borglum qui attend, pour esquisser un vaste geste en direction de la foule rassemblée en demi-cercle, embrassant aussi bien ceux qui sont assis et que ceux qui sont debout. La foule dressée est relativement calme, mais les huiles qui occupent les gradins les plus proches réagissent avec un tel enthousiasme que leurs cris couvrent les dernières notes de *Hail to the Chief.* Trois journalistes de radio bredouillent frénétiquement dans leurs gros micros, qui ne sont pas branchés aux haut-parleurs de l'amphithéâtre naturel. Tout ce que Paha Sapa entend, avec un temps de retard et brouillé comme un bégaiement spectral, sont les applaudissements un peu tièdes et les acclamations peu convaincues de la foule. Il s'agit, après tout, d'un public du Dakota du Sud, majoritairement républicain.

Puis le braillement du haut-parleur recouvre tout, amplifié par la chambre d'écho naturelle de la falaise incurvée au-dessus de l'étroite saillie rocheuse où est installé Paha Sapa, et le tintamarre devient encore plus confus et plus agaçant à l'instant où William Williamson se lance dans son discours de bienvenue.

Paha Sapa tire vers lui la plus petite des deux boîtes de détonateurs et soulève prudemment les extrémités de deux fils, qu'il a dénudés avec son canif, il les passe entre le pouce et l'index pour en retirer le moindre grain de poussière éventuel, puis les enfile successivement dans un trou de chaque borne et enroule soigneusement l'excédent autour des deux bornes terminales à vis. Quand il est certain que le contact est propre, il visse solidement les couvercles de bakélite des bornes terminales sur le fil.

« J'ai rencontré un des quatre présidents que tu t'apprêtes à faire sauter, tu sais. Je lui ai serré la main. Il m'a parlé de ma cérémonie de remise de diplôme de West Point. Plus tard, il a rencontré Libbie à une réception et il lui a dit : “Voici donc la jeune femme dont le mari charge l'ennemi en poussant des cris d'allégresse.” »

La voix de Cheveux-Longs qui résonne dans sa tête a failli faire basculer Paha Sapa de la caisse de dynamite. Pourquoi, après presque trois années de silence, ce satané fantôme choisit-il *ce moment* précis pour se remettre à jacasser ?

« C'était le vieux Abe, évidemment. Le type contre la joue duquel tu t'appuies. En 62, nous avions sérieusement envisagé, nous, les officiers qui servions sous les ordres du général McClellan dans l'armée du Potomac, de marcher sur Washington pour remplacer cette brute incompétente par le dictateur de guerre que nous avions choisi, le gouverneur George B. McClellan, celui que nous surnommions “Little Mac”. »

Paha Sapa agite la main comme pour chasser un moucheron.

« *Tais-toi. Tu es mort.*

— Je veux seulement voir si tu vas le faire ou si tu vas te dégonfler... comme toujours. »

Paha Sapa a déjà entendu si souvent ce ricanement de Custer. De toute évidence, le *Wasicun* n'avait pas un rire particulièrement charmant de son vivant – on dirait le gloussement nerveux d'un garçon turbulent –, et soixante ans dans la tombe ne l'a pas rendu plus plaisant.

« Tu ne pourras pas m'en empêcher, Cheveux-Longs. »

Toujours ce rire insupportable.

« T'en empêcher ? Je n'en ai pas la moindre intention, Paha Sapa. Je trouve que tu *devrais* le faire. Que tu *dois* le faire. Et même que ça fait longtemps que tu aurais dû le faire. »

Paha Sapa ferme les yeux quelques secondes pour refouler le miroitement blanc, la chaleur, le charabia à rendre fou du tohu-bohu d'en bas, répercuté et amplifié par l'écho. Il se demande si le fantôme *wasichu* cherche à l'embrouiller... à le tromper... ou peut-être simplement à le distraire à l'approche du moment fatidique.

« Pas du tout, vieil ami, lui chuchote Custer. Je parle sérieusement. Aucun individu – surtout s'il est né d'un peuple guerrier – ne peut subir aussi longtemps de telles insultes et de telles injustices sans riposter – et sans riposter hardiment. *Vas-y*, Paha Sapa. Fais sauter ces satanées têtes de pierre, qu'elles aillent au diable, fais-le aujourd'hui, devant les caméras, devant le Président et devant Dieu lui-même. Cela n'y changera strictement rien – ton peuple n'en sera pas moins vaincu, tenu pour quantité négligeable et condamné à l'oubli –, mais c'est la seule réaction possible d'un peuple guerrier à une telle humiliation. *Vas-y*, pour l'amour de Dieu. Si j'étais toi, je n'hésiterais pas un instant. »

Paha Sapa secoue la tête, moins pour répondre que pour faire taire cette voix insupportable.

Jusqu'à cet instant, tout au long de la longue matinée et de l'interminable début d'après-midi qu'il a passés sur cette étroite corniche, sous une chaleur de plomb, il n'a éprouvé ni fatigue ni douleur. Mais elles affluent alors comme si le fantôme de Cheveux-Longs leur avait ouvert la porte. Paha Sapa est pris d'un tel épuisement qu'il se demande s'il aura la force de remonter la manivelle contre la résistance du ressort du boîtier du détonateur pour la charger, et de relever le piston avant de l'enfoncer.

« Tu comprends ce que je te dis, Paha Sapa ? Cela fait deux nuits que tu ne dors pas, et tu as travaillé sans relâche sur cette montagne trois jours et nuits d'affilée. Tu vas t'évanouir et dégringoler de la falaise, et c'est à peine si ton nom apparaîtra dans l'histoire de la cérémonie d'inauguration – la Maison-Blanche enverra à Borglum un message exprimant ses regrets affligés à la suite de la terrible tragédie du décès d'un de ses ouvriers – et *ces foutues têtes seront toujours là.* Fais-les sauter tout de suite ! Nom de Dieu, qu'est-ce que tu attends ? »

Paha Sapa lève ses jumelles. Un gros type qu'il ne connaît pas parle dans le micro principal. Le président Roosevelt sourit. Borglum est négligemment accoudé à la voiture du Président. Il n'a pas encore posé la main sur le drapeau rouge.

Paha Sapa chuchote sans desserrer les lèvres. Il ne veut pas qu'on voie ses lèvres bouger si on le regarde d'en bas à la jumelle.

« Tu jures, Cheveux-Longs ? N'avais-tu pas promis à ta femme de ne pas jurer ? »

Le rire du fantôme résonne à nouveau dans la boîte crânienne de Paha Sapa, mais cette fois, il est un peu moins grinçant.

« Si, tu as raison. J'ai prononcé ce serment en 1862, à Monroe, dans le Michigan, peu de temps après avoir fait la connaissance de Libbie à une réception de Thanksgiving et *un jour* seulement après qu'elle m'a vu en public, j'en rougis encore, en état d'ébriété dans une rue de Monroe. J'ai prié, j'ai reconnu mon péché et j'ai fait serment de ne plus toucher à une goutte d'alcool jusqu'à la fin de mes jours, de ne plus invoquer le nom du Seigneur en vain et de ne plus jamais employer un langage indigne d'un gentleman, aussi fréquemment que mes occupations et mes compagnons m'y inciteraient. Mais ce n'est pas à Libbie que j'ai fait ce serment ce jour-là, non, non – c'est à ma sœur aînée, Lydia, qui n'a pas tardé à en informer la jeune Mlle Elizabeth Bacon, laquelle m'avait effectivement aperçu dans cet état impardonnable en m'espionnant à travers les rideaux de sa chambre, à l'étage de la maison du juge Daniel Bacon. Mais Libbie est morte, mon ami indien, de même que ta propre épouse chérie, et tous nos serments ont expiré avec elles.

— *Tais-toi. Tout ce que tu veux, c'est que je meure. Tu veux être libéré, voilà tout.* »

Cheveux-Longs rit encore.

« Bien sûr que oui, sapristi. Je ne suis pas une âme qui attend d'accéder au paradis, ni un fantôme impatient de passer dans un autre monde. Je ne suis qu'une tumeur de la mémoire de ce salopard de Paha Billy Slow Horse Slovak Sapa. Nous sommes las de cette vie, de ce monde, toi et moi. Qu'est-ce que tu attends ? D'autres douleurs, de nouveaux deuils ? *Qu'est-ce que* tu attends, Paha Sapa ? Déclenche ce foutu détonateur de merde *tout de suite.* »

Paha Sapa bat des paupières tandis que ces hurlements résonnent dans son crâne battant. Le fantôme aurait-il fini par devenir fou ?

Pourtant c'est vrai, qu'attend-il ? Il a bien l'intention de déclencher l'explosion de démonstration, d'assister à l'inauguration et alors seulement – après avoir fait exploser un unique bâton de dynamite pour attirer l'attention de la foule et des caméras – alors seulement, de faire sauter les vingt et une caisses d'explosifs.

Mais le fantôme a raison... pourquoi attendre ?

Il se rend compte en rougissant que c'est parce qu'il a envie de savoir si finalement, le président Roosevelt prendra la parole, alors qu'il n'est pas prévu qu'il le fasse, et parce que, le cas échéant, il a envie d'entendre ce qu'il dira. Après avoir passé cinq ans à faire exploser des charges et à contribuer à la réalisation de ce monument, il veut savoir ce que le président des États-Unis en pense. Il voudrait aussi, malgré une fatigue aussi concrète que le granite sur lequel il est assis et contre lequel il s'appuie, que le Président et les invités d'aujourd'hui soient fiers du travail accompli sur le mont Rushmore.

« Nom de Dieu, je n'ai jamais rien vu d'aussi pathétique... », ironise le fantôme de Cheveux-Longs.

Paha Sapa l'ignore. Borglum s'est adressé au Président et il tient le drapeau rouge en main.

Les boîtiers de détonateurs, choisis par Borglum en personne, sont de fabrication allemande et sont un peu plus compliqués que ceux dont Paha Sapa se servait dans les mines et qu'il suffisait de remonter avant d'enfoncer le piston.

Il commence par prendre la manivelle du boîtier de la charge de démonstration et la remonte quatre fois sur la droite, pour la charger. Puis il remet en place la manivelle sur la gauche, dégage la sécurité du piston et soulève celui-ci, malgré une résistance considérable. Il est prêt à envoyer le courant aux amorces fixées aux bâtons de dynamite.

Borglum achève son bref discours sur l'utilisation combinée des explosifs, du forage et du ciseau sur la sculpture géante qu'est devenue le mont

Rushmore, mettant l'accent, comme d'ordinaire, sur les outils de sculpteur qui n'ont en réalité effectué que trois pour cent du vrai travail de dégagement du rocher.

Borglum tourne le dos au Président et à la foule. D'un geste théâtral, il brandit le drapeau rouge. Au sommet de la crête, au-dessus de la tête de Jefferson masquée par le drapeau, le fils de Borglum, Lincoln, qui téléphone à quelqu'un d'en bas, lève son propre drapeau rouge et blanc.

À la dernière seconde, Paha Sapa baisse les yeux pour vérifier qu'il a bien remonté la boîte de détonateur de la charge de démonstration de cinq bâtons, et non celle que des câbles gris relient aux vingt caisses de dynamites. Mais la fatigue brouille sa vue et il reprend hâtivement ses jumelles pour ne pas manquer le signal.

Borglum abaisse le drapeau rouge en exagérant le mouvement, comme s'il donnait le départ d'une course automobile à Indianapolis.

Paha Sapa enfonce le piston jusqu'au bout.

Il n'avait jamais été aussi furieux de sa vie qu'en ce jour de mai 1917 où son fils Robert lui a annoncé qu'il s'était engagé dans l'armée des États-Unis et s'apprêtait à partir se battre en Europe.

Ayant terminé ses études au lycée privé de Denver en décembre 1916, Robert avait passé tout le printemps chez son père, dans sa cabane de Keystone, puis à Deadwood, à prendre un peu de bon temps et à remplir des demandes d'inscription dans différentes écoles et universités. Paha Sapa n'avait pas apprécié que Robert dépense une grande partie de ses économies pour acheter une Harley-Davidson J presque neuve. (Un riche camarade de classe de Robert à Denver avait reçu cette moto modèle 1916 en cadeau de fin d'études secondaires et avait immédiatement eu un accident avec. Robert avait racheté pour trois fois rien l'engin gravement endommagé, avait fait expédier les pièces à l'adresse de son père et passé l'essentiel de son temps, entre janvier et avril, à le réparer avec un plaisir manifeste.) Malgré sa désapprobation initiale, Paha Sapa s'y était attelé, lui aussi, pour donner un coup de main à Robert le dimanche et pendant les quelques heures de loisir que lui laissait son emploi à la mine de Homestake. Il avait dû reconnaître qu'il appréciait bien plus qu'il ne l'aurait cru ces heures paisibles passées à travailler à côté de son fils dans l'appentis dont ils se servaient comme garage. C'était le genre d'activité silencieuse, chacun occupé de son côté mais dans une singulière proximité, que seuls, sans doute, les pères et les fils peuvent partager. Paha Sapa y avait souvent repensé au cours des années suivantes.

En avril 1917, les notes de Robert – Paha Sapa avait toujours su qu'elles étaient bonnes, sans se douter pourtant *à quel point* elles l'étaient – ainsi que des recommandations enthousiastes d'enseignants relativement renommés de Denver avaient valu au jeune garçon huit propositions de bourse. Fidèle à sa façon de procéder souvent inexplicable (aux yeux de son père), il avait adressé des candidatures aux mêmes établissements sous deux noms différents, tous deux légalement siens en raison des caprices des services d'état-civil – Robert Slow Horse et Robert de Plachette. Les secondes mettaient en relief sa filiation avec sa mère décédée et son grand-père blanc, présentant Robert comme orphelin, et mentionnant l'internat de Denver comme son lieu de résidence des neuf dernières années. Les premières en revanche révélaient l'existence de son père sioux lakota vivant, et indiquaient la réserve de Pine Ridge et la cabane de Paha Sapa à Keystone comme les anciens domiciles de Robert.

Fin avril, Robert avait pu annoncer à son père que non seulement Robert de Plachette avait été admis à Princeton, Yale et dans trois autres grandes universités de l'Ivy League, mais qu'il avait également obtenu des bourses substantielles de la part de ces établissements prestigieux. Robert Slow Horse, quant à lui, avait reçu des offres de bourse de Dartmouth College, d'Oberlin College et de la Black Hills State University de la ville voisine de Spearfish, dans le Dakota du Sud... la petite ville d'où venaient les truites nourries au foie de Silent Cal Coolidge.

Paha Sapa avait été agacé de voir son fils jouer avec quelque chose d'aussi vital que son éducation, mais cela ne l'avait pas empêché d'être fier de lui. L'irritation avait pourtant repris le dessus quand il avait appris que Robert, qui avait depuis longtemps affirmé son intention de fréquenter une université située non seulement dans un autre État mais loin de l'Ouest, envisageait de s'inscrire dans le moins connu des établissements qui l'avaient accepté.

« Où sont les facultés de Dartmouth et d'Oberlin, Robert ? Pourquoi envisager des universités de ce genre alors que Princeton et Yard te proposent une bourse ? »

C'était un soir tard, et ils effectuaient quelques dernières réparations sur le side-car de la Harley-Davidson quand ils avaient évoqué le sujet. Robert lui avait décoché ce grand sourire, qui s'épanouissait lentement et que les filles trouvaient tellement irrésistible.

« Dartmouth est dans le New Hampshire, et Oberlin dans l'Ohio, Papa. Tu peux me passer la clé de dix ?

— Mais comment peuvent-elles rivaliser avec les établissements de la League ?

— Tu sais, Dartmouth fait parie de l'Ivy League... enfin, plus ou moins. Elle a été fondée en 1769, je crois, par une charte royale de je ne sais quel gouverneur qui représentait George III à l'époque, avec pour mission d'éduquer et de christianiser les Indiens de la région. »

Paha Sapa avait grommelé et essuyé la sueur qui ruisselait sur son visage, laissant une trace de graisse sur sa joue.

« Et combien... d'Indiens... y ont obtenu leur licence depuis ? »

Le sourire de Robert était éclatant et radieux sous l'ampoule nue de soixante watts suspendue au plafond.

« Presque aucun. Mais j'adore sa devise : Vox Clamantis in Deserto.

— "La voix de la clématite dans le désert" ?

— Pas tout à fait, papa. "La voix de celui qui crie dans le désert." Je trouve que ça me correspond bien. »

Paha Sapa avait relevé un sourcil.

« Ah ? Parce que tu considères que ta patrie, ici, les collines Noires sacrées, c'est un désert ? »

La voix de Robert était devenue calme et grave.

« Non. J'adore les collines et j'ai bien l'intention d'y revenir un jour. Mais je pense que cela fait trop longtemps que la voix de notre peuple qui crie ici reste sans réponse. »

Aux mots de « notre peuple », Paha Sapa s'était interrompu dans sa tâche et avait tourné la tête vers son fils – il n'avait encore jamais entendu cette expression dans la bouche de Robert –, mais le jeune homme fronçait les sourcils en serrant un boulon.

Paha Sapa avait toussoté pour s'éclaircir la voix. Il avait la gorge étrangement nouée.

« Et quel est l'intérêt de cette université de l'Ohio... comment s'appelle-t-elle ? Oberlin ? Ils ont aussi une devise accrocheuse ?

— Probablement, mais je l'ai oubliée. Non, c'est simpıement que j'aime bien le style d'Oberlin, papa. Ils ont admis les Nègres en 1834 ou quelque chose comme ça... et les femmes encore plus tôt. Après la guerre de Sécession, les diplômés d'Oberlin ont pris la tête du mouvement qui est allé enseigner dans les écoles du Freedmen's Bureau à travers tout le Sud. Certains se sont fait tuer à

cause de ça par des "night riders", tu sais, ces types à cheval qui menaient des expéditions punitives, la nuit.

— *Tu es en train de me dire que tu veux aller enseigner aux Nègres dans le Sud, c'est ça ? Tu as une idée de la puissance qu'est en train de prendre le Ku Klux Klan reconstitué ? Pas seulement dans le Sud, mais partout ?*

— *Oui. Ça ne m'a pas échappé. Et non, je ne veux pas être professeur – pas plus dans le Sud qu'ailleurs.*

— *Mais alors,* qu'est-ce que *tu veux faire, Robert ?* »

Cette question avait hanté Paha Sapa de façon bien plus obsédante que le fantôme de Custer ces dernières années. Son fils était si intelligent, si beau, il avait tant de prestance et était si brillant qu'à condition de renoncer à son patronyme indien qui n'était, au demeurant, même pas celui de son père, il pouvait devenir *n'importe quoi* : avocat, médecin, chercheur, mathématicien, juge, homme d'affaires, responsable politique. Or Robert, qui avait toujours été curieux de tout, mais refusait de se concentrer sur un domaine particulier, manifestait une indifférence exaspérante au choix d'une carrière.

« *Je ne sais pas, papa. Je pense qu'il faudra que j'aille passer quelques années à Dartmouth... Comme ils sont spécialisés dans les sciences humaines, ils n'exigent pas qu'on choisisse une matière dominante ou qu'on ait un plan de carrière d'emblée. En réalité, je voudrais être exactement comme toi plus tard, mais je ne sais pas comment faire.* »

Paha Sapa avait plissé le front et regardé fixement le sommet de la tête inclinée de Robert jusqu'à ce que son fils lève le regard.

« *Sois un peu sérieux, Robert, tu veux ?* »

Les yeux de Robert – les yeux de sa mère – étaient aussi sombres et graves que ceux de Rain quand elle voulait faire comprendre quelque chose d'essentiel à Paha Sapa.

« *Je* suis *sérieux,* Ate... Atewaye Ki**. *Ce que je veux, c'est devenir un homme aussi bon que tu l'as toujours été.* Mitakuye oyasin ! – *Tous les miens !* »

Robert avait donc accepté l'offre de Dartmouth dans le New Hampshire, il avait fini de réparer sa moto et était parti tous les jours – et souvent même au clair de lune –, faire de longues virées sur les routes de terre et de gravier de la prairie jusqu'à ce 6 avril où, un mois et un jour après son intronisation, le président Wilson, réélu sur la promesse de maintenir les États-Unis à l'écart du conflit européen, s'était rendu au Congrès réclamer une déclaration de guerre contre les puissances centrales – Allemagne, Hongrie, Turquie et Bulgarie.

Cinq semaines plus tard, rentrant d'un poste de douze heures à la Homestake, Paha Sapa avait trouvé son fils à la cuisine, vêtu de l'uniforme kaki foncé, des hautes bandes molletières et du *Montana peak*, le chapeau à bosse et à large bord de la Force expéditionnaire américaine. Robert lui avait expliqué calmement qu'il avait fait le trajet de quelques kilomètres jusqu'au Wyoming pour s'engager comme simple soldat, dans la 91e division. Il partait le lendemain suivre une formation de base à Camp Lewis, dans l'État de Washington.

Paha Sapa ne s'était jamais mis en colère contre son fils au point de le frapper. Alors que tous les pères blancs qu'il connaissait n'hésitaient pas à corriger leurs enfants, surtout les garçons, à la moindre incartade, Paha Sapa n'avait jamais levé la main sur Robert, et presque jamais la voix. Un regard, ou un ton légèrement plus grave, avaient toujours suffi à lui faire respecter la discipline voulue et il n'avait jamais été tenté de donner la fessée à son fils ni de le gifler.

En cet instant, dans la cuisine de sa cabane de Keystone, le 8 mai 1917, il avait été à deux doigts de s'en prendre physiquement à Robert – et il ne se serait pas contenté d'une claque de pure forme : Paha Sapa avait eu envie de le bourrer de coups de poing, de le rosser jusqu'à ce qu'il cède, comme il rosserait plus tard les brutes du mont Rushmore qui le provoquaient sans répit. Mais il avait pris sur lui et s'était forcé à s'asseoir à la table. Il était tellement furieux qu'il en tremblait.

« Pourquoi, Robert ? Et la fac ? Dartmouth ? Ton avenir ? Les espoirs que ta mère a placés en toi, Robert ? Mes espoirs ? Pourquoi, au nom de Dieu ? »

Robert tremblait d'émotion, lui aussi, d'une émotion dont Paha Sapa ne saurait jamais la nature – embarras, crainte de la colère éventuelle de son père, excitation, chagrin ou nervosité. Il ne voyait que le tremblement des mains toujours calmes de son fils, il n'entendait que le très léger trémolo de sa voix, toujours ferme.

« Il le faut, papa. Mon pays est en guerre.

— Ton *pays ?* »

Paha Sapa avait failli bondir sur ses pieds et attraper son fils, tellement plus grand que lui, par les revers de sa capote militaire trop grande, lui arracher tous ses boutons et projeter le jeune homme de dix-huit ans à travers la porte grillagée fermée.

Mais il n'avait pu que répéter d'une voix étranglée :

« Ton *pays ?* »

Il avait eu l'impression en cet instant d'avoir entièrement failli à sa tâche lorsqu'il avait montré à son fils la butte de l'Ours, les Mauvaises Terres et les Paha Sapa elles-mêmes, les Six Grands-Pères sous les rayons du soleil, les forêts de trembles et de pins, les vallées couvertes de prairies et les collines herbeuses plus au sud, et puis les plaines où le vent se transformait en une force visible, caressant la fourrure du monde de sa main invisible. Il avait compris, trop tard, qu'il aurait dû emmener Robert dans la vallée de la rivière appelée *Chankpe Opi Wakpala*, là où les os dispersés du *tunkašila* adoré de Paha Sapa blanchissaient sous un peuplier de Virginie ancestral et où le cœur de Cheval-Fou avait été enterré secrètement pour qu'aucun *wasichu* ne puisse jamais troubler son repos.

Mais tout ce qu'il avait pu répéter, pour la troisième et dernière fois, était :

« Ton... *pays ?* »

À la connaissance de son père, Robert de Plachette Slow Horse n'avait plus pleuré depuis qu'il avait un an et demi, mais en cet instant, il avait les larmes aux yeux.

« Mon pays, papa. Et le tien. Nous sommes en guerre. »

Paha Sapa avait été pris de nausée. Il s'était agrippé de toutes ses forces au bord de la table.

« C'est une guerre entre un kaiser wasichu *et un roi* wasichu, *Robert, avec tout un tas de Parlements, de Premiers ministres et de vieillards* wasichu *à l'haleine fétide qui parlent une foule de langues différentes et se trouvent tous emportés par la fureur de ce conflit. Sans raison. Sans aucune raison. Sais-tu combien de jeunes Anglais sont morts à la bataille de la Somme, Robert...* le premier jour *?*

— *Plus de dix-neuf mille, papa... avant le petit déjeuner, en ce premier jour. Plus de cinquante-sept mille victimes pour l'ensemble de cette journée. Plus de quatre cent mille soldats de l'Empire britannique tués ou blessés avant la fin de la bataille, plus de deux cent mille victimes françaises – et ce n'était pas leur bataille –, sans compter plus de quatre cent soixante mille soldats allemands qui ont perdu la vie.*

— *Plus d'un million de morts ou de blessés en une seule bataille, Robert... pour* quoi *? Peux-tu me dire ce qu'un camp ou un autre avait gagné quand les combats ont cessé ?*

— *Rien, papa.*

— *Et c'est pour* ça *que tu t'engages ? Pour participer à cette* folie *?*

— *Oui. Je n'ai pas le choix. Mon pays est en guerre. »*

Il s'était assis en face de son père et s'était penché par-dessus la table.

« Papa, tu te rappelles quand j'avais cinq ans et que tu m'as emmené pour la première fois à la butte de l'Ours ? »

Paha Sapa n'avait pu que regarder son fils fixement, le cœur au bord des lèvres.

« Est-ce que tu te rappelles que j'ai disparu pendant plusieurs heures et qu'à mon retour, tout ce que je t'ai dit, c'est que j'avais rencontré un monsieur très gentil qui s'appelait comme moi ? Robert Médecine-Douce – tu l'as connu, toi aussi. Je le sais. »

Paha Sapa n'avait même pas pu faire un signe d'approbation ou de dénégation. Il avait les yeux rivés sur son fils, le contemplant comme si celui-ci était déjà au tombeau.

« J'avais promis à M. Médecine-Douce de ne jamais répéter ce qu'il m'avait dit ce jour-là, papa, mais je vais rompre ma promesse pour te confier ceci : il m'a annoncé que je n'étais pas destiné à mourir en guerrier. Que je ne trouverais pas la mort sur un champ de bataille ni sous les coups d'un autre guerrier. Ça te rassure, papa ? »

Paha Sapa avait attrapé le poignet de son fils avec une telle force que les os avaient semblé près de se rompre.

« Mais pourquoi, Robert ? Et Dartmouth ? Et ta vraie vie, qui t'attend ? Pourquoi ? »

Robert avait baissé les yeux un instant avant de les relever et de les poser sur ceux de son père.

« Il y a quelques mois, quand nous réparions la Harley tous les deux, tu m'as demandé ce que je voulais faire... faire de ma vie. Je n'ai pas répondu. Cela faisait des années que je redoutais de te dire la vérité. Mais cela fait aussi des années que je sais ce que je veux faire, ce que je dois *faire... Je veux être écrivain. »*

Ces mots n'avaient aucune signification concrète pour Paha Sapa. Tout ce qu'il voyait, c'était le chapeau de campagne, posé sur la table, les boutons de la capote ornés d'un aigle noir, ailes déployées, les disques de bronze sur le haut col kaki de la veste d'uniforme – celui de gauche portant en relief les lettres US, celui de droite les fusils croisés de l'infanterie.

« Écrivain ? Tu veux dire journaliste ? Reporter ? Quelque chose comme ça ?

— Non, papa. Romancier. Tu aimes lire... Tu as tout le temps le nez fourré dans des romans. C'est toi *qui m'as appris à aimer les livres, à aimer Dickens, Cervantès, Mark Twain et tous les autres, papa. Tu le sais. Je suis sûr que*

maman m'aurait fait découvrir les livres comme tu l'as fait ; elle était institutrice, je le sais, seulement elle n'était pas là. Alors que toi, *tu étais là. Je veux être écrivain... romancier... mais pour pouvoir écrire, il faut que j'aie* vécu. *Cette guerre, dont on dit que c'est la guerre qui mettra fin à toutes les guerres, aussi écœurante soit-elle – et je sais qu'elle l'est, papa, aussi bien que toi : je sais qu'elle ne recèle pas plus de gloire qu'un abominable accident de train ou de voiture... il n'empêche que ce sera le grand événement de ce siècle, papa. Tu le sais, toi aussi. Comment saurais-je un jour qui je* suis, *ou de quelle étoffe je suis fait, ou comment je réagirais sous le feu – peut-être suis-je un lâche, pour le moment je* n'en ai aucune idée –, *comment connaîtrai-je ces choses, comment apprendrai-je ce qu'elles sont si je n'y vais pas ? Il faut que je parte. Je t'aime, papa – je t'aime plus qu'aucun mot d'aucune langue que je connais ou que je pourrais apprendre ne saurait le dire – mais je n'ai pas le choix. Et je* te jure *sur tout ce qui est sacré pour toi et pour moi – sur la tombe de maman, sur la mémoire de l'amour qu'elle avait pour nous – que je* ne mourrai pas au combat. »

Il n'était pas mort au combat. Il avait tenu parole – la sienne ou celle de Robert Médecine-Douce.

Après dix mois de formation, la 91e division avait été envoyée d'abord en Angleterre puis en France, à la fin de l'été 1918. Les petites enveloppes bleues dépliantes de l'armée, dont chaque page était remplie de l'écriture serrée de Robert, étaient arrivées ponctuellement chaque semaine, comme pendant toutes ses années de pensionnat.

Le mois d'août 1918 avait été consacré à une formation complémentaire près de Montigny-le-Roi.

Paha Sapa avait acheté une grande carte qu'il avait épinglée au mur de sa cuisine.

En septembre, la division de Robert était partie pour le front. Les lettres portaient désormais des adresses comme Void, Pagny-sur-Meuse, Sorcy-sur-Meuse et Sorcy.

Paha Sapa avait acheté une boîte de crayons de couleurs pour enfant et avait tracé des cercles rouges et bleus sur sa carte murale.

Dans le courant des mois de septembre et d'octobre, Robert et sa division s'étaient battus pour réduire le saillant allemand de Saint-Mihiel, puis lors de la sanglante offensive Meuse-Argonne. Ils s'étaient ensuite regroupés dans des lieux portant des noms aussi atrocement familiers que Flandres, et Ypres. Les lettres de Robert étaient pleines de petites anecdotes amusantes sur la vie des tranchées, il évoquait le sens de l'humour des jeunes gens des États de l'Ouest avec lesquels il se trouvait, les habitudes et les mœurs des Français et des Belges – le 26 octobre, à un endroit appelé Château de Rumbeke, Albert, roi des Belges, avait téléphoné au quartier général de la division pour souhaiter la bienvenue aux Américains. Robert disait que malgré la nuit pluvieuse, chaude, où l'on se débattait contre les piqûres de puces et les morsures de rats dans les tranchées des Alliés, ce message royal de bienvenue avait inspiré aux hommes de la 91e une joie sans bornes.

Paha Sapa apprendrait plus tard combien les combats avaient été meurtriers lors de la bataille de la Lys, appelée aussi bataille d'Ypres, entre le 30 octobre et le 11 novembre 1918. Robert avait été au cœur même de cet enfer. Son commandant avait rédigé une lettre d'éloges et de recommandation pour accompagner les trois médailles qui allaient être remises au simple soldat promu sergent. Il avait échappé à tout – obus, balles, barbelés, gaz toxiques, baïonnettes.

À onze heures du matin, le 11 novembre 1918, un armistice avait été signé dans une voiture de chemin de fer à Compiègne et le cessez-le-feu était entré en vigueur. Toutes les armées avaient entrepris de se retirer de leurs lignes. Le dernier soldat allié à mourir sur le front ouest avait été, disait-on, un Canadien du nom de George Lawrence Price, tué par un tireur isolé allemand à 10 h 58, ce jour-là.

La 91e division s'était repliée en Belgique en attendant sa démobilisation et son rapatriement. Robert écrivait que malgré les ravages de quatre années de guerre, la campagne était belle en ce début d'hiver et qu'il fréquentait une jeune fille du village pendant ses loisirs, communiquant avec elle, ses parents et ses sœurs, grâce au français qu'il avait appris à l'école.

Ce qu'on appela plus tard la grippe espagnole avait pris naissance à Fort Riley, dans le Kansas – l'endroit qu'aimaient tant, jadis, le général Custer et Libbie – avant de faire le tour du monde. Étrange mutation du virus plus banal de l'influenza, cette maladie était particulièrement mortelle pour les jeunes et les bien-portants. On ne saurait jamais exactement combien de victimes elle avait fait, mais on a parlé de cent millions – le tiers de l'ensemble de la population européenne, plus de deux fois le nombre total de soldats tués pendant la Grande Guerre.

Robert avait succombé à une pneumonie – la complication mortelle la plus courante chez les jeunes atteints de cette grippe – dans un hôpital militaire, près de son cantonnement, au sud de Dunkerque. Il avait été enterré au Flanders Field American Cemetery aux côtés de trois cent soixante-sept de ses camarades, près du village de Waregem, en Belgique.

Paha Sapa avait appris la nouvelle la veille de Noël 1918. Deux lettres de Robert, après un cheminement plus lent et plus tortueux, étaient arrivées après l'avis de décès, célébrant la beauté de la Belgique, la joie que lui procuraient ses rendez-vous avec la jeune fille (dont il ne donnait pas le nom – après tout, peut-être en était-ce une autre), le plaisir qu'il éprouvait à lire des livres en français, son profond sentiment de reconnaissance d'avoir survécu à la guerre sans rien de plus grave qu'une légère toux dont il allait vite se remettre, et évoquant son impatience à l'idée de revoir son père quand la 91e division serait officiellement démobilisée en février ou en mars.

Au simple *bruit* de la première explosion, Paha Sapa comprend qu'il se passe quelque chose d'étrange.

Les cinq charges qu'il a disposées pour l'explosion de démonstration, en enfouissant un quart de bâton de dynamite pour chacune dans de profonds trous forés dans la roche brute, sous la mince corniche qui s'étire de Washington au-delà de Jefferson, ont été amorcées de façon que les détonations se succèdent si rapidement que les spectateurs en contrebas aient l'impression qu'elles sont presque simultanées – BAM, BAM, BAMBAMBAM. La déflagration devait faire un bruit relativement agréable et projeter un maximum de poussière de granite avec un minimum de pierres.

Cette explosion est beaucoup trop bruyante. Elle est trop puissante, et Paha Sapa en sent la vibration à travers le rocher sur lequel il est assis, à travers la pierre verticale incurvée de la joue d'Abraham Lincoln, elle se répercute dans sa mâchoire, dans ses os et tous ses organes internes douloureux.

Et surtout, elle est trop isolée.

Levant les yeux, Paha Sapa voit ses pires craintes se réaliser.

La charge qui a explosé était celle qui devait attirer l'attention des spectateurs, celle qu'il a enfouie juste à droite de la joue de George Washington, dont elle vient de détacher un gros fragment.

Paha Sapa regarde à ses pieds. Il a actionné le mauvais détonateur, celui d'où sortent les fils gris, au lieu des noirs. Il entend plus qu'il ne voit le brouhaha qui s'élève en contrebas, sur le flanc de Doane Mountain ébranlé par le bruit, alors que les caméras des actualités filmées pivotent sur leurs trépieds et que tout le monde, du plus petit enfant au président des États-Unis, lève un regard effaré vers la paroi de la montagne où plusieurs dizaines de tonnes de granite viennent d'être projetées en l'air au milieu d'un immense nuage de poussière.

Paha Sapa est impuissant. Les charges ont été disposées pour détoner successivement, mais le courant électrique a déjà été envoyé dans les cordeaux reliés aux vingt et une amorces.

Cela ne devait pas se passer maintenant. Le fantôme de Cheveux-Longs l'a distrait au moment précis où...

Les deuxième, troisième, quatrième et cinquième charges explosent simultanément. L'orbite de George Washington est arrachée et le front du premier président se fissure, s'effondre et dévale la pente, emportant avec lui le bec agressif du nez de granite.

La troisième explosion a emporté la bouche et le menton, et catapulté dans l'air épais du mois d'août des blocs de granite de la taille d'une Ford T. La quatrième fait sauter la joue droite de Washington, ce qui restait de sa bouche et une partie de son sourcil droit. La cinquième détache les débris instables laissés par les quatre premières qui glissent et s'écrasent dans le fond de la vallée.

Des fragments rocheux plus grands que Paha Sapa pilonnent et balafrent le visage d'Abraham Lincoln au-dessus, au-dessous et à côté du perchoir partiellement abrité du dynamiteur. En bas, des gens crient, le hurlement des microphones et des haut-parleurs continuant à faire écho au bruit réel.

Jefferson est pulvérisé plus efficacement que Washington, comme il convient, somme toute, à celui qui arrive en troisième position plutôt qu'au premier, quelle que soit sa profession.

Mais les cinq déflagrations sont particulièrement violentes derrière l'énorme drapeau masquant encore la tête de Jefferson, qui ressemble ainsi à la victime d'un peloton d'exécution qui aurait choisi un bandeau un peu large.

Paha Sapa ne voulait pas que les explosions se produisent tant que le drapeau serait encore en place. C'est l'une des raisons majeures pour lesquelles il voulait attendre.

Mon pays, papa. Et le tien. Nous sommes en guerre.

Paha Sapa ne l'avait pas cru alors, et il ne le croit pas davantage maintenant, alors que le pays n'est *pas* en guerre, mais il n'avait pas l'intention de déchiqueter le drapeau géant si patiemment cousu par de petites vieilles dames et par les lycéennes de Rapid City.

Chose incroyable, la mince étoffe assourdit un peu les déflagrations. Mais l'immense drapeau est réduit en lambeaux avec une incroyable rapidité, tandis que des tonnes de rocher pulvérisé s'élèvent et tombent de la paroi rocheuse dans un cumulus de poussière grise et de flammes.

Les lambeaux du drapeau ont pris feu.

La mâchoire prodigieuse de Jefferson se détache la première, dévalant la pente pour rejoindre l'éboulis, au pied de la falaise.

Laisse la pesanteur faire le boulot, Billy, mon gars.

Au moment où l'explosion embrase et souffle le linceul du drapeau, le nez, les yeux, le front et l'intégralité de la joue gauche de Jefferson ont disparu, réduits en poussière. C'est alors que l'impensable se produit.

Il avait été prévu qu'après avoir écarté latéralement la flèche de la grue et remonté le drapeau à la manivelle à l'aide de ses cordes et de ses haubans, les huit ouvriers de Lincoln Borglum se dirigeraient vers les cinq cent six marches. Ils auraient fini leur journée, et Borglum souhaitait présenter son fils au président Roosevelt avant la conclusion de la cérémonie.

Mais Lincoln Borglum et ses hommes essaient manifestement de faire quelque chose – cherchent-ils à remonter le drapeau ? Veulent-ils atteindre les autres charges avant qu'elles n'explosent ?

Ils n'ont le temps de faire ni l'un ni l'autre. Pris de nausée et de terreur, Paha Sapa voit les minuscules silhouettes noires continuer à se débattre avec le bras de la grue au moment où une déflagration projette la longue flèche en l'air et recouvre le sommet de la tête fracassée de Jefferson des lambeaux du drapeau en feu. À travers la poussière de granite et la fumée, il distingue les petites formes qui courent, qui tombent... est-ce un homme qui vient d'être précipité en bas avec les morceaux de drapeau déchiré et les blocs noircis ?

Paha Sapa prie tous les dieux qu'il connaît que ses yeux l'aient trompé.

C'est alors que les cinq caisses de dynamite disposées sur le champ de granite réservé à Theodore Roosevelt explosent.

Cette détonation est celle qui projette le plus de débris vers Paha Sapa et sur la foule, dans la vallée. Il a enterré profondément les caisses de dynamite dans leurs niches – il ne voulait pas seulement détruire les têtes, mais empêcher définitivement Borglum ou tout autre artiste de disposer de suffisamment de roche pour réaliser une nouvelle sculpture. Il a atteint son objectif pour les effigies de Washington et de Jefferson, aussi bien que pour la plage grise éboulée, la surface de granite préparée pour la sculpture de Theodore Roosevelt. La bonne roche a disparu. Les fragments de front, d'oreille, la brisure de nez qui restent à Washington et Jefferson demeureront sans doute définitivement des ruines, mais il n'y a plus de quoi réaliser d'autres sculptures. Et maintenant, il ne subsiste plus rien à l'emplacement de Teddy Roosevelt.

Au milieu du brouhaha de la vallée, du fracas des rochers qui dévalent la pente et du nuage de poussière, Paha Sapa a repris les jumelles empruntées à Gutzon Borglum pour jeter un dernier regard à son patron et aux invités rassemblés sur Doane Mountain.

Paha Sapa s'est trompé dans ses calculs. Des blocs plus gros que son poing, plus gros que sa tête, déchiquettent les pins et le feuillage des trembles pour s'écraser au milieu de la foule comme autant de météorites venus de l'espace.

Ceux qui étaient debout ont déjà pris la fuite comme les victimes de Pompéi ou d'Herculanum, traversant le parking, oubliant leurs voitures dans leur affolement. Ceux qui sont prisonniers des tribunes les plus proches se recroquevillent derrière les planches de bois, les maris cherchant à protéger leurs femmes des débris qui tombent, le nuage blanc presque au-dessus d'eux désormais, tandis que les blocs plus volumineux détachés par l'explosion du champ de granite de Theodore Roosevelt commencent à dévaler vers eux. Paha Sapa aperçoit le sénateur Norbeck qui s'est levé ; sa serviette a été arrachée par les ondes de choc successives et sa mâchoire, son menton et son cou ravagés par le cancer sont comme une préfiguration sanglante de ce qui attend tous les spectateurs.

Et le Président...

Les entrailles de Paha Sapa se nouent.

Avant que la voiture présidentielle équipée de commandes manuelles spéciales ne s'arrête, il avait presque oublié que le président Franklin Delano Roosevelt est un infirme, incapable de rester debout sans attelles d'acier pour soutenir ses jambes atrophiées, hors d'usage, incapable même de faire quelques pas sans s'appuyer de tout son poids sur quelqu'un. Le président des États-Unis *ne peut pas* courir.

Mais durant les trois secondes où il regarde la vallée, avant que le nuage de poussière grandissant et les dernières explosions ne l'empêchent définitivement de distinguer quoi que ce soit, Paha Sapa voit un homme du Secret

Service qui surveillait la tribune et la foule, tournant le dos au Président assis et au mont Rushmore, faire demi-tour et sauter sur le siège avant de la puissante berline, passer brutalement en marche arrière, s'éloigner dans un vrombissement de moteur des débris qui tombent et du nuage qui approche, à deux doigts de renverser le gouverneur Tom Berry dans sa précipitation. Le rugissement de la voiture est audible malgré les explosions, les hurlements et les avalanches de roche. Le Président a toujours la tête rejetée en arrière d'une façon presque guillerette ; son sourire a laissé place à une expression de vif intérêt, voire d'étonnement (mais pas d'horreur, remarque Paha Sapa). Son regard reste rivé sur la mort de ses quatre prédécesseurs de pierre, sur la falaise qui les surplombe.

Gutzon Borglum, quant à lui, n'a pas bougé. Jambes écartées, poings sur les hanches, il contemple d'un air féroce le nuage de gravier, de poussière et de débris rocheux qui approche, comme un pugiliste attendant que son adversaire porte le premier coup.

La tête d'Abraham Lincoln explose.

Réagissant à un instinct de survie atavique, Paha Sapa se jette à plat ventre sur l'étroite corniche alors que la falaise s'effrite au-dessus et autour de lui.

Le lourd front de Lincoln se détache en un seul morceau et tombe à quelques dizaines de centimètres de Paha Sapa. La terrible masse plus grande qu'une maison, plus lourde qu'un cuirassé, le frôle. Les pupilles de Lincoln – des tiges de granite sculpté d'un mètre de long qui, vues d'en bas, donnent l'illusion de vraies prunelles – sont propulsées à travers la vallée comme des fusées de granite. L'une d'elles traverse le nuage de poussière bourgeonnant pour aller se ficher comme une lance dans l'atelier de Borglum.

Le nez de Lincoln est tranché d'un coup, lui aussi, et emporte dans sa chute deux mètres de corniche à quelques centimètres seulement des doigts arcboutés de Paha Sapa, qui se cramponne avec l'énergie du désespoir.

Les deux explosions suivantes l'assourdissent et le projettent à deux mètres de haut. Il retombe, la partie supérieure du corps sur la corniche, les jambes pendant au-dessus de plusieurs dizaines de mètres de vide poussiéreux. Mais les doigts ensanglantés de sa main gauche trouvent une prise ; il s'agrippe, ahane et réussit tant bien que mal à se hisser sur l'arête de granite tandis que se poursuit le bombardement de fragments rocheux au milieu du vacarme indicible des déflagrations. Sa chemise et son pantalon de travail sont en lambeaux. Plusieurs centaines d'échardes de pierre l'ont entaillé. Il ruisselle de sang et a l'œil droit tellement enflé qu'il ne peut plus l'ouvrir.

Mais il est vivant et – dans une pulsion irrationnelle, perfide, hypocrite –, il se débat pour ne pas tomber de la corniche qui s'effondre au milieu du chaos, et pour rester en vie.

Comment est-ce possible ?

La dernière caisse de dynamite est à quelques centimètres seulement de son visage. Elle aurait dû exploser avec les autres. Le cordeau de retard du détonateur aurait-il été endommagé ?

L'instinct de survie commande à Paha Sapa de la faire basculer par-dessus bord avant qu'elle n'explose. De lui faire rejoindre la masse confuse qui éclate, glisse, roule, dans un nuage de poussière en contrebas. En cette fraction de seconde, Paha Sapa prend toute la mesure de sa lâcheté : il préfère mourir pendu dans quelques semaines plutôt que pulvérisé tout de suite.

Il ne pousse pas la caisse. Il ne la fait pas tomber du bord de la falaise qui s'effrite.

Paha Sapa s'arrache les ongles en essayant de retirer les planches du couvercle de la caisse. Il veut savoir pourquoi elle n'a pas explosé.

La raison est simple, constate-t-il à travers la poussière qui l'environne et l'étouffe. Elle ne contient pas de dynamite – pas un seul bâton. Elle était pourtant pleine la nuit dernière, quand il l'a cachée ici et a soigneusement mis en place l'amorce et les câbles reliés au détonateur.

Il y a une feuille de papier, rien d'autre.

Paha Sapa déchiffre son nom au-dessus de quelques phrases griffonnées, mais les mots sont difficiles à lire dans le tourbillon de poussière. Pourtant, l'écriture est parfaitement identifiable. Bien que le nuage de débris empêche Paha Sapa de respirer aussi bien que de voir, il reconnaît immédiatement l'écriture hardie mais appliquée de son fils Robert.

La corniche cède.

Paha Sapa se réveille en sursaut.

Aurait-il dormi, somnolé... impossible ! Une seconde Vision ? Non. Non. Certainement pas. Un rêve, rien de plus. Non. Voyons... on ne peut pas s'endormir en plein milieu de... Trois nuits sans sommeil, de longues journées de travail, la chaleur. Le babillage de Cheveux-Longs qui l'a bercé. Mais non, c'est impossible. Qu'a-t-il manqué ?

Le nasillement à la Will Rogers du gouverneur Tom Berry se poursuit encore. Le haut-parleur en renvoie l'écho sur la paroi où se dressent les trois Têtes intactes, le champ de rocher intact d'où Theodore Roosevelt émergera.

Borglum prend maintenant la parole. Le drapeau rouge est de nouveau dans sa main... mais non, c'est la première fois.

Paha Sapa se demande s'il est mort. Peut-être Hamlet avait-il raison – dormir, rêver peut-être. C'est là l'obstacle. La mort serait bienvenue si elle était dépourvue de rêves, mais revivre en songe une chose pareille, encore et encore...

Borglum explique que nous – le nous de noblesse qui englobe ses soixante ouvriers anonymes et lui-même – recourons à la dynamite pour dégager la surface rocheuse, mais tout le travail de sculpture proprement dite se fait à la main.

Tu parles, se dit Paha Sapa. Il baisse les yeux. Les câbles ne sont pas connectés aux détonateurs. Le rêve s'accroche à lui comme un chimpanzé mort et mouillé. La douleur lui martèle les tempes et il a l'impression qu'il va vomir par-dessus la corniche... la corniche qui s'est effondrée sous lui il y a quelques secondes seulement. Il éprouve toujours ce vertige dans son oreille interne et au creux de l'estomac.

Borglum brandit le drapeau rouge.

Paha Sapa enfile les câbles, il les gaine et appuie sur les couvercles de bakélite. Ses mains rêches, couvertes de cicatrices, ont effectué ce geste plusieurs milliers de fois et il les laisse agir. La seule intervention qu'il permet à son esprit est de vérifier la couleur des câbles. Noirs. La charge de démonstration. Branché, quatre coups de manivelle à droite pour mettre l'appareil sous tension, le cran de sécurité engagé à gauche puis retiré, le piston levé contre la résistance de la bobine. Paha Sapa garde la main droite posée sur le piston et lève les jumelles de l'autre.

Contrairement à ce qui s'est passé dans son rêve, Gutzon Borglum ne tourne pas le dos au Président, il ne brandit pas spectaculairement son drapeau comme s'il donnait le départ d'une course d'Indianapolis. Il a le bras gauche posé sur le dossier du siège de la voiture du Président, le corps à moitié tourné vers celui-ci, les yeux levés vers la falaise. Il abaisse le drapeau d'un geste nonchalant.

BAM, BAM, BAMBAMBAM.

Paha Sapa n'a pas le souvenir physique d'avoir actionné le piston du détonateur, mais celui-ci est poussé et les charges ont été tirées presque simultanément.

Aux oreilles de Paha Sapa assourdies par les déflagrations, ces détonations à quart de charge ressemblent plus à des coups de feu qu'à des explosions de dynamite. La masse rocheuse pulvérisée est purement symbolique, le nuage de poussière négligeable. Mais dans la vallée, le public applaudit. Curieusement, le président Roosevelt se tourne vers Borglum et les deux hommes échangent une poignée de main comme s'ils n'avaient pas été assurés du succès de l'opération.

Paha Sapa repère un mouvement au-dessus de lui. Lincoln Borglum et ses ouvriers ont fait pivoter la flèche, écarté le drapeau. Un Thomas Jefferson méditatif contemple le ciel bleu. Le bruit des applaudissements, amplifiés, retardés et multipliés crépite sur les visages rocheux tout autour de Paha Sapa.

Borglum s'est penché sur le micro. Sa voix est impérieuse, il donne des ordres au président des États-Unis :

« Je veux, Monsieur le Président, que vous inauguriez ce monument commémoratif comme un sanctuaire de la démocratie ; que vous invitiez la population de la terre à venir ici pendant cent mille ans lire la pensée et voir quel genre d'hommes se sont battus pour fonder un gouvernement autodéterminé dans le monde occidental. »

Nouvelle salve d'applaudissements. Tout paraît loin, si loin à Paha Sapa dont les mains enfilent et gainent les raccords nus du câble gris aux bornes du second détonateur. L'expression de Borglum – « inviter la population de la terre » – lui semble familière, issue d'un autre contexte, tandis qu'il tourne la manivelle du détonateur quatre fois sur la droite, accumulant la charge. Mais oui, cela lui revient... c'est un écho de la traduction de l'ouverture des Jeux olympiques de Berlin un peu plus tôt, ce même mois : *J'invite la jeunesse du monde...*

Il reconnaît bien Borglum dans le fait qu'il n'ait pas mentionné les visages encore inachevés et ait au contraire évoqué le « sanctuaire de la démocratie » et tous ses documents accumulés dans la salle des Archives, laquelle se limite encore à un trou de forage d'essai dans le canyon inconnu, derrière les têtes.

Cent mille ans de domination *wasichu* sur les collines Noires. Il tire le piston du détonateur contre la résistance jusqu'à ce qu'il se mette en place dans un cliquetis. Prêt.

Il n'avait pas été prévu que Franklin Delano Roosevelt fasse de discours – Paha Sapa ne se rappelle pas si Abraham Lincoln avait été convié à prendre la parole à Gettysburg (Robert l'aurait su, lui), mais il sait que le seizième président n'avait pas été le *principal* orateur et qu'aujourd'hui, le trente-deuxième président n'a pas été invité du tout à s'exprimer publiquement

– cependant, terrassé par l'émotion et poussé par le sens politique (comme Paha Sapa l'avait prévu), Franklin D. Roosevelt tend le bras et tire le lourd cercle du micro vers lui.

La voix à la cadence rassurante rendue familière par la radio – le timbre déformé par les haut-parleurs et les échos identiques à s'y méprendre – s'élève depuis Doane Mountain en direction du mont Rushmore, puis du monde entier.

« ... j'avais vu les photographies, j'avais vu les dessins et j'avais parlé aux responsables de cette œuvre grandiose, et pourtant, il y a une dizaine de minutes encore, je n'avais pas la moindre idée non seulement de son ampleur, mais de sa beauté et de son importance éternelles...

Il me semble que nous pourrions peut-être méditer sur ces Américains qui vivront dans dix mille ans... méditer et nous demander ce que nos descendants – car je pense qu'ils seront toujours là – penseront de nous. Espérons... qu'ils penseront que nous nous sommes efforcés honnêtement tous les jours et tout au long des générations de préserver un pays où il fait bon vivre, et une forme de gouvernement sous l'autorité duquel il fait bon travailler. »

Les applaudissements se renforcent, et Paha Sapa les entend avant que les haut-parleurs n'en répercutent l'écho autour de lui. On entend même quelques acclamations s'élever de ce public pourtant majoritairement républicain. Paha Sapa reprend ses jumelles et aperçoit le Président qui s'écarte d'un Borglum exultant et adresse un geste à la foule, ce geste si souvent parodié, sa tête magnifique rejetée en arrière, le sourire vissé aux lèvres. Ne manquent que le porte-cigarette et la cigarette pour compléter l'image. Paha Sapa voit que la serviette du pauvre sénateur Norbeck a glissé – le rêve cherche toujours à s'insinuer en lui, avec sa réalité écœurante – mais l'instigateur et protecteur du mont Rushmore, mutilé par le cancer, esquisse un sourire de cadavre.

Le temps semble échapper à Paha Sapa. Se serait-il encore assoupi ? Perd-il la tête ? Il lève ses jumelles, chauffées par le soleil.

Borglum est accoudé à la voiture, presque négligemment. Le soleil a chauffé le métal, et Paha Sapa remarque que Borglum se sert de ses manches blanches pour protéger ses bras de l'acier brûlant (est-il blindé ?) de la portière noire du véhicule. D'autres personnalités se pressent autour de l'automobile et des hommes du Secret Service à la mine patibulaire en écartent certaines.

On a retiré le micro – les présentateurs de radio continuent à jacasser dans les leurs, mais les haut-parleurs ne diffusent pas leurs commentaires –, de sorte qu'il est impossible à Paha Sapa d'entendre ce que se disent le Président et le patron. Pourtant, il perçoit distinctement leurs propos.

La voix de Roosevelt est détendue, satisfaite, empreinte d'une curiosité sincère.

« Où allez-vous mettre Teddy ? »

Borglum se retourne à demi et tend le bras, désignant un endroit sur la gauche de Paha Sapa et expliquant que la tête de Theodore Roosevelt viendra s'insérer dans cette plage de granite plus clair, entre Jefferson et la tête émergente de Lincoln.

« J'ai tout préparé dans mon atelier. »

Borglum invite le Président à y monter – maintenant. Il est bien du genre à imaginer que le président des États-Unis va accepter cette invitation impromptue et rester là pendant que Borglum fera griller des steaks pour tout le monde, un peu plus tard.

Roosevelt sourit et parle.

« Je reviendrai un jour voir tout ça de plus près. »

Borglum lui rend son sourire, il hoche la tête. Il croit le Président sur parole, de toute évidence. Paha Sapa connaît son patron, de fond en comble, littéralement. Comment quelqu'un pourrait-il *ne pas* vouloir revenir au mont Rushmore ? Et puis il y a tant d'autres inaugurations prévues – la tête d'Abraham Lincoln, l'année prochaine sans doute, en 1937, puis Teddy Roosevelt, bien sûr, en 1940 si Borglum respecte son calendrier (et Paha Sapa sait que Borglum s'attend à ce que Franklin D. Roosevelt reste président pendant encore trois ou quatre mandats, pour le moins), puis la salle des Archives avant 1950 probablement...

Paha Sapa lève la tête, plissant les yeux dans le soleil. Lincoln Borglum et ses hommes ont replié l'immense drapeau, ramené le bras de la flèche et les poulies, et se sont dirigés vers l'escalier. Lincoln ferait bien de se hâter s'il veut être présenté... la foule commence a se disperser, les huiles ont quitté leurs places, les hommes du Secret Service et les collaborateurs du Président dégagent le passage pour la voiture officielle.

C'est le moment. Maintenant. Là. Tout de suite.

Le détonateur est entre ses genoux, le piston relevé.

Une heure plus tard, il est toujours assis dans la même position, quand il lève la tête, prend ses jumelles et observe le fond de la vallée.

Il ne reste presque personne. La voiture du président a disparu depuis longtemps. Le parking est quasiment vide. On est en train de démonter la tribune.

Paha Sapa sent quelque chose bouger au-dessus de lui et levant les yeux, il aperçoit Gutzon Borglum qui se laisse descendre vers lui. Parmi la centaine d'ouvriers qui ont appris à se déplacer sur la falaise et les visages du mont Rushmore, personne n'évolue avec plus de légèreté et de sûreté que Gutzon Borglum.

Le patron atterrit sur la corniche et se dégage de la chaise de gabier et du harnais de sécurité. Il pose les yeux sur le détonateur armé, niché entre les genoux de Paha Sapa.

« Je savais que tu ne le ferais pas. Où as-tu caché les caisses de dynamite ? »

Sans lâcher le piston, Paha Sapa désigne de la main gauche les différentes cachettes tout autour des visages.

Borglum secoue la tête – il porte son chapeau à large bord, le foulard rouge est toujours noué autour de son cou – et s'assied sur la corniche, appuyant un de ses avant-bras puissants sur son genou.

Paha Sapa doit lutter contre l'impression de vide qui l'envahit pour pouvoir desserrer les lèvres.

« Depuis combien de temps savez-vous ce que j'allais faire ? »

Borglum exhibe des dents tachées de nicotine.

« Tu te poses la question ? Je l'ai toujours *su, Paha Sapa. Mais j'ai toujours su aussi que tu ne le ferais pas. »*

Cette phrase n'a aucun sens, mais Paha Sapa voudrait bien savoir comment son patron a appris son vrai nom, Paha Sapa. Le détonateur est toujours chargé. Le piston relevé.

« Paha Sapa, tu te rappelles le jour où nous nous sommes rencontrés à la Homestake Mine ? Notre poignée de main ?

— Bien sûr. »

La voix de Paha Sapa est aussi faible, vide et vaincue que lui.

« Tu es foutrement arrogant, Old Man Collines-Noires. Tu te crois le seul au monde à posséder le don qui est le tien. Eh bien... tu te trompes. Quand nous nous sommes serré la main ce jour-là, tu as absorbé quelques bribes de mon passé – je les ai senties s'introduire en toi – mais moi, j'ai absorbé des fragments de ton passé et *de ton avenir. L'heure que nous vivons en ce moment m'est apparue aussi clairement que nos souvenirs communs du jour où tu as compté le coup sur Custer ou du visage de ton* tunkašila. *»*

Paha Sapa regarde Borglum. Il cligne des yeux, cherchant à comprendre, mais il en est incapable. Borglum éclate de rire, un rire dépourvu de toute cruauté, de tout sentiment de victoire. C'est un rire fatigué, mais curieusement satisfait.

« Tu sais, Paha Sapa, le toubib que tu es allé voir en douce à Casper est un foutu charlatan. Tout le monde le sait. Tu ferais mieux d'aller consulter mon médecin à Chicago. »

Paha Sapa ne sait que répondre. Borglum lève les yeux vers la tête de Washington, puis vers celle de Jefferson, avant de se tourner vers le champ blanc de granite où se trouvera celle de Teddy Roosevelt.

« Je crois que le Président a été franchement impressionné. Maintenant, il va falloir que j'aille mendier cent mille dollars de plus au Park Service pour pouvoir tout finir. Ils vont être sûrs que je raconte des bobards en prétendant que cette somme me permettra d'aller jusqu'au bout, et ils auront raison... mais au moins, ça nous permettra de tenir un moment. »

Borglum tend son cou entouré du foulard rouge pour regarder Abraham Lincoln qui les surplombe.

« Une des choses que j'ai vues ce jour-là, à la mine, Paha Sapa, c'est qu'en 1941, je... oh, et puis, on verra bien si c'est vrai. J'ai cru tout le reste, mais je ne suis pas obligé de croire ça si je n'en ai pas envie. Et si on débranchait ces foutus fils de contact, maintenant ? »

Paha Sapa ne dit rien quand Borglum détache les fils des bornes du détonateur. Le patron écarte les câbles peints en gris, puis repose doucement le détonateur à côté de l'autre. À sa place, Paha Sapa l'aurait peut-être jeté pardessus bord, mais les boîtiers sont chers et Borglum est un homme qui sait compter. Pas dans sa vie personnelle, bien sûr, mais pour tout ce qui concerne le mont Rushmore.

Le détonateur étant redevenu inoffensif, Paha Sapa retrouve enfin sa voix.

« La police est en route, monsieur Borglum ? Elle m'attend en bas ? »

Borglum le regarde.

« Tu sais bien qu'il n'y a pas un seul policier en bas, Paha Sapa. Mais il faut que tu montres à mon fils où se trouvent toutes les caisses de dynamite. Est-ce qu'elles sont utilisables pour le boulot ?

— La plupart, oui. Il me reste quelques caisses dans l'appentis à côté de chez moi, qui sont moins bonnes. Il faudrait que quelqu'un aille les chercher et s'en débarrasse. »

Borglum acquiesce. Il sort de sa poche un deuxième mouchoir rouge, plus petit, et essuie la sueur qui perle sur son front.

« C'est bon, Lincoln s'en occupera. On va vérifier les bâtons qui sont dans ces caisses et les stocker dans la cabane à explosifs pour le moment. Quant à toi, tu vas prendre des vacances... Et si tu partais un petit moment ? »

Paha Sapa se tourne vers lui, incrédule.

« Je peux m'en aller ? »

Borglum hausse les épaules. Paha Sapa prend conscience, une fois de plus, de la puissance des mains, des avant-bras et des épaules du sculpteur, et aussi de sa personnalité.

« Nous vivons dans un pays libre. Ça fait longtemps que tu n'as pas pris de vraies vacances. Je vais faire bosser les gars sur la tête de Lincoln pendant tout le mois de septembre et commencer pour de bon le criblage de Teddy Roosevelt en octobre. Quand tu reviendras, j'aurai du boulot pour toi.

— Vous plaisantez. »

La qualité du sourire et du regard de Borglum lui prouve le contraire.

« Il serait peut-être préférable que tu ne restes pas dynamiteur, Old Man, bien que je sache parfaitement que je n'aurais aucun problème avec toi. Mais je me suis dit que tu aurais peut-être envie de travailler avec Lincoln pour surveiller le travail à la perceuse et au burin sur la tête de Theodore Roosevelt, puis de bosser avec la deuxième équipe pour commencer le vrai boulot sur la salle des Archives et l'Entablement. Nous en reparlerons à ton retour. »

Ils se lèvent alors, deux hommes tranquilles sur l'étroite corniche, séparés de soixante mètres de vide par leur seule expérience et leur sens de l'équilibre. La longue journée d'août s'estompe dans une soirée dorée qui – de façon soudaine, aiguë, inexplicable – évoque davantage la bénédiction de l'automne que l'interminable épreuve d'un été opiniâtrement caniculaire.

Borglum se glisse dans sa chaise de gabier et commence à sangler ses lanières de sécurité, tandis que Paha Sapa, levant les yeux, aperçoit une deuxième chaise qui l'attend au bout de son câble d'acier presque invisible.

24

Au bord de l'Herbe grasse

Septembre 1936

Paha Sapa a chargé son side-car et est prêt à prendre la route à l'aube, mais Lincoln Borglum et une équipe d'ouvriers arrivent de bonne heure pour inspecter sa réserve de dynamite et procéder à son transfert. Le jeune Borglum connaît la situation et a l'air ennuyé, presque contrit, mais les dynamiteurs, Clude « Spot » Denton et Alfred Berg, ainsi que Red Anderson, Howdy Peterson, Palooka Payne et tous ceux qui transportent les caisses jusqu'au camion paraissent simplement perplexes.

C'est Red qui pose la question.

« Où est-ce que tu vas, Billy ? »

Paha Sapa dit la vérité.

« Chez moi. »

Il a ressorti la boîte à café qu'il avait enterrée derrière la maison, et toutes ses économies sont dans le side-car. Il a également pris tout ce dont il risque d'avoir besoin jusqu'à la fin de sa vie – quelques provisions de route, un jeu de vêtements de rechange, la veste de cuir trop grande que Robert lui a laissée en partant pour l'armée, et le Colt chargé.

Lincoln Borglum lui tend la main et, malgré son embarras, Paha Sapa ne voit pas de raison de ne pas la lui serrer. Il fait ensuite démarrer la moto et descend la colline jusqu'à la grand-route qui traverse Keystone.

Il s'arrête d'abord chez le forgeron pour faire le plein. S'affairant avec son œil mort, Gene Turnball lance :

« T'as appris que Mune Mercer, il s'est tué la nuit dernière ? »

Paha Sapa, qui était en train de vérifier l'huile, s'interrompt dans son geste.

« Mune ? Comment ça ?

— Il était rond comme une queue de pelle quand il a quitté le Number Nine à Deadwood et il a fait une sortie de route dans ce mauvais tournant, tu sais, au-dessus de la Homestake. Flinny, il a dit que la bagnole a fait des tonneaux sur plus de cent mètres avant de s'arrêter sur le talus. Mune, il a même pas été éjecté – pourtant, c'était un roadster sans toit – mais ça lui a tranché la tête. Proprement.

— Mune n'avait pas de roadster. Il n'avait pas de voiture.

— C'est vrai. Il l'avait piqué à son copain du Number Nine, ce grand Polack qui bosse à la mine, tu vois qui je veux dire, le radin qui a une sœur vraiment gironde chez Mme Delarge, et Flinny, il dit que le Polack est furax. »

Eh bien, se dit Paha Sapa en payant ses trente cents avant de quitter définitivement la ville, *ma petite conspiration aura tout de même coûté une vie.*

Au lieu de se diriger vers Rapid City, Paha Sapa prend une dernière fois à l'ouest puis au nord, à travers les collines Noires. Il passe devant le mont Rushmore et fait halte à l'ouest du Monument, à l'endroit où la route tourne et où seule la tête de George Washington émerge, presque juste au-dessus de la chaussée. Paha Sapa a toujours trouvé que c'était l'endroit d'où l'on avait la meilleure vue sur le Monument.

À part quelques camions de transport de grumes, les routes sont presque désertes jusqu'à Lead. L'air est plus frais aujourd'hui – ce n'est pas seulement l'effet de la vitesse, il en est convaincu, car la vieille moto dépasse rarement les soixante-cinq kilomètres à l'heure – et curieusement, en l'espace de vingt-quatre heures, la lumière du soleil a changé : ce n'est plus l'éclat de la fin de l'été, mais le scintillement du début de l'automne. Depuis Lead, il prend le canyon qui descend sur Spearfish et dont les parois escarpées renvoient l'écho du ronflement du petit moteur de la Harley-Davidson J.

Après Spearfish (où Paha Sapa imagine toujours que les truites grasses du vivier font des cauchemars à l'idée du retour de Calvin Coolidge), il se dirige vers le nord, en direction de Belle Fourche, mais oblique à gauche sur la Highway 24 de terre avant d'arriver à cette petite ville. Le minuscule panneau blanc qui lui apprend qu'il est entré dans le Wyoming est illisible, criblé de trous de plombs et de balles de fusil.

Il a choisi cet itinéraire au lieu de filer droit vers le Montana parce qu'il veut revoir *Mato Tepee* – que les *wasichu* ont baptisé Devil's Tower, la tour du Diable. Il y avait conduit Robert quand il avait huit ans, lors d'une de leurs excursions estivales.

Ce promontoire haut de deux cent soixante-cinq mètres avec son large sommet plat et ses flancs profondément nervurés – on dirait une souche d'arbre fossilisée à l'échelle des géants de pierre *wasichu* – est un lieu sacré pour les Kiowas, qui l'appellent *T'sou'a'e*, ce qui veut dire « En l'air sur un rocher », mais toutes les autres tribus leur ont emprunté la légende de l'ours géant qui a poursuivi sept sœurs, lesquelles se sont réfugiées au sommet de la souche après que le *wagi* de celle-ci leur a dit « Grimpez sur moi ». Dès que les jeunes filles se sont trouvées sur cette souche tout à fait ordinaire, elle s'est mise à grandir, et l'ours géant a donné des coups de patte et de griffes, dessinant dans l'écorce les cannelures verticales que l'on voit encore sur cette immense formation rocheuse.

Bien sûr, les filles ne pouvaient pas redescendre tant que l'ours était là (et il n'avait pas l'intention de s'en aller), alors *Wakan Tanka* a permis aux sept sœurs de monter au ciel, où elles sont devenues les sept étoiles de la constellation que les *wasichu* appellent les Pléiades. (Certains Kiowas affirment pourtant encore avec une grande conviction que les sœurs sont devenues les sept étoiles de la Grande Ourse. Paha Sapa a toujours pensé que les Kiowas compensaient leur manque de logique par leur imagination.)

Paha Sapa et Robert sont allés voir *Mato Tepee* en 1906, l'année où le président Teddy Roosevelt en a fait le premier monument national des États-Unis. Les tribus kiowas, mais aussi les Lakotas, les Cheyennes, les Arapahos et les Corbeaux ont protesté officiellement, mais le Park Service – chargé de contrôler tous les abords de cet ancien site sacré – a fait venir un anthropologue qui s'est empressé de faire la déclaration suivante (Paha Sapa se rappelle l'avoir lue dans le *Journal* de Rapid City il y a tout juste deux ans, en 1934) : « Il est extrêmement improbable qu'une tribu, quelle qu'elle soit, ait passé suffisamment longtemps dans la région du monument national de la Devil's Tower pour que celle-ci ait occupé une place importante dans sa vie, sa religion ou sa mythologie. »

Cette conclusion avait fait sourire Paha Sapa. Il n'imaginait que trop bien l'éclat de rire dont Boite-Beaucoup l'aurait saluée. Non seulement cette tour de pierre apparaissait dans la plupart des récits des tribus depuis de nombreuses générations – Boite-Beaucoup avait raconté à Paha Sapa et aux autres garçons au moins dix histoires différentes à propos des sept sœurs et de ce site –, mais cet anthropologue n'avait pas compris, contrairement à Boite-Beaucoup et même à Robert, avec quelle *rapidité* les Êtres Humains Libres Naturels et les autres bandes étaient capables de créer une nouvelle mythologie à propos de n'importe quel endroit où ils choisissaient de s'établir puis d'accorder à cette mythologie – ou à cette nouvelle vision de la réalité – une place centrale dans leur pensée.

On a dressé une affreuse barrière sur la route de terre qui conduit à la tour et un homme en uniforme coiffé d'un chapeau qui ressemble à ceux de la Première Guerre mondiale réclame cinquante cents à tous ceux qui veulent entrer. Paha Sapa fait demi-tour et s'éloigne. Il a suffisamment vu la tour en approchant et refuse de payer, pour admirer un affleurement rocheux qui ressemble à une souche géante, aussi cher que pour visiter l'Exposition universelle, autrefois.

Il est obligé de rebrousser chemin sur une petite distance et de prendre des routes de campagne qui se limitent à deux ornières creusées dans la prairie en direction du nord, pour rejoindre la Highway 212 au Montana. Ici, aucun panneau ne lui indique à quel endroit il a quitté le Wyoming pour entrer dans le Montana, quelque part au-delà d'une ville (qui se résume à un magasin et une pompe à essence) nommée Rockypoint.

Paha Sapa s'arrête à un croisement pour acheter un Coca-Cola. L'unique bâtiment, isolé au milieu de la prairie infinie et des collines lointaines, révèle à quel point cette région du Wyoming-Montana est déserte. Tout l'argent que contenait la boîte à café qui lui servait de tirelire – les billets pliés sont maintenant dans la poche arrière de son pantalon – lui donne l'impression de posséder une fortune.

Le garçon qui se tient derrière le bar est un *wasichu* à l'air borné. Au moment où il prend la pièce de cinq cents de Paha Sapa, il se penche au-dessus du comptoir de bois fendillé et chuchote d'un ton de conspirateur :

« *Hé, chef, t'as envie de voir un truc vraiment 'téressant ?* »

Paha Sapa renverse la tête et avale son Coca d'un trait. La journée de route et la poussière qui couvre le Wyoming lui ont donné soif. Comme le garçon a chuchoté, il lui répond tout bas :

« *Voyons voir... un veau à deux têtes ? C'est ça ?*

— *Nan, mieux qu'ça. C'est 'téressant comme que c'est de l'histoire. Personne que nous qu'on vit là, il le sait.* »

De l'histoire... Paha Sapa n'y résiste jamais. De plus, il en est victime, il s'en rend bien compte (mais après tout, n'est-ce pas le cas de tout le monde ?).

« Combien tu veux ? Et il faut combien de temps pour aller voir ça ?

— Cinq cents en plus. C'est qu'à quelques minutes à pied, dix à tout casser. »

Se sentant riche maintenant que sa vie touche à son terme, Paha Sapa fait glisser deux pièces sur le comptoir, une pour l'histoire, l'autre pour un second Coca-Cola bien frais.

En réalité, c'est à un bon quart d'heure de marche derrière la boutique. Le garçon semble avoir un problème de coordination motrice : il marche comme une marionnette qu'on manipulerait maladroitement, bras et jambes arqués, ses pieds chaussés de bottes partant dans tous les sens. Il réussit tout de même à conduire Paha Sapa à travers un champ où deux taureaux les observent avec une lueur homicide dans le regard. Ils franchissent ensuite une barrière de barbelés, gravissent une petite colline au sommet couronné de quelques pins avant de redescendre une pente vers une large vallée couverte d'herbe rase.

« Voilà, c'est là. C'est pas rien, hein ? »

Paha Sapa croit un instant à une mauvaise plaisanterie de ce pauvre retardé, mais il distingue ensuite des traces très anciennes, des rainures qui entaillent le fond de la vallée, de vieilles ornières creusées par des roues de chariots qui s'étirent entre la ligne de collines basses sur l'horizon, à l'est, et un autre contrefort encore moins élevé, loin à l'ouest.

Le garçon passe ses pouces dans ses bretelles, se transformant en emblème de l'orgueil civique.

« C'est les 'rnières du chariot du général George Armstrong Custer, chef. De quand qu'il a conduit le 7e de cavalerie par ici, il y a bien, bien longtemps, avec des chariots, des bêtes, des canons, des chevaux de rechange. Y'avait même sa femme avec, à ce qu'il paraît... Bordel, ça devait être un sacré cirque. Vous êtes pas content d'avoir vu ça ?

— Si, très. Ça valait bien cinq cents, fiston. Custer est passé par ici, c'est sûr. »

Paha Sapa vide son deuxième Coca-Cola et jette la bouteille à travers les yuccas et d'autres buissons épineux, vers les ornières de chariot lointaines.

Le gamin crie – « *Hé !* » – et se précipite derrière la bouteille, la rapportant jusqu'au sommet de la colline comme un labrador fidèle, bien qu'un peu contrarié, mal coordonné et plus sot que la moyenne.

« Y a un penny de consigne, chef. »

Cette nuit-là, Paha Sapa campe au bord de la route sur un haut plateau boisé, au milieu des soixante kilomètres inhabités qui séparent Epsie et Ashland, dans le Montana. Il est convaincu que cette longue étendue nord-sud couverte de pins sera transformée en forêt nationale, si ce n'est déjà fait, et portera le nom de Custer.

Il n'a pas emporté de tente, mais le side-car contient un tapis de sol plié et une autre bâche imperméable qu'il peut utiliser comme auvent en cas de pluie. La nuit est tiède et sans nuages. La lune est encore presque pleine et bien qu'elle se lève tard, elle l'empêche de compter les étoiles. C'est la même lune, se dit-il, que celle qui l'éclairait tout récemment quand il dansait en apesanteur sur la face du mont Rushmore pour poser ses charges de dynamite. Ce jour-là lui paraît relever d'une histoire plus ancienne encore que les ornières des chariots de Custer qu'il a payé pour voir. Quelque part au nord, dans la forêt de pins ou dans la haute prairie qui la jouxte, des coyotes se mettent à aboyer. Puis un unique hurlement, plus grave, plus effrayant s'élève – on dirait un loup, songe Paha Sapa, mais ils sont de moins en moins nombreux dans le Montana – et les coyotes se taisent brusquement.

Paha Sapa se rappelle l'ancienne notion grecque d'*agon* qu'évoquait Doane Robinson – la façon dont la vie range tout en catégories : égal à, inférieur à, supérieur à. Les coyotes honorent l'*agon* par leur silence apeuré. Paha Sapa sait ce qu'ils ressentent.

En quête de souvenirs plus agréables, bien que douloureux tout de même, il se rappelle la pleine lune qui se dressait au-dessus de l'immense silhouette noire de *Mato Tepee* quand Robert et lui y avaient campé dans le courant de l'été 1906, ces nuits où il bavardait jusqu'à une heure très avancée avec son fils de huit ans. Peut-être était-ce l'été où Paha Sapa a véritablement pris conscience des dons exceptionnels de Robert.

Quand il dort, cette nuit-là, Paha Sapa ne fait qu'un rêve. Il se trouve à nouveau sur la corniche du mont Rushmore, au moment où la tête d'Abraham Lincoln explose et se désagrège tout autour de lui et où la corniche sur laquelle il se tient s'effondre. Mais cette fois, il réussit à lire la note que contient la caisse de dynamite vide.

C'est l'écriture de Robert, effectivement, et le message est court :

Papa,

J'aurais attrapé la grippe espagnole même si j'étais allé à Dartmouth, et même si j'étais resté à la maison avec toi. Les choses étant ce qu'elles sont, j'ai été accompagné jusqu'au bout par de vaillants camarades, et j'ai accompli ma destinée en rencontrant la plus charmante des jeunes filles. La grippe m'aurait trouvé n'importe où. La jeune fille peut-être pas. Il est important que tu le comprennes. Maman est d'accord avec moi.

Robert

En s'éveillant de ce rêve, Paha Sapa est en larmes. Il se demande plus tard si c'est de revoir la signature de Robert qui l'a fait pleurer dans son sommeil ou cette phrase si douloureusement, si pernicieusement, remplie d'espoir : « Maman est d'accord avec moi. »

Le matin, il reprend la route vers l'ouest, à travers des collines basses, moutonneuses, émaillées de pins rabougris qui laissent place par endroits à une prairie dont l'herbe rase est trop sèche pour qu'on y fasse paître du bétail, et arrive bientôt dans la réserve cheyenne du Nord. L'expérience lui a appris que tous les Indiens des réserves sont renfrognés et méfiants à l'égard des étrangers – il était comme eux, indéniablement, pendant les années qu'il a passées à Pine Ridge – et le vieux vendeur cheyenne de l'unique boutique de Busby où il s'arrête pour acheter de la mortadelle ne fait pas exception à la règle. Pourtant, les Cheyennes et les Sioux ont toujours entretenu des relations plus cordiales que la plupart des autres tribus. Juste après Busby, il s'engagera dans la grande agence corbeau pour le reste de son voyage (le reste de sa vie, songe-t-il, avant de refouler cette idée pathétique, refusant de s'apitoyer sur lui-même). Or, à travers l'histoire, les Corbeaux et les Lakotas n'ont *jamais* été amis. Il sait qu'en pays corbeau, la mauvaise humeur se transformera en animosité ouverte et espère n'être pas obligé de s'y arrêter.

La maussaderie du vendeur n'affecte pas Paha Sapa. Il n'est plus qu'à cinquante kilomètres de sa destination. Il pourra mettre son plan à exécution avant le coucher du soleil. Sans trop savoir pourquoi, il tient à ce qu'il fasse jour.

Mais quelques kilomètres après Busby, le moteur de la Harley se grippe et s'arrête. Paha Sapa se range dans l'herbe rase au bord de la route, il sort le tapis de sol du side-car et démonte lentement le moteur ; il n'est pas pressé, et ce genre de tâches lui rappelle toujours les heures, les nuits et les dimanches qu'il a passés à réparer cette moto en compagnie de Robert.

Les heures passent. Paha Sapa, assis au soleil à côté de la moto grise, dispose les pièces sur la bâche dans un ordre méticuleux, en fonction de leurs relations réciproques : les soupapes d'admission, les culbuteurs, les ressorts délicats, la bougie (relativement neuve), les obturateurs des lumières d'admission, les têtes de cylindres elles-mêmes, et puis l'arbre à cames... rangeant soigneusement chaque pièce, prête à être remise en place les yeux bandés, comme Robert quand il avait appris à démonter et remonter à l'aveugle son fusil à verrou American Enfield modèle 1917 sur le terrain, identifiant chaque élément au toucher aussi facilement que s'il le voyait, veillant à ne pas laisser la poussière s'accumuler sur les pièces huilées et graissées, ou s'insinuer à l'intérieur du mécanisme.

La panne se situe au niveau du cylindre droit du petit moteur de mille centimètres cubes à deux cylindres en V. Le coussinet de la tête de la bielle qui relie le piston au vilebrequin a grillé et s'est brisé en deux.

Paha Sapa soupire. Il a repéré un garage rudimentaire, une ancienne forge, là encore, à côté du bazar encombré et puant de la petite localité de Busby, mais même si le garage était resté un atelier de forgeron, il ne pourrait pas bricoler lui-même sa tête de bielle. Il va avoir besoin d'une pièce de rechange.

Sa carte routière n'indique aucune ville dans la direction qu'il voulait prendre, à l'ouest, en pays corbeau, une région qu'il considère toujours comme hostile. Il remonte donc le moteur, fourre la tête de bielle, le piston et la tige dans un sac qu'il range dans son side-car et pousse sa moto sur six kilomètres pour rejoindre Busby sous une chaleur de plomb, faisant bondir les sauterelles sous ses pas. Deux vieilles guimbardes passent, conduites par des Indiens, mais ils ne s'arrêtent pas pour lui proposer de le faire monter ou de l'aider. Ils voient qu'il n'est pas d'ici.

De retour à Busby – Paha Sapa aperçoit quelques maisons au nord de la grand-route, sans un seul arbre, et devine que la population doit se limiter à une centaine d'âmes –, il découvre que le vieux mécanicien du garage-bazar n'est autre que l'épicier qui lui a vendu à contrecœur de la mortadelle un peu plus tôt. Ce Cheyenne doit avoir près de quatre-vingts ans et reconnaît, interrogé par Paha Sapa, s'appeler John Chouette-Bizarre. Mais il s'empresse d'informer Paha Sapa qu'il ne répondra qu'au nom de M. Chouette-Bizarre. M. Chouette-Bizarre examine les pièces que Paha Sapa a étalées sur le seul endroit à peu près propre de l'établi crasseux du garage et lui annonce d'un ton solennel qu'il a coulé une bielle. Paha Sapa le remercie du diagnostic et lui demande s'il peut se procurer une pièce de rechange et dans quel délai. M. Chouette-Bizarre le fait attendre le temps de conférer avec deux autres vieillards et un adolescent appelés à la rescousse à grands cris.

La situation est simple, conclut enfin M. Chouette-Bizarre. Pour un engin aussi peu courant que cette moto Harley-Davidson J à deux cylindres en V, il est inutile de s'adresser à Garryowen, à l'entrepôt de l'agence corbeau, ou même à Hardin. Il va falloir aller jusqu'à Billings chercher une bielle neuve. Et comme Tommy ne s'y rend que le vendredi matin et qu'on est mardi, il ne faut pas compter l'avoir avant vendredi soir, sans doute vers l'heure du dîner. Or M. Chouette-Bizarre ferme à cinq heures tapantes, tous les jours, sans exception, et n'ouvre jamais ni son bazar ni son garage le samedi et le dimanche, malgré les protestations de beaucoup d'habitants des environs de Busby. Il faudra donc attendre le lundi 7 septembre (puisque Paha Sapa est arrivé le 1er septembre) pour que M. Chouette-Bizarre et le jeune Russel, et peut-être aussi John Faucon-Rouge ici présent, qui a possédé autrefois une motocyclette, puissent commencer la réparation.

Paha Sapa marque qu'il a compris d'une inclinaison de tête.

« Est-ce qu'il y a un bus qui passe par ici ? Je ne vais qu'à une cinquante de kilomètres, sur le champ de bataille de la Little Big Horn.

— Qu'est-ce que vous voulez foutre sur un champ de bataille ? Il n'y a rien là-bas. Même pas un restaurant. »

Paha Sapa sourit comme s'il comprenait parfaitement l'absurdité de son dessein.

« Y a-t-il un bus, monsieur Chouette-Bizarre ? »

Il y en a un. Il fait le trajet de Belle Fourche à Billings et passe tous les samedis. Cependant, il ne s'arrête pas à l'ancien champ de bataille. Pourquoi s'y arrêterait-il ? Mais il prend le courrier au siège de l'agence corbeau, juste au bout de la route du champ de bataille.

« Vous croyez que quelqu'un d'ici aurait envie de gagner un dollar pour me conduire à la Little Big Horn avant samedi ? »

La question provoque une longue et sérieuse délibération mais finalement, les trois vieux décrètent que Tommy Compte-les-Corbeaux est vraiment le seul qui puisse ou risque d'accepter de conduire qui que ce soit au champ de bataille. Encore faudrait-il que cela coïncide avec son déplacement régulier à Hardin et Billings du vendredi, dans trois jours, donc. Tommy ne demandera certainement pas un dollar pour cette course, mais trois, et d'ailleurs M. Cheval-Lent serait-il prêt à vendre sa moto en panne pour... oh, mettons... dix dollars ? Il y a de bonnes chances, de l'avis unanime des Cheyennes du Nord, que la Harley-Davidson ne puisse pas être réparée du tout. Une bielle coulée, c'est tout de même très grave, et qui sait quels dommages elle a déjà causés au reste de ce vieux moteur ? M. Chouette-Bizarre serait prêt à payer dix dollars pour la moto cassée *et* à convaincre Tommy Compte-les-Corbeaux de conduire l'étranger lakota jusqu'à l'agence corbeau pour un seul dollar, au lieu de trois.

Paha Sapa propose de payer trois dollars pour pouvoir utiliser les outils de M. Chouette-Bizarre et louer son garage fermé vendredi soir, quand Tommy Compte-les-Corbeaux sera revenu avec la bielle. M. Chouette-Bizarre estime que trois dollars en échange du prêt de ses outils est un prix correct, mais la location du garage et l'utilisation de ses lampes électriques en coûtera deux de plus.

Impressionné par le talent de négociateur du vieux, Paha Sapa demande :

« Sauriez-vous par hasard, monsieur Chouette-Bizarre, si la Tribu perdue d'Israël ne serait pas passée par ici et ne se serait pas installée dans le Montana, à Busby plus précisément ? »

Les trois vieux et l'adolescent ne comprennent rien à sa question et les regards qu'ils échangent révèlent clairement qu'ils ont déjà conclu que le Sioux qui s'est invité chez eux est fou à lier.

Paha Sapa confirme ce diagnostic en éclatant de rire.

« Peu importe. Je suis d'accord pour payer cinq dollars pour pouvoir me servir des outils, du garage et de l'éclairage vendredi soir. »

La voix sonore et sifflante de M. Chouette-Bizarre rappelle à Paha Sapa les soufflets qui fonctionnaient jadis ici même, quand le garage était encore une forge.

« N'oubliez pas le prix de la bielle elle-même, plus le dollar pour Tommy qui va aller la chercher jusqu'à Billings.

— Bien sûr. Y a-t-il un endroit où je pourrais passer les trois nuits qui nous séparent de vendredi ? »

Le débat entre les trois vieux Cheyennes et le jeune dure nettement moins longtemps que les précédents. Personne à Busby n'acceptera de loger un Sioux, annoncent-ils à Paha Sapa sans ménagement, même s'il paie. Mais M. Chouette-Bizarre lui indique qu'il y a, juste au bout de la route, un ruisseau bordé de peupliers. Si M. Cheval-Lent veut camper là, ce sera gratuit. Mais M. Cheval-Lent doit s'engager à ne pas déféquer et à ne pas pisser dans le ruisseau ni à proximité, parce que, vous savez, les gens de Busby se servent de cette eau.

Paha Sapa s'engage solennellement à s'abstenir de déféquer et de pisser à moins de cinquante mètres du cours d'eau. Il va chercher ses bâches, sa veste, son bidon et son sac diligence de cuir dans le side-car. Passant du côté bazar, il achète à M. Chouette-Bizarre une miche de pain supplémentaire et une lampe torche. Il a remarqué le lit du ruisseau – presque à sec en cette période de l'année – et la rangée de peupliers mourants quand il a franchi le minuscule pont en se dirigeant vers l'ouest, puis quand il est revenu sur ses pas en poussant sa moto un peu plus tôt. L'endroit est à moins d'un kilomètre, et le soleil ne se couchera pas avant plusieurs heures.

En se dirigeant vers l'ouest, vers le soleil déclinant, Paha Sapa se dit que s'il était raisonnable, il continuerait à marcher – à faire du stop s'il trouve quelqu'un qui accepte de le prendre dans la réserve corbeau quand il l'aura rejointe, et sinon, à continuer à marcher, voilà tout. Le champ de bataille n'est qu'à quarante ou cinquante kilomètres. Il peut profiter de la fraîcheur nocturne en prenant garde aux serpents qui sortent pour absorber la chaleur de la terre et des graviers de la route, et être au bord de l'Herbe grasse le lendemain après-midi. Il a parcouru de plus longues distances d'une traite en marchant jour et nuit d'innombrables fois au cours de ses soixante et onze années et dans des conditions bien pires que celles de ce soir, sur une route rectiligne et par un temps clément, tout au début de la Lune des Feuilles brunes.

Mais Paha Sapa ne peut supporter l'idée de laisser la magnifique moto grise avec ses finitions et ses lettres orange à la merci de M. Chouette-Bizarre, de M. Faucon-Rouge et de l'invisible mais menaçant Tommy Compte-les-Corbeaux. Il se demande d'ailleurs si les Corbeaux que Tommy compte sont du genre ailé ou du genre renfrogné de réserve.

De toute façon, tu l'abandonneras quelque part *dans peu de temps,* lui rappelle une partie plus rationnelle et moins sentimentale de son esprit.

Oui, quelque part. Sur le champ de bataille. Et à un endroit de son choix, pas de celui de la bielle coulée. Il est venu jusque ici avec l'engin chéri de Robert, parcourant d'innombrables kilomètres et presque vingt années, et il a bien l'intention de faire le reste du chemin avec elle.

En toute logique, Paha Sapa aurait dû s'impatienter pendant cette attente de trois nuits et trois jours, si près du but, échoué à côté d'une localité du nom de Busby, un village qui existe à peine, mais paradoxalement, il est heureux de disposer de ce répit pour se détendre, réfléchir et lire le long de cette mascarade asséchée de ruisseau. (Le peu d'eau que contient encore son lit s'est rassemblé dans des flaques et des empreintes de sabots – quelqu'un dans le coin élève manifestement du bétail – et de toute évidence, ces rares cercles d'eau brune et stagnante ont déjà reçu plus que leur part d'excréments et d'urine. Bovins, cependant, et non humains, de sorte que Paha Sapa peut comprendre la préoccupation de M. Chouette-Bizarre et des habitants de Busby. Pour se procurer de l'eau potable et préparer son café du matin, Paha Sapa doit retourner à l'épicerie de Busby et remettre à M. Chouette-Bizarre vingt-cinq cents en échange de l'autorisation de remplir ses deux petits bidons à sa pompe.)

Paha Sapa a trouvé un endroit abrité, invisible de la grand-route. Il fixe son tapis de sol et la bâche qui lui sert d'auvent de manière à pouvoir rapidement la rabattre si la pluie arrive (et ses os lui disent qu'elle ne tardera pas). Il vérifie que l'emplacement qu'il a choisi est suffisamment surélevé par rapport au cours d'eau pour lui éviter toute mauvaise surprise si l'averse transforme la ravine en torrent. Tous ceux qui ont passé plus d'une semaine dans l'ouest, se dit-il, prendraient les mêmes précautions.

Cela lui rappelle l'inondation de ce mois d'août 1876, le plus pluvieux de son existence, et ce souvenir fait monter en lui une vague de culpabilité et de vacuité à la pensée la *ptehinčala huhu canunpa*, la pipe d'os de veau de bison, l'objet le plus sacré de son peuple, qu'il a perdue. Le désespoir et la honte sont aussi présents que si ce drame s'était produit la veille.

Et quel sentiment lui inspire son *tout dernier* échec ?

En 1925, sur le conseil de Doane Robinson, il a lu un poème intitulé « The Hollow Men », « Les hommes creux », d'un certain T. S. Eliot. Il se souvient encore des deux derniers vers qui coïncident parfaitement avec son humeur actuelle :

> This is the way the world ends
> Not with a bang but a whimper.
>
> C'est ainsi que finit le monde
> Pas sur un boum, sur un murmure.[1]

1. Traduction de P. Leyris, Le Seuil, 1976.

Doane Robinson lui a expliqué que ce boum et ce murmure faisaient allusion à l'échec de la Conspiration des Poudres de Guy Fawkes, un épisode de l'histoire britannique, dont il ignore la date. (Il imagine soudain la voix de Robert, son ton toujours enthousiaste, sans la moindre pédanterie, chuchoter avec passion : « *Seize cent cinq, Papa. Fawkes et plusieurs de ses amis voulaient faire sauter le Parlement, mais on a découvert les barils de poudre qu'ils avaient cachés dans les caves de la Chambre des Lords avant que Fawkes n'ait pu les faire exploser. Le murmure final, c'est le sien, tu comprends, sous la torture. Il a été condamné à être torturé* et *pendu* et *éviscéré* et *écartelé, d'abord pendu, mais seulement jusqu'à être* presque *mais* pas tout à fait *mort. Il a triché pendant la partie éviscération-encore-vivant en sautant du gibet et en se rompant le cou.*

— *Merci Robert...* »)

Paha Sapa parle tout bas à son fils absent.

« Il me fallait au moins ça pour me remonter le moral. »

Malgré la plaisanterie, il sait qu'il fait désormais partie de ces hommes creux.

Alors qu'il avait tacitement promis à son *tunkašila* bien-aimé de protéger la *ptehinčala huhu canunpa* sacrée au péril même de sa vie, il l'a perdue... en fuyant une poignée de Corbeaux obèses, couverts de puces.

Alors qu'il avait promis à Boite-Beaucoup, à Blaireau-Furieux, à Faucon-à-la-Voix-Puissante et aux autres *wičasa wakan* qu'il reviendrait leur raconter sa Vision, il n'est pas rentré à temps... il n'a même pas pu leur en parler. Jusqu'à ce jour, le seul être vivant auquel il ait révélé les détails de la Vision des géants de pierre *wasichu* a été sa femme.

Alors qu'il avait promis à son épouse bien-aimée, sur son lit de mort, de veiller constamment sur leur fils et de s'occuper de lui, alors qu'il lui avait juré de tout faire pour que Robert soit instruit et connaisse le bonheur dans sa vie d'homme, il l'a laissé s'engager dans l'armée, partir à la guerre et mourir prématurément dans un pays étranger, au milieu d'étrangers, sans avoir exploité ses dons ni son potentiel.

Alors qu'il s'était promis à lui-même d'empêcher les géants de pierre *wasichu* d'accomplir leur destinée, de se dresser sur la terre sacrée des collines Noires et d'exterminer les bisons tout en volant les dieux, le passé et l'avenir des *Ikče Wičaša* et des autres tribus, Paha Sapa a entièrement échoué dans cette mission comme dans toutes les autres. Il n'a même pas été capable de faire sauter quelques maudits rochers.

Mais il n'y a plus rien où il risque d'échouer.

Enfin, presque. Une semaine plus tôt, redoutant un ultime échec, Paha Sapa s'est rendu à Deadwood ; il a acheté des cartouches neuves pour son Colt et en a essayé douze dans un canyon reculé. La poudre elle-même, il le sait, perd de sa force et devient inutilisable avec le temps.

C'est ainsi que finit le monde
Pas sur un boum, sur un murmure.

Il est las de murmurer. Et il est trop tard pour le boum.

Le jeudi soir, il se met à pleuvoir et à midi, l'averse que ses os et ses muscles douloureux avaient annoncée à Paha Sapa tient ses promesses. Il a solidement arrimé ses bâches largement en surplomb de la rive du vieux ruisseau, l'ouverture de l'auvent abritée du vent, la douce géométrie des deux toiles imperméables fixées par des cordes à l'écart des hauts peupliers de Virginie qui pourraient être frappés par la foudre ou laisser tomber des branches mortes à la première bourrasque. Paha Sapa est bien au sec entre ses couvertures tandis que la tempête fait rage toute la nuit.

Il recourt au luxe ultime de la lampe torche qu'il a achetée à M. Chouette-Bizarre – à un prix deux fois plus élevé que celui de n'importe quelle lampe de poche – pour lire *Les Ambassadeurs* d'Henry James. Cela fait près de dix ans que Paha Sapa emprunte régulièrement ce livre à la bibliothèque de Rapid City – obstinément, entre la lecture d'autres ouvrages. Il a beau faire, il est *incapable* d'arriver au bout. Ce n'est pas seulement le sens du livre qui lui échappe, mais celui des *phrases elles-mêmes.* Paha Sapa trouve l'histoire si insignifiante, si ampoulée, si inconsistante et obscure qu'il en est venu à se demander si Henry James a cherché à camoufler l'absence totale d'intrigue derrière ces phrases sinueuses, alambiquées, grammaticalement et syntaxiquement incompréhensibles et ces rafales de mots et de paragraphes sans lien manifeste avec la pensée ou la communication humaines. La volonté de résoudre cette énigme rappelle à Paha Sapa les premières semaines où, l'esprit embrouillé et surmené, il a essayé d'apprendre à lire sous la tutelle des Jésuites de l'école de tente de Deadwood, et plus particulièrement sous l'égide patiente, sans aucune trace d'exaspération, du père Pierre Marie qui

– Paha Sapa en prend conscience avec stupéfaction – n'avait sans doute qu'une vingtaine d'années quand il faisait la classe à Paha Sapa et aux autres élèves.

Mais pourquoi, se demande Paha Sapa alors que l'orage donne l'assaut à sa bâche, s'est-il acharné sur ce roman assommant alors qu'il en a lu tant d'autres avec beaucoup de plaisir ? Il aurait mieux fait de renoncer.

Il se trouve que Robert admirait Henry James et adorait ce livre, alors Paha Sapa s'est obstiné à le sortir de la bibliothèque de Rapid City, le rapportant chaque fois en n'ayant réussi à conquérir que quelques pages. Sa lutte pour achever ce roman lui rappelle ce qu'il a entendu dire des batailles de la Grande Guerre, avant du moins que les Américains (parmi lesquels son fils) n'interviennent, vers la fin : tant d'énergie vitale, tant d'obus d'artillerie sacrifiés pour gagner quelques mètres de terrain boueux !

Mais le vrai problème, pense-t-il en éteignant sa lampe torche (en fait, il pourrait continuer à lire s'il le voulait, tant les éclairs sont nombreux), est qu'il doit rendre le livre à la bibliothèque. En, fait, c'est même la raison pour laquelle il l'a fourré dans son sac. Il n'est pas un voleur.

Il va falloir qu'il trouve quelque part entre ce ruisseau et le champ de bataille de Custer un endroit où acheter une enveloppe et qu'il déniche un bureau de poste. En toute logique, la boutique de M. Chouette-Bizarre devrait remplir ces deux fonctions, isolée dans la prairie comme elle est, mais ce n'est pas le cas. Quand Paha Sapa lui a demandé une grande enveloppe et un timbre, M. Chouette-Bizarre lui a jeté un drôle de regard – un de plus. De toute évidence, il est persuadé que ce Sioux est fou à lier.

Les éclairs se succèdent, le tonnerre gronde, le cours d'eau se remplit, mais Paha Sapa dort au sec, sans rêve, sous son auvent battu par la pluie, d'un sommeil que ne trouble que l'écho des murmures des phrases torturées de James.

Le vendredi matin, l'orage s'est éloigné et le ciel est dégagé, mais l'air est plus vif que d'ordinaire pour un début septembre. Paha Sapa range ses affaires et met les bâches à sécher au soleil pendant qu'il va se promener le long du ruisseau sinueux.

Il constate avec étonnement que plus il vieillit, plus le monde rétrécit. Quand il était petit, avant l'Herbe grasse et les années si difficiles de sa vie, les membres du *tiyospaye* de Blaireau-Furieux avaient parcouru ensemble de vastes étendues, partant du fleuve Missouri pour se rendre à l'est jusqu'au pays de la Grand-Mère, au nord jusqu'aux Grands Tetons et à l'ouest, et puis au sud, le long de la Platte jusqu'aux Rocheuses, au sud encore presque jusqu'à la ville espagnole de Taos, avant de revenir vers l'est en dessinant une large boucle à travers le Kansas et le Nebraska et regagner le cœur du cœur du monde, près des collines Noires.

L'image du *tiyospaye* en mouvement s'impose à l'esprit de Paha Sapa, plusieurs bandes réunies le plus souvent pour des questions de sécurité, les guerriers en tête sur leurs poneys, les vieillards et les femmes à pied, les enfants jouant et s'écartant de part et d'autre du cortège, les travois tirés par les vieux chevaux et par les chiens. Arrivant au sommet d'une colline herbeuse, il leur arrivait souvent d'apercevoir des milliers de bisons déployés sur des kilomètres à la ronde. D'autres fois, ils franchissaient une éminence : une montagne s'élevait sous leurs yeux dans les brumes du lointain et ils savaient que ces sommets, blancs en été, seraient bientôt leur destination. Le monde des *Ikče Wicasa* était sans frontière en ce temps-là...

« C'est parce que vous autres, espèces de Sioux meurtriers, vous aviez tué ou chassé toutes les autres tribus. »

Paha Sapa sursaute. La voix dans sa tête résonne plus fort que jamais.

« *Je croyais que tu étais parti.*

— Où irais-je ? Où irais-je ? Et pourquoi vas-tu là où tu vas ? Tu ne fais pas ça pour moi, j'espère. Le lieu où tu mettras fin à tout cela n'a strictement aucune importance pour moi.

— *Je ne fais rien pour toi, Cheveux-Longs.* »

Le rire exaspérant de Custer se répercute dans sa tête, et Paha Sapa regarde par-dessus son épaule pour s'assurer qu'aucun des Cheyennes du Nord locaux ne peut le surprendre en train de parler tout seul. Seule une vache noire sur une colline voisine l'observe avec cette expression placide, stupide et confiante qu'il faut bien appeler bovine.

« Bien, bien. Nous étions en train de dire que vous autres les Sioux, ces Sioux pacifiques dont les historiens prétendront bientôt, si ce n'est déjà fait, qu'ils ne se battaient que pour défendre leurs terres et leurs familles, faisiez en réalité la guerre à tous les bipèdes. D'ailleurs, vous tuiez tout aussi volontiers tous les quadrupèdes. Votre façon de faire la guerre n'était pas moins aveugle que votre vieille habitude de pousser plusieurs centaines de bisons du haut d'une falaise pour savourer un ou deux foies. »

C'est vrai, songe Paha Sapa. Il ne peut s'empêcher de sourire. L'ennemi des Indiens, *cet* ennemi-là, les connaît – les connaissait – mieux que leurs prétendus amis intellectuels *wasichu.* Tous les printemps, tous les étés, tous les automnes, les guerriers du *tiyospaye* de Blaireau-Furieux se peignaient le corps et le visage et montaient à cheval faire la guerre pour l'unique raison que le temps en était venu. Un Être Humain Libre Naturel de sexe masculin sans ennemi à combattre n'était tout bonnement pas un Être Humain Libre Naturel. Il paraissait parfois indispensable de faire la guerre à d'autres tribus et à des étrangers, mais dans le cas contraire, ce qui n'était pas rare, ils se battaient tout de même. C'était une nécessité en soi. Cela leur permettait d'échapper aux femmes, à leurs caquetages, aux odeurs, aux bruits et à la banalité de la vie au village, dans les tipis, et presque tous les hommes attendaient cette occasion avec impatience. C'était une épreuve de courage, une façon de montrer son aptitude au combat qu'aucune autre activité ne pouvait offrir. Et surtout, bien sûr, c'était follement amusant.

Tout en reconnaissant cette réalité en son for intérieur, Paha Sapa se rend compte que les diatribes de Custer se poursuivent.

« Quand l'armée a convié vos chefs à ce premier pow-wow de paix à Fort Laramie en 1851, vous autres, les Sioux, vous n'aviez à la bouche que cette histoire de territoire prétendument à vous depuis la nuit des temps, alors qu'en réalité, vous veniez de le prendre aux Arikaras, aux Hidatsas, et aux Mandans dans votre périple à l'ouest du Canada et du Minnesota. Vous vous vantiez d'être les maîtres de certaines régions depuis l'éternité, alors qu'en vérité, elles appartenaient encore aux Crows – aux Corbeaux si tu préfères – et aux Pawnees quelques années auparavant. Vous les Sioux, vous avez été une machine d'invasion impitoyable, implacable.

— *Nous n'avons pas pris toute leur terre aux Cheyennes.*

— Ce n'est pas faute d'avoir essayé, mon ami rouge. De plus, vous aimiez faire équipe avec les Cheyennes et avec les Arapahos pour massacrer les Pawnees, les Poncas, les Otos et les Missouris, toutes les tribus plus faibles que vous.

— *Elles étaient faibles. Elles méritaient de mourir ou de perdre leurs terres. C'est ainsi qu'on voyait les choses à l'époque.*

— Et qu'on continue de les voir, Paha Sapa. Du moins chez nous, les Blancs. Pense à ce type, cet Hitler, dont parlait l'article de journal que tu lisais quand nous sommes allés à New York, il y a trois ans. Voilà un homme qui connaît le prix de la faiblesse – de la sienne comme de celle de ses ennemis. Mais ceux que tu appelles les Êtres Humains Libres Naturels n'ont plus les couilles qu'il faut pour vivre et mourir de cette façon-là – par son seul courage, en arrachant ce qu'on veut à ceux qui sont trop faibles pour le garder. Vous êtes tous devenus des Indiens des réserves, des Indiens gras et indolents, affublés de chapeaux de cow-boys, qui travaillent pour les *wasichu* et attendent l'aumône. »

Paha Sapa ne peut rien lui répondre. Il pense aux dizaines d'années pendant lesquelles il a travaillé pour les Preneurs de Graisse. Il pense à Gutzon Borglum, à l'énergie culottée, ambitieuse et agressive qu'il respire par tous les pores de sa peau et que Paha Sapa n'observe plus chez aucun des siens, lui compris.

« Quand Mitchell et Fitzpatrick ont organisé cette première réunion à Fort Laramie en 1851, ils ont eu affaire à des Cheyennes qui avaient tué et scalpé deux Shoshones à qui ils avaient pourtant expressément promis de les laisser passer sains et saufs pour se rendre au Conseil... »

La voix du fantôme lui vrille les tympans comme les foreuses pneumatiques à vapeur que Paha Sapa a entendues presque tous les jours au cours des cinq dernières années.

« Et puis quand Mitchell a voulu calmer les esprits en persuadant les Cheyennes de présenter leurs excuses et de payer aux Shoshones le prix du sang en couteaux, en couvertures, en tabac et en étoffes colorées – que les Cheyennes venaient de recevoir des Blancs en guise de pots-de-vin quelques semaines plus tôt –, les Cheyennes n'ont pas pu s'empêcher d'offenser les Shoshones une fois encore en leur servant du chien bouilli au banquet de paix. »

Paha Sapa sourit malgré lui.

« *C'est vrai, les Shoshones n'ont jamais aimé le chien.*

— Contrairement à toi, n'est-ce pas, mon ami ? »

Paha Sapa se souvient parfaitement des festins de son enfance et du plaisir qu'il éprouvait à enfoncer sa cuiller dans la marmite avec les autres garçons à la recherche de la tête du chien. Un régal. Ce simple souvenir le fait saliver.

« Tu as bouffé le chiot d'un de tes voisins, ces derniers temps, à Keystone, Paha Sapa ?

— *À quoi joues-tu, Cheveux-Longs ? Tu cherches à me mettre en colère ?*

— À quoi bon ? Et que feras-tu si je te provoque ? Tu me tueras ? À propos, pourquoi la Little Big Horn ? Pourquoi pas ici ? Une rivière du Montana en vaut bien une autre, non ? Au moins, la moto servira à quelqu'un. Je trouve ce vieux M. Strange Owl, enfin, Chouette-Bizarre, très sympathique... pour un Cheyenne du Nord, évidemment. Ce vieux salopard cupide était sans doute là, à la Little Big Horn, du temps où il était un jeune salopard cupide, à se battre au côté des tiens et à piller tout ce qu'il pouvait sur les corps mutilés de mes frères, le jour où vous m'avez tous tué. »

Paha Sapa comprend que le fantôme cherche *vraiment* à le mettre en colère. Il ne sait absolument pas pourquoi.

La voix spectrale poursuit.

« J'ai une question à te poser, monsieur Black Hills. Pourquoi vous autres, nobles Êtres Humains Libres Naturels autoproclamés qui considérez que les autres ne sont pas humains du tout, n'avez-vous jamais liquidé – ni même essayé de liquider – les Nez Percés, les Têtes Plates, les Utés, les Crees des Plaines, les Piegans, les Bannocks ou les Pieds Noirs ?

— *La plupart étaient trop loin ou trop haut dans les montagnes – mais nous avons tout de même essayé d'en exterminer certains. Quant aux Pieds Noirs, ils étaient vraiment trop coriaces. C'est un peuple effrayant, Cheveux-Longs. Leurs hommes te tueraient simplement pour pouvoir jouer avec tes dents, ils les font rouler sur une couverture comme des dés, et leurs femmes te couperaient le* ce *et le suspendraient au poteau de leur hutte juste pour amuser les enfants.* »

Le fantôme s'esclaffe.

Paha Sapa rejoint son campement, il replie les bâches sèches, boucle son sac et regagne Busby.

Il est sur la route à minuit.

Le pauvre Tommy-Compte-les-Corbeaux, chargé par M. Chouette-Bizarre de vérifier que Paha Sapa ne volait rien, s'est assoupi à dix heures. Paha Sapa a soigneusement rangé les outils et a laissé le jeune homme endormi, poussant la moto réparée sur une trentaine de mètres avant de la faire démarrer.

En 1916, le phare électrique était une nouveauté sur les motos, et Paha Sapa a réparé mais n'a jamais remplacé la pièce d'origine de l'engin de Robert. Le faisceau tremblote et n'est pas très puissant, même dans le meilleur des cas. Cette nuit, sur la route qui se dirige vers l'ouest, il aurait volontiers éteint le phare pour naviguer au clair de lune, mais un épais nuage s'est glissé dans le ciel et la lumière de la lune est trop diffuse pour éclairer suffisamment. Elle est tout de même suffisante pour permettre à Paha Sapa de remarquer que les maisons corbeaux qui longent la route ne sont guère que des taudis et des cabanes délabrées... assez semblables, songe-t-il, à la majorité des taudis et cabanes délabrées qu'il a vus dans la réserve des

Cheyennes du Nord, ou, il faut bien l'admettre, à Pine Ridge et dans les autres réserves sioux du Dakota du Sud.

« *Cheveux-Longs ? Général ? Tu es encore là ?*

— Tu peux m'appeler colonel. Qu'est-ce que tu veux ? Me dire que les cabanes et les taudis sont vraiment en mauvais état ici, en pays crow ?

— *Non. Je voulais t'expliquer pourquoi je n'ai pas actionné le piston sur le mont Rushmore. Mais ce sont les cabanes qui m'y ont fait penser.*

— Je sais bien pourquoi tu ne l'as pas fait, Paha Sapa. Tu n'en as pas eu le courage. Aurais-tu une autre explication par hasard ?

— *Le cimetière de la réserve de Pine Ridge... celui de l'église et de l'école de la mission épiscopale. Le cimetière où Rain et son père sont enterrés.* »

Le fantôme se tait. Le ronronnement et le bourdonnement du moteur réparé de la Harley-Davidson J, qui tourne à merveille maintenant, sont les seuls bruits qui rompent le silence de la nuit. Il fait frais et Paha Sapa a enfilé la veste de cuir que Robert lui a laissée.

Paha Sapa hésite à poursuivre – ce fantôme ingrat ne mérite pas qu'on bavarde avec lui, et moins encore qu'on lui donne d'explications –, mais au bout d'un moment, il reprend :

« *De temps en temps, des garçons... des hommes aussi, je crois... de la réserve s'introduisaient la nuit dans le cimetière pour y commettre des actes de vandalisme. La plupart des croix et des plaques funéraires étaient en bois, bien sûr, alors ils les démontaient à coups de pied, mais quelques-unes – celle du révérend de Plachette, par exemple – étaient en pierre. Alors les vandales prenaient des pieds de biche ou des maillets pour s'y attaquer, fracassant tout ce qu'ils pouvaient, renversant ce qu'ils ne pouvaient pas fracasser.* »

La voix du fantôme paraît lasse.

« Tu n'as pas voulu être un vandale de cimetière, toi aussi, c'est ça ?

— *Quand j'ai entendu Borglum* et *le Président dire que les têtes du mont Rushmore se dresseraient là durant cent mille ans, j'ai imaginé les fragments vandalisés et brisés des têtes, gisant là pendant toute cette durée. L'idée d'être comme ces vandales qui ravagent le cimetière par pure imbécillité, par frustration, par soif de détruire les souvenirs d'autrui parce qu'ils sont incapables de créer quoi que ce soit par eux-mêmes... je n'ai pas pu supporter ça.*

— Très louable de ta part, Paha Sapa. Tu as donc préféré laisser les géants de pierre *wasichu* assis à califourchon sur tes Paha Sapa sacrées et sur ta prairie plutôt que d'être un vandale.

— *Tes géants de pierre* wasichu *se sont* déjà *dressés et ils ont* déjà *fait ce qu'ils nous ont fait, Cheveux-Longs. Détruire l'œuvre dans laquelle Borglum a mis toute sa vie n'y aurait rien changé. Tu n'as qu'à regarder des deux côtés de la route.* »

Le phare vacille et danse, n'éclairant pas grand-chose. Mais à la lumière de la lune filtrée par les nuages, on distingue d'autres cabanes avec pour tout jardin une étendue de terre piétinée, quelques taudis regroupés composant un village, de la poussière là où poussaient jadis les hautes herbes de la prairie.

« Je sais. Je suis venu dans le coin durant les derniers jours de ma vie, tu t'en souviens ? Je me rappelle que la prairie scintillait après les pluies du matin. Je me rappelle les fleurs qui s'étendaient ici d'un horizon à l'autre, comme les troupeaux de bison. Vous avez toujours été crasseux, vous autres, les Indiens, Paha Sapa. Vos tas d'ordures puaient à trente kilomètres à la ronde. Votre noblesse apparente tenait uniquement au fait que vous ne cessiez de vous déplacer, abandonnant derrière vous vos amas de carcasses de bisons en putréfaction et vos montagnes d'ordures nauséabondes. Et puis nous sommes arrivés, et vous avez commencé à manquer d'espace.

— *Oui.* »

Ce n'est pas la vérité, enfin, ce n'est pas l'entière vérité, mais Paha Sapa est trop fatigué pour discuter.

Il atteint une chaussée en dur avant deux heures du matin ; depuis la route de Busby, il a repéré des panneaux indiquant le champ de bataille, et ils se multiplient à présent en direction du sud, sur cette grand-route asphaltée. Le champ de bataille de Custer est à moins de deux kilomètres au sud. Il devra rebrousser chemin sur deux ou trois kilomètres.

La ville de Garryowen – qui porte sûrement ce nom en hommage à la chanson préférée de Custer et de son régiment – paraît se limiter à deux maisons le long de la chaussée qui se dirige vers le sud, tandis que le lieu qui s'appelle agence corbeau se compose apparemment en tout et pour tout de trois bâtisses au bord de la route qui va vers le nord. Il tourne à droite et parcourt dix-sept kilomètres en direction du nord pour rejoindre la petite ville de Hardin – petite mais suffisamment importante pour abriter un bazar et un bureau de poste. Les pneus de la moto font un bruit bizarre à ses oreilles, ils sifflent et fredonnent sur la chaussée.

Il est déjà presque onze heures quand il retourne sur le champ de bataille.

Craignant de se faire arrêter pour vagabondage à Hardin (Paha Sapa sait que cela peut fort bien arriver à un Indien bizarre qui traîne dans une ville *wasichu* en pleine nuit, même si sa moto est là pour prouver qu'il n'est pas un saisonnier qui vient de sauter d'un train de marchandises et qu'il a les poches pleines d'argent pour étayer ses dires), il était ressorti de la ville après avoir repéré le bazar et la poste dans le noir, était descendu près de la rivière, cherchant un endroit discret à l'abri des saules, et s'était allongé sur sa bâche en attendant le lever du soleil. Pourquoi il tient à accomplir de jour plutôt que dans l'obscurité le geste qui le conduit sur le champ de bataille, voilà qui reste une énigme, même pour lui, mais il a toujours su qu'il n'irait pas là-bas de nuit.

Peut-être, s'était-il dit avec ironie, couché sur le dos à compter les rares étoiles qui daignaient se montrer entre les nuages nonchalants, qu'après tout, cet Indien qui a passé la majeure partie de sa vie à abriter un fantôme venu de ce même champ de bataille a peur des fantômes.

L'aube avait été nuageuse, laiteuse, et l'air beaucoup plus froid que la normale pour un 5 septembre. La bise glaciale avait incité Paha Sapa à sortir un pull-over de son sac diligence et à l'enfiler sous la veste de cuir de Robert, cette merveilleuse veste, usée et patinée. Contrairement au magasin de M. Chouette-Bizarre de Busby, le bazar et la poste de Harding n'étaient pas fermés le samedi, mais la seconde n'ouvrait qu'à neuf heures et demie. Avant de peser, timbrer et tendre *Les Ambassadeurs* de James à l'employé de la poste pour qu'il le réexpédie à la bibliothèque publique de Rapid City, il avait glissé un billet de un dollar à l'intérieur du livre, tout en sachant que l'amende de retard serait largement inférieure à cette somme. Quittant la ville, il s'était soudain rendu compte qu'il mourait de faim. Voyant des Indiens – des Corbeaux avec leurs chapeaux de cow-boys noirs et leur démarche typiquement corbeau, mi cow-boy, mi-canard sur le point de prendre son envol – entrer dans un café de Main Street, Paha Sapa avait rangé sa moto en épi au bord du trottoir, à côté d'une vieille Ford T et d'un certain nombre de camions de fortune appartenant à des fermiers, et était allé prendre un petit déjeuner. Il avait commandé deux œufs au plat, un steak (à point) avec des crêpes, des toasts, un jus d'orange et avait demandé à la serveuse – une Corbeau, elle aussi, mais moins revêche que la plupart de ceux qu'il avait connus – de bien vouloir lui apporter du café et du sirop d'érable à volonté.

« Un repas réconfortant pour un condamné à mort ? »

Paha Sapa avait sursauté en entendant la voix dans son oreille et avait regardé autour de lui. Il n'y avait personne à proximité. Il avait répondu sans remuer les lèvres.

« *Quelque chose de ce genre. J'ai faim.*

— As-tu déjà composé ton Chant de Mort ? »

Une vague de culpabilité s'était abattue sur Paha Sapa. Les guerriers lakotas ne considéraient pas comme une nécessité absolue de chanter leur Chant de Mort quand il leur restait peu de temps pour le faire – et il arrivait que ces chants soient composés par des parents et des amis, et psalmodiés par eux après le décès de l'homme concerné –, mais Paha Sapa n'avait ni parents ni amis lakotas encore vivants, et il avait le sentiment qu'il trahirait Boite-Beaucoup, qui croyait à tout cela, s'il n'essayait pas au moins de le faire. Il s'était souvent demandé si Boite-Beaucoup avait eu le temps d'entonner son propre Chant de Mort avant que les canons Hotchkiss n'ouvrent le feu.

Paha Sapa n'avait pas imaginé de Chant de Mort personnel, et aucune idée ne lui était venue devant ce prodigieux petit déjeuner, le plus copieux qu'il eût mangé depuis des années, et les cinq tasses de café qu'il avait bues. Tout ce qui lui avait traversé l'esprit était une chanson que Boite-Beaucoup lui avait apprise quand il avait neuf ou dix ans :

Wi-Ä‡a-hÄ‡a-la kiÅ<he-ya

pe lo ma-ka kiÅ<le-Ä‡e-la

te-haÅ<-yuÅ<ke-lo e-ha pe-lo

e-haÅ<ke-Ä‡oÅ<wi<-Ä‡a-ya-ka pe-lo

Les vieillards
disent
que la terre
seulement
supporte.
Tu as dit
vrai.
Tu as
raison.

Cela sonnait bien. S'il ne trouvait rien d'autre entre ici et le champ de bataille qui n'était qu'à environ vingt-cinq kilomètres au sud, il pourrait toujours tenter de chanter cela dans les toutes dernières secondes.

Pour le moment, il avait chuchoté au fantôme :

« Pas encore. Mais je trouverai quelque chose. »

Le fantôme lui avait répondu tout bas avec – Paha Sapa le constata avec étonnement – un grand sérieux.

« À part *Garry Owen*, j'ai toujours eu un faible pour *The Girl I Left Behind Me*. J'ai fait jouer cet air par la fanfare du régiment le jour où nous avons quitté Fort Abraham Lincoln pour la dernière fois. Il a toujours fait chialer toutes les épouses venues faire leurs adieux, et certains hommes aussi.

— *Mettons les choses au clair, Cheveux-Longs. Tu veux que je chante* The Girl I Left Behind Me *comme Chant de Mort ?*

— Pourquoi pas ? Cette chanson s'applique assez bien à nous deux, encore que dans ton cas, ce soit Rain qui t'ait laissé derrière elle. Moi, j'ai laissé Libbie – nous savions l'un comme l'autre que cela risquait d'arriver, mais je crois qu'aucun de nous n'y croyait vraiment –, mais elle ne m'a jamais abandonné. Toutes ces années, veuve et solitaire... »

Ce petit déjeuner géant – le meilleur indéniablement qu'il ait mangé depuis la mort de Rain – avait mis Paha Sapa de bonne humeur et il n'avait pas envie que des pensées moroses, les siennes ou celles du fantôme, viennent la gâcher.

« *Le problème, vois-tu, c'est que je n'ai pas de fanfare avec moi aujourd'hui, alors je crois que tu vas devoir renoncer à* The Girl I Left Behind Me. »

Puis, sans réfléchir, il chuchota :

« Tu as peur, Cheveux-Longs ? »

Paha Sapa s'attendait à entendre le rire espiègle tellement agaçant, mais le fantôme répondit gravement.

« De la balle dans le cerveau... dans *ton* cerveau... non. Pas du tout. Mais puisque tu me poses la question, ce dont j'ai peur, c'est que cette balle magique de 45 mette définitivement fin à *tes* souffrances, mais ne *me* tue pas – après tout, je ne suis qu'un fantôme. Imagine que je sois encore conscient, que je pense encore, que je perçoive encore, à travers ce qui restera de *tes* sens, après qu'ils auront enterré ton corps mort et en voie de putréfaction... tout au fond, dans l'obscurité de la terre, avec les vers, tout le temps que les vestiges de ton cerveau mettront à disparaître et...

— *Très bien, très bien. Veux-tu que je laisse un message demandant que ma dépouille soit incinérée ?* »

Paha Sapa plaisantait, bien que cette profusion d'images crues lui eût inspiré un certain malaise, mais de toute évidence, le fantôme de Cheveux-Longs l'avait pris au sérieux.

« J'apprécierais beaucoup cette faveur, mon ami. »

Paha Sapa avait secoué la tête, noté que les clients des boxes avaient remarqué cette fois qu'il parlait tout bas, laissé un très gros pourboire, réglé sa note et s'était rendu aux toilettes – la première installation sanitaire intérieure qu'il ait eue à sa disposition depuis bien des semaines (sa cabane de Keystone avait des toilettes extérieures), un luxe rare.

« Une bonne défécation pour le condamné à mort.

— *Oh, je t'en* prie, *ferme-la. Je t'en conjure.* »

Paha Sapa s'était fait la réflexion qu'il n'avait encore jamais prononcé le mot *conjure* à haute voix, et s'était senti ridicule. Mais le fantôme du général (colonel lors de sa mort) George Armstrong Custer s'était tu assez longtemps pour que Paha Sapa puisse savourer le miracle de ces sanitaires intérieurs.

Les toilettes étaient d'une propreté irréprochable.

Le soleil est déjà haut quand il quitte la Highway 87 – une grand-route moderne à deux voies chargée de camions et de voitures de couleurs sombres – pour reprendre la chaussée de gravier qu'il avait empruntée depuis Busby. L'entrée du parc du champ de bataille se trouve sur la droite de cette petite route. Une sorte de barrière marque l'entrée du parc, ou du site commémoratif, il ne sait pas trop comment on l'appelle, mais il n'y a personne, au grand soulagement de Paha Sapa. Ce copieux petit déjeuner lui a coûté une grande partie des économies de toute sa vie.

Assis sur la moto de son fils, Paha Sapa suit l'étroite bande de route qui longe la crête où Custer est mort. Il ne reconnaît presque rien. L'Herbe grasse – que les *wasichu* appellent toujours la Little Big Horn – coule en contrebas, et il distingue les peupliers de Virginie géants à l'endroit où les centaines de huttes des Sioux et des Cheyennes s'étiraient à perte de vue autour du coude de la vallée, vers le sud.

Le silence que le fantôme s'est imposé n'a pas duré longtemps.

« Il me reste un regret tout de même.

— *À part celui de t'être fait tuer avec un bon tiers de ton régiment ?* »

Paha Sapa se reproche immédiatement cette pensée. La partie est trop avancée maintenant, comme diraient les ouvriers joueurs de base-ball du mont Rushmore, pour les railleries mesquines.

Mais le fantôme paraît n'avoir pas entendu.

« Je regrette de n'avoir jamais eu l'occasion de conduire cette moto que vous avez réparée, ton fils et toi. Je suis monté sur une bicyclette un jour, mais ce n'est pas pareil. »

Paha Sapa étouffe un petit rire.

« *Je vois bien tout le 7e de cavalerie sur des Harley-Davidson.*

— Il nous aurait fallu des vestes de cuir. Et de nouveaux insignes.

— *Pourquoi pas des têtes de mort ?* »

Ils arrivent à un endroit qu'un petit panneau désigne comme la COLLINE DU DERNIER COMBAT. Paha Sapa arrête la moto et s'apprête à prendre son sac, avant de se raviser. Il a rangé le Colt dans un sac de toile muni d'une bandoulière, mais après mûre réflexion il le laisse dans son sac diligence. Ce n'est pas le bon endroit. Trois autres voitures sont garées là : deux vieilles Ford et une Chevrolet plus luxueuse. Il distingue quelques personnes en tenue estivale qui se déplacent au milieu des croix et des pierres tombales blanches dressées sur le versant herbeux.

Paha Sapa s'arrête devant un monument de pierre érigé peu après la bataille. Les noms des morts du 7e de cavalerie ont été gravés sur une plaque de bronze que l'âge et les mains qui s'y sont posées ont patinée.

« Alors comme ça, on fait du tourisme, monsieur Paha Sapa ?

— *Je pensais que tu aurais peut-être envie de voir l'endroit où tu es tombé.*

— Pas particulièrement, non. De toute façon, mes os ne sont pas enterrés ici. Ils m'ont transféré à West Point. La dépouille de Libbie y est inhumée à mes côtés. »

Paha Sapa parcourt le coteau du regard, laissant le fantôme qui l'habite voir à travers ses yeux. Les pierres tombales, dont certaines anonymes, ont été disposées à l'endroit où les corps mutilés des soldats ont été trouvés ; on les a enterrés là où ils étaient tombés.

Pourquoi a-t-il gravi ce jour-là le goulet menant au promontoire ? Il ne le sait plus vraiment. Pour compter le coup ? Ce n'était pourtant pas le genre de chose qui intéressait un jeune *wikaša wakan* en herbe... théoriquement, du moins.

Paha Sapa rejoint la moto et longe le sommet de la crête en direction du sud, sur une route de gravier à peine plus large qu'un sentier pédestre. Il n'y plus de voiture au-delà de la colline de la Dernière Bataille. En dix minutes, la moto qui roule au ralenti parcourt les cinq ou six kilomètres qui séparaient Custer et ses hommes du reste du 7e de cavalerie – et des secours. Mais Reno et Benteen ne sont pas venus à sa rescousse, Paha Sapa le sait ; ils se sont contentés d'écouter la fusillade qui se poursuivait, encore et encore, du côté du nord, avant que le silence, un silence terrifiant, ne se fasse. Ils avaient d'autres chats à fouetter.

Au bord d'un sentier, un petit panonceau porte ces mots : TENTATI DE WEIR POU SA VER C TER. Quelqu'un a supprimé les lettres manquantes en tirant dessus au fusil. Paha Sapa gagne une zone de parking recouverte de gravier où il découvre un panneau, intact celui-là, qui annonce : MONUMENT ET CHAMP DE BATAILLE DE RENO ET BENTEEN.

Le chuchotement du fantôme est presque inaudible, bien qu'il vienne de l'intérieur de la tête de Paha Sapa.

« Libbie s'est battue jusqu'à sa mort pour empêcher qu'on érige un monument en l'honneur de Reno, et même que son nom soit mentionné en un lieu quelconque de ce champ de bataille. Mais ils se sont empressés de lui en construire un dès qu'elle a été morte.

— *Ça t'ennuie ?*

— Non. »

Cette fois, Paha Sapa laisse le sac diligence dans le side-car, mais il prend le sac de toile, glissant aisément la lanière autour de son épaule. Le sac contient du pain, de la mortadelle et le Colt chargé.

Il traverse la couronne ocre de la colline, en direction des falaises et de la vallée.

« Tu souffres atrocement, n'est-ce pas, Collines-Noires ? »

Paha Sapa hésite à répondre, mais après tout, quel tort cela peut-il faire ?

« *Oui. Ce fichu cancer ne me lâche pas aujourd'hui.*

— Est-ce que... est-ce que tu ferais... ce que tu vas faire... simplement à cause du cancer ? Je veux dire... Si tu n'avais pas renoncé à ton projet au mont Rushmore ? »

Cette fois, Paha Sapa ne répond pas, mais c'est parce qu'il en est incapable. Il espère que la souffrance et la maladie n'auraient pas suffi à le conduire ici. Il ne le saura jamais, et cela le préoccupe un peu.

Arrivé hors de vue du parking, il trouve un endroit moelleux où s'asseoir. Les herbes lui montent presque jusqu'aux épaules. Les nuages commencent à se dissiper, laissant quelques taches de soleil caresser les collines moutonneuses et la vallée incurvée, en contrebas. Partout, les herbes frémissent, languides, captives du vent.

« La colline de Benteen et de Reno était bien plus favorable », observe le fantôme d'un ton calme, froid, plus professionnel que nostalgique ou envieux. « J'aurais pu tenir ici toute la journée et toute la nuit avec mes hommes... si j'avais eu *ce* sommet.

— *Quelle importance ?* »

Il perçoit le très faible écho d'un rire attristé. C'est comme si le fantôme le quittait déjà. Mais pas encore tout à fait.

« Paha Sapa, tu as vu ces corbeaux ? Ils nous ont suivis jusqu'au bout de la route. Tout le long du chemin. »

Paha Sapa les a remarqués, et il les aperçoit encore, perchés à une vingtaine de mètres, sur le barreau d'une vieille palissade fendue qui rejoint le parking, dessinant peut-être les limites du parking. Les deux corbeaux l'observent. *Les* observent.

Cela ne lui plait pas. Cela ne plairait à personne. Les corbeaux sont des symboles de mort pour les Lakotas, mais après tout, on raconte tant de choses, dans une légende ou une autre... Certains disent que ce sont les corbeaux qui emportent le *wanagi* des défunts jusqu'à la Voie lactée pour qu'ils y entreprennent leur voyage-esprit. D'autres, dont Boite-Beaucoup, ne le croyaient pas.

Il essaie de se rappeler comment on dit « corbeau » en lakota. Est-ce *kagi taka* ou *kangi* ? Il ne s'en souvient pas. Il a oublié sa propre langue.

Peu importe désormais.

Paha Sapa s'assied en tailleur dans l'herbe et sort le lourd revolver du sac. Il en émane une odeur de graisse et de métal chaud. Il a laissé une chambre vide, sous le percuteur, pour ne pas risquer de se tirer accidentellement dans le pied – un conseil d'un éclaireur du 7e de cavalerie mort depuis plus de cinquante-cinq ans –, mais une chambre chargée se met en place quand il repousse le chien.

Il a décidé de ne pas s'éterniser. Pas de Chant de la Mort ou autre fadaise. Pas de cérémonie. Il a choisi la tempe droite et y appuie la gueule du revolver.

« Attends. Tu m'avais promis... l'incinération. »

Paha Sapa baisse très légèrement le colt.

« *J'ai écrit une note. Sur une serviette en papier. Dans les toilettes du café.*

— Je ne te crois pas.

— *Où étais-tu ? Tu dormais ?*

— Je ne prête pas attention à tout ce que tu fais, tu sais. Surtout en des moments pareils. Où est le message ? Tu es sûr qu'on le trouvera ?

— *Dans la poche de ma chemise. Pourrais-tu la boucler un moment,* s'il te plaît ? *Juste une minute.*

— Montre-moi le billet. »

Paha Sapa soupire – il est vraiment agacé – et baisse prudemment le chien. Il sort la serviette de sa poche et la place sous ses propres yeux, tout en pensant que Custer aura été un emmerdeur jusqu'à la dernière seconde de son existence injustement prolongée. Le message au crayon commence par « Mes dernières volontés » et ne fait qu'une phrase.

« *Satisfait ?*

— Tu as fait une faute à *restes.* Tu as écrit *raistes.* C'est *e,* pas *ai.*

— *Veux-tu que je retourne au café redemander le crayon que j'ai emprunté à la serveuse ?*

— Non.

— *Adieu, Cheveux-Longs.*

— Adieu, Paha Sapa. »

Paha Sapa lève le revolver, repousse le chien et pose le doigt sur la détente. Le soleil est chaud sur son visage. Il inspire profondément, tristement.

« Monsieur Slow Horse ! »

Ce n'est pas le fantôme ; c'est une voix de femme. Paha Sapa est tellement surpris qu'il a failli lâcher la détente par mégarde. Baissant le chien armé, puis le pistolet, et regardant par-dessus son épaule, il voit deux femmes s'avancer vers lui à travers les hautes herbes.

Il leur tournait presque le dos, et elles n'ont probablement pas vu l'arme. Il la glisse précipitamment dans le sac de toile et se relève maladroitement. Tout son corps hurle de douleur.

« Monsieur Slow Horse ! C'est bien vous, n'est-ce pas ? La moto était à Robert, je la reconnais. J'ai vu sa photo je ne sais combien de fois. Il me l'a donnée. Il m'a aussi montré votre portrait, mais il ne me l'a pas laissé. »

Les femmes sont vêtues de robes luxueuses, du dernier chic, et de chapeaux à large bord. La plus âgée doit approcher de la quarantaine et elle a un accent qui paraît français aux oreilles de Paha Sapa. La plus jeune, qui ressemble un peu à son aînée, ne doit pas avoir plus de dix-sept ou dix-huit ans. Ses yeux étincelants sont couleur noisette.

Paha Sapa ne sait plus où il en est. Se retournant, il distingue une longue conduite intérieure aux lignes pures, une Pierce-Arrow 1928, arrêtée au bord de la route. Le vent a chassé les nuages et le soleil transforme la luxueuse automobile blanche en un objet d'une beauté trop éblouissante pour ce monde. Un moustachu se tient près de la voiture et Paha Sapa comprend, hébété, qu'il s'agit d'un chauffeur.

La plus âgée des femmes parle encore.

« ... si bien que nous ne sommes arrivées qu'hier au mont Rushmore. M. Borglum s'est montré fort aimable, il était sincèrement désolé que nous vous ayons manqué. Toutes nos lettres, tous nos télégrammes s'étaient perdus, voyez-vous, parce que nous avons cherché à vous joindre sous le nom de William Slow Horse de Plachette et à l'adresse de Keystone que Robert nous avait indiquée dans son délire. Toutes les lettres nous ont été retournées avec la mention "destinataire inconnu". Nous avons même écrit à la mission de la Réserve de Pine Ridge. M. Borglum nous a assurées que nous vous trouverions ici, sur le champ de bataille de Custer, alors j'ai demandé à Roger de filer comme l'éclair, et nous voici et... oh ! mais pardon, vous êtes bien M. William Slow Horse ? Paha Sapa, pour vos amis et votre famille ? »

Il reste bouche bée, il les regarde bêtement. Le Colt pesant git à ses pieds dans son linceul de toile. Il arrive finalement à émettre quelques sons qui ressemblent vaguement à un langage humain.

« Borglum ? Mais Borglum ne savait pas où j'allais. Borglum n'a pas pu vous dire... Personne ne savait où je... »

Il s'interrompt, alors que les paroles de la femme commencent à s'imposer à son esprit.

Sa voix, marquée par un accent prononcé, est presque musicale.

« Si, si. Il n'avait pas le moindre doute sur votre destination... on dit bien "destination" ? Il nous a même annoncé que vous seriez sur cette deuxième colline, pas sur la première, celle du grand monument. »

Paha Sapa passe sa langue sur ses lèvres. Il est incapable de détacher son regard des visages des deux femmes. Sur la barrière, loin derrière lui, un des corbeaux croasse d'un ton accusateur.

« Je suis navré, madame. Vraiment... confus. Comment avez-vous dit que vous vous appelez ? Ai-je bien compris ? Vous avez connu mon fils ? »

La femme rougit et, l'espace d'une seconde, semble furieuse contre elle-même. Ou au bord des larmes.

« Pardon. Bien sûr. Vous n'avez jamais reçu mes lettres... nous le savons maintenant. Ni les télégrammes de ces derniers mois. »

Elle lui tend la main. Elle ne porte pas de gants.

« Je suis Mme Renée Zigmond Adler de Plachette. Votre... comment dit-on en anglais ? Oui. Votre bru. J'ai épousé Robert en novembre 1918... Le 14 novembre, pour être exacte. Mon père, M. Vanden Daaelen Adler, de Belgique, n'approuvait évidemment pas tout à fait ce mariage parce que Robert était... »

Elle s'interrompt. Paha Sapa lui souffle.

« Indien ? »

Mme Renée Zigmond Adler de Plachette étouffe un petit rire.

« Non, bien sûr que non, ce n'était pas un problème. Pas du tout. C'est parce qu'il était... je ne trouve pas le mot en anglais... un gentil. Oui, un gentil. Nous sommes juifs, voyez-vous, une des plus vieilles familles de diamantaires juifs de Belgique. Mais ces dernières années... Vous avez certainement suivi l'évolution de la situation en Allemagne et en Europe, Herr Hitler, et tout ça... alors père a décidé de transférer ses affaires et toute notre famille à Denver et à New York. À Denver, voyez-vous, parce que le fiancé de Flora, Maurice, a toujours rêvé de créer – comment dit-on ? – un ranch de bovins, et à New York bien sûr à cause du commerce de diamants de mon père, puisqu'il était, s'il n'est pas présomptueux de l'affirmer, le plus grand tailleur et marchand de diamants de Belgique. Il espère se faire la même réputation ici, en Amérique. Nous sommes venues un peu à l'avance, Flora et moi, pour... Oh ! mon Dieu ! Oh, là là ! »

Elle pose ses mains sur ses joues.

« J'avais tellement hâte de vous voir, cher monsieur Slow Horse. Je bavarde, je bavarde comme... comment dites-vous ? Un moulin à paroles. Et avec cela, je n'ai même pas pris la peine de vous présenter... Flora, ma chérie, je te demande de m'excuser toi aussi. »

Elle parle à toute allure en français ou en belge à la jeune femme silencieuse, dont les yeux noisette rappellent à Paha Sapa tant de souvenirs, puis se retourne vers lui. Il est ahuri, abasourdi.

« Monsieur Slow Horse, puis-je vous présenter notre fille, à mon cher Robert et moi, votre petite-fille, Mlle Flora Daelen de Plachette ? Son fiancé est resté à Bruxelles pour aider mon père à régler ses affaires, mais il devrait nous rejoindre le mois prochain à... »

La jeune femme lui a tendu la main, et tous les sons s'évanouissent. Paha Sapa a les yeux rivés sur cette main. La forme, le dessin, la longueur et la délicatesse des doigts pâles – et jusqu'aux ongles légèrement rongés – lui sont si familiers que le cœur du vieil homme se serre douloureusement.

Il prend sa main, cette main, *sa* main, dans la sienne.

Et c'est comme s'il avait pressé sur la détente.

Des lumières éclatantes explosent dans son crâne. Un éclair final aveuglant, le terrible sentiment que toutes les barrières s'écroulent, une impression de flux et de reflux, un terrible tsunami sonore qui engloutit toute pensée, toute sensation. Il bascule en avant devant les femmes stupéfaites... il tombe... il tombe... il s'éteint... il est parti.

25

Il entend les battements d'ailes des corbeaux et sent les serres s'agripper autour de son moi-esprit, son *nagi*, au moment où l'un des oiseaux l'arrache et l'emporte dans les airs, avec ce qui reste de lui, loin de la terre où croissent les hautes herbes.

La première réaction de l'esprit de Paha Sapa est la colère. Il a fini par ne plus croire à la poursuite de l'existence après la mort et, découvrant qu'il s'est trompé – tandis que le corbeau s'élève plus haut, toujours plus haut, au côté de son compagnon, tenant solidement le *nagi* de Paha Sapa dans ses serres et se dirigeant vers les nuages, vers le ciel, vers la Voie lactée où l'esprit de Paha Sapa devra déambuler pour l'éternité –, il se rend compte qu'il n'a aucune envie de marcher dans la Voie lactée, ni même d'y retrouver ses ancêtres. Il a envie de rester sur cette Terre couverte de hautes herbes et de parler avec cette dame qui prétend être sa bru, l'épouse de son fils disparu, et avec cette jeune femme qui ressemble tant à sa Rain bien-aimée qu'en la voyant, son cœur en a été aussi affreusement lacéré que si une flèche barbelée l'avait percé.

Paha Sapa constate soudain qu'il voit, mais pas de ses propres yeux. Il est emporté par le corbeau, il *est* le corbeau.

C'est une expérience nouvelle, terrifiante. Paha Sapa s'est déjà envolé par magie, mais il s'est toujours élevé progressivement – prenant de l'altitude comme un ballon, les bras en croix, quand il était petit garçon, soulevé dans la paume géante d'un des Six Grands-Pères, flottant dans l'air à l'intérieur de la nacelle magique de la superbe roue de M. Ferris – et ce déplacement rapide à grand renfort de battements d'ailes, cette traversée vertigineuse des nuées lui coupe le souffle.

Le corbeau regarde au-dessous de lui et Paha Sapa voit le champ de bataille qui s'éloigne, de plus en plus loin, de plus en plus bas. La Pierce-Arrow blanche est si minuscule qu'on croirait un os blanc posé dans l'herbe.

Il aurait aimé voir de plus près cette Pierce-Arrow 1928, peut-être même la conduire. Tout en se dirigeant vers l'au-delà à travers le ciel, Paha Sapa songe que la famille de sa bru belge doit être bien riche pour pouvoir se payer une aussi belle voiture.

Le corbeau tourne la tête vers la gauche, et Paha Sapa voit son compagnon qui vole à côté d'eux, ses plumes si noires qu'elles semblent absorber la lumière du soleil, ses ailes fouettant l'air d'un mouvement régulier de ses muscles puissants. L'œil de l'autre oiseau n'a pas du tout l'air humain : il est parfaitement circulaire, entouré de petits grains blancs musculeux qui rappellent à Paha Sapa les pierres sacrées des ruisseaux, les *sintkala waksu*, qu'il avait cherchées pour sa cérémonie, dans la loge de sudation, pendant son *hanblečeya*, et cet œil rond est d'une couleur ambre inhumaine, celle d'un prédateur, plus proche du regard d'un loup que d'un être humain. Mais derrière ce regard impitoyable, Paha Sapa entraperçoit, l'espace d'une seconde, le bleu dansant des yeux étincelants de Cheveux Longs – ces yeux bleus dans lesquels le jeune Paha Sapa a plongé le regard, soixante ans plus tôt, à la seconde même de la mort de Custer. Le *nagi* de Cheveux-Longs, son moi-esprit, a donc été transporté dans les airs, lui aussi.

Paha Sapa voudrait crier au corbeau qui porte Custer : Je t'avais bien dit que tu étais un fantôme, mais son moi-esprit n'a pas de voix.

Pourtant, l'œil bleu humain qui scintille derrière l'œil rond de l'oiseau semble faire signe à Paha Sapa en un ultime adieu perplexe, juste avant que le corbeau ne change de trajectoire pour filer vers le nord, tandis que Paha Sapa poursuit sa route vers l'est, obliquant légèrement au sud. Quel que soit le destin de Cheveux-Longs maintenant que ıa libération d'une vraie mort lui est enfin accordée – et Paha Sapa ne peut qu'espérer qu'il retrouvera Libbie –, ce destin se situe ailleurs et Paha Sapa ne le connaîtra jamais.

Le corbeau de Paha Sapa monte, monte, monte encore, jusqu'à ce que l'horizon s'incurve aux deux extrémités et que le ciel d'un bleu limpide au-dessus des nuages devienne presque noir. Les étoiles surgissent au firmament.

Mais voilà que le corbeau interrompt son ascension. Ils ne rejoignent pas la Voie lactée. Pas encore.

L'oiseau baisse les yeux et c'est sans étonnement que Paha Sapa découvre les collines Noires, sombres au milieu de leur ceinture de muscle cardiaque, de leur gangue de roche rouge, minuscule îlot dans l'océan infini d'herbes brunes automnales. *Wamakaognaka e'cantge* – le cœur de tout ce qui est.

Il constate avec surprise que le corbeau redescend.

Et il est tout aussi surpris de voir qu'une vaste mer entoure à nouveau les collines Noires, dissimulant toute trace de terre sous ses vagues. Il se demande si son châtiment sera de revoir les géants de pierre *wasichu* surgir des collines Noires pour exterminer les bisons et le mode de vie de son peuple.

Non.

Il n'entend pas de voix dans sa tête cette fois, aucun Grand-Père ne lui parle, mais il comprend soudain que les grandes eaux qu'il aperçoit, éclairées par le faisceau lumineux éclatant de *Wakan Tanka*, sont les marées du temps.

Le corbeau replie ses ailes et plonge, se muant dans l'horreur gracieuse de ce mouvement antique en prédateur ultime fondant sur sa victime encore invisible mais déjà condamnée, sans échappatoire ni espoir. Puis l'oiseau aux ailes toujours couchées contre son corps d'ébène, s'enfonce, bec en avant et sans ciller dans les eaux de la marée du temps. L'eau est froide comme l'enfer.

En un instant, les eaux ont disparu. Le ciel est bleu, sans un nuage. Le corbeau vole régulièrement, fermement, à quelque trois cents mètres au-dessus de la terre. Mais tout est... différent.

Paha Sapa distingue devant lui, sur la gauche, *Matho Paha*, la butte de l'Ours, mais son aspect n'est plus le même. C'est, lui rappelle la voix aiguë, heureuse de son fils, une *laccolithe*, une masse intrusive de roches ignées qui a soulevé les strates sédimentaires plus anciennes largement érodées, une poussée de magma s'introduisant de force dans la croûte rocheuse plus froide, au cours de l'Éocène. Paha Sapa n'a pas la moindre idée des dates de l'Éocène, mais il se souvient parfaitement que Robert lui a expliqué que la butte de l'Ours a la même histoire géologique que la tour du Diable dans le Wyoming, et que les collines Noires elles-mêmes.

Mais voilà que la butte se dresse dans un paysage métamorphosé.

La non-voix de son esprit informe Paha Sapa qu'il contemple ses collines Noires et ses grandes plaines bien-aimées à un moment situé entre onze et treize mille ans avant sa propre naissance. C'est la fin de l'été, le début de l'automne, mais l'air est plus frais et, le corbeau ayant perdu de l'altitude,

Paha Sapa constate que les Grands Tetons et les Rocheuses, à l'ouest, sont couverts d'un tapis de neige continu. Ces sommets n'en portent pas d'ordinaire à la fin d'août ou au début de septembre, sinon d'infimes vestiges peut-être ; or ils dessinent à présent un mur blanc qui s'élève à l'ouest.

D'autres anomalies subtiles se révèlent au regard averti de Paha Sapa. Les arbres qui poussent dans les plaines et sur les contreforts sont trop nombreux, et certains appartiennent à de grandes espèces de pins et de sapins que l'on ne rencontre pas aux environs de la butte de l'Ours.

Les herbes de la prairie sont plus hautes et plus vertes que Paha Sapa n'en a jamais vu, même au printemps, et plus encore à la fin de l'automne. Nulle part, les bêtes ne les ont rasées.

Le corbeau franchit une rivière, et Paha Sapa remarque immédiatement qu'il y a beaucoup trop d'eau pour cette période de l'année et qu'elle est d'un bleu laiteux, remplie de fines particules de poussière venant des restes de glaciers, à l'ouest et au nord.

Des glaciers.

Le corbeau bat des ailes, volant à une vitesse prodigieuse, montant puis descendant en flèche, et l'esprit de Paha Sapa prend son essor avec lui.

Les animaux !

Dans les plaines, les bisons paissent par millions en compagnie d'antilopes et de cerfs, mais ce ne sont pas les seuls herbivores. Les bisons eux-mêmes ont l'air plus massifs, leurs cornes plus longues, mais tout près d'eux, Paha Sapa distingue des minuscules chevaux couleur de cuir brut, tels qu'il n'en a jamais vus. Ce ne sont pas des troupeaux bien entretenus comme ceux de son enfance, ni des descendants des chevaux qui ont échappé aux Espagnols un siècle ou deux auparavant. Ce sont des chevaux plus petits, plus sauvages, d'apparence étrange, qui vivaient là entre onze et treize mille ans avant lui.

Et voilà qu'approche, se déplaçant entre les troupeaux de bisons et les bandes moins nombreuses de chevaux sauvages, une colonne d'éléphants.

Des éléphants !

Le corbeau dessine des cercles gracieux à une trentaine de mètres seulement au-dessus de la famille de pachydermes. Ce ne sont pas des éléphants de cirque, mais des sortes de mammouth, moins laineux cependant que ceux dont Paha Sapa a vu des reconstitutions illustrées et des ossements avec Rain à l'Exposition universelle de Chicago. Leurs oreilles lui semblent relativement petites, mais les défenses des mâles sont longues et incurvées. Un bébé éléphant qui ne fait pas plus de deux mètres au garrot – comment appelle-t-on un bébé éléphant ? – s'accroche à la queue de sa mère, tandis que les géants marchent pesamment dans la tourbe élastique. Tout près d'un cours d'eau, le mâle de tête barrit et quelque part, dans les profondeurs des forêts de pins qui s'étendent de l'autre côté de la rivière, un autre mammouth lui répond.

Un lion rugit. Au loin, des loups hurlent.

Si Paha Sapa avait conservé son enveloppe charnelle, il pleurerait.

Une troupe de lions, à demi dissimulés par des feuillages bas, paressent au bord de l'eau. Ce sont... des lions, tout simplement... comme on pourrait en voir au zoo de Denver, mais si différents en même temps. Libres, majestueux, sereins dans un environnement préservé. Une lionne chasse, s'avançant précautionneusement vers de petits groupes d'antilopes et de chevaux qui s'abreuvent à la rivière.

Une ombre passe au-dessus du corbeau – de *son* corbeau – et l'oiseau noir s'éloigne en virant sur l'aile, effarouché. C'est un énorme aigle chauve qui, haut dans le ciel, dessine des cercles en observant les lions, dans la plaine. Paha Sapa s'interroge – un aigle, même de cette taille, aurait-il l'audace d'essayer d'arracher fût-ce le plus petit des lionceaux à la surveillance vigilante de ses parents ?

Il a vécu d'assez longues années pour savoir que tout ce qui mange de la chair tuera et dévorera, s'il le peut, n'importe quelle autre créature vivante. Et parfois, Paha Sapa ne l'ignore pas, il arrive même aux oiseaux et aux grands carnivores de tuer par plaisir plus que par faim.

Paha Sapa aperçoit d'autres animaux qu'il est incapable d'identifier – une créature qui a l'allure d'un chameau à très long cou ; et puis une autre bête, à pattes épaisses, dotée elle aussi d'un long cou surmonté d'une petite tête, presque aussi grande qu'un petit bison, qui traverse les broussailles en direction des arbres avec la lenteur comique d'un paresseux.

Paha Sapa voudrait pouvoir se dire qu'il rêve, mais ce n'est pas un songe, il ne le sait que trop bien. Les chameaux, les paresseux, les troupeaux d'étranges chevaux miniatures, les mammouths pesants, ainsi que les lions, les jaguars à l'affût et les grizzlis géants sont tous parfaitement réels dans ce monde du passé. C'est une Vision, mais ce n'est pas un rêve.

Alerté peut-être par la présence de l'aigle, son corbeau se dirige vers le sud, dépassant la butte de l'Ours en direction des collines Noires, montant toujours plus haut. Le mont Rushmore n'existe pas. La montagne des Six Grands-Pères est intacte, inviolée.

Mais avant que le corbeau ne quitte la prairie et les plaines, la forêt et la rivière, Paha Sapa a aperçu une dernière chose étrange – un petit groupe d'êtres humains venant du nord. Ils ne ressemblent pas aux *Ikče Wičaša* ni à toute tribu ou bande qu'il pourrait reconnaître : le visage velu, ils sont vêtus de peaux de bêtes épaisses et grossières et portent des lances beaucoup plus rudimentaires que n'en fabriqueraient les Indiens des plaines.

S'agit-il de ses ancêtres, des ancêtres de ses ancêtres ou de simples étrangers ? Paha Sapa sait pourtant qu'ils viennent d'arriver du nord après avoir marché pendant de longues années, parcourant des terres que le recul des mers et des glaciers venait de laisser émerger.

Et – il en est certain sans savoir le moins du monde d'où lui vient cette certitude – quelques générations après l'arrivée de ces hommes velus dans ce Nouveau Monde, tous les grands prédateurs et la plupart des grandes proies qu'il vient d'observer avec tant de plaisir – les lions, les chameaux, les éléphants mammouths, les paresseux géants et les chevaux eux-mêmes – auront été chassés jusqu'à l'extinction dans cette plaine, et à travers toute l'Amérique du Nord.

Pour la première fois en soixante ans, Paha Sapa discerne la vérité qui se dissimule derrière celle de la Vision des géants de pierre *wasichu.*

En éliminant le bison, les Preneurs de Graisse n'ont fait que conduire à son terme une évolution que les ancêtres de Paha Sapa et les hommes qui les avaient précédés avaient engagée il y a dix mille ans – effaçant peu à peu toutes les grandes espèces qui avaient vécu sur ce continent.

Les anciens des *Ikče Wičaša* – transformés aujourd'hui, du temps de Paha Sapa, en parodies de cow-boys à jambes arquées – peuvent bien se rassembler dans des semblants de conseils solennels, et les vieillards arthritiques peuvent bien passer des journées entières dans des loges de sudation tout en se pavanant dans les tenues d'autrefois, arborant les perles et les plumes de leurs récents ancêtres et se flattant de leur supériorité spirituelle sous prétexte que leurs tribus s'attachent à préserver le monde naturel, mais... en vérité... ce sont eux et leurs prédécesseurs, les ancêtres qu'ils vénèrent tant et ces étrangers velus qui n'étaient peut-être pas leurs ancêtres du tout, qui ont exterminé à jamais ces superbes espèces d'éléphants mammouths, de chameaux, de lions, d'acérathériums, de guépards, de jaguars, de paresseux et de bisons géants devant lesquels un bison adulte actuel a l'air d'un veau, sans parler de l'espèce indigène de petits chevaux rustiques qui s'était développée ici avant d'être exterminée par l'homme, bien avant que les Espagnols n'introduisent leurs espèces européennes.

Le corbeau vole très haut désormais, léger, si léger, et le cœur de Paha Sapa est lourd.

Au-dessous d'eux, les marées du temps de la mer-océan éclairée par le soleil se sont avancées à nouveau, entourant les collines Noires, avant de refluer encore.

Le corbeau plonge.

Malgré la hauteur si grande que l'horizon commence à s'incurver, Paha Sapa constate qu'il descend dans un futur proche de sa propre époque. Il sait aussi (sans savoir comment et sans pouvoir le demander à quiconque) que c'est toujours le 5 septembre, toujours un samedi – mais il ignore de quelle année, de quel siècle, de quel millénaire ou de quelle ère.

Dans les collines Noires, les quatre têtes du mont Rushmore luisent comme des crânes chauves sous le soleil. Plus loin au sud, un autre éclat de granite scintille, plus blanc encore, donnant l'impression qu'on a mutilé un second sommet, mais le corbeau ne se tourne pas de ce côté, et Paha Sapa ne peut pas voir ce que l'oiseau ne regarde pas.

La butte de l'Ours est à son emplacement habituel, pourtant même à cette altitude, il apparaît avec évidence que la majorité des pins qui couvraient la partie inférieure des versants et les lignes de crête peu élevées ont brûlé. Cela n'étonne pas Paha Sapa outre mesure ; les feux de prairie ont ravagé *Matho Paha* un nombre de fois que le Grand Tout est seul à connaître, à supposer que le Grand Mystère prenne la peine de tenir ce genre de comptes.

Mais les villes et les bourgades *wasichu* se sont beaucoup développées – Rapid City, Belle Fourche, Spearfish, et jusqu'à la minuscule Keystone dans les Collines –, et entre les agglomérations en pleine expansion, les rayons du soleil se réfléchissent sur les vitres d'une multitude de ranches, de dépendances, d'entrepôts, de maisons et de constructions nouvelles.

Le corbeau vole vers le nord, comme il l'a déjà fait quelques minutes et onze mille ans plus tôt.

Paha Sapa remarque que le découpage des Grandes Plaines en parcelles géométriques s'est poursuivi inexorablement. Dans cet avenir pas si lointain, une des grands-routes au moins est divisée en quatre voies d'une largeur incroyable, deux dans chaque sens, séparées par une ligne médiane d'herbe brune. Cela lui rappelle des photographies qu'ont publiées les journaux pour illustrer un projet routier futuriste dont on a entrepris la réalisation en Allemagne en 1931, sous le nom de *Kraftfahrtstrasse*. La première section à quatre voies reliant Cologne et Bonn a été inaugurée du vivant de Paha Sapa et dans son enthousiasme, Hitler l'a rebaptisée avec enthousiasme *Reichsautobahn*, ce que Paha Sapa a traduit approximativement par l'« autoroute du Reich ». Le chancelier allemand redonne du travail à sa population frappée par la crise économique, il lui fait construire des *Autobahnen* à travers toute l'Allemagne et le *New York Times* a laissé entendre qu'un des avantages majeurs de ce réseau routier à quatre voies pourrait être de permettre un transport de troupes plus rapide d'une frontière à une autre.

Sur cette nouvelle *Autobahn* qui entoure curieusement la partie nord des collines Noires en suivant le sillon même de l'ancienne Piste de la course de la légende lakota, circulent des voitures et des camions plus nombreux que Paha Sapa n'en a jamais vus ou n'aurait pu en imaginer. La circulation était loin d'être aussi dense à New York en 1933. Et les automobiles, les camions et les véhicules de forme indéfinissable qui se précipitent vers l'est ou vers l'ouest sur ces quatre longues voies courbes sont peints dans toutes les couleurs de l'arc-en-ciel, réfléchissant le soleil.

Ayant grandi dans une Amérique où le train – le Cheval de Fer comme l'appelaient Boite-Beaucoup et les autres Êtres Humains Libres Naturels de la génération antérieure à celle de Paha Sapa – restait le moyen de transport le plus rapide, Paha Sapa a du mal à croire que ces *Autobahnen* sillonneront bientôt toute l'Amérique. (À moins, songe-t-il avec une douloureuse intuition, que ne se joue bientôt, peu après sa mort, un nouvel épisode de la Grande Guerre, l'Allemagne l'emportant cette fois et envahissant les États-Unis.)

Mais ce ne sont pas les Allemands qui occupent la prairie au-dessous de lui, il le constate quand son corbeau descend en piqué. C'est du bétail.

Des bovins, ces créatures stupides et crasseuses qui se sont développées en Europe, en Asie ou ailleurs peuplent désormais les plaines en si grand nombre que leurs capacités de production de fourrage sont mises à rude épreuve. Du temps où Paha Sapa travaillait (médiocrement, il le sait, car il n'a jamais été un bon vacher) pour le rancher Donovan, il souriait malgré lui en entendant Donovan et les autres vieux de la région parler des « bonnes vieilles traditions » d'élevage de l'Ouest. Les plus anciennes de ces traditions remontaient à cinquante ou soixante-quinze ans au plus.

Mais dans cet avenir proche, qui ne se situe pourtant que vingt, trente, ou cinquante ans après cette agréable journée du début de septembre 1936 où Paha Sapa est mort, le bétail a continué à faire ce que fait le bétail : brouter l'herbe jusqu'aux racines, épuiser les pâturages jusqu'à ce que le désert reprenne possession des plaines d'Amérique du Nord ; souiller de ses excréments tous les ruisseaux, toutes les rivières à sa portée, tout en défonçant les lits et les berges sous son poids exécrable ; laisser ses traces partout dans la poussière désertifiée, triste vestige de nobles herbages, au point que de l'altitude à laquelle vole le corbeau de Paha Sapa, une citerne d'eau au milieu d'un demi-millier d'hectares d'herbe en voie de disparition ressemble au moyeu d'une roue d'un diamètre de cinq kilomètres aux rayons bruns et blancs dessinés par les empreintes des bovins.

Et pour protéger leurs bestiaux sacrés et stupides, les ranchers *wasichu* (et leurs fidèles compagnons indiens) ont exterminé les rares prédateurs subsistants – les derniers loups, les derniers grizzlis, les derniers pumas – et déclaré la guerre à d'autres espèces comme les chiens de prairie (le mythe dominant voulant que le bétail se casse les pattes dans les trous de leurs terriers) et jusqu'à l'humble coyote. Paha Sapa imagine voir le soleil étinceler sur les millions de douilles de laiton éjectées dans ce massacre à vue de tous les animaux sauvages dont l'unique crime était de gêner... des bovins.

En ce 5 septembre de l'année inconnue de son avenir, il fait très chaud. On se croirait, pense Paha Sapa qui bénéficie des sens particulièrement aiguisés du corbeau, à la fin du mois de juillet ou au début d'août. Du haut du ciel, il a vu qu'il ne restait plus du tout de neige sur les sommets des Grands Tetons ni sur ceux des Rocheuses à l'ouest et au sud-ouest, pas plus que sur une chaîne que Paha Sapa avait visitée dans son enfance et que les Ute nommaient la chaîne de Jamais-Pas-d'Été.

Ce sera désormais l'été, un véritable été chaud et sans neige, jusqu'au cœur de l'automne.

Descendant en tournoyant au-dessus de la rivière, Paha Sapa constate que le morcellement des plaines ne s'arrête pas à l'*Autobahn,* dont les quatre voies tracent un cercle au nord des collines Noires depuis Rapid City, ni à l'enchevêtrement des routes nationales encore plus animées (et asphaltées !) et du réseau de campagne, des pistes d'incendie et des allées de -anches, ni même à tous ces carrés, rectangles et trapèzes que dessinent les terres des ranches clôturées par des barbelés – or ce sont les *seules terres* existantes, aussi loin que porte son regard. Désormais, les plaines couvertes des hautes herbes verdoyantes de sa vision antérieure et même de ses années d'enfance ont été découpées en formes géométriques par l'impitoyable surpâturage.

D'un côté des clôtures barbelées que survole le corbeau qui descend porté par le vent, l'herbe est rase, malsaine et privée des plus belles variétés d'espèces botaniques, mais de l'autre, sur la partie la plus broutée, il n'y a guère que de la terre.

Les empreintes de sabots, les trous bourbeux et les pistes tracées par les bêtes – les bisons ne marchaient jamais à la file, contrairement à ces bovins imbéciles – font renaître le désert.

Paha Sapa a entendu un jour Doane Robinson parler à un groupe de naturalistes du risque de désertification, mais la menace paraissait lointaine dans les années 1920, où l'on ne pensait qu'à faire venir des bêtes plus nombreuses encore, et davantage d'hommes. Il peut aujourd'hui en constater les résultats. Désormais, les régions des grandes plaines des États-Unis d'Amérique qui n'avaient pas souffert des tempêtes de poussière au moment de la Crise de 1929 ont été soumises à toutes sortes d'excès : trop de pâturage, trop de piétinements, trop d'asphalte, trop de population et trop de chaleur – il ignore pour quelle raison le climat lui paraît aussi torride –, au point que les déserts regagnent du terrain. Quand son corbeau reprend de l'altitude, Paha Sapa voit la rivière, bleue jadis, rouler des eaux brunies par les déjections du bétail et par la boue arrachée à ses rives dénudées, dont le bétail et l'érosion ont provoqué l'éboulement.

La voix qui n'est pas celle de son fils mais qui lui ressemble étrangement lui parle tout bas, sans mots.

Autrefois, au cours des milliers d'années qui se sont écoulés après que les ancêtres des *Ikče Wičaša* et tous les autres ont exterminé les principales espèces de prédateurs et d'herbivores à l'exception du bison, les grandes prairies d'herbes, hautes et courtes, qui s'étendaient du Mississippi aux Rocheuses prospéraient grâce à l'interaction des forces naturelles.

Contrairement au bétail, le bison parcourait de grandes distances, dispersant les semences de hautes graminées saines aujourd'hui disparues. Leurs sabots, si différents de ceux des bovins, contribuaient à planter ces graines. Contrairement au bétail, le bison broutait l'herbe sans la mâcher jusqu'aux racines, ce qui tue la plante, et il ne restait jamais longuement sur la même pâture. Son fumier engraissait les herbes qui offraient refuge et abri à un millier d'espèces qui n'existent plus aujourd'hui.

Les herbages avaient besoin du feu pour conserver leur équilibre. La foudre se chargeait d'allumer ces incendies, sans que les hommes – Indiens ou Preneurs de Graisse – ne cherchent à les éteindre, et après s'être répandus à travers les plaines, les Êtres Humains Libres Naturels ont pris l'habitude d'allumer eux-mêmes chaque année des feux de prairie.

C'est ce que faisaient les Assiniboins et les Corbeaux de Rivière, les Arapahos du Nord et les Shoshones, les Sangs et les Crees des Plaines. C'est ce que faisaient les anciennes tribus disparues que les Sioux, puis les maladies apportées par les Preneurs de Graisse avaient éliminées – les Mandans, les Hidatsas, les Santees, les Poncas, les Otos et les Arikaras.

Ces peuples brûlaient la prairie régulièrement en raison de croyances personnelles, croyances qu'ils avaient parfois oubliées avec le temps, ou pour obliger le gibier à sortir du couvert – parfois aussi pour le simple plaisir que leur procurait le spectacle des flammes et de la destruction –, mais les incendies avaient toujours contribué à la santé et au renouvellement des herbes, des fleurs et de toute la richesse végétale de la prairie.

Tout cela a disparu dans cet avenir proche que le corbeau lui révèle.

Les milliers d'espèces qui s'entretenaient mutuellement ne sont plus que deux à présent – l'homme et le bovin. Les Preneurs de Graisse et leurs bêtes à viande grasses et stupides se reproduisent constamment, les uns comme les autres, et deviennent de plus en plus gras.

Bien sûr, les oiseaux dans leurs migrations survolent toujours ce nouveau monde où les herbes hautes ne poussent plus, mais leurs espèces elles-mêmes disparaissent plus vite que l'homme n'en a conscience. La destruction des zones humides, la suppression de l'ancienne diversité des graminées et des quadrupèdes de la prairie, l'assèchement, la transformation des prairies en pâtures et l'asphaltage des sites d'accouplement des oiseaux..., on rencontre encore de multiples espèces d'oiseaux, certes, mais elles tendent à être du genre voleur, charognard, fouilleur d'ordures, rôdeur, comme les pies. Elles sont l'équivalent des rares mammifères sauvages restants : quelques coyotes miteux qui vivotent en marge du monde poussiéreux de l'homme et du bétail, et dont la triste mine semble dire qu'ils savent que le désert gagne inexorablement.

Son corbeau prend en direction du sud et remonte dans le ciel. Paha Sapa espère qu'il ne redescendra plus. Il attend la mort avec joie.

Que le flux et le reflux des marées du temps se poursuivent comme ils l'ont toujours fait ; pourquoi lui, Paha Sapa, serait-il obligé d'observer les ravages de ce que les hommes ont fait et continueront de faire à ce monde et à eux-mêmes ?

Il sent plus qu'il ne voit que les marées du temps ont, à maintes et maintes reprises, pris une teinte de sang aux deux franges de l'horizon, alors que d'autres Grandes Guerres faisaient rage. Peut-être les hommes aiment-ils autant leur bétail, songe-t-il sombrement, parce qu'ils ont le goût des massacres à grande échelle.

Le corbeau a atteint l'éther glacé et s'y arrête, suspendu, immobile, sur un invisible courant ascendant. Les étoiles surgissent à nouveau dans le ciel diurne assombri, l'horizon s'est recourbé comme l'arc d'un guerrier.

Paha Sapa, qui a cultivé le cynisme et l'incroyance durant une si grande partie des dernières années de sa vie désormais évanouie, prononce la prière la plus sincère qu'il ait jamais prononcée.

Je t'en prie, ô Wakan Tanka *– vous, Grands-Pères qui me servez d'intermédiaires – le Grand Tout, le Grand Mystère qu'aucun de nous jamais ne comprendra – ô je t'en prie, Dieu, ne me montre plus rien. Je suis mort ; je t'en prie, laisse-moi m'abîmer dans la mort. Je te demande sincèrement pardon du rôle que j'ai joué dans ce que tu m'as montré. Mais ne me punis pas en m'imposant d'autres Visions. Ma vie a été affligée, entravée par des Visions. Laisse-moi mourir, laisse-moi être mort, ô Seigneur Dieu de mes Pères.*

Sans pitié, le corbeau plonge encore.

Quelques instants durant, il n'y a ni son, ni image, ni mouvement, ni sensation. Il n'y a que savoir.

Sa petite-fille, Mlle Flora Daelen de Plachette, qui deviendra Mme Maurice Dunkleblum Ochs dès que son fiancé aura réglé les affaires de son grand-père à Bruxelles et l'aura rejointe en Amérique, est enceinte.

Flora, cette beauté de dix-sept ans, qui aurait pu être la sœur jumelle de sa chère Rain, est enceinte de l'arrière-petit-fils de Paha Sapa (et de M. Vanden Daelen Adler, absent), lequel sera baptisé Robert. L'heureux couple aura quatre autres enfants, qui atteindront tous l'âge adulte, mais c'est l'âme de Robert que Paha Sapa a touchée de son don de *vision-en-avant* en prenant la main de sa petite-fille, une seconde avant son attaque. Et c'est l'avenir de Robert qui l'a conduit à travers les années aussi sûrement que le flux et le reflux des marées océaniques du temps qu'il survole encore.

Né en 1937, Robert Adler Ochs sera chercheur et écrivain ; ses ouvrages et ses émissions de vulgarisation scientifique captiveront des millions de personnes. Sa véritable spécialité sera la physique, mais sur le modèle de son grand-père d'Amérique, le premier Robert, il se passionnera pour d'autres sciences comme la géologie, l'environnement, la météorologie de Mars et d'autres planètes. Robert Adler Ochs sera invité au centre de contrôle de Houston en juillet 1969, le jour où l'homme marchera sur la Lune pour la première fois, en compagnie d'autres scientifiques tous aussi excités que des enfants sortant de classe un jour de neige.

Des trois enfants de Robert Ochs, le deuxième – une fille, Constance (qui publiera sous son nom d'épouse, C. H. O. Greene) – perpétuera la tradition paternelle de goût et de talent pour les sciences et pour l'écriture. Née en 1972, Constance Helene Ochs Greene sera une grande chercheuse du milieu du XXIe siècle et des années suivantes. Ses spécialités – elle possède des centres d'intérêt variés, ce qui est rare en ces temps de spécialisation croissante des sciences – seront le changement climatique, la génétique et l'ethnologie. Son ouvrage intitulé *Le Monde que nous avons fait, le Nouveau Monde que nous pouvons faire* se vendra en téléchargement à vingt millions d'exemplaires à travers le monde.

Un monde changé.

C'est cette transformation du monde réel qui inspirera à Constance Greene ses trois best-sellers et les plus de deux cents articles qu'elle publiera dans des revues scientifiques au cours de sa carrière. Son intérêt majeur... non, sa passion, son rêve, sa mission, son but, sa raison d'être... sera le réensauvagement de la mégafaune du pléistocène dans les grandes plaines d'Amérique du Nord.

Même lorsqu'elle sera devenue une spécialiste chargée d'ans et de respect, directrice d'un programme international de réensauvagement dont les projets couvriront plus de trente pays, c'est toujours aux grandes plaines d'Amérique du Nord qu'elle vouera l'essentiel de son amour et de son attention.

Les problèmes sont suffisamment nombreux et suffisamment graves pour occuper dix mille Connies – dix mille Constance Helene Ochs Greene.

Au XXIe siècle, les prairies victimes de surpâturage, de surexploitation, privées de leur diversité botanique finiront par mourir définitivement ; les ranches feront faillite malgré les innombrables subventions gouvernementales et mille tentatives de « diversification » de leurs activités, les déserts regagneront des régions d'où ils avaient disparu depuis des centaines de milliers d'années et les villes petites et moyennes se videront, la population humaine disparaissant au rythme du déclin de l'activité économique de la région. Mais Constance Helene Ochs Greene consacrera l'essentiel de sa longue vie à imaginer, avec d'autres passionnés, une solution susceptible d'offrir une renaissance non seulement à de nombreuses espèces animales et végétales, mais à des groupes entiers de population.

Peut-être est-ce la voix de Connie Greene que Paha Sapa perçoit pendant l'ultime descente de son corbeau porteur de *nagi*. Ou peut-être est-ce à nouveau le doux murmure du plus âgé et du plus sage des Six Grands-Pères. À moins qu'il ne s'agisse du chuchotement plein de sagesse de Boite-Beaucoup ou du timbre mélodieux de Rain, sa bien-aimée.

Mais sans doute est-ce toutes leurs voix réunies que Paha Sapa entendra maintenant.

Le corbeau plonge en piqué au-dessus des collines Noires. Les quatre têtes de pierre *wasichu* de Borglum sont en place, un peu ternies, semble-t-il, par le passage du temps. Elles ne se sont pas transformées en géants de pierre déambulant à grandes enjambées, ou peut-être les jours de leur promenade à travers les plaines et de leur Prise de Graisse sont-ils passés.

Tandis que le corbeau tournoie sur des courants d'altitude, Paha Sapa remarque qu'à une douzaine de kilomètres à l'ouest et au sud du mont Rushmore, une autre montagne a été transformée en sculpture. Elle est plus grande, plus neuve, son granite est d'un blanc plus éclatant.

Les voix de ceux qu'il a aimés, adorés, et de ceux qu'il aimera encore, chuchotent à son oreille.

C'est une statue de Cheval-Fou, Crazy Horse, et de son cheval. Contrairement au mont Rushmore où les têtes émergent de la grande masse rocheuse, cette montagne-ci a été intégralement sculptée. Le volume de pierre qu'il a fallu dégager et tailler pour réaliser cet ouvrage est sans commune mesure avec l'entreprise de Borglum.

Après avoir passé tant d'années dans les mines et sur les cimes à prendre des mesures et à faire des estimations aussi précises qu'il est humainement possible d'en faire, notamment de roche sculptée ou prête à être sculptée, Paha Sapa ne peut s'empêcher de faire de rapides calculs.

Les têtes des trois présidents sur lesquelles Paha Sapa a travaillé mesuraient une vingtaine de mètres de haut chacune. La tête de Cheval-Fou représentée sur cette nouvelle sculpture gigantesque semble en faire presque trente.

Mais alors que seules les têtes des quatre présidents devaient figurer sur le mont Rushmore, avec une vague amorce d'épaule – les revers de veste de

Washington et les jointures de doigts ébauchées de Lincoln tenant un revers (des détails qui n'avaient même pas encore été ébauchés quand Paha Sapa est parti pour toujours) – ici, l'intégralité du torse et les deux bras de Cheval-Fou ont été dégagés de la montagne à l'explosif, puis sculptés et martelés pour mettre à nu une pierre lisse et blanche. Cheval-Fou, qui plus est, est représenté à cheval, la tête stylisée de l'animal surmontée d'une élégante crinière inclinée et retournée vers l'arrière dans un mouvement dynamique, comme si on lui serrait fermement la bride, l'antérieur gauche soulevé et plié, méticuleusement fini depuis sa poitrine musclée jusqu'au jarret fragile et au sabot dressé.

Paha Sapa remarque que le bras de Cheval-Fou est tendu au-dessus de la crinière soigneusement sculptée de l'étalon et que le chef de guerre désigne quelque chose du doigt.

L'ensemble de la sculpture mesure presque deux cents mètres de long sur plus de cent cinquante mètres de haut.

Alors que le corbeau tourne toujours sur les puissants courants ascendants qui s'élèvent de la pierre chauffée par le soleil – en ce 5 septembre du futur, il fait encore plus chaud que dans sa précédente vision de l'avenir –, Paha Sapa constate que le visage sculpté de Cheval Fou n'a pas grand-chose à voir avec la véritable physionomie du guerrier vivant. Cette approximation est excusable, se dit-il, puisque Cheval-Fou n'a jamais accepté qu'on le photographie, ni qu'on réalise son portrait.

Ce qui est moins pardonnable, au regard de Paha Sapa formé à la sculpture monumentale, c'est la qualité de la sculpture et de la statuaire, largement inférieure à celle de l'ouvrage de Gutzon Borglum. La pose est raide et maladroite, caricaturale presque, et Paha Sapa n'y relève aucune des nuances – les ombres, les infimes suggestions des muscles faciaux, des fronts ridés et des expressions les plus subtiles des présidents défunts – que Borglum et son fils se sont donné tant de mal pour évoquer dans leurs efforts conjuguant la force brute et le forage.

Par rapport à l'œuvre de Borglum, cet immense et massif héros indien qui gesticule sur l'ébauche de pierre étonnamment européenne d'aspect censée représenter son cheval caracolant font à Paha Sapa l'effet d'avoir été sculptés dans un pain de savon par un écolier distrait, avec un couteau émoussé.

Sans avoir à interroger les voix qui l'habitent, il sait que les Sioux, les Cheyennes et les autres tribus voisines détestent cette statue. Il ne connaît pas toutes leurs raisons et ne tient pas à les connaître. C'est une question qu'il n'a pas *besoin* de poser ; il en a la certitude, au fond de lui-même. Il ne regrette qu'une chose : ne plus avoir l'occasion d'utiliser ses vingt et une caisses de dynamite pour détruire cette abomination.

S'il pouvait parler, Paha Sapa s'écrierait : « *C'est pour voir* ça *que tu m'as, une fois de plus, fait franchir toutes ces années ? Ce châtiment n'en finira donc jamais ?* »

Mais il est muet.

Le corbeau se détourne de cette parodie géante de Cheval-Fou. Il repart vers le nord et reprend de l'altitude, s'éloignant des collines Noires dans une alternance de battements d'ailes et de vols planés, repassant devant la butte de l'Ours, en direction des Grandes Plaines.

Ici, les changements sautent immédiatement aux yeux.

L'interminable anneau de l'*Autobahn* est toujours là, mais il paraît vieux et gris, et la circulation n'est pas très dense. Les villes et les bourgades sont beaucoup plus petites qu'autrefois. Rapid City paraît réduite au tiers des dimensions qui étaient les siennes du temps de Paha Sapa, et n'est plus que l'ombre de l'agglomération tentaculaire et insensée que lui a fait découvrir sa seconde vision. Spearfish a pour ainsi dire disparu. Quant à Deadwood, Keystone, Casper et Lead, remarque-t-il, elles se sont entièrement volatilisées – il n'y a plus aucune ville *wasichu* vers le nord des collines Noires, direction que prend le corbeau.

Il se demande quelle catastrophe a bien pu provoquer la disparition de toutes ces constructions, de tous ces gens, mais sa peau-esprit se couvre de sueur froide à cette idée.

Il n'est pas au bout de ses surprises.

Juste au nord de l'*Autobahn* étonnamment déserte, tous les signes d'habitation et de ce que les *wasichu* s'obstinaient à appeler civilisation s'interrompent, purement et simplement.

Le corbeau perdant de l'altitude, Paha Sapa constate que les grandes routes nationales et régionales ont... disparu : explosées, défoncées, enfouies ou recouvertes par la végétation. De très vagues nervures de lignes droites, presque masquées sous des plantes vigoureuses, rappellent encore leur existence.

Les ranches se sont évaporés, eux aussi. Aucune guerre, aucune catastrophe naturelle ne pourrait être responsable de cette situation ! Comment expliquer que tous les bâtiments aient été pulvérisés sans laisser ne fût-ce que la trace de leurs fondations, alors que l'*Autobahn* et des versions réduites de Rapid City et d'autres petites villes sont encore en place au sud et à l'est ? Non, aucun conflit, aucune épidémie, aucun cataclysme ne sauraient avoir provoqué l'évacuation de toute une région ! Il s'agit forcément du résultat d'une migration délibérée, planifiée, d'une démolition et d'un déblayage méticuleux des ouvrages que l'homme avait construits là au cours de plus d'un siècle... mais à *quelle* fin ?

Pourquoi diable les *wasichu* auraient-ils démonté et emporté jusqu'au moindre vestige des ranches, des granges, des routes, des lignes électriques, des canalisations, des dépôts, des clôtures, des véhicules, des villes, des bourgades ? Où sont passés les chiens, les cochons, les poulets, le bétail et les autres espèces importées – la leur comprise – dont ils avaient mis près de deux siècles à peupler cette terre ?

Le corbeau poursuit sa descente et Paha Sapa constate à travers les yeux de l'oiseau qu'une haute barrière longe l'*Autobahn* à perte de vue dans les deux sens. Le corbeau prend grand soin de ne pas s'y poser, et choisit le poteau d'une vieille clôture de bois qui a perdu ses fils de fer.

Paha Sapa remarque alors une autre disparition au-delà de ce point – celle des clôtures précisément. Des barbelés. Toutes les délimitations qui avaient découpé la prairie tout au long du XXe siècle, qui les redécoupaient et les redécoupaient encore en parcelles de plus en plus petites ont... disparu.

Il y a un panneau sur la barrière. Paha Sapa ignore si le corbeau, avec son cerveau petit mais astucieux, est capable de le déchiffrer. En tout cas, Paha Sapa le peut, lui.

DANGER – HAUTE TENSION.

Vingt mètres plus loin sur la gauche, on a aménagé une double porte complexe avec au sol une grille formée de barreaux ronds destinée à empêcher le passage du bétail. Paha Sapa devine que cette porte est automatique. (Il ne s'en étonne pas outre mesure, puisque tout cela se situe dans l'avenir.)

L'écriteau affiché sur la porte a encore moins de sens pour lui que la mention « haute tension ».

P.R.M.P. Zones 237H-305J
Accès soumis à autorisation
Attention : Absence d'alimentation, d'abri ou de services sur 293 kilomètres
Attention : Animaux dangereux
Attention : Contacts humains potentiellement hostiles
Les personnes munies d'autorisations qui pénètrent ici le font à leurs risques et périls.
U.S. Dépt. de l'Intérieur et Séc. d'U.S.P.R.M.P.

Le corbeau s'envole et franchit la barrière comme si elle n'existait pas. La butte de l'Ours est à l'intérieur de cette étendue sauvage. Paha Sapa aperçoit l'endroit où une route sinueuse se dirigeait vers la butte, il a l'impression de distinguer vaguement les traces d'un parking et d'une aire pour visiteurs, peut-être même d'un centre touristique avec des toilettes et une sorte de petit musée.

Tout a disparu, la présence ancienne de constructions n'étant plus révélée que par l'invasion de mauvaises herbes là où le béton, l'asphalte et les fondations se sont fissurés.

La flore est abondante et diversifiée sur la butte de l'Ours et aux alentours. Du temps de Paha Sapa, les pins ponderosa dominaient sur la colline elle-même, accompagnés de quelques genévriers épineux. Les pins et les sapins couvrent désormais toute la butte. La prairie, au pied du versant, était principalement formée de yuccas et d'herbe rase et rare : désormais, elle foisonne de végétaux de toutes sortes, dont beaucoup que l'œil de Paha Sapa est incapable d'identifier.

Il voit des rubans fanés – des drapeaux de prière – et des morceaux d'étoffe jadis colorée remplis de tabac suspendus aux branches d'un petit chêne blanc arbustif et d'autres arbres à feuilles caduques qui poussent le long du ruisseau, au pied de la butte. Tout cela n'a aucun sens. Ces offrandes sont sioux ou cheyennes... mais la barrière électrifiée et l'écriteau apposé sur la porte à moins de dix kilomètres ne suggèrent-ils pas que toute cette région est interdite d'accès à la plupart des êtres humains ?

Le corbeau reprend son vol vers le nord, empruntant son itinéraire désormais familier en direction de la rivière où Paha Sapa a perdu la *ptehinčala huhu canunpa* sacrée de sa bande, il y a soixante ans, et où l'essentiel de celle-ci et de la famille élargie de Paha Sapa a été exterminé par des éléments de la cavalerie de Crook.

Il fait encore plus chaud ici que dans les collines Noires, mais la terre qui s'étend sous les ailes du corbeau n'est pas déserte. Loin de là.

Les herbes sont encore plus abondantes et plus hautes qu'à proximité de la butte de l'Ours. Dans son enfance, Paha Sapa n'avait connu que de minuscules parcelles de véritable prairie de graminées ; à présent, celle-ci s'étend vers l'est, l'ouest et le nord aussi loin que porte le regard du corbeau qui vole à mille cinq cents mètres d'altitude. Le frémissement des tiges sous le vent qui s'est levé est plus lent et plus sinueux que la caresse de la Main de Dieu dans la fourrure du monde, cette image qu'il garde à l'esprit de la prairie beaucoup moins drue qui poussait derrière son village.

Il se demande comment l'ancienne prairie d'herbes hautes a pu revenir.

« Le feu. Des troupeaux de bison. L'incendie. Le temps. »

La voix dans l'oreille-esprit de son *nagi* est celle de Rain, de son arrière-petite-fille Constance, de Boite-Beaucoup, de Robert et du plus sage des Six Grands-Pères.

Paha Sapa est ému aux larmes, sans pouvoir en verser, mais il ne comprend toujours pas.

Le corbeau descend en piqué, il plane à quinze mètres seulement d'un sommet de colline herbeux. Paha Sapa voit.

Des bisons. Ils remplissent la vallée. Ils remplissent les collines vers le nord. Le troupeau couvre les terres vers l'est, l'ouest et le nord sur des kilomètres et des kilomètres. Des milliers de bisons. Des dizaines de milliers. Des centaines de milliers. Plus encore.

Le corbeau vire vers l'ouest, en direction de la rivière.

Les montagnes que l'on aperçoit très loin à l'horizon – que seul l'œil de prédateur magique du corbeau est capable de distinguer – sont désormais entièrement dépourvues de neige. On ne distingue plus la moindre trace de blanc sur les cimes. La rivière est plus étroite et son niveau beaucoup plus bas, car elle n'est plus alimentée par la fonte des neiges de ces pics lointains. Mais l'eau est limpide et sombre, elle a l'air suffisamment propre pour qu'on puisse la consommer sans inquiétude, alors que même du temps de Paha Sapa, il était tout à fait déconseillé de boire dans les cours d'eau.

Le corbeau dessine des cercles et Paha Sapa hoquette de surprise – ou émet un bruit-esprit *nagi* équivalent à un hoquet.

La faune ici, près de la rivière, est très variée. Et foisonnante.

Outre le troupeau de bisons qui s'étend vers trois des points cardinaux, Paha Sapa voit galoper des groupes de petits chevaux brun clair. Ce ne sont pas les mêmes que ceux qu'il a aperçus il y a onze mille ans et plus, mais ils leur ressemblent. Ils leur ressemblent beaucoup.

« Des chevaux de Przewalski. »

Paha Sapa ignore totalement qui est M. Przewalski, mais il aime ses chevaux – petits, robustes, sauvages, la crinière noire, aussi vigilants que toutes les proies sauvages. Et il adore la douceur de la voix qui lui parle.

Un cortège de chameaux sort de la forêt d'arbres à feuilles caduques pour s'abreuver.

« Des chameaux de Bactriane venus du désert de Gobi, pour remplacer le Camelus hesternus *– le chameau occidental – éteint, qui s'était développé ici et avait si bien prospéré au pléistocène. Leurs ADN sont incroyablement proches. »*

Paha Sapa n'a pas la moindre idée de ce qu'est ou était l'ADN, mais il pourrait écouter cette voix éternellement. Il voudrait qu'elle ne se taise jamais.

« Il y avait ici quatre espèces de Proboscidea *au pléistocène, Paha Sapa* – Mammuthus columbi, *le mammouth de Colomb, le plus répandu ;* Mammut americanum, *le mastodonte d'Amérique ;* Mammuthus exilis, *le mammouth pygmée – moins courant – et notre vieil ami, à toi et moi,* Mammuthus primegenius, *le mammouth laineux dont nous avons vu une reconstitution à l'Exposition universelle de Chicago. »*

À ces mots, Paha Sapa pleure en silence.

« Après de nombreuses analyses, nous avons découvert que le génotype de l'éléphant d'Asie menacé était le plus proche de celui de nos amis disparus. Et il est bien adapté au réchauffement climatique des grandes plaines. Mais il y a aussi ici plusieurs milliers d'éléphants d'Afrique – ne fût-ce que pour les préserver des catastrophes environnementales qui ont dévasté leur continent au cours des trente dernières années. »

Des éléphants ? s'interroge Paha Sapa à l'instant précis où un groupe de ces animaux émerge des hautes herbes qui ondulent sur les collines basses et descend pesamment vers la rivière. Un petit veut courir devant le troupeau, mais la mère – ou une des femelles du moins – retient l'imprudent de la douce boucle de sa trompe.

Quelques chameaux de Bactriane qui s'abreuvaient et des groupes de pronghorns se dispersent à l'approche des éléphants. Ils s'égaillent sur la berge orientale de la rivière.

Sur l'autre rive, une importante troupe de lions s'est accroupie pour boire.

« Ils viennent d'Afrique du Sud. Ce sont les derniers de leur espèce. Mais ils se reproduisent très bien ici. Les troupes installées dans les zones est du PRMP au-delà du Missouri comptent plusieurs milliers d'individus maintenant. Pour je ne sais quelle raison, cela en fait une région particulièrement populaire. On ne délivre que quatre cents permis de randonnée par an pour cette zone, mais nous recevons plus d'un million de demandes. »

Randonnée ? se répète Paha Sapa mentalement.

Un jaguar vient de surgir des hautes herbes au-delà de la rivière, et il y disparaît à nouveau aussitôt. Paha Sapa se demande s'il n'a pas rêvé. Une créature qui ressemble à un très gros paresseux observe le félin depuis les arbres. Ses griffes incurvées sont longues et noires. Les plantes qui poussent le long du cours d'eau – dont les berges ne s'éboulent plus sous les sabots du bétail – présentent une diversité proprement stupéfiante. Par endroits, l'herbe est si dense qu'on dirait une pelouse soigneusement entretenue.

« Un des effets secondaires d'une pâture diversifiée. »

À plusieurs centaines de mètres en amont, un aigle chauve tournoie dans le ciel, cherchant une charogne ou un poisson. Cette fois, le corbeau de Paha Sapa ne semble pas le redouter. Paha Sapa pense : *La seule chose immuable. Il y a toujours des aigles.*

Mais le corbeau monte à nouveau, se dirigeant vers le sud-est. La visite est sans doute terminée. Paha Sapa a envie de crier ; il a envie de pleurer ; mais surtout, il a envie d'entendre encore le chœur de ses voix bien-aimées. Il sait que le voyage est fini.

« Mais non, Paha Sapa. Tu n'as pas encore vu le plus intéressant. »

Il les aperçoit un instant plus tard à travers les yeux perçants du corbeau. Quelques minuscules traces blanches éparpillées par ci, sur plusieurs kilomètres en aval et en amont de la vallée. Puis quelques minuscules triangles blancs éparpillés par là, sur plusieurs kilomètres dans les deux sens, le long d'une crête herbeuse.

Le corbeau vire à droite et plonge.

Cher Grand Tout, pense Paha Sapa. *Cher* Wakan Tanka. *Fais que ce rêve de mort soit vrai.*

Dans la vallée, de ce côté-ci des triangles blancs, des jeunes garçons surveillent un petit troupeau de chevaux. Il s'agit de modèles un peu plus grands des étranges chevaux sauvages que Paha Sapa vient de voir galoper dans la prairie. Ils ont la taille de poneys, mais sont loin d'en avoir la docilité. Les garçons semblent devoir faire preuve d'une grande vigilance pour que ces groupes de chevaux capturés ne s'échappent pas.

Le corbeau continue de s'élever vers la crête.

C'est un petit *tiyospaye*, pas plus de vingt huttes, mais les tipis sont vastes et soigneusement confectionnés, les poteaux en pin dénudé juste de la bonne longueur – s'écartant comme les doigts d'une main –, les trois premiers dessinant une étoile dont la forme ménage un tourbillon de lumière éclatante pour ceux qui souhaitent vivre au milieu de sa puissance accueillante. Correctement disposés, les dix poteaux de chaque tipi représentent la moralité suprême de l'univers – l'*ohoķiċilapi* de respect mutuel envers toutes choses – et les dix poteaux d'*ohoķiċilapi* qu'il voit ici sont correctement disposés et couverts de peaux de bison propres et brillantes, dont les poils ont été convenablement retirés au racloir. Les huttes sont disposées en cercles comme l'ont ordonné aux Êtres Humains Libres Naturels la Femme Oiseau et les Six Grands-Pères, afin que les demeures des hommes reflètent le cercle sacré de l'univers lui-même.

Des gens se déplacent dans le *tiyospaye* tandis que le corbeau se pose sur un poteau de tipi, et Paha Sapa voit que ces hommes et ces femmes portent des vêtements faits à la main, très semblables à ceux qu'il portait enfant... semblables, mais il ne s'agit pas de reconstitutions de musée. De nombreuses peaux sont faites des mêmes animaux, antilope, cerf et bison, raclées jusqu'à ce qu'elles soient lisses, assouplies par la mastication des femmes, mais il aperçoit d'autres textures, d'autres couleurs qu'il est incapable d'identifier. Un bouclier de guerre est appuyé contre un tipi et Paha Sapa se rend compte avec émoi qu'il est recouvert de cuir d'éléphant.

Il voit passer un homme d'un certain âge, un individu important devine-t-il, à en juger au décor de perles de ses mocassins et à la perfection de sa tunique et de son pantalon à franges, mais les épaules et la tête de ce guerrier sont recouvertes de la peau, de la crinière et de la mâchoire béante d'un lion.

S'il avait des paupières, Paha Sapa cillerait.

Ce sont des Êtres Humains Libres Naturels. Grâce à l'ouïe remarquablement fine du corbeau, Paha Sapa les entend parler lakota, un lakota musical, curieusement accentué. Cet accent lui rappelle quelque chose – le léger accent de Robert quand il a appris cette langue de son père. Peut-être certains de ces hommes et de ces femmes étaient-ils anglophones avant de s'initier au lakota. Ou peut-être le dialecte a-t-il simplement évolué au fil du temps, comme le font toutes les langues.

Mais il se passe quelque chose d'étrange.

Quatre garçons sont assis sur un rondin. Ils lancent des couteaux dans un cercle dessiné dans la poussière, un jeu que Paha Sapa pratiquait souvent dans son enfance, quand soudain quelques notes de musique aigrelettes traversent l'air.

Un des garçons s'interrompt, fouille dans la poche de son pantalon en peau de cerf, et répond dans quelque chose qui doit être un téléphone mais qui n'est pas plus grand ni plus épais qu'une carte à jouer. Le garçon parle quelques instants – toujours dans ce lakota mélodieux – puis replie ce téléphone bizarre, le remet dans sa poche et rejoint ses camarades.

« En as-tu vu suffisamment pour comprendre, Paha Sapa ? Il nous a fallu des années pour prendre conscience que le Projet de réensauvagement de la mégafaune du Pléistocène n'aurait aucun sens si nous ne réimplantions pas le plus important prédateur de la fin de cette période – l'homme. Mais cette fois, la présence humaine ne provoquera pas d'extinction massive. La gestion des populations ne concerne pas seulement les quadrupèdes. Et Connie a été la première à saisir qui méritait d'être choisi, d'avoir le droit de vivre dans les réserves du PRMP, à condition de respecter les règles de l'époque en question. Les téléphones des enfants... ma foi, les compromis sont parfois nécessaires, dans toutes les cultures, et il faut reconnaître qu'il s'agit un élément de sécurité majeur. Les adultes peuvent décider de vivre au milieu des jaguars, des lions et des grizzlis, mais il faut que les enfants puissent appeler à l'aide. Ces téléphones ne fonctionnent cependant que dans les limites de la réserve et les enfants doivent les restituer quand ils ont quinze ans, s'ils veulent pouvoir continuer à vivre ici. »

Paha Sapa sait qu'il rêve, mais maintenant, tout va bien. Comme Hamlet, ce qui lui a toujours fait le plus peur dans la mort était qu'on puisse continuer à rêver.

Mais tout va bien.

Le corbeau s'élance et bat des ailes pour monter dans le ciel, dessinant des cercles pour gagner de l'altitude avant de se diriger vers le sud-ouest.

D'en haut, Paha Sapa aperçoit en direction du nord-est quelque chose qui lui avait échappé. Un ruban d'acier argenté longe la vallée fluviale d'est en ouest et des wagons d'acier et de verre étincelants se déplacent lentement sous le ruban.

Paha Sapa comprend immédiatement de quoi il s'agit. Il a vu des photographies du *Wuppertal Schwebebahn* en Allemagne – le monorail de Wuppertal, construit et inauguré autour de 1900. Exactement comme sur ce *Schewebahn*, les wagons aux larges baies vitrées sont suspendus *sous* le rail étroit, offrant aux passagers une vue parfaitement dégagée. Grâce à sa vision de corbeau, malgré la distance et l'altitude, il aperçoit les silhouettes à l'intérieur des wagons. Certaines sont assises ; d'autres debout. Cela rappelle à Paha Sapa les joyeux passagers de la roue de Ferris en 1893.

« Trois cents permis de randonnée et quelques safaris commerciaux, bien sûr, soigneusement réglementés, mais plus de quarante-deux millions de personnes par an – des touristes – payent pour traverser l'intégralité ou une partie de la réserve de réensauvagement de la mégafaune du Pléistocène des grandes plaines. C'est aujourd'hui la plus grande attraction touristique d'Amérique du Nord. Mais il est temps de rentrer chez toi, Paha Sapa. Malgré le chagrin que nous cause ton départ. »

En cet instant précis, Paha Sapa éprouve le même sentiment que ce jour-là, autrefois, sur la roue de Ferris surplombant le Midway de la grande Ville blanche – les premières heures qu'il a passées avec Rain.

Il pense : *À quoi bon rentrer ? Je me trouve déjà dans une version du paradis plus belle que mon peuple ou le père de Rain n'en pourraient jamais inventer. Mais s'il est temps d'aller au paradis, je suis prêt.*

Le rire collectif des voix sonne un peu comme celui de Robert, beaucoup comme celui de Rain, un tout petit peu comme celui de Boite-Beaucoup, légèrement comme celui d'une dame qu'il n'a jamais rencontrée, et pas du tout comme celui des Six Grands-Pères. Les ultimes paroles qu'ils lui adressent sont pour le moins étranges.

« Aller au paradis ? Tu veux rire ? Ton baptême t'est monté à la tête, Paha Sapa. Il te reste bien trop à faire. »

Le corbeau se dirige plein ouest, avant d'obliquer nord-nord-ouest.

L'océan du temps monte, recouvrant tout ce qui s'étend au-dessous d'eux comme des nuages bas, et les rayons du soleil sur l'eau semblent se déplacer avec l'oiseau en vol. Paha Sapa essaie de se rappeler cette phrase de *La Maison d'Âpre-vent* qu'il aime tant, mais il est incapable de former la moindre pensée cohérente.

La mer du temps reflue. Les collines basses et moutonneuses sont brunes, fauves, brunes encore, la seule tache verte se situant dans la vallée où la rivière ourlée d'une rangée de vieux peupliers de Virginie dessine des méandres.

Le corbeau ne descend pas cette fois ; il plonge, piquant presque à la verticale à une vitesse qui terrifie Paha Sapa.

Non... Je ne peux pas... Je ne suis pas prêt... Je ne...

Les corbeaux n'écoutent personne. L'oiseau ne ralentit pas, il poursuit son plongeon insensé vers la colline brune recouverte d'herbe brune.

Le choc est effroyable.

Ils lui ont menti.

Malgré tout l'amour qu'ils ont pour lui – car il sait qu'ils l'aiment –, ils lui ont menti.

C'est le paradis.

Paha Sapa est allongé sur la marche supérieure de l'escalier qui mène au Grand Bassin près de la Fontaine de Colomb, devant le palais de l'Administration de la Ville blanche. Sa tête est posée sur les genoux de Rain, qui le regarde, l'air soucieux. Des gens se sont rassemblés autour d'eux, mais leur présence lui est parfaitement indifférente.

Il a les lèvres sèches, ce qui ne l'empêche pas de chuchoter à sa bien-aimée inquiète : *Tokša ake wancinyankin ktelo.*

« Je te verrai plus tard. » C'est la phrase qu'il lui a apprise il y a deux heures à peine, sur la roue de Ferris, et c'est leur serment de fiançailles. Ils le savent l'un comme l'autre. Mais aucun d'eux ne l'a encore avoué.

« Oh, monsieur Slow Horse, quel soulagement ! »

Ce n'est pas Rain qui parle. C'est l'aînée des deux dames. La mère.

Sa bru. Mme Renée Zigmond Adler de Plachette. (Quelle chose étrange que de rencontrer quelqu'un qui porte le nom de famille de sa bien-aimée !)

Et la femme sur les genoux de laquelle repose sa tête n'est pas Rain âgée de vingt ans, mais sa petite-fille âgée de dix-sept ans et demi, Mlle Flora Daelen de Plachette, fiancée et enceinte de quelques semaines à peine.

Paha Sapa essaie de se relever, mais trois paires de mains l'en empêchent.

Le chauffeur moustachu – Roger – les a rejoints. Il a apporté de l'eau dans une carafe de cristal – comment est-ce possible ? Il lui tend un verre de cristal contenant – comment est-ce possible ? – de la vraie glace, et Paha Sapa boit docilement l'eau glacée à petites gorgées. Quel délice...

Roger l'aide à s'asseoir et tandis que les dames, debout, brossent l'herbe sèche et les épines de leurs vêtements, le chauffeur lui chuchote quelques mots en français ou en belge, ou, plus probablement, en irlandais, et tend discrètement à Paha Sapa une petite flasque d'argent. Paha Sapa boit.

C'est le premier whisky qu'il boit depuis ses dix-sept ans, et c'est de loin le meilleur qu'il ait jamais bu.

Soutenu par Roger, il se remet debout tandis que les deux dames le tapotent, le tirent, le poussent de leurs petites mains blanches, sans la moindre efficacité. Paha Sapa vacille, mais grâce à la poigne solide de Roger, il ne tombe pas.

« *J'étais sûr d'être mort. Sûr d'avoir eu une attaque.* »

Roger intervient à présent avec un accent franchement américain :

« *Une insolation, plutôt. Vous feriez mieux de vous mettre à l'ombre.* »

Paha Sapa entend le « mon vieux » tacite qui conclut la phrase. Il se contente de hocher la tête.

L'épouse d'âge étrangement mûr de son fils, Renée (il espère de tout cœur qu'ils s'appelleront bientôt par leurs prénoms), intervient :

« *Monsieur... pardonnez-moi, il faut que je m'habitude à employer la formule américaine...* Mister... *Slow Horse...*

— *Je vous en prie, appelez-moi Paha Sapa. Cela signifie Collines Noires, et c'est mon vrai nom.*

— *Ah* oui,... *bien sûr. Robert me l'avait dit. Monsieur Paha Sapa, nous sommes descendues au... oh ! je ne retrouve pas le nom de l'hôtel, mais c'est apparemment le seul endroit correct de Billings... Roger pourra vous le dire... et si nous partons maintenant, nous pourrions déjeuner ensemble au restaurant de l'hôtel. Je crois que nous avons beaucoup de choses à nous dire.* »

La réponse de Paha Sapa vient de loin, mais elle est sincère.

« *Oui. J'en serais ravi.*

— *Et bien sûr, il faut vous mettre à l'ombre tout de suite. Vous allez venir avec nous. Roger, voulez-vous bien aider M... Mister... Paha Sapa à rejoindre la voiture ?* »

Paha Sapa écarte le geste plein de sollicitude de Roger avant qu'il n'ait pu le toucher. Il regarde l'épouse de son fils.

« *C'est Paha Sapa, tout simplement,* madame... *puis-je vous appeler Renée ? C'est un si joli nom, et il me rappelle quelqu'un que j'ai tendrement aimé.* »

Mme Renée Zigmond Adler de Plachette rougit comme une pivoine et l'espace d'une seconde, Paha Sapa voit distinctement la belle jeune fille de dix-neuf ans dont son romantique de fils est tombé amoureux. Ils ont dû se marier, songe-t-il, quelques jours seulement avant que la grippe et la pneumonie fatale ne s'emparent de Robert, et il sait également qu'il doit y avoir une longue histoire, une histoire sérieuse – liée peut-être au mécontentement de son père et de sa famille à l'idée qu'elle ait épousé un gentil – pour expliquer qu'elle n'ait pas cherché à le joindre plus tôt.

Il veut tout savoir. Il dit tout bas :

« *Je vous suivrai jusqu'à la ville sur la moto. C'est celle de Robert, comme vous le savez, et je ne veux pas la laisser ici. Ça ira. Surveillez-moi simplement dans votre rétroviseur, Roger, et si vous avez l'impression que je conduis ou que je me comporte bizarrement, arrêtez-vous.* »

Le chauffeur sourit sous sa moustache et hoche la tête. Ils se dirigent tous les quatre vers la route et le parking.

« *Oh,* monsieur... *vous avez oublié ceci.* »

Sa petite-fille lui tend le sac de toile contenant le Colt. Si elle est étonnée par son poids ou si elle a jeté un coup d'œil à l'intérieur, elle ne dit rien et n'en montre rien.

« *Merci, mademoiselle.* »

Ils discutent encore logistique un instant, puis le petit cortège se met en route, la longue Pierce-Arrow blanche faisant demi-tour en trois manœuvres et la Harley-Davidson J la suivant en trépidant.

Lorsqu'ils passent devant la colline du Dernier Combat sur leur gauche, Paha Sapa s'arrête, il laisse la moto tourner au ralenti pendant que la berline prend de l'avance. Contemplant le monument de pierre et les pierres tombales qui émaillent le versant, il songe soudain : *Mon fantôme est parti.*

Ce n'est pas une sensation tout à fait agréable. Comme il en a pris conscience hier seulement, George Armstrong Custer était l'époux de sa Libbie depuis douze ans le jour de sa mort ; Paha Sapa avait épousé Rain de Plachette depuis quatre ans quand elle est morte. Mais Paha Sapa et le fantôme de Custer ont vécu ensemble pendant soixante ans, deux mois et quelques jours.

Paha Sapa secoue la tête. Dans son corps, la douleur semble s'être légèrement atténuée.

Il tourne les yeux vers le sud-est, vers les collines Noires invisibles au loin, vers tout ce qu'il a laissé derrière lui... vers tout ce qu'il pourrait encore voir et faire là-bas.

Les quelques paroles qu'il murmure alors ne s'adressent pas aux ossements ni aux souvenirs enterrés sur ce champ de bataille, sur cette colline du Montana, mais aux êtres qu'il a aimés, qu'il a combattus, avec lesquels il a vécu et travaillé, à ceux qui ont été proches de lui et qu'il a vus partir, à ceux qu'il a perdus à jamais et retrouvés ailleurs, dans des lieux sacrés, qui ne sont pas proches d'ici et qui, en même temps, n'en sont pas très éloignés.

« *Toksha ake čante ista wacinyanktin ktelo. Mitakuye oyasin !* – Je vous reverrai avec l'œil de mon cœur. Qu'il en soit ainsi. Tous les miens – chacun d'entre nous ! »

Épilogue

Le projet de Gutzon Borglum sur le mont Rushmore est resté inachevé.

Le sculpteur avait prévu d'exécuter quelques détails supplémentaires sur la partie supérieure des corps de Washington, de Jefferson et de Lincoln. Il voulait notamment leur ajouter des pardessus et des revers, et parfaire le bras et la main gauche d'Abraham Lincoln qui tient le revers de sa veste. Et surtout, il tenait à terminer l'Entablement et la salle des Archives programmés de longue date et dont les travaux avaient déjà débuté.

À la fin des années 1920, du temps où Borglum avait cherché un financement et un soutien officiel, il avait réservé à l'Entablement une immense portion de montagne à droite des quatre têtes. Des mots devaient être ciselés sur une surface blanche parfaitement lisse présentant la forme du territoire de Louisiane, chaque lettre de chaque mot dépassant la taille d'un homme. Le texte en question (sur l'insistance de Borglum et d'après les premières annonces publiques) serait de Calvin Coolidge. Borglum avait supplié Coolidge de composer ce message lorsque le Président était venu assister à la première inauguration du site du mont Rushmore en 1927, et Coolidge s'y était engagé, à contrecœur.

Après avoir quitté ses fonctions en 1929, l'ancien président avait entrepris de rédiger laborieusement quelques lignes adressées à un peuple qui vivrait un siècle plus tard. En 1930, il avait achevé les deux premiers paragraphes qui furent présentés à la presse internationale par Gutzon Borglum. Les journalistes faillirent s'étrangler de rire en entendant le Message de l'Entablement terriblement ampoulé de Coolidge, et ils ne se privèrent pas de le critiquer. En privé, l'ancien président ne dissimula pas sa colère : ces deux paragraphes *n'étaient pas ceux qu'il avait écrits.* Avec une arrogance bien dans sa manière, Borglum avait pris la liberté de les réécrire avant de les communiquer à la presse.

Malgré l'irritation de l'ancien président, Borglum s'était mis au travail sur le site de l'Entablement, dégageant à l'explosif et sculptant un « 1776 » géant, à l'endroit où devait figurer le premier paragraphe. Coolidge se retira alors de toute l'entreprise. En dépit des supplications du Comité du mont Rushmore, l'ancien président refusa d'écrire un mot de plus. L'année suivante, en 1931, Coolidge demanda à un ami, Paul Bellamy, qui était venu le voir chez lui, dans le Massachusetts, quelle distance il y avait, selon lui, « d'ici aux Black Hills ». Bellamy répondit qu'à son avis, il devait y avoir environ deux mille cinq cents kilomètres.

« Eh bien, voyez-vous, monsieur Bellamy, fit Coolidge en tirant sur son cigare, je ne saurais supporter d'être plus près que cela de M. Borglum. »

Coolidge mourut en 1933. Toujours opiniâtre, Borglum présenta son projet d'Entablement à la chaîne de journaux de Hearst en 1934, lui suggérant d'organiser un concours de rédaction du « manuscrit » de l'Entablement ouvert à tous les Américains, à travers tout le pays. Borglum était prêt à offrir au lauréat de l'argent, des médailles (dessinées par lui-même, bien entendu) et une bourse universitaire.

Le National Park Service, chargé désormais de superviser le Projet du mont Rushmore, estima que c'était une très mauvaise idée, un avis que partageait le partisan le plus fidèle et le plus efficace de Borglum et du mont Rushmore, le sénateur du Dakota du Sud, Peter Norbeck. Borglum ignora leurs mises en garde et leurs inquiétudes et s'engagea bille en tête dans ce projet de concours national. Il réussit à persuader Franklin Delano Roosevelt de faire partie du jury avec la première dame, Eleanor Roosevelt, le secrétaire à l'Intérieur Harold Ickes, neuf sénateurs américains et une poignée d'autres personnalités. La société de machines à écrire Underwood accepta d'offrir vingt-deux machines à écrire neuves en guise de prix.

En 1935, le jury, dont le président Roosevelt et la première dame, sélectionna cinq finalistes. Mais aucun de ces projets ne trouva grâce aux yeux de Borglum qui récusa tous les candidats. Le grand prix fut finalement remis à un jeune homme du Nebraska, un certain William Burkett. L'argent du prix et la bourse permirent à Burkett de suivre quatre années d'études universitaires pendant la période la plus difficile de la grande crise. Sa reconnaissance fut telle qu'il demanda à être enterré dans la salle des Archives inachevée où, en 1975, le Park Service apposa une plaque de bronze de deux mètres de haut portant l'intégralité du texte qui lui avait valu de remporter le concours de l'Entablement de Rushmore. Mais le Park Service rejeta sa requête d'être inhumé en ce lieu.

La salle des Archives et l'escalier sculpté géant qui y menait étaient au cœur du projet de Gutzon Borglum pour le « Sanctuaire de la démocratie » du mont Rushmore, et le dégagement du tunnel d'accès commença au cours de l'hiver de 1938-1939. Le vacarme des marteaux-piqueurs dans cet espace confiné et l'incroyable quantité de fines particules de poussière dégagée par l'excavation rendaient le travail dangereux et presque insupportable. Borglum s'obstina.

Dans le courant de l'été de 1939, Francis Case, membre du Congrès, vint contrôler personnellement les conditions de travail à l'intérieur de la salle des Archives en cours de réalisation, au nom de la commission des Finances. Il fit savoir qu'elles étaient absolument exécrables et que les risques que les ouvriers contractent la silicose et intentent un procès au gouvernement étaient trop élevés.

Un coup de sifflet mit définitivement fin aux travaux de la salle des Archives par un après-midi de juillet 1939. En 1941, après le départ des derniers ouvriers, on découvrit que des chèvres de montagne avaient élu domicile dans le tunnel de quatre mètres de large sur six de haut qui s'enfonçait de vingt-trois mètres à l'intérieur de la falaise.

La tête de Theodore Roosevelt, la quatrième et dernière figure achevée sur le mont Rushmore, fut officiellement inaugurée le 2 juillet 1939 au soir, neuf ans après celle de George Washington. Cette nuit-là, pour la première fois, les visages du mont Rushmore furent entièrement illuminés – brièvement il est vrai –, un exploit que Borglum réalisa à l'aide de fusées éclairantes, de bombes aériennes et, pour couronner le tout, en allumant une batterie de douze puissants projecteurs. Le chanteur Richard Irving interpréta la toute nouvelle chanson d'Irving Berlin, *God Bless America.* Malgré l'absence du président Roosevelt, quelque douze mille invités assistèrent à l'inauguration de la dernière tête, et le cow-boy vedette du cinéma muet, William S. Hart, ainsi qu'un groupe de « danseurs indiens sioux en grande tenue » participèrent à l'animation de la soirée.

Borglum annonça que des années, voire des décennies, de travail l'attendaient encore au mont Rushmore. Il restait beaucoup de « tamponnage » à faire – la finition des détails physionomiques à l'aide de marteaux pneumatiques spécialisés – et il lui fallait encore dégager et sculpter les torses, la main de Lincoln et bien d'autres détails. Il n'avait pas non plus renoncé à tout espoir de réaliser sa salle des Archives ; dès que les fonds recommenceraient à affluer, il améliorerait le système de ventilation et prendrait de nouvelles mesures de sécurité.

En février 1941, Borglum avait lancé une nouvelle offensive de charme auprès de Franklin Delano Roosevelt et du Congrès – expliquant au Président qu'il fallait améliorer le financement pour pouvoir mener à son terme ce projet de « Sanctuaire de la démocratie », ainsi qu'il l'avait promis en 1936 à Roosevelt, lors de son premier mandat. Borglum se rendit à Washington afin de plaider pour un complément de financement – comme il le faisait chaque printemps depuis quatorze ans – et cette fois sa femme, Mary, l'accompagna. Ils firent halte à Chicago où Borglum devait prononcer un discours et il en profita pour consulter un spécialiste à propos d'un problème de prostate.

Le médecin recommanda une opération et Borglum décida de la subir au plus vite afin d'être sur pied pour diriger la reprise des travaux sur le mont Rushmore dès le printemps.

Plusieurs caillots dus aux suites de l'intervention chirugicale obligèrent Borglum à rester hospitalisé pendant deux semaines, et, le 28 février, un messager lui transmit cette nouvelle désastreuse : le président Roosevelt renonçait à toutes les dépenses qui ne concernaient pas la Défense et ne soutiendrait plus le financement de projets tels que celui du mont Rushmore.

Le 6 mars 1941, huit jours exactement après avoir appris la décision de Roosevelt et après une série d'embolies provoquées par de nouveaux caillots, Gutzon Borglum mourut à l'hôpital de Chicago.

De nombreux ouvriers qui avaient travaillé sur le mont Rushmore pendant près de quinze ans estimaient que le corps du sculpteur devait être enterré dans le tunnel à demi percé de la salle des Archives inachevée, mais le Park Service s'y opposa. La dépouille de Borglum fut provisoirement inhumée à Chicago avant d'être transférée, trois ans plus tard, au cimetière de Forest Lawn à Gendale, en Californie. Un service religieux à la mémoire de Borglum fut organisé pour les ouvriers et les amis du patron dans l'église congrégationaliste au clocher blanc de Keystone.

Le Park Service, le Congrès et la commission du mont Rushmore étaient prêts à arrêter le chantier dès la fin de la semaine, mais les ouvriers adressèrent une pétition à la commission, lui demandant de nommer Lincoln, le fils de Borglum, au poste de directeur et de poursuivre « et achever le travail conformément aux vœux de son père ».

La commission donna son accord, mais c'était un geste de pure forme. Il ne restait plus que cinquante mille dollars en caisse et Lincoln Borglum, vingt-neuf ans, consacra les derniers mois de travail à la finition de détails sur le visage de Teddy Roosevelt et à quelques retouches au niveau du col et des revers de veste de George Washington.

La dernière saison de travail, en cet été 1941, se déroula tout à fait normalement et, aux yeux d'un visiteur extérieur en tout cas, ressembla à tous les autres étés, avec les matches de base-ball de l'équipe de Rushmore, les chahuts lors de la descente des cinq cent six marches le vendredi soir, les bals du samedi soir, les séances de cinéma gratuites chez Lincoln Borglum le dimanche après-midi et avec une multitude de gueules de bois le lundi matin, sans que les ouvriers se décident pour autant à se mettre au jus de tomate, même après avoir gravi les cinq cent six marches.

Mais rien n'était plus pareil et aucun de ceux qui travaillaient encore sur le chantier ne l'ignorait. Dans ce monde de plus en plus inquiétant de l'automne 1941, il fallait bien se faire à l'idée que tout avait changé.

Le dernier coup de sifflet retentit, la dernière foreuse et le dernier tampon pneumatiques se turent sur le mont Rushmore le 31 octobre 1941.

L'histoire de M. Vanden Daelen Adler, le beau-père judéo-belge de Robert, le fils de Paha Sapa, a été relatée dans *Survie d'un diamantaire juif belge*, un ouvrage de 1955, lui-même adapté en 1959 dans un film à petit budget intitulé *Des diamants ou la Mort*, avec MacDonald Carey dans le rôle d'Adler et Ruth Roman dans celui de l'épouse d'Adler (« Zigmond » dans la vraie vie, « Suzanne » dans le film). La jeune Maggie Smith, vingt-cinq ans, interprétait « Renée » pour son deuxième rôle au cinéma. Le film, qui n'a jamais été édité en VHS ni en DVD, est resté célèbre auprès des historiens du cinéma pour la merveilleuse photographie à longue focale de Paul Beeson et pour la musique mélancolique, complètement décalée par rapport au sujet, du trompettiste de jazz Dizzy Reece. Certains fanatiques de *Star Trek* connaissent ce film en raison de l'apparition fugace, et assez peu convaincante, de l'acteur Leonard Nimoy (qui figure au générique sous le nom de « Leonard Nemoy ») dans le rôle de l'acolyte de « Heinrich », un officier de la Gestapo bien décidé à empêcher la famille Adler de fuir la Belgique.

(« Heinrich », surjoué par Henry Rowland, avait interprété un personnage d'officier nazi, qui ne figure même pas au générique, dans *Casablanca*, un film incomparablement supérieur, dix-sept ans auparavant. Nemoy-Nimoy n'avait que quatre phrases à prononcer dans le film, mais les vrais passionnés de *Star Trek* n'oublieront jamais son abominable accent allemand.)

En réalité, le tailleur de diamants devenu négociant en diamants Vanden Daelen Adler a connu l'une des plus remarquables *success stories* de tous les Juifs de Belgique qui ont cherché à mettre leur famille à l'abri à la veille de la Seconde Guerre mondiale.

En 1939, quand celle-ci a éclaté, la Belgique comptait environ neuf millions d'habitants, dont quatre-vingt-dix mille Juifs. Plus de quatre-vingt mille d'entre eux étaient concentrés dans les deux grandes villes du pays, Bruxelles et Anvers. Avant la guerre, plus des trois quarts des Juifs belges travaillaient à leur compte, en grande majorité dans la taille ou le négoce des diamants. Le commerce des diamants dans la ville portuaire d'Anvers était presque entièrement entre leurs mains.

L'Allemagne a envahi la Belgique, pays neutre, en mai 1940 et l'a occupée. Au moment de l'invasion, des milliers de Juifs ont franchi précipitamment la frontière et des milliers d'autres ont été expulsés vers la France (où ils ne tarderaient pas à retomber entre les mains des Allemands). En novembre 1940, il restait, estime-t-on, quelque cinquante-cinq mille Juifs en Belgique. Le nombre de Juifs belges qui ont péri pendant la guerre varie considérablement selon les estimations : à en croire un document présenté par l'accusation américaine aux procès de Nuremberg, « environ cinquante mille » Juifs déportés de Belgique ont trouvé la mort dans les chambres à gaz d'Auschwitz-Birkenau entre avril 1942 et avril 1944 ; en revanche, certains historiens belges prétendent que « plus de la moitié de la population juive de Belgique a survécu à la guerre », tandis que des historiens révisionnistes ont affirmé plus récemment que « la Belgique n'a pour ainsi dire perdu aucun membre de sa population juive native. » Le Comité d'enquête anglo-américain a annoncé en 1946 que sur un total de cinq millions sept cent mille Juifs d'Europe qui avaient péri pendant les années de guerre, cinquante-sept mille étaient des Juifs de Belgique. Un historien juif a réduit plus tard ce chiffre à vingt-six mille. Il n'existe, semble-t-il, pas deux spécialistes qui soient du même avis.

Toujours est-il que M. Vanden Daelen Adler, l'un des premiers Juifs belges fortunés à comprendre ce que signifiait l'ascension de Hitler et à réagir en conséquence, avait décidé dès avant octobre 1936 de faire quitter l'Europe continentale à toute sa famille élargie.

Or, en 1936, les quatre plus grandes bourses de diamants de Belgique (dans lesquelles près de quatre-vingts pour cent des négociants étaient juifs) se rassemblèrent au sein de la fédération du diamant, la *Federatie der Belgische Diamantbeurzen*. Vanden Daelen Adler fut élu à la tête de cette fédération, dont il devint ainsi le premier président.

S'il l'avait voulu, Adler aurait parfaitement pu voler des diamants ou des liquidités pour servir son projet, mais il puisa dans sa fortune personnelle, laquelle était considérable (près de un million de dollars de 1936, soit l'équivalent de plus de quinze millions de dollars actuels). Il avait dressé la liste de cent vingt-quatre membres de sa famille qu'il espérait pouvoir faire sortir d'Europe : la majorité de ceux qui ne vivaient pas en Belgique étaient établis en France (d'où sa famille avait émigré en Belgique dans les années 1780), mais certains résidaient également dans d'autres pays d'Europe, dont l'Allemagne. Adler réussit à en sauver quatre-vingt-cinq. Les autres refusèrent de partir pour diverses raisons.

En 1936, l'Angleterre, les États-Unis et la plupart des autres pays avaient adopté des lois sur l'immigration destinées à empêcher l'afflux massif de Juifs – même riches. Mais cela faisait trois ans déjà que Vanden Daelen Adler avait entrepris de verser des pots-de-vin aux fonctionnaires compétents et de graisser les rouages administratifs. L'Amérique latine accueillit les membres de sa famille qu'il ne réussit pas à faire passer en Angleterre ou aux États-Unis (où il envoya sa vieille mère, deux sœurs, sa fille, sa petite-fille et le futur mari de celle-ci). Adler était convaincu qu'aucun lieu du continent européen n'était à l'abri des nazis, et en 1936 il commençait même à douter de la sécurité de l'Angleterre. Il aida douze de ses proches à gagner clandestinement la Palestine, malgré les risques de ce voyage. Adler avoua plus tard à son biographe qu'en dépit de sa brillante réussite professionnelle aux États-Unis, il regrettait de n'avoir pas, lui aussi, émigré en Palestine, ce qui lui aurait permis de participer à la fondation de l'État d'Israël.

Sa position de président de la *Federatie der Belgische Diamantbeurzen* au cours des derniers mois de préparatifs de l'exode familial lui fut très précieuse. Personne à Anvers ou ailleurs en Belgique ne se posa de questions sur ses nombreux voyages en Angleterre, aux États-Unis ou ailleurs. Or – si l'on excepte quelques timbres d'une extrême rareté – les diamants constituent le patrimoine le plus facile à transporter que connaisse l'humanité.

Vanden Daelen Adler affirmerait plus tard que son plus grand exploit, après le sauvetage de quatre-vingt-cinq membres de sa famille élargie (lui exclu), était d'être arrivé aux États-Unis avec moins de cent dollars en poche sur une fortune initiale de près de un million de dollars. En 1940, la prospérité de son nouveau commerce de diamants lui avait permis de reconstituer l'essentiel de son capital, mais il en dépensa une grande partie après la guerre pour acheter des fusils et des armes diverses expédiées en Palestine, afin de participer à sa manière à la création de l'État juif.

Adler mourut d'une crise cardiaque en 1948, trois semaines à peine après la naissance de l'État d'Israël.

Robert Adler Ochs, docteur en physique né en 1937 à Denver, dans le Colorado, a déclaré un jour : « Mon métier, c'est la physique ; ma religion, l'humanité. »

Il est vrai qu'Ochs a commencé de bonne heure à associer une brillante carrière de physicien à une vocation de vulgarisateur, capable d'expliquer les arcanes de la science au grand public. Son premier ouvrage, *Les Joies existentielles de la physique*, s'est plutôt bien vendu et a fait partie de la seconde sélection du Livre du mois en 1960. Ochs n'avait alors que vingt-trois ans. *Humanité et Mystère : la Science observe le Cosmos* de 1974 reste l'un des cinq ouvrages de vulgarisation scientifique les plus populaires de l'histoire de l'édition. À la fin des années 1970, Ochs a réalisé pour la BBC une série d'émissions discursives, presque informelles, intitulée *Homme, mystère et science.* Il a appliqué la technique de Jacob Bronowski (qui l'avait employée dans *L'Évolution de l'homme*) consistant à parler à bâtons rompus tout en parcourant différentes régions du monde pour étudier l'histoire et l'humanité de la physique et des autres sciences à travers les âges, une méthode qui a été – Carl Sagan l'a reconnu lui-même un jour – l'une des principales sources d'inspiration de *Cosmos*, la série américaine à succès de ce dernier.

Sur les neuf ouvrages que Robert Ochs a publiés au cours de plusieurs dizaines d'années d'activité de physicien et de vulgarisateur, celui dont il a été le plus fier, de son propre aveu, était un petit volume, édité et diffusé à compte d'auteur, intitulé *Conversations avec mon tunkašila.* Ochs y racontait les « vacances d'été » qu'il avait passées entre quatorze et vingt-deux ans chez son arrière-grand-père, un Sioux Oglala, dans les Black Hills du Dakota du

Sud. Les premières années, malgré l'âge avancé de son arrière-grand-père, ils allaient camper ensemble.

Conversations avec mon tunkašila a provoqué un certain émoi parmi les amis universitaires d'Ochs, dans le monde entier ; en effet – parallèlement à de longues évocations des croyances des Lakotas et de leurs conceptions du courage et de la vie –, le vieux *tunkasla* du physicien lui avait expliqué comment la connaissance de l'astronomie avait donné aux Sioux ce que le vieil homme appelait *Wakan Wašt'e*, « les puissances cosmiques du bien ».

Le vieil homme lui avait décrit de nouvelles constellations cachées au sein de constellations connues, comme les *Wicincala Śaḳowin*, les « Sept Petites Filles », et lui avait raconté qu'au moment où ce groupe d'étoiles atteignait un point précis dans le ciel estival, les Êtres Humains Libres Naturels se rassemblaient sur *Hiŋan Ḳaga Paha*, Harney Peak, dans les collines Noires, pour accueillir le retour des Êtres Tonnerre. Son *tunkašila* lui avait aussi expliqué comment trouver et suivre le mouvement de la constellation ovale appelée *Lo Iŋanka Ocanka*, la « Piste de la Course » ; il lui avait également dit que lorsque *Lo Iŋaŋḳa Ocaŋḳa* occupait une position particulière dans le ciel printanier, son peuple se réunissait au *Pe Śia*, le cœur spirituel des collines Noires (un emplacement que le vieil homme refusait de révéler, mais qui devait se situer, selon Robert Ochs, à l'endroit où son *tunkašila* bien-aimé avait construit sa cabane), pour célébrer la cérémonie que l'arrière-grand-père lakota d'Ochs appelait l'*Oḳišat'aya wowaĥwala*, c'est-à-dire la « Bienvenue du retour de toute vie dans la paix ».

Ochs évoquait plusieurs dizaines d'autres observations astronomiques, toutes liées à des points géographiques précis comme la tour du Diable dans le Wyoming (où l'on célébrait le solstice d'été), la butte de l'Ours dans le Dakota du Sud, ou d'anciens campements d'hiver des Êtres Humains Libres Naturels dans le Nebraska et l'ouest du Dakota du Sud. Chacune marquait le déplacement subtil de certaines étoiles à l'intérieur de constellations connues, et chacune était liée à une cérémonie ancestrale. Mais ce qui a le plus étonné les astronomes qui ont lu l'ouvrage confidentiel d'Ochs, c'est que certaines cosmologies et observations astronomiques des Indiens des Plaines que son arrière-grand-père lui avait transmises étaient totalement inconnues des ethnographes, des historiens et des scientifiques.

Au-delà de tout symbolisme et de toute cérémonie, avait révélé le *tunkašila* du jeune Robert Ochs, tout, dans le ciel nocturne et sur terre, était lié par ce que le vieil homme appelait le *Caŋleśḳa Wakan*, le « Cercle sacré ».

À la suite de la publication à compte d'auteur de l'opuscule de Robert Ochs, des représentants d'une dizaine de spécialités scientifiques, longtemps convaincus que les Sioux, les Cheyennes et les autres tribus des plaines n'avaient eu aucune notion sérieuse d'astronomie, furent obligés de réviser leur jugement et leurs manuels.

Ce fut à la fin du dernier été passé auprès de celui qu'il appelait son *tunkašila*, alors que Robert avait vingt-deux ans, qu'il publia sa thèse de doctorat révolutionnaire, *Variations révisées des phénomènes induits par la vitesse de frottement dans les flux solaires et astrophysiques dus aux effets quantiques*. Il la dédia à son arrière-grand-père.

Robert Ochs a pris sa retraite en 2007, à soixante-dix ans ; il est actuellement professeur émérite de la Cornell University et l'un des principaux consultants du téléscope spatial James Webb, successeur du télescope Hubble, qui sera mis sur orbite solaire bien au-delà de la Lune, et dont le lancement n'est pas prévu, à l'heure actuelle, avant 2018.

Constance Greene, née en 1972, la célèbre paléo-écologiste, environnementaliste et ethnologue que le magazine *Time* a présentée un jour comme la « Léonard de Vinci féminine du XXIe siècle », attribue une partie de son intérêt pour les aspects humains des campagnes de réensauvagement du pléistocène menées dans le monde entier aux semaines qu'elle a passées à camper avec son père, Robert Ochs, quand elle était petite.

Dans une interview accordée à la BBC en 2009, le professeur Greene – que ses étudiants et ses amis, mais aussi la plupart de ses collègues du monde entier appellent Connie – a déclaré :

> Quand j'avais dix ans, mon père m'a emmenée camper à un endroit du Dakota du Sud appelé la butte de l'Ours. Pour avoir le droit de camper sur cette butte ou aux environs, il faut être *Native American*, mais je ne sais comment, mon père avait obtenu cette autorisation, et nous avons donc campé tout près du sommet de ce laccolithe passionnant. À part les crotales, il n'y avait aucun danger, et mon père me laissait me promener à ma guise pourvu que je reste à portée de voix. Et puis, il y a eu cet après-midi mémorable – il pleuvait, je m'en souviens, et j'ai rencontré… enfin, j'ai fait un rêve… toujours est-il qu'à dix ans, j'ai compris tout d'un coup que si nous voulions réussir un jour à réintroduire

les grands prédateurs sur notre planète, dans d'autres pays aussi bien que dans l'Ouest américain à l'agonie, le réensauvagement – c'était un mot que j'avais déjà entendu dans la bouche de mon père et de ses amis –, le réensauvagement devrait comporter un élément humain. Les peuples indigènes devraient avoir le choix. On ne peut pas simplement... franchement, on *ne peut pas*... maintenir une culture en vie en cherchant à la figer, à la condamner à la stagnation, alors qu'on est profondément intégré dans une autre culture. C'est impossible. Cela revient à se déguiser quelques jours par an, à psalmodier de vieux refrains auxquels presque plus personne ne croit, à exécuter des danses qui étaient celles de vos arrière-arrière-arrière-arrière-grands-parents, trop souvent pour extorquer quelques dollars aux touristes. Ça ne marche pas. Mais si nous voulions vraiment établir des réserves sur ces millions et ces millions d'hectares et y réintroduire les cousins génétiques les plus proches des principaux prédateurs de la mégafaune et d'autres espèces éteintes qui se sont développées ici initialement, qui vivaient ici, qui y étaient chez eux... je me suis dit, et pourquoi pas aussi les humains d'origine ? Pourquoi ne pas leur donner cette possibilité ? Sur le moment, j'ai trouvé que c'était une bonne idée – j'avais dix ans, rappelez-vous, mais mes parents avaient la curieuse habitude de m'écouter – et toute ma famille aussi.

Paha Sapa n'a plus jamais travaillé pour Gutzon Borglum, mais il paraît que les deux hommes sont restés amis jusqu'à la mort du sculpteur.

Paha Sapa a suivi le conseil de son ancien patron et a consulté le médecin de Borglum. Le diagnostic de cancer posé en 1935 par le « charlatan de Casper » était erroné. En janvier 1937, Paha Sapa a été opéré d'une occlusion intestinale chronique et extrêmement douloureuse. L'intervention a été un succès, le chirurgien n'a pas trouvé l'ombre d'une tumeur bénigne ou maligne, l'occlusion a été entièrement levée et Paha Sapa a vécu le restant de ses jours dans une relative absence de souffrance.

Dans le courant de l'année 1937, Paha Sapa est allé s'installer dans un lieu reculé au fin fond des Black Hills, où il a construit une maison petite mais confortable. Il ne vivait pas en reclus ; il voyageait souvent pour aller voir son arrière-petit-fils, ses autres arrière-petits-enfants nés par la suite, et de vieux amis comme Borglum. Mais après la Seconde Guerre mondiale, les

Ikče Wičaša ont entendu parler d'un vieillard qui vivait dans les collines Noires et dont le *nom* était Collines-Noires, et certains – d'abord d'autres vieux, seulement, puis des *jeunes*, de plus en plus nombreux – ont fait le long trajet jusqu'au cœur des collines pour aller voir ce Paha Sapa, échanger des récits avec lui et, de plus en plus souvent, lui poser des questions sur autrefois.

Et, sans qu'on sache très bien comment, une légende est née : on racontait que ce vieil homme avait porté en lui le fantôme de Cheveux-Longs Custer pendant soixante ans.

Des jeunes gens lakotas – puis des jeunes femmes lakotas – sont venus en nombre rendre visite à Paha Sapa, d'abord de la réserve voisine de Pine Ridge, puis des réserves de Rosebud, Lower Brule, Crow Creek, Yankton, Cheyenne River et Standing Rock. Ils ont été suivis, chose presque inconcevable, de Cheyennes et de Corbeaux, jeunes et vieux, et même de Pieds Noirs arrivant de leurs réserves éloignées du nord-ouest du Wyoming et du Montana. Quand des membres de tribus de Californie et de l'État de Washington ont commencé à se présenter à la porte du vieillard – des tribus dont Paha Sapa n'avait jamais entendu parler –, il a été pris de fou rire.

Paha Sapa a toujours refusé, en revanche, de rencontrer les ethnologues assoiffés de données, les apologistes des *Native Americans*, et au moins un fondateur, extrêmement médiatique, du Mouvement de défense des Indiens d'Amérique, mais il a toujours pris le temps de s'asseoir pour bavarder et fumer une pipe avec tous ceux, jeunes ou vieux, qui venaient le voir sans idée derrière la tête, comme disent les *wasichu*. Un grand nombre des Êtres Humains Libres Naturels qui lui ont rendu visite pendant les étés de ces dernières années se rappellent la présence de son arrière-petit-fils Robert, un petit garçon plein de curiosité qui avait un don inhabituel chez les *wasichu*, disent-ils : il savait écouter. Le vieil homme était souvent entouré d'autres arrière-petits-enfants quand il ne prévoyait pas un déplacement à Denver ou ailleurs pour *leur* rendre visite. Même vers la fin, alors que l'arthrite le faisait beaucoup souffrir, le vieil homme ne se plaignait jamais et jamais il n'écourtait ces voyages.

Beaucoup de ceux qui sont allés voir Paha Sapa au cours de ces dernières décennies se rappellent qu'une de ses expressions favorites était : *Le aŋpet'u waṣte !* « C'est un beau jour. »

L'un des jeunes Lakotas qui a entendu cette phrase a demandé à Paha Sapa s'il ne voulait pas, en réalité, faire allusion à la célèbre maxime de

Cheval-Fou et des autres vieux guerriers : « C'est un beau jour pour mourir ! », mais Paha Sapa s'est contenté de secouer la tête et de répéter : *Le aŋpet'u waşte !*

Un beau jour pour vivre.

Paha Sapa est mort chez lui, dans les collines Noires, en août 1959. Il avait quatre-vingt-treize ans.

Conformément à ses dernières volontés – que l'on a trouvées écrites au crayon sur une vieille serviette en papier qu'il avait conservée –, Paha Sapa a été incinéré, et la plus grande partie de ses cendres a été enterrée à côté de la dépouille de sa femme, Rain, dans le vieux cimetière de la mission épiscopale de la réserve de Pine Ridge.

Mais, toujours conformément à ses dernières volontés, quelques-uns des amis et des parents de Paha Sapa, dont son arrière-petit-fils Robert, ont emporté un peu de ses cendres et les ont dispersées ou enterrées quelque part, le long du petit cours d'eau qu'on appelle *Chankpe Opi Wakpala*, et où, dit-on, le cœur de Cheval-Fou et les os blanchis de Boite-Beaucoup, le *wičasa wakan* d'autrefois, dont Paha Sapa avait si bien et si généreusement enseigné la sagesse dans ses dernières années, gisent aussi, sans que nul vienne troubler leur repos, en des lieux secrets, sacrés et silencieux où le seul bruit est celui du vent qui caresse les hautes herbes et fait frémir les feuilles des arbres *waga chun*.

Remerciements

L'auteur tient à mentionner les sources suivantes qui lui ont livré de précieuses informations pour la rédaction de *Collines noires.*

A Terrible Glory: Custer and the Little Bighorn: The Last Great Battle of the American West de James Donovan, Little, Brown and Company, 2008 ; *The Custer Myth: A Source Book of Custeriana* écrit et compilé par W. A. Graham, Stackpole Books, 1953 ; *Troopers with Custer: Historic Incidents of the Battle of the Little Big Horn* de E. A. Brininstool, University of Nebraska Press, 1952 ; *Custer's Fall: The Native American Side of the Story* de David Humphreys Miller, Meridian, The Penguin Group, 1957 ; *Crazy Horse and Custer: The Parallel Lives of Two American Warriors* de Stephen Ambrose, Anchor Books, 1975 ; *Custerology: The Enduring Legacy of the Indian Wars and George Armstrong Custer* de Michael A. Elliott, University of Chicago Press, 2007.

Je souhaite mentionner tout particulièrement *Killing Custer: The Battle of Little Bighorn and the Fate of the Plains Indians* de James Welch (avec Paul Stekler), W.W. Norton and Company, 1994. J'ai eu le privilège de rencontrer Jim Welch et sa merveilleuse épouse Lois au Salon du livre de Paris dans les années 1990 et j'ai toujours eu grande envie de les revoir. Sa mort en 2003 à soixante-deux ans nous a bouleversés et a représenté une immense perte pour nous tous.

Parmi les autres sources dont je me suis servi figurent *The Black Hills After Custer* de Bob Lee, The Donning Company, 1997 ; *Exploring with Custer. The 1874 Black Hills Expedition* d'Ernest Graf et Paul Horsted, Golden Valley Press, 2002, 2005 ; *1876: The Little Big Horn* de Robert

Nightengale, publié par Robert Nightengale grâce à DocuProServices, 1996 ; *The Custer Album: A Pictorial Biography of General George A. Custer* de Lawrence A. Frost, University of Oklahoma Press, 1964 ; *With the Seventh Cavalry in 1876* de Theodore Goldin, édition privée, 1980 ; *Custer and His Times (Book 4)*, éd. par John P. Hart, Little Big Horn Associates, 2002 ; « Carbine Extractor Failure at the Little Big Horn », de Paul I. Hedren, *Military Collector and Historian*, été 1973 ; *Archaelogy, History, and Custer's Last Battle* de Richard A. Fox, University of Oklahama Press, 1993.

La documentation concernant Elizabeth (« Libbie ») Custer comprend *The Custer Story: The Life and Intimate Letters of General George A. Custer and His Wife Elizabeth*, éd. par Marguerite Merington, University of Nebraska Press, 1950 ; *Elizabeth Bacon Custer and the Making of a Myth* de Shirley A. Leckie, University of Oklahoma Press, 1993 ; *Touched by Fire: The Life, Death, and Afterlife of George Armstrong Custer* de Louise Barnett, Henry Holt & Co, 1996 ; *Boots and Saddles, or: Life in Dakota with General Custer* d'Elizabeth B. Custer, Corner House Publishers, 1886, réimp. 1969 ; *General Custer's Libby* de Lawrence A. Frost, Superior Publishing Company, 1976. Il convient de noter que les dates de la mort d'Elizabeth Custer fréquemment indiquées, par exemple sur Wikipédia et dans de nombreuses sources imprimées, sont erronées. Mme Custer est morte le 4 avril 1933 et sa notice nécrologique a été publiée dans le *New York Times* du 5 avril de la même année.

Les documents consultés pour évoquer la bataille de la Little Big Horn sous l'angle lakota et indien comprennent : *Crazy Horse: A Lakota Life* de Kingsley M. Bray, University of Oklahoma Press, 2006 ; *Black Elk Speaks: Being the Life Story of a Holy Man of the Oglala Sioux as told through John G. Neihardt*, University of Nebraska Press, 1932 ; *Counting Coup and Cutting Horses: Intertribal Warfare on the Northern Plains, 1738-1889* d'Anthony McGinnis, Cordillera Press, 1990 ; *Mother Earth Spirituality: Native American Paths to Healing Ourselves and the World* d'Ed McGaa (Eagle Man), HarperSanFrancisco, 1990 ; *American Myths and Legends*, choisis et éd. par Richard Erdoes et Alfonso Ortiz, Pantheon Books, 1984 ; *Black Elck ; The Sacred Way of a Lakota* de Wallace Black Elk et William S. Lyon, HarperSanFrancisco, 1990 ; *Bury my Heart at Wounded Knee: An Indian History of the American West* de Dee Brown, Bantam Books, 1971 [*Enterre mon cœur à Wounded Knee : Une histoire américaine (1860-1890)* ; trad. N. Cunnington,

Albin Michel, 2009] ; *Where the Lightning Strikes: The Lives of American Indian Sacred Places* de Peter Nabokov, Penguin books, 2000 [*Là où frappe la foudre : lieux sacrés de l'Amérique indienne*, trad. M.F. Girod, Albin Michel, 2008] ; *My People the Sioux* de Luther Standing Bear, University of Nebraska Press, 1975 ; *The Tipi: Traditional Native American Shelter* d'Adolf Hungrywolf, Natives Voices Book Publishing Company, 2006 ; *Lakota Belief and Ritual* de James R. Walker, éd. par Raymond J. DeMallie et Elaine A. Jahner, University of Nebraska Press avec la collab. de la Colorado Historical Society, 1980, 1991 ; *Lakota Star Knowledge: Studies of Lakota Stellar Theology* de Ronald Goodman, Sinte Gleska University, 1992 ; *Stories of the Sioux* de Luther Standing Bear, University of Nebraska Press, 1994.

L'auteur souhaite mentionner *An English-Dakota Dictionary* de John P. Williamson, Minnesota Historical Society Press, 1992 ; *Lakota Dictionary*, compilé et édité par Eugene Buechel et Paul Manhart, University of Nebraska Press, 2002 ; *Reading and Writing the Lakota Language: Lakot'a Iyapi nahaŋ Ywapi* de Albert White Hat Sr. (éd. par Jael Kampfe), University of Utah Press, 1999.

Je remercie pour l'aide qu'ils m'ont apportée dans l'exploration des Black Hills et de la période du Dust Bowl, *Exploring the Black Hills & Badlands – Summer & Autumn 2008*, publication officielle de la South Dakota's Black Hills, Badlands, & Lakes Association, 2008 ; *Deadwood: The Golden Years* de Watson Parker, University of Nebraska Press, 1981 ; *The Worst Hard Times* de Timothy Egan, Mariner Books, 2006. Merci tout particulièrement à Dan Peterson et à son épouse Barbara de Spearfish, Dakota du Sud, qui m'ont fait découvrir tant de ces lieux historiques et cachés dans les Black Hills et aux alentours.

La documentation sur les sculptures du mont Rushmore comprend *The Carving of Mount Rushmore* de Rex Alan Smith, Abbeville Press Publishers, 1985 ; *Mount Rushmore* de Gilbert C. Fite, The Mount Rushmore History Association, 1980 ; *Mount Rushmore's Hall of Records: The Little-Known Story of the Memorial's Sealed Vault and Its Message for Future Civilizations* de Paul Higbee, The Mount Rushmore History Association, 1999 (publié initialement dans le *South Dakota Magazine*) ; *Gutzon Borglum: His Life and Work* de Robin Borglum Carter, The Mount Rushmore History Association, 1998 ; *Mount Rushmore Q&A: Answers to Frequently Asked Questions* de Don « Nick » Clifford, autoédition, 2004.

L'auteur souhaite remercier tout particulièrement M. Clifford, qui a été ouvrier sur le mont Rushmore de 1938 à 1940, pour le temps qu'il lui a consacré et pour sa conversation sur le site du Mémorial.

Pour la documentation relative à l'Exposition universelle de Chicago en 1893, l'auteur souhaite attirer l'attention sur *The World's Columbian Exposition: The Chicago World's Fair of 1893* de Norman Bolotin et Christine Laing, University of Illinois Press, 1992, 2002 ; *The Chicago World's Fair of 1893: A Photographic Record* avec un texte de Stanley Appelbaum, Dover Publications, 1980 ; *The Devil in the White City: Murder, Magic, and Madness at the Fair That Changed America* d'Erik Larson, Crown Publishers, 2003 ; *Images of Americ – Chicago's Classical Architecture: The Legacy of the White City* de David Stone, Arcadia Publishing, 2005 ; *The Great Wheel*, texte et illustrations de Robert Lawson, Walker & Company, 1957.

Merci aussi aux membres du Dan Simmons Forum sur www.dansimmons.com pour leur aide lors de la longue et amusante recherche dans les comptes-rendus de presse originaux et autres documents imprimés pour découvrir dans quel sens la roue de M. Ferris tournait.

De tous les innombrables documents en ligne et autres, aucun n'a été plus utile pour dénicher des détails sur la construction du pont de Brooklyn que mon vieil ouvrage favori, *The Great Bridge: The Epic Story of the Building of the Brooklyn Bridge* de David McCullough, Simon and Schuster, 1972.

Enfin, merci sincèrement à Maka Tai Meh Jacques L. Condor d'avoir pris le temps de lire et de commenter mon manuscrit

Liste des noms anglais, français, lakota[1]

Noms de lieu

Anglais	Français	Lakota
Badlands	Mauvaises Terres	*Maka Sika*
Bear Butte	butte de l'Ours	*Matho Paha*
Beaver Creek	ruisseau du Castor	
Big Horn Mountains	Grand Mouflon	
Black Buttes	buttes Noires	*Hinyankagapa*
Black Hills	collines Noires	*Paha Sapa*
Deer Medicine Rocks	rochers de la Médecine du cerf	
Devil's Tower	tour du Diable	*Mato Tepee*
Grand River	Grande Rivière	
Greasy Grass	Herbe grasse	*Peji Sluta Wakpala*
Harney Peak	colline du Mauvais Esprit	*Hinjan Kaga Paha*
Hogback Ridge	crête du Dos de cochon	
Little Bordeaux Creek	ruisseau du Petit Bordeaux	
Never No Summer Range	chaîne de Jamais-Pas-d'Été	
Pine Ridge	crête des Pins	
Rosebud river	rivière du Bouton de rose	
Shining Mountains	montagnes Brillantes	
Slim Buttes	buttes Minces	

1. La liste des noms de lieux, de personnes et de tribus ainsi que le glossaire sont de la traductrice.

Tongue River	rivière de la Langue	
Twin Buttes	buttes Jumelles	
Wind Cave	grotte du Vent, ou Grotte qui respire	*Washu Niya*
White Buttes	buttes Blanches	*He Ska*
Wounded Knee	Genou blessé	*Chankpe Opi Wakpala*
Yellowstone River	rivière de la Pierre jaune	

Noms de personnes

Anglais	Français	Lakota
Big Road	Grande-Route	
Black Crow	Corbeau-Noir	
Black Elk	Élan-Noir	*Hehaka Sapa*
Black Kettle	Chaudron-Noir	*Moketavato* (cheyenne)
Black Moon	Lune-Noire	
Crazy Horse	Cheval-Fou	*T'asunka Witko*
Crow	Corbeau	
Crow Dog	Chien-Corbeau	
Curly	Bouclé	
Dull Knife	Couteau-Émoussé	
Fast Bull	Bison-Rapide	
Fast Thunder	Tonnerre-Rapide	
Gall	Fiel	
Goes Ahead	Va-en-Avant	
Hairy Moccasin	Mocassin-Poilu	
He Dog	Chien-Mâle	
Hump	Bosse	
Ice Bear	Ours-de-Glace	
Iron Feather	Plume-de-Fer	
Iron Hawk	Faucon-de-Fer	
Kicking Bear	Ours-qui-Donne-des-Coups-de-Patte	

LISTE DES NOMS ANGLAIS, FRANÇAIS, LAKOTA

Little Big Man	Grand-Petit-Homme	
Little Robe	Petite-Peau-de-Bison	
Low Dog	Chien-Court-sur-Pattes	
Medicine Arrow	Flèche-Médecine	
Red Cloud	Nuage-Rouge	*Makhpiya Luta*
Short Bull	Petit-Bison	
Sitting Bull	Bison-Assis	*Tatanka Iyotake*
Spotted Eagle	Aigle-Tacheté	
Standing Bear	Ours-Debout	
Swift Bear	Ours-Vif	
Touch the Clouds	Celui-qui-Touche-les-Nuages	
Turning Bear	Ours-qui-Tourne	
White Man Runs Him	Homme-Blanc-Lui-Court-Après	
Wooden Knife	Couteau-de-Bois	
Worm	Ver	

Noms de tribus

Anglais	Français	Lakota
Crows	Corbeaux	*Kagi Wicasa* ou *Psaloka* ou *Absaroka*
Cheyennes	Cheyennes	*Sahiyela* ou *Shyela*
Black Feet	Pieds Noirs	*Sihasapa*

Petit glossaire lakota-français

Akicita : police tribale
Ate : père
Atewaye ki : mon père
Canl pe : lâcheté
Canl waka : lâche
Ce : pénis
Cetán : faucon
Ciciye : croque-mitaine
Han : oui
Han'pa : mocassins
Hanblečeya : quête de la Vision
Heyoka : clown sacré (membre de la caste Oglala des ceux qui ont reçu des Visions des Êtres Tonnerre)
Hintukala : souris
Hokahey : en avant !
Ikče Wičasa : Êtres Humains Libres Naturels
Inipi : bain de sudation
Initipi : loge de sudation
Inyan : pierre
Itancan : chef
Itignila : rat à bourse
Maka sitomni : univers
Mni wakan : eau sacrée, whisky
Nagi : esprit

Ohan : oui
Oinikaga tipi : loge de sudation
Oymni : temps d'errance, expédition
Pehin Hanska Kasata : élimination de Cheveux-Longs
Pejuta Sapa : café (littéralement « médecine noire »)
Pilamaye : merci
Pilamayaye : merci
Pispía : chien de prairie
Pte : bison
San : vagin
Sapa : noir
Sintehahla : crotale
Sintkala waksu : pierres perlées pour la loge de sudation
Sipha : orteils
Siyoko : monstre
Sunmahetu : coyote
Sunmanitu : coyote
Takoja : petit-fils trop choyé
Tiyospaye : groupe de huttes, village
Tunkan : pierre
Tunkasila : grand-père
Unci : grand-mère
Unktehi : esprit de l'eau
Unze : anus
Waayatan : homme de vision, celui qui a le pouvoir de prédire
Wacetug la : incrédulité
Waga chun : arbre murmurant
Wagmuha : sac sacré, hochet sacré
Wakan : sacré, mystérieux
Wakan Tanka : le Grand Tout, le Grand Esprit, le Grand Mystère
Wakinyan : Être Tonnerre
Wakinyanpi : prédiction du waayatan
Waksu : perlé
Wanagi : fantôme
Wanbli : aigle
Washtay (ou Waste) : Tant mieux ! C'est bien !
Wasichu : homme blanc

Wasicun : Blanc
Wičasa wakan : homme du mystère, homme sacré
Wincincala : jeune fille
Winkte : homme travesti
Winyan shan : sexe de femme
Witko : fou
Wiwanyag wachipi : Danse du Soleil
Wiyapi : femmes
Wo : maladie, écœurement
Yuwipi : Rêveur de la Pierre, homme du mystère qui connaît le pouvoir des petites pierres translucides utilisées dans certains rites.

Ce volume a été composé et mis en pages
par ÉTIANNE COMPOSITION
à Montrouge.

Cet ouvrage a été imprimé
en septembre 2013 par

FIRMIN-DIDOT

27650 Mesnil-sur-l'Estrée
N° d'édition : 51096/01
N° d'impression : 118527
Dépôt légal : octobre 2013

Imprimé en France